EL TESORO DEL SOL

CHRISTINA DODD

EL TESORO DEL SOL

Titania Editores

ARGENTINA — CHILE — COLOMBIA — ESPAÑA
ESTADOS UNIDOS — MÉXICO — PERÚ — URUGUAY — VENEZUELA

Título original: *Treasure of the Sun*
Editor original: Avon Books. An imprint of HarperCollins*Publishers*, New York
Traducción: Montse Batista

1.ª edición Noviembre 2013

ISBN: 978-84-92916-54-2
E-ISBN: 978-84-9944-640-0
Depósito legal: B-23.079-2013

Fotocomposición: Ediciones Urano, S.A.
Impreso por: Romanyà-Valls, S.A. – Verdaguer, 1 – 08786 Capellades (Barcelona)

Impreso en España – *Printed in Spain*

Para mi madre,
Que me lo enseñó todo sobre la valentía y la perseverancia
Y me dotó de más confianza en mí misma
De la que nadie merece.
Gracias.

Nota de la autora

Los misioneros de California nunca, en ningún
momento, intentaron colonizar el interior.
La misión y el tesoro son invenciones de la autora.

19 de mayo, año de Nuestro Señor de 1777

«No fuimos capaces de defendernos y, a pesar de su riqueza, la misión ha caído en manos de los indios. Rezamos y temblamos todos los días, cada noche nos acercamos un poco más a la misión San Antonio de Padua y a la costa de California. Temo que los indios conozcan nuestro paradero con cierta seguridad y que no podremos eludirlos durante mucho más tiempo. Por lo tanto, mojo la pluma en la tinta para dejar constancia para mis hermanos en Cristo, para contarles la historia del oro».

Del diario de fray Juan Esteban de Bautista.

Capítulo 1

California, 1846

*E*l hombre y el toro se observaban con detenimiento, inmóviles en la batalla.

—Toro, toro. —El viento llevó la voz del hombre a oídos de Katherine, una voz dulce como si llamara a una amada, una voz profunda, grave y persuasiva.

Contra los más de quinientos kilos de agresividad, Damián de la Sola iba armado con un capote rojo de terciopelo con un magnífico bordado y el dobladillo hecho trizas. La robustez de sus hombros tensaba las costuras de su camisa blanca manchada. Estaba allí parado, con una mano bronceada en la cadera, como si el toro fuera insignificante, como si no mereciera su consideración. Katherine se fijó en aquella mano oscura y capaz. Se fijó en la cadera, se sintió acalorada y el rubor tiñó sus mejillas.

Estaba muy bien formado… maravillosamente formado.

El hombre agitó el capote que sostenía con firmeza con la otra mano.

Katherine se sobresaltó. La ausencia de realidad la envolvía. El drama del coso la poseía. Permaneció tan silenciosa y apasionada como cualquiera de los que había sentados en las gradas. El sol de mediodía casi la cegaba. El viento agitado de California levantaba el polvo del ruedo y le hacía llegar el olor. Un olor que se mezclaba con el otro más fuerte del toro astuto, vigilante, casi demasiado listo para el hombre que se enfrentaba a la muerte... que se mofaba de la muerte.

El capote restalló de nuevo. En un arrebato, el toro pasó de la inmovilidad al galope tendido. Se lanzó hacia Damián, quien apenas se movió para dejar pasar al animal. El toro le pasó por debajo del brazo con tan sólo unos centímetros de margen. Katherine sintió el roce de la muerte en la piel sensible de su brazo como si ella misma estuviera en el ruedo. Notó el retumbo de la tierra bajo sus pies.

Los combatientes se detuvieron y se evaluaron mutuamente reconociéndose de nuevo.

Katherine se desabrochó el botón superior del vestido. A pesar de la temperatura templada del mes de marzo, el sudor le caía por la espalda y perlaba su frente; se formaron remolinos de polvo pero aparte de eso no se percibía movimiento alguno. No entendía por qué tenía tanto calor.

No podía ser inquietud. Ella era Katherine Chamberlain Maxwell de Boston, y era una mujer sensata. Comprendía que cuando un hombre optaba por una actividad tan arriesgada como aquélla, las consecuencias eran responsabilidad suya. De manera que no podía ser la preocupación lo que la hacía agarrarse a la barandilla de madera con tanta fuerza que las astillas se le clavaban en la mano.

En las gradas, las señoras agitaban sus abanicos en un intento por refrescarse la cara y la excitación. El susurro de los abanicos se mezclaba con el chasquido del capote, pero Damián no hizo caso, ni tampoco Katherine. Ella tenía toda la atención centrada en la bestia y el guerrero.

Ya había visto a ese toro en otras ocasiones, muchas veces. Era un semental de primera. A Katherine, el castaño cálido e intenso de su pelaje le recordaba al cacao, al barro denso y agradable de primavera entre los dedos de los pies. El hocico parecía de terciopelo. Las pestañas delimitaban el bonito arco de su cara.

Había visto a Damián en otras ocasiones, muchas veces. La belleza de su constitución pura y clásica le recordaba a un dios griego. Su frente alta despejada por el viento que lo acariciaba. Tenía los ojos hundidos por debajo de las cejas, lo cual le daba un aire de seriedad erudita. Poseía una nariz larga y noble. Los pómulos bien definidos revelaban sensibilidad; la mandíbula cuadrada indicaba determinación. El suyo era el rostro de la civilización, de la poesía, de la filosofía.

Pero era una ilusión. Todo era una ilusión.

El toro era un competidor, un luchador por instinto y un gladiador por casualidad.

El hombre era un conquistador, decidido a demostrar su superioridad en un conflicto primitivo.

La multitud suspiró y Katherine oyó una primera exclamación en tono suave. «¡Olé, torero, olé!». La voz parecía animar aquel deporte brutal, pero ella no pudo arrancar la vista del ruedo para fruncir el ceño con desaprobación. Miraba fijamente a Damián y vio que daba una patada en el suelo. Oyó el leve sonido de provocación, distinguió la nubecilla de polvo que levantó y cómo asustó a la bestia.

—¡Olé! ¡Muéstranos tus colores, hijo mío!

Eso sí que hizo que Katherine volviera la vista a un lado. El padre de Damián levantaba el puño en el aire, orgulloso como el demonio, orgulloso de su hijo.

—Estúpido —dijo Katherine, disgustada con don Lucian, con la corrida de toros, con toda aquella exhibición bárbara. Su comentario se lo llevó el viento.

Como si el grito de ánimo de don Lucian les diera rienda suelta, todo el mundo estalló en ovaciones. Las mujeres se pusieron de pie, los hombres se abalanzaron y un clamor brotó de todas las gargantas: «¡Olé, olé, torero!».

El toro reaccionó con arrogancia. Sus orejas apuntaban al cielo. Balanceaba la cabeza al ritmo de las aclamaciones mientras estudiaba a Damián y el capote hecho jirones. El animal contestó a la multitud moviéndose en círculo hasta que se detuvo de cara a su oponente. Fijó la mirada en el metal dorado que brillaba en torno al cuello de Damián. Bajó la cabeza.

Los cuernos afilados fueron contra Damián, hacia su estómago, su pecho, pero Damián no retrocedió. Agitó el capote para atraer a la bestia. La esquivó por un pelo. El toro se dio media vuelta corriendo y se precipitó de nuevo hacia él.

Damián se quedó allí preparado, desdeñoso. Sus pases eran precisos. Permanecía en sintonía con los arranques de la bestia sin oír los gritos de la multitud, moviendo el capote con la danza arrebatadora y sensual del toro.

Era un juego horrible, elegante y libre. Katherine percibía la belleza, pero además, olía el peligro. Al ver la espalda erguida de Damián, su pequeña sonrisa confiada cuando volvió la cabeza, quiso saltar al ruedo y poner fin a aquel disparate.

El toro dio un salto, giró y fue directo a Damián y no a la distracción que éste hacía ondear. Damián se rió, arrojó el capote a un lado y esperó.

Katherine sintió el impulso de taparse la cara con las manos pero no podía moverse. Todo estaba en silencio; no se agitaban los abanicos. Damián extendió las manos al frente. Lentamente, si bien con velocidad borrosa, agarró los cuernos. El toro levantó la cabeza. Damián efectuó un salto carpado y dio una voltereta por encima del ancho lomo del toro. Cayó de pie detrás del atónito animal, alzó las manos y saludó con una inclinación.

Estalló un terrible jaleo que lo inundó todo. Las mujeres gritaban, los hombres bramaban. Cuatro vaqueros saltaron la valla y se dirigieron rápidamente hacia el toro. Confuso por la desaparición de su objetivo principal, la bestia cargó contra ellos con entusiasmo. Los vaqueros se movían con rapidez y trabajaron en equipo hasta que la bestia entró por la puerta y corrió por la rampa hacia el prado.

Una parte secundaria de la mente de Katherine dio un suspiro de alivio. No podía desprenderse del temor que atenazaba su cuerpo. Aún contenía el aliento, aún aferraba los dedos; estaba totalmente concentrada en Damián. Katherine miraba, alimentándose con avidez de la belleza que subyacía bajo su piel morena, del atisbo de barba negra en su mentón, del bigote que perfilaba su labio superior.

Entonces él volvió el rostro hacia ella.

Observó su atención, su admiración, su sorpresa.

Damián repitió el momento en el que había soltado la capa cuando el toro se precipitó hacia él y se rió, suavemente al principio, con satisfacción personal. Luego echó la cabeza hacia atrás y se carcajeó.

Katherine quiso echar un vistazo en derredor, ver si los californios se daban cuenta. No pudo. No podía apartar la mirada de aquel hombre exultante.

El placer de Damián la hacía sentir incómoda, al igual que el resplandor del sol y el viento incesante. Él la estaba calibrando. Calibraba su grado de reacción, calibraba la vida que había vuelto a ella precipitadamente.

Ya casi había pasado un año desde que Katherine había tomado conciencia: de su cuerpo, de su entorno, de sí misma. El aturdimiento la había protegido de las vicisitudes que no podía afrontar. Pero la vida irrumpió entonces en su mente, y dolía. Le dolía tanto como la sangre al correr por los miembros congelados.

Alguien le dio una sacudida que la sacó del hechizo de Damián. Fulminó con la mirada al chico que había chocado con ella por detrás, pero él trepó por la valla para pasar al otro lado. La humanidad se movía y daba vítores por doquier. Los hombres saltaban las vallas, las mujeres se ponían de pie en los bancos. Los niños bailaban sin hacer caso del polvo que se levantaba a sus pies. Todo el mundo gritaba el nombre de Damián.

Katherine buscó a Damián con la mirada, pero él se hallaba rodeado de hombres que aplaudían y silbaban para dejar claro que aprobaban su magnífica hazaña. Luego lo alzaron en hombros, tambaleándose porque todas las manos querían llevarlo. Él se rió otra vez, pero fue una risa satisfecha y pública. Le dieron la vuelta al ruedo y Damián pasó por delante de donde estaba ella sin dirigirle ni una sola mirada.

Una sensación extraña se apoderó de Katherine, como si por un momento hubiera entrado en un mundo intemporal. Ahora que había regresado, se encontraba fuera de lugar.

Pero eso no era raro. Ella siempre estaba fuera de lugar.

El hormigueo que sentía en la mano exigió su atención. Seguía aferrada a la barra de madera tosca con todas sus fuerzas y le hizo falta un momento de fuerza de voluntad para soltarse. Tenía la palma de la mano y las yemas de los dedos de un blanco reluciente. Fue estirando los dedos, uno a uno, y sintió los pinchazos de un millar de agujas bajo la piel. Sangraba alrededor de una astilla grande que tenía en la base del pulgar.

—¿Qué opinas de eso, doña Katherina?

Ella levantó la mirada de su mano y la dirigió al padre de Damián. No le dio tiempo a disimular, a recobrar la compostura y ser la pragmática seria y formal que sabía que era.

Se alegró de que su voz brotara con normalidad.

—No es muy habitual. ¿Es así como se desarrollan todas las corridas de toros?

Don Lucian de Sola sonrió.

—Nunca. Nunca he visto un torero torear con semejante coraje —le tomó la mano en la que sentía calambres y le dio un masaje al tiempo que miraba a la multitud que con vítores pasaban una bota de vino a Damián—. Claro que es mi hijo.

—Los invitados parecen estar de acuerdo en que toreó con valentía —Katherine sonrió al anciano caballero que la había guiado por aquella sociedad extranjera y le había enseñado sus costumbres.

—El toro es muy peligroso, mucho más de lo que imaginas.

—Pues resulta que pude imaginar bastante —repuso ella con exasperación.

—Fantasías de mujer —se rió y le dio unas palmaditas en la mano—. Tendría que haberlo sabido. Eres una mujer sensible.

—¿Ah, sí? —asombrada por el hecho de que la hubiera juzgado tan mal, no dejó ver que estaba molesta—. Querrá decir sensata.

—Claro. Por supuesto. Creí que estabas preocupada por lo que pudiera pasarle a mi hijo.

—Sí, estaba preocupada. Ha sido mi patrón durante casi un año —dijo con remilgo.

—Cierto —presionó la astilla con los dedos y cuando ella se sobresaltó le miró la palma. Entrecerró los ojos y se abrió el abrigo—. No llevo encima las gafas de leer —apartó la palma tanto como pudo y centró la vista—. Vaya, vaya. No debes dejar que esto se infecte.

—Me la sacaré —le aseguró Katherine—. Tengo un botiquín en mi habitación.

—¿Y dónde lo conseguiste?

Ella sonrió al ver el asombro de don Lucian.

—Lo traje de Boston, no tenía ni idea de lo que iba a encontrarme aquí en las tierras inhóspitas de California.

El hombre resopló con menosprecio.

—¿Son tan inhóspitas como imaginabas?

Katherine dirigió la mirada al ruedo atestado de gente.

—En ciertos aspectos.

—Eso no es lo que se supone que tienes que decir —la reprobó con seriedad fingida—. Se suponía que tenías que asegurarme que mi Rancho Donoso es igual que tu Boston, y que te encanta estar aquí.

Su graciosa reprobación dibujó una sonrisa en el rostro de Katherine.

—Me encanta estar aquí, y California no es igual que Boston, es mejor. Es limpia, radiante y nueva. Cuando los Estados Unidos anexen este territorio, será el mejor que hayan adquirido jamás.

—No le digas eso a Damián —le ordenó.

—¿Por qué? ¿Acaso no quiere que los Estados Unidos se anexionen California? México no lo ha hecho bien como soberano.

—Antes Damián hubiera estado de acuerdo contigo —la tomó de la mano buena, se la llevó al brazo con una cortesía de otra época y fue paseando con ella en dirección a la hacienda.

Los cuatro días anteriores de fiesta habían permitido que Katherine conociera más a los californios. Al final todo el mundo acabaría reuniéndose en la hierba buscando el fresco de la sombra de los árboles. Sólo los pocos que querían escapar de la multitud sofocante del ruedo ya se apiñaban en los bancos. Los demás irían regresando poco a poco en busca de un refrigerio.

Don Lucian recordó, con voz pensativa:

—Hace dos años instó al señor Larkin a la anexión.

Katherine, que tenía la cabeza en otra parte, preguntó:

—¿A quién?

—Al cónsul norteamericano. Damián instaba a la anexión a todo aquél que quisiera escucharle. Ahora Norteamérica amenaza con quitarle las tierras a Damián cuando sean jurisdicción de los Estados Unidos y Damián teme por los derechos de los californios bajo la nueva ley.

Katherine se mordió el labio y frunció el ceño.

—Mi tío es abogado, mi padre era abogado y yo sé un poco de leyes. La transferencia de los derechos sobre las tierras de una jurisdicción a otra puede resultar difícil, pero creo que los Estados Unidos serán justos en sus decisiones.

—Explícaselo al señor Emerson Smith. Es un buitre que quiere arrebatarle la herencia a mi hijo.

—¿El señor Smith? ¿No es ese hombre alto con cara de palo?

Don Lucian asintió con la cabeza.

—El que parece haberse escapado del circo.

La poca delicadeza del comentario y la brusquedad de su voz la sobresaltaron.

—¿Por qué está en esta fiesta si don Damián le tiene antipatía?

—Todo el mundo es bienvenido. Es nuestra manera de hacer las cosas.

—Sí —dijo ella, que se detuvo para mirarlo de frente—. Ya lo he notado, y estoy muy agradecida.

—No lo decía por ti —su expresión se suavizó y su mirada se volvió cariñosa—. Tú eres de la familia.

—Gracias otra vez. —Las palabras parecían inadecuadas, superficiales, pero no sabía cómo expresar la gratitud que sentía. En Boston le habían enseñado que era una carga, una responsabilidad que había que soportar. Esa gente, los californios, no tenían sentido de posición y rango, acogían en su seno a amigos y desconocidos sin distinción. Y a ella la habían tratado con más cariño, más dulzura, más delicadeza. Katherine vaciló al expresarse, por miedo a ofender, y dijo en voz baja—: Se comporta como si yo fuera la hija pródiga que hubiera regresado de mis viajes.

Don Lucian se acercó más a ella y le pasó el brazo por los hombros.

—Eres la hija que nunca he tenido.

Katherine lo miró.

—Nadie parece darse cuenta de que no soy más que el ama de llaves. Los demás sirvientes me ayudan con respeto. Los invitados se empeñan en tratarme como si fuera una apreciada amiga.

—Pues nos alegramos. —Se detuvo a la sombra del árbol, cerca del tronco—. Deja que te lleve con doña Xaviera Medina. Seguro que ella tendrá instrumentos adecuados para ocuparse de esa astilla y así no tendrás que abandonar la fiesta.

—No podría hacer eso.

—Tonterías. —Katherine retrocedió, pero él se volvió hacia la matrona que estaba sentada en un banco y se abanicaba con despreocupación—. Doña Xaviera, ¿podría ayudar a nuestra joven amiga?

La mujer llevaba un vestido negro que parecía una tienda de campaña, diseñado para ocultar su amplio contorno y permitir que el aire la refrescara. Dirigía la fiesta como una reina, o como la anfitriona no oficial, que era lo que parecía. Tomó la mano que don Lucian le puso delante y la examinó. Con un movimiento suave y lánguido se sacó de detrás de la oreja una aguja de sombrero de cinco centímetros y la introdujo rápidamente bajo la piel de la palma de Katherine. La astilla desapareció con sólo un poco de dolor, pero le salió sangre y Katherine se sentó al lado de doña Xaviera porque de repente le flaquearon las piernas.

—Nuestra joven amiga no es tan valiente como le gustaría que creyera usted —observó doña Xaviera, que tomó a Katherine del cuello y se lo empujó hacia abajo.

—Parece que no.

Don Lucian se movió para ocultar la debilidad de la joven a los ojos de las otras damas y Katherine se concentró en controlar las náuseas, volvió el rostro a un lado y tragó aire a bocanadas. Dejó las manos colgando junto a sus pies. El viento ayudó un poco, así como el masaje que la mano fornida de doña Xaviera le estaba dando en los hombros. Cuando se sintió lo bastante bien como para incorporarse, se irguió y la mano se retiró de su espalda. Se reclinó en el tronco del árbol con un suspiro y el pelo le cayó en torno a los brazos.

—Ay, señora Medina —se quejó—. Usted también, no.

—Te sujetas el pelo tan tirante que te debe de cortar la circulación —repuso la señora simulando reprobación—. Deberías dejártelo suelto. Atrae la mirada como un río de oro.

Katherine intentó no demostrar su exasperación. Aquellos aristócratas de cabello oscuro estaban fascinados por su pelo rubio. No importaba lo bien que se lo sujetara, ni lo caro que fuera el tocado que lo cubriera, cuando se encontraba con un grupo de hombres o mujeres, siempre terminaba con el pelo en torno a los brazos y los alfileres desaparecidos en el suelo.

Se figuraba que se había convertido en un juego, un juego que empezaba cuando le soltaban el pelo y terminaba cuando ella se ruborizaba. Habían descubierto que se ruborizaba con facilidad. Habían descubierto que no estaba acostumbrada a los cumplidos. Les había parecido una combinación demasiado irresistible como para pasarla por alto.

Las mujeres observaban con benevolencia en tanto que los hombres alababan sus ojos. El verde del mar al salir el sol, decía uno. La calma serena de un lago de montaña, decía otro.

La elogiaban por su piel. Como el beso dorado del sol, decía uno. Con el calor del dulce rocío de las pecas, coincidía otro.

Y todo el mundo, hombres, mujeres y niños, comentaban con admiración su figura. Si bien en Boston su estatura era poco más de la media, allí sobresalía entre las mujeres españolas, más bajas y rollizas. Hacían que tuviera la sensación de que sus brazos largos y sus piernas juguetonas eran gráciles como los de una bailarina. Se quedó asombrada al darse cuenta de la avidez con la que había empezado a escuchar los elogios… y de lo mucho que quería creerlos. No obstante, no sabía cómo tratar con su informalidad. No entendía cómo podían deshacerle el peinado y acariciarlo con los dedos al tiempo que mantenían un porte civilizado.

—¿Por qué no llevas la mantilla que te di? —le preguntó doña Xaviera—. Es negra, pero romántica y femenina.

Katherine respondió con un reproche severo:

—Por eso no me la pongo nunca.

Su respuesta no provocó más que una risa ronca y una suave palmadita en la mejilla.

—Llegará el momento en que quieras coquetear, sonreír, dejar de lado esos vestidos negros raídos. Ya casi ha terminado tu año de duelo.

—Soy consciente de ello, señora —asintió Katherine con rigidez.

—Los hombres que tanto admiran tu belleza no tardarán en quedar liberados de la restricción de la propiedad y se apiñarán en torno a ti—. La señora Medina se pasó el abanico por delante de la cara con una seguridad perezosa. —Tu piel color crema relucirá bajo el encaje negro. Quédate con la mantilla.

—Sí, señora. —Katherine no confiaba en poder moverse, en poder levantar las manos para sujetarse el pelo sin volver a sufrir un vahído, de modo que miró a doña Xaviera sin volver la cabeza—. Gracias por ayudarme —le dijo—. No soporto ver sangre.

—Pobrecita —doña Xaviera le rozó el brazo—. No es de extrañar.

Katherine quería cambiar de tema, no quería dar vueltas al recuerdo de su dolor, y comentó:

—Nunca he visto nada parecido a esto.

—¿Esto?

—Esta fiesta. Se diría que ha venido media California.

—La otra media ha mandado sus disculpas por no poder asistir —coincidió doña Ximena.

—En Boston no tenemos nada comparable a esto —Katherine hizo un gesto con la mano.

—¡Qué aburridos sois los americanos! —dijo doña Xaviera con un humor indulgente.

Katherine pensó un poco en ello. Con una mezcla de festejos y banquetes, juegos y exhibiciones, la fiesta celebraba el día de Damián. La tradición de celebrar la festividad del hijo mayor era una costumbre traída del Viejo Mundo. El sentimiento de tradición, de una cadena intacta que se remontaba a la noche de los tiempos la emocionaba, y estuvo de acuerdo:

—Sí, supongo que somos aburridos. Sólo había norteamericanos sentados a la mesa de mi tío. Aquí están los españoles cuyas familias se establecieron en California hace setenta y cinco años. Hay norteamericanos, que vienen a California a comerciar. Hay rusos, alemanes e ingleses.

—Te gusta estar aquí —afirmó doña Xaviera con autoridad serena.

—Mucho.

—Bien. Eso te hará la vida mucho más fácil.

Doña Xaviera se rió, con un leve sonido grave, y Katherine enarcó una ceja. No había sido su intención resultar graciosa; no obstante, su reserva innata le hacía imposible cuestionar a una dama tan venerable. En cambio, preguntó:

—Todos los otros hombres que torearon lo hicieron a caballo. ¿Por qué desmontó don Damián?

Don Lucian meneó la cabeza.

—Para que a este viejo le salgan unas cuantas canas.

La señora Medina protestó:

—Tú no tienes canas, Lucian. Tu pelo es de un distinguido color plateado.

El hombre le sonrió pero se dirigió a Katherine:

—En España y en México se torea a pie, y al final, cuando el toro se da cuenta...

—¿Se da cuenta? —Katherine enarcó la otra ceja.

—El toro mejoró. ¿No te fijaste?

—Me lo pareció, pero ¿cómo podría saberlo un animal estúpido?

Don Lucian, consternado, levantó un dedo para hacerla callar.

—Los toros no son estúpidos. Son animales poderosos, astutos y valientes. A un toro sólo se le torea una vez. Sólo una vez, porque se da cuenta de que el capote es una ilusión y nunca cometen el error de volver a atacarlo otra vez. En España, en México, cuando eso ocurre el torero coge una espada y mata al toro. Aquí en California no somos tan idiotas. Nuestro ganado es nuestra vida, nuestro recurso más preciado. Toreamos a caballo para dar a nuestros hombres una pequeña ventaja sobre la bestia dinámica e inteligente.

Doña Xaviera suspiró y dijo:

—Tu hijo tenía que dar un espectáculo.

—Su mujer estaba mirando. —Sobresaltada, Katherine echó un vistazo a su alrededor esperando ver a esa mujer, pero don Lucian continuó hablando—: Se comporta como un pavo real ante la oportunidad de exhibirse.

—¿Dónde aprendió a saltar al toro? —preguntó la mujer mayor—. Te aseguro, Lucian, que se me detuvo el corazón al verlo allí parado mientras el toro se precipitaba hacia él.

—Le enseñé yo —Lucian se encogió de hombros frente a la mueca horrorizada de la mujer—. Nuestra familia lo ha practicado desde tiempos inmemoriales. Pero sólo en la noche cerrada, por miedo a que nuestras esposas nos sorprendan.

Xaviera movió la cabeza con una expresión divertida y serena.

—Y con vaquillas. Dios sabe que son muy traicioneras. Cuando se enfrentó a ese toro y me di cuenta... —se metió las manos en los bolsillos de su chaqueta corta—. Espero que sobreviva al cortejo.

—Oh, sí, sobrevivirá —la dama abrió el abanico y empezó a moverlo con languidez frente a su rostro—. Creo que al fin ha conseguido tener la atención de su querida.

—Desde luego. Estaré interesado en observar el ritual del cortejo. Promete ser poco habitual.

Katherine se sentía como si fuera una muñeca de porcelana: expuesta pero fácilmente ignorada. Aprovechó el tiempo para mirar en derredor, para ver si podía descubrir a esa mujer a la que Damián cortejaba con tanta intensidad.

Sólo había una señorita a la que no conocía. Una joven alta y tímida que rondaba por detrás de doña Xaviera, y Katherine tuvo la seguridad de que debía de ser la candidata para tener la mano de Damián. Una cabellera de un negro azulado le caía como una cascada por la espalda y parecía demasiado pesada para su cuello delicado. Tenía los hombros redondeados, como los de una niña que hubiera crecido más que las muchachas de su edad y se encorvara para compensar la diferencia. El sol ardiente de California no había tocado su tez pálida. Batió los párpados con timidez mientras Katherine la observaba con una mirada directa y movió las manos con agitación.

—Vietta. —Doña Xaviera se dio cuenta de su presencia y la llamó para que se acercara—. Me alegra verte aquí. ¿Ya te has recuperado de tu enfermedad?

La chica llamada Vietta se acercó cojeando, ladeada con evidente dolor. Katherine sintió una gran compasión, y admiración por Damián. ¡Qué hombre tan noble que amaba a una chica discapacitada de nacimiento o por alguna desgracia!

—Doña Xaviera —Vietta respondió a su saludo y cuando habló su voz sonó como las campanas de una misión—. Me encuentro mejor, gracias, y no podía estar lejos de Damián… de su celebración ni un día más.

Doña Xaviera se deslizó a un lado del banco a modo de invitación, pero Vietta le hizo caso omiso y se acercó más a Katherine. Ésta se dio cuenta de que no era tan joven como parecía de lejos. En sus ojos ardía una especie de fervor y unas arrugas diminutas enfatizaban su entrecejo. La boca caída le daba un aire demacrado y malhumorado, pero también encerraba una inteligencia tan evidente que Katherine sintió una afinidad inmediata.

Katherine esperó hasta que doña Xaviera llevó a cabo las presentaciones.

—Katherine, ésta es Vietta Gregorio, la hija de uno de nuestras familias más antiguas y más nobles. Hasta que su familia se mudó a Monterey, fue vecina de los de la Sola. ¿Te acuerdas, Lucian, de cómo solía andar por ahí detrás de Damián y Julio e intentaba hacer todo lo que ellos hacían?

—Ya lo creo que sí —respondió.

Katherine le dirigió una leve inclinación de cabeza mientras permanecía sentada y murmuró:

—Tengo mucho gusto en conocerla.

Doña Xaviera continuó diciendo:

—Vietta, ésta es Katherine Maxwell.

—Vas de luto —interrumpió Vietta con una brusca falta de respeto por sus modales y los de la señora.

No era lo que Katherine había llegado a esperar de los californios, con sus interminables cumplidos y su amabilidad, pero respondió con suavidad:

—Sí, soy viuda.

—¿Reciente?

—¡Vietta! —la reprendió doña Xaviera.

—No pasa nada —dijo Katherine para calmarla, y a continuación contestó a Vietta—: Hace menos de un año.

—¿Por qué estás aquí?

«Vaya —razonó Katherine—, eso lo explica todo. Está celosa, no tiene confianza en Damián», y se le ocurrió tranquilizarla:

—Soy el ama de llaves de don Damián. Me aseguro de que la casa se lleve con eficiencia durante el tiempo en que está ausente, para que así cuando regrese se encuentre confortable.

—Él está aquí casi siempre.

—No, le aseguro que no.

—Ésta es su hacienda favorita.

Katherine sonrió pero con reserva.

—Yo no he visto ninguna muestra de ello.

Vietta se daba golpecitos en la cintura con sus dedos nerviosos.

—Siempre está aquí.

Katherine no pudo evitar sentir una punzada de dolor con la insistencia de Vietta. Se había dedicado a tener aquella casa preparada en todo momento para las infrecuentes visitas de Damián. Contuvo la incomodidad y repuso:

—Después de instalarme aquí partió hacia su rancho del Valle Central. Venía de visita muy pocas veces y yo lo veía a la hora de la cena. Durante el día cabalgaba con sus vaqueros u organizaba el abastecimiento de los graneros.

—¿Eso es todo?

—Rara vez se limpiaba las botas en el porche.

—¿Y entonces por qué te contrató a ti? —preguntó Vietta—. Eres una desconocida, una americana, y todos sabemos lo que piensa Damián de los americanos.

—¡Pero, niña...! —gruñó doña Xaviera, pero don Lucian puso a Vietta en su sitio.

—La contrató por su encanto —sonrió, hizo una reverencia, tomó a Katherine del brazo y se la llevó de allí.

—Pobre chica —murmuró Katherine mientras caminaban—. ¿Cómo se quedó coja?

—Dicen que tuvo una caída... veamos, el agosto pasado, cuando estaba descansando en las montañas. En mi opinión, lo que necesita descansar es su lengua.

Sorprendida por la ira de su voz, Katherine lo detuvo poniéndole la mano en el brazo.

—¿Por qué lo dice? Ah... por su grosería. Don Lucian, habló en español con tanta rapidez que me costó seguir todo lo que decía. En cuanto a por qué lo dijo, no debe prestarle atención. Es joven, y tiene miedo de no poder retener a su hombre.

—¿Joven? —resopló—. Es mayor que tú.

—Seguro que no —replicó con suavidad—. Yo tengo veinticuatro. Sin duda soy mayor.

—Vietta es mucho mayor que tú. Y no tiene ningún hombre, ninguno la aceptará. Es demasiado... demasiado...

—¿Inteligente?

—Yo hubiera dicho malhumorada, pero sí, también es inteligente. Más de lo que le conviene.

—Eso es lo que siempre dicen los hombres sobre las mujeres que son menos decorativas que listas.

Don Lucian le alzó la mano en la suya y posó los labios en el dorso.

—Por suerte para ti, tú eres las dos cosas.

Katherine le sonrió, divertida.

—Gracias. Es usted todo un caballero.

—Y tú eres toda una bella durmiente.

Katherine estaba tendida en la cama de plumas mirando al techo. El aire nocturno refrescó con rapidez y llevó el frío hasta el dormitorio del desván en el tercer piso. El viento soplaba contra las cortinas y ella sabía que debería levantarse a cerrar la ventana, pero estaba cansada, invadida por el agotamiento que conlleva el trabajo duro.

Lamentablemente, el cansancio no podía cerrar su mente. Los temores que había mantenido a raya durante el día le iban dando vueltas en la cabeza entonces y parecía no tener control sobre ellos.

Imágenes de Damián: saltando el toro, levantando las manos para celebrarlo. Imágenes de Damián: con aspecto de dios, mirándola a los ojos.

Era guapo.

No se había dado cuenta hasta entonces. Llevaba demasiado tiempo en estado de shock, y achacaba a eso su falta de atención. A eso y al hecho de que no estaba acostumbrada a buscar belleza en las complexiones morenas y ojos oscuros de los españoles. Aquel día se había fijado en Damián y eso le había supuesto un trastorno que la sacudió de raíz.

Por supuesto, había recuperado el control sobre sí misma de inmediato. Una dama de Boston nunca revelaba sus emociones ni con palabras ni con actos. Cuando vio fugazmente a Damián después, moviéndose entre sus invitados, hablando con Vietta, había sido capaz de admirarlo como se admiraría una estatua o cualquier obra de arte.

Pero aquella noche, en aquel momento, no resultaba tan fácil.

Se había reído de ella. ¿Por qué se había reído de ella?

Damián había vuelto hacía dos semanas para preparar su fiesta de cumpleaños. Se había quedado en la casa y Katherine había visto lo íntimamente que se había relacionado con sus criados, con su familia. Ella admiraba a un hombre que sabía lo que quería y cómo conseguirlo. Manejaba a la gente con un instinto muy bien afinado que Katherine valoraba, tranquilizaba los ánimos y mitigaba los errores haciendo de cada persona una pieza importante de los preparativos y la ejecución.

A veces Katherine se preguntaba por qué su encanto y su habilidad nunca la incluían a ella, pero era una mujer honesta.

Era una desconocida. Damián había hecho lo que era honorable al ocuparse de ella, nada más. Nunca desperdiciaría con Katherine Chamberlain Maxwell la sonrisa que le dirigía a su anciana niñera desdentada. Los abrazos que daba a los niños indios nunca incluirían a Katherine Anne. La trataba de forma distinta porque ella era distinta, y haría bien en no olvidarlo.

Una ráfaga de viento apagó la vela y Katherine se sobresaltó ante la oscuridad repentina. Era noche cerrada, las nubes pasaban rápidamente empujadas por la brisa y una luna diminuta se asomaba de vez en cuando con timidez. Katherine estaba inquieta, se tumbó de lado con la mejilla apoyada en la mano. Con un poco de fuerza de voluntad podría contener aquellos pensamientos sobre Damián y sus acciones enigmáticas y quedarse dormida. Antes del año pasado nunca había tenido problemas para dormir; era demasiado sensata para semejantes tonterías.

De modo que a dormir, se ordenó, y a soñar con cualquier cosa menos con Damián.

Cayó en un sueño profundo como cae una piedra en un pozo, con un descenso largo y oscuro.

La lluvia le mojaba la cara. La niebla le impedía ver. Estaba de rodillas en medio de la calle.

Oía el rugido del océano amortiguado por la distancia. Oía murmurar a la gente a su alrededor y a una mujer que gritaba. Lo oía de verdad. Estaba allí.

Olía el estiércol de caballo que tenía debajo de las rodillas, pero no podía enmascarar el otro olor. El olor de la sangre.

Podía verlo a él. Yacía boca arriba en el barro, con la boca abierta y la mandíbula torcida. Katherine no distinguía bien sus rasgos. Se lo impedían la niebla y la sangre que salía a grandes borbotones rítmicos. Unas manos de mujer le apretaban la garganta para intentar contener la sangre. Las manos se sacudían con cada chorro que manaba.

El sonido de las olas parecía ser el sonido de esa sangre, pero la sangre se detuvo y las olas no.

Las manos se apartaron y eran sus manos. Las volvió una y otra vez y pudo sentirla. Toda aquella sangre tan resbaladiza. No quería lavársela porque la sangre era de él.

Y luego no pudo lavársela. No se iba. La sangre se filtró tan profundamente que notaba su sabor.

21 de mayo, año de Nuestro Señor de 1777

«Los indios que vagan por las montañas del interior y que viven en el gran valle central son feroces y salvajes. Nuestra misión se fundó para convertirlos al verdadero Cristo y traer la salvación a sus almas. Yo dirigí la misión puesto que Dios me había metido la idea en la cabeza. Soy un hombre fuerte, sano, decidido y bien capacitado en las artes de la medicina. Entre los hermanos franciscanos en California, se me considera el curandero más capaz. La gracia de Dios envía la curación a través de mis dedos y sólo me resulta imposible ayudar a los más desgraciados. Fray Amadís habla el idioma pagano de los indios. Fray Patricio es carpintero, igual que nuestro Señor Jesucristo. Luis Miguel, Joaquín de Córdoba, Lorenzo Infante: todos ellos llevaron a cabo su propósito especial. A pesar de lo frágil que es, fray Lucio suplicó poder venir también y Pedro de Jesús me convenció para traerle.

Ahora sólo quedamos cuatro: Amadís, Patricio, Lucio y yo».

Del diario de fray Juan Esteban de Bautista.

Capítulo 2

Katherine bajó por las escaleras a tientas en la oscuridad, bien arrebujada en su capa de lana. Valiéndose del tacto fue avanzando por el pasillo hasta la puerta y supo que había encontrado el estudio de Damián cuando llegó a él; el aroma del humo del cigarro puro había impregnado la habitación. Cruzó la puerta abierta, inhaló aquel olor dulce y cálido y empezó a relajarse.

A Katherine no le gustaban los puros; le parecían extravagantes y sucios, pero, para ella, el olor de aquellos cigarros en concreto simbolizaba la seguridad. Extendió las manos en la oscuridad y las estiró hasta que rozó la mesa con los dedos. Apoyó un dedo en el borde con volutas y lo fue recorriendo poco a poco hasta que distinguió las cristaleras que se veían un poco más claras que el resto de la pared. Sabía que al otro lado estaba el balcón del segundo piso. Allí era donde quería estar.

Con dos pasos grandes y cautos se situó contra las puertas. Las palpó buscando el pomo, lo hizo girar y empujó. Tal como esperaba, el viento entró precipitadamente por el hueco e intentó arrancarle la puerta de la mano. Katherine la abrió poco a poco y salió. California se extendía ante ella bajo la luz de la luna. Las nubes corrían por el cielo formando unas bandas oscuras que pasaban por encima del valle llano y angosto del río Salinas.

Al salir dejó las pesadillas encerradas en la casa y apoyó los codos en la baranda. Inspiró profundamente, con un estremecimiento. Hacía mucho tiempo que no le sobrevenía aquel recuerdo, aquella sensación de terror. Había tenido la esperanza de que nunca volviera. Lo ocurrido hacía un año le había cambiado la vida, había destruido sus aspiraciones. La predicción de desastre de tía Narcissa había resultado correcta; ¡cómo hubiera disfrutado esa mujer sabiéndolo!

Oyó el clic del pestillo a sus espaldas y se dio media vuelta rápidamente. Damián cerró la puerta al entrar, fue hacia la baranda y apoyó los brazos en ella al lado de Katherine, envuelto por el aroma del humo. Él también contempló Rancho Donoso, el río Salinas, que era un mero hilito plateado, y la llanura flanqueada de montañas.

—¿No puedes dormir, Katherine?

Le habló en inglés, tal como siempre hacía en las raras ocasiones en que estaban solos. Su voz sonó grave y amable, exactamente como el Damián controlado que ella siempre había conocido. No quedaba ni rastro del magnífico torero de la tarde.

—¿Cómo lo supiste?

—Confieso que estaba sentado en mi estudio y te vi pasar.

—¿A oscuras? —eso la hizo sentir incómoda—. ¿Qué estabas haciendo?

—Pensando.

Eso la hizo sentir más incómoda aún.

—Doy gracias porque no ha habido peleas entre los chicos Valverde y los Real. Normalmente me paso toda la fiesta interviniendo en una pelea tras otra.

Katherine se relajó.

—¿Por qué no se han peleado esta vez?

El tono de voz de Damián se tiñó de un regocijo irónico:

—Los tengo a todos muy entretenidos. ¿Qué es lo que no te deja dormir? —Damián no era más que una voz a su lado, una voz que sonaba extraña, tensa—. Cuéntamelo —insistió.

—Soñé con Tobias.

—Bueno —tosió levemente—. Eso me pone en mi sitio.

Parecía tan divertido que Katherine no se preguntó qué quería decir con eso. Lo único que sabía era que podía hablar con él; era la única persona a la que recordaba allí en la calle con ella.

—Soñé con la sangre.

Damián se puso serio.

—¡Oh, querida! —puso la mano sobre la de Katherine y ella se dio cuenta de que las tenía juntas como un solo puño apretado.

—Sigo pensando que si hubiera estado más cerca de él no hubiera ocurrido.

—Si hubieras estado más cerca de él probablemente también estarías muerta.

—Al menos podría haber visto quién lo hizo.

Damián guardó silencio. Luego preguntó, como quien ya lo ha preguntado en muchas otras ocasiones:

—¿No viste a nadie?

—Estaba oscuro y llovía.

—Era de noche, pero no llovía —la corrigió—. Había luna, y la iluminación de las luces de las casas permitía ver.

—¡Estaba lloviendo! Había agua por todas partes.

—Lágrimas y sangre.

—A duras penas podía verle.

—Estabas histérica. Gritabas. ¡Dios mío, cómo gritabas! Volví atrás por tus gritos. —Por un momento su lógica calmada dio paso al horror y apretó las manos de la joven con fuerza. Se dominó, como siempre hacía, y continuó diciendo—: Te encontré arrodillada en el barro, intentando contener la sangre de su garganta. Se había congregado una multitud de gente y tú los maldijiste. Maldijiste el olor, el ruido, incluso el océano. Decías que hacía que la sangre saliera más deprisa.

—Y luego la sangre dejó de salir.

—¿Cómo puedes acordarte de todo eso y no acordarte de quién lo hizo?

Katherine se llevó las manos a la frente y se la frotó como si pudiera pulir la información y sacarla de su cabeza.

—Tal como acabas de observar, lo que recuerdo no es correcto.

Damián agitó una mano en el aire.

—Recuerdas perfectamente el curso de los acontecimientos. Te marchaste de mi casa...

—...después de la recepción nupcial que nos ofreciste. Hacía una semana que yo había desembarcado en Monterey. Tú y Tobias habíais venido a recibirme.

—Tan sólo una semana —suspiró como si no pudiera creérselo.

—Lo organizaste todo para que nos casáramos enseguida con una ceremonia inglesa. Fuiste nuestro padrino de boda y nos prestaste tu casa en tanto que tú te quedaste con los Medina para que así pudiéramos estar solos.

—Sí.

Lo dijo con adustez, pero ella no hizo caso porque estaba sumida en los recuerdos del momento más feliz de su vida.

—Organizaste nuestra recepción en tu casa. Después de que se marcharan los invitados, Tobias y tú me engatusasteis para que fuéramos a la cantina para una cena tardía. Tú te adelantaste para encargar la comida. Yo me detuve a hablar con la señora Medina. Tobias me esperó pero la señora le dijo que me acompañaría cuando termináramos de hablar y él se fue.

—Eres un alma confiada, ¿sabes? —Damián se enderezó, metió la mano en el bolsillo y sacó uno de sus cigarros largos y finos. Lo hizo rodar entre los dedos y lo olfateó con el aprecio de un entendido—. Viniste aquí conmigo después de que mataran a tu marido sin pensar en los hechos. Podría haber sido yo el que le cortara el cuello.

Su actitud parecía marcadamente crítica, pero Katherine dijo con absoluta certeza:

—No. No fuiste tú.

Damián se puso el cigarro en la boca, sacó una cerilla de madera y la raspó contra el papel abrasivo. Hubo una lluvia de chispas, el olor nocivo a huevos podridos, y la cerilla se encendió.

—¿No me parezco al agresor?

—No vi al agresor —insistió ella, que observó en sus ojos el breve resplandor del cigarro que se encendía, y Damián sacudió la llama para apagarla—. La señora Medina me dejó en la esquina. Vi a Tobias, su cabeza reluciente delante de mí, cruzando la calle —Katherine examinó la escena mentalmente y se volvió a mirar a Damián. El humo del cigarro que tenía entre los dedos se alzaba en torno a ambos. Las nubes se habían alejado de la luna y una luz débil iluminaba el rostro de Damián. Katherine le puso las manos en los hombros con serio candor—. Siempre supe que podía confiar en ti, incluso cuando no era capaz de pensar. Tú no estabas cerca de allí cuando lo mataron, yo sí. Tú no me conocías de nada —sus dedos lo aferraron, temblaban—. Tal vez fui yo quien le cortó el cuello.

Katherine malgastó su candor. Damián torció la boca y se esforzó por mantener una expresión seria.

—No. Por varias razones, no. Si pudieras haberte visto aquella semana... estabas radiante. Te resplandecía el pelo como si fuera la propia luz del sol, tus ojos cambiaban con todos tus estados de ánimo. Verde cuando discutías, azul con tu felicidad, un gris perezoso cuando estabas soñolienta. Los hombres caían como tontos a tus pies y tú ni siquiera te dabas cuenta.

—¿Ah, sí, eso hacían? —preguntó Katherine, cautivada.

—¡Una pregunta típica de una mujer! —bajó la voz, que sonó más profunda—. Y no es muy propio de ti actuar como una mujer.

—¿Y cómo qué he estado actuando si no?

Él se metió el cigarro en la boca con decisión.

—Como alguien envuelto en algodón, ajena a los acontecimientos que tienen lugar a su alrededor pero aun así cumpliendo con su deber sin pensarlo conscientemente.

Katherine retiró las manos como si Damián quemara.

—Has estado observándome.

Una expresión indecisa cruzó por el semblante de Damián. Se sacó el cigarro de entre los dientes y examinó el extremo encendido como si fuera algo absolutamente fascinante. Cuando respondió, lo hizo en un tono despreocupado e indiferente.

—¿Cómo podría haberte observado? No he estado aquí.

Katherine no respondió. Damián tenía razón, por supuesto, pero había algo en su actitud que hizo que se sintiera incómoda otra vez. Durante el año anterior se había mostrado amable pero distante; bondadoso pero indiferente. Había dejado que la joven se adaptara y sólo se tomó tiempo para enseñarle el español suficiente para comunicarse con sus criados, tras lo cual la dejó sola en la casa.

Lo cierto es que Katherine se había sentido aliviada. Atenazada por la impresión tras la muerte de Tobias, había hecho lo que Damián le había dicho sin pensar en el futuro. Pero cuando la impresión se fue desgastando y dejó una mayor conciencia, Katherine se había dado cuenta de la posición de don Damián de la Sola.

No era un filántropo anciano. Tenía la misma edad que Tobias. Con treinta y un años, Tobias había sido mayor que Katherine, pero ella tenía veintidós el día en que había aceptado su proposición. De manera que Damián tenía una edad que a ella le atraía, y Katherine se asustó sólo con pensarlo. Como una niña que brindara una distracción, arguyó:

—Yo podría haber planeado su muerte de algún modo.

—Tendrías que haber sido la mejor actriz que Dios hubiese creado. Sin embargo, no es tan sólo el hecho de cortarle el cuello a alguien. Tobias era mi mejor amigo, y no era idiota. No era un hombre corpulento pero sus manos tenían la fuerza de un trabajador. ¿Cómo pudo alguien haberse acercado tanto a él como para cortarle el cuello?

—¿Qué quieres decir?

—Hay muchos extranjeros que vienen a vivir a California. Algunos de ellos tienen un pasado despreciable. Tobias lo sabía. Era un hombre cauto, pero uno no va y le corta el cuello a alguien en medio de una multitud.

Katherine hizo una mueca cuando le sobrevino de nuevo el recuerdo de la sangre. El pánico acechaba no muy lejos, sintió un escalofrío repentino y se frotó los brazos con las manos.

Damián no pareció verlo, estaba recordando la mente aguda de su amigo y buscando una respuesta al rompecabezas.

—Debió de pensar que el asesino no representaba ningún peligro para él… y el cuchillo debía de estar muy afilado.

—¡Le robaron!

—Desapareció su cartera —la corrigió—. Sólo la cartera. Ni el reloj, ni los anillos. Tobias no era un hombre rico. ¿Por qué se llevaría el ladrón la cartera cuando el oro de sus joyas suponía mucho más dinero seguro?

—No lo sé.

—Y cortarle el cuello… Para eso hace falta habilidad. En aquel momento pensé que tal vez el culpable fuera un trabajador agrícola o un ranchero. Alguien con experiencia en el sacrificio del ganado. —Se dio otra vez la vuelta hacia la baranda, apoyó los codos en ella y contempló las vistas.

Sacrificado como un novillo. La comparación la ponía enferma. Sacrificado como un animal estúpido sin alternativa. Un hombre simpático, un hombre decidido, un hombre al que le encantaban los niños, los acertijos y contar una buena historia. Un hombre que se llevaba bien con todo el mundo, que le inspiró tanta confianza como para unirse a él en sus viajes y ser su esposa.

¿Quién podía quitarle la vida a un hombre de una manera tan fría, metódica y despreocupada? ¿Quién pudo disfrazarse de tal manera que Tobias no sospechara en ningún momento el hielo que corría por sus venas? De repente Katherine sintió náuseas, se llevó la mano a la boca lentamente y no pudo contener un estremecimiento.

Pero aquel dolor ya la había embargado antes. Lo dominó, como otras veces. En su interior sensato y bien ordenado sabía que aquella reacción olía a indulgencia. Sabía que desmayarse al ver sangre era una muestra de debilidad y que debía suprimir los sueños que la perseguían. Nunca se había enfurecido, no había gritado ni demostrado abiertamente ningún signo de dolor emocional. Hacerlo hubiera sido una debilidad… pero ¿por qué, después de casi un año, seguía aún tan afectada?

Damián, sumido en su propia furia vana, no se dio cuenta de nada aparte de su silencio, e intentó explicarse más.

—Todos los que averigüé que sabían de semejantes maneras de matar tenían una coartada. He hecho todo lo que he podido para encontrar a su asesino, y no he encontrado nada.

La desesperación de Damián hendió la niebla de sufrimiento que rodeaba a Katherine. Él también sufría por la muerte de su compadre, y sufría de un modo distinto a ella. Él era el patrón, el señor de sus tierras, de su gente. Se consideraba responsable del bienestar de todos aquellos que dependían de él. Aquel profundo sentido de la responsabilidad protegía a sus familiares y amigos como un paraguas.

Tanto si debía hacerlo como si no, Damián se consideraba responsable de la pesadumbre de Katherine. Se sentía con la responsabilidad de hacer justicia por la muerte de Tobias que aún no se había vengado. Su compasión conmovió a Katherine, su abatimiento le dio el coraje para hablar. Le joven le rozó ligeramente la mano con los dedos.

—Te estoy agradecida.

—¿Qué?

Parecía desconcertado y ella procuró explicarse.

—Te estoy agradecida. Te agradezco tu búsqueda del asesino de Tobias. Te agradezco todo lo que has hecho por mí.

—¿Agradecida?

Lo preguntó con voz ronca, pero ella se lanzó, temerosa de detenerse por miedo a perder el valor.

—Sería una grosera despreocupada si no lo mencionara. Nadie hubiera sido tan amable como lo has sido tú. Al acogerme en tu casa, darme un trabajo, pagarme bien —se le empañó y le tembló la voz a medida que enumeraba sus atenciones. Bajó la cabeza y notó unas lágrimas trémulas en las pestañas—. Si alguna vez hay algo que pueda hacer para devolverte el favor de algún modo…

—No —tiró el cigarro al suelo y lo aplastó con el tacón.

—¿Cómo dices?

—No. No quiero que me devuelvas el favor —se irguió con orgullo, con los hombros tensos y sacando pecho. Adoptó la misma expresión que cuando se estaba enfrentando a los cuernos del toro pero Katherine no entendía por qué—. Todo lo que hice lo hice por Tobias. No tuvo nada que ver contigo. Nada.

Giró sobre sus talones, se dirigió a la puerta con paso resuelto y la abrió de un tirón. El viento la empujó y la golpeó contra la pared de la hacienda con estrépito. Damián se marchó en silencio y Katherine se lo quedó mirando, asombrada por el orgullo ultrajado de aquel hombre.

Los jinetes se precipitaban por la pista con gran estruendo, controlando sus caballos palominos con brío y destreza. Katherine estaba sentada sola en el escalón más alto del porche con los brazos en torno a las rodillas, emocionada a su pesar. Los hidalgos eran todos como centauros, criados para la silla de montar desde que nacían. Estaban entregados en cuerpo y mente a las carreras. Las señoras daban gritos excitados y rompían los abanicos contra los bancos sombreados cuando los hombres pasaban como un rayo. Pronunciaban a voz en cuello los nombres de sus esposos, hijos o amigos al tiempo que con sus ojos centelleantes y sus gestos exuberantes daban muestras de placer.

Hubo muchas risas cuando don Julio de Casillas ganó a Damián por una cabeza, y Katherine sonrió a don Lucian con vacilación cuando éste subió por la escalera hacia ella.

—No entiendo qué es lo que les hace tanta gracia.

Don Lucian tomó asiento en el extremo de un banco y encendió uno de sus cigarros.

—Damián dijo que había perdido porque era un buen anfitrión y dejó ganar a Julio.

—Ah —Katherine miró a la multitud vociferante que rodeaba a los jinetes y evitó mirarlo—. ¿Y eso no es correcto?

—Ni Julio ni Damián han tenido nunca en cuenta los modales cuando se les ha presentado la oportunidad de sobrepasar al otro —le aseguró él—. ¿Te han gustado las carreras?

—Sí. Fueron… emocionantes, de un modo un tanto extraño.

—Aún haremos de ti una california.

—Para mí es una experiencia única. A las mujeres no se les permite asistir a este tipo de entretenimientos en Boston. Allí son los hombres los únicos que se divierten —le dirigió una sonrisa remilgada.

—¿Lo ves, doña Katherina? —le rozó la mejilla con la mano—. Pensaba que debías de estar enfadada conmigo. Te negabas a mirarme.

Debería haber sabido que él se daría cuenta. Normalmente Katherine no era tan cobarde. Solía mirar a todo el mundo a los ojos, pero aquel día se sentía cohibida. Sentía una reserva que se había originado aquella misma mañana, cuando los sirvientes habían limpiado los cristales rotos del patio de Damián. No se había mencionado ni una sola palabra y a Katherine le extrañaba aquella ausencia de preguntas y comentarios. ¿Qué podía decirle a don Lucian? Se impuso una mentira piadosa y dijo:

—Anoche rompí una ventana.

Él dio unas chupadas a su cigarro.

—Sí, ya te oí… romperla.

Katherine tenía la cabeza gacha y, con una voz que parecía surgir de entre sus brazos, preguntó:

—¿Quién más lo oyó?

—Un pajarito de la hacienda, que es rápido y certero —respondió él indirectamente.

—¿Lo saben todos? —Katherine se había preguntado si alguna vez podría guardarse un secreto en una casa tan grande y cuántos de los invitados sabían que Damián había hablado con rudeza a su ama de llaves.

Don Lucian le dio unas palmaditas en el hombro.

—No te disgustes. No es sensato.

¿Acaso se estaba burlando de ella? Katherine alzó la cabeza de golpe y estudió la expresión de aquel hombre, pero él estaba mirando los acontecimientos que tenían lugar por debajo de ellos.

—¡Mira! —soltó un grito de alegría y se puso de pie—. Damián intenta pelear con Julio.

Distraída, Katherine también se levantó y entrecerró los ojos para protegerse del sol de la tarde. Dos figuras danzaban la una en torno a la otra, una de ellas vestida de negro y la otra como un arcoíris de colores brillantes.

—¡Pero bueno! Don Damián intenta romperle la cara a ese hombre.

—Pareces horrorizada. ¿Acaso no creías que Damián fuera un hombre?

Su actitud era tan superior, tan divertida, que Katherine alzó el mentón. Hizo caso omiso de la voz interior que le recordó que el día anterior, sin ir más lejos, había visto exactamente lo hombre que era Damián y soltó un resoplido.

—¿De verdad? ¿Así es como juzgan aquí a un hombre? ¿Por su habilidad con los puños?

—Considero que mi hijo es un hombre porque sólo utiliza los puños con aquéllos capaces de defenderse. Sólo exhibe sus talentos ante aquéllos capaces de apreciarlos y sólo corteja a la mujer a la que ama.

Katherine dijo, con tensa dignidad:

—Parece ser que los amigos de los caballeros que peleaban los han separado. ¿Qué hacen ahora esos mozos de cuadra? —señaló a los chicos que salían corriendo a la pista, uno de ellos cargado con una jaula de gallos y el otro con una pala.

Don Lucian aceptó el cambio de tema sin ningún escrúpulo.

—Se entierra a un gallo hasta el cuello en la arena en medio de la pista de carreras. Los jóvenes caballeros pasan cabalgando y sacan al gallo del suelo agarrándolo por la cabeza.

Katherine hizo una mueca. El gallo no tardó en salir un tanto malparado. Enterraron a otro gallo en un agujero y se lanzó hacia él otro joven, que iba tan inclinado en la silla que prácticamente montaba el costado de su caballo. Katherine se tapó los ojos y por encima de los fervientes vítores dijo:

—Tal vez no haga de mí una california —oyó un grito, un golpe sordo y un quejido tan fuerte que sacudió la atmósfera.

—Tendrás que disculparme —don Lucian tiró el cigarro en el escalón y lo aplastó con el tacón—. El joven Guillermo se acaba de romper el brazo.

Katherine se puso de pie con él.

—Discúlpeme usted también. Mandaré llamar al curandero y prepararé una cama.

Don Lucian le respondió con un gesto de la mano y saltó del porche con una vitalidad que se contradecía con sus años.

Los criados, que ya estaban preparados para ese tipo de emergencias, asumieron la responsabilidad sin apenas discutir la autoridad de Katherine, que en el fondo se sintió agradecida de librarse de aquella tarea. Al salir de la habitación del paciente, oyó que el tío de Guillermo le decía al padre:

—Tu pequeño se ha ido para siempre. Ahora ya es un hombre adulto.

—¡Qué valiente! —exclamó con entusiasmo la chica adornada con lazos que lo velaba en el pasillo.

Katherine no creía que Guillermo fuera valiente, ella lo consideraba un estúpido. Aquella fractura no iba a soldarse bien y el muchacho iba a quedar dolorido para el resto de su vida. Aparecería el reumatismo y todos los días de frío se acordaría de aquella vez que se cayó del caballo y se dio contra el suelo con tanta fuerza que se le rompió el hueso.

—¿Lo ve, don Lucián? Nunca seré una california —dijo en voz alta.

—¿Perdón, señora Maxwell? —una criada miró por el pasillo buscando a la persona con la que hablaba Katherine. Su desconcierto al no ver a nadie incomodó mucho a Katherine.

—Nada, nada —contestó.

La muchacha se encogió de hombros, acostumbrada a las rarezas de su ama.

—Dice Leocadia que se ha terminado todo el vino escogido antes de la fiesta y que debe hablar usted con don Damián. Tiene que seleccionar más y usted tiene las llaves.

—¿Ahora? —preguntó Katherine, horrorizada.

—Sí. Los invitados están sedientos con toda esta excitación. Beben por el regreso de la primavera, por Guillermo, por… por cualquier cosa. Necesitamos el vino ahora mismo.

—Claro, iré a buscarlo. —«Dentro de un momento», pensó al tiempo que se alejaba a toda prisa. Primero necesitaba prepararse para el impacto de ver a Damián. Salió al porche y respiró hondo varias veces. No lo vio, y se alegró por ello. Debería encargarse del trabajo de inmediato, pero su propia mortificación la mantenía acobardada en el porche. Si se atreviera iría a buscarlo. Si se atreviera, se enfrentaría a una escena como la de la otra noche con aplomo. Si se atreviera, le exigiría una explicación por su insólito comportamiento.

No se atrevía. Odiaba las escenas. Era una cobarde.

Observó a la multitud hasta que divisó a Cabeza Medina y lo llamó por señas. El muchacho, de dieciséis años, acudió corriendo y se detuvo en el escalón por debajo de ella con una amplia sonrisa en su atractivo rostro.

—¿Me necesita, señora Maxwell? —coqueteaba con la mirada y le dio unas connotaciones inapropiadas a su pregunta.

Katherine miró al joven de arriba abajo, empezando por la punta de sus botas de gamuza y terminando en los flecos de su sombrero con ribete dorado. Su inspección no logró hacer mella en la vanidad del muchacho, que posó para ella. Katherine frunció el ceño y le dijo:

—Necesito que me hagas un favor, si eres tan amable.

—Mi corazón está en sus manos —se llevó la mano a los volantes almidonados de la camisa y le hizo una leve reverencia.

Su manera de arrastrar las palabras y su coqueteo descarado ha hicieron sospechar.

—¿Has estado bebiendo vino? —se apartó para evitar la mano del joven que intentó agarrarle la cofia negra que llevaba.

—Sí, señora. ¿Tampoco le parece bien que se beba vino? —La maniobra de Katherine resultó infructuosa; el joven le agarró la cofia y se la metió en el bolsillo.

—No en un chico tan joven —respondió ella—. ¿Y qué quieres decir con «tampoco»?

El chico se acercó más a ella con paso vacilante y el olor dulzón del vino le abanicó el rostro.

—Madre dice que no le gustamos ninguno de nosotros.

Katherine le propinó unas manotadas en los dedos que iban en pos de sus horquillas y se quejó:

—No sé a qué te refieres.

Cabeza se echó hacia atrás en el peldaño y estuvo a punto de perder el equilibrio. Katherine lo agarró por la solapa y lo puso derecho. El chico no pareció darse cuenta y prefirió explicar:

—Nunca sale a bailar con nosotros. No se pone la mantilla de encaje que le dio mi madre. Nos frunce el ceño continuamente —la miró con ojos de miope—. Como ahora.

—¡De ninguna manera! Las damas no fruncen el ceño —lo frunció aún más—. Os aprecio mucho a todos. No creo en hacer amistades que tengan que romperse cuando me marche de aquí.

—¿Marcharse de aquí? —preguntó angustiado y la miró con asombro—. Ésta es su casa.

—Estrictamente hablando no lo es, mi casa está en Boston, en los Estados Unidos de América. Aquí soy una extranjera. Hablo vuestro idioma con acento.

—No, no, no. —El muchacho suspiró.

—Tengo otros hábitos, costumbres distintas.

—Encantadores y pasados de moda.

—Debo marcharme de aquí —concluyó Katherine.

—¿Marcharse? —parecía atascado en esa palabra—. No puede marcharse.

—Te aseguro que puedo marcharme cuando quiera.

—¿Acaso no hemos hecho que se sienta acogida? ¿No nos hemos convertido en su familia?

Cabeza parecía ofendido y Katherine se apresuró a afirmar:

—Por supuesto que sí, todo el mundo ha sido de lo más generoso y amable. Pero tienes que admitir que aquí estoy fuera de lugar. Soy como un mirlo en un nido de cardenales y pinzones. —«Y de urracas cotorras», añadió para sus adentros, porque por nada del mundo querría herir los sentimientos de Cabeza diciéndolo.

Él repuso con un canturreo:

—Su cabello dorado, sin ir más lejos, ya le vale un lugar entre los pájaros más hermosos del mundo. La llamamos Amanecer —la observó con picardía—. ¿No lo sabía?

—¡Menuda tontería! —replicó ella con enérgica resolución—. Ya sé lo que soy. Tengo un espejo.

—Me temo, señora, que su espejo da una imagen distorsionada —afirmó, y parecía seguro de sí mismo, más bien divertido por la franqueza de Katherine—. Un día no muy lejano se dará cuenta de quién tiene razón.

Katherine controló la irritación que le provocó que la reprendiera un hombre tan joven como él.

—He estado ahorrando el generoso salario que don Damián ha estado pagándome este último año. Ya casi he ganado lo suficiente para mantenerme durante un extenso período de tiempo. Pronto me marcharé.

—¿Don Damián está al corriente de esto?

—No lo hemos hablado nunca, no, pero estoy segura de que comprenderá que no puedo quedarme aquí en la hacienda para siempre —respondió Katherine. Pero era más que eso, se daba cuenta de que él quería que se fuera. Él quería que se marchara y ella había trabajado para tal fin—. Pero esto no tiene importancia. Quiero que le lleves un mensaje. Tengo que verle enseguida. Lo esperaré en la biblioteca. ¿Puedes decírselo?

—Por usted, señora, puedo hacer cualquier cosa —le hizo una profunda reverencia y se tambaleó. Empezó a caminar de espaldas al tiempo que la miraba con el aire masculino de un joven libertino y masculló—: Ha estado ahorrando para el pasaje de vuelta a casa. Esto explica por qué esconde esa magnífica figura bajo esa vieja ropa de luto.

Katherine giró sobre sus talones. Se le soltó el pelo y las horquillas se desparramaron por el suelo gracias a los dedos inquisitivos de Cabeza. Entró sigilosamente en la habitación a la que llamaban biblioteca, se sentó en el diván y se echó el pelo hacia atrás por encima del hombro. Se lo peinó con los dedos y se lo trenzó. Como estaba preparada para la inevitable pérdida de sus horquillas, sacó un lazo del delantal y se ató las puntas.

La incomodó darse cuenta de que se habían hecho conjeturas acerca de su forma de vestir. La angustió darse cuenta de que la prenda de ropa que le habían regalado tenía una motivación. Lamentó que Tobias no estuviera allí; él le diría cómo manejar la situación. Metió la mano en el bolsillo lateral y sacó el reloj enorme que había sido de Tobias. Pasó la mano por las decoraciones de oro y plata de la tapa. Era una obra de arte y el recuerdo más querido que tenía de su esposo.

Tobias era relojero, un suizo obstinado que había llegado a Massachusetts para ejercer su profesión. Como era un hombre inquieto, se había marchado a California movido por el atractivo de nuevas tierras, nuevas leyendas, nuevas exploraciones. Ésa había sido una de las cosas que lo habían atraído de él, esa mezcla de absoluto sentido práctico y visiones imposibles.

En algunas ocasiones, antes de que Tobias muriera, Katherine había soñado con cosas imposibles. Un sueño la había llevado a California. Con su boda había brotado un sueño que floreció durante la corta semana en la que estuvieron casados. Y todos los sueños se habían marchitado con la sangre de la calle.

Había llegado el momento de marcharse, de dejar a sus amigos en aquella tierra cálida y dorada y encontrar un nuevo lugar. El sueño había terminado.

Katherine accionó el cierre del reloj y la tapa se abrió de golpe. La música llenó el aire y ella sonrió. Una canción muy poco corriente la que su pragmático suizo incorporó a su reloj. *Bonnie Barbara Allen*, con su tragedia de amor perdido y la melodía que hacía aflorar lágrimas a sus ojos. Cantó en voz baja con su voz cristalina:

«A él le dieron sepultura en el bajo coro,
Barbara Allen descansaba en el alto;
Una rosa brotó del seno de Barbara Allen
Y del pecho de él, una zarza.

Y crecieron y crecieron hasta el campanario.
Hasta que ya no pudieron crecer más,
Y se enroscaron y entrelazaron en un nudo de amor verdadero…».

Notó un cosquilleo en la nuca que hizo que se levantara. Recorrió la habitación con mirada inquieta y sólo vio las cortinas oscuras, el mobiliario pesado, la luz tenue de las velas del candelabro. Miró de nuevo, y entonces lo vio.

El abrigo y los pantalones negros que llevaba se fundían con las cortinas y su rostro no era más que un borrón oscuro. Estaban solos, igual que la noche anterior, pero aquélla era distinta. Aquella noche le brillaban los ojos, tenían una viveza que Katherine nunca había visto, y el sesgo de sus cejas parecía pronunciado y demoníaco.

—Don Damián —balbuceó Katherine, que cayó en la cuenta con incomodidad de que el hombre la había estado observando mientras se trenzaba el pelo y cantaba. Se metió el reloj en el bolsillo—. No te oí entrar.

Él dio el paso adelante que lo acercó a Katherine.

Demasiado cerca. Katherine tartamudeó, deseó que él no se pareciera tanto a una aparición de la noche, deseó que apartara su mirada hipnotizadora de su rostro.

Empezó a decir a toda prisa:

—Te mandé llamar para decirte...

Él le cogió la mano y se la llevó a los labios.

—No digas nada, Catriona —susurró—. Pronunciaremos nuestras palabras de otra forma.

El calor de sus labios la impresionó. Su expresión la horrorizó. Y el leve mordisco en la yema de su pulgar la sobresaltó e hizo que retirara la mano de golpe.

¿Catriona? ¿Quién era Catriona?

—Ay, don Damián. Has cometido un error.

Le tapó la boca con la otra mano. Se quedaron allí los dos como un juego de estatuas: la mano contra la boca, la boca contra la mano.

—Eres tú quien ha cometido un error, Catriona.

Capítulo 3

No había duda; la furia dominaba a Damián. Él repitió:

—No digas nada —deslizó la boca hacia su muñeca y apretó los labios contra el pulso retumbante. Katherine notó su aliento cuando murmuró—: O encontraré otra forma de sellar tus labios.

Katherine se quedó paralizada. Damián le fue recorriendo el brazo con la boca, hasta el codo, y ella maldijo las mangas abiertas que llevaba.

Su bigote rozó la piel delicada del interior del codo, su lengua la probó y eso fue demasiado. Katherine protestó:

—¡Don Damián! Debo decirte…

Él había estado esperando que hablara. Le rodeó el hombro con la mano y tiró de ella para atraerla hacia sí.

Katherine clavó los pies en el suelo, decidida a resistir, pero por primera vez se dio cuenta de lo mucho que Damián descollaba sobre ella. Se dio cuenta de que podía levantarla de puntillas con tan sólo una mano en la cintura; se dio cuenta de que cuando le rodeó la cabeza con los dedos no podía moverla.

Notó los músculos del cuerpo de Damián apretado contra el suyo desde el pecho hasta las rodillas.

Aquello no le gustaba.

No le gustaba la forma en que él abrumaba su buen juicio con la mera intimidación. No le gustaba cómo olía, a tabaco, brandy y menta, ni la fuerza de su cuerpo que, junto al de Katherine, hacía realzar la vulnerabilidad de la mujer, ni le gustaba ver su rostro tan pegado al suyo.

No le gustaba la paciencia de la que hacía gala Damián mientras ella miraba y lo agarraba, ni la manera en que le cosquilleaban las partes heladas de su cuerpo con sólo pensar en saborearlo.

Katherine no sabía qué hacer. Nunca se había atrevido a imaginar una experiencia semejante. Los labios de Damián estaban demasiado cerca; sólo una idiota abriría la boca para protestar. Sin embargo, la paciencia que ella percibía aún acechaba allí, una leve sonrisa y luego el susurro:

—Catriona.

Ella olvidó su sensatez.

—No soy...

Damián se abatió sobre Katherine, tal como ella sabía que haría.

Sabía tanto a humo como ella imaginaba. Esgrimía la lengua como un arma en un asedio mientras ella se resistía. Katherine no se dejó afectar y decidió quedarse inerte.

Damián la inclinó contra su brazo, le apoyó la cabeza en su hombro y la besó hasta que ella respondió a su beso. El mundo se convirtió en un lugar de oscuridad absoluta que ningún color alcanzaba y que, sin embargo, arremolinaba sus sentidos en un pozo de placer. Tenía el mismo efecto que una droga, transformaba a la sencilla Katherine Anne en una criatura de los sentidos.

Katherine alzó las manos y le agarró el pelo a Damián. El cabello se deslizó entre sus dedos como la seda y ella lo enroscó como si fuera una cuerda para mantener su rostro cerca. Le gustaba la textura que tenía; tuvo ganas de masajearlo con la palma de la mano pero temía soltarlo. Temía que él retirara la boca.

El deseo fluía de la boca de Damián y entraba en la suya, un deseo que le tensaba los músculos del estómago. Luego llegó el consuelo, un bocado ridículo para el apetito de Katherine. Luego otra vez el deseo, esta vez más intenso, que se sumó a su anhelo anterior y que la empujaba hacia arriba y dominaba su cuerpo con una rigidez alerta.

En esta ocasión él no la alimentó. La dejó con la miel en los labios y separó la boca. Tenía el pulgar sobre su mandíbula y le echó la cabeza hacia atrás. Posó los labios contra el hueco de su cuello; ella forcejeó y soltó un grito. Era muy sensible en aquel punto. Nadie la tocaba allí.

Aquel hombre utilizaba su lengua y su aliento embriagador y la sensación no fue de cosquilleo. No sentía ganas de reír, sino un torrente de calor puro en todo el cuerpo.

¿Cómo podía ser que un beso como aquél se difundiera desde su cara y su cuello y se extendiera por todos sus miembros? ¿Cómo podía ser que buscara y encontrara el centro de su cuerpo? Un sonido intentó escapar de sus labios, una descarga de emociones como nunca había imaginado que desearía.

Lo reprimió, pero él parecía saberlo. Katherine sentía la emoción de Damián vibrante en sus brazos. Notó que la alzaba del suelo. Luego depositó su cuerpo en el diván.

Fue un movimiento hábil, hecho por un maestro. Realizado con lentitud suficiente para que ella no se alarmara al notar que caía y, sin embargo, lo bastante rápido para que supiera lo que estaba ocurriendo y se alarmara… se alarmara por el mensaje que él le transmitía.

Katherine suspiró, alzó los párpados, que le pesaban, y lo miró. Su rostro delgado revelaba una dura satisfacción.

—¿Comprendes lo que esto significa, Catriona?

Ella no dijo nada, había enmudecido por las emociones que nunca había imaginado sentir.

—¿Lo comprendes? insistió—. Nunca te alejarás de mí. He estado esperando el momento oportuno, esperándote a ti. Escucha. ¿Oyes lo que te estoy diciendo?

Desde luego que lo oía. Ella era suya, para hacer lo que se le antojara. No podía moverse a menos que él se lo permitiera; no podía gritar o se ganaba un beso. No podía rechazar su pasión, porque la pasión de Damián reducía su inteligencia a menos que un susurro.

Sin apartar la mirada de Katherine, Damián levantó la rodilla y le separó los muslos con ella.

—¿Lo entiendes? —susurró.

Aquello fue demasiado. Para su cuerpo, que llevaba demasiado tiempo siendo casto; para su dignidad, tan raída como su vestido.

—¡Entiende tú esto! —se echó hacia atrás con una sacudida, se lanzó hacia delante y le propinó un cabezazo debajo del mentón. El golpe no fue como debería haber sido, pues la estaba observando con mucho detenimiento e interpretó sus intenciones. Pero le ofreció una oportunidad a Katherine.

Damián soltó una maldición y la agarró.

La niña enjuta que había sido había aprendido bien la lección. En las peleas con sus primos había caído derrotada muchas veces, pero sólo cuando los cuatro chicos y las dos chicas habían saltado sobre ella a la vez. Aquella pelea contra un solo hombre estaba casi igualada cuando él no podía esgrimir su arma más potente: la propia sensualidad de Katherine.

Uno de los puños de Katherine lo alcanzó en la nuez antes de que él se echara hacia atrás. Con el otro puño le retorcía el cuello de la camisa. Si Damián no hubiera tenido la rodilla tan bien metida entre sus piernas, Katherine hubiera podido utilizar todo el cuerpo. La rodilla de Damián le sujetaba la falda y la falda le sujetaba la cintura. Katherine tiró hacia un lado y luego hacia el otro.

Damián atrapó uno de sus puños, que se agitaban.

—Catriona. ¡Eres una arpía! ¡Cuántas veces te he llamado así en mi cabeza!

Le atrapó la otra mano; Katherine alzó el cuerpo en un esfuerzo colosal y convulsivo, un enorme intento de liberarse. Oyó un desgarrón y soltó un grito ahogado, consternada.

Damián oyó el desgarrón y sonrió lentamente con picardía.

—Un vestido nuevo, Catriona mía. Debes tener un vestido nuevo enseguida.

Limitada por un vestido roto que se rompería aún más si se movía, con las manos inmovilizadas por las de él, le gritó:

—¡Don Damián! ¡Tienes que escuchar!

Él mostró su dentadura reluciente.

—Puedo escuchar mañana.

—Escucha —lo instó ella de nuevo, y Damián levantó la cabeza.

—¡Don Damián! —lo llamaban desde el otro lado de la puerta del patio—. Don Damián, tiene que venir. Nos hemos quedado sin vino.

—Tan sólo faltan dos días —Katherine consoló a los criados mientras los ayudaba a sacar de la cocina las fuentes de fruta, queso y empanadas y a llevarlas hasta las mesas de banquete vacías bajo los árboles.

—Dos días más y podremos empezar a limpiar —comentó Leocadia, que frunció los labios—. Eso nos llevará días y días y días —y exclamó dirigiéndose a los demás—: ¡Espaciad las bandejas de manera uniforme, idiotas!

Katherine sonrió a la señora que había ejercido de ama de llaves antes que ella.

—Siempre puedo confiar en que verás el lado positivo.

La sangre india de Leocadia mantenía las expresiones alejadas de sus rasgos; su sangre española cantaba en su voz articulada.

—Tres comidas gigantescas al día además de las golosinas que no paran ni un momento de comer. Don Damián me sustituyó porque creyó que yo ya no podía soportarlo más. Llevo cincuenta y tres años a cuestas y él piensa que una fiesta acabará conmigo.

Katherine dejó la fuente sobre el mantel con un golpe y rodeó a Leocadia con el brazo.

—Sabes que sólo te apartó para darme un lugar en el que estar. Sabes que lo hizo para que mi orgullo no resultara herido.

Leocadia no movió ni un solo músculo de su rostro, pero sus ojos negros se volvieron a mirar Katherine.

—Ya lo sabía. Pero no me había dado cuenta de que usted también.

—No lo he sabido con seguridad hasta ahora mismo, cuando tú misma lo has dicho —sonrió al ver la mueca de Leocadia, que reconoció entonces que Katherine la había atrapado con su astucia. Para consolarla, Katherine añadió—: ¿Por qué otro motivo si no iba a reemplazar a una sirviente de confianza? Gozas de buena salud, la hacienda está organizada de un modo que funciona sola y el patrón no es un hombre que se desprendiera de un criado leal sin motivo, de modo que… —se encogió de hombros.

Leocadia arrancó un grano de uva del racimo que había en la fuente y se lo ofreció a Katherine.

—Coma. Necesita algo para alimentar esa cabeza demasiado bien dotada que tiene. —Espantó a la media docena de doncellas—: ¡Moveos, moveos! La cena está preparada, los aperitivos están en la mesa. Ahora tenemos que limpiar y prepararnos para el desayuno de mañana.

Unos quejidos de proporciones gigantescas llegaron hasta ellas y Katherine se dio media vuelta para regresar a la cocina. Leocadia la detuvo.

—Quédese. Como usted misma ha dicho, en realidad no la necesitamos. Puede alternar con los invitados, charlar un poco. Tal vez pueda encontrar a don Damián y discutir su posición de ama de llaves.

—¡No! —saltó Katherine con un rechazo instintivo. Se calmó y se tranquilizó diciéndose que nadie sabía nada del desafortunado incidente en la pequeña biblioteca. Repitió—: No. Don Damián está demasiado ocupado con sus invitados para perder el tiempo conmigo.

Leocadia no sonrió, pero Katherine se figuraba que bajo aquella superficie impasible acechaba el regocijo.

—Don Damián siempre tiene tiempo para mí. Y seguro que soy menos importante que la mujer que tiene el privilegio de su compañía. Pero si no quiere conversar con él quizá encuentre a un americano y tenga ocasión de hablar su idioma.

—Lo dudo. No hay muchos norteamericanos aquí.

—Aquí hay demasiados norteamericanos —frunció los labios—. Rondan como polillas gigantes, a la espera de instalarse y devorar la tela de nuestro mundo.

—No quiero hablar con una polilla.

—Pero es que usted es la llama que las atrae —Leocadia hizo una señal con la cabeza mirando por encima del hombro de Katherine y a continuación se perdió en la noche.

—Señorita Maxwell.

Katherine apretó los dientes y se dio media vuelta.

—Señor Smith. ¿Hay algo que pueda ofrecerle?

—El placer de su compañía.

El hombre descollaba sobre ella. Era demasiado de todo. Demasiado alto, demasiado delgado, demasiado simpático, demasiado campechano. Le brindó una pequeña reverencia. Dio la impresión de que su torso largo le haría perder el equilibrio al inclinarse, pero no derramó ni una gota de su cerveza.

Sonrió a Katherine desde su inmensa altura y enseñó una mala dentadura.

—Estas señoritas españolas son todas tan bajitas que tengo la sensación de que las aplastaré con el tacón. Es agradable ver a una mujer lo bastante alta como para poder hablar con ella —recorrió a Katherine con la mirada como si el cumplido borrara la insolencia de sus ojos.

Ella sonrió con un leve y tenso movimiento de los labios. Su halago no era más que un injusto menosprecio por la gente que ella encontraba tan atractiva, y se sintió ofendida.

—La señorita Vietta es mucho más alta que yo. Quizá disfrutaría de su amistad con ella.

—No sé quién es.

Katherine enarcó las cejas, desconcertada.

—Le vi hablando con ella.

—No era yo.

—Seguro que no caería en quién era ella.

—No he hablado con ninguna Vietta.

Se inclinó hacia ella y Katherine retrocedió ante la oleada de vapores de cerveza que le llegó. Reprimió el impulso de abanicar el aire con la mano y asintió:

—Lo que usted diga. Pruebe las empanadas, aún están calientes del horno —para alivio de Katherine, se le iluminaron los ojos de gula y se apartó para inspeccionar la comida.

—Bueno, gracias, señora. Es una buena idea —dejó el vaso sobre el mantel blanco que cubría la mesa de caballete. Su mano grande se cernió sobre el plato y tocó primero una empanada, luego otra, se abatió sobre la más grande y se la llevó a la boca, que la estaba esperando. Miró a Katherine por el rabillo del ojo y comentó—: Soy un hombre grande, y estos bocados apenas me entretienen el apetito.

—Lo siento. —Katherine se disculpó aunque en realidad no sentía ni pizca de remordimiento—. Yo soy la responsable de la comida. Hablaré con la cocinera y le diré que prepare algo especial para usted.

El hombre se atragantó con la pasta hojaldrada y tosió. Katherine le tendió el vaso de cerveza, que él apuró con los ojos lacrimosos.

—No quería decir eso. Está haciendo un trabajo magnífico teniendo contentos a todos esos extranjeros. Sé que debe darles de comer lo que quieren, pero no tiene nada que ver con la comida norteamericana de verdad.

—Comida norteamericana de verdad —repitió ella con aire pensativo—. Para mí, la comida norteamericana de verdad significa alubias con salsa de tomate y pan integral. ¿Quiere que le prepare un poco?

—Bueno, no lo sé —no sabía qué decir, buscaba el tono correcto para una actitud conciliatoria—. No puedo decir exactamente si las he comido alguna vez.

—Sin embargo, los colonos de Plymouth comieron alubias con salsa de tomate y pan integral casi desde el primer invierno.

—Los colonos no desembarcaron allí donde yo vivo —sonrió con buen humor.

—Entiendo. —Katherine no ubicaba su acento y le preguntó con verdadera curiosidad—: ¿Dé dónde es usted?

—De Washington D.C. —respondió él con orgullo—. El pulso de la nación. Nací allí. Me crié allí. Amo esa gran ciudad y sé más cosas que nadie sobre la capital. Si tiene alguna pregunta sobre nuestro gobierno, pregúnteme sin dudarlo. Me complacerá explicárselo.

—¿Qué fue lo que le hizo venir al Oeste, señor?

—Ah, bueno, me acometió el impulso de viajar —se encogió de hombros con aire incómodo y soltó un fuerte eructo—. No es una falta de buenos modales, es la buena cerveza —estalló en carcajadas y agitó los brazos con regocijo mientras que ella lo miraba, fascinada—. Está claro que a estos chicos no se les olvidan las guarniciones, ¿eh?

Había eludido su pregunta. Katherine se preguntó qué delito habría cometido y contra quién. En California no era raro encontrarse con que el hombre que trabajaba como trampero, gerente de una tienda o mozo de labranza hubiera dejado atrás una orden de arresto. Le divertía preguntar, pero no quiso insistir.

Al fin y al cabo, podía ser que la orden fuera por asesinato.

—Sí, los españoles son muy hospitalarios —reconoció Katherine.

—Casi es una vergüenza que los hayamos echado —comentó en tono reflexivo, pero sin atisbo de tristeza.

—¿Echado?

—Sí, claro. No creerá que dejaremos que se queden este pedazo de tierra, ¿verdad? Si no lo tomamos nosotros, seguro que se lo apropiarán los malditos ingleses… y disculpe mi lenguaje, señora.

Katherine recordó lo que le había contado don Lucian y receló de ese hombre.

—¿No cree que los españoles tendrán algo que decir al respecto?

—No. ¡Vamos, no hay más que verlos! —con un gesto de la mano señaló a la gente vistosamente ataviada que charlaba en grupos—. Son de lo más holgazán que hay en el mundo. No luchan por nada. Cada vez que tienen una batalla por una cosa u otra no disparan ni una sola bala. Todo lo resuelven con sus proclamaciones y su palabrería incesante.

—Hay quien consideraría admirable su insistencia en la paz.

—Es una señal de debilidad. Ni siquiera saben cómo disparar un arma.

—Contra un ser humano, no —Katherine percibió la brusquedad de su voz y moduló el tono—. Pero los osos se andan con cautela.

—Eso es otra cosa. Siempre están con eso de atar un oso a un toro y mirar cómo se hacen pedazos. ¡Salvajes!

—Ah —Katherine se echó hacia delante con los ojos centelleantes—. Si miran cómo se matan unos animales son unos salvajes, pero si se niegan a matarse los unos a los otros son débiles.

—Sí —le respondió él con una sonrisa radiante—. Lo ha entendido.

Katherine se echó de nuevo hacia atrás con un suspiro. Si había algo peor que un hombre maleducado e ignorante era un hombre maleducado e ignorante que no se diera cuenta de que lo habían vencido en una discusión.

—Casi todos los españoles…

—No son españoles, son mexicanos.

—México controla California, eso es cierto —reconoció Katherine—. Tengo entendido que hace más de veinte años que tienen a California como una provincia, pero muchas de estas familias vinieron directamente de España. El gobierno mexicano ha hecho muy poco en cuanto a la administración se refiere.

—No son más que un chiste —coincidió él.

—Todos nuestros anfitriones no se consideran mexicanos ni españoles, sino californios. Éste es su hogar, fundado por sus padres y abuelos.

—No cultivan la tierra como hacen los norteamericanos. Ellos tienen ranchos con reses y ovejas. Crían caballos y los montan de manera que sus pies californios no tocan el suelo. No se dedican al cultivo comercial porque no quieren ensuciarse las manos. —Tomó tres empanadas y se las fue comiendo entre maldiciones mientras los jugos calientes de la carne le resbalaban por la barbilla—. ¡Mírelos! Son holgazanes, sólo tienen ganas de cantar, beber y tumbarse a la sombra mientras sus vaqueros trabajan para ellos.

Katherine miró, pero no vio lo que veía el señor Smith. Ella vio a un grupo de personas que estaban contentas por haberse reunido tras un largo año de trabajo en sus ranchos. Cantaban, sí, y también bebían y se tumbaban a la sombra. Los jóvenes bailaban y coqueteaban. Los hombres cotilleaban sobre caballos. Las mujeres hablaban de sus bebés. Los niños iban corriendo de un lado a otro, jugando y comparando juguetes.

Las burlas del señor Smith interrumpieron sus cavilaciones.

—Esta gente toma el camino más fácil, cría el ganado y lo sacrifica por la piel y el sebo. Son una panda de «grasientos».

Katherine nunca había oído ese término pero reconocía un insulto en cuanto lo oía. Su aversión por el señor Smith aumentó y se solidificó en un bloque de antipatía. Adoptó una expresión de interés educado.

—Nuestro anfitrión, don Damián, cultiva la tierra.

—Sí —respondió dándole un sonido sibilante a la palabra.

Katherine lo examinó tal como hubiera hecho con un reptil: asqueada al tiempo que fascinada.

—Sí, don Damián cultiva la tierra, en efecto. Los de la Sola se han establecido en una de las zonas más ricas de California. La han dirigido muy bien.

—¿Y usted la quiere? —preguntó Katherine.

—La tendré. Fíjese en este lugar. Mire esa casa. Blanca como la azucena, alta y amplia, con una fuente en el patio y esos balcones por todas partes. El interior es todo de suelos de madera pulida y alfombras caras sobre las que caminar. Teteras de oro, porcelana fina y un mobiliario magnífico procedente de los Estados Unidos de América. Es un lugar excelente.

La avaricia de aquel hombre la molestó, pero había algo en su tono que no sonaba sincero.

—Los de la Sola construyeron esta casa para vivir con comodidad, no por extravagancia. Hay muchas haciendas que son mucho más impresionantes que ésta. ¿Por qué este lugar?

—A todo el mundo le gusta venir aquí. A todo el mundo le gusta este lugar. Cuando lo tenga, daré fiestas como ésta. Todo el mundo se sentirá orgulloso de asistir.

Lo que Katherine creía era que a Smith la respetabilidad le había sido esquiva. Deseaba tanto aquel lugar que imaginaba que podía comprarlo. Casi sintió pena por él, pero el hombre aún no había finalizado su revelación. Bajó la voz como si fuera un conspirador y dijo:

—Aquí hay riquezas. Si fuera libre de contárselo, le hablaría de riquezas que sobrepasan sus sueños más descabellados.

Aquel hombre creía que Katherine era demasiado boba como para darse cuenta de que, algún día, el suelo fértil y el clima suave podían producir las cosechas que alimentaran al mundo.

—¿Sólo quiere la tierra por su riqueza? ¿Puede ser que haya un matiz de rivalidad en su determinación por poseer la tierra de los la Sola?

—Puede apostar a que sí. Voy a enseñarle a ese mexicano arribista quién está al mando. Él ya lo sabe, además. Mírelo —sacudió la cabeza para señalar el lugar donde estaba Damián charlando con sus invitados—. ¡Habla tan bien y se mueve con tanta habilidad! Viste con esa ropa negra con adornos de plata, se pasea entre esos pavos reales extravagantes que se denominan hombres… destaca como un pulgar ulcerado. Todas las mujeres creen que lo desean. No lo desearán tanto cuando esté sin un céntimo.

—Seguirá siendo atractivo —terció Katherine, que bajó tanto la voz que él tuvo que esforzarse para oírla. Al ver que se sobresaltaba, supo que había dado un golpe directo a su vanidad. Alzó la voz y preguntó—: ¿Cómo iba a perder sus tierras? Sólo soy una mujer. Me temo que no lo entiendo.

—Hay muchas cosas que las mujeres no pueden entender —intentó poner la mano sobre la de Katherine, pero ella se hizo a un lado para arreglar los cuencos de fruta y las bandejas de queso—. Como ya he dicho, soy de Washington D.C. y si necesita saber alguna cosa, estaré encantado de ayudarla.

—Dígame cómo podría perder sus tierras.

Clavó sus ojos verdes en él y el señor Smith se ablandó. En contra de su buen juicio, el hombre expuso:

—Es derecho de los Estados Unidos, y aun diré más, el deber de los Estados Unidos poseer y dirigir todo el territorio que se extiende desde el Atlántico al Pacífico. Esos malditos ingleses están intentando llegar aquí y tomar estas tierras, al igual que han tomado medio mundo. A los rusos también les gustaría, y a los franceses. Pero no pueden hacerlo. Es nuestro.

—¿Es nuestro por decisión de quién?

—Por decisión de Dios.

Katherine sofocó una exclamación de sobresalto.

—¿Acaso alguien habló con Él?

—El presidente James K. Polk —movió la cabeza con expresión de reverencia y temor—. Salí de Washington D.C. hace apenas seis meses y están utilizando un nuevo término para describir lo que está ocurriendo en los Estados Unidos de América. Lo llaman Destino Manifiesto.

—¿Ah, sí? ¿Y eso qué significa?

—Significa que todo este territorio, de mar a mar, debe estar en nuestras manos —bajó la voz en tono conspirador—. El presidente Polk tiene un plan para California, y si hay que adaptar la ley para asegurar su éxito, adaptaremos la ley.

—Entiendo.

—Y los norteamericanos que lleguen aquí primero obtendrán los mejores beneficios.

—¿Por eso está usted aquí? ¿Por los mejores beneficios?

—Sí, señora —con una gran dosis de intención, añadió—: Bueno, debería encontrar un hombre norteamericano para que cuidara de usted. Cuando las cosas se calmen podría ser una mujer rica.

Un atisbo de sonrisa genuina iluminó el rostro de Katherine.

—¿Por qué debería unirme a un hombre? Usted ha dejado muy claro que cualquier norteamericano que viva en California puede acabar con sus tierras confiscadas.

El hombre frunció el ceño, desconcertado.

—Es verdad.

—No necesito a un hombre que robe tierras. Mi tío es Rutherford Carr Chamberlain. ¿Le suena su nombre?

—Bueno… sí, señora. Hace negocios en Washington D.C.

—Sí, en efecto. Difícilmente podría mantenerse alejado de esa ciudad corrupta. De hecho, trabaja para todos los ricos de la costa este, les ayuda a robar a los pobres.

La confianza de Katherine lo dejó perplejo.

—¿Señora?

—Trabajé para él durante años como asistente jurídico sin remuneración.

—¿Una mujer? —el señor Smith soltó una risita.

—Para convertirse en abogado no es necesario ir a la universidad. La mayoría de abogados se colocan de aprendices con otro hasta que adquieren los conocimientos que necesitan. De no haber sido mujer, mi tío me hubiera patrocinado hasta que hubiera aprobado la oposición para poder trabajar en su gabinete. En cambio, le pareció útil colgar una deuda de gratitud sobre mi cabeza.

—Lo siento. No lo entiendo.

—Mi padre, el hermano del tío Rutherford, era abogado. Era de esa clase de abogados que creían en un trato justo para cada hombre, mujer y niño en los Estados Unidos. Nunca tuvimos mucho dinero. Cuando papá murió, mi madre y yo fuimos a vivir con el tío Rutherford Carr Chamberlain y su esposa Narcissa.

—¡Ah! Así supo cómo leer un poco los libros.

—Mi padre me enseñó a leer inglés, latín, griego y alemán —lo corrigió.

—¡Caramba!

Parecía tan asombrado que las sospechas de Katherine se consolidaron. Aquel hombre no sabía leer. Sintió una punzada de compasión que se disipó al instante en cuanto él hizo el siguiente comentario:

—¿Su padre no sabía que aprender de los libros puede dañar a una mujer?

—Pues a ésta no la dañó —replicó ella con brusquedad.

—No, de eso no hay duda —volvió a echar una ojeada a su figura—. Su tío Rutherford dejó que trabajara para él para corresponder a su caridad, ¿eh?

—Lo ha entendido. Me «dejó» hacer toda la investigación legal, todas las comprobaciones de antecedentes y redactar todos sus informes. Después de mi llegada, echó a la calle a uno de sus asistentes explotados y mal pagados. Después de que yo fuera a trabajar para él, su negocio aumentó enormemente.

—¿Por qué?

—No me gusta fanfarronear —era mentira, le encantaba fanfarronear—, pero yo fui el cerebro detrás del éxito actual de mi tío.

Casi pudo ver cómo la mente del señor Smith trabajaba con furia.

—Si eso es verdad, podría entrar a trabajar con otro abogado de aquí y ganarse muy bien la vida.

—Eso es cierto.

—En realidad, no le importó pagarle a su tío por su amabilidad.

—¿Qué amabilidad?

—Al acogerlas a su madre y a usted, darles alojamiento y comida, recibirlas en su familia.

Las palabras del señor Smith avivaron los recuerdos de humillación de Katherine. Recordaba muy bien el desprecio de su tío, los intentos de su tía para desterrarla a la cocina. Recordaba cómo había sufrido su madre, que nunca fue una persona fuerte, en la despensa diminuta, calurosa y mal ventilada que les había servido de dormitorio. En su cabeza vio el rostro preocupado de su madre que instaba a la rebelde de quince años a cuidar sus modales, a hacer lo que le decían. Oyó al tío Rutherford insinuar que las echaría a la calle si Katherine no cooperaba y hacía el trabajo sucio. Sus dientes blancos y afilados habían relucido bajo su barba negra cuando se dio cuenta de que la joven sobrina haría cualquier cosa, lo que fuera, para proteger a su madre. Volvió a experimentar la amarga displicencia que había probado cuando utilizaba su mente y sus conocimientos legales para ayudar a su tío a destruir carreras rivales, a mancillar reputaciones rivales. Y nunca podría olvidar el rostro sonriente que le ofrecía a su madre moribunda todas las noches mientras le aseguraba que disfrutaba con su trabajo.

La muerte de su madre había destrozado a Katherine. La había destrozado por la pérdida de la única persona en el mundo que la quería. La había destrozado por el alivio oculto que sintió. Ya no estaría más tiempo atada a nadie.

Había tardado mucho tiempo en recuperarse. Ni siquiera sabía si ya se había recuperado por completo.

—Eh, señorita Maxwell —Emerson Smith agitó una mano delante de la cara de Katherine—. ¿Se ha ido hasta allí?

Katherine regresó del viejo dolor, miró aquel rostro sonriente que cabeceaba y respondió a su pregunta original:

—No, señor Smith, en realidad no me importaba trabajar para mi tío, pero no por gratitud. Cuando trabajaba para el tío Rutherford la tía Narcissa no podía utilizarme de fregona ni mis primos de niño de los azotes.

Como un perro detrás de un hueso, él ahondó en el tema que quería investigar.

—Pero... ¿no le gustaba el derecho?

—Sí, me agudizó la mente.

Katherine se dio cuenta de que eso lo alegró. El señor Smith se inclinó por encima de la mesa y pasó por alto los racimos de uvas para coger otra empanada de la fuente. Desestimó su éxito juzgándolo de fanfarronería y sus afirmaciones de inteligencia como nada más que tonterías de mujeres.

—Cualquier mujer estaría orgullosa de contribuir al sustento de su esposo cuando éste hace tanto por ella.

—Yo no tengo esposo.

—Juegue bien sus cartas...

—No tengo ninguna necesidad de un marido. Gracias por su consejo. Ha sido de gran ayuda.

—De nada. —Se ablandó con la aprobación de Katherine, pero su desconcierto salió a relucir—. ¿Consejo?

—Me ha hecho caer en la cuenta de que con mis conocimientos legales, mi ciudadanía estadounidense y el tiempo que llevo residiendo en California, podría reclamar esta tierra, la tierra que estoy pisando —dio un pisotón en la hierba—, y será mía.

Al señor Smith se deshizo la empanada entre los dedos.

—¿Cómo dice?

Katherine fue a buscarle una servilleta con pronta eficiencia.

—Sería muy buena hacendada. Tal vez hasta contratara a don Damián como mi mayordomo.

Él cerró sus dedos de nudillos grandes sobre los de Katherine, que hizo una mueca cuando le aplastó el relleno de ternera en la palma de la mano.

—Eso no es posible, señorita. Sé que se habla mucho por ahí de que los hombres no deberían tener tanto poder sobre sus esposas. Si le digo la verdad, son un montón de tonterías.

—¿Ésa es la verdad?

Él asintió moviendo la cabeza con solemnidad, decidido a sofocar esa clase de ideas antes de que arraigaran.

—Yo culpo a la expansión occidental. Esa gente se muda al oeste y reclaman unas tierras. Luego muere el cabeza de familia. Su esposa se hace cargo, cuida de las cosechas y de sus hijos y se las arregla para conservar el derecho a dichas tierras. La cuestión es simplemente que eso no resulta atractivo.

Katherine apartó la mirada de los dedos que tenían entrelazados y llenos de salsa.

—¿No resulta atractivo?

—Las mujeres no están hechas para pensar por sí mismas. Los hombres son más inteligentes que las mujeres. Cualquier mujer debería alegrarse de trabajar para su hombre. La verdad es que ahora, en Washington D.C., se está hablando… sé que es descabellado y no quiero que se ría demasiado, pero se está hablando de que en algunos lugares debería permitirse votar a las mujeres. Sólo en el oeste, como comprenderá, donde no hay mucha población y les hace falta hasta el último voto. Cada mujer votaría lo que el marido le dijera.

—¿Y qué harían las viudas y las solteras?

—¡Ésa es precisamente la cuestión! ¡De verdad que tiene usted muy buena cabeza para ser una mujer! Ése es el problema. ¿Se imagina en qué situación estaría este país si las mujeres entraran de cualquier manera en la cabina para votar y eligieran a quienquiera que sus cabezas de chorlito creyeran mejor?

—¡Cielo santo! ¡Se extendería la paz, la educación estaría abierta a todo el mundo y los pobres tendrían un trabajo remunerado! ¿Qué iba a hacer Norteamérica —Katherine se desasió de un tirón y se limpió las manos, una tras otra, en la chaqueta del señor Smith— si todos sus problemas sociales los resolvieran una panda de mujeres cabeza de chorlito? —Katherine retrocedió un paso y sonrió al ver el rostro atónito de aquel hombre—. Me ha convencido usted, señor Smith. Algún día las mujeres tendrán el voto. No podemos seguir permitiendo que el país esté dirigido sólo por hombres que no saben de leyes ni de literatura.

—Pero bueno, usted… —la agarró y la asió por las mangas—. Usted es una arpía.

A Kahterine se le borró la sonrisa de los labios al oír el desgarrón, al notar que la tela raída cedía y percibir el roce del aire fresco en el hombro.

—Una arpía quizá no, pero sé que obtendré el voto y sé que algún día poseeré estas tierras. —Lanzó un repentino puñetazo y golpeó al señor Smith en la nuez. Acompañó el golpe con todo el peso de su cuerpo, de un modo que no había hecho con Damián, y las dolorosas arcadas del señor Smith resonaron por el patio, que entonces estaba en silencio. Él retiró las manos y Katherine retrocedió.

El hombre que avanzaba por el patio con paso resuelto se detuvo en seco.

Katherine se acercó al señor Smith, que tenía la cabeza inclinada sobre las rodillas y se agarraba el cuello con los dedos, y le dijo:

—Sé todo eso. Ya lo ve… es el destino manifiesto.

Capítulo 4

*K*atherine se rió, aunque fue una risa temblorosa, y se alejó con paso airado. En tanto que el señor Smith dirigía una mirada avergonzada a su público e iba tambaleándose hacia el arroyuelo en el que se estaba enfriando el barril de cerveza, don Lucian aflojó la mano con la que agarraba el brazo de Damián para refrenarlo.

—No tienes derecho a intervenir, Damián —le dijo don Lucian con reprobación—. Me pregunto dónde aprendió un golpe tan efectivo.

Su hijo meneó la cabeza y se frotó la nuez al recordarlo.

—Será una esposa magnífica para ti —afirmó don Lucian—. Mejor que Vietta.

—Vietta nunca fue una posibilidad.

—Su familia esperaba…

Damián no apartó la mirada de Katherine ni un momento mientras ella se dirigía a la casa con paso resuelto.

—Su familia esperaba que yo los rescatara de su propia estupidez.

—Luis Gregorio deja mucho que desear como ranchero —reconoció don Lucian— y aún más como vecino.

—Perdió sus tierras por su pereza, pero Vietta nunca ha esperado que me casara con ella por obligación.

La voz de don Lucian reveló la antipatía que sentía por aquella mujer.

—No, esperaba que te casaras con ella porque te quiere.

Damián miró a su padre y extendió las manos con un gesto de impotencia.

—Un encaprichamiento de juventud. Yo no hice nada para animarla, te lo aseguro. Ni siquiera sabía nada hasta que oí los rumores sobre nuestras inminentes nupcias.

—Pues claro que no lo sabías. No es que fuera una niña inocente a la que llevaras por mal camino, ni mucho menos.

—Vamos, admítelo. No te gusta Vietta.

—No me gusta, pero es peor aún, ya ni siquiera de niña me gustaba —don Lucian frunció los labios como si hubiera mordido un caqui verde—. Era una criatura astuta que se pegaba a ti como un parásito. Me alegré cuando los Gregorio se mudaron a Monterey para vivir con refinada pobreza.

—Es amiga mía —repuso Damián.

—Eres demasiado leal. ¿Qué me dices de su renovado afecto por ti?

—¿Te has dado cuenta? Parece ser que en este último año ha vuelto su devoción. Tenía la esperanza de que fueran imaginaciones mías —Damián se encogió de hombros—. Es soltera y tiene tendencia a fantasías extrañas. Durante unos meses pensé que amaba a Tobias. Lo miraba con ojos ardientes, pero él la odiaba.

—Tobias la llamaba vampiro —dijo don Lucian con impasibilidad.

—La única pelea que tuvimos Tobias y yo fue por Vietta. Ella se aferraba a mí como si Tobias fuera un rival. Cuando él sugirió que viajáramos al campo en busca de las antiguas leyendas indias y españolas, al regresar la encontramos sentada en las escaleras de la casa de la ciudad y exigiendo que le diéramos cuenta de nuestro viaje.

—Es una joven extraña —declaró don Lucian con énfasis.

—Entonces fue cuando Katherine bajó del barco. Vietta rehusó ir a conocerla. Cuando di la recepción para su boda, Vietta no quiso asistir.

—Celosa de la más mínima atención tuya que no sea para ella.

—Seguro que esto también se le pasará.

—Quizá tengas razón. —Si don Lucian tenía dudas al respecto, las disimuló bajo una sonrisa paternal—. Vietta tiene tiempo antes de tu boda de acostumbrarse a la idea. A doña Katherina le queda un mes de luto antes de que puedas anunciar el compromiso.

La sonrisa de don Lucian también ocultaba preocupación y Damián se preguntó si sabría algo, de algún modo omnisciente típico de los padres, de la escena que había tenido lugar en el estudio el día anterior.

—Ya no puedo esperar más.

Don Lucian frunció el ceño.

—Presionar a una mujer para que abandone el debido duelo por su esposo es de sinvergüenzas.

—No puedo esperar más —repitió Damián.

—Tobias era tu amigo.

—Tobias era más que mi amigo. Era el hermano que nunca tuve. Nunca he conocido a nadie que me gustara más que Tobias, nunca he conocido a nadie al que comprendiera mejor que a Tobias, ni que me comprendiera a mí.

—Todo el mundo se daba cuenta de que vosotros dos hablabais sin palabras —don Lucian meneó la cabeza—. Un hacendado de California y un relojero de Suiza. ¿Cómo es posible que tuvieras más cosas en común con él que con la gente que conocías desde que naciste?

Damián se encogió de hombros.

—Así pues, ¿por qué ahora envidias a Tobias el duelo que ella le debe?

Damián se acarició el bigote con dedos inconscientes.

—No le envidio nada. Me alegré con Tobias cuando envió a buscar a Katherine. Me alegré cuando su barco atracó en el puerto de Monterey. Pero cuando la vi, papá... Es hermosa, ¿verdad?

—Es muy atractiva.

—Tan imponente, con una dignidad innata que me hace desear sacudírsela de encima.

—Si destruyes la dignidad, hijo mío, destruirás a la mujer.

—No, me has interpretado mal. No quiero destruir su dignidad, ni refrenarla. Quiero que se dé cuenta de que, conmigo, puede abandonar su dignidad y yo seguiré reconociéndola como la más magnífica de las mujeres.

Don Lucian soltó una risita que recordaba a las de su hijo.

—Así era tu madre conmigo.

—¿Madre? —Damián recordaba a la mujer amable, generosa y formal que había sido su madre.

—¿Madre perdió su dignidad contigo?

—No la perdió. Nunca la perdía —ésta vez se rió en voz alta—. Siempre volvía a encontrarla... al final. Recuerdo cuando nos mudamos aquí y tuvimos una sequía... —se fijó en que su hijo lo miraba boquiabierto—. No sé si eres lo bastante mayor para oír esta historia.

—Tengo treinta y un años, papá.

—Probablemente no tengas edad suficiente para oír esta historia —meneó la cabeza mirando a su hijo—. Al fin y al cabo, era tu madre. Pero te la contaré de todas formas. Durante el primer año de nuestro matrimonio, una sequía agostó la tierra. Fue horrible. Hacía mucho calor. No había agua para el ganado. Sólo agua del pozo para beber nosotros, y estaba caliente y lodosa. Al final la situación nos superó. Teresa y yo nos peleamos. Nos gritamos, nos enfurecimos el uno con el otro. Ella salió a buscar su caballo y yo fui tras ella. La perseguí durante kilómetros.

—¿No pudiste alcanzarla?

—Era una magnífica amazona —don Lucian alzó su vaso a modo de homenaje a su recuerdo—. Quizá no quería alcanzarla. Quizá sabía que era mejor no hacerlo. Cabalgamos hasta que estuvimos en medio de la nada, por la llanura hasta el pie de la Sierra de Gavilán. Allí nos detuvimos. Desmontamos y nos pusimos como una fiera el uno con el otro hasta que de repente, ¡bum!, se abrieron los cielos para apagar nuestra furia. Fue una tormenta de órdago. Tu madre y yo nos desnudamos y bailamos bajo la lluvia.

—¿Desnudos? ¿A la intemperie?

—Sí. ¿Y sabes qué había en las alforjas de tu madre? Jabón. Mantas secas. Comida. Leocadia era la doncella de tu madre y esa mujer escucha la tierra. Encontramos una cueva, pues esa montaña está plagada de ellas, y no volvimos a casa hasta pasados dos días.

—¡Madre de Dios!

—Fuiste concebido en esas montañas.

Damián, divertido a su pesar, preguntó:

—Así pues, ¿encontrasteis el tesoro de los padres?

—Sí, lo encontramos. No era oro.

Damián sorprendió a don Lucian ruborizándose y se contuvo para no echarse a reír.

—Estoy seguro de que tú y doña Katherina seréis más sosegados que nosotros.

—¡Dios no lo quiera! La primera vez que vi a Katherine caí en la cuenta de que Tobias y yo teníamos demasiado en común. La reconocí con el corazón, con el alma.

Don Lucian movió la cabeza en señal de asentimiento.

—Así mismo reconocí yo a tu madre.

—Sí, pero yo sufrí. Ella apenas me miró. Toda su atención se centraba en Tobias. Tuve tiempo de recuperar la compostura y cuando mi amigo me presentó a mi amor estuve frío, distante.

—Es la mejor reacción —aprobó su padre.

—Sí, pero ella no iba a aceptar nada de eso. ¡Era tan feliz! Me rodeó con sus brazos y yo... sufrí. Mi corazón no sabía si saltar de alegría o morir de dolor.

Don Lucian hizo una mueca compasiva.

—La he mantenido a salvo, no le he dejado saber cómo me siento. El período de duelo llega a su fin y yo quería despertarla poco a poco.

—¿Qué fue lo que te hizo cambiar de opinión?

Damián respondió con furia reprimida:

—Está ahorrando el dinero que le pago para volver. Para volver a Boston, a la familia que la desprecia. Me lo contó el joven Cabeza, y me aseguró que él mismo se lo oyó decir.

Don Lucian retrocedió con un tambaleo como si estuviera anonadado y preguntó:

—¿Por qué?

—He pensado en ello. Creo que ha decidido que es su deber. Conozco a mi Catriona. El fuego de la obligación templó su voluntad férrea y se irá a menos que aquí haya un deber mayor que la tenga atada de pies y manos.

Don Lucian también pensó en ello. Le dio unas palmadas en el hombro a su hijo y le recomendó:

—Ve con tu corazón.

Katherine se arrancó la manga con un tirón violento y la apretó con el puño. Había dado un espectáculo. Odiaba montar escenas. Odiaba a ese demonio desafiante que tenía en su interior y que nunca le permitía echarse atrás. Detestaba la sensación de náusea que le agitaba el estómago después.

No manejaba bien a los hombres. Nunca lo había hecho. Le encantaba discutir, y su padre le había enseñado a pensar, a debatir, a prevalecer. No le había enseñado que los hombres se tomaban muy mal perder una discusión, que reaccionaban con violencia. Cuando pensó en el rostro crispado del señor Smith que se alzaba sobre ella sintió el impulso de venirse abajo y echarse a llorar, pero el control que le había inculcado su madre era demasiado rígido como para permitírselo. Había desviado la atención hacia otros asuntos y sabía que la angustia se desvanecería gradualmente.

Hasta la próxima discusión.

Se situó frente al espejo de cuerpo entero y lanzó una mirada fulminante a su reflejo. Tenía dos vestidos de práctica muselina negra y ambos estaban rotos. Podía hilvanar la manga en el canesú de ese vestido, pero al otro le hacían falta arreglos más importantes.

¡Cómo le gustaría asombrar a los invitados con un vestuario favorecedor!

La mujer del espejo puso cara de sobresalto y luego de desaprobación. ¿De dónde había salido esa idea errante?

Quitarse la ropa de luto sería su último adiós a Tobias. No quería deshacerse del recuerdo de su matrimonio, ni de la seguridad que éste representaba. Alisó el algodón negro de su falda.

De todos modos, al ver a las guapas señoritas con sus conjuntos alegres se le había despertado el apetito por algo nuevo. Algo apropiado para su posición como ama de llaves y viuda, quizá en color malva. Nunca en la vida le habían permitido llevar nada atractivo. Hasta el tío Rutherford se había quejado de su atuendo deprimente, pero la tía Narcissa se había mantenido inflexible. Ya tenía dos hijas propias a las que vestir, de modo que había considerado apropiado vestir a su sobrina política con ropa desechada. Katherine se alisó otra vez la falda y se apartó del espejo.

Fue a por el costurero que estaba en la mesa junto a la silla de respaldo recto. Se desabrochó el canesú, se bajó el vestido y se lo quitó por los pies. Tomó asiento cerca del tragaluz, donde podría trabajar con la luz del sol y sin embargo no la verían los de abajo. Tenía que coser, volver a vestirse y bajar para trabajar. No obstante, se quedó un momento sentada con las manos en el regazo y observó su dormitorio con ojos llenos de afecto.

La habitación ocupaba un tercio del enorme desván que se extendía encima de la casa en forma de U. Cuando don Lucian la llevó por primera vez por las escaleras diminutas que subían a la habitación bajo el tejado, Katherine se preguntó, por un breve momento de desesperación, si aquélla era su manera de decir que no la quería allí. Era un espacio soso y polvoriento que se hacía eco del dolor de su alma. Pero don Lucian sabía lo que se traía entre manos. Los criados limpiaron y al día siguiente Katherine vio que la habitación relucía. Los suelos de madera se habían pulido hasta sacarles brillo y las paredes se habían encalado. Era una habitación demasiado grande para una persona; sin embargo, ella tuvo una sensación inmediata de pertenencia, una sensación de amplitud y de luz que le resultaron atrayentes.

Al otro lado de una puerta que había en la otra parte del desván estaba todo el mobiliario que se había descartado en la hacienda. Le habían dado carta blanca y Katherine había decorado su habitación a su antojo. Una alfombra raída cubría parte del suelo. En una mesa grande de madera tallada tenía el edredón que estaba confeccionando. Había sillas de madera y cuero repartidas por la habitación. En otra mesa pequeña junto a la cama había una jofaina y un aguamanil desparejados y un candelero. Tras un biombo que dividía el espacio entre sala de estar y dormitorio, se habían fijado en la pared unas clavijas de madera para colgar la ropa.

Una cama inmensa con la cabecera y el pie de madera tallada dominaban una esquina de la habitación. Había confeccionado la colcha en Boston y la había transportado en su arcón de boda. Junto a la cama había un espejo de pie y una silla cómoda contra la pared de enfrente, en la oscuridad. Al principio de su estancia allí había pasado muchas horas acurrucada en esa silla, envuelta en una manta y mirando a la pared. Su necesidad de soledad y seguridad se había desvanecido y ahora la silla estaba sola.

Nunca había encontrado un lugar en el que se sintiera más cómoda que allí. Suspiró por cómo pasaba el tiempo, enhebró la aguja con un fuerte hilo negro y la clavó en la manga.

Las risas de abajo le llamaron la atención y se dio la vuelta en su asiento. Desde allí arriba los veía a todos. Los Berreto, los Ríos y los Alvarado cantaban la canción subida de tono que había provocado las carcajadas. Los García se mecían todos juntos en círculo con los brazos sobre los hombros del que tenían al lado. Mariano Vallejo de Sonoma estaba allí de paso, de camino a casa desde Monterey. Él constituía el centro de un serio grupo de hombres que discutían sobre política e intentaban decidir el destino de California.

Los Valverde no se reían. Ellos estaban allí congregados en masa fulminando con la mirada a los Real desde el otro extremo de la habitación y Katherine se preguntó cuándo estallaría la pelea. No habían dejado de gruñir desde que llegaron y nadie parecía considerarlo algo extraordinario. Por lo visto, los invitados creían que lo extraordinario era que no se hubieran peleado. ¿Qué había dicho don Damián? Los había tenido tan entretenidos que no se habían enzarzado en ninguna pelea.

Oyó la llamada débilmente: «¡Don Damián!», y una curiosidad irresistible la empujó a atisbar abajo.

—¡Don Damián! ¡Don Damián!

Damián soltó una maldición para sus adentros. En aquel preciso momento no quería hablar con nadie. La ira aún corría por sus venas y se retorcía en su vientre. Tenía muchísimas ganas de llevarse al señor

Smith afuera y pegarle hasta hacerlo sangrar. Para contenerse, porque, como anfitrión, debía contenerse, iba a abandonar la fiesta y a todos sus entrometidos y bienintencionados amigos. Quería montar su semental más salvaje y geniudo y cabalgar hasta que ambos estuvieran exhaustos.

—¡Don Damián!

No le hizo caso con la esperanza de poder refugiarse en los establos. Al menos allí, en los establos, sus amigos limitaban los comentarios sobre su vida amorosa a unos cuantos relinchos y resoplidos.

—¡Don Damián!

Era un idiota al pensar que Vietta se daría por vencida. Esa mujer era como un bulldog con unas mandíbulas que te aferraban con fuerza y no se soltaban. Tenía que conseguir lo que fuera que se le metía en la cabeza. Se instó a tener paciencia y se dio la vuelta. Al ver el semblante ansioso de Vietta que se apresuraba hacia él con dificultad a causa del dolor en la pierna, Damián se reprendió a sí mismo. ¿Qué clase de bestia podía ser tan cruel como para ignorar a Vietta? Tras el accidente del año anterior, se había visto reducida a esperar que la vida fuera a su encuentro. ¿Cómo iba a olvidar él su amistad porque estaba dolido por amor?

Al pensar en su nuevo amor se vio nuevamente impulsado hacia la furia. ¿Cómo se atrevía Katherine a dejarlo? ¿Cómo se atrevía a sugerir que estaría mejor en Boston que en sus brazos? ¿Acaso no sabía, ni siquiera entonces, que iba remover cielo y tierra para retenerla a su lado?

Vietta le había tocado la manga con timidez, le dio un tirón y Damián se sobresaltó al darse cuenta de que ella lo había alcanzado.

—¿No te alegras de verme? —le preguntó con un mohín de desconcierto—. Pones mala cara.

Él corrigió su expresión llevando una sonrisa a sus labios.

—Vietta —le dio unas palmaditas en la mano—. Lo siento. Estaba pensando en otra cosa. ¿Cómo está mi querida amiga?

Ella soltó una risita como una niña tonta, cosa que no era. Era seis meses mayor que Damián, ya había cumplido los treinta y dos años que se le avecinaban a él.

—Damián, apenas he tenido oportunidad de hablar contigo en toda la fiesta —guiñó uno de sus ojos color de avellana en una parodia de coqueteo y Damián paseó su mirada apenada por la multitud que se arremolinaba por allí. ¿Cómo podía coquetear con él? ¿Acaso no sabía lo que resultaba evidente para todos los demás?

Vietta no era guapa, o eso suponía él, pero no era tan poco agraciada como algunas de las mujeres que tenían su edad y estaban casadas. Hablaba con voz grave y sonora. Uno de los amigos de Damián dijo que sonaba como si fuera la madama de un burdel que se supiera todos los trucos. Todo el mundo se había reído pero era cierto. Su voz, por sí misma, inspiraba fantasías de lujuria. Desafortunadamente, la voz sólo era una extensión de su estatura.

Vietta había crecido demasiado y podía mirar a los ojos a muchos de los amigos de Damián.

Sus labios eran el sueño de cualquier hombre. Eran carnosos, húmedos y protuberantes, te hacían pensar en besos largos y lentos una cálida noche de verano. Pero su cabello negro te hacía pensar en un día caluroso de verano. Se le pegaba a la cabeza cuando sudaba, y parecía sudar continuamente.

Su tez era como el más maravilloso alabastro, pura y transparente como la piel de un bebé. Pero el sol la quemaba en cuanto ponía un pie fuera de casa, de modo que se quedaba dentro. Para leer, decía ella, pero los californios que adoraban a los caballos no lo entendían. Se había quedado encorvada por los libros que devoraba, y los libros le habían proporcionado conocimientos y una vanidad a juego con ellos.

De modo que nunca había tenido un pretendiente de verdad.

Vietta volvió a tirarle del brazo, ésta vez con más fuerza, y lo pellizcó. Damián volvió de nuevo su atención hacia ella.

—Lo siento, yo… pensé que había oído que me llamaba uno de los sirvientes.

—¿Tu ama de llaves? —preguntó ella con aspereza.

Vaya. Lo sabía. Vietta no había tenido una vida fácil. Era una soltera pobre y sin tierras. Si de vez en cuando su actitud se teñía de amargura, él era lo bastante hombre como para pasarlo por alto.

—¿Tu pierna está mejor?

—Mucho mejor. Ya casi no me duele, salvo cuando intento correr

—hizo una mueca y Damián se sintió culpable. Le rodeó la cintura con el brazo y la condujo hacia el grupo de hombres y mujeres que, reunidos en torno a los bancos bajo los árboles, se reían—. No quiero ir allí —protestó, y le pellizcó el brazo—. Sólo quiero estar contigo.

Él insistió con delicadeza.

—Puedes sentarte y descansar la pierna, y podemos hablar con nuestros amigos.

—Tus amigos —murmuró ella.

Damián se dio cuenta de que era cierto; ¿por qué a ninguno de sus amigos le gustaba Vietta? Fingió que no la había oído, a sabiendas de que ellos la recibirían bien por él.

Las mujeres le hicieron sitio en el banco a Vietta, expresando preocupación por su herida pero sin tener en cuenta sus respuestas. Se esforzaron con toda su atención para oír a los hombres, que se arrimaron a Damián. La agitación de Damián se disipó cuando echó un vistazo a las sonrisas de satisfacción de sus amigos. ¡Cómo les gustaba verlo sufrir la agonía del amor! ¡Cómo disfrutaban mofándose de él! Eran como interrogadores frente a un criminal obstinado, le metían un taburete de patas largas debajo de las rodillas y le levantaban los pies del suelo de una patada. Se inclinaron hacia delante con expectación y Damián se relajó. Necesitaba mantenerse alerta. Agudizaría su ingenio con Alejandro, Rico, Hadrian y Julio, y con cualquiera de los demás que osara buscarle las cosquillas.

Sobre todo Julio de Casillas. Desvió la mirada hacia el rostro avispado e inquieto de su querido amigo, su mayor rival, su enemigo más temible. Julio se quedó atrás y se miraba las uñas como si no tuviera el menor interés en ver cómo Damián se asaba lentamente sobre las brasas de la burla. Damián sabía que eso no era cierto. Desde el día en que empezaron a andar e iban aún con vestiditos, Damián y Julio habían competido de todas las maneras posibles. Algunas veces había ganado Damián, otras veces Julio, pero siempre contendían.

A pesar de todo el deleite irreverente de sus amigos para con su aprieto, Damián sabía que podía confiar en ellos. Nunca habían manifestado ante Katherine, ni con palabras ni con actos, que tenían conocimiento del amor que sentía por ella. La trataban con afecto e intentaban conocerla porque comprendían, aunque ella no lo hiciera, que pronto sería una más de su grupo.

Damián desvió sus flechas una vez más, salvó el pellejo una vez más, brindó entretenimiento una vez más. De repente cayó en la cuenta de que Vietta no formaba parte del grupo y se puso de pie para buscarla con la mirada.

La vio por encima de las cabezas de los hombres, sentada en el banco donde la había dejado. No había dicho nada mientras ellos bromeaban. No se había unido a ellos. Sin embargo, su soledad no tenía nada de patética. Tenía la espalda recta como un palo y los dedos entrelazados. Su mirada iba pasando de un miembro a otro de aquella sociedad que la ignoraba, y a Damián le pareció que los observaba con cierta satisfacción.

Desde más allá del grupo, Mariano Vallejo lo llamó:

—Damián, mira quién ha venido de visita.

Damián estiró el cuello y vio al pulcro Mariano acompañado de un hombre rubio y robusto. Damián soltó una exclamación:

—¡Gundersheimer! Amigo mío, ¿qué está haciendo aquí? Mariano, ¿dónde has encontrado a este hombre?

—Fui a los establos y allí estaba —respondió Mariano con una expresión radiante en su rostro ancho que le erizó las patillas—. Lo invité cuando me lo encontré en Monterey, de modo que lo andaba buscando.

—Bien por ti, Mariano. Gundersheimer, vamos a buscarle algo de beber y un asiento —Damián rodeó al grupo para ir a abrazar a aquel tipo cubierto de polvo.

—Gracias —el recién llegado se dejó caer en el asiento que le ofrecieron y aceptó el agua que le sirvieron. Con cordial buena voluntad, apuró la calabaza y se enjugó la boca con la mano—. Muy bien —un vaso de cerveza se abrió camino hasta su mano. Se acomodó y miró a Damián con una sonrisa—. Ahora ya puedo hablar.

—¿Cómo están las cosas en Nueva Helvetia? ¿Y cómo está mi viejo amigo el capitán Sutter?

—Está bien y le manda recuerdos. Viajé a Monterey para supervisar la descarga de nuestra mercancía de un barco yanqui —movió la cabeza afablemente—. Ya regreso. ¿Cuándo le veremos otra vez en el Valle de Sacramento?

—En cuanto haya puesto en orden mis asuntos aquí.

Las palabras de Damián suscitaron las risas y gruñidos de sus invitados y se mordió el labio cuando se dio cuenta de cómo se había interpretado su comentario irreflexivo. Su gesto grosero y explícito no hizo más que provocar más risas.

Gundersheimer lo miró con ojos brillantes y Damián dijo:

—No debería de presentarle a estos tipos tan faltos de tacto, pero para su tranquilidad, me brindo a hacerlo. Éste es Godart Gundersheimer —dijo Damián en tanto que, uno a uno, sus amigos aceptaban el apretón de manos del alemán—, consejero legal del capitán Sutter. Es mi vecino en el rancho del Valle de Sacramento.

—¿No puede convencer a este idiota de que vuelva a la civilización? —terció Julio arrastrando las palabras—. Pasa todo el tiempo en el interior, en las montañas, y nos priva de su compañía. No es seguro, con los indios salvajes que matan por placer.

—No —contestó Gundersheimer—. Vine a decirle que vuelva.

—¿Por qué? —preguntó Damián, alarmado—. ¿Ha surgido algún problema?

Gundersheimer se rascó la oreja.

—Ha vuelto ese americano.

—¿Qué americano? —Damián miró con desconcierto al incómodo alemán.

—Esc… esc matón. Esc tal Frémont.

Damián juntó las cejas.

—¿Ha vuelto?

—Sí, en diciembre.

—¡Ah, Frémont! —exclamó Mariano con mucha indignación—. Ése sí que es todo un personaje.

Gundersheimer tomó un trago de su cerveza como si eso fuera a quitarle el mal sabor de boca.

—Se lo contaré. El capitán Sutter no estaba. Frémont le dio a Bidwell una lista de suministros que necesitaba, como si el fuerte fuera un almacén. Y tampoco eran cosas baratas… ¡quería nada menos que dieciséis mulas! Y también albardas, y harina. Las cosas han estado tensas en el fuerte, y cuando Bidwell no pudo completar el pedido, a Frémont le dio un berrinche. Bueno, pues Bidwell cedió y Frémont consiguió casi todo lo que quería. Comida. Catorce mulas que mal nos podíamos permitir perder, y se las herramos.

—Eso es muy generoso por su parte —comentó Mariano.

—Eso no es todo. Se marchó durante un mes y a su regreso el capitán Sutter estaba allí para recibirlo. Frémont fue mucho más amable con el capitán —el hombre asintió moviendo enérgicamente la cabeza—. Mucho más amable con el capitán que con los peones.

—¿Dónde está ahora? —preguntó Mariano.

—Tomó la goleta del capitán Sutter y bajó por el río Sacramento. Fue a Yerba Buena, fue a Monterey, visitó a todos los funcionarios y les contó una historia absurda sobre que su viaje era en interés de la ciencia y el comercio. Que estaba haciendo un reconocimiento de la ruta más corta desde los Estados Unidos al Océano Pacífico —resopló con desdén—. Si se creen eso es que son unos zopencos de marca mayor.

—Conozco a los funcionarios de Monterey —dijo Mariano con una sonrisa, y recurrió a sus conocimientos en el campo de la política—. El general José Castro, el comandante, puede tener mal genio. No siempre estuve de acuerdo con los dictados de Alvarado cuando era gobernador. Pero sería poco aconsejable suponer que son zopencos. ¿Qué está haciendo el señor John Frémont que le hace dudar de su palabra?

—Tiene… —Gundersheimer alzó la vista al sol que se iba desplazando hacia el oeste y entrecerró los ojos mientras intentaba calcular— sesenta hombres en su grupo. Son todos tramperos y tiradores.

—¿Tiradores?

—Sí. Uno de ellos le rompió un ala a un buitre de un disparo y lo hizo caer del cielo sólo para presumir. Ya sabe… tiradores.

—Tiradores —repitió Damián con aire pensativo—. ¿Los funcionarios se creen que Frémont vino por la ciencia?

Alejandro avanzó abriéndose camino a codazos.

—Nadie se cree nada de lo que dice Frémont. Sus hombres insultaron a la familia de don Ángel Castro. Se empeñaron en que su hija bebiera con ellos. Son borrachos y ladrones. No se comportan como invitados en un país extranjero. Actúan como si fueran los dueños del país.

—Ladrones, sí. ¿Os enterasteis de lo que Frémont le hizo a don José Dolores Pacheco? —preguntó Rico.

Mariano adoptó una expresión seria.

—Cuéntanoslo.

—Se presentó una queja en la oficina de don José. Es el alcalde de San José, ya lo sabéis —las cabezas que lo rodeaban asintieron—. Don Sebastián Peralta descubrió que uno de los caballos del campamento de Frémont era suyo, era robado. Así pues, quiso recuperarlo y Frémont lo insultó. Lo insultó cuando lo único que quería era que le devolviera su caballo. Como si no hubiera caballos en California. Se burlan de nuestra hospitalidad con su mala educación.

—¿Y qué hizo don José? —Hadrian chasqueaba los dedos.

Rico respondió:

—Escribió una carta a Frémont, una carta muy educada en la que abordaba el problema. Frémont lo insultó a él también. Le respondió con otra carta en la que llamaba vagabundo a don Sebastián.

Un murmullo enojado siguió al gruñido general.

—¿Dónde está ahora Frémont? —quiso saber Damián.

Todos se volvieron a mirar a Gundersheimer.

—Causando problemas en alguna parte, sin duda.

—¿Qué dice el gobernador Pío Pico a todo esto? —Al ser familiar de Pico, Rico sintió que el honor lo obligaba a preguntar, pero supo que había hecho la pregunta equivocada cuando Alejandro se dio media vuelta hacia él.

—¿Alguna vez tiene algo que decir? Se esconde en su cuartel general de Los Ángeles exigiendo todo el dinero del tesoro de Monterey. La pregunta es: ¿Qué dice el general Castro a todo esto?

—Sé la respuesta a esta pregunta —Gundersheimer sonrió ampliamente cuando todas las caras se volvieron hacia él—. No está nada contento. Debería regresar al valle, don Damián. Tiene que proteger sus intereses.

—¿Y eso por qué? —saltó Alejandro con indignación—. Damián trabaja hasta que tiene callos en las manos como un vaquero. ¿Qué puede haber allí por lo que valga la pena regresar?

El alemán estiró el cuello y no se mordió la lengua:

—El idiota es usted si cree que aquí tienen algo. Éste es un rancho muy bien dirigido, es cierto, pero en el Valle de Sacramento tenemos de todo. Los alces se paran en una hierba que les llega a las rodillas. Tenemos flores y árboles en abundancia, y una tierra rica que acepta muy bien la uva. Los ríos corren cristalinos, con agua tan clara que puedes sacar un salmón del agua con tus propias manos.

Julio intervino, alargando las palabras:

—Oh, sí. En el valle la tierra está cubierta de hierba espesa. Tienes que recorrer muchos kilómetros para llevar tus pieles al mercado y otros tantos de vuelta con las provisiones. La compañía escasea y la gente vive muy alejada, y no hay mujeres con las que saciar tu apetito.

—¡Julio! —Su esposa le dio una sacudida en el brazo—. No es un tema para hablar a la luz del día.

Julio se volvió a mirar a María Ignacia, una mujer muy menuda con un mechón de pelo blanco como la nieve. Se ruborizó bajo la mirada de su esposo y retrocedió un paso.

—Por supuesto, querida —le hizo una reverencia cortés—. Me he dejado llevar.

Godart Gundersheimer no se había dejado llevar. Con actitud beligerante en defensa del hogar que había elegido, sentenció:

—Empieza a haber demasiada gente en el valle.

—Norteamericanos —dijo Damián con desprecio.

—Estás juzgando a todos los norteamericanos por las acciones de un exaltado —lo reprendió Mariano—. Son una raza joven y enérgica con toda la grosería impetuosa de un niño. Sin embargo, cuando yo era comandante general de California, advertí a México que tomara medidas si quería retener esta provincia. No me hicieron caso. Con el desinterés continuado por parte de México, ¿quién mejor para acudir que los Estados Unidos?

Damián se volvió hacia él con ferocidad.

—Quizá no haya nadie mejor, pero no por eso tiene que gustarme. Buscas excusas para Frémont pero, en mi opinión, él es un ejemplo de lo que podemos esperarnos de esa gente.

Mariano le pasó el brazo por los hombros al anfitrión y dijo:

—Lo hacemos lo mejor que podemos, Damián. California es un bocado muy apetecible y los lobos del mundo nos codician. Si no tenemos cuidado, habrá ejércitos marchando por nuestro suelo y destruyendo todo lo que hemos construido.

—¿No podríamos gobernarnos solos? —se preguntó Hadrian.

Tanto Mariano como Damián rompieron a reír, divertidos en grado distinto.

—Ni siquiera podemos hacerlo con las intromisiones ocasionales de los funcionarios mexicanos. El sur de California se esfuerza por librarse del control de Monterey y nadie sabe quién está al mando —Mariano meneó la cabeza—. No, no albergo esperanzas de que eso ocurra.

—Así pues, los norteamericanos ocuparán California y yo me iré a vivir al Valle de Sacramento —Damián miró de nuevo a Gundersheimer—. Pero también están tomando el poder allí, ¿no?

—Sí, son norteamericanos —admitió Gundersheimer—. Pero hace poco, uno de los hombres encontró a un californio solitario que trabajaba para construir una casa. Tenía documentos del gobernador que decían que la tierra era suya. De modo que ya lo ve, está llegando compañía, y sólo los primeros en reclamar las tierras tendrán las mejores —alzó la voz—. Patos y gansos a miles, higueras cargadas de frutos, un paraíso en la tierra.

Damián tomó con cortesía a Gundersheimer del codo y lo ayudó a ponerse de pie.

—Está cansado —levantó un dedo y Leocadia apareció frente a ellos—. Búscale una cama al señor Gundersheimer. Puede reunirse con nosotros después.

—Sí, eso haré, con gratitud. No soy tan buen jinete como usted, don Damián, y me duele la espalda de cabalgar.

—Es un fanático —comentó Julio con fría aversión mientras el hombre se alejaba—. Habla demasiado.

Alejandro insistió:

—No hay nada en el Valle de Sacramento que te retenga allí.

—Me gusta —replicó sencillamente Damián—. Ésta es la tierra de mi padre y mi hogar. Pero mi rancho del valle es mío y volveré.

—Todo el mundo debería sentir la emoción de conquistar su propia tierra y domar a su propia mujer —Mariano hizo una reverencia—. Damas y caballeros, ahora debo dejaros y prepararme para volver a casa.

Damián lo agarró del brazo.

—¿Es necesario que te vayas, Mariano?

—Ya sabes que sí. Mi esposa me espera en Sonoma y ya he estado fuera demasiado tiempo con toda esta tontería en el gobierno. Tu hospitalidad fue muy acogedora, como siempre.

—La próxima vez ven con tu familia —le invitó Damián.

—Lo haré —Mariano se alejó, volvió la vista atrás y dijo con una sonrisa burlona—: Los Vallejo vendremos a bailar a tu boda. No nos lo perderíamos por nada.

Unas carcajadas estridentes lo siguieron mientras se alejaba.

Damián alzó la mirada cuando unos nuevos invitados llegaron a caballo por el camino hacia los establos.

—Yo también tengo que dejaros. —Alzó las manos en respuesta a los suspiros y las quejas—. Están llegando invitados para el fandango y debo preparar a nuestros músicos para que toquen. Hasta entonces, buscaos a otro al que molestar con vuestras burlas —alargó la mano y le rozó la mejilla con el dedo a María Ignacia. Había sido la única mujer a la que había adorado en su juventud y le seguía teniendo mucho cariño.

Ella le sonrió y acto seguido miró a Julio.

Damián vio que Julio los estaba observando con mirada cínica.

La mujer se cruzó de brazos y agachó la vista, y Damián tuvo ganas de soltar un gruñido afligido. La creciente animosidad entre sus dos amigos lo afligía pero, ¿qué podía hacer? Ninguno de los dos le agradecería que se entrometiera.

Cuando llegó junto a Julio, éste lo agarró del brazo. Damián se sobresaltó, casi con culpabilidad, pero Julio tenía otras cosas en la cabeza.

—Mira, compadre —le dijo al oído a Damián.

Siguió la mirada de Julio y la vio.

A su Katherine.

Iba siguiendo a Leocadia y Gundersheimer hacia la casa, cargada con una alfombra polvorienta que le iba dando golpes en la rodilla. Damián se angustió al ver que estaba hablando de algo con el hombre, tal vez de los trayectos de los barcos. Y estaba sonriendo a Gundersheimer hasta que éste se tambaleó ante tal atención.

Había cosido la costura de uno de sus vestidos negros tan poco atractivos. Se había metido el pelo debajo de una voluminosa cofia negra de manera que ni un solo mechón brillaba al sol. Parecía estar acalorada, esforzándose por atender las necesidades de todo el mundo. Parecía aturdida y agobiada, como si trabajara demasiado y durmiera poco.

Tenía un aspecto maravilloso.

Toda la furia, el miedo y el deleite embargaron de nuevo a Damián como si nunca se hubieran desvanecido. Sólo tenía ojos para ella. Para Katherine.

Oyó que Julio, a su lado, se reía con aspereza.

—Quizá no te gusten los norteamericanos, Damián, pero apuesto a que pronto vas a anexionar tú mismo esa parte del territorio, ¿eh?

22 de mayo, año de Nuestro Señor de 1777

«Mis hermanos y yo conocíamos el peligro. No teníamos miedo, depositamos nuestra confianza en Cristo. Los mismos soldados que enviaron para protegernos fueron los que iniciaron el problema. ¡Qué imbéciles que fueron al creer que los indios aceptarían semejantes insultos! ¡La mujer del jefe violada, su hijo arrastrado detrás de un caballo hasta morir! Los soldados murieron sufriendo, sin los últimos sacramentos. La misión ardió como una antorcha en la noche y demasiados de mis hermanos permanecían dentro. Aun así, murieron en un estado de gracia, seguros de que sus almas serían recibidas directamente en el cielo y de que estarían al lado de los mártires y los santos ensalzados por la Santa Madre Iglesia.

Creerlo es lo que me consuela».

Del diario de fray Juan Esteban de Bautista.

Capítulo 5

−*D*oña Katherina, tenemos más invitados.

La voz de don Lucian la detuvo nada más pisar la sombra del porche. Interrumpió la discusión que mantenía con el señor Gundersheimer sobre las virtudes del Valle de Sacramento. Por un momento la luz del sol la cegó, Katherine parpadeó y trató de combatir su consternación. ¡Más invitados! La hacienda ya estaba a punto de reventar. Y ahora otros cuatro hombres se perfilaban contra el sol poniente con los rostros ocultos por la sombra. Reconoció a uno de ellos como a don Lucian. Otro llevaba el sombrero de un hidalgo español. Otro se había descubierto la cabeza al verla y el otro... olía como una mofeta. Katherine parpadeó al percibir aquel olor acre, pero les brindó un recibimiento cordial en español.

—Por supuesto, es un placer.

El señor Gundersheimer se llevó la mano al sombrero para saludar a los desconocidos y entró en la casa sin mediar palabra, dando fuertes pisotones con sus pesadas botas contra el suelo de madera. Katherine se lo quedó mirando, desconcertada, mientras le devolvía la alfombra a Leocadia y le hacía señas para que entrara. Se volvió hacia los invitados y dijo.

—Si quieren tomar asiento, caballeros, enviaré a alguien con un refrigerio mientras les preparo una habitación.

—Gracias, pero traje a estos caballeros sólo a pasar el día.

El acento británico puro lo identificó y Katherine dijo, en inglés:

—Señor Hartnell. Perdóneme, no le veía —tomó la mano que le ofrecía el cortés caballero, propietario de uno de los ranchos más grandes a lo largo del río Salinas—. ¿Dónde está la señora Hartnell? ¿No la ha traído con usted?

—Como si pudiera mantener alejada a María Teresa —se mofó él—. Trajimos a tres de nuestras hijas y a siete de nuestros hijos. Y también nos han seguido doce de nuestros nietos. Están alternando con las damas —hizo un movimiento de cabeza en dirección al césped—. Quieren despertar un poco de entusiasmo para que les concedan un baile esta noche.

El humor irónico de aquel hombre no sorprendió a Katherine, que ya conocía a sus veinte hijos y a sus incontables nietos que venían de visita y se quedaban allí cuando querían.

—Estoy segura de que no se pelearán. Ha habido baile todas las noches de la fiesta.

Sonriendo, volvió la cabeza en dirección al nuevo sonido de unas botas en las escaleras a sus espaldas, pero la sonrisa se desvaneció cuando una voz demasiado conocida añadió:

—Los mariachis ya se están preparando.

Katherine se dio cuenta de que ya no la cegaba el sol, porque veía a don Damián con absoluta claridad. Una rápida mirada de sus ojos feroces hizo que se diera la vuelta y se encontró con que los dos desconocidos la estaban observando.

Eran norteamericanos. Uno de ellos tenía el sombrero en la mano. Era alto y rubio, bronceado, despeinado por el viento y atractivo. El otro… iba sucio. Estaba claro que era un hombre de las montañas, vestido con ropa de ante igual que el otro. En tanto que su compañero se había aprovechado de la civilización para lavarse, era evidente que aquel hombre consideró que la limpieza era opcional.

—Don Damián, tiene buen aspecto —William Hartnell avanzó con el sincero buen humor con el que se había ganado su posición como uno de los extranjeros más populares que se habían establecido en California—. Estaba aquí durante esa ridícula muestra de valentía delante del toro. Me ha creado un nuevo problema. Todos mis nietos han decidido que ellos también tienen que desafiar al toro de esa manera.

—Lo siento —dijo Damián con una sonrisa.

—¿Lo siente? ¿De verdad? —refunfuñó el señor Hartnell—. No lo siente. A usted le gusta enredar las cosas. Pero aquí tengo a alguien que sitúa su hazaña en el reino de la mera fanfarronería. Permítame que le presente a mis invitados. Señora Katherine Maxwell, éste es un gran explorador de su país. John Charles Frémont, la señora Maxwell.

—¡John Frémont! —exclamó Katherine, a quien el sobresalto le hizo perder los buenos modales—. ¿John Charles Frémont, el explorador del Oeste?

El hombre rubio le respondió con una sonrisa modesta.

—¿Ha oído hablar de mí?

—¿Hablar de usted? —Katherine le tendió la mano—. Cuando me marché de Boston el año pasado, toda la ciudad estaba leyendo sobre sus hazañas. El panfleto que publicó ha pasado por muchas manos y su coraje era el tema de conversación habitual en las salas de estar.

El hombre agachó la cabeza y se encogió de hombros, pero no sin antes haberle dado la mano a Katherine.

—No hago más de lo que cualquier hombre bueno tendría que hacer por su país.

—La lectura de su *Informe de la expedición para explorar las Montañas Rocosas, Oregón y el norte de California*, me proporcionó coraje para llevar a cabo mi intención de subir a bordo de un barco —le dijo Katherine con un dejo de sinceridad en la voz—. De no ser por usted, señor Frémont...

—Llámeme John Charles.

Sobresaltada, Katherine le soltó la mano.

—Gracias. No podría ser tan informal.

—Somos compatriotas en tierra extraña. No es confianza, sólo es amistad —le sonrió con un candor atractivo—. Llámeme John Charles. Y yo la llamaré Katherine.

Hizo que pareciera muy razonable, y ella se emocionó tanto ante aquella petición por parte de un hombre al que admiraba, que estuvo a punto de claudicar. Arguyó para sus adentros que, al fin y al cabo, muchos de los californios la llamaban doña Katherina. Seguro que era lo mismo, y podía pasar por alto la formalidad sólo por una vez.

Katherine miró entonces a John Charles Frémont y supo que no era lo mismo. Los californios utilizaban el «doña» como un título, una indicación de respeto. El hecho de que un norteamericano utilizara su hombre de pila no significaría lo mismo, y Frémont dio muestras de una familiaridad frívola al sugerirlo. Katherine rechazó su propuesta.

—Gracias, señor Frémont, pero no estoy acostumbrada a ser tan irrespetuosa con un héroe.

Él le hizo un gesto con la mano con ánimo de insistir, de alentarla a que intimaran. No obstante, pareció reconocer su determinación.

—Un héroe. Está exagerando.

—No, en absoluto. —De forma instintiva, Katherine identificó el punto débil de aquel hombre y lo utilizó halagándolo con la verdad—. De no ser por usted, seguiría consumiéndome en Boston.

Él retorció el sombrero y sonrió con modestia.

—Bueno, pues de no ser por Kit Carson, aquí presente, yo nunca hubiera logrado rebasar las sierras durante esa terrible travesía de invierno.

—Claro. Debería haber supuesto que usted era Kit Carson —la cortesía se reafirmó y Katherine le estrechó la mano. Su olor corporal desanimaba cualquier contacto prolongado y ella retrocedió—. Es un honor conocer a dos hombres tan famosos.

—Un honor —coincidió Damián por encima del hombro izquierdo de Katherine.

Ella alzó la mirada pero él no estaba mirando a sus invitados, tal como debería haber hecho. La estaba mirando a ella, y el fuego de su desagrado chamuscó a Katherine. Desvió la mirada un momento y la volvió de nuevo hacia él. Debían de haber sido imaginaciones suyas, porque el terso semblante de Damián no revelaba nada que no fuera un educado recibimiento hacia sus invitados.

—Es un honor para todos nosotros. Le conocí en su último viaje a California, señor Frémont —dijo Damián—. Es maravilloso, en efecto, que sus escritos llamaran la atención de los Estados Unidos hacia nosotros.

—¡Claro, por supuesto! —replicó Frémont. Le estrechó la mano a Damián—. Es un placer volver a verle, don Damián. Usted y yo hablamos de la anexión de California por parte de mi gobierno.

—Así es —la sonrisa de Damián no era más que una fría curva de los labios—. Entonces creía que a los californios se les permitiría dar su opinión sobre su destino.

—El gobierno de los Estados Unidos tiene una política de trato justo para todos sus ciudadanos, ya sean ricos o pobres.

—Un agradable cuento de hadas. Si a los Estados Unidos les interesara algo aparte de su propio bienestar, no estarían rondando sobre California como un pájaro de presa sobre un moribundo.

—Inglaterra también está rondando —le recordó Frémont—. La última vez que estuve aquí discutimos las ventajas de la administración de los Estados Unidos.

—Con el estómago vacío no, por favor —protestó Damián.

Desconcertado por el cambio que vio en Damián, Frémont levantó una mano y la dejó caer. Don Lucian y el señor Hartnell también parecían haberse quedado paralizados de la impresión.

El único que mantenía el control era Damián.

—Me han dicho que tiene a una fuerza armada muy numerosa con usted.

Frémont lo tranquilizó con prontitud:

—Sólo sesenta hombres. Los dejé en el rancho del señor Hartnell. No suponen una amenaza para ustedes.

—El general Castro no está de acuerdo con eso, ¿no es verdad, señor Frémont?

La sonrisa obsequiosa de Frémont desapareció como si nunca hubiera estado allí.

—El general Castro no es más que un charlatán maleducado. Si cree que puede darme órdenes con una carta…

—¿Una carta? —Damián se inclinó hacia atrás sobre sus talones. Su palo de ciego había dado en un blanco inesperado e insistió en busca de información—. ¿Y qué es lo que le escribe el general Castro?

El señor Hartnell suspiró.

—El teniente José Antonio Chávez llegó con una carta del general Castro que ordenaba a Frémont y a sus hombres recoger sus rifles y salir de territorio mexicano de inmediato.

—¡Ese Chávez me habló con grosería! —Frémont se estremeció ante aquel insulto—. Le dije que no iba a obedecer semejante orden.

—¿Se lo dijo a Castro? —le preguntó Damián.

—Le dije a Chávez que le informara de mi desagrado.

—¿Ni siquiera ha tenido la cortesía de tomar la pluma y responder usted mismo? —don Lucian parecía escandalizado.

—¿Es que no tiene ningún respeto por el comandante de su país anfitrión? —le espetó Damián.

Zarandeada por emociones en conflicto, Katherine terció con un tartamudeo:

—Pero, ¿por qué ordenó tal cosa el general Castro? ¿Dónde está la hospitalidad de los californios?

Hartnell fue el único que respondió por deferencia a su condición de mujer y a su nacionalidad:

—El señor Frémont no hizo caso de la orden específica del general de que se mantuviera alejado de las ciudades costeras importantes de la Alta California. El general Castro considera que Frémont es una amenaza para la continuidad de la paz en la zona.

—Le aseguro, señorita Katherine, que mis hombres llevan armas para su protección —dijo Frémont con un sincero tono tranquilizador.

Tenía un aspecto joven y formal, y Katherine no se fijó en que había utilizado su nombre de pila.

—Ha logrado muchas cosas —lo felicitó con sinceridad—. Ha llevado una vida fantástica.

—Bueno, gracias, señorita Katherine.

Esta vez Katherine sí se fijó. Se puso tensa y toqueteó la cadena de su reloj, pero antes de que pudiera reprenderlo, Damián los interrumpió.

—Es extraordinario, en efecto —coincidió con un deje sarcástico en la voz—, traicionar así a sus anfitriones.

Frémont sacudió la cabeza para apartarse el cabello negro de la frente y adoptó una pose.

—Yo no he traicionado a nadie.

Katherine se volvió hacia Damián y declaró:

—El señor Frémont jamás engañaría a nadie. Es un héroe nacional.

—No de mi nación. —Damián se acercó y la miró con un desprecio aristocrático—. No de mi nación.

Katherine retrocedió, dolida.

—Bueno, aguarde un momento, señor —protestó Frémont con un marcado acento del sur.

—Damián —lo reconvino don Lucian.

Katherine se recuperó y alzó la barbilla.

—No. Don Damián tiene razón. Le agradezco que me lo haya recordado —se remangó la falda y entró en la hacienda con tanta resolución que se golpeó contra el marco de la puerta con las prisas por marcharse.

John Charles Frémont se puso el sombrero bruscamente.

—Señor, soy un hombre lo bastante corpulento como para hacer caso omiso de las amenazas y mentiras de un matón, pero ha sido cruel con una de las flores del sexo femenino. Usted, don Damián, no es un caballero.

—¿Por qué miras a un sitio y te diriges a otro? —Don Lucian mantuvo la voz por debajo del ritmo frenético de la guitarra, pero cuestionó a su hijo con una exasperación feroz—. Ella admira a este tal Frémont, y en lugar de dejar que descubra por sí misma lo fanfarrón que es, la empujas hacia él. Ella se ha marchado como un vendaval hacia un lado y él se ha ido de igual forma hacia otro. Todo el mundo está furioso contigo.

Damián se cruzó de brazos como quien sabe que ha obrado mal pero mantendrá sus actos hasta el final.

—Ella lo defendió.

—Es norteamericana. Él es norteamericano. ¿Por qué no iba a defenderle? —Don Lucian alzó la voz y Damián lo hizo callar—. ¿Qué pasa, no quieres que nuestros invitados sepan que estás enfadado con Katherine? ¿Crees que no se han fijado en que estás aquí plantado y ceñudo mientras ellos bailan? ¿Crees que tu actitud no les ha agriado el humor a los mariachis? Es el último baile de esta fiesta y te comportas como una mula con una piedra metida en el casco.

—Le parecía atractivo.

Don Lucian meneó la cabeza, se dio media vuelta y la meneó de nuevo.

—¿Acaso crees que no va a mirar a otro hombre atractivo mientras viva? Es posible admirar las manzanas de tu vecino sin robarle ninguna del árbol.

—Es una mujer. Las mujeres son modestas, tímidas, reservadas. Aguardan hasta que un hombre las elige y lo aceptan con gratitud.

—Los solteros saben mucho más sobre mujeres que los casados —Damián le dirigió una mirada fulminante—. Tienen que saber más. De no ser así, también estarían casados.

—Bueno, no debería considerar atractivos a los hombres.

Don Lucian se echó a reír y alzó la voz.

—Querrás decir que no debería considerar atractivo a ningún hombre aparte de ti.

—Lleva un año sin fijarse en los hombres.

—¿Acaso creías que este estado de bendita ceguera iba a durar? —Don Lucian retrocedió cuando una de las parejas que bailaban salió girando de la explanada y desapareció entre los árboles—. Te esforzaste mucho por romper su aislamiento. Alégrate de que al menos se esté comportando tal como debería hacerlo una mujer normal.

—¿Rompo su aislamiento para que ella se fije en cualquiera? No era ése mi propósito.

—No, me imagino que no —Don Lucian se frotó la frente con los dedos y dijo—: Supongo que el amor es un trastorno temporal. Quizá tu cortejo irá mejor cuando la fiesta termine y se marchen nuestros invitados. Mientras tanto, ¿por qué no buscas una mujer y bailas?

—¿Y a quién se lo podría pedir? —preguntó Damián.

—Pídeselo a doña Ignacia. Ya tiene bastantes problemas, difícilmente se reirá de los tuyos.

—¿Por qué? —por primera vez, Damián miró en derredor con atención.

—Julio la tiene otra vez desatendida para dedicarse al cuenco de ponche.

—¡Oh, Dios! —Damián se apartó del tronco del árbol en el que tenía apoyada la espalda—. ¿Qué es lo que le pasa a ese condenado Julio?

—Eso es lo que dicen de ti —oyó murmurar a su padre, pero Damián no le hizo caso y se dirigió con paso resuelto al círculo de sillas donde las mujeres descansaban entre baile y baile.

María Ignacia estaba allí sentada hablando con las ancianas matronas, las viudas, las mujeres que no tenían a nadie con quien bailar. Llevaba flores en el moño que acentuaban el característico mechón blanco en su cabello negro. Su vestido, de almidonado fustán, tenía unos adornos de encaje que caían del cuello y las mangas. Sus labios sonreían, daba golpecitos en el suelo con el pie, agitaba el abanico y cotilleaba como una loca. Tenía todo el aspecto de estar pasándoselo maravillosamente bien y Damián sabía lo mucho que debía de sufrir la callada dama para hacer semejante interpretación.

Damián se puso bien los puños, se inclinó frente al grupo de mujeres y luego frente a María Ignacia.

—Baila conmigo —le ordenó.

Damián notó el viento de su abanico en la cara.

—Gracias, don Damián, pero...

Tiró de ella para que se pusiera de pie.

—Será un honor —la tomó por la cintura y se la llevó al tiempo que le susurraba al oído—. Al sufrimiento le encanta la compañía.

Una risa renuente brotó de sus labios.

—En serio, don Damián, puede que eso sea cierto, pero juro que no es una buena idea.

—Deja los juramentos para cuando te pise —le aconsejó—. Están tocando un jarabe. Ya sabes lo mal que se me da.

Una sonrisa asomó a las comisuras de los labios de la mujer cuando ocuparon sus posiciones en la pista de baile.

—Lo recuerdo.

—¡Cómo no! —su graciosa decepción provocó una risa genuina.

Ella hizo una reverencia y Damián una inclinación.

—Como siempre, la fiesta ha sido maravillosa. Este baile en el prado es una idea estupenda.

—Siempre resulta memorable bailar bajo las estrellas —coincidió él—, y tenía que usar mis farolillos.

—Son preciosos. En realidad, las señoras han hecho comentarios sobre ellos, pero no imaginábamos que fuera idea tuya, Damián —le tomó la mano y lo siguió por los intrincados escalones.

—Me gusta el arte indio, ya lo sabe. Les dije a los indios que cogieran pedacitos de cristal de colores y los encastaran en la madera, como las vidrieras de las misiones, y que metieran un candelero dentro. —Las luces brillantes colgaban de los árboles en torno a ellos y daban un aire refinado al ambiente.

—Son como un arcoíris parpadeante. Supongo que acabas de marcar la nueva moda entre nosotros —prevalecieron las viejas costumbres y ella lo miró con simpatía e interés—. Siempre me hacías reír.

—Las apariencias no lo son todo —repuso él en tono severo.

La mujer se rió con un gorjeo que reverberó en la garganta de Damián. Así se había reído la joven María Ignacia cuando el prepotente Damián iba a cortejarla. Había sido la criatura más encantadora de la Alta California. Hacía demasiado tiempo que no escuchaba su alegría.

—Has sido la única chica a la que le he pedido que se casara conmigo.

—De eso hace ya muchos años —replicó ella.

—Has sido la única chica con la que he querido casarme.

La sonrisa de María Ignacia seguía siendo sincera, pero un atisbo de tristeza disipó su chispa.

—Hasta el año pasado, cuando cierta norteamericana...

—Llamada Katherine. Sí, lo sé, pero si me hubiera casado contigo ni siquiera la habría visto nunca.

—Ay, eso no lo sabremos nunca —giró con el baile—. Quizá hubiéramos estado tan dedicados el uno al otro que nunca la hubieras visto... o quizá estarías igual de afligido como estás, pero atrapado en un matrimonio conmigo.

—Hubiéramos estado tan ocupados que nunca la habría visto. Nuestros hijos...

Ella tropezó. Damián maldijo la falta de tacto de su comentario, primero para sus adentros y luego, al ver las lágrimas de sus pestañas, dijo en voz alta:

—Te he pisado. Perón, perdón. Deja que te ayude, por favor —se situó entre ella y los demás bailarines.

—No te preocupes —dijo María Ignacia para seguirle la corriente y se sujetó un tobillo que él ni siquiera había rozado.

—¡Soy tan torpe! Deja que te lleve a la casa.

—Sólo necesito sentarme.

—No, insisto —la sujetó con firmeza de la cintura y se la llevó del baile hacia el paseo oscurecido que se extendía entre la fiesta y la hacienda.

Ella se resistió con ahínco mientras viraban bruscamente y se adentraban en la arboleda, pero él no le hizo caso y la llevó a rastras tras él. Se detuvo allí donde aún podían oír la música y el murmullo de las voces y donde podían ver con la débil luz de los farolillos. Alejarse más suscitaría rumores... rumores a los que Damián ya se arriesgaba. Sin embargo, se sintió obligado a aprovechar aquella oportunidad. Enojado por la infelicidad de María Ignacia, quiso saber:

—¡Madre de Dios, Nacia! ¿Qué fue lo que te hizo preferir a Julio antes que a mí? Al menos yo te habría hecho feliz.

—Le amo. ¿Y ahora, quieres dejar de tirar de mí como si fuera un perro?

Damián la soltó y se volvió a mirarla.

—Lo amas. ¿Y él te ama a ti?

Ella vaciló.

—Eso creo. Sí.

Damián no le veía la cara en la oscuridad, pero notaba su aflicción.

—Nacia —empezó a decir, pero se detuvo. No sabía cómo continuar.

—¿Quieres saber por qué corren tantos rumores sobre nosotros? ¿Por qué dicen que Julio no se queda en casa? ¿Por qué bebe cuando sale en público? ¿Por qué me trata como me trata? —Fue alzando la voz mientras recitaba la letanía de desgracias de la pareja—. Pues bien, no sé por qué está haciendo estas cosas. No sé por qué... —se le quebró la voz— por qué me trata como si lo hubiera traicionado. Nunca lo he engañado, jamás. Ni siquiera contigo. Nunca lo he provocado contigo. Podría haberlo hecho, porque tú estabas muy entregado y todo el mundo sabe cuánto rivalizáis. Pero la primera vez que vi a Julio supe que le quería, y que él me quería. No me importaba que su padre no se casara con su madre, ni que ésta fuera tan pobre que tenían que depender de la caridad de los demás. Todo el mundo decía que estaba por debajo de mí pero yo tenía dinero suficiente para ambos y pensé que era para siempre.

—¿Y ahora?

—Ahora no lo sé.

Damián oyó que María Ignacia intentaba contener las lágrimas y evitó adoptar un tono compasivo.

—Cuéntame qué ha estado haciendo.

—Se marcha. Durante días, semanas. No sé adónde va. A las montañas, a alguna parte, o al desierto. Vuelve con suciedad debajo de las uñas y ampollas en las manos.

—¿Julio? —dijo él, sobresaltado—. Julio nunca... Él adora la ciudad. Adora la civilización y toda su parafernalia.

—Lo sé, lo sé.

—¿Le preguntas?

—Ya no. No quiere contármelo. Pero le gusta que me ocupe de sus manos y esté por él. Me trata con afecto cuando está en casa. Es mejor que la manera...

Se interrumpió tan bruscamente que Damián supo qué era lo que no iba a decir.

—Tenía la esperanza de que no lo supieras.

—¿Cómo no iba a saberlo? Ha fornicado con todas las putas de Monterey, las viudas, las indias, las criadas —en su tono se percibía claramente la humillación—. Como si no me lo restregaran por la cara todos los días.

—Ya terminó con eso —terció Damián.

—¡Ah, sí, claro!

Sarcasmo y dolor, diagnosticó él.

—Julio no es un hombre fácil de comprender. Lo conozco de toda la vida y todavía no lo entiendo. Cuando éramos jóvenes los otros chicos lo llamaban bastardo y le pegaban. Me metí para ayudarle y nos saltaron un diente a los dos —se rió un poco—. Es una suerte que estuvieran flojos, ¿eh?

Ella no se movió, no reaccionó a su humor.

Damián suspiró.

—Cuando se puso de pie como pudo, me pegó una patada por intentar ayudarle. Luego me ayudó a levantarme. Es un hombre con un trasfondo oscuro pero, al mismo tiempo, si tuviera que confiarle mi vida a alguien, sería a mi padre o a Julio.

—¿Pero qué está haciendo para ensuciarse las uñas y ampollarse las palmas? —preguntó María Ignacia con un susurro—. ¿Y si es algo ilegal? Ese trasfondo oscuro que mencionas... me preocupa. ¿Qué está haciendo?

—No lo sé.

Rompió a llorar y Damián la atrajo contra su pecho.

—No lo sé. Ojalá pudiera mentirte, pero nos conocemos desde hace demasiado tiempo para eso. No lo sé. —Ella lloró con más fuerza y Damián deseó, con todo su corazón, estar en otra parte. No importaba lo mucho que adorar a Nacia, no importaba lo mucho que ella necesitara aquel escape emocional, sus lágrimas seguían haciéndole sentir violento.

Ella pareció darse cuenta porque, en cuanto pudo, se controló y se apartó. Con voz ronca de dolor, le dijo:

—Tú siempre hiciste lo que era necesario por mi bien, aunque yo no te quisiera.

Aliviado, Damián dio un paso atrás.

—¿Acaso no tengo razón siempre?

—Sí, ¿y no eres un monstruo por hacerlo notar? Pero claro —su voz se agudizó—, eres el mismo monstruo para todos tus amigos.

—¿Me estás llamando entrometido? —preguntó Damián, sorprendido por dicha noción.

—Un terrible entrometido. Yo me pregunto, ¿quién hace lo que es mejor para ti?

Con la seguridad de un hombre fuerte y testarudo, Damián respondió:

—Yo.

—Bueno, pues en opinión de tu amiga Nacia, lo mejor para ti también es lo mejor para doña Katherina. Tal vez deberías pensar en ello.

—Mi amiga Nacia difícilmente podría saber qué es lo mejor para mí o para doña Katherina en lo que dura una fiesta.

—Lo mismo podría decirse de mi amigo Damián.

Su réplica lo hizo callar y, con asombro, se preguntó si podría ser que tuviera razón. ¿Estaba formándose juicios apresurados sobre Nacia y Julio? ¿Estaba pisando un terreno en el que nadie debía adentrarse? Y lo más importante, ¿el bien de Katherine y el suyo eran idénticos? Lo guardó todo para volver a sacarlo y examinarlo más tarde y le dijo:

—¡Arriba los corazones! Anímate. Eres una buena mujer, Nacia. La mejor para Julio, y él no tardará en darse cuenta.

—Y tú eres un buen hombre —le rozó la mejilla—. La próxima vez que te vea espero que sea bailando en tu boda. Recuerda, una mujer como Katherine nunca...

Una voz de hombre surgió cerca de ellos.

—Una escena conmovedora. ¿Un beso de despedida entre enamorados, tal vez?

Nacia se apartó rápidamente de Damián y lo que era una charla amistosa entonces pareció furtiva.

—Julio —dijo Nacia con vacilación.

—¿La promesa de otra cita secreta, quizá?

—No seas idiota, Julio —le ordenó Damián.

—¿Idiota? —Julio alzó la voz—. Sí, soy un idiota. Por pensar que una mujer podría honrar sus votos. Por pensar que los años de amistad significaban algo.

Damián se acercó más a él con la intención de hacerlo callar y bajo la luz tenue se fijó en la figura tambaleante y desaliñada de su amigo.

—Hemos estado hablando.

—¡Hablando! Es un eufemismo agradable. Quizá el esposo agraviado debería marcharse —su figura oscurecida dio un paso adelante—. Quizá debería dejaros a los dos con vuestros besos.

A Damián le llegó el denso olor a licor por el aire y estuvo a punto de soltar un gemido. Estaba muy claro que el cuenco de ponche había sido el refugio de Julio aquella noche. Damián tenía que intentar apaciguar las cosas y mantuvo el tono de voz bajo y razonable.

—Nadie se estaba besando. Doña María Ignacia nunca...

—¿Doña María Ignacia? Hace tan sólo un momento era Nacia.

Las palabras arrastradas y subidas de tono sonaron como una acusación y Damián maldijo la cautela que lo había llevado a detenerse tan cerca de la pista de baile. Si estuvieran más lejos, al menos la gente no estaría volviendo la cabeza al oír indicios de una pelea.

—Somos viejos amigos, y tu esposa nunca ha permitido que le besara ni el dobladillo del vestido.

—Mi esposa —dijo con desdén—. Mi esposa.

—Por favor, Julio —Nacia avanzó y agarró a Julio del brazo—. Por favor. No te enfades, por favor. No fue nada.

—¿Nada? —Julio se zafó de ella de una sacudida y repitió a voz en grito—. ¿Nada? ¿Así es como llamas tú a la infidelidad? ¿Nada? —Como si fuera el dictamen de un anciano, rugió—: Eres una puta.

Damián interceptó el puño de Julio cuando se alzaba por encima de Nacia.

—¿Estás loco, hombre? No querrás pegarle.

Julio se detuvo, se tambaleó y miró a su captor con ojos de miope. Con las facultades limitadas de un borracho, decidió:

—Tienes razón. No quiero pegarle, pero quiero matarte —su otro puño se alzó con un gancho que pilló desprevenido a Damián y lo hizo caer al suelo.

Nacia soltó un grito y Damián una maldición, más por el ruido que hacía ella que por el dolor. Julio se lanzó sobre él pero Damián rodó para apartarse. Julio se golpeó la cabeza con el tronco de un árbol. Cualquier otro se hubiera quedado grogui con el golpe, pero el licor había insensibilizado a Julio. Se levantó sacudiendo la cabeza y gritando:

—¡Idiota! Voy a matarte.

La música vaciló y los bailarines se detuvieron, atraídos por las señales de furia que provenían de los árboles. Algunos hombres corrieron hacia la escena sosteniendo unos faroles que les iluminaban el camino con luz parpadeante.

Damián intentó ponerse de pie de un salto pero Julio lo interceptó a medio camino. Cayeron dándose puñetazos, rompiéndose los puños en la cara el uno al otro. Los hombres y mujeres los rodearon mientras ellos dos rodaban por la hierba.

Un puñetazo en el estómago hizo que Damián se doblara en dos. Julio lo empujó al suelo y chilló:

—¿Cómo te atreves a tocar a mi Nacia? ¿Cómo osas...?

Damián se sentía embargado por la furia. Le lanzó un golpe a la mandíbula y lo agarró por el cuello. Sentado sobre las costillas de Julio, Damián rugió:

—Ayer mismo sabías que no querías a tu esposa. Deja de ser tan estúpido.

Notó unos golpes en los hombros y al levantar la vista vio llorar a Nacia.

—¡Parad, vamos, dejadlo ya!

De repente vio los faroles alrededor, los rostros que observaban y supo que estaba mirando al desastre social a la cara. Ya nada podía salvarlos, pero rezó para que ocurriera un milagro. Al liberarse, el puño de Julio se hundió en las costillas de Damián, que soltó el aire de golpe y se quedó sin aliento. Oyó la sangre que estallaba en su cabeza. Se hizo un silencio repentino.

Le llamó la atención el tintineo del cristal y se dio cuenta de que la explosión que había oído no fue en su cabeza, sino que había sido un disparo.

Capítulo 6

¿*U*n disparo? La vela que Katherine llevaba descendió en picado y casi se apagó cuando ella saltó del porche y resbaló hasta que pudo detenerse. Vio la pista de baile al otro lado del patio y un círculo de farolillos en los árboles. Vio el farol hecho añicos por encima de los mariachis, vio que el guitarrista se sacudía cristales, madera y cera del pelo. Vio a la gente que miraba más allá de donde estaba ella, más allá de la hacienda. Se dio la vuelta con una sensación de terror.

Agrupados en el camino había un grupo numeroso de hombres de aspecto duro montados a caballo que guiaban unas mulas y llevaban rifles. Observaron los festejos mortecinos en silencio, un silencio adusto y satisfecho. Uno de ellos escupió en el suelo. Un caballo relinchó nerviosamente, pero la quietud transmitía una amenaza que no podía expresarse con palabras.

En medio y al frente de aquel grupo estaba John Charles Frémont, sentado a horcajadas sobre un caballo color crema. Llevaba el sombrero ladeado por encima de un ojo y una leve sonrisa iluminaba su semblante. Mantuvo una pose arrogante y miró con desprecio a los californios allí congregados.

Los españoles no tenían manera de defenderse del peligro que suponían los norteamericanos. Ellos no llevaban armas a un baile. Sus mujeres e hijos estaban con ellos.

Entre los árboles, vio que Julio alargaba la mano y ayudaba a Damián a levantarse. Damián se quedó solo en tanto que Julio rodeaba a María Ignacia con el brazo.

Uno a uno, los niños fueron buscando la protección de sus padres. Las esposas se acercaron a sus maridos e hicieron gestos a los niños para que se quedaran detrás. Los hombres se situaron delante de sus familias, ofreciendo la débil defensa de sus cuerpos.

Entonces, a una señal de mando de Frémont, los intrusos se marcharon.

Los californios se quedaron mirando hasta que el sonido se apagó. Se encaminaron hacia la hacienda ante la mirada consternada de Katherine. La señora Medina pasó por allí apoyada en el brazo de su hijo. Alejandro guiaba a su esposa embarazada, que caminaba con lentitud por el peso del bebé. Rico había organizado a sus hijos en una fila y los fue contando a medida que entraban en la hacienda. Con el rostro magullado, Julio acompañaba a María Ignacia como si fuera más valiosa que el oro. Don Lucian fue el último en llegar y ayudaba a los rezagados a llevar a sus hijos. Todos pasaron junto a ella, que permanecía inmóvil al pie de las escaleras del porche, y la saludaron con educados gestos de la cabeza al subir.

Katherine se dio cuenta de que no dijeron nada, por respeto hacia ella y a otros norteamericanos que se contaban entre ellos. Lo que desearan decir sobre su desprecio por la banda de Frémont lo dirían en la intimidad de sus habitaciones.

Las lágrimas asomaron a sus ojos y contuvo el impulso de disculparse. Los californios dirían que ella no era responsable de los actos de sus compatriotas. Y sería cierto. No obstante, en otro sentido, llevaba la carga de aquella descortesía sobre los hombros.

Cuando la última familia entró en la casa, los sirvientes salieron. Con un enorme despliegue retiraron la comida, limpiaron los cristales rotos, recogieron los pañuelos caídos. Katherine aún permanecía inmóvil con la vela parpadeante en la mano, aturdida por la rápida disolución de la fiesta.

Mientras los sirvientes tiraban de las sillas sobrantes hacia el cobertizo donde las guardaban, Damián salió paseando de entre los árboles. Se llevó una mano a la faja. Echó un vistazo a su alrededor, meneó la cabeza y empezó a apagar los farolillos. Tiraba de las ramas para poder apagar la vela pellizcándola con los dedos. Fue avanzando en círculo y las luces se fueron extinguiendo una a una.

Se quedó allí afuera, en la oscuridad.

Katherine se quedó bajo la luz de las lámparas del porche. Se sintió embargada de dolor, un dolor que no comprendía. Caminó por la hierba hasta el extremo del porche, se apoyó en el poste de la esquina y lo vio regresando a su casa. Él no pareció fijarse en ella cuando miró la fachada de la hacienda.

No se molestó en utilizar las escaleras, saltó por encima de la baranda de la otra esquina y apagó la lámpara. Se dirigió a los escalones y extinguió los farolillos que colgaban del poste de cada lado. Sólo continuaban parpadeando la vela que estaba por encima de la cabeza de Katherine y la que ella llevaba en la mano. Las botas de Damián resonaron contra las tablas del suelo y Katherine sintió que la invadía la timidez. Se dio media vuelta para recuperar la compostura y al volverse de nuevo se encontró con que él la estaba observando.

Allí de pie con el rostro inclinado hacia arriba, Katherine comprendió que Damián siempre había sido consciente de ella.

La preocupación, el orgullo y la ira luchaban en su interior; su boca hinchada y ensangrentada expresaba su furia.

Sin comprender realmente la situación, Katherine extendió la mano con la palma hacia arriba. No entendía sus propias emociones; no entendía las de él, pero sintió la necesidad de ofrecer algo, aunque sólo fuera su amistad. Damián se apoyó en la barandilla, le rozó la mejilla con dos dedos, vaciló y le acarició los labios. Le dirigió una sonrisa triste, apagó la lámpara que tenía encima de la cabeza y entró en la casa.

Ella se quedó allí sola, sosteniendo la única luz que había en el patio, tapándose la boca con la mano.

—¿Qué está haciendo?

El señor Smith se sobresaltó como si las palabras de Katherine fueran un disparo de advertencia.

—¡Nada! Yo… quería un poco de papel en blanco para escribir… a mi esposa en Washington D.C.

Katherine entró en la biblioteca y miró los documentos que había esparcidos sobre la mesa de Damián. Vio la madera astillada del cajón cerrado con llave.

—Señor Smith, se está confundiendo un poco. Hace dos días me hizo proposiciones.

—¡Yo nunca hice eso! —su indignación era palpable—. Su propia vanidad le hace pensar que le hacía proposiciones. Nunca le haría proposiciones a una mujer tan poco atractiva como usted.

—Sí, no creo que su esposa lo apreciara —asintió, totalmente impasible frente a su insulto—. Los demás invitados se marchan. Quizá debería haber pedido antes el papel.

Él extendió las manos con gesto inocente.

—¡Vaya! Es que estaba tan bien acompañado que se me olvidó pedirlo. Luego usted y ese patrón suyo estaban ocupados con las despedidas. Pensé, ¿por qué molestarles?, y vine aquí por mi cuenta.

—¡Vaya! —replicó ella con voz cargada de desprecio. Tomó aire y se controló—. Se me ocurre que puede que haya abandonado los Estados Unidos porque alguien se opuso a que le registrara la mesa.

—Uno necesita un poco de paz y tranquilidad para poder escribir a su madre, ¿no le parece?

—¿A su madre?

—Quiero decir a mi esposa.

—Señor Smith, nada más lejos de mi intención que hacer acusaciones injustificadas, pero a la luz de sus confesiones recientes, su presencia aquí me resulta sospechosa.

—¿Señora?

Con la pronunciación precisa de una dama bostoniana, se lo soltó:

—Quizá no sea más que un vulgar ladrón.

El señor Smith dio un paso de gigante y se situó imponente frente a ella.

—Señorita, ésa es una acusación muy grave. No me gusta la forma en que me habla. Y ahora, estoy seguro de que querrá disculparse por el comentario y por haberme golpeado el otro día.

La mirada de Katherine recorrió el largo, largo camino hasta los ojos turbios de aquel hombre.

Ella era una dama. Oculta en los recovecos de su mente oyó la voz suave de su madre que la reprendía y la instaba a dominarse.

Pero él intentaba intimidarla y Katherine reaccionó como si aquel hombre fuera el tío Rutherford. Dijo la verdad de manera educada y categórica:

—Un hombre que sólo da muestras de coraje cuando se enfrenta a una mujer no es digno de admirar. ¿Qué estaba haciendo en la mesa de don Damián?

Él la agarró de la muñeca.

—No creo que sea asunto suyo. Quiero una disculpa.

—¿O si no qué? ¿Me romperá el brazo? ¿Me pegará? —El sarcasmo le agudizó la voz y Katherine percibió el tono de amenaza—. Ya lo han intentado hombres mejores que usted.

El señor Smith incrementó la presión en la muñeca y se la dobló hacia atrás. Katherine lo fulminó con la mirada, demasiado furiosa como para mostrar dolor cuando le estaba aplastando los huesos.

—Discúlpese —le exigió.

El dolor se fue extendiendo y se hizo insoportable. El señor Smith parecía estar creciendo ante sus ojos.

Una mano apareció por detrás de ella y agarró del codo al señor Smith. Aturdida por el dolor, Katherine apenas se dio cuenta, pero el señor Smith soltó un grito y le soltó la muñeca.

—Creo que está cometiendo un error, señor Smith.

Katherine se sostuvo el brazo contra el pecho y supo que era Damián, aunque su voz sonó tan entrecortada y en un inglés tan preciso que apenas lo reconoció.

—Ahora va a marcharse, por favor. Su caballo, por llamarlo así, está ensillado y esperándole.

El señor Smith tenía la mano colgando del extremo de su brazo como si estuviera lisiado. Si no le hubiera hecho daño, Katherine se estaría preguntando qué había hecho Damián. En cambio, observó con mirada febril al señor Smith que se precipitaba por la puerta.

La misma mano que había inutilizado a Smith la tomó entonces del hombro y le hizo darse la vuelta. Damián la agarró y la sacudió.

—¿Y tú, mi quería Katherine, me harás el favor de no atacar como una gallina de Bantam detrás de un zorro?

A Katherine se le heló la sangre en las venas de resentimiento. ¿Quién se creía que era? En cuestión de unos pocos días la había mirado como si la considerara de su propiedad, se había enojado con ella, la había besado. Katherine no estaba en condiciones de tomar en consideración la seguridad ni el decoro.

—No soy tu querida Katherine —espetó con voz clara y seca.

—Tal vez no, pero eres una dama.

Le habló en inglés, pero su acento se hizo más marcado.

—Nunca me hubiera esperado oírte hablar así, con semejantes modales. ¿Qué diría tu familia?

Sin darse cuenta, Damián la había herido en lo más profundo de su ser y la serenidad de Katherine se desmoronó como no lo había hecho ante el señor Smith.

—Lo que quieres decir es ¿qué diría tu madre? O tal vez, tu madre no te educó muy bien —su tono tenía ecos de las amargas lecciones de su tía Narcissa.

Katherine se inclinó sobre la mesa de Damián y le ofreció una excusa vacilante y una sonrisa tímida.

—Mi tía Narcissa te diría que es esa vena de ingratitud rebelde la que me estropea el carácter. No hay duda de que tiene razón. Me he dado cuenta de que el hecho de que me utilicen saca lo peor de mí.

Damián no respondió con empatía ni de manera expresiva.

—En el futuro, te comportarás con un poquito más de sensatez mientras vivas bajo mi techo.

Sus palabras borraron la sonrisa de labios de Katherine.

—¿Querrías que le hubiera permitido saquear tu mesa? Ese hombre está convencido de que recibirá tus tierras si... o mejor dicho, cuando los norteamericanos acojan a California en su seno. ¿Y qué derecho tienes a hacer comentarios sobre mi tendencia pugnaz cuando tienes los ojos morados y el labio partido? —a Damián se le ensombreció el semblante cuando ella le llamó la atención sobre sus heridas. Con un gesto de la mano, Katherine señaló el caos de papeles que había creado Smith—. ¿Acaso crees que fui yo quien hizo esto?

—Las costumbres norteamericanas me resultan incomprensibles.

En un primer momento a Katherine le costó entenderle. Cuando el significado de sus palabras dio en el clavo, Katherine se sorprendió irguiéndose cuan alta era, con el mentón alzado y mirada acusadora.

—¿Crees que yo registraría tus documentos privados? —se situó detrás de la mesa y de un tirón abrió el cajón con la cerradura rota—. ¿Crees que yo haría esto?

—Me has entendido mal. Las costumbres norteamericanas me resultan incomprensibles porque si una mujer de California se topara con un ladrón en mi mesa saldría corriendo a buscar ayuda —la miró con una exigencia convincente—. No atacaría al ladrón.

—No estoy a tus órdenes ni sujeta a tus caprichos.

—¿Mis caprichos? —su voz se hizo más grave y Katherine observó sus cejas. No se curvaban de un lado a otro de su frente como la mayoría de entrecejos, sino que se inclinaban hacia arriba. Le daban un aire travieso a su semblante y acentuaban la impaciencia de sus ojos—. ¿Consideras un capricho el hecho de que me preocupe tu bienestar? ¿El hecho de que quiera evitarte los huesos rotos y la brutalidad que resulta de subestimar a un oponente mucho más grande?

Lógica. ¡Cómo detestaba que se utilizara en una discusión! ¡Cuán típico de un hombre interponerla!

—Creo… —tomó aire— que mi bienestar te preocupa más de lo que está permitido entre patrón y empleada.

—Soy responsable de ti de un modo que nada tiene que ver con el empleo.

Katherine no hizo caso de ese comentario.

—Éste podría ser un buen momento para hablarte de mis planes.

—¿Tus planes?

—Mis planes para marcharme de aquí.

—Ah.

El rostro de Damián se suavizó de toda expresión y adquirió un aspecto tan anodino que Katherine se atrancó al hablar.

—Me doy cuenta de tus esfuerzos por mí, y te lo agradezco. No sé si habría sobrevivido este último año sin la ayuda y la buena voluntad de tu familia, tus sirvientes y tuya.

—¿Mía?

—Sí, tuya, por supuesto —la invadió una irritación estremecedora, pero Katherine la dominó—. Tal como intenté explicarte hace dos noches en el balcón, fuiste mi salvador. Pero también sé que creaste el puesto de ama de llaves por mí y que apartaste a la competente Leocadia de su trabajo para que así yo tuviera algo en lo que centrarme hasta que fuera capaz de funcionar en sociedad. Ese momento ha llegado —se dio cuenta de que estaba divagando como un abogado. Detestaba hacer eso, pero provenía de una familia de abogados. Cuando estaba nerviosa, esa pomposidad que aborrecía en su tío brotaba de su propia lengua—. También sé que ésta es tu casa favorita. No obstante, has evitado esta hacienda desde mi llegada. Creo que si me marchara volverías a sentirte cómodo con tu familia.

Damián se volvió hacia el otro lado y cogió la estatua que habían hecho para él los indios artesanos de su rancho. Era una mujer, desnuda salvo por el pelo que le bajaba por la espalda y le cubría los hombros. Sus manos se afanaban en trenzarlo a un lado, su rostro tenía una expresión tierna y pensativa.

—Este último año, el rancho del Valle Central ha representado para mí la libertad. Necesitaba un lugar para llorar a mi amigo. Lamento si malinterpretaste mi deseo de estar solo como el deseo de alejarme de ti.

Sus manos recorrieron la madera oscura y Katherine las siguió con la mirada, fascinada. Ya había admirado aquella obra de arte cuando se la habían regalado a Damián por Navidad. Era arte en su estado más puro y ella no había encontrado nada malo en la desnudez de la figura de mujer. Pero en aquel momento, mientras él examinaba los huecos redondeados y las caderas acampanadas con los dedos, se sintió embargada por una sensación extraña. Parecía que la suave fibra de la madera le proporcionaba un placer casi sensual y Katherine tuvo la impresión de estar entrometiéndose en un momento personal.

Él percibió su mirada.

—Espero que cambies de opinión y te quedes con nosotros. Te prometo que pasaré más tiempo en esta hacienda.

Hubo algo en sus ojos oscuros que hizo pensar a Katherine en la corrida de toros y le respondió con cuidado:

—No creo que ésa sea la mejor solución. No puedo quedarme aquí bajo este techo. Habría rumores, por infundados que sean.

—Mi padre es una carabina estupenda.

—No creo que sirva —repuso ella con sobriedad.

—No, supongo que no. —Ni una sola arruga de regocijo alteró su semblante—. De todas formas, ya es demasiado tarde. Los rumores ya han barrido la Alta California.

—¡Oh, no! —Su consternación fue automática—. Un rumor como éste podría perseguirme.

—Hasta Boston —coincidió él.

Pero Katherine no iba a ir a Boston. Lo tuvo en la punta de la lengua pero cierto sentido de autoprotección evitó que lo dijera. Decidió que sus planes no le incumbían a nadie. Se quedaría en California, buscaría empleo en Los Ángeles y le escribiría a don Lucian cuando estuviera bien instalada. Muy bien instalada.

—Debo marcharme de inmediato.

—Como tú digas —Damián le sonrió con afabilidad, sin emoción, y volvió a dejar la estatua en la mesa—. Tendré que encontrar otra forma de convencerte para que te quedes. Ahora tengo que ir a despedirme de mis invitados. ¿Vienes fuera?

—Enseguida voy —se dio cuenta por primera vez de lo preocupada que había estado por la reacción de Damián. Cuando él se marchó la invadió una oleada de alivio. No se había enfadado ni disgustado porque ella fuera a marcharse de su casa. La verdad era que no se había disgustado.

Damián no se había disgustado en absoluto. Katherine se mordió el labio mientras abría la puerta de su dormitorio. Entró, la cerró y apoyó la cabeza en el panel de madera. Le dolía tanto el estómago que no había cenado. Apretó las manos inútilmente, atrapando sólo el aire.

Leocadia no había encontrado ningún motivo para seguir fingiendo que dejaba el gobierno de la casa en manos de Katherine, de manera que ésta se había visto reducida a ser un testaferro. Dirigió a los criados en la limpieza y el almacenamiento de los utensilios de la fiesta, pero no se ensució las manos. Eso le dejó mucho tiempo para pensar.

Damián no se había disgustado en absoluto. El alivio de Katherine había cambiado, se había retorcido y se había convertido en preocupación. Otra escena con Emerson Smith. Otra escena con Damián. Dos enfrentamientos tan desagradables como aquéllos deberían de haberla sumido en una negra depresión. En cambio, se preocupaba y bregaba con las contradicciones.

¿Por qué Damián se había mostrado tan indiferente a lo que Katherine había anunciado? Debería de haberse sorprendido. Debería de haber protestado y haberla exhortado a que se quedara. En cambio, se había mostrado indiferente. No era propio de un hidalgo cuya cortesía se extendía hasta el más bajo de sus criados. La había hecho sentir incómoda al confirmar los rumores que ella ya se temía. Había dicho que tendría que encontrar otra forma de convencerla para que se quedara. Eso casi parecía una amenaza.

Se encogió de hombros, intranquila. Seguro que no.

Se desató el delantal arrugado y lo echó sobre una silla. Se quitó el broche que sujetaba el cuello blanco e hizo una mueca. Aún tenía la muñeca dolorida y masculló:

—Tiene razón. Tengo que dejar de atacar a matones de tres metros. —Ahora que no estaba delante de Damián, admitió que su reproche estaba justificado. Y más que justificado, fue merecido. Una muñeca rota tenía mala curación, si es que se curaba, y su furia irreflexiva era una pobre excusa para haberse buscado que se la rompiera.

Alguien había encendido la vela de su mesita de noche. Supuso que habría sido Leocadia. El biombo para vestirse resguardaba la llama de la brisa que entraba por la ventana y su brillo teñía de ámbar la madera de la cama y el suelo. Le resultaba agradable a la vista y llevó su mirada hacia el rincón. Con el cuello en la mano, se adentró más en la habitación.

Allí, extendido sobre su cama, había un vestido. Katherine cerró los ojos y los abrió de nuevo. Sí, era un vestido, sin duda. Un vestido bonito.

Los deseos del día anterior se avivaron para atormentarla. Tomó un pliegue de la tela entre dos dedos y la frotó; la textura era suave, de grano fino. Era una muselina de algodón con listas verdes que alternaban con flores diminutas. Cogió el vestido por los hombros. El cuello era de corte sencillo y un pañuelo de encaje blanco caía haciendo ondas hasta el suelo. Las mangas eran abullonadas; unos botones diminutos en forma de flor recorrían la espalda del vestido. La falda era acampanada, con muchos metros de tela.

Sujetó el vestido contra su cuerpo y se puso delante del espejo dorado. Con un arranque de placer, exclamó:

—¡Es precioso! —dio una vuelta, lo abrazó y lo dejó otra vez sobre la cama. Sin perderlo de vista, como si pudiera desaparecer, se desenganchó el reloj de Tobias de la cinturilla de la falda. Lo guardó con ternura en el cajón de la mesita de noche. Se despojó de las prendas negras que llevaba con tanta rapidez que ni siquiera se percató del dolor de la muñeca. Se pasó el vestido floreado por la cabeza y se entretuvo con las mangas para ponérselas bien. Sujetó el canesú con fuerza en torno a la cintura, con las manos a la espalda.

—Una mujer atractiva —dijo en voz alta. Sus ojos relucían con la luz de la vela. El pelo… Alzó las manos y se quitó la cofia de un tirón Las horquillas salieron despedidas. Su cabello grueso reflejó la luz de la vela con destellos dorados. El cuello bajo del vestido, combinado con su postura con las manos a la espalda, hacía que su pecho asomara por encima del canesú. Necesitaría el pañuelo.

Las señoritas españolas encontrarían una competidora en Katherine Chamberlain Maxwell cuando se la encontraran al día siguiente. Se compraría un abanico. De marfil, con cinta verde entretejida. Imitó la pose de una señorita coqueta con el abanico imaginario. Se remangó la falda para dejar al descubierto el tobillo bien torneado. Agitó el abanico frente a la cara, pestañeó y murmuró:

—Por favor, querido.

Parecía ridícula.

Dejó caer las manos y abandonó la pose. El rostro del espejo parecía avergonzado y Katherine alzó el mentón. Era una mujer norteamericana sensata que no tenía nada que ver con los californios de carácter ardiente.

—Bueno, ya está —dijo en tono animoso y se quitó el vestido por la cabeza. Lo dejó con cuidado en un colgador y sus manos se entretuvieron en el pañuelo. A continuación se quitó las enaguas. Le hizo falta paciencia con los zapatos porque se le habían hecho nudos en los cordones que llevaba atados en torno al tobillo. Los deshizo y dejó los zapatos de cuero uno junto a otro contra la pared. Suspiró y fue a mirarse en el espejo para un examen implacable.

Cabello de un rubio vulgar, sin rizos. Ojos verdes vulgares. Unas pecas que desfilaban por el puente de la nariz, le bajaban por la barbilla y se extendían por su pecho. Un cuerpo vulgar, con unos senos de talla media, cintura pequeña que aún lo parecía más por su vulgar corsé blanco y caderas de talla media. Unas piernas que eran demasiado largas para su cuerpo. Ni siquiera el ancho encaje de la parte inferior del pantalón podía disimularlo. La vulgar Katherine Anne intentando actuar como una coqueta era tan ridícula como una vieja yegua suspirando por un joven semental. Desvió la mirada hacia el gancho del que colgaba el magnífico vestido.

—No puedo quedármelo —dijo en voz alta—. Se lo devolveré.

—No lo aceptará.

Katherine se sobresaltó y soltó un grito. La voz grave provenía de entre las sombras junto a la pared. Aguzó la vista y se encendió una cerilla. Damián estaba sentado en su silla acolchada con un cigarro entre los dedos y su mirada oscura clavada en ella. Tenía la espalda apoyada y las piernas rectas y extendidas. Debería haber parecido relajado, pero mantenía los tacones afirmados en el suelo. Afirmados para evitar lanzarse hacia ella. Encendió el cigarro y sacudió la cerilla para apagarla.

Katherine se llevo una mano al pecho para apaciguar su corazón palpitante y le preguntó con voz trémula:

—¿Qué estás haciendo en mi habitación? ¿Estás loco? Hoy me dices que corren rumores sobre nosotros ¿y esta noche entras en mi habitación? —Su voz fue ganando fuerza—. ¿Qué estás haciendo aquí?

—Son muchas preguntas —la reprendió.

—¿Y qué quieres decir con eso de que no lo aceptará? Tu padre entiende que no puedo aceptar caridad.

—No fue mi padre quien te regaló ese vestido. Fui yo. No fue mi padre quien te rasgó la ropa de luto —dio una chupada al cigarro y la punta resplandeció—. ¿Te acuerdas, Catriona mía?

Katherine se dirigió de un salto a por su bata que aún estaba colgada de la percha y antes de poder dar dos pasos Damián la agarró por los hombros.

—Lo disfrutaste. —Su aliento olía a humo, su voz fue un profundo gruñido.

Katherine intentó darse media vuelta bruscamente, pero él se lo impidió. Con una mano le sujetó el brazo con firmeza y metió la otra entre los cordones de su corsé.

—No, Catriona mía. Ya he conocido tu puño. Apruebo totalmente que lo utilices con un tal señor Smith, pero yo aún tengo el cuello sensible por tus caricias.

Katherine dio una patada hacia atrás con el talón pero él la evitó de un salto.

Se rió y dijo:

—Sí, eres tan letal por detrás como por delante. No hay duda —y la soltó.

Katherine se volvió hacia él y se irguió con fría dignidad. Le dirigió la mirada más feroz que pudo lanzarle, imitando la expresión arrogante de su tía.

Lamentó que no fuera un poquito más bajo. Un poco más bajo y no tan ancho de hombros, y no tan parecido a su sueño del diablo y la tentación. Llevaba la camisa blanca abierta porque no le quedaba ni un botón, de manera que su pecho de caoba tallada brillaba en la penumbra, y las mangas remangadas por encima del codo. Los músculos de los brazos revelaban su inclinación por el trabajo duro. No llevaba calcetines ni botas, lo cual apuntaba a una intimidad que ella temía.

—Estás en mi dormitorio. No tienes ningún derecho a estar en mi dormitorio.

—A veces un hombre ejerce sus derechos —fue a buscar su cigarro fino, que ardía en un platillo de hojalata que nunca había estado en la habitación, y se lo llevó a los labios. Observó la pose desafiante de Katherine. Su mirada se entretuvo en la turgencia de sus pechos y cuando alzó la vista, sus ojos mostraban regocijo y gusto—. Al final te has despertado. ¿No es verdad?

La ira y el miedo se desvanecieron bajo la sonrisa atrayente de Damián, pero ella sólo respondió a las palabras, no a su significado.

—No estaba dormida.

—¿Ah, no?

Katherine entendió el mensaje y se mantuvo erguida con rigidez para luchar contra el canturreo de su voz.

—Ahora estás despierta, ¿no es verdad, mi querida? Completamente despierta. Has sido una mariposa, oculta en el capullo, protegida de los vientos de la vida. Ahora ha llegado el momento. Estás saliendo lentamente y extendiendo las alas. Todos tus nervios están expuestos. No sabes si estás preparada para enfrentarte al mundo. —Avanzó. Alzó la mano y le acarició la mejilla—. Pero la belleza no está hecha para ocultarse, y tú eres muy hermosa.

Katherine quiso reírse con desprecio de sus palabras pero, ¿cómo podía hacerlo? La mujer que ella veía en el espejo no parecía ser la misma que se reflejaba en los ojos oscuros de Damián. La sinceridad y la admiración ensombrecían el suave frunce de su boca. Damián practicaba la seducción con su inglés suave con acento español, con el olor a humo de su aliento, con el aprecio que desvelaba su semblante... y ella, como cualquier chica cándida, se lo creyó.

Dio un profundo suspiro y el corsé que la sometía a su apretado abrazo se deslizó. Sobresaltada, lo agarró y bajó la mirada preguntándose por qué le había fallado la prenda.

La risita de Damián la pilló desprevenida.

Katherine dirigió una mirada furtiva a Damián y se acordó de sus dedos hábiles atrapados en las cintas. El orgullo hizo que alzara la barbilla.

—Así pues, ¿ésa es mi función, proporcionarte divertimento?

—Eres divertida en tu inocencia —lo dijo con la intención de aplacarla, pero la sonrisa burlona con la que le mostró los dientes decía otra cosa.

—Inocencia, en efecto, por pensar que me rescataste de mi aflicción por una dulce amistad. ¿Esto es lo que tengo que pagarte por tu amabilidad? —Hizo un gesto con la cabeza en dirección a la cama—. ¿Te lo reembolso de la manera tradicional?

La sonrisa de Damián se desvaneció, pero no así su comprensión.

—Ya te lo dije, la gratitud no tiene lugar entre nosotros. Todo lo que he hecho lo he hecho por Tobias. Todo lo que haga esta noche no tiene nada que ver con Tobias. Esto es entre tú y yo. Entre la mujer que quiere marcharse y el hombre que querría tenerla aquí. Si esto implica alguna obligación, será mi obligación.

—Perdona, ¿cómo dices? —Katherine, atónita, lo fulminó con la mirada indignada de una dama.

—¡Qué dignidad! —exclamó él con admiración. La sonrisa volvió a asomar a sus labios—. Esta noche espero encontrar placer en esa cama. Espero proporcionarte más placer del que reciba. Eso es obligación, ¿no?

—Menudo engreído eres... ¿crees que voy a llevarte a mi cama dócilmente?

—¿Dócilmente? No, esto no tendrá nada de dócil —apagó el cigarro en el platillo de hojalata y avanzó hacia ella con sigilo, como un felino al acecho.

23 de mayo, año de Nuestro Señor de 1777

«Fray Patricio y yo arriesgamos nuestras vidas en la capilla en llamas para rescatar las vasijas sagradas que habíamos fabricado con el oro que nos dieron los indios. Pusimos las vasijas en un cofre y corrimos con él hacia el río. Allí nos encontramos con fray Amadís y fray Lucio y juntos nos escondimos entre los juncos. Constantemente mojados y hambrientos, seguimos el río hacia el oeste. Nuestras oraciones nos sirvieron y ese río se unió a otro mucho mayor que corría en dirección norte. Desde allí pudimos ver las montañas y huimos por las llanuras hasta el pie de las laderas.

Fue entonces cuando los indios nos divisaron. Nos han atormentado desde entonces. Vivimos con miedo a lo desconocido, lo único que nos mantiene a flote es nuestra determinación de llevar el oro de vuelta a la misión. Allí será recibido como prueba de nuestro éxito.»

Del diario de fray Juan Esteban de Bautista.

Capítulo 7

Katherine retrocedió dando traspiés pero él alargó los brazos y le apartó las manos con las que se protegía.

Sintió un dolor intenso en la muñeca y profirió un gemido amortiguado. Damián le soltó las manos como si le quemaran.

—¿Te he hecho daño?

Su preocupación era tan sincera, su angustia tan evidente, que ella lo tranquilizó:

—No, sólo ha sido una punzada —y acto seguido se maldijo. Si hubiera sido lista hubiera gemido y se hubiera quejado hasta que él se marchara sintiéndose culpable o indignado.

Los ojos centelleantes de Damián percibieron su valentía y su equivocación. Le tomó los dedos con cuidado entre los suyos y le acercó la mano a su rostro.

—¡Ah! —suspiró—. La lesión de una mujer valiente —le palpó la hinchazón—. Se curará, pero tendré cuidado.

—¿Y tus lesiones qué son? —Señaló la magulladura que tenía en la cara con un movimiento brusco del mentón—. ¿Son las lesiones de un hombre valiente?

Los labios de Damián se curvaron en una sonrisa irónica.

—En absoluto. Fueron resultado de la estupidez, pura y simple.

Mientras hablaba había ido subiendo la mano subrepticiamente. Katherine tiró del corsé hacia arriba buscando protección, pero él se fijó en ello y le ordenó:

—Suéltalo. Esa cosa no va a protegerte. Sólo hará que estorbarnos.

—Esa cosa es un corsé —replico ella con ferocidad—. Las damas de verdad duermen con él para conservar su figura.

—Entonces no eres una dama de verdad.

Katherine repitió la frase como si fuera una plegaria:

—Perdona, ¿cómo dices?

—Cuando llegaste al Rancho Donoso, vigilé tu puerta todas las noches. Y todas las noches llorabas en sueños. Te vigilaba. Tu corsé siempre estaba en la silla, y cuando las noches se hacían más calurosas, te despojabas también del camisón. —Avergonzada por sus revelaciones, expuesta por su recuerdo, agradecida por su preocupación, Katherine alzó la mirada. Su rostro, justo encima de ella, era noble, seguro y posesivo. Le soltó las muñecas, la rodeó con el brazo como si lo hiciera todas las noches y aflojó los cordones del corsé hasta que pudo deslizar hacia abajo la prenda traicionera. Tiró de ella y Katherine dejó que la bajara hasta el suelo—. Levanta los pies —le exigió.

Recogió el corsé del suelo y lo dejó en una silla.

—El resto ya es cosa tuya.

Katherine tomó aire, una inhalación profunda que el corsé le impedía.

—¿Crees que voy a desnudarme para ti?

Damián se volvió a acercar a ella y dijo:

—No sin persuasión —la subió al alto colchón. Katherine se fue meneando hacia atrás y él la dejó llegar al centro de la cama. Acto seguido él subió de un salto al colchón y la rodeó con sus brazos.

—¡Eh! —protestó Katherine, pero él la abrazaba contra su pecho. Sólo la abrazaba, para acostumbrarla a sentirlo.

No fue como ella se esperaba. Ella esperaba fuego y resistencia, no una sensación de sólida inevitabilidad como aquélla. Su pecho desnudo le hacía cosquillas en la mejilla. Los latidos de su corazón le retumbaban al oído. Sin que ella quisiera, su cuerpo se relajó. Volvió a ponerlo alerta con severidad.

—¿Por qué estás haciendo esto?

—Porque quieres dejarme.

Su respuesta la dejó sin aliento por su sencillez y su candor.

—No lo entiendo. Nunca ha habido nada entre nosotros. Sólo amistad, y tengo muchos amigos que no esperan acostarse conmigo.

—Eres una mujer poco observadora. A tus amigos varones les encantaría encontrar el cielo en tus brazos, pero tu propia falta de interés los detuvo. La mayoría de hombres necesitan que los animen a la hora de buscar una mujer.

—Ya has visto lo poco que animo yo. —Katherine ardió de humillación al recordar su actuación frente al espejo.

No le veía la cara a Damián, pero no percibió hilaridad en su voz cuando coincidió con ella:

—No, el coqueteo desenfadado no es para ti. Tu dignidad no lo anima.

—¿Y a ti qué te pasa que no necesitas que te animen?

—Uno no decide que lo alcance un rayo —lo dijo en tono irónico y aire resignado—. Pero da gracias a Dios cuando ocurre.

Katherine lo empujó y él se incorporó obedientemente. Ella no se lo esperaba y se quedó allí tendida, mirándole, hasta que Damián recorrió su forma con la mirada. Entonces se puso de rodillas con rapidez. Damián parecía muy dispuesto y eso la desanimaba a huir; sin embargo, era muy consciente de su desaliño. Tenía el cuello de la camisola torcido y el pantalón por encima de las rodillas. Debería echar un vistazo a su alrededor en busca de una manera de escapar, pero parecía más inteligente mantener en observación a Damián.

—Me miras con tanto recelo, Catriona —dejó caer los párpados—. ¿Qué esperas que haga?

—No lo sé —se apartó el pelo de los ojos—. ¿Qué tienes pensado?

Katherine vio con horror que le rodeaba el pecho con la mano. Se quedó tan impresionada como si le hubieran arrojado un chorro de agua fría. ¿Por qué la tocaba allí?

¿Por qué aquel contacto le daba placer?

Katherine no se movió mientras él deslizaba los dedos sobre la tela de algodón en busca de su pezón. Cuando empezó a trazar círculos lentamente, ella reaccionó y le apartó la mano de golpe.

—¿Cómo te atreves?

Empezó a retroceder como pudo y le propinó patadas cuando Damián intentó agarrarla del tobillo, pero él la sujetó con firmeza y le preguntó:

—¿Por qué estás alarmada? ¿Por qué ahora?

—Me has acariciado —respondió con voz jadeante.

—Es necesario —le recordó él.

—Ahí no.

—No, no necesariamente ahí, pero prometí que te haría disfrutar —se la quedó mirando hasta que Katherine metió sus manos temblorosas bajo las rodillas y sugirió—: Es una buena manera de cumplir mi promesa.

Ella negó con la cabeza de manera rotunda, empujada a una admisión que no quería hacer.

—El placer es algo que los hombres encuentran en la cama.

Damián le soltó el tobillo y Katherine retiró la pierna y se sentó encima. Se quedó acurrucada, hecha un ovillo de inhibiciones a la defensiva. Él la observó y preguntó:

—¿Me estás diciendo que nadie te ha tocado nunca los pechos?

Katherine se ruborizó al oírle decir la palabra, pero replicó con una bravata:

—Mis primos tenían la costumbre de intentarlo hasta que les enseñé que no era buena idea.

—Dios mío —Damián suspiró—. Tobias nunca… —agitó la mano con gesto expresivo.

Katherine emitió un sonido para mostrar su disconformidad.

—No es mi intención meterme en tu vida de casada pero, ¿ni siquiera intentó alguna vez…?

—No.

—Así pues, tú nunca… —vaciló y Katherine lo instó a continuar.

—¿Nunca qué?

Damián se fue sacando la camisa de la pretina de los pantalones con un cuidado deliberado.

—Eres virgen.

Katherine lo negó con la cabeza.

—Tal vez no lo seas en el sentido literal, pero… ¿qué sentiste cuando te besé en la biblioteca?

Ella se llevó las manos a las mejillas que le ardían.

—Por favor.

Damián se rió suavemente.

—Gracias a Dios que no interpreté mal esa reacción —dejó que la camisa se deslizara por sus brazos y la tiró al suelo—. ¿Te gusta mirarme?

Katherine le rozó los hombros con la mirada.

—Sí.

—¿Por qué?

—Me recuerdas a una estatua que mi padre tenía en su mesa. Salvo que…

—¿Salvo qué?

—Que la estatua no tenía cabeza ni brazos.

Damián no se irritó; en realidad, pareció deleitarse con su réplica mordaz.

—Yo tengo todas las partes necesarias.

—No lo dudo —lo miró una vez, rápidamente—. Las partes están dañadas.

—¿Te refieres a éstas? —señaló el morado que tenía en las costillas—. Más estupidez evidente. Si lo que te preocupa es estar adquiriendo mercancía estropeada, te aseguro que las magulladuras desaparecerán.

La naricita de Katherine se irguió en el aire.

—No estoy en absoluto interesada en adquirir nada.

—Así pues, ¿te entregarás a mí si me doy prisa y acabo con esto de una vez?

Katherine se ofendió por su manera de expresarlo y la incomodidad que le provocaba el tema suscitó su remilgada respuesta:

—Yo no me entrego a nadie. Por un momento me vi tentada a acceder a tus deseos por la sensación de intimidad que proporciona dicha unión.

—Ah. ¿Has cambiado de opinión?

Un sarcasmo incontenible brotó de ella:

—¿Acaso se me permite cambiar de opinión?

—No, no —respondió alargando las palabras, como si estuviera pensando en ello a la vez que hablaba—. Pero se te permite imitarme. Quítate la camisola, para que pueda disfrutar de las libertades que persiguen tus ojos.

—Estás completamente loco.

—¿Eso crees? —Se desabrochó los calzones con movimientos pausados.

—¿Qué haces? —Supuso que era una pregunta estúpida, pero por lo visto se estaba quitando los pantalones.

—Tú observa y ya lo verás. —Con un movimiento suave y fluido se los deslizó por las caderas y los arrojó al suelo.

Katherine se quedó petrificada. No de miedo, sino con una perturbación abrumadora. Nunca había visto a un hombre desnudo. Desde luego a Tobias no le había parecido necesario despojarse de toda la ropa en ningún momento durante su breve matrimonio. Por otro lado, Damián parecía considerarlo una obligación. Se tumbó a su lado. Apoyó la barbilla en una mano en tanto que la otra descansaba sobre la cama junto a la rodilla de Katherine, cuya mirada recorrió su cuerpo de manera espontánea y luego se alzó hacia su rostro.

—¿Nunca llevas ropa interior?

Damián hizo caso omiso tanto de su tono como del temblor de su voz y contestó:

—Creo que no la necesito —le sonrió con afecto e incitación—. Puedes mirar cuanto quieras.

Katherine se relajó por primera vez desde que había encontrado a Damián en su dormitorio. No suponía ninguna amenaza, no se divertía a su costa. Daba la sensación de que disponía de todo el tiempo del mundo. De un modo extraño, él hacía que se sintiera limitada. Si bien antes se había sentido muy desnuda estando allí sentada con la camisola y el pantalón, se dio cuenta entonces de que llevaba demasiada ropa. Se preguntó cómo aquel hombre podía distorsionar tanto sus percepciones.

Al ver que ella no decía nada y lo miraba fijamente a los ojos, Damián movió la mano con un gesto que abarcó todo su cuerpo.

Katherine miró. No pudo evitarlo. Su mirada se entretuvo. Eso tampoco pudo evitarlo.

—Como ves, los hombres hacen evidente su deseo. Eso los hace vulnerables.

—¿Qué?

—Vulnerables. Un hombre no puede negar su atracción, en cambio una mujer puede ocultar la suya bajo una capa de mentiras e indirectas.

—No hay nada que ocultar —replicó ella con brusquedad.

—Ah, pues quítate la parte de arriba.

Era listo. Endemoniadamente listo. Si continuaba hablando la convencería de su verdad. No obstante, si no lo hacía seguir hablando…

—Tenemos toda la noche.

¿Es que podía leerle el pensamiento?

—¿Sabías que hay una diferencia entre los hombres y las mujeres?

Katherine soltó un resoplido desdeñoso.

—Por ejemplo, los hombres tienen tendencia a quedar satisfechos con mucha rapidez. Por otro lado, las mujeres tardan más. Pero con preparación, se puede conseguir que una mujer… —su voz se convirtió en un susurro entrecortado— se excite.

Ella cruzó los brazos por encima del estómago, un codo encima del otro. La expresión descarada de Damián hizo que bajara la mirada y se dio cuenta de que su gesto protector le había elevado el pecho. Cambió de postura.

—Cuando una mujer se excita se vuelve suave, manejable. El hombre tiene una forma de llevarla a ese estado —se acercó más y colocó el cuerpo en torno a sus rodillas apretadas, envolviéndola con su calor. Tiró del cordón de la parte superior de su camisola y lo desató. Katherine lo agarró de la muñeca pero él le tomó la mano, se la puso de nuevo en el regazo y le dio unas palmaditas—. Estabas dispuesta a tomarme, si yo no lo hubiera alargado.

Llevó los dedos nuevamente a las cintas de la prenda. Katherine le clavó las uñas en la mano y le dijo:

—¡No!

—¿Por qué ibas a entregarte sin resistirte? —La miró a los ojos pidiéndole la verdad—. A estas alturas me esperaba estar cubierto de moratones, desgarrado por tus uñas —le apartó la mano y quedaron al descubierto las cuatro medialunas de sangre—. Sin embargo, sólo tengo esto. ¿Por qué te entregarías tan fácilmente?

Katherine no estaba dispuesta a compartir su ética poco ortodoxa, pero se impacientó con la curiosidad de Damián y se sintió impulsada a la revelación.

—¿Todo el mundo tiene que creer que fornicar supone una alteración enorme? Yo descubrí que no cambió nada. La mañana siguiente a nuestra boda, Tobias era el mismo. Yo era la misma. Charlamos de los mismos asuntos. Me habló de las leyendas de California. Yo le hablé del edredón que estaba haciendo. Salimos a dar un paseo. No fue nada.

—¡Madre de Dios! —Damián se dejó caer de espaldas con los brazos extendidos.

Katherine tuvo frente a ella todo el hermoso cuerpo de Damián y un levísimo cosquilleo le alteró los nervios. Lo pasó por alto y siguió hablando.

—Hace mucho tiempo que tengo dudas sobre mi sentido del decoro. La mayoría de mujeres se desmayan sólo con pensar en su noche de bodas. Yo la abordé como una mujer sensata y no tuve ni miedo ni decepción. —Damián profirió un gemido y ella lo miró para ver si era de dolor o si era un ruido de insatisfacción. No supo decirlo.

Katherine percibió una clara diferencia en el color de su cuerpo que empezaba en la cintura. De ahí para abajo tenía la piel más clara y por arriba más oscura, a excepción de las pantorrillas que también las tenía bronceadas. Eso la desconcertó por un momento, tras el cual decidió que sería el resultado de trabajar sin camisa. Con muy poco esfuerzo... muy poco, de verdad, se quitó el cuerpo de Damián de la cabeza.

—Admito que la idea de llevar un hijo tuyo cuando me vaya resulta angustiosa. No obstante, según tengo entendido, en este momento la concepción no es probable.

—¡Qué desilusión! —parecía pensativo.

—¿Qué quieres decir?

—Mi querida, dulce e inocente niña. Quiero decir que nuestro hijo será bien recibido en cualquier momento.

Katherine perdió la convicción de poder explicarse y convencer y se alarmó de nuevo.

No había duda de que Damián leía el mensaje de su cuerpo.

—Nuestro hijo sería una extensión de nosotros mismos y de nuestra dedicación el uno al otro.

—Estás completamente loco. No significamos nada el uno para el otro. Si mi cuerpo hallara este placer que pareces convencido de poder darme, podría encontrar el mismo placer con otro hombre que tuviera tus mismas habilidades.

—¿Cómo dices? —se incorporó en la cama y Katherine le hizo un gesto con la cabeza.

—Por supuesto. Si en todo esto entre hombre y mujer hay más de lo que he experimentado hasta ahora, se trata de una cuestión de habilidad y práctica. Ya sé que Tobias había tenido muy poca práctica, de modo que parece lógico...

—¡Mujer, por Dios! —exclamó Damián—. Reduces el misterio más maravilloso del mundo, el misterio de la atracción, la pasión y el amor, a una maraña de sensatez y palabras pedantes— se golpeó la palma de la mano con el dorso de la otra por debajo de la nariz de Katherine—. ¿Quién soy?

El énfasis de Damián la sobresaltó y respondió con un tartamudeo:

—Pues don Damián de la Sola, claro está.

—Sí, pero ¿quién soy?

Katherine no entendía qué es lo que estaba buscando con aquella intensidad.

—Eres el hijo español de un hacendado de aquí de California.

—Sí —repuso, complacido—. ¿Quién más soy?

—Eres un buen amigo y un patrono responsable. Fumas. Vistes con discreción. —Una nube se cernió sobre el semblante de Damián y anunció tormenta cuando ella balbuceó—: Tienes el respeto de tus vaqueros, de manera que montas bien, manejas bien las vacas, crías buenos caballos. Tienes un rancho en el Valle Central. Te gusta ese sitio.

Damián se pasó las manos por el pelo con frenesí. Se le puso de punta y al despeinarse dejó ver el color blanco que lo salpicaba por encima de las orejas.

—Tienes algunas canas —añadió ella en un intento de reparar su angustia.

—No, no. No me refiero a eso en absoluto —dijo con desesperación—. Cuando me miras sólo ves cosas. Ves mis posesiones. Ves a mis amigos, mis caballos. Ves piel sobre músculos y huesos. Ves piernas y brazos y una parte masculina que hace que mi voz sea más grave que la tuya y que tenga pelos en el pecho. Pero yo soy más que eso —se inclinó sobre ella y la miró a los ojos como si quisiera decirle algo sin palabras—. Soy el hombre que te esperó antes de saber quién eras. Soy el hombre que reconoció a mi compañera desde el momento en que bajaste de ese barco. Soy el hombre que ha renunciado a las mujeres, a todas las mujeres, desde el día en que te vi.

Katherine meneó la cabeza para combatir su intensidad pero él lo intentó de nuevo.

—Mía es el alma que quiere llegar a la tuya. Mía es el alma que le canta a la tuya sin palabras. Mía es el alma que eleva a la tuya a través de los lugares vacíos por los que debes caminar.

Katherine lo oía pero no lo comprendía. No quería comprenderlo.

Damián enarcó una ceja con un gesto de cínico desdén.

—¡Bah! Eres demasiado inmadura para saberlo. Avísame cuando puedas verme. Cuando me conozcas, házmelo saber. Llámame por mi nombre cuando me necesites —rodó en la cama, se levantó y se dirigió airado a la ventana. A Katherine se le llenaron los ojos de lágrimas. No conocía a ese Damián. No lo conocía en absoluto.

Cuando abrió los ojos, una luz grisácea se filtraba en la habitación aunque no era temprano. El amanecer había pasado oculto por las nubes y por el lento y continuo goteo de la lluvia. Damián estaba apoyado en el marco de la ventana contemplando sus tierras como si no se hubiera movido de allí en toda la noche. El viento se llevó una voluta de humo y Katherine supo que tenía un cigarro encendido entre los dedos.

Estaba desnudo.

El cabello oscuro le caía desgreñado sobre los hombros. Su espalda se iba estrechando hasta llegar a... a un trasero tan musculoso que los laterales de los glúteos eran cóncavos. Tenía las piernas de un jinete. Katherine se ruborizó y cerró los ojos ante aquella comparación.

Al fin y al cabo, era una mujer sensata. Mirarlo no resolvía nada y desde luego no era un acto propio de una dama.

Por otro lado, probablemente nunca volviera a mirar a un hombre desnudo y, si lo hacía, no podía ser tan agradable a la vista como Damián. Prefería considerarse sensata; lógica era otro adjetivo que se aplicaba. Se dio cuenta con tristeza de que la tentación era algo con lo que no se había topado anteriormente.

Al abrir los ojos tuvo toda una vista frontal de Damián.

Katherine no parpadeó. Él estaba apoyado contra la pared, con el cigarro en la mano, observándola con la misma expresión posesiva y desafiante con la que miraría a un caballo díscolo.

Lo miró de arriba abajo. De perdidos al río, decía siempre su padre. Al fin y al cabo, era él quien había acudido a ella la pasada noche. No había abandonado su habitación. Ella estaba dormida hecha un ovillo de sufrimiento cuando Damián se tumbó en la cama, pero aun así supo que él descansaba allí. Se había echado el edredón por encima pero había dejado la manta entre los dos y Katherine se había acurrucado contra su hombro. No iba a hablar de su ternura a la luz del día, pero la noche siempre le traería el recuerdo.

—¿Por qué vigilaste mi habitación todas las noches? —le preguntó, retomando la conversación como si estuvieran sentados en un salón y Katherine se hubiera interrumpido para servirle el té.

Damián se llevó el cigarro a los labios y le dio una larga chupada. Entrecerró los ojos de placer y se relajó mientras soltaba el humo en un chorro continuo.

—Porque no sabía si tu vida corría peligro. Era una posibilidad, aunque ya había tomado todas las precauciones para asegurarme de que nadie, salvo el servicio, supiera dónde estabas.

La emoción de su actitud protectora la aturdió y deseó que desapareciera.

—¿Crees que el asesino estaba interesado en mí?

—Probablemente no, pero dado que no existía ningún móvil evidente para matar a Tobias, tenía que procurar tu seguridad. Tú no estabas en condiciones de hacerlo por ti misma. Mis vaqueros patrullaban toda la noche; mis criados te vigilaban. Al ver que no ocurría nada, dimos a conocer tu paradero y yo me marché al Valle de Sacramento armando mucho alboroto.

—¿Por qué? —preguntó ella, sorprendida.

—Para tender la trampa. Se hizo con toda la protección que me fue posible, pero teníamos que hacer salir al asesino, si es que estaba interesado en ti.

—No puedo creer que abandonaras la hacienda cuando…

—No lo hice —le dirigió una sonrisa forzada—. Vivía con los vaqueros.

Como conocía las duras condiciones de los vaqueros, Katherine objetó:

—¿Por qué llevabas ese tipo de vida cuando tenías las comodidades tan cerca?

—Me proporcionaba distracción.

—¿De qué? —preguntó ella sin pensar.

Su mirada intensa respondió la pregunta antes de que él dijera:

—De la muerte de mi mejor amigo. De la idea de que su esposa dormía en mi casa atormentada por las pesadillas.

Katherine se sorprendió mirando las paredes, los postes de la cama, la silla, el aguamanil. Todo era mejor que mirarlo a él. No quería contemplar lo que había aprendido sobre sus pasiones la pasada noche. Todavía no; no estaba preparada.

Damián se dio la vuelta, apoyó el hombro y miró por la ventana.

—Sin embargo, nadie vino a por ti. Al final sí que fui al Valle de Sacramento. Mi rancho necesitaba atención y lo había estado descuidando. De todos modos, no me viste todas las veces que volví para comprobar cómo estabas.

—Oh.

—Has dependido de mí un largo tiempo.

—Eso parece. —A ella no le gustó lo que insinuaba, se incorporó en la cama y se puso la sábana bajo las axilas con resolución. Aquel aire de eficiencia era una de sus máscaras preferidas y más efectivas y lo adoptó con determinación—. Bueno, pues ya no será necesario —levantó la mano al ver que él iba a protestar y añadió—: Te aseguro que llevo muchos años asumiendo la responsabilidad de mi propia seguridad y de mis propios actos.

—Ya no tienes que hacerlo. Yo cuidaré de ti —la miró fijamente.

—Un eufemismo agradable para una cosa desagradable. Mi tío le dijo lo mismo a la criada y en menos de un año la echaron a la calle embarazada de su bastardo.

Damián puso cara de disgusto.

—Un término desagradable para un bebé inocente.

Su reprobación mordaz la avergonzó. Se puso a la defensiva y replicó:

—La pobre chica estaba perpleja, perdida, hambrienta. Yo me escabullía con comida para llevársela pero al final vendió su cuerpo hasta que se hinchó tanto con el embarazo que ningún hombre le pagaba. Pero descubrió que los hombres no eran melindrosos. Había conseguido dinero suficiente para sustentarse hasta que el bebé naciera.

—¿Y qué ocurrió? —preguntó Damián.

—Dejó al bebé en una iglesia. Rondaba por el callejón frente a la casa del tío Rutherford y yo hablaba con ella —esbozó una sonrisa torcida y divertida—. Maura era guapa, ya sabes. Eso fue lo que atrajo al querido tío Rutherford, por supuesto. No era demasiado inteligente y eso la mantuvo en las calles. Pero conocía la desesperación en cuanto la veía. Me ofreció dinero.

—¿Por qué motivo?

—Porque yo no tenía. Porque tenía menos que el criado de menor categoría —lo miró a los ojos con la misma sonrisa torcida—. Porque sentía lástima por mí.

Damián no le devolvió la sonrisa ni dio muestra alguna de haber oído o entendido lo que ella le había contado.

—¿Le contaste a tu tío lo del bebé?

—¿Quieres decir cuando nació? —afirmó con la cabeza y su sonrisa se desvaneció—. Cuando le conté al tío Rutherford que tenía un hijo ni siquiera levantó la cabeza. Me preguntó: ¿Y?

—¿Y qué dijiste?

—Amenacé… —se le quebró la voz, se le inundaron los ojos de lágrimas y bajó la cabeza para ocultarlas— amenacé con contárselo a la tía Narcissa. Él me preguntó cuánto tiempo creía que sobreviviría mi madre en las calles como Maura.

Las manos de Damián le sujetaron firmemente la sábana a ambos lados de la cadera y Katherine alzó la cabeza de golpe. ¿Cómo había cruzado la habitación tan deprisa? La furia que resplandecía en su rostro fue respuesta suficiente.

—¿Me estás comparando con tu tío Rutherford?

—No —tartamudeó—. No quiero decir eso, en absoluto. Lo que quiero decir… —recordó lo que había dicho y supo por qué Damián se había enfurecido—. No lo decía en ese sentido. Me refería simplemente a que tú no puedes «cuidar de mí». Soy consciente de que nunca me echarías a la calle. Sé que te harías cargo de nuestros hijos. Pero, aunque no soy una de tus doñas españolas, sigo teniendo mi orgullo.

Damián aflojó las manos de la sábana e intentó interrumpirla, pero ella le hizo un gesto con la mano para que guardara silencio.

—Cuando vivía con mi tía y mi tío, algunas veces me informaban, sobre todo los hombres que quedaban estupefactos de que mi tío utilizara mis servicios legales, de que Cenicienta y yo teníamos muchas cosas en común —sonrió con una sonrisa maliciosa que lo dejó asombrado y le permitió atisbar a la joven problemática que había sido—. Descubrí que carecía de la dulce resignación que hacía de Cenicienta una heroína tan popular. Cuando Tobias vino a cenar… bueno, no era el príncipe perfecto, pero supe que podía conseguir ser feliz con él —su sonrisa se fue haciendo más amplia y los ojos le hicieron chiribitas—. Era extranjero, un artesano que trabajaba con las manos. El tío Rutherford y la tía Narcissa lo miraban por encima de sus hombros aristócratas. Nombraban a sus eminentes antepasados. Hablaban de cómo su linaje se remontaba sin interrupción a los peregrinos del *Mayflower* y me recordaban, a regañadientes, que sus antepasados eran los míos.

—¿Quiénes son esos peregrinos?

La sonrisa de Katherine se desvaneció cuando cayó en la cuenta de la laguna que los separaba.

—Fueron el principio de mi nación. Constituían la aristocracia de las colonias inglesas, como vosotros lo sois de California. No significa nada para ti pero, pese a no tener ni un céntimo, provengo de personas con moralidad y orgullo. No puedo ser tu amante. Es degradante.

—Dormir conmigo una vez y luego volverme la espalda tranquilamente, ¿eso es menos degradante?

Katherine se ruborizó.

—No he dormido contigo, no de la forma que insinúas.

—Para toda la Alta California, eso es exactamente lo que acabas de hacer —se hizo sitio en la cama a su lado y se sentó tan cerca que el calor de su cadera pareció derretir la sábana. Katherine quería bajar la vista, pero se encontró con que el coraje que le permitía mirar el cuerpo de Damián se evaporó con su proximidad. Mantuvo la mirada fija en la de él y se concentró en sus palabras.

—Catriona, en ningún momento te he pedido que seas mi amante. El inglés no es mi lengua materna y este… este «cuidar de ti» tiene más de un significado. Deseo proporcionarte refugio, comida, darte hijos, luchar tus batallas por ti. —Alzó la mano a su mejilla y la acarició hasta que ella quedó hipnotizada—. Quiero que seas mi esposa.

28 de mayo, año de Nuestro Señor de 1777

«El viaje por las montañas resultó demasiado arduo para fray Amadís. Ha pasado a mejor vida. Lo depositamos en la tierra de estas montañas de California para que descansara, con muchas oraciones y las exequias adecuadas.

Me temo que la falta de comida y el frío de las noches también están pasando factura a fray Lucio. Está viejo y cansado. Camina encorvado y gime en sueños. Que Dios le dé fuerzas. Si tuviera que subir a la gloria sólo quedaríamos fray Patricio y yo. Fray Patricio es alto y ancho como los robles del interior, con una actitud campechana y una alegre convicción en nuestra misión, pero el cofre que llevamos pesa mucho. Tenemos que encontrar un lugar donde esconder este oro hasta que podamos volver a por él».

Del diario de fray Juan Esteban de Bautista.

Capítulo 8

—¡*T*u esposa! —Katherine salió de un salto de debajo de la sábana y retrocedió hasta quedar encima de la almohada. Se detuvo al notar el cabezal contra la espalda y pegó todas las vértebras a la madera. La camisola y el pantalón no la cubrían de forma adecuada, pero utilizó las manos para esconder lo que pudo.

—Sí —respondió Damián con voz dulce—. Mi esposa.

—Tu esposa.

Ésta vez él no dijo nada.

Katherine se sintió embargada de una indignación asfixiante y de un miedo sin nombre. El matrimonio, y, de hecho, cualquier tipo de unión con aquel hombre, nunca sería la relación sin complicaciones que había compartido con Tobias. Damián le exigiría todo lo que ella podía dar. La retendría en esa clase de amor que hacía prisioneros y nunca los soltaba.

—¿Estás loco?

Damián alzó la rodilla y apoyó el codo encima. Se acarició el bigote con un dedo y suspiró.

—No que yo sepa.

Su ecuanimidad calmó a Katherine, hasta que añadió:

—No tienes alternativa.

Ella tiró de la almohada y se la puso sobre el pecho. Se dio cuenta de que sus movimientos ponían de manifiesto su agitación pero la serenidad de Damián la desconcertó.

—Lo admito. He necesitado a alguien. Ahora tengo muchas ganas de volver a valerme por mí misma.

—Eso está muy bien. Siempre y cuando lo hagas en mi cama —frunció los labios—. Y valerte por ti misma en mi cama es poco probable y posiblemente peligroso.

Katherine se cubrió con la almohada como si fuera una armadura.

—Quieres que venga a ti empobrecida, sin nada de valor salvo una boca que necesita alimento y un cuerpo que necesita cobijo. No estás loco. Crees que yo lo estoy.

Él la miró con frío desprecio.

—Tal vez sea así como un norteamericano considera a su esposa, pero un californio ve algo más que una boca hambrienta y un cuerpo con necesidades.

—Ya he tenido experiencia con esta situación y sus desventajas. No quiero volver a ser la pariente pobre jamás.

—Tal vez para un hombre norteamericano.

—Para ti, está el obstáculo de mi nacionalidad.

—¿Cómo?

Katherine puso el rostro a la altura del de Damián.

—Soy norteamericana. Y además descendiente de los colonos ingleses de hace doscientos años.

Lo miró ferozmente a los ojos y él le devolvió la misma mirada.

—¿Tú ves algún problema en ello?

—Eres un puro español castellano. Orgulloso como el demonio, te jactas de tu linaje y le hablas al mundo sobre tus antepasados árabes haciendo caso omiso de todos los demás. ¿Quieres que una norteamericana sea la madre de tus hijos?

—¿Y por qué no?

—Porque mi nacionalidad sería una mancha en la pureza de tu línea de sangre. ¿Lo niegas?

Damián abrió la boca pero de ella no salió ni una palabra. Ella esperó pero él no supo qué decir y, por primera vez, Katherine se dio cuenta de lo mucho que había deseado que Damián refutara su acusación.

—En mi país desprecian a los inmigrantes irlandeses igual que vosotros despreciáis a los norteamericanos. Algunos de ellos son unos sinvergüenzas, pero la mayoría sólo son personas que buscan una vida mejor.

—Los norteamericanos buscan una vida mejor a expensas de los californios.

—Los norteamericanos están tan orgullosos de sí mismos como lo estáis vosotros. Nuestras guerras son distintas. Como individuos nos gobierna el ansia de tierras. Como nación nos gobierna un sentido del destino —lo engatusó con una sonrisa—. Seguro que tú, con tu ascendencia árabe, puedes entender el destino.

Damián no se dejó engatusar.

—El destino norteamericano destruirá una forma de vida que amo.

—Los españoles destruyeron a los indios del mismo modo.

Él se impacientó con aquella insensatez.

—En el fondo, creo que los Estados Unidos deberían anexionar California. Los Estados Unidos son un país joven y vigoroso. México no tiene organización. Los ingleses se relamen cuando nos contemplan, pero ya hemos visto cómo el Viejo Mundo trata al Nuevo. Es la gente de Norteamérica la que se me atraganta. Impertinentes, groseros, impacientes. Ladrones y prostitutas —se calló cuando Katherine hizo una mueca.

—Mi Maura es irlandesa. Hubo quien me dijo que llegó a la prostitución por la perversión innata de los irlandeses.

—Yo nunca te acusaría de prostitución.

—Te hubiera entregado mi cuerpo sin mucha resistencia. Esta misma mañana, sin ir más lejos, miras por la ventana y te preguntas por qué.

Damián la miró con el rostro colorado y el disgusto hizo que se le ensancharan las ventanas de la nariz.

Katherine no se detuvo a preguntarse cómo era que podía interpretarlo tan bien y continuó diciendo:

—Te preguntas si sería igual de fácil para cualquier otro. Si fueras mi esposo, cada vez que me dejaras te preguntarías quién estaría durmiendo en mi cama —se apuñalaba a sí misma sin piedad, sentía el dolor pero no quería parar hasta haberlo dicho todo—. Tenemos costumbres distintas, provenimos de mundos distintos. Ni siquiera soy una típica mujer norteamericana. He estudiado con Margaret Fuller. Era amiga de mi padre.

Damián no dejó traslucir su desconcierto ni siquiera con un parpadeo y ella le reconoció el mérito.

—Margartet Fuller, al igual que yo, estaba plagada de problemas financieros cuando su padre murió, pero salió al mundo y se ganó la vida. Enseñó en la Bronson Alcott's Temple School de Boston y más adelante dirigió clases para mujeres.

—¿Esto te entusiasma?

Damián no parecía estar en absoluto impresionado, pero ella no le hizo caso.

—¡Ojalá yo hubiera hecho algo tan hermoso!

—¿Acaso la enseñanza es una vocación muy poco habitual para una mujer norteamericana?

—No, pero ella enseñó en una escuela innovadora —juntó las manos. Aunque no se dieran cuenta, su expresión revelaba su entusiasmo—. Solía escabullirme de casa de mi tío para ir a escuchar y participar.

—¿Qué te impidió enseñar si éste era tu deseo?

—Yo no quería enseñar —repuso ella con impaciencia—. Yo quería ser independiente. Cuando mi padre murió tuve que cuidar de mi madre.

—¿Con quince años cuidabas de tu madre?

Su dulce compasión la movió a confesar:

—Mamá no estaba bien. Pero aunque yo hubiera podido mantenerla, ella no lo hubiera permitido. Mi madre era una dama, y me educó para que yo también lo fuera —imitó a su madre con una sonrisa cariñosa—. «Las damas no trabajan».

—¿De modo que tuviste que vivir con tu tío?

—Sí —su sonrisa se desvaneció.

—¿Estabas molesta con tu madre?

—Yo adoraba a mi madre —le lanzó una mirada desafiante—. Hasta el día en que murió, fue el arma que utilizaban los Chamberlain para dirigirme.

—Ah. —Damián comprendía más de lo que ella decía, tal vez más de lo que se comprendía a sí misma—. ¿Tu madre no aprobaba a esta tal Margaret Fuller?

—No le hablé de Margaret Fuller. Ella entendía que mi vida con mi tío era menos que ideal y yo la protegía lo mejor que podía. Le ofrecí la imagen de una hija satisfecha.

—¿Y ella creyó tu imagen?

—A medida que iba pasando el tiempo y su enfermedad avanzaba, quiso creerlo. Necesitaba creerlo —su suspiro fue vacilante al recordar el dolor—. Dejé de ir a ver a Margaret Fuller.

—¿Qué es lo que enseña esta mujer que temiste continuar con sus lecciones?

—Margaret Fuller cree que las mujeres merecen enriquecerse, merecen la educación que tienen los hombres. Merecen dignidad por el lugar que ocupan en la sociedad.

—Por supuesto —coincidió él—. ¿Qué tiene esto que ver con nosotros?

Katherine creyó que estaba siendo sarcástico, pero no mostraba ningún indicio de ello. El respeto con el que siempre la había tratado, con el que siempre había tratado a todas las mujeres, movió la conciencia de Katherine.

—No puedo quedarme —titubeó—. Cuando tuviéramos hijos, con piel blanca y pecas, los mirarías… —dejó de hablar y olisqueó el aire—. ¿A qué huele?

Damián también olfateó y se levantó soltando una maldición.

—Mi cigarro. —Se había consumido en el alféizar de la ventana y lentamente había ido quemando la madera pulida.

Katherine arrugó la nariz al percibir aquel olor acre.

—Detesto los cigarros —se percató de la irritabilidad de su tono, pero tenía la sensación de que su mundo se había torcido.

—¿Ah, sí? —Damián pellizcó con cuidado la colilla con las uñas y la arrojó por la ventana a la lluvia.

—Apestan. Me dan ganas de estornudar. Me ponen los ojos llorosos. —Desconsolada, pensó que si tenía los ojos llorosos debía de ser por culpa del cigarro.

Damián recogió la cigarrera de plata y pasó los dedos por el dibujo en relieve.

—¿Es verdad?

—¿Por qué iba a mentirte? —Katherine aferró la almohada y volvió a deslizarse bajo la sábana.

—En este momento se me ocurren varias razones.

Katherine no fue tan tonta como para preguntarle cuáles eran las razones que imaginaba.

—El tabaco no es más que una mala hierba nociva. —Se estremeció mientras miraba la cigarrera que la ofendía.

Damián asintió moviendo la cabeza lentamente.

—Muy bien —abrió la cigarrera y sacó todos los cigarros largos y olorosos. Los sopesó en la mano; se los llevó a la nariz e inspiró. Cerró los ojos mientras lo disfrutaba y acto seguido los arrojó todos a la lluvia.

Katherine se quedó boquiabierta.

Él se asomó a la ventana.

—Han caído al barro.

Katherine tuvo que respirar dos veces, pero inhaló suficiente oxígeno para decir:

—¿Por qué has hecho eso? —pero no lo dijo, lo gritó.

—Ahora vuelves a fijarte en mí —le advirtió.

—¿A fijarme en ti? —Katherine gesticuló y agarró la sábana que resbalaba—. Ni siquiera te entiendo. Esos cigarros son caros.

—Muy cierto —coincidió él con aire pensativo.

—Y te encantan.

—¿Me encantan? —Cerró la cigarrera de golpe—. No me encantan, me gustan. Los disfruto.

—En California todos los hombres fuman. No puedes arrojar tus cigarros por la ventana sin más.

—¡Qué escandalizada estás! ¿Es por malgastar el dinero?

—Sí —contestó ella con rotundidad.

—Puedo permitírmelo. ¿Ése es el mensaje que hay detrás de mi acción?

Katherine parpadeó. No era una pregunta que pudiera responder. Al menos en aquel momento.

—Si tienes pensado abstenerte del tabaco, deberías haberle dado los cigarros a tu padre.

Damián reconoció la evasiva de Katherine con una risita y la réplica que brindó respondía a más de lo que ella había dicho.

—Sí, pero si fueran míos me moriría por ellos... igual que me muero por ti. Si tengo que elegir entre tú y los cigarros... —sacó la mano por la ventana y movió los dedos.

—Me voy a marchar —insistió ella, aunque estaba empezando a perder de vista los motivos.

—¿Y qué me dices de anoche? —preguntó él—. ¿Qué pasa con los regalos que tenemos que darnos mutuamente?

Katherine no supo qué responder a eso; no quería volver a mirar sus ojos oscuros, ni su cuerpo ambarino.

Damián empezó a pasearse por la habitación. Katherine se echó hacia atrás a toda prisa pero él le dirigió una sonrisa burlona y se inclinó junto a la cama. Se irguió de nuevo con la camisa en la mano.

Se la puso tan despacio, con una sensualidad tan inconfundible que Katherine no pudo evitar pensar en quitársela otra vez. Él lo sabía, por supuesto, y a Katherine no le gustaba la manera en que continuamente se anticipaba a sus reacciones.

Damián se abrochó la camisa de abajo hacia arriba y se recogió las mangas hasta los codos.

—¿Mejor?

—Sí. —Pero no era cierto. Katherine no sabía por qué, pero al ver sus piernas musculosas por debajo de los largos faldones de la camisa tuvo ganas de verlo todo, aunque ya no se atreviera a echar un vistazo.

—¿Y qué me dices de tu familia? ¿De estos tíos tuyos? En cuanto regreses al seno de tu familia volverás a estar a su merced.

Katherine lo miró y negó con la cabeza.

—Como ya he dicho, puedo cuidar de mí misma.

—Como ya he dicho... —llamaron a la puerta y fue a abrirla— eso ya no es necesario.

Katherine languideció sobre el colchón de plumas cuando Leocadia entró en la habitación. Tuvo ganas de taparse la cabeza con las sábanas. Ya puestos, ¿por qué Damián no se asomaba a la ventana y gritaba que había honrado su cama con su presencia? ¿Cómo podía no tener en cuenta que iba semidesnudo? ¿Cómo podía no hacer caso de las implicaciones de su presencia en la habitación de Katherine? No parecía en absoluto avergonzado cuando Leocadia le entregó un papel y le dijo:

—Su padre insistió en que le entregara esto enseguida.

Damián le echó un vistazo y puso mala cara. Miró al ama de llaves y frunció el ceño aún más.

La mujer señaló la puerta con un gesto airoso.

—Traigo el baño para doña Katherina.

Él leyó la nota garabateada y se puso tenso.

—¡Maldito sea!

—¿Don Damián? —le preguntó Leocadia.

—¿Qué? —La miró. La mujer señaló a las criadas, la pila, el agua humeante—. Traedlo aquí.

—Don Damián —protestó Katherine—. No quiero que todo el mundo entre en mi dormitorio.

Él miró a las criadas que entraban una detrás de otra.

—Ah, esto no es todo el mundo —contestó con aire ausente, con la cabeza en otra parte.

—Poco le falta —dijo ella con voz ahogada. Damián no le estaba prestando ninguna atención—. ¿Qué ha pasado?

Damián dio unos golpecitos en el papel y respondió:

—Es una declaración del general Castro. Por lo visto, tu banda de aventureros ha hecho algo más que disparar contra un farolillo en mi fiesta.

—¿Frémont?

—Oh, sí. Tu querido Frémont se las ha arreglado para enojar tanto

al general Castro que éste está llamando a todos los ciudadanos a…
—alzó el papel y leyó—: «abrir con lanceta la úlcera que destruiría nuestras libertades e independencia…».

—Pero eso es una declaración de…

—Guerra.

Damián estaba furioso, de eso no había duda, y estaba claro que aquél era el momento de explicárselo.

La señaló con el dedo.

—Si me dices que esto es una indicación de nuestras diferencias de nacionalidad, te demostraré cuáles son las verdaderas diferencias entre nosotros.

—Don Damián, de verdad, esto es…

—¡Se acabó! —arrojó el papel a un lado, se dirigió a la cama con paso resuelto y la levantó asiéndola por los hombros—. Nuestras diferencias son macho y hembra, hombre y mujer, no estas tonterías políticas con las que quieres separarnos.

—Don Damián, sé razonable. —Katherine decidió que en esta ocasión utilizaría la lógica, aunque Damián podría haber intimidado a una mujer de menor valía—. Tu reacción al señor Frémont es una indicación de la profunda repugnancia que sientes por los norteamericanos.
—Damián apagó las protestas de Katherine con su boca. Ella se resistió hasta que su lógica se desvaneció, hasta que respondió a la pasión de Damián con la suya propia. Cuando él la dejó de nuevo en la cama, Katherine se estremecía de la cabeza a los pies y se aferró a él.

Damián le rodeó la barbilla con la mano y la miró a los ojos.

—Estate aquí cuando vuelva. No te atrevas a intentar alejarte de mí. Tenemos demasiadas cosas que demostrarnos el uno al otro.

Katherine cerró los ojos. Cuando los abrió de nuevo él ya no estaba. Siete de las sirvientas de la casa la estaban mirando fijamente, cargadas con los cubos humeantes, encorvadas bajo el peso del baño de respaldo alto. Leocadia daba golpecitos en el suelo con el pie y meneaba la cabeza ante aquella insensatez.

Katherine dejó que se le ordenaran las ideas y se cubrió con la sábana dando muestras tardías de recato.

—¡Don Damián podría resultar herido!

Leocadia se encogió de hombros y dijo:

—No es probable. Nuestras batallas en California implican mucho entrechocar de espadas y juramentos y poco derramamiento de sangre.

—Pero esta vez…

Leocadia recogió el papel del suelo donde Damián lo había tirado y se lo entregó a Katherine.

—Lea lo que pone.

Katherine echó un vistazo a la nota.

—A mí me parece bastante grave.

—Don Lucian está al corriente de todo. Habló con el mensajero. Esos rufianes han acampado en la Sierra de Gavilán, no muy lejos de aquí. Construyeron un fuerte y han izado la bandera de sus Estados Unidos.

—No —gimió Katherine, y se tapó los ojos con las manos.

—Creo que eso fue lo que dijo don Lucian.

—No estoy dudando de ti, simplemente no puedo creer que fueran tan estúpidos. Don Damián va a echar chispas.

—Por más de un motivo. Su Frémont…

Katherine se incorporó de golpe.

—No es mi Frémont —las sirvientas se rieron tontamente y Katherine se ruborizó.

—El señor Frémont —Leocadia puso énfasis en el título— ha sacado a don Damián de la cama de su señora y él no va a ser muy comprensivo con ese hombre.

No había ni el más mínimo dejo de desaprobación en su tono. Cuando Katherine reunió valor y miró a las sirvientas, éstas sonrieron y le hicieron una reverencia como si fuera de la nobleza. No era algo que quisiera animar pero, ¿cómo podía evitar que lo hicieran?

—¿Está lista para su baño, doña Katherina? —le preguntó Leocadia.

Como si tuviera alternativa. Como si pudiera decir que no y mandarlas a todas de vuelta abajo, penosamente cargadas con todo aquello.

—Sí, gracias. Podéis ponerlo allí.

Las chicas llenaron la pila en tanto que Katherine retorcía la sábana entre los dedos y consideraba excusas. Quizá la inocencia sería la que mejor funcionara. «Anoche don Damián vino a mi habitación para hablar y sin querer se quedó dormido en mi cama».

No, tal vez no.

Quizá el descaro le proporcionaría la mejor defensa. «Don Damián no llevó a cabo lo que vino a hacer aquí».

¡Uf! Quizá... quizá sería mucho mejor que no dijera ni una palabra y que dejara que todo el mundo supusiera lo que iban a suponer de todas formas.

El ama de llaves comprobó la temperatura del agua con la mano y luego se acercó a la cama. Antes de que Katherine sospechara lo que iba a hacer, Leocadia le arrancó las sábanas de las manos.

—Cambiad las sábanas —ordenó por encima del hombro—. Traed más agua caliente.

Katherine echó a correr por la habitación y se metió en la tina. El agua sólo la cubría hasta la cadera, le mojó el pantalón y el borde de la camisola, pero eso ponía de manifiesto su desconcierto. Leocadia y todas las que estaban por debajo de ella parecían suponer que Katherine merecía que la atendieran, como si fuera su ama. Ella no vio la sonrisa que ocultó el ama de llaves, ni la pastilla de jabón que desenvolvió Leocadia. No obstante, por el ajetreo de los pies desnudos, supo que las órdenes se estaban obedeciendo.

—Será bueno tener a una nueva señora que dirija las cosas de la hacienda —Leocadia tiró de la camisola de Katherine hasta que ésta dejó que se la sacara por la cabeza. Leocadia metió la mano en el agua que se había dejado en un cubo y enjabonó un paño.

—No —Katherine meneó la cabeza para negarlo—. Me voy a marchar.

Leocadia le echó a un lado la larga cabellera rubia, le frotó la espalda y se rió.

—Claro.

—Sí —insistió Katherine—. Me voy a marchar.

—Don Lucian —Katherine irrumpió como un vendaval en la habitación acogedora—. Necesito transporte hasta Monterey.

Don Lucian se dio la vuelta en su sillón y la miró.

—Vaya, vaya. Qué chica más guapa.

El frío que la aislaba se derritió bajo la mirada suave y radiante del anciano y la timidez la asaltó de nuevo. Se alisó la falda de su vestido nuevo y acto seguido lamentó haber sucumbido a aquel gesto revelador. Juntó las manos en la cintura e intentó, con éxito limitado, mirarlo a los ojos.

—Leocadia quemó mi ropa de luto.

—Es la chica la que es bonita, aunque el vestido realza su belleza. Ven a sentarte junto al fuego. Es agradable en un día lluvioso como éste, aunque ya está asomando el sol.

Katherine cayó nuevamente en la cuenta de la bondad de aquel hombre. Cuando él se levantó y le señaló un asiento al otro lado de la chimenea, Katherine se sentó y aguardó a que dijera algo. El anciano hurgó en los bolsillos de su chaqueta.

—¿Dónde he puesto las gafas de leer? ¿Por qué no inventa alguien una manera de que encuentre mis gafas cuando no las llevo puestas?

—Lo sugeriré cuando llegue a... Boston.

Don Lucian enarcó las cejas. La miró con los ojos entrecerrados y echó la cabeza hacia delante.

—Vamos, vamos. ¿Qué es esto? No puedes irte ahora.

Katherine no dijo nada, se limitó a darle sus gafas de leer, que estaban en la mesa que el hombre tenía al lado.

Don Lucian tomó la montura plateada tipo Franklin, se la colocó en la nariz y se la enganchó detrás de las orejas. La miró a la cara y frunció los labios como si silbara en silencio.

—Normalmente no me equivoco en lo que digo, de manera que pedir disculpas me supone un buen aprendizaje. No era mi intención ofenderte. Eres libre de hacer lo que quieras, por supuesto, pero... Hablaba en serio cuando dije que eras como una hija para mí.

Katherine notó que unas lágrimas repentinas rondaban sus pestañas y no parecía capaz de contenerlas.

Preso de una preocupación repentina, don Lucian le preguntó:

—Mi hijo no te habrá hecho daño, ¿eh?

—Oh, no, no —negó ella de inmediato, y se alegró de hacerlo. Don

Lucian parecía dispuesto a emprenderla con Damián—. No quiero que piense eso.

El semblante de don Lucian perdió el color y el hombre meneó la cabeza.

—No me debes ninguna explicación, pero me gustaría que me contaras por qué nos dejas. Hasta anoche eras feliz aquí, por lo que no puedo evitar echarle la culpa a Damián.

—Lo vi salir a caballo desde la ventana —dijo Katherine pensando en el gesto severo que Damián le había dirigido con el dedo cuando había salido del patio.

—Jadeará y resoplará con los otros jóvenes. Además, estaba malhumorado como un potro en celo pateando por aquí —se le iluminó el semblante—. Eso es lo que te disgustó, ¿no es verdad? Que se haya ido a luchar contra uno de tus héroes.

—En absoluto. John Charles Frémont se está comportando como un niño mimado.

Don Lucian apretó los labios.

—Si lo llamas John Charles con ese tono de voz, me imagino por qué estaba tan furioso Damián.

—¿Qué tono de voz? —preguntó ella, perpleja.

—Como si fueras su querida madre. Frémont no es un niño.

—No, claro que no, pero actúa con arrogancia en un país anfitrión.

—¿Qué tendrán algunos hombres que hacen aflorar el lado protector de la mujer? —se preguntó.

—No lo protejo —protestó ella, pero vaciló bajo la mirada burlona de don Lucian.

—¿Sabe Damián que te marchas?

Katherine volvió rápidamente la mirada hacia él.

—Me dijo que no lo hiciera.

—Pues no se me ocurre un motivo mejor para abandonar el Rancho Donoso en cuanto él se da media vuelta —comentó con ironía.

Katherine no podía aceptar que la acusara de cobardía. Llevaba meses planeando aquello. La ausencia de Damián no era más que una coincidencia.

—Está intentando hacerme sentir culpable y no lo toleraré. No voy a ser una mantenida.

Don Lucian pareció atragantarse y dijo:

—Si mi hijo se negara a hacer lo que es honorable, me alegraría actuar como lo haría tu padre y ponerle una pistola en la espalda —acalló las objeciones de Katherine con un gesto de la mano y se puso en pie frente a ella—. Una mujer no es algo que pruebas para ver si te satisface y que luego abandonas si no es el caso. Los jóvenes no comprenden el valor de la paciencia. Si la intimidad no es un éxtasis la primera vez, puede desarrollarse con los años entre un hombre y una mujer.

—Me pidió que me casara con él —lo interrumpió Katherine, presa de la desesperación.

Don Lucian se frotó la frente como si le doliera la cabeza y murmuró:

—Nunca entenderé a las mujeres —en voz más alta, añadió—: Así pues, ¿cuál es el problema? —Katherine no respondió y el hombre suspiró—. Tal vez seas tú la que necesita que le enseñen cosas de la intimidad.

—¡No! —estalló ella—. No hicimos nada. —Don Lucian manifestó su incredulidad inclinando la cabeza y dirigiéndole una mirada divertida—. Casi nada —rectificó.

Don Lucian se dejó caer de nuevo en su silla como si estuviera confuso y estiró las manos hacia el fuego.

—A veces las jóvenes de hoy en día esperan amar a sus esposos antes de la boda, eso me han dicho. Quizá…

—No. Soy demasiado sensata para eso —miró al anciano. ¿Cómo podía estar hablando con él de un tema tan carnal? No obstante, le debía una explicación, de modo que desvió la mirada y le dijo—. Soy una mujer sensata. Siempre he sido sensata. No puedo vivir así, siempre pensando en una cosa, siempre esclavizada por alguna emoción que no entiendo.

—¿Esta emoción a la que te refieres es la que sientes en el dormitorio? —le preguntó en voz baja.

Katherine extendió las manos con las palmas hacia afuera.

—Es demasiado intensa. ¿No lo ve? Tengo que marcharme. No puedo quedarme.

—Estás huyendo de algo que la mayoría de mujeres darían cualquier cosa por tener —se maravilló él.

—¿Y qué es?

—Si tengo que decírtelo, supongo que más vale que te vayas. Lo organizaré todo —se levantó y le dio un beso en la frente—. Todo.

Damián se inclinó contra el pomo de su silla de montar y dirigió una mirada feroz al fuerte improvisado que se alzaba en lo alto del Pico del Gavilán.

—Estoy harto de esperar.

Alejandro se rascó la barba incipiente del mentón.

—Sí. Me vendría bien un afeitado. Y a ti también.

Damián se pasó una mano por la barba de varios días y se encogió de hombros.

—No te preocupes, Damián —terció Ricky—. Katherine te querrá igualmente.

Damián apartó la mirada de la flagrante bandera norteamericana para dirigirla a su insolente amigo. Ricky protestó riéndose e hizo una cruz con las manos alzadas para ahuyentar el mal.

—Eh, que sólo bromeaba.

—Quizá las cosas no le van del todo bien a la dulce flor del amor —sugirió Hadrian.

Damián no les hizo caso. El viento le agitaba el cabello, el sol le calentaba los hombros y el aire le traía el olor del café matutino. Por detrás de él, los soldados voceaban con autoridad.

Ninguno de los placeres normales hacía mella en la insatisfacción de Damián. Ni siquiera el galope temprano a lomos de *Confite* le había aliviado la tensión. Ese hombre, ese Frémont debería ser fustigado por crear aquel escenario cargado de tensión cuando Damián necesitaba estar en casa para reforzar su reivindicación de una mujer demasiado orgullosa de su mente para ser consciente de su cuerpo.

Llevaba tres días allí, cerca de la misión San Juan Bautista, a las órdenes del general Castro. La primera tarde había salido el sol y los hacendados habían llegado con los sacos de dormir atados en sus caballos. Se habían quedado por allí en grupos, refunfuñando sobre la arrogancia de ese tal Frémont. Habían admirado las tres piezas de artillería que echarían a esos idiotas de la montaña a cañonazos. Habían alardeado de su valor en combate.

Llegaron los soldados de caballería de Monterey con sus uniformes de colores vivos. El general Castro y sus hombres marcharon de un lado a otro creando un gran despliegue. Se unieron a ellos algunos indios a los que habían convencido con el licor y las comidas gratis. Todos habían acampado en las marismas del Valle de Salinas. La capacidad de congeniar que allí reinaba hizo pensar a Damián en una amistosa cacería del oso en lugar de en una guerra.

El segundo día había sido más de lo mismo. Se asaron bistecs en una fogata. Se contaron chistes verdes y se compartieron dulces recuerdos. Se forjaron y renovaron amistades. La única emoción del día había tenido lugar cuando el viento arreció y derribó la desafiante asta de la bandera. Los californios habían lanzado gritos de entusiasmo; los norteamericanos no habían vuelto a levantar la bandera.

Aquella mañana ya había pasado la novedad. Brillaba el sol de primera hora y el viento seguía soplando. En un acto de desafío, Damián había ejercitado a *Confite* y presumió de la inteligencia de su preciado semental. Alejandro había intentado comprar a *Confite*; Ricky había propuesto que se jugaran el caballo. Cuando Damián se negó sensatamente, sus amigos lo molestaron con bromas sobre su lío amoroso. Damián tenía ganas de espolear el caballo y cabalgar hasta donde se le antojara.

De vuelta al rancho.

Le era imposible concentrarse en el momento presente. No dejaba de pensar en Katherine.

Damián se movió, incómodo, y recordó las objeciones de Katherine a su proposición de matrimonio. Se valía del pragmatismo para evitar el amor y de una perspicacia sorprendentemente inteligente para rechazarlo. ¿Cómo había sabido ella de sus sentimientos sobre el orgullo español? ¿Cómo había sabido que en realidad todo se reducía a un prejuicio acerca de su linaje? Ni él mismo se había dado cuenta de ello.

Eso no iba a afectar a su unión. Damián jugueteó con las riendas. Sabía que no iba a afectarla. Katherine se convertiría en una señora española: manejaría el abanico con naturalidad, tendría hijos y sería una católica devota. Claro que no podía imaginársela sin su empuje y eficiencia...

Katherine esgrimía aquella eficiencia como un arma y suponía que eso lo mantenía a raya. ¡Si hubiera podido verse la mañana en que él la dejó allí en la cama, sus hombros suaves asomando de entre las sábanas, el cabello alborotado por el sueño, los ojos lánguidos y la boca con señales de sus besos! Se le fue dibujando una sonrisa en la cara a la que no pudo resistirse. ¿Cómo podía no sonreír? Katherine interpretaba el papel de ama de llaves pragmática con vigor. Como no reconocía su propia fragilidad, iba por la vida coaccionando y convenciendo a los demás de que hicieran lo que ella ordenaba. Él era el único que veía su dulzura. Era el único que conocía sus deseos.

Damián era el único que comprendía que, si Katherine decidía subir a bordo de un barco y alejarse de él, se marcharía sin volver siquiera la vista atrás. Tamborileó con los dedos en la silla de montar y calmó la reacción inquieta de su caballo. Se convenció a sí mismo de que allí no lo necesitaban. Tenían al vehemente general Castro para la retórica. Había soldados para expulsar a los invasores. Estaban sus amigos para vengar la escena que tuvo lugar en su fiesta.

—Damián, baja de las nubes. Presta atención. —El tono urgente de las palabras de Hadrian penetró en su ensueño. Entonces levantó la cabeza y escuchó.

—¡Se han marchado! —Un soldado bajó al galope desde la cima dando gritos de alegría—. Se han marchado. Se escabulleron en mitad de la noche.

—¿Ese gusano de Frémont huyó? —Damián sonrió ampliamente con cruel regocijo—. Es demasiado bueno para ser cierto.

El soldado pasó a toda velocidad en dirección a la tienda del general y los cuatro amigos lo siguieron a paso tranquilo. Se sumaron a la multitud apiñada en torno al comandante.

—Castro es pariente tuyo —le dijo Damián a Alejandro—. Averigua qué ha pasado.

Alejandro desmontó haciendo una mueca y se abrió paso a la fuerza.

—No pensé que lo hiciera —comentó Damián—. Debe de tener curiosidad.

—O se siente culpable porque se ha cebado demasiado en ti —sugirió Ricky.

Los tres amigos cruzaron una larga mirada.

—Tiene curiosidad —declaró Hadrian, y los demás asintieron con la cabeza.

Alejandro regresó dando voces.

—Los norteamericanos se escabulleron por la noche como los ladrones que son.

—¿Dónde están ahora? —quiso saber Damián.

—A unas tres millas de aquí —contestó Alejandro.

Damián gimió y dejó caer la cabeza en la mano, y su amigo Alejandro le dio unas palmaditas con fingida compasión.

—Puedes volver con tu amada. El general Castro no va a perseguirlos.

Damián levantó la cabeza.

—¿Me lo juras?

—Es lo que ha dicho.

Damián no esperó a saber nada más, hizo dar la vuelta a su caballo y cruzó el campamento al galope evitando a los soldados de a pie, saltando por encima de las fogatas y diciendo adiós con la mano, exultante. Los cascos de *Confite* levantaban terrones de tierra y Damián lo engatusó para que fuera aún más rápido por el camino hacia el rancho. Le dijo mentalmente a Katherine que estuviera allí, que estuviera allí. Un jinete solitario que iba más adelante le llamó la atención, un jinete que iba hacia él. Aminoró el paso con la intención de dar la noticia a gritos y seguir adelante, pero conocía a aquel jinete. Frenó a *Confite* en silencio.

—Bien hallado, Julio. —Lo saludó con incomodidad por su último encuentro.

Julio echó un vistazo su alrededor como si no pudiera soportar mirarle.

—¿Estás solo?

—Llegas demasiado tarde. Frémont y su banda han huido de nuestra superior habilidad para marchar.

Julio sonrió con satisfacción, tal como Damián quería que hiciera.

—¿No ha habido disparos?

—Ninguno.

—De todos modos iré a ver. Para demostrar interés.

—¿Qué fue lo que te entretuvo? —Damián hizo todo lo posible para que su tono no resultara acusador, pero se le deslizó un dejo de censura que hizo que Julio se pusiera tenso.

—Estaba fuera. No me enteré de la noticia sobre este bandido hasta que volví a ver a Nacia.

—¡Madre de Dios! ¿Dónde has estado? —preguntó Damián, sobresaltado—. Toda la Alta California sabe lo que ha ocurrido aquí.

Julio se encogió de hombros con incomodidad y Damián recordó la confesión de Nacia. Le había dicho que a menudo se marchaba durante días, semanas, y que no sabía adónde iba. Miró las manos de Julio y en ellas advirtió signos reveladores. Tenía tierra en la base de las uñas y costras en los nudillos. Abrió la boca para preguntar pero vio algo en el rostro bronceado de Julio que se lo impidió, de modo que soltó de buenas a primeras:

—Nunca he besado a tu mujer.

Julio lo rechazó, se irguió en la silla de montar con un semblante frío lleno de orgullo.

—Julio —Damián le tendió la mano, pero su amigo no le hizo caso.

—Ahora debo irme.

Salió al trote para dirigirse al campamento y Damián le gritó:

—Dile a Nacia…

Julio hizo dar la vuelta a su caballo para mirarlo con el rostro crispado de furia.

—Dile a Nacia que seguí su consejo sobre doña Katherina.

Julio se relajó, lo saludó con el sombrero y se dio la vuelta de nuevo hacia el campamento.

Angustiado por su amigo, desconcertado por el misterio que lo envolvía, Damián hizo avanzar de nuevo a *Confite*. Las millas fueron quedando atrás y entró en el patio cuando el sol estaba en su cénit. Los mozos de cuadra corrieron a ayudarle, preguntaron si había noticias y él les contó lo que sabía mientras que con la mirada escudriñó los alrededores por si la veía.

—¿Sigue aquí? —les preguntó.

Ellos le señalaron la hacienda con un gesto de la mano. Damián fue corriendo hacia allí y se encontró a su padre en la puerta. Con sólo mirarlo a la cara, supo que Katherine había huido.

—¡Maldita sea! —arrojó el sombrero al suelo—. ¿Se escapó durante la noche?

Don Lucian rodeó a su hijo con el brazo.

—Entra a comer.

Damián se zafó de él con una sacudida.

—¿La buscaste? ¿Hace mucho que se ha ido?

—No te diré una palabra hasta que no hayas comido —insistió don Lucian.

—¿Comer?

—Está a salvo —lo tranquilzó su padre—. Entra y toma un poco de cocido.

Frustrado, Damián entró a grandes zancadas en el comedor y retiró su silla. El plato de jamón serrano y chorizo apareció ante él y la fragancia de las especias lo convenció de que sería una grosería rechazar la sopa.

—¿Dónde está? —metió la cuchara y tomó un sorbo largo y agradecido. Estaba hambriento. ¡Maldición! Estaba hambriento y su mujer se le había escapado. Podía saciar el hambre, pero sólo Dios sabía cuándo encontraría a Katherine. Dirigió una mirada fulminante a su padre y éste le indicó por gestos que comiera. Obedeció a regañadientes y se llenó la boca con prisa por terminarse el plato.

—Está en Monterey.

Damián soltó la cuchara y se atragantó hasta que su padre le dio unos golpes en la espalda. A través de la servilleta que tenía delante de la boca preguntó jadeante:

—¿En Monterey? —cuando hubo recuperado el aliento repitió con voz más alta—: ¿Monterey? ¿Estás loco? Podría coger un barco en cualquier momento.

—No, no. —Don Lucian le dio un puñetazo suave en el brazo—. Me informé de los barcos que zarpaban antes de enviarla allí y tomé la precaución de sobornar al único capitán que era probable que pudiera zarpar con nuestra Katherina.

—Bueno, al menos lo comprobaste... ¿Dices que la enviaste tú? —Damián se sentía como un pez, boquiabierto y con los ojos desorbitados.

—Sí —don Lucian se sacó el reloj del bolsillo y miró la hora—. Lleva allí casi veinte horas. Tardamos un día entero en hacer su equipaje. Y aun así le dijimos que el arcón de Tobias tendríamos que enviárselo después.

—¿Después?

—No tiene ningún sentido arrastrarlo hasta Monterey para tener que traerlo de vuelta. Ese arcón está lleno de piedras, papeles y herramientas. Pesa mucho. Además, si hubieras terminado antes con este asunto de Frémont, hubieras estado de vuelta para detenerla —miró a su hijo furioso, como si el retraso fuera culpa suya—. Amenazó con irse sin ayuda, de modo que ayer por la mañana le di un beso de despedida. Se alojará en la casa de huéspedes de esa norteamericana... ¿cómo se llama?

—La señora Zollman.

—Eso es. La casa de huéspedes de la señora Zollman. En cuanto hayas comido, te hayas afeitado y bañado... —olisqueó el aire con un gesto muy significativo— puedes ponerte en camino.

—Llegaré allí...

—Esta noche —don Lucian sonrió con satisfacción—. Esta noche a última hora.

29 de mayo, año de Nuestro Señor de 1777

«Una copiosa lluvia de las montañas nos atormenta sin cesar, nos empapa durante el día y nos inunda por la noche. Estamos perdidos, no podemos guiarnos por el sol ni por las estrellas. Tenemos la ropa mojada. No tenemos comida ni forma de encender un fuego. La noche pasada fray Lucio estuvo temblando hasta el punto que creí que sus huesos viejos traqueteaban, pero fray Patricio habla resueltamente de nuestro regreso a la costa. Los caminos del Señor son inescrutables y, por primera vez, yo también albergo esperanzas de obtener respuesta a nuestras oraciones. El sonido de la persecución de los indios se ha desvanecido y no veo cómo podrían localizarnos en medio de este barrizal interminable ».

Del diario de fray Juan Esteban de Bautista.

Capítulo 9

—¡*A*y, don Lucian! —Katherine se acuclilló frente a una de sus atiborradas bolsas de viaje y se enjugó una lágrima inoportuna de las pestañas—. ¡Es usted tan dulce! —levantó la bolsa, tiró la ropa al suelo y sacó de un tirón la almohada de plumas que estaba escondida en el fondo.

Su almohada. Su almohada del rancho.

Si no estuviera tan cansada no se le saltarían las lágrimas de esa forma. No estaría tan contenta. Enterró el rostro en la almohada e inhaló el aroma de la hacienda.

No sentiría tanta nostalgia.

Se corrigió. No sentía nostalgia. No podía sentir nostalgia de un lugar que no era su casa. Aun así, echaría de menos a los amigos que tenía allí. Y a don Lucian. Y... bueno, a todo el mundo.

La almohada la ayudaría a dormir. Sus dedos se entretuvieron en el borde bordado de la funda. Se puso de pie y comprobó la habitación. La pesada puerta de madera estaba bien cerrada, sujeta con una correa de cuero que se unía al marco mediante un enorme perno. En el otro extremo de la correa había un agujero que Katherine había deslizado por otro perno que sobresalía, como un ojal sobre un botón. Esto mantenía la puerta cerrada, le proporcionaba intimidad y las ventanas abiertas dejaban entrar el aire. Se apoyó en la pared y miró la cama, que parecía estar muy lejos. Hizo acopio de fuerza de voluntad, cruzó la habitación tambaleándose y arrojó el regalo de don Lucian. Se encogió de hombros pesadamente y también se dejó caer.

Aquella noche, con la ayuda de su almohada, podría dormir.

Claro que había pensado lo mismo la noche anterior. El viaje hasta Monterey había sido largo. Sospechaba que demasiado largo. Los criados no parecían muy dispuestos a ir a Monterey pero sí a regresar. La habían llevado a una casa de huéspedes que dirigía una anciana norteamericana. La habían dejado en el porche de casa de la señora Zollman rodeada de sus bolsas. Le habían dicho adiós con la mano como si su marcha no significara nada para ellos.

Katherine no había hecho caso del dolor que le causó su actitud y había llevado a rastras las bolsas hasta su habitación. Quedó asombrada de lo mucho que pesaban y por unos breves momentos evocó el placer de tener criados que hicieran el trabajo pesado. Así se malacostumbraba una.

Sería mejor que se habituara a pasar sin ellos.

Alisó el camisón de algodón suave. Le resultaba molesto dormir en una cama tan estrecha que no podía darse la vuelta sin tener que hacer maniobras complicadas. El camisón se le enredaba entre las piernas y le daba la sensación de estarse ahogando.

Una sensación a la que mejor haría acostumbrándose.

Esperaba no caerse. La cama era dura, pero no tanto como el suelo. Del mismo modo en que se había malacostumbrado a los criados y a la cama, también lo había hecho al amplio espacio abierto de su desván en la hacienda. Las paredes de aquella habitación, tan próximas, tan oscuras, le daban la sensación de que no había suficiente aire para respirar. Podría haberse alojado con cualquiera de las familias prominentes de Monterey; en cambio, había pasado todo el primer día allí eludiendo infructuosamente a sus amigos españoles. Había visto a doña Xaviera y a Cabeza, a Vietta Gregorio y a su tímida madre, a todo el clan Valverde paseando en masa por el presidio, incluso había visto a Julio de Casillas. Él la había saludado con un brusco movimiento de la cabeza, sin mediar palabra, y ella había respondido de la misma manera, aliviada de que por una vez no le dijeran nada.

No es que no quisiera despedirse de todos ellos, pero las explicaciones de su presencia allí sin acompañante eran comprometidas. La señora Larkin no había entendido la pobre excusa de Katherine, que sospechaba haber ofendido a la esposa del cónsul norteamericano pero, al fin y al cabo, iba a marcharse. No tenía ninguna importancia, ¿no?

Monterey era una ciudad muy bonita. Construido en torno a una plaza, el presidio consistía simplemente en unos cuantos cañones albergados en edificios de una sola planta. Las casas de adobe con tejados de tejas rojas se hallaban desperdigadas por la hierba como perlas y rubíes, libres de la contención de las calles organizadas. Las montañas de Santa Lucía servían de telón de fondo a Monterey y el Océano Pacífico era su admirador. No obstante, para Katherine, la ciudad poseía una combinación de recuerdos. Recuerdos de boda, de felicidad, de amistad. Recuerdos de muerte, de sangre, de dolor. Allí se sentía confusa. Quería quedarse y quería marcharse. Quería marcharse. Sí, quería marcharse. No podía esperar a que su barco zarpara. El capitán yanqui con el que se había puesto en contacto había accedido a llevarla siguiendo la costa hasta Los Ángeles. Le había prometido que zarparían en cuanto hubiera terminado de hacer sus negocios. Katherine no sabía cuándo sería eso. El hombre había sido demasiado impreciso para su gusto.

Bostezó de nuevo y se dejó caer contra la almohada. La verdad era que estaba cansada, y las malas noches que había pasado contribuían a su fatiga. Desde aquellas horas con Damián no había dormido bien, sólo a medias. Parecía tener la mitad de su atención constantemente centrada en el regreso de ese hombre, y no se molestó en definir si era con ilusión o con preocupación.

Cuando sí se quedaba traspuesta se imaginaba que él estaba allí. Había sentido sus manos trenzándole el pelo, peinándoselo, llevándoselo a los labios. Había percibido su olor a humo. Le había oído susurrar cuánto la adoraba… y se había despertado sola.

Katherine había descubierto que cuando se está agotado, en la oscuridad, resulta más difícil no hacer caso de la decepción y el anhelo.

Pero aquella noche el dormitorio ya no le parecía tan extraño, tenía su almohada. Se quedó allí tendida con una sonrisa, consolada por la sensación de familiaridad que ésta le daba, y durmió, aunque no se dio cuenta hasta que se despertó con un sobresalto.

El peligro acechaba, al amparo de la noche. Lo supo de algún modo u otro; tenía miedo sin saber por qué. Se le tensaron todos los músculos del cuerpo y sus ojos se esforzaban por permanecer cerrados. Aquello no era una pesadilla y tampoco se trataba del regreso de Damián. Había alguien con ella en la habitación y ese alguien le daba miedo.

Katherine no sabía quién ni por qué, pero estaba en peligro.

Llegó a sus oídos el sonido de una respiración suave y rápida. ¿Estaba cerca? Demasiado cerca. Un olor a medicina le provocó un cosquilleo en la nariz. ¿Era del intruso? ¿O de lo que tenía en las manos?

Abrió los ojos de repente y se esforzó por ver algo en la penumbra. Se preparó para saltar de la cama. Oyó un sonido de pasos que se arrastraban a su lado. Un gigante enmascarado se inclinó sobre ella. Katherine soltó un grito ahogado. La figura se rió. Un olor dulzón le obstruyó la nariz y le robó la conciencia.

La cama se mecía debajo de Katherine. El movimiento le hacía sentir náuseas.

¿Por qué se sentía tan rara? ¿Por qué le daba miedo abrir los ojos?

No se acordaba. No podía acordarse, y en aquel momento parecía más importante seguir sus instintos que esforzarse en ser valiente.

¿Estaba en tierra o en el mar? La cama se balanceaba pero no oía el chapaleteo de las olas ni percibía el olor acre de la madera empapada de salitre. De modo que estaba en tierra y el movimiento que la mareaba sólo estaba en su cabeza.

Bien. Mejor tener las ideas borrosas que volver a un barco.

No, un momento. Ella quería estar en un barco. Estaba huyendo de Damián, de su proposición y de su insistencia en la pasión.

Eso tampoco era cierto. No estaba huyendo de él, estaba dando el paso lógico y adecuado para corregir aquella situación.

Las náuseas la inundaron como un muro de agua y un débil gemido escapó de sus labios.

—¿Te estás despertando?

Era una voz grave y amortiguada y Katherine no tuvo que esforzarse por mantenerse inmóvil. Se quedó quieta como un animal que presiente el peligro. Oyó los pasos que se arrastraban por el suelo de madera, supo que quienquiera que fuera estaba de pie junto a ella.

—Demasiado cloroformo —lamentó la voz.

La palma de una mano le rodeó la barbilla, unos dedos le pellizcaron las mejillas y le sacudieron la cabeza de un lado a otro.

—Date prisa y despierta —le dijo la voz con apremio.

Los pasos se alejaron.

Katherine dedujo que eran de unos pies descalzos. Tenía que ser alguien alto y fuerte para haberle apretado ese trapo contra la cara hasta que… el recuerdo del miedo la embargó de repente. Alguien había entrado en su habitación. Alguien la había atacado.

¡Oh, Dios santo! ¿Dónde estaba?

El olor de la hacienda le inundó la nariz. Así pues, tenía la cabeza en su almohada y su cuerpo descansaba en la cama de la casa de huéspedes. Hizo un gran esfuerzo por recuperar el dominio de sí misma. Fue a la vez más fácil y más difícil de lo que se esperaba, porque algunas de sus percepciones se habían sensibilizado y otras se habían embotado.

Percibió una luz a través de los párpados cerrados. No era una luz brillante como la del sol sino que parpadeaba y salpicaba su ceguera con destellos vacilantes.

Una vela. La noche aún se cernía en derredor de Katherine, se enroscaba en ella y aprisionaba sus movimientos.

No. Siguió la sensación hasta la punta de los dedos y los movió. Unas punzadas de dolor le atravesaron las manos y se mordió el labio con fuerza.

Unas cuerdas la aprisionaban. Tenía las manos atadas a la espalda y todo el peso de su cuerpo descansaba en ellas. Le dolían los hombros, le cosquilleaba la piel de los brazos. Ni siquiera el colchón de plumas aliviaba el dolor.

También tenía los pies atados. ¿La habían atado a la cama?

Los ruidos del intruso la distrajeron. Gruñidos y maldiciones en voz baja y en un español elaborado, el sonido de una tela que se rasgaba.

Katherine quería mirar. Quería abrir los ojos y ver dónde estaba, ver cómo podía escapar… ver a su captor. Sabía que no debía abrir los ojos y sin embargo quería hacerlo, se moría de ganas de hacerlo. Aquel deseo le hacía sudar las palmas y no podía controlar la respiración. Se concentró en hacer que sus respiraciones fueran suaves, profundas y acompasadas, necesitaba que fueran así.

¿Qué significaba todo aquello? ¿Por qué la habían seguido? ¿Por qué aquella persona había llevado a cabo unos preparativos tan complicados para hacerle daño?

¡Dios santo, cómo odiaba Monterey!

Una lágrima de miedo y dolor brotó de sus párpados y le corrió por la mejilla. Katherine hizo una mueca para contener el llanto que amenazaba con abrumarla.

—¡Puta!

El agua azotó a Katherine con la fuerza de la furia que llevaba detrás. Ella jadeó, escupió y abrió los ojos. Como una idiota, abrió los ojos.

Su captor estaba de pie junto a su cama, en la habitación de la casa de huéspedes, y le dijo en español:

—Sabía que intentarías engañarme.

Katherine vio que el gran torrente de agua no era más que el contenido de una taza de hojalata aferrada por una mano grande y cuyos restos de contenido goteaban al suelo. Parpadeó con la cara mojada y entrecerró los ojos para protegerse de la iluminación de la vela. Estaba colocada en el suelo entre sus bolsas y atrajo su mirada.

Reaccionó a la luz con un estremecimiento y su captor observó con crueldad:

—Ahora tus ojos ya no son de un verde tan bonito.

—¿Qué?

—Están rojos.

Katherine miró al intruso mientras éste dejaba la taza en la mesa con cuidado de que el metal no hiciera ruido contra la madera. Se aclaró la garganta y dijo.

—Están rojos por la droga. ¿Cómo te engañé?

—Me engañaste fingiendo que dormías, pero sabía que estabas despierta. Tengo más astucia que tú. —La extraña figura se inclinó sobre ella.

—No puedo objetar a eso. —Katherine escudriñó aquellos ojos centelleantes intentando descifrar los rasgos crispados que ensombrecía el sombrero de ala ancha. La piel de la frente y las mejillas tenía un aspecto duro y reluciente. La boca no tenía labios, sólo una abertura profunda del color del ébano en una piel oscura. Una línea iba de oreja a oreja sobre el bulto de la nariz. ¿Acaso tenía alucinaciones?

Decidió que no. Aquel villano era un maestro de los pañuelos y las máscaras y ocultaba los rasgos que revelarían su identidad. Eso explicaría la voz amortiguada, las palabras que no se entendían. ¿Había algo de real en aquel rostro mutilado? Katherine no sabía decirlo.

¿Era auténtica la fuerza muscular encerrada en aquella camisa negra? ¿Los bultos que ensanchaban la cintura de los pantalones eran de verdad lorzas de grasa? ¿Es que tenía frente a ella al hechicero de una mascarada? Estaba claro que aquella figura inquietante no parecía tener miedo de que ella atravesara su camuflaje y preguntó con sorna:

—¿Por qué me miras así?

La tensión se apoderó aún más de Katherine. El intruso sacó una cadena de plata de un bolsillo de sus pantalones oscuros. De un extremo de la cadena colgaba un reloj de plata que le era muy familiar. Katherine apretó los puños en vano.

—Esto no vale mucho. —El reloj se acercó a su cara y ella lo miró con un fervor hipnótico, como si el miedo por su seguridad pudiera hacerlo desaparecer de repente. El reloj se balanceó delante de su nariz y Katherine susurró:

—Sólo es valioso para mí.

—Es un juguete muy bonito… el recuerdo de tu esposo.

La voz apagada y la forma extraña de expresarlo hicieron que Katherine dirigiera la mirada al rostro de su atormentador.

—¿Cómo sabes eso?

—No soy un vulgar ladrón.

Los ojos ardieron de deleite detrás de la máscara.

Katherine, desesperada por tranquilizar a la bestia, convino:

—Eso ya lo veo. Pero por favor, no te lleves mi reloj.

—¿Llevármelo? No, no. Lo has entendido mal —con un suave movimiento sigiloso, dejó el reloj en la mesa, junto a la taza—. Voy a abrirlo.

—Presiona el botón que hay a un lado.

Se ganó una mirada fulminante por sus indicaciones.

—Voy a abrirlo por detrás. —En una mano cubierta por un guante negro apareció una lima fina que el individuo deslizó en la ranura que rodeaba el reloj de plata. Un giro de la muñeca, y la tapa cayó con un tintineo metálico. El intruso hizo girar la tapa y luego alzó la maquinaria expuesta para examinarla. Se oía el fuerte tictac del mecanismo, que no se alteró por el hecho de que se hubieran descubierto sus secretos. El intruso soltó una maldición y acercó el reloj a la vela. Katherine alzó la cabeza y miró la espalda que se alejaba. El intruso palpó la maquinaria con un dedo; Katherine lo oyó refunfuñar disgustado. Como un acompañamiento motivado por la impaciencia, la canción de amor empezó con un chasquido y la música tintineó.

—Una rosa brotó del seno de Barbara Allen... —Katherine parpadeó. Cantó sin ni siquiera pensarlo y la habitación empezó a dar vueltas sobre su eje mientas ella combatía los efectos de la droga.

—Bastardo. —La música cesó con otro clic y el reloj fue arrojado a una de las bolsas de viajes—. Ahí no hay nada.

Su actitud arrancó una protesta a Katherine:

—Es delicado.

—Debería hacerlo pedazos... —una sonrisa grotesca se acercó a ella— pero mi bondad me lo impide.

Katherine no creyó sus palabras y una confianza absurda despertó su mente aturdida. La señora de la casa dormía al otro lado del pasillo. El intruso no se atrevería a hacer ruido. Si gritaba, conseguiría ayuda.

—¿Qué esperabas encontrar? ¿Por qué estás haciendo esto? En las bolsas no tengo nada que te interese.

—¿Ah, no?

—Por supuesto que no. Soy una pobre viuda norteamericana.

—La viuda de Tobias —la voz de su captor se hizo más aguda; la máscara no podía ocultar la avaricia y la amenaza.

—Tobias... —se le quebró la voz. ¿Aquél hombre era el que había matado a Tobias? Se movió para comprobar la resistencia de las ataduras que la inmovilizaban.

—No podrás soltarte —aseguró el intruso con placer.

—No intento soltarme —mintió Katherine—. Las cuerdas me hacen daño. ¿Por qué estás interesado en la viuda de Tobias?

—Tobias era un hombre muy inteligente. Demasiado listo en ciertos aspectos. Demasiado inocente en otros. Encontró una cosa que quiero.

Katherine observó fascinada la boca tapada que hablaba y casi perdió el hilo.

—¿Qué es lo que quieres?

—Como si no lo supieras. Como si ese suizo astuto no te lo hubiera contado.

Ni siquiera el pañuelo que le tapaba la boca pudo contener el torrente de maldad.

Katherine replicó:

—Llevábamos tan sólo una semana casados, y los misterios no fueron un tema de conversación.

—Eso sería muy malo para ti —dijo el intruso con despreocupación—, aunque te creyera.

Katherine echó un vistazo por la habitación y vio que había sacado sus pertenencias de las bolsas y estaban todas en un revoltijo.

—¡Oh, no! ¿Por qué...? —intentó incorporarse pero le dolía la muñeca; dio un tirón y gimió. Se retorció y consiguió ponerse de lado y aliviar así un poco la presión en la mano.

—¿Crees que todas estas tonterías van a hacer que me compadezca de ti? —preguntó el intruso con asombro.

—En absoluto —Katherine movió los dedos de los pies para intentar reactivar la circulación—. Lo hago para mi propio esclarecimiento. ¿Por qué me has destrozado la ropa?

—No he destrozado gran cosa.

El indicio de actitud defensiva animó a Katherine, que preguntó:

—¿Qué era tan importante como para que Tobias me hablara de ello en nuestra noche de bodas?

—El tesoro ocupaba la mente de Tobias tanto como ocupa la mía, y él confiaba en ti. Confiaba en ti y yo lo sé. Me lo decía muy a menudo.

Anonadada por aquella información que le lanzaron con semejante indiferencia, Katherine farfulló:

—¿Tesoro?

—El tesoro de los padres. El oro de leyenda, esperando a que lo rescate de la oscuridad.

—¿Oro? —Katherine se quedó mirando boquiabierta el rostro absurdo que tenía delante.

—Mucho oro. Con oro se puede comprar mucha influencia y libertad —las palmas de los guantes negros se frotaron—. Con el oro seré todo lo que he soñado ser.

—¿Oro?

—Tobias tenía la llave —el intruso se inclinó sobre ella, con lo cual le dejó ver claramente la máscara y el pañuelo que creaban aquel efectivo disfraz—. ¿Dónde está la llave?

—¿La llave? ¿Una llave de verdad?

—Te haces la inocente. Engañas a todo el mundo menos a mí.

—Yo no tengo la llave.

—Pues tienes el tesoro. Huyes del Rancho Donoso. Estás en Monterey evitando a las personas a las que llamas tus amigos. Estás buscando el primer barco que zarpe.

La culpabilidad se extendió por el rostro de Katherine.

—Hay motivos.

—¿Por qué si no los de la Sola iban a enviar un mensaje al capitán diciendo que debía retrasarte?

—¿Qué? —Katherine se olvidó de la incomodidad y forcejeó—. Ese seductor de mujeres inocentes…

—¿Quién? ¿Damián? —El intruso agitó un dedo en el aire con desdén—. Es el tesoro lo que busca. Siempre le ha fascinado el tesoro.

Katherine se quedó helada, herida por haber sido descartada con tanta despreocupación, por la seguridad con la que hablaba el intruso.

—Don Damián me protegía. Cuando llegué a la hacienda, mantuvo en secreto mi presencia.

—Yo sabía dónde estabas —replicó el intruso con desdén—. No quise arriesgar la vida en la hacienda por ti.

—Él me vigilaba.

—¿Acaso no haría lo mismo por el menor de sus criados?

Katherine, acongojada, se hundió en la cama y el dolor le devolvió el raciocinio. ¿Quién era aquella persona que tan bien conocía a Damián? ¿Quién era aquella persona que comprendía a Tobias y los deseos de su alma? Volvió a examinar a aquella figura atormentadora e intentó ver más allá del camuflaje. Katherine estaba indignada con la cruel mascarada, quería sacar la verdad a la luz y se mofó diciendo:

—¿No pudiste encontrar la llave tú solo?

—Creía que podría —admitió el intruso.

—Yo no sé qué es la llave. No sé qué es el tesoro. Nunca he oído hablar de este tesoro. ¿Cómo vas a encontrar la llave si yo no te lo digo?

En los dedos del intruso apareció un cuchillo. El mango era de un apagado color negro; la hoja era de obsidiana y brillaba con destellos como el cristal roto. Tenía un aspecto incivilizado, bárbaro, como si fuera un cuchillo utilizado para sacrificar vírgenes en los ritos ancestrales. Afianzó el cuchillo con la mano enguantada y le rozó la garganta.

—Voy a matarte si no me lo dices.

Unas palabras claras. Un tono inexpresivo. Una imagen sangrienta.

Unas motas rojas iniciaron un lento paseo ante los ojos de Katherine.

—No lo entiendes.

—Puede llevarme toda la noche cortarte a cachos —la voz adquirió un tono más afable de placer—. Puedo hacerte cortes superficiales por todas partes, rajando apenas la piel. Te desangrarás, pero tardarás mucho en morir. Cuando lo hagas, tu cadáver estará mutilado.

Katherine tomó aire con la intención de gritar pero la punta del cuchillo le apretaba la piel de la tráquea, de modo que soltó el aire lenta y cuidadosamente. Empezaron a zumbarle los oídos y la sensación se fue acrecentando hasta convertirse en un martilleo rítmico.

—El oro.

La voz le hablaba justo al lado, desde la almohada, y la amenaza la golpeaba como si estuvieran clavando los clavos de su ataúd. Katherine susurró:

—Te lo estoy diciendo... —la presión del cuchillo aumentó; la punta estaba tan afilada, no sabía si penetraría en su piel—. Por favor...

Penetró. El pequeño punto de dolor se deslizó deliberadamente por su garganta. Katherine notó la sangre que le resbalaba por el cuello. Se le revolvió el estómago. Soltó un grito, un grito lastimero y suplicante.

La cama se mecía bajo Katherine. Nunca se había sentido tan mareada. Si abría los ojos vomitaría. Si los mantenía cerrados, el mundo podía desaparecer.

Sus ojos se abrieron de golpe y vio una enorme mancha marrón que descendía sobre ella.

Soltó un grito y la mancha se retiró bruscamente. Resultó ser un paño que sostenían dos manos estrechas y venosas. Se cernían sobre su frente y una fina voz femenina comentó en inglés:

—La pobre chica está histérica. Y no la culpo. Pensar que podría ocurrir una cosa semejante. Y en mi casa de huéspedes, delante de mis narices.

Un rostro entró en el campo de visión de Katherine.

—¿Catriona? ¿Estás despierta?

El maltrecho cuerpo de Katherine sufrió una sacudida al ver el rostro de Damián. Era el hombre al que había temido, deseado y anhelado. La gravedad de su tono y la inclinación de sus cejas denotaban preocupación. Le sujetaba las manos cerca del pecho y se las frotaba.

—Por supuesto —respondió. El dolor la sorprendió; le dolía la garganta al hablar. Tragó saliva con cuidado; eso también le dolía. Sus manos palparon las vendas de lino con las que le habían envuelto el cuello. Eso confirmaba la violencia que creía haber soñado. Trató de combatir las náuseas, pero la piel lacerada protestó. Se relajó; eso mejoró el dolor y, a su vez, el mareo.

—¿Cómo te encuentras?

Katherine vio las marcas de la cuerda en las muñecas. Las hizo girar de un lado a otro y experimentó el dolor de los huesos oprimidos y la piel en carne viva. Seguro que eso disiparía la debilidad de querer lanzarse al pecho de Damián.

Observó a Damián de soslayo. Probablemente se había arrancado la chaqueta, pues llevaba los faldones de la camisa sueltos y el cuello medio salido. Dos de sus botones pendían de un hilo y faltaban otros dos. Su cabello oscuro parecía despeinado por el viento, y Katherine le preguntó:

—¿De dónde has salido?

—Acababa de llegar de la hacienda. Hubiera venido antes, pero mi caballo perdió una herradura y tuve que pedir prestado un semental hecho polvo. Llegué a tiempo de oírte gritar mi nombre.

—Yo no grité tu nombre —susurró Katherine, pero susurrar no parecía servirle de nada. Nada parecía servirle. El dolor de la garganta crecía a medida que ella intentaba calmarlo.

—Sí lo hizo, señorita Maxwell —intervino la mujer—. Lo oí claramente desde mi dormitorio y me despertó.

Katherine lo miró y asintió con aire tranquilizador.

—¿Cómo te encuentras? —repitió Damián.

Si hubiese estado enfadado, si hubiese señalado la insensatez de su huida y su sombría conclusión, Katherine se hubiera deshecho en lágrimas. En cambio, la actitud compasiva de Damián provocó en ella una reacción contraria. Irguió la espalda y desechó su compasión.

—Estoy bien.

—¡Bien, dice! —La casera le puso el paño frío en la frente—. Como si una mujer de buena cuna pudiera estar bien después de una experiencia tan terrible como ésta. Irrumpen en su habitación, hacen estragos en su ropa, la atan con cuerda tan fuerte que se le quedan las manos y los pies azules y casi le rebanan la garganta...

Damián posó la mirada en el rostro de Katherine al sugerir a la señora Zollman:

—Puede que quiera esperar fuera a que llegue el alcalde.

—Esta pobre chica necesita los cuidados de una mujer. Mire lo pálida que está. Pero si parece que vaya a desmayarse en cualquier momento. Es probable que sólo con darse cuenta de lo cerca que ha estado de que le cortaran el cuello de lado a lado...

Damián miró a la señora Zollman.

—El alcalde Díaz necesitará oír todos los detalles que pueda recordar.

—Eso es cierto —la señora Zollman soltó una risita—. Querrá oír lo de la sangre que goteaba en la almohada...

Damián agarró por la muñeca a la señora Zollman y le hizo dar la vuelta hacia la puerta.

—Sí, querrá oír lo sucedido de alguien que estuvo aquí en todo momento.

—Don Damián, si hubiera llegado tan sólo unos minutos después, hubiera sido demasiado tarde. Claro que aun así no apruebo que aporreara la puerta.

Acompañó a aquella mujer tan sociable hasta la puerta entreabierta y la tranquilizó.

—Lo único que está roto es el pestillo de cuero. Haré que lo arreglen por la mañana. Por esta noche apuntalaré la puerta para que doña Katherina pueda descansar.

La señora Zollman se detuvo de pronto.

—No puedo dejar aquí a la señorita Maxwell. No es apropiado dejar a una dama a solas con un hombre tan guapetón —sonrió mostrando unos cuantos dientes en las encías sonrosadas—. Y menos a estas horas de la noche.

—Necesita mis cuidados. Mis cuidados especiales —sonrió con tan tierna intención, puso una elocuencia tan cariñosa en las palabras, que la señora Zollman no pudo más que entenderle.

—¡Ah! Es eso, ¿eh? —la señora Zollman masticó con la boca abierta, como una vaca que rumiara. Allí no había nada. Katherine no veía nada y sin embargo la anciana siguió masticando hasta que dijo—: Oí rumores de que las cosas eran así. Bueno, es asunto suyo, pero creo que debería casarse con esa chica. Mantenerla a salvo, ¿sabe? —la señora Zollman le hizo un guiño, cerró el ojo y meneó la ceja con exageración.

Le dio un suave codazo a Damián, se marchó por el pasillo arrastrando los pies y lo dejó allí con un esbozo de sonrisa y con Katherine, que ya se encontraba lo bastante bien como para farfullar:

—¡Qué bruja más entrometida!

—Es una mujer inteligente. Deberías escucharla —le dirigió una mirada persuasiva y fue a trabajar con la puerta. La pesada madera oscura se balanceaba mediante unas bisagras que se habían aflojado y estaba hecha trizas allí donde antes estaba el pestillo de cuero—. Si la señora Zollman utilizara materiales mejores ahora mismo estarías muerta.

Katherine puso las manos junto a las caderas y se apoyó para incorporarse. La habitación giró rápidamente una vez y luego volvió a la normalidad. Notó con alivio que se le habían calmado las náuseas.

—No quieres que la señora Zollman me asuste pero no te importa hacerlo tú, ¿eh?

Su dentadura blanca relució en su rostro moreno.

—Exactamente.

Katherine vio que le temblaban las manos mientras trataba de reparar el cuero arrancado, y que fruncía el ceño. Tenía aspecto de estar vacilando entre dos emociones intensas, entre ira y miedo. Ella no había dudado en ningún momento que Damián se enojaría cuando descubriera que había huido; tampoco dudaba del profundo temor que sentía por su vida. A su manera, él le tenía cariño. Lo sabía, y aunque tuviera miedo de dicha emoción, también la apreciaba.

Damián colocó rápidamente dos de las bolsas de viaje vacías de manera que bloquearan la puerta.

—Eso no va a evitar que entre alguien —observó Katherine.

—Nadie nos molestará. La señora Zollman les dirá que estás anonadada y los oficiales nos dejarán en paz.

—¿Y qué me dices de algún… —había ido subiendo el tono de voz al hablar y la bajó deliberadamente— intruso?

Damián se acercó a la cama dando grandes zancadas.

—Te protegeré.

—Ya lo sé.

Damián descollaba sobre ella, pero Katherine no quiso decir nada más. Se preocupó en cambio por la almohada, le dio la vuelta para que no se viera la mancha de sangre, se la colocó detrás y la ahuecó para apoyar la espalda. Fingió que se relajaba en ella hasta que una mano áspera le dio unos toques en la mejilla. Katherine volvió la cabeza hacia Damián.

—¿Lo sabes?

—Sí, sé que me protegerás —se negó a ceder a la ternura que vio rondando detrás de su preocupación, prefirió tirar de la sábana y taparse los hombros con ella.

—¿Cómo te lo notas? —le acarició la garganta con los dedos y ella se apartó de un salto—. Dolorido, ya lo veo.

—Me duele —admitió Katherine. Parecía no poder estar sin tocárselo; confirmaba la violencia que creía haber soñado.

—Cuéntame qué pasó.

—Me desperté y había alguien aquí conmigo en la oscuridad.

—¿Gritaste?

—No.

—¿Por qué no?

Ofendida tanto por la pregunta como por su tono de censura, respondió:

—No soy de las que gritan por cualquier pequeñez.

—Por supuesto. ¡Qué pregunta más ridícula por mi parte! Dime una cosa…

Katherine se dio cuenta de que iba a ser sarcástico.

—Dime, ¿qué consideras tú que es una emergencia lo bastante grave como para abrir esos labios rosados y gritar?

—Si me hubiera dado cuenta de la gravedad de la situación…

—No importa —le hizo un gesto con la mano para que se callara.

Juntó las manos a la espalda, se alejó de la cama y regresó de nuevo—. ¿Cómo entró el intruso?

—Yo... supongo que por la ventana —esperó el inevitable comentario mordaz, pero Damián se contuvo visiblemente. El alivio calmó la tensión de sus miembros y eso la impacientó. ¿Por qué debería importarle la opinión de Damián sobre su capacidad mental? No significaba nada para ella.

—¿Qué aspecto tenía?

Katherine se frotó las orejas con las manos. Algo no iba bien, había algo que la inquietaba. ¿Qué quería que le dijera sobre el intruso?

—No me digas que tampoco te acuerdas de eso —insistió Damián.

—¿Tampoco? —preguntó Katherine, sorprendida.

—No recuerdas quién le cortó el cuello a Tobias, pero tienes que acordarte de qué aspecto tenía este hombre.

—Haces que parezca una idiota.

—¿Una idiota? ¿Por huir de la gente que se preocupa por ti, por escaparte de la seguridad para ir directa al peligro?

Le centellearon los ojos de furia y la indignación de Katherine se fue incrementando hasta igualar la de él.

—No hubiera estado aquí para que me rebanaran el cuello si tú no hubieras sobornado al capitán de mi barco para entretenerme.

—Yo ni siquiera sabía que habías abandonado la hacienda. ¿Cómo iba a saberlo? Había ido a arriesgar mi vida contra un fanfarrón de tu país que amenaza con la guerra y que luego se escabulle. Se escabulle como otra norteamericana a quien podría mencionar.

—Yo no me escabullo.

Damián enarcó una ceja y Katherine cerró la boca de golpe. ¿Cómo podía pronunciar semejante falsedad cuando estaba en medio del resultado de su huida furtiva?

Damián le dijo en tono desdeñoso:

—Hiciste lo que consideraste que era mejor. ¿No es ése el rasgo que admiras? Desde luego, te he oído utilizar esta frase para excusar todas las aventuras imprudentes en las que te has embarcado.

—Yo no me embarco en aventuras. No soy imprudente.

—Oh, no. Ni siquiera cierras las ventanas en la misma ciudad en la que mataron a tu esposo.

Agitó el dedo índice en el aire frente al rostro de Katherine y su censura hirió profundamente el orgullo de la mujer.

—¿Acaso tenía que asfixiarme en una habitación sin aire cuando me aseguraste que estaba a salvo? Dijiste que había sido el cebo involuntario en una trampa para atrapar al asesino de Tobias, y como cebo no me hicieron el menor caso.

—En mi casa —precisó él—. Eras el cebo en mi casa. Hay una diferencia enorme entre estar protegida por los vaqueros y ser una víctima indefensa en una casa de huéspedes donde nadie puede protegerte.

—Creía estar haciendo lo correcto. Pensé que estaba siendo sensata.

—Para ser una mujer que adora el altar de la lógica, haces cosas increíblemente estúpidas.

Katherine abrió la boca pero no supo qué decir.

Damián echó un vistazo a su semblante sorprendido e indignado y rompió a reír.

Ella hervía de humillación.

—¿Cómo te atreves a llamarme estúpida? ¿Precisamente tú, un hombre que adora el altar del compromiso apasionado y que sin embargo deja que una frontera imaginaria entre países decida sus lealtades?

—Tienes razón. He sido un estúpido.

Su calmado reconocimiento le bajó los humos a Katherine, que lo miró y vio que su indignación se había esfumado. Damián se pasaba los dedos por el bigote con en un gesto que ella había llegado a reconocer como pensativo y clavó la mirada a lo lejos.

—Fui estúpido al no poseerte cuando había propiciado la ocasión —se quitó la camisa e hizo una mueca al ver en qué condiciones estaba la prenda. Hizo una bola con ella y la tiró al rincón—. Debería haber sabido que levantarías una defensa impenetrable.

—Yo no hice nada. Me limité a señalar…

—Señalaste tantas cosas de una manera tan lógica que me encontré con que no tenía ánimos para un amor tan frío —se sentó en la cama y se puso a lidiar con las botas para quitárselas—. Me hizo falta esta agresión para darme cuenta de mi error.

Aturdida por su implacabilidad, Katherine preguntó:

—¿Qué error?

—Necesitas que te demuestre mi pasión y lealtad, una y otra vez. No me creerás hasta que el conjunto de pruebas haya crecido tanto que no puedas discutirlas más —la miró, y ella encontró motivos de alarma en su semblante calmado y divertido—. Lo demostraremos en el juicio, ¿eh?

—La verdad es que no creo que el hecho de que me hayan cortado en el cuello me haga estar de humor para experimentos.

—Juicios —le recordó—. Juicios, no experimentos. Eres abogada, no científica.

Katherine fue a levantar la barbilla y se dio cuenta de que no podía permitirse aquella pose desafiante. Notó que la piel le tiraba y se agarró la garganta.

—¿Ves lo que pasa cuando tratas de discutir conmigo? —Damián le puso las manos en los hombros y le acarició la cabeza con el mentón—. ¡Dios! Estuve demasiado cerca de perderte. Llevaré a cabo uno de esos juicios, pero esta noche estás dolorida y cansada. Esta noche dormirás conmigo.

—¿Dormir? —Intentó resistirse a él y Damián la atrapó antes de que se cayera del colchón—. ¿Dormir, de verdad?

—Sí —levantó las sábanas y se metió en la cama. Su cuerpo, sólo piel, sin ropa, se apretó contra el de Katherine. Con una mano le alzó la cabeza con cuidado y deslizó el brazo por debajo—. Dormir, de verdad.

Katherine estaba resuelta a no hacer caso de aquel hombre diabólico. No le haría ni caso, fingiría estar dormida aunque sabía que no podría hacerlo después de la noche que había pasado. Fingiría dormir. Fingiría dormir.

Cayó como una piedra en un pozo: con un descenso largo y oscuro.

La lluvia le mojó la cara. La niebla le impedía ver. Estaba arrodillada en medio de la calle.

Oía el rugir del océano amortiguado por la distancia. Oía gente que murmuraba a su alrededor y una mujer que gritaba. Lo oía de verdad. Estaba allí.

Olía el estiércol de caballo que tenía debajo de las rodillas, pero no podía enmascarar el otro olor. El olor de la sangre.

Alguien yacía en el barro, con la boca abierta y la mandíbula torcida. Katherine no distinguía bien sus rasgos. Se lo impedían la niebla y la sangre que salía con grandes borbotones rítmicos. Lo que sí veía eran unas manos de mujer que le apretaban la garganta para intentar contener la sangre. Las manos se sacudían con cada chorro que manaba.

El sonido de las olas parecía ser el sonido de esa sangre, pero la sangre se detuvo y las olas no.

Las manos se apartaron y eran sus manos. Las volvió una y otra vez y pudo sentirla. Toda aquella sangre tan resbaladiza. Toda aquella sangre tan pegajosa. Bajó la mirada al cuerpo y no era él.

Era una mujer. Una mujer con el pelo rubio enroscado con firmeza en la cabeza y unos ojos verdes saltones.

Era ella.

Capítulo 10

*E*mpezó a resistirse y trató de gritar.

Damián se despertó de inmediato y la agarró, pero Katherine le pegó un bofetón.

—Para, mi vida —intentó cogerla por los hombros porque tenía miedo de que se cayera de la cama—. Vamos, niña, por favor, para ya. —Una mano salvaje se lanzó hacia su cara y él se echó atrás. Atrapó aquella mano—. Te estás haciendo daño. Abre los ojos. Catriona, abre los ojos —se puso encima de ella y utilizó el cuerpo para frenarla. Katherine abrió los ojos de repente. No dieron muestras de reconocerlo. Era unos discos negros y sólidos, dilatados por el miedo y el terror—. Catriona —probó a llamarla con su nombre inglés y le rogó—: Katherine Anne, vuelve.

Se despertó de golpe.

—Don Damián —susurró. Las lágrimas la embargaron. Sollozó con un sonido fuerte y desagradable. No hizo ningún esfuerzo por contenerse; se apretó contra él como un gatito buscando el calor de su madre.

Él la estrechó en sus brazos con torpe compasión e intentó frotarle la espalda, darle palmaditas en la cabeza, besarle la mejilla, cualquier cosa que aliviara su desesperación. Murmuró palabras sin sentido, la meció, llevando a cabo de manera instintiva los rituales de consuelo de su propia madre. El dejo histérico del llanto de Katherine pareció tardar una eternidad en desaparecer, y aún pareció pasar más tiempo hasta que ella pudo decir entre hipidos:

—Por favor, necesito sonarme la nariz.

Damián echó un vistazo a su alrededor con frenesí, pero no había nada a mano y no quería soltarla.

—Usa la manga —le ordenó.

El débil suspiro de Katherine sonó como una risita, pero obedeció como si cualquier otro esfuerzo le resultara demasiado costoso.

Damián murmuró:

—Me temía que soñarías con Tobías.

Ella se miró el camisón como si entonces le repugnara.

—Maldita sea —dijo él asqueado. Desabrochó las mangas y la parte delantera—. No es momento de preocuparse por los pañuelos.

—No soñé con Tobías. —Katherine dejó que le quitara el camisón dócilmente—. Era yo.

Le temblaban las manos y los labios. Damián le puso la falda del camisón en las manos.

—Usa esto —le dijo con brusquedad.

Katherine hundió la cabeza en la suave tela de algodón que amortiguó su voz temblorosa:

—Estaba muerta. Alguien me había matado. Me habían matado con un cuchillo negro que goteaba sangre. Estaba tirada en la calle como una marioneta rota. Me sangraban los ojos. El pelo se me mezclaba con el barro y se me empapaba con la lluvia.

—Basta —le sacudió la muñeca—. Basta, por Dios. Esto ha sido demasiado para ti. Te gusta pensar que eres invencible, pero eres una dulce doncella a la que habría que resguardar.

—¡Ay, don Damián!

—No me interrumpas. —El llanto se apaciguó y Katherine lo miró con los ojos inyectados en sangre—. En el futuro estarás cerca de mí. No puedo soportar esta preocupación. No puedo soportar vivir con un miedo abrumador. Tanto si nos gusta como si no, parece haber un motivo detrás de la muerte de Tobías y tenemos que hablar de ello.

Katherine extendió la mano y le tocó el pecho.

Él permaneció inmóvil. Primero se lo rozó con los dedos y luego le pasó la palma por el pectoral, siguiendo la línea del músculo. Katherine se miraba la mano con atención, concentrada en el movimiento y en la contracción involuntaria de Damián.

Retiró la mano que le acariciaba y dijo:

—¿Qué clase de hombre amaría a una mujer que acaba de tener las experiencias que tú has sufrido? —se quedó sin aliento. Katherine sostenía el camisón hecho un ovillo en las manos y su cuerpo estaba expuesto. El pelo trenzado caía sobre su hombro, los brazos ocultaban sus pechos y la sábana… ¡a saber dónde estaba la sábana! Pero no estaba cumpliendo su propósito, de eso estaba seguro.

Cuando Damián arrancó la mirada de la anatomía de Katherine y se esforzó por devolverla a su rostro, vio la forma en que ella lo estaba mirando. Melancólica, triste.

—No —le dijo. Le preocupó la aspereza de su negativa y lo intentó de nuevo—. No, Catriona, estás demasiado débil.

Ella le tomó la mano y se la besó.

—Has pasado por una experiencia horrible. Mira la pesadilla que acabas de tener.

Las lágrimas aún corrían por su rostro. Katherine susurró:

—Haz que desaparezcan las pesadillas.

—No puedo.

Katherine se inclinó y le besó la curva del hombro, le pasó la lengua por la clavícula. Sus lágrimas lo mojaron, le cayeron por el esternón.

—Querida, no puedes —le puso la mano en la mejilla mojada y se la secó—. No podemos.

Katherine le dio un suave mordisco en el cuello.

—Madre de Dios. —La rendición de Damián era queda como el aliento, pero ella la reconoció y apoyó la cabeza contra él con un suspiro. Damián le rodeó la cabeza con la mano y se la colocó sobre las almohadas. Se le quebró la voz al decir—: Eres muy frágil y estuve a punto de perderte. ¡Eres tan hermosa! —No pensó en ningún momento en su rostro manchado y sus ojos enrojecidos. Él sólo pensaba en su Catriona, tumbada bajo sus manos, que necesitaba consuelo y que daba consuelo con su mera aquiescencia.

—Deja que te toque aquí... —le acarició las mejillas mojadas con la palma de la mano—. Y aquí... —le acarició los dos brazos, le alzó las manos y le besó los dedos con una multitud de presiones minúsculas.

Las lágrimas cesaron bajo la influencia de su adoración y Katherine mantuvo la mirada fija en su rostro como si él fuera el proveedor de toda la vida. Sus ojos, oscuros de pasión. Su nariz fuerte y aguileña. Su barbilla, que sobresalía con determinación.

Sus palmas le rozaban la piel y dejaban a su paso unas chispas diminutas de sensaciones. Entre ellas no había lugar para el dolor ni el terror. No había espacio para nada que no fueran Damián y Katherine. Él le quitaba el horror con sus masajes. Una pequeña transformación la llevó de los estremecimientos y las miradas con ojos muy abiertos a los breves suspiros de anhelo. ¿Cómo lo hacía? ¿Cómo podía ser que las manos callosas de un hombre resultaran tan reconfortantes, tan eróticas?

Damián susurraba cosas, cosas que si uno las gritara en la calle nadie se escandalizaría pero que con su voz ronca, rumorosa de placer, se convirtieron en un canto de adoración.

Cuando sus palmas le moldearon los pechos, Damián cerró los ojos como si la combinación de vista y tacto fuera demasiado para él. Los mantuvo cerrados mientras se inclinaba para acariciarle los labios y su aliento era cálido y dulce como el revuelo de la brisa nocturna. Sus labios le rozaron las pestañas, la nariz; le rozaron las mejillas y bajaron por su barbilla. Damián le acarició los labios, no los besó, sino que exploró su forma y textura. Se movió por su cuello y la relajación de Katherine era tan completa que dejó que lo tocara con su boca. Cuando volvió a subir a su rostro, Damián tenía los ojos abiertos y un esbozo de sonrisa dio vida a las líneas de expresión de sus ojos y su boca.

—Adoro tu cuerpo —susurró con deleite—. Tan relajado, tan sensual. Suave y femenino como nunca hubiera imaginado. Aceptando, y sin embargo dándome lo que quiero. Confías en mí, ¿no es cierto?

Deleitándose en el lujo de sus mimos, Katherine frotó la cabeza contra la mano de Damián.

—Confío en ti. Te dije que así será. —Fue una promesa, una prenda que decía mucho más de lo que ella era consciente. Katherine vio la amplia sonrisa de Damián y se preguntó con retraso si no debería haber respondido con evasivas, pero no pudo reunir energías suficientes para alarmarse.

Aquél era Damián. Y sí, confiaba en él, con sus emociones, con su cuerpo y con su vida si era necesario.

El esfuerzo de mantener los párpados abiertos la superó. Dejó que se le cerraran los ojos perezosamente y consideró la forma en que él la había animado.

Ya no se sobresaltaba con horror cuando él la tocaba.

Ella no estaba haciendo nada.

No estaba avergonzada ni se preguntaba qué hacer. No se sentía obligada a devolver lo que él le daba. Tratándose de él, no había ningún problema en aceptar sus regalos… y más que eso, era maravilloso. Damián parecía deleitarse con el hecho de que ella lo aceptara, de que aceptara cualquier cosa que él decidiera hacer.

Katherine abrió los ojos. La sonrisa de Damián revelaba su satisfacción, pero ella se lo había permitido.

Acababa de hacer un milagro.

Le dio un beso en el oído y le recorrió la oreja con la lengua y con su aliento. A ella se le tensó la piel de todo el cuerpo. Él la estimuló con un murmullo y le levantó las muñecas para llevárselas a la boca. Besó primero una y después la otra, en el punto donde latía el pulso.

—Aquí palpita el corazón de mi amada. Es un punto precioso. —Le rodeó los brazos con los suyos y le besó el interior del codo—. Aquí palpita el corazón de mi amada. Es un punto precioso —fue subiendo hasta su cuello, le besó el vendaje y repitió la fórmula. La besó entre los pechos, le besó el estómago, los muslos, el empeine del pie. Le dio la vuelta y besó la piel delicada de detrás de la rodilla, la curva de las dos nalgas, la punta del espinazo—. Aquí palpita el corazón de mi amada. Es un punto precioso. —Y en todos esos lugares, ella vio que era cierto. Su corazón palpitaba allí, acelerándola, llenándola de calor, avivando cada uno de sus nervios. Una serie de besos le subieron por la espalda y Damián volvió a darle la vuelta. Apoyó la frente contra la suya, la miró a los ojos y prometió—: El corazón de mi amada, el cuerpo de mi amada es precioso. Pero el alma de mi amada reside aquí, dentro de su cabeza, y es lo más precioso de todo. Cuando haya pasado el tiempo y ya no existamos, el alma de Katherine seguirá siendo preciosa para el alma de Damián.

Ella sintió una tirantez en el pecho; no podía respirar bajo el peso de su promesa.

—Sabiendo esto, ¿vas a dejar que te ame?

Katherine suspiró; quería decir que sí.

Él lo entendió y abrió mucho los ojos. Era ella la que no lo entendía, hasta que él se apretó más contra su cuerpo con un lento baile de excitación. Sus pies ásperos se enredaron con los de ella. El calor de sus piernas cubrió las de ella. Sus muslos se deslizaron dentro de los de ella; una rodilla se alzó y empujó un breve momento.

Katherine retorció los dedos de los pies.

Con una lentitud deliberada, Damián bajó las ingles contra el vientre de Katherine. Sin que ella se diera cuenta ya se había iniciado una espiral de calor encendida por su indulgencia y sus palabras. Estaba creciendo, alimentada por la prueba de que ella lo excitaba. Damián se meció contra ella, frotándose en toda su longitud allí donde había estado antes su rodilla.

Se apoyó en los brazos y estudió el reflejo de las emociones de Katherine como un maestro joyero estudiaría las facetas de una esmeralda. Lo que vio debió de satisfacerle, porque bajó el pecho de manera que el vello que lo cubría le hizo cosquillas en los pezones. El peso de Damián la comprimía. Por un breve instante se preguntó por qué la había apartado del consuelo de sus manos y su boca; pero entonces le llegó la oleada de su reacción. Toda su piel contra la de él, todo su ser contra el suyo. Todos aquellos estímulos contenidos en los huesos y músculos de Damián de la Sola.

¿Alguna vez se había sentido sofocada durante el acto del amor? En aquellos momentos se sentía tapada, protegida.

—Bésame. Déjame que te saboree.

La voz de Damián era una extensión audible de sí mismo y, como tal, la excitaba, la intoxicaba. Los labios entreabiertos de Katherine se unieron directamente a los de Damián. Sus narices chocaron. Ella inclinó la cabeza y sus bocas se acomodaron. La lengua de Damián le rozó los labios, se los mojó, le dio golpecitos en los dientes. Le recordó a los besos deliciosos que le había dado antes... antes de que ella supiera que le gustaban. Ahora lo sabía, y le rozaba la punta de la lengua con la suya. Katherine notó la oleada de excitación de Damián. Resultaba evidente en sus jadeos, en el movimiento de sus piernas, en cómo crecía su miembro viril. Sorprendida por la reacción, Katherine experimentó acariciándole la cadera con la mano. Damián gimió y siguió su lengua dentro de su boca.

El calor que sentía Katherine en su interior se expandió y desterró su relajación, su sensación de comodidad. Ella se desprendió de dichas sensaciones a regañadientes porque lo que las reemplazaba era algo que no reconocía. Surgía de dentro, y eso la sorprendió. ¿Dónde había estado escondido ese ovillo de sensaciones? Lo exploró con cautela. Crecía con el roce de las manos de Damián sobre su cuerpo. Crecía con el roce de sus manos en el cuerpo de Damián. Se alimentaba de la sensación táctil. Se alimentaba de la visión del rostro y el cuerpo de Damián. Se alimentaba de sus sonidos de placer. Se alimentaba del olor de su pelo, del mordisqueo de sus dientes en los pezones y de la lenta disculpa de su lengua en aquel lugar que hormigueaba.

—¿Don Damián? —Katherine parpadeó, perpleja por el miedo que oyó en su voz.

Él lo entendió.

—Es normal, amor. Inevitable como las mareas, puro como un arroyo de montaña.

—No creo que... —sus dedos la penetraron; la base de la mano le dio un masaje. La acometió un espasmo que la cegó y que la empujó hacia algún peligro en la oscuridad.

—Te estás resistiendo —Damián retiró la mano; ella abrió los ojos con alivio y protesta—. Deja de resistirte. No voy a dejar que te vayas sola —le recorrió el cuerpo con un beso y con semblante resuelto observó cada una de sus reacciones y respiraciones.

Katherine hizo un esfuerzo, le agarró la muñeca y se la apretó.

—Me está ocurriendo algo. Esto no va a funcionar.

Damián escuchó como si le estuviera diciendo una verdad profunda, seria y alentadora.

—Esto es como la risa, las lágrimas o un buen estornudo. Es algo físico, natural —se humedeció el pulgar en la boca y se lo pasó por los labios a Katherine—. Dijiste que confiabas en mí. Confía en mí ahora.

Ella escudriñó su rostro buscando confianza y la encontró.

—Está bien. Pero date prisa. No me gusta esta expectativa.

Damián se rió con una especie de placer ahogado y volvió a colocarse entre sus piernas.

—No tengo que darme prisa —utilizó la mano y se frotó contra ella. Al notarlo, Katherine apretó las rodillas de manera convulsiva contra las caderas de Damián. Él cerró los párpados mientras la penetraba, ensanchándola.

Katherine debió de proferir algún sonido porque él se detuvo y la observó. Ella lo miró suplicante y Damián movió la cabeza para animarla y dijo:

—Vienes a mí a toda prisa. Sigue viniendo, querida. Sólo un poquito más.

Damián entró dentro de ella lentamente, hincando un aguijón en su carne. La presión de su ingle contra la suya lo empeoraba, o lo mejoraba. Al retirarse la tentaba a gritar, cuando volvía le llevaba el grito a los labios.

Katherine no sabía qué era aquello, pero él dijo que era natural. Dijo que confiara en él. Dijo... ¡Oh, Dios! ¿Qué había dicho? No se acordaba, sólo sabía que la locura dominaba su cuerpo. Se aferró a su espalda con manos resbaladizas; cruzó los pies y apretó los talones contra sus nalgas. Quería empujarlo para que saliera; intentaba mantenerlo dentro. La espiral de calor se convirtió en una conflagración.

Damián la incitaba. Damián la componía. Damián.

El espasmo se apoderó de ella y en esta ocasión no hubo manera de resistirse. Su cuerpo prevaleció y llevó a cabo un ritual tanto sagrado como espontáneo. Katherine apretó los dientes, apretó las manos.

Apretó los talones contra el colchón, empujó su cuerpo contra Damián. Sin aliento, buscó el calor y lo encontró en Damián.

Oyó que él pronunciaba su nombre con un gruñido, notó que su cuerpo se tensaba y se estremecía en respuesta al suyo. Sintió un momento de pánico... ¿o era excitación?, mientras su cuerpo volvía a alzarse, se convulsionaba brevemente y se relajaba en un estupor casi inconsciente. Casi inconsciente salvo por la sorpresa que bullía como una burbuja en su cabeza.

—¿Por qué no me lo explicó nadie? —murmuró.

—Esta cama es demasiado pequeña —declaró Katherine sin abrir los ojos.

Damián sonrió. Le había costado una hora recuperarse para formar las palabras, una hora en la que había permanecido cerca y sin protestar.

—Me gusta. Podría comprarla y llevarla a la hacienda para dormir los dos en ella.

Katherine no respondió de ninguna manera. A él no le sorprendió. Había sucumbido a más cosas de las que él esperaba por aquella noche. Damián se prometió que, más adelante, ella se lo daría todo; de momento la dejaría descansar. Se le despertó un sentimiento de culpabilidad y se preocupó por ella. Al fin y al cabo, alguien acababa de atacarla con un cuchillo y luego él mismo la había atacado. Las intenciones eran distintas, pero aun así, posiblemente fuera demasiado para una mujer tan delicada como ella. En cuanto a sus acciones, la parte de su falta de moderación le remordía la conciencia. La tomó de las caderas y la movió hacia el centro de la cama.

—Échate a un lado un poco, querida, así puedo apoyarme en la almohada y quitarte mi peso de encima.

Katherine colaboró y se meneó para moverse, y él suspiró con renovado deleite. Damián fue cambiando de posición hasta que ambos estuvieron tan cómodos como podían estar en aquel colchón minúsculo. Katherine tenía un mechón de pelo en la frente y él se lo echó hacia atrás.

—¡Eres tan hermosa!

Ella cerró los ojos de nuevo, como si estuviera exhausta. Como si el hecho de verlo a él evocara demasiadas cosas. Como si no estuviera preparada para encararse a él. No obstante, su tono fue de broma cuando se quejó:

—Pesas mucho.

Damián se separó a regañadientes, aunque no apartó las manos de Katherine y se apretó a su lado.

—Quizá no me llevaré esta cama a casa conmigo —reconoció—. ¿Estás bien?

—Estoy bien —respondió ella de inmediato, a la defensiva, y Damián hizo una mueca.

—No debería haberte tomado con tanto...

—¿Vigor?

—Puede que vigor sea la palabra adecuada —admitió Damián al tiempo que tiraba de la sábana para taparlos a ambos—. Sólo puedo dar una excusa.

—No quiero excusas —protestó ella.

Damián quería excusarse mientras ella estuviera agotada, mientras esa mente ingeniosa que tenía estuviera descansando, de manera que no le hizo caso.

—Todas las emociones que he vivido hoy me han desequilibrado. Primero estaba furioso contigo por huir de mí. Cabalgué como un loco. Me pilló la lluvia. Tuve que recorrer kilómetros cuando *Confite* perdió la herradura. Lo dejé donde los Estrada con la promesa de que me lo mandarían y me equiparon con uno de sus patéticos paquetes de carne de caballo. Llegué a Monterey y cuando aporreé tu puerta te oí gritar. Entré a la fuerza y vi a una persona extraña escapando por la ventana. Sangrabas por el cuello y pensé que te habían matado. Cuando hube detenido la hemorragia y pude salir detrás de ese hombre, ya había desaparecido.

—Yo no huí de ti —dijo Katherine con rotundidad.

Damián se apoyó en un codo y miró el rostro que descansaba sobre la almohada. La serenidad anterior había desaparecido y una actitud distante la había reemplazado. Eso lo enojó, ver que se retiraba tras semejante fachada anodina después de una hora como la que habían pasado. Se mofó de ella.

—¿Eso es todo lo que puedes decir? ¿Te cuento mi triste historia y lo único que haces es negar que tenías miedo de mí?

Katherine abrió los ojos de golpe, tal como él había esperado que hiciera, y replicó:

—Yo no te tengo miedo.

—Tienes miedo de algo.

—Soy la mujer más valiente que conozco —pareció sorprendida por las palabras que acababa de pronunciar, pero insistió—. Es cierto, lo soy.

—No discutí contigo.

—Me defendí bien en un bufete de abogados formado por depredadores inmorales. Enterré a mi padre y sostuve a mi madre en brazos cuando murió. Sin el apoyo de mi familia y con apenas dinero suficiente, me embarqué y rodeé el Cabo de Hornos hasta California. Ni siquiera tenía la garantía de que Tobias estuviera aún aquí o de que fuera a casarse conmigo, pero vine. Enterré también a Tobias y sobreviví al dolor. Y esta noche hablé con esa cosa que estaba conmigo en la habitación. Le pregunté. Averigüé lo que quería. No me entró el pánico hasta...

Abrió desmesuradamente los ojos y empalideció. Tenía el recuerdo de la muerte grabado en su rostro. Damián la estrechó contra sí y le murmuró sonidos de consuelo sin sentido, la meció. Ella se refugió en su pecho. Se aferró a él, temblando; metió una rodilla entre las de Damián y él la envolvió entre sus piernas. Katherine buscaba consuelo, ajena a todo lo que no fuera el calor de Damián, y él reaccionó como si la joven fuera un niño asustado.

—Tuve mucho miedo —murmuró Katherine—. Tenía la cabeza espesa y estaba confusa, no podía pensar. Estaba asustada y no tenía el control. Cuando ese... ese monstruo sacó el cuchillo, lo único que veía era a Tobias y la sangre. Pensé que iba a matarme y lo único que sentí fue remordimientos.

—¿Remordimientos? —preguntó Damián con voz grave.

—Remordimientos por no haber... —se resistió con unos leves movimientos de protesta, como si no quisiera decir lo que tenía enterrado en el alma—. Remordimientos porque no hubiéramos...

Damián le acarició el pelo y le susurró:

—Querida, no entiendo qué quieres decir.

—Pues que lamenté no haberte dado lo que querías.

—Y no haber aprendido lo que podía enseñarte —le recordó él.

Katherine lo negó moviendo la cabeza con impaciencia, pero él no le hizo caso. Una crisis le había enseñado lo que ni todas las palabras del mundo podían expresar. Damián rezó una oración para dar las gracias: de que hubiera sido él quien salvara a su Catriona, de que la atrocidad de aquella noche hubiera resultado en un premio para él.

Katherine fue dejando de temblar poco a poco y sus miembros se relajaron.

—Aún no puedes dormirte —le murmuró Damián con los labios pegados a su oído—. Tienes que hablarme de él.

—¿De quién? —masculló ella.

—De tu atacante.

La laxitud de Katherine hacía honor a la manera en que Damián le había hecho el amor, pero temía que estuviera demasiado soñolienta para responder y su inquietud requería que obtuviera sus respuestas aquella misma noche.

—Catriona. Dime. ¿Era alto?

—Mmm. De estatura mediana.

—¿Español? ¿Norteamericano? ¿Indio?

Katherine intentó darse la vuelta para evitar el interrogatorio, pero la cama minúscula no se lo permitía.

—Por la voz parecía español. Una voz ronca. Una voz de rico.

Eso lo sobresaltó.

—¿Cómo es una voz de rico?

—Oh, por favor, don Damián —Katherine abrió los ojos sin poder fijar la mirada, estiró el brazo bruscamente y le dio en el pecho—. ¿Tenemos que hacer esto ahora?

—No puedo dormir. Compláceme.

—¿Después de todo esto y no puedes dormir? ¿Acaso esta actividad te da energía? Porque de ser así...

—No, no. Normalmente me ocurre igual que a cualquiera —su voz adquirió un dejo de humor—. Hago el amor, me doy la vuelta en la cama y me duermo.

—¿Y esta noche?

—Esta noche quiero un cigarro. Siempre me fumo un cigarro después.

—Pues fúmatelo.

Damián fue presa de la irritación y tuvo que hacer un esfuerzo hercúleo para reprimir sus ganas de gritarle. Había sacrificado uno de los placeres de su vida por ella y eso la asustaba. Incluso entonces, después de aquella noche, se negaba a reconocer su devoción por ella. Limitó su negativa a un brusco:

—No.

Katherine no dijo nada pero estaba despierta, él estaba despierto y ambos yacían juntos fingiendo descansar. Damián notó que la resistencia de Katherine se venía abajo. Ella murmuró:

—¿Don Damián? ¿Qué querías preguntarme?

—Tan sólo unas cuantas cosas —se calmó—. ¿Cómo suena una voz de rico?

—Educada —contestó ella con gravedad.

—¿Qué aspecto tenía?

—Como si llevara una máscara y un pañuelo y un sombrero bien calado en la cabeza.

—¿Te dio alguna pista en cuanto a su identidad?

Katherine guardó silencio durante un largo y revelador momento y Damián se armó de paciencia.

—Esta persona te conoce muy bien.

La primera reacción de Damián fue de disgusto y de negación:

—¿A mí?

—A mí también me conoce, pero fue de ti de quien habló, era a ti a quien conocía bien. O al menos eso parece.

—¿Qué dijo?

—Hace años que te conoce. Sabe que tienes la costumbre de proteger a tus criados —no le tembló la voz al decirlo, pero el se preguntó qué ocultaría aquella simple afirmación—. Conoce tus intereses.

—¿Hubo algo que lo identificara?

—Don Damián, sé que me consideras estúpida, pero si hubiera algo que pudiera decirte sobre esta persona, ¿no crees que lo haría?

Katherine parecía exasperada, pero él lo pasó por alto y replicó:

—En momentos de terror, resulta difícil recordar las cosas que ves u oyes. Mis preguntas podrían sacar a la luz impresiones que ni siquiera supieras que habías recibido. Si se te ocurre algo que pudieras contarme, alguna pista...

—Serías el primero en saberlo.

Katherine se apartó de él y se volvió de lado, y Damián supo que estaba irritada. Había dado a entender que era una incompetente; para su sensible amada, sin duda eso suponía un pecado capital. Se acurrucó pegado a su espalda, la atrajo hacia sí y la abrazó mientras ella se dormía.

Damián estaba contento de que todo hubiera salido de ese modo. La noche que entró en la habitación de Katherine en la hacienda había estado seguro, había sabido que podría tomarla entre sus brazos.

Se había equivocado. Katherine era demasiado orgullosa y tozuda y él se había dado cuenta además de que desconfiaba demasiado de sus propias emociones como para entregarse a él. Aquella noche había sido distinta. Aquella noche ambos habían sentido emociones que eran innegables.

Damián le había dado una idea equivocada sobre su seguridad. Él sospechaba que el hombre que había asesinado a Tobias no era más que un delincuente que vagaba por California. Quizá un delincuente como el señor Emerson Smith. Pero él había llegado justo a tiempo y el villano no era Emerson Smith, ni un norteamericano, ni nadie que Katherine reconociera.

La única otra realidad que Damián había considerado era que había asustado al asesino de Tobias con su vigilancia. Era lo que él había creído, y había insinuado a Katherine que no hacía falta que se preocupara. Gracias a sus fantasías, la habían aterrorizado y le habían hecho un corte en el cuello. Al reprocharle su estupidez no hacía más que arremeter con su propia culpabilidad contra el objeto más próximo. Arremeter contra la persona que más quería proteger.

No volvería a ser tan desconsiderado con ella. Se rió al pensar que, de hecho, lo más probable era que no volviera a perderla de vista nunca más.

—¿Qué te hace tanta gracia? —farfulló Katherine.

—Estaba pensando —mintió— que sólo un idiota creería que habrías pasado por alto las pistas. Y yo no soy idiota.

El cuerpo que tenía pegado a él se ablandó, se fundió con el suyo.

Estaba perdonado.

30 de mayo, año de Nuestro Señor de 1777.

«Que Dios se apiade de su alma.

Fray Patricio ha muerto, sin confesión y con sufrimiento.

Vimos el sol por primera vez en días. Se abrió camino entre las nubes al atardecer y nos arrastramos a nuestras camas miserables en la maleza. Dormimos, pero fray Patricio nos despertó. Había oído unos leves ruidos que identificamos como de rastreadores. Nos levantamos y ascendimos por un sendero estrecho y oscuro que sólo iluminaban nuestras plegarias y la tenue luz de las estrellas.

Cedió el suelo a nuestros pies. Fray Lucio se aferró a una roca; yo resbalé, se me enganchó la casulla en un arbusto y quedé suspendido en el aire.

Fray Patricio cayó una larga distancia. Lo oímos gritar cuando alcanzó el suelo. Sus gemidos hendieron el aire durante el resto de aquella negra noche. Fray Lucio no podía hacer otra cosa más que rezar. Yo temía moverme, creía que cualquier actividad por mi parte separaría las raíces del arbusto de la tierra ya inestable. Se me retorcía el alma de dolor al ver que mis poderes sanadores no podían ayudar a fray Patricio, al darme cuenta de lo profundo de mi cobardía. La ayuda humana ya no podía hacer nada por él.

Bajé con mucho cuidado de donde estaba encaramado. Fray Lucio estaba destrozado, débil, tembloroso. Lo obligué a participar en las oraciones por los muertos y seguiré buscando el reposo para el alma de fray Patricio.

Milagrosamente, fray Patricio había dejado caer el cofre del oro en un lugar donde se podía alcanzar con facilidad».

Del diario de fray Juan Esteban de Bautista.

Capítulo 11

Sin mover la cabeza, Katherine paseó la mirada por la habitación bañada por la luz de primera hora de la mañana. Tenía un aspecto distinto. Tenía un olor distinto. La cama parecía más estrecha, menos estable, aunque más segura. Los contornos de la habitación parecían alterados, desviados de sus dimensiones anteriores. El mundo —cerró los ojos—, el mundo ya no giraba en aquel círculo tenso que había conocido antes. Se tambaleaba sobre su eje y ella percibía hasta la más mínima de sus sacudidas. Sabía lo que había ocurrido; su cuerpo se lo decía con los músculos doloridos en lugares nuevos. Pero mentalmente lo comprendía.

Damián la había arrollado como el viento, la había llevado adonde había querido, a lugares en los que ella nunca había estado y nunca deseó estar. Tal como él mismo había insinuado, había cambiado su percepción del mundo. Katherine abrió otra vez los ojos y frunció el ceño.

¿Era algo bueno? Ella ya estaba muy satisfecha con la percepción del mundo que tenía antes. De hecho, algunos compañeros con menos seguridad la habían tachado de engreída, pero ella consideraba que su autocomplacencia era más bien una claridad de objetivos y una comprensión del decoro. Y aquello era indecoroso.

En aquel preciso instante la forma de Damián le calentaba la espalda. Contrarrestaba el frescor matutino de la costa e hizo que los pies helados de Katherine buscaran sus piernas. Él gruñó cuando lo tocó con los dedos fríos pero su leve ronquido no se alteró. Eso la sorprendió, pues aquel hombre se levantaba tan temprano como un granjero, afirmaba que la mañana era el mejor momento del día. Tal vez no hubiera dormido la noche anterior. Dios sabe que se había mostrado muy inquisitivo cuando ella ya hacía rato que quería dormir.

Salió de la cama con cuidado para no molestarlo. El baño estaba muy cerca de su habitación y rebuscó entre el revoltijo de bolsas en busca de su bata. La sacó y la examinó. El tejido casero de color marrón tenía exactamente el mismo aspecto que antes y Katherine experimentó una emoción ridícula. El intruso no le había estropeado la bata, pero… su mirada se posó en la bolsa de viaje que había traído de Boston. El forro estaba vuelto del revés, cortado y desgarrado por completo. Se arrodilló y buscó el reloj hasta encontrarlo. Todavía funcionaba, con el mecanismo al descubierto.

Con dedos temblorosos buscó la tapa. La colocó en su sitio. El reloj volvía a estar entero, milagrosamente indemne tras la dura experiencia de la noche. Lo acarició con ternura y volvió a sus cosas. Fue recogiendo todas las prendas una a una, las plegó y se fijó en que todos los forros estaban rasgados. Los zapatos estaban cortados. Sin embargo, ella no sentía nada más que gratitud por el hecho de que aquella destrucción apenas la hubiera tocado.

Le hizo gracia pensar que un corte en la garganta hace milagros a la hora de restituir el sentido del equilibrio.

El equilibrio se rompió cuando encontró su vestido nuevo.

El regalo de Damián estaba al fondo del montón, reducido a fragmentos con el cuchillo. Los rasgones del canesú atravesaban las pinzas. La falda estaba rajada. Si ésa era la manera que tenía el intruso de aterrorizarla, lo había conseguido. Se sentía violada, sucia, personalmente amenazada.

Soltó el vestido y salió corriendo de la habitación. Una vez fuera inhaló el aire a bocanadas; eso la reanimó. El rocío de la hierba le mojaba los pies y le recordó adónde iba. Al terminar volvió a la habitación sin ni siquiera mirar la ropa que había en el rincón.

Eso le dejaba sólo un sitio adonde ir. Se acercó a la cama arrugada y miró a Damián. Nunca lo había visto dormido. Un estremecimiento, de naturaleza casi maternal, le recorrió la espalda. ¡Qué bello era! De nuevo se le vino a la cabeza su semejanza con los dioses griegos, inmortalizados en mármol para toda la eternidad. Se parecía al maduro Apolo, de facciones aristocráticas y sensualidad seductora, salvo por las cejas.

Siguió el trazo ascendente de su ceja con los dedos. Bajó la mano a la marcada línea de los labios que se dibujaba en su rostro. Constituía un marcado contraste entre la piel bronceada y sin afeitar de su mejilla y la boca suave y flexible. Cediendo a un impulso irresistible, Katherine llevó la mano a su bigote corto, a sus labios. Él volvió la cabeza bajo su mano. Le dio un beso en la palma, otro en la muñeca.

Damián la miró y esta vez la emoción no tuvo nada de maternal. Hubo una especie de comunicación entre ellos, algo sólido. Ella lo entendió sin necesidad de palabras y una intuición incómoda se retorció en su interior. Él retiró las sábanas y la hizo tenderse en la cama a su lado. Damián deslizó la cabeza por la almohada, le acercó la boca lo suficiente como para tentarla y ella le preguntó apresuradamente:

—¿Qué es el tesoro de los padres?

Estas palabras detuvieron el beso, el acto de amor matutino, el murmullo de las palabras dulces y la ternura posterior.

—¿Qué es el tesoro de los padres? —repitió como un loro.

Katherine se alegró al observar que lo había distraído de ese beso y de todas sus maravillosas repercusiones. Era señal de su exitosa retirada hacia la racionalidad.

—¿Por qué me preguntas sobre el tesoro de los padres?

—Esa persona lo quiere y cree que lo tengo yo.

—¿Esa persona? —Con todo el pasmo que le sería posible mostrar a Apolo, dijo—: ¿Quieres decir que el malvado que te hirió en el cuello habló del tesoro de los padres? ¿Y no me lo dijiste anoche?

—Te lo digo ahora. Anoche tenías otras cosas en mente. —¡Qué placer malévolo experimentó al ver que él se quedaba mudo!

—¿Por qué ibas a saber tú nada sobre el tesoro de los padres? No te criaste en California.

—Ese hombre creía que Tobias sabía algo del tesoro.

—Madre de Dios. Este asesino no podía decirlo en serio. El tesoro no es más que una leyenda —protestó Damián.

El placer de verlo desconcertado se desvaneció y Katherine adoptó una expresión grave.

—El cuchillo que tenía contra el cuello parecía muy real.

—Déjame ver esa herida —le ordenó al tiempo que se incorporaba—. Tengo que cambiarte el vendaje.

Por supuesto que no tenía que cambiarle el vendaje, pero ella se dio la vuelta obedientemente bajo sus manos y le ofreció el cuello. Damián necesitaba tranquilizarse respecto al estado de salud de Katherine. Necesitaba ver que el corte se estaba curando, tocar la piel magullada de alrededor.

—Háblame de este tesoro —lo engatusó.

—Es una tontería —le fue quitando la venda del cuello—. Una vieja historia, nada más. Nada importante. —Ella aguardó—. No estás convencida.

Negó con la cabeza.

—Cuando era joven los chicos salíamos a ayudar a encerrar el ganado. Por la noche los vaqueros contaban historias en torno al fuego. Nos aterrorizaban, por supuesto, y los vaqueros se deleitaban con ello. Aquellos mitos fascinaban a Tobias, y su fascinación volvió a despertar mi curiosidad. Había pasado mucho tiempo desde que había sentido la oleada de emoción que comporta la búsqueda de un tesoro.

—No me lo imagino.

—¿No? ¿De niña nunca fingiste ser un conquistador que viajaba por un territorio inexplorado desafiando al peligro para seguir el rastro de un tesoro? —Le brillaron los ojos mientras Katherine movía la cabeza en señal de negación—. ¿No? Era uno de mis juegos favoritos. La emoción está en la idea del oro y las joyas que el ojo humano no ha visto durante un centenar de años y que sin embargo está esperando.

—Es interesante. —Tamborileó con los dedos en las sábanas con la sensación de que Damián intentaba distraerla, con la sensación de que podía ser que lo lograra—. No me imagino a Tobias fingiendo algo así.

—Tal vez no, pero le encantaba viajar y la leyenda era una excusa.

—La sangre había hecho que la venda de lino se le quedara bien pegada al cuello. Damián se levantó de la cama y tropezó con sus pantalones, que estaban hechos un ovillo en el suelo. Se los puso con una indiferencia despreocupada ante la mirada anhelante de Katherine—. Las misiones se secularizaron en la década de los treinta. Los indios fueron liberados, los pobres, expulsados de las tierras de la misión sin recibir dinero ni orientación por parte de los rancheros que las confiscaron. Aun así, unos cuantos franciscanos, unos cuantos indios que seguían aferrados a las viejas costumbres y algunos de los rancheros les permitieron quedarse en los edificios de la misión, lo cual no fue un gran favor dado que se estaban convirtiendo en una ruina. Hace tres años unas cuantas misiones se devolvieron a la jurisdicción de los franciscanos, despojadas de las tierras, claro está. Tobias y yo visitamos los ranchos y misiones para escuchar las historias que contaban los ancianos.

—A Tobias debió de encantarle.

Compartieron una sonrisa al recordarlo.

—Así es. Y a los padres también les encantó. ¡Estaba tan interesado, tan entusiasmado! Le enseñaron las bibliotecas de la misión y lo ayudaron a buscar todo el material escrito sobre la primera época.

—¿Visitasteis todas las misiones?

Damián alzó la barbilla con irritación.

—Señorita, puedes pensar que soy un informal, pero en realidad soy un hombre muy ocupado. No tenía tiempo de visitar todas las misiones con él. Fuimos juntos hacia el sur hasta la misión de San Luis Obispo.

—¿Pero fuiste a todas las misiones con él? —insistió Katherine.

—No —admitió Damián. Llevó la jofaina y el aguamanil junto a la cama, mojó un paño y se sentó junto a Katherine para echarle agua en la garganta—. Ninguno de los dos tuvimos tiempo de visitar las misiones del sur. Le insté a que fuera solo a visitar la misión de San Juan Bautista, que se encontraba cerca de allí.

Se sobresaltó al advertir que Damián se sonrojaba y tuvo curiosidad por la leve culpabilidad que veía en su rostro, de manera que le preguntó:

—¿Por qué no quisiste ir allí? Como has dicho, estaba tan cerca que no te hubiera quitado mucho tiempo.

Damián le escurrió el agua sobre la cara con una maniobra descuidada que sospechó que se trataba de un señuelo para desviar su atención. Él se deshizo en disculpas y, bajo su mirada insistente, admitió:

—Verás, yo ya había estado allí muchas veces. Fray Pedro me conoce desde que era niño y siempre me pide que me confiese... Te encanta verme sufrir, ¿verdad?

Katherine afirmó con la cabeza.

Damián le pellizcó la oreja y ella le dio un empujoncito que casi lo tiró de la cama. Se enderezó y le advirtió:

—Ten cuidado, el suelo es duro. No te gustaría en absoluto.

Katherine puso cara de escepticismo, hizo caso omiso de su desafío y tomó la toalla que le ofrecía para secarse la cara.

—Así pues, ¿podría ser que Tobias hubiera descubierto algo sobre un tesoro?

—No sobre cualquier tesoro. El tesoro de los padres.

—¿No me has atormentado ya bastante? Dime qué es.

—Sólo es una leyenda. Una historia que se ha contado para asustar a los niños desde los días en que el padre Junípero Serra recorrió la campiña para fundar las misiones —se había olvidado de la herida de Kahterine y de la tarea que él mismo se había impuesto—. Cuando los españoles llegaron a California esperaban encontrar oro y plata en abundancia. Lo habían predicho los indios durante el viaje desde México.

—Por lo visto todos los conquistadores que vagaban por el Nuevo Mundo creían a cualquier indio que les contara lo que querían oír —observó Katherine.

Damián soltó un gruñido de indignación.

—Eso es muy cierto. Naturalmente, nadie encontró oro en California. No hay oro en California, pero cuenta la historia que algunos padres, con el permiso de fray Serra, dieron un paso hacia la conversión de los indios del Valle de Sacramento. Un verdadero disparate, por supuesto.

—Por supuesto.

—¡Pero si los padres ni siquiera podían mantener a todos los conversos de la costa, por Dios! El interior estaba totalmente inexplorado. No tenían ni idea de cuánto tendrían que adentrarse ni de cuántas montañas tendrían que atravesar. ¿Por qué tendrían que buscarse problemas?

—No lo sé. ¿Por qué lo harían?

Damián jugueteaba con el extremo del vendaje.

—Los indios de la costa, en su mayor parte, eran dóciles. Los indios del interior eran salvajes. Cuenta la historia que estos valientes padres consideraban su deber llevar a esos salvajes al mundo de Jesucristo. Uno de ellos en especial, fray Juan Vicente... no, espera, no se llamaba así —agachó la cabeza mientras pensaba y pronunció su nombre con aire triunfal—. Fray Juan Esteban se adentró en lo desconocido para convertir a los indios. En la primavera de 1776, ocho hermanos franciscanos desaparecieron en las montañas junto con una escolta de veinte soldados.

—¿Por qué querían llevarse a los soldados? —preguntó Katherine, confusa.

—Oh, los padres no querían llevárselos. El gobernador ordenó a los soldados que protegieran a los hermanos, pero los soldados no eran más que convictos expulsados de México.

—Eso al menos no ha cambiado —comentó ella con mordacidad.

—México siempre nos manda lo mejor. —Su sarcasmo lo decía todo sobre los soldados—. No obstante, el gobernador insistió en que los padres no estarían a salvo sin protección, de modo que se pusieron en marcha. Los padres iban de un lugar a otro haciendo sonar su campana. Cuando los nativos se congregaban, los hermanos les hablaban de Jesucristo y así se iniciaba su conversión. Los franciscanos tuvieron un año muy duro, pero al final se construyó una misión y los nativos acudieron para que los bautizaran. Se plantaron cosechas. La gente se vistió. Y una de las mujeres les llevó un obsequio. Les llevó oro.

—¿Oro? —Katherine puso cara de incredulidad.

—Pedacitos de oro, pepitas de oro —le mostró con las manos cómo debió de ser de voluminoso el oro fabuloso—. Oro puro que se trabajaba con facilidad para elaborar brazaletes y collares primitivos.

Los nativos descubrieron que a los padres les gustaba el oro y para los nativos no significaba nada. Sólo era la piedra del sol, que abundaba en los riachuelos del valle.

—Da la impresión de que te lo crees.

—No... —se pasó la mano por la cara—. Lo que ocurre es que lo he oído tantas veces que casi es una historia.

—No puede terminarse ahí la historia —observó cuando le pareció que él no iba a decir nada más.

—No, no se termina aquí. Los soldados vieron el oro y querían más. Los padres no pudieron contenerlos. Los soldados se comportaron como salvajes y los salvajes respondieron como soldados. Los indios quemaron la misión y mataron a todos los padres que pudieron encontrar. Atraparon a todos los soldados y los asaron sobre los rescoldos de la misión hasta que la piel les burbujeaba y sus extremidades eran como pequeñas hogueras en sus cuerpos.

Katherine hizo un ruido de protesta y Damián recuperó la compostura.

—Fue una justicia horrible —dijo él con solemnidad—. Algunos de los padres escaparon. Una leyenda dice que fueron cinco, otra que cuatro, pero todas aseguran que se llevaron consigo los cofres llenos de oro. Huyeron a las montañas. Los indios salieron tras ellos. Los padres murieron allí, uno a uno, pero no antes de que ocultaran el oro en un lugar señalado.

Sensible a las incoherencias de la historia, Katherine insistió:

—Si todos ellos murieron en las montañas, ¿quién contó la historia por primera vez?

—¡Ay! En eso radica la dificultad. Dicen que fray Serra recibió al único padre superviviente en una de sus misiones.

—¿A fray Juan Esteban?

Damián se encogió de hombros con las palmas hacia arriba.

—La historia no lo explica, pero sí dice que hay constancia del tesoro y de su escondite.

—Si eso es cierto, ¿por qué no está todo el mundo peinando las bibliotecas de la misión en busca de pistas sobre su ubicación? ¿Por qué no está todo el mundo recorriendo las montañas buscando este oro? —quiso saber.

—Porque los hombres ya llevan años buscado el oro. Regresan lisiados y temerosos, si es que regresan.

—Tobias regresó.

—Estás dando por sentado que fue en busca del tesoro —señaló Damián.

Tenía razón. Por absurda que fuera la historia, Katherine creía que a su esposo le había interesado lo suficiente como para seguirla hasta donde le llevara el rastro.

—De acuerdo —admitió—. Supongamos que Tobias encontró algo que le dijo dónde estaba escondido el oro. ¿Dónde lo encontró?

—Fue a alguna parte, descubrió algo y regresó a Monterey. Nunca estaba fuera mucho tiempo, de modo que... ¿adónde podría haber ido? —se estaba entusiasmando con su tema y respondió a su propia pregunta—. A la misión de San Juan Bautista, donde yo no fui con él. ¿Qué encontró allí?

Katherine, totalmente entregada a pesar de su buen juicio, se incorporó en la cama y se abrazó las rodillas.

—Tiene que ser algo que estuviera oculto previamente. Quizá fue un enigma que resolvió o un código que descifró. Eso hubiera interesado a Tobias tanto como un tesoro.

—Y lo hubiera mantenido vivo, además.

Katherine enarcó las cejas, sobresaltada por aquella reflexión sombría.

—¿Qué quieres decir?

—Nadie cree en el tesoro, pero existen historias sobre su escondite. Dicen que hay trampas por todas partes.

—Si hay trampas serán sólo para los ladrones. Los hermanos franciscanos sabrían cómo recuperar el tesoro sin sufrir daños, igual que cualquier persona que tuviera acceso a los documentos de los propietarios legítimos.

—No... necesariamente. Hay otra parte de la historia que mantiene a raya a muchos de los posibles cazadores de tesoros.

—Pese a que niegas la veracidad de estas leyendas con tanta rotundidad, parece que sabes una increíble cantidad de cosas sobre ellas —sonrió, divertida por la incongruencia.

Damián no le devolvió la sonrisa y Katherine se puso seria al ver su actitud pensativa.

—Yo era sólo uno de los jóvenes que escuchaban las historias de fantasmas que contaban los vaqueros, pero era el único que se quedaba cuando se apagaba el fuego. Cuando los otros niños se habían dormido, cuando la luna se había puesto, el aire frío se abría paso y sólo quedaban los rescoldos, yo estaba allí. Había un anciano... ¡Dios mío, era tan viejo! No tenía dientes, sólo una pierna y las manos encogidas de dolor, pero todo el mundo trataba a Jaime con respeto.

—Porque...

—Porque cuando era joven vio al padre que regresó del Valle de Sacramento.

Katherine parpadeó.

—¿Le creíste? Me encantaría conocer a este tal Jaime.

—Por desgracia, escéptica mía, lleva muerto estos últimos diez años —se santiguó—. Que en paz descanse.

—Hubiera sido interesante hablar con él —dijo con mirada pensativa—. Cuando menos, hubiera sido como hablar con un oráculo.

—Interesante no es la palabra que yo utilizaría. Maravilloso. Aterrador. Hipnotizador. Verás, era miembro de una expedición de renegados indios que se escabulleron de la misión e intentaron recuperar el tesoro.

—Persiguiendo una leyenda —comentó Katherine con mordacidad—. ¡Menuda aventura!

—Una aventura que lo marcó para toda la vida, que transformó a un joven fuerte en un viejo temeroso. Rezaba constantemente y temía a la muerte como nadie debería hacer.

Katherine, ceñuda y desconcertada, preguntó:

—¿Qué les pasó a los renegados?

—Tienes que entender que en esa época los padres tenían mucho poder. Una vez convertidos, a los indios no se les permitía dejar las misiones. Si escapaban les golpeaban, los mutilaban o tal vez los colgaran.

—¿Los franciscanos? —preguntó horrorizada.

—En efecto. Los padres creían que si a los indios se les permitía volver a su estado salvaje caerían en pecado una vez más. El castigo era una forma de salvar sus almas. —Su semblante perdió toda expresión cuando añadió—: También se consideraba el aspecto provechoso. Si los indios escapaban no había nadie que trabajara los campos y con el ganado. Las misiones eran organizaciones lucrativas.

Interesada y anonadada, Katherine preguntó:

—De modo que ese vaquero, ese tal Jaime, ¿arriesgó su vida marchándose en busca del tesoro?

—En más de un aspecto. La mala suerte persiguió a los expatriados desde sus primeros pasos en la Sierra de Gavilán. Heridas, pasos en falso, caminos equivocados. Jaime los narraba con mucho dramatismo. Por la noche, el viento los obligaba a encogerse bajo las mantas. Gemía como un hombre presa del dolor. Durante el día los seguía el grito del puma. O al menos ellos pensaban que era un puma, aunque nunca lo vieron. La niebla les helaba los huesos mientras ascendían a tientas por la montaña. Y siguió a Jaime cuando bajó arrastrándose de ella.

La mañana radiante se atenuó bajo el hechizo de la voz grave de Damián y a Katherine le falló la incredulidad. Era como si la niebla entrara por las ventanas del dormitorio y los fuera envolviendo poco a poco, y ella percibía los ruidos de la casa: un crujido del suelo al asentarse, un suspiro cuando la brisa se filtraba a través de los postigos estrechos. Se rodeó la cintura con los brazos para intentar entrar en calor.

—¿Qué les ocurrió a sus compañeros?

—Murieron todos. Encontraron la cueva, que no era más que un agujero en la montaña. Sólo había espacio para entrar serpenteando de uno en uno y su cabecilla insistió en entrar primero. Sus cómplices aguardaron fuera, pero no regresó. Temieron que hubiera encontrado otra salida y entraron uno tras otro. Su cabecilla había desaparecido, tal como sospechaban, pero el tesoro aún estaba allí: oro y vasijas sagradas de la misión. Se lanzaron sobre él como niños sobre un caramelo y sufrieron por su avaricia.

—Esto es una tontería —susurró Katherine para sus adentros, alargó la mano y tiró de las sábanas.

—Los indios fueron cayendo uno a uno. Uno de ellos fue empalado, el otro decapitado. Jaime quedó aplastado, una roca le atrapó la pierna. Tuvo que amputarse él mismo el pie para poder escapar. Hasta el fin de sus días estuvo convencido de que lo habían dejado con vida para que pudiera contar su experiencia y advertir a los posibles cazadores de tesoros. Este tipo de historias fantasmagóricas son una tontería; no obstante, cuando cae la noche, las tonterías se vuelven ciertas —meneó la cabeza—. Este asaltante que te atacó por la noche me asusta por más motivos de los que imaginas.

Katherine se desprendió del hechizo de miedo que Damián había urdido en torno a ella y replicó con brusquedad:

—A mí tampoco me hace ninguna gracia.

—¿Entiendes lo que significa? —insistió él.

A ella se le ocurrían muchos significados, pero supuso que ninguno de ellos era lo que él estaba pensando. Negó con la cabeza.

—Significa que estoy pagando por mi fascinación juvenil por el tesoro. Significa que tendremos que buscarlo nosotros.

—¿Qué? —Salió de entre las sábanas de un salto—. ¿A qué te refieres? Nosotros no queremos ese tesoro.

—No, pero hay alguien que lo quiere. Hasta que lo encuentren o se demuestre irrevocablemente que es un mito, nuestras vidas serán desgraciadas.

—Motivo de más para que me marche —repuso Katherine.

—Oh —entrecerró un ojo y puso cara larga—. ¿Y me abandonarías aquí, enfrentado a semejante amenaza?

—A ti no te amenazaría nadie —le aseguró—. Eres un miembro respetado de la comunidad, un hombre que la semana pasada sin ir más lejos demostró sus capacidades físicas con mucha habilidad en la fiesta. Nadie...

—A Tobias le cortaron el cuello en la calle.

Damián no añadió que hubiera bastado con que le clavaran un cuchillo por la espalda. No le hizo falta.

Katherine desvió su atención hacia la ventana y se quedó mirando por ella hasta que la mano que Damián le puso en el hombro la hizo volverse. Katherine se puso tensa, pero él no hizo más que examinarle el vendaje. Con mucho cuidado fue tirando de la venda y dejó el corte al descubierto.

—Los bordes se han juntado muy bien. Apenas te quedará cicatriz.

Se alejó de la cama para ir a buscar el ungüento y Katherine lo observó con impotente fascinación.

—Bien.

Damián abrió el tarro.

—¿Cuándo tenías pensado marcharte?

—En cuanto el capitán me avisara de que el barco iba a zarpar —le dirigió una mirada fulminante y le preguntó con dulzura venenosa—: ¿Cuándo habría sido eso, don Damián?

Mientras le lavaba la herida con un paño limpio murmuró:

—Perdona, ¿cómo dices?

—Ahora te haces el inocente. Sé que sobornaste al capitán para que no zarpara hasta que pudieras venir a Monterey.

—No fui yo. Fue mi padre. Mi sabio… —le presionó el cuello con firmeza— y noble padre que sabía mejor que tú cuál es la gentileza adecuada cuando abandonas a un amor—. Mientras sujetaba a su rehén con la mano, la desafió a que pusiera en duda su afirmación.

Katherine no tuvo el valor de hacerlo y se limitó a apretar los labios. Damián extendió el ungüento y le puso vendas nuevas en silencio; ella se resistió cuando se inclinó para besarla.

—¿Cómo puedes pensar en dejarme? —le susurró.

Katherine mantenía el brazo rígido contra el cuello de Damián, pero eso no impidió que sus manos le apretaran los hombros, ni podía cerrar los oídos a sus ruegos.

—No soy un explotador de mujeres, y juntos somos más de lo que somos separados.

—Esto no puede ser amor —protestó Katherine, que hizo caso omiso del consuelo que él le ofrecía; se concentró únicamente en mantener la tensión del brazo con el que lo detenía.

—Tal vez no. —Su susurro ronco la sedujo—. Tal vez ahora no seamos perfectos, pero tenemos algo que merece ser explorado.

—No es más que un problema —replicó, pero su beligerancia empezó a flaquear, al igual que su brazo.

—No puedes huir de los problemas. No es propio de ti.

Le centelleaban los ojos y Katherine supo que él también sentía la corriente. Si Damián era lo bastante valiente como para dejar que lo arrastrara, ¿quién era ella para ser medrosa?

—No, no es propio de mí —coincidió.

—Así pues, ¿te casarás conmigo?

«¡De ninguna manera!», pensó para sí, pero en voz alta dijo:

—Me quedaré y ya veremos.

Capítulo 12

¡Casada!

No debería haber aflojado el brazo y dejar que él se tumbara encima. Y sin duda no debería haber dejado que la besara.

—¡Casada!

Esas cejas rectas de Damián eran indicio de algo. Eran indicio del comportamiento del mismo diablo y ella debería de haber sido sensata y prestar atención. Si hubiera prestado atención, hoy sería mucho más feliz.

Bueno, quizá no sería más feliz, pero estaría satisfecha.

Tal vez satisfecha no fuera la palabra adecuada.

Pero estaría tranquila, sabiendo que había hecho lo correcto. Le dirigió una mirada furtiva a Damián, que caminaba a su lado por la plaza del centro de Monterey.

Casada. ¡Oh, Dios santo! Estaba casada y tenía la sensación de que iba estallar de la alegría que la embargaba. ¡Qué embarazoso! ¡Qué efusivo! ¡Qué maravilloso!

Incapaz de contenerse, Katherine deslizó la mano por el pliegue del codo de Damián. Él puso la mano sobre la suya, la miró y sonrió. Katherine pensó que el sol había estallado por detrás de las nubes que se movían con rapidez llevadas por el viento.

Aquel día había hecho feliz a alguien.

Damián la rodeó con el brazo y ella se escabulló.

—A un hombre se le permite abrazar a su esposa —le informó—, sobre todo a una tan hermosa como un zafiro engastado en oro.

Katherine no pudo evitar el gesto de alisarse la falda de su vestido azul nuevo.

—Es muy bonito. ¡Qué suerte que llegara precisamente esta mañana de parte de tu padre! ¿Cuántos vestidos más mandaste hacer para mí?

—A un hombre se le permite vestir a su esposa.

Eso no respondía a la pregunta, pero cuando se acercó a ella y le puso bien el pañuelo de seda que le había atado al cuello, Katherine se olvidó de por qué lo había preguntado.

—Este estilo es muy atractivo —murmuró Damián—. Por lo que oculta —sus miradas se encontraron—. Preveo que lo veremos por todo Monterey ahora que las señoras saben que causa furor en Boston.

—¡Menuda mentira le contaste! —exclamó en tono severo, sin dar muestras del alborozo que sentía—. Dudo que doña Xaviera creyera una sola palabra.

—No, es demasiado astuta —coincidió con una sonrisa de satisfacción—. Sin embargo, Vietta y su madre seguro que tomaron nota. Ahora mismo estarán rebuscando entre sus pañuelos y dándole la lata al señor Gregorio para que les enseñe a atárselos —deslizó las manos por el torso de Katherine hasta su cintura y se acercó más a ella—. Quizá yo también podría enseñarte más... nudos.

—No —lo asió por las muñecas—. No somos las dos únicas personas del mundo. ¿No es verdad, don Julio?

Julio, que caminaba junto a ellos a un paso por detrás con una maliciosa expresión de júbilo, contestó:

—Pues lo disimuláis muy bien.

Damián lo miró con una expresión parecida y le preguntó:

—¿Te estamos dejando de lado, amigo mío?

—Un hombre a quien le han pedido que esté con sus amigos como testigo de su boda no podría esperar otra cosa —les aseguró

Julio—. Sin embargo, no esperaba tener que desvanecerme antes de haber salido de casa del alcalde.

—Eres un exagerado —lo acusó Damián.

—No. De hecho, es la primera boda a la que asisto en la que el alcalde era invisible para los novios.

Damián se rió a carcajada limpia.

—Puede que haya una justificación para lo que dices. No recuerdo mucho de la ceremonia.

Katherine pensó que ella tampoco. Sí que recordaba al alcalde Díaz y que éste respondió con seguridad a la duda que la inquietaba. Había dicho que la ceremonia civil era legal según las leyes de México, pero seguro que los de la Sola celebrarían una ceremonia religiosa más adelante. Damián también había insistido en que comprendiera la necesidad de una ceremonia católica.

La boda en sí no era más que unos cuantos rostros desdibujados y un entusiasmo elemental que Katherine no podía contener. Recordaba haber oído las respuestas firmes de Damián. No recordaba haber dado ella ninguna respuesta, pero ya estaban fuera bajo el sol de la tarde. De un modo u otro debía de haber dicho lo correcto.

—Tú, amigo mío, has perdido todo tu tan cacareado sentido del deber —comentó Julio—. Ni siquiera has preguntado si había noticias del campo de batalla.

Damián cumplió con su obligación con obediencia aunque sin entusiasmo.

—¿Qué se sabe del campo de batalla?

—Castro, con la ampulosidad que lo caracteriza, ha hecho todo lo posible para garantizarnos su victoria.

—¿Otra proclama?

—En ésta se refiere a los norteamericanos como salteadores de caminos y cobardes, y lo que es peor, los llama invitados pobres.

—El mayor de los insultos —dijo Damián con voz cansina.

—¿Y qué dicen los norteamericanos? —preguntó Katherine. Tocó la cadena del reloj para tener suerte. Los conflictos entre norteamericanos y californios, entre el decoro de los ingleses y la vehemencia de los españoles, se alzaba entre los recién casados. Eran las cuestiones sobre las que había advertido a Damián, las cuestiones que no se abandonaban fácilmente, que no se remediaban con el arrebato de pasión que experimentaban entonces.

La preocupación tiró de su felicidad. Damián también lo sintió, pues la tomó de la mano y jugueteó con sus dedos.

Julio los observó con recelo pero sólo respondió a la pregunta:

—Frémont no ha hecho ninguna proclama. No se ha convertido en parte de la sociedad california hasta el punto de poder hacer eso. Se dice que él también anuncia la victoria sobre los bárbaros californios.

Damián se llevó la mano de Katherine a la boca y se la besó. Un estremecimiento la recorrió desde los dedos de los pies directamente al corazón. Se olvidó de Frémont, se olvidó de las nacionalidades, se olvidó de todo menos de sus ansias de retirar el mechón de cabello de la frente de su esposo y dejar que sus dedos se entretuvieran allí.

Julio les hizo una reverencia a ambos con una sonrisa que le iluminaba el rostro.

—Este bárbaro californio intuye que no lo necesitan y que sin duda no lo quieren. Os felicito por vuestra boda. Que viváis mil años juntos. Que todos los días sean de gozo.

—¿No vas a tirarnos granos de trigo? —bromeó Damián—. Eso garantiza la fertilidad, ya sabes.

La alegría se desvaneció del semblante de Julio como por arte de magia.

—No, no es verdad. Felicidades otra vez —se inclinó de nuevo y se marchó con paso resuelto.

Katherine volvió al mundo que la rodeaba. Mucho se temía que habían ofendido a Julio con su ensimismamiento, retiró la mano de labios de Damián con brusquedad.

—Has dejado muy claro a todos los habitantes de Monterey el motivo por el que nos hemos casado con tantas prisas —dio la impresión de que lo regañaba, pero hizo una mueca al recordar su incomodidad—. Cuando hablamos con doña Xaviera esta mañana, me sentí como si viajara por la ciudad en una cama gigante.

—¡Vaya imaginación! Bueno, quizá la señora Gregorio y Vietta pudieron hacerte sentir como una casquivana —admitió—. Creí que pasarían sin decirte ni una palabra hasta que las saludé con la noticia de que nos casaríamos esta tarde.

—Esas mujeres son la antítesis de la cortesía ibérica —reconoció Katherine—. Cuando nos encontramos con don Julio esta mañana, también tuvo ciertos problemas con los modales básicos.

—No fue porque nos estuviera juzgando —le aseguró él—. Durante sus momentos de sobriedad en la fiesta me dio un consejo maravilloso para atraparte.

Katherine se puso tensa.

—¿Hablaste con él de mí?

—Jamás. Julio da muestras de una naturaleza de lo más intuitiva cuando se ve frente a los asuntos del corazón —se corrigió—. A los asuntos del corazón de los demás.

—Se sorprendió cuando le pediste que te hiciera de padrino.

Una vez más apareció la sonrisa irresistible.

—Tenía que ser el único hombre de California que se sorprendiera al descubrir lo que para mí significa nuestra amistad. Yo fui su padrino, ¿sabes?

Katherine negó con la cabeza.

—Tal vez esto le enseñe a no buscar pelea conmigo —señaló los morados de la cara que empezaban a desaparecer.

—Creía que ese morado te lo había hecho yo —le dijo ella con una mirada furtiva y una sonrisa.

Damián sí que la abrazó entonces, la alzó del suelo y le hizo dar vueltas en círculo.

—Déjame —le dio un bofetón con cuidado de no dejarle más marcas.

Damián se rió en voz alta.

—Vamos a ser las dos personas más felices del mundo entero.

Katherine no pudo evitar reírse también. Él siguió girando, más despacio, y la estrechó más aún. Los golpes de Katherine se debilitaron y su sonrisa vaciló. Damián la atrajo hacia sí y Katherine se deslizó hasta que sus pies tocaron la hierba. Sabía que aún tenía la cabeza en las nubes, porque la manera en que él la miraba le hacía olvidarse de todo, y sus labios se encontraron en un beso ardiente.

—¿Katherine?

El sonido de su nombre hizo que se apartara, lenta y dolorosamente, del cielo de Damián.

—¿Katherine Chamberlain? —Un hombre enjuto de estatura mediana salió de entre la sombra de las paredes de la armería y avanzó hacia ellos con aire vacilante.

Katherine, desconcertada, se apoyó en los brazos de Damián y miró a aquel caballero. Lo miró de nuevo con toda su atención.

La brisa marina amenazaba la seguridad del sombrero alto de aquel hombre, por lo que le puso la mano encima para sujetarlo. Los botones tirantes de su chaleco color mostaza dejaban al descubierto el pañuelo verde y dorado más de lo que la moda requería. Llevaba un abrigo hasta las rodillas de un color verde bilioso que el viento hacía golpear contra sus piernas. Los pantalones, de rayas negras y doradas, eran estrechos en la cintura y se hinchaban como las velas de un barco a la altura de los tobillos.

Calzaba unas botas negras. Katherine dejó que su mirada se entretuviera en ellas para descansar de la agresión de color que por lo demás decoraba a aquel joven. Cuando creyó que podía hacerlo, alzó la vista y sonrió con educada contención.

—Primo. —Damián se puso tenso en sus brazos—. Que sorpresa verte.

El hombre al que Katherine llamó primo puso cara de haberse comido un gusano y repuso:

—Lógicamente.

Su desagradable expresión de desprecio hizo que Damián alzara los puños. Si Katherine no hubiera refrenado al hidalgo, ese mamarracho hubiera tenido que recoger los dientes del suelo. A juzgar por su sonrisa afectada, el hombre al que ella llamó «primo» también se dio cuenta. El caballero se quitó la chistera y dejó al descubierto una rígida onda de cabello en lo alto de la cabeza; se inclinó con rapidez para hacer una reverencia.

—Lawrence Cyril Chamberlain —se presentó— a su servicio.

Damián lo saludó con la cabeza con fría cortesía.

—Damián de la Sola —las palabras amables se le atragantaban en la garganta, pero logró añadir en español—: Mucho gusto.

—¿Qué ha dicho, Katherine?

El gimoteo con el que lo dijo hizo que Damián apretara los dientes. Katherine fue consciente de ello. Damián vio un leve atisbo de sonrisa en su expresión cuando respondió con una mentira obsequiosa:

—Dice que está encantado de conocerte.

—¿No habla inglés? —el deseo de que así fuera hizo que aquel petimetre estrujara el ala vuelta de su sombrero.

—Lo habla muy bien, Lawrence —lo informó Katherine.

Lawrence lo consideró y su semblante largo y enjuto se fue torciendo mientras pensaba.

—Sé que esto es California y es un lugar poco civilizado, pero aun así debo preguntar… ¿Por qué te abraza?

—Porque quiero —respondió Damián.

Lawrence se sobresaltó; estaba claro que no había admitido la capacidad de Damián de hablar inglés. Lawrence volvió a dirigirse a su prima sin dejar de mirar a aquel personaje español con recelo.

—Katherine, ¿dónde está Tobias? Nos dijiste que venías aquí para casarte con él. ¿Nos estabas mintiendo acerca de eso?

Damián observó la reacción del joven cuando ella respondió:

—Tobias murió.

El deleite iluminó el semblante de Lawrence. Juntó las manos dando una fuerte palmada.

—¿Ah, sí? ¿Quieres decir que te casaste con él?

—Sí —afirmó.

—¿Y ya te ha dejado viuda? —el regocijo que desprendía su tono de voz era vergonzoso.

—Así es —contestó ella sin inmutarse.

—¡Por la madre Mary McRee! —se abrazó y se echó a reír—. ¡Ya verás cuando se lo cuente a padre! Los Chamberlain sabíamos que acabarías mal en estas tierras salvajes, pero lo que no imaginábamos era que sería tan pronto —ladeó la cabeza—. ¿Cuándo fue?

—Hace casi un año que murió.

Lawrence puso cara de horror. Se quedó boquiabierto y dijo:

—¿Y has estado viviendo aquí sola, en la miseria, sin familia? ¿Cómo te has mantenido? —Inevitablemente, prevalecieron las peores implicaciones de la escena que tenía ante él. Abrió mucho los ojos y luego desvió la mirada de Damián fingiendo modestia.

Mientras Damián lo fulminaba con la mirada, el viento alzó el borde del pelo de Lawrence y dejó al descubierto una calva en la parte de atrás de la cabeza.

Aquel hombre, que era mucho más joven que Damián y sin duda más que Katherine, llevaba un tupé que acentuaba su absurdidad. El pelo que le rozaba el cuello era de un pelirrojo distinto al de la parte superior. Damián supuso que Lawrence se dejaba crecer el bigote hasta la altura del pañuelo para compensar.

—Si nos disculpa —dijo Lawrence en voz alta y tono hostil—. Mi prima y yo queremos hablar a solas.

—Creo que no —repuso Damián con brusca autoridad.

La respuesta pareció desconcertar a Lawrence. Sus conclusiones no incluían más que las peores expectativas. Se quedó mirando fijamente a Damián durante varios minutos hasta que su mente llevó a cabo la siguiente conexión lógica. Señaló a uno con el dedo, luego al otro y balbuceó:

—Usted es su... su...

—Lo soy —reconoció Damián.

Lawrence se metió dos dedos en los bolsillos del chaleco y dio un paso adelante.

—Puede que lo sea, pero yo soy Lawrence Cyril Chamberlain, segundo hijo de la casa de los Chamberlain. Como tal, soy el representante de mi familia en California y le digo que queda usted destituido de su cargo de protector.

El leve regocijo que había sentido Damián se desvaneció al oír que el hombre utilizaba aquella expresión.

—Yo cuido de Katherine —declaró con un marcado sarcasmo que a Lawrence se le escapó por completo; Katherine hizo una mueca.

—Permítame que se lo explique en detalle, buen hombre —replicó Lawrence con desdén—. Sus servicios ya no son necesarios.

Damián perdió el control. Agarró a aquel hombre de la solapa de su suntuoso abrigo verde y lo levantó hasta que estuvo de puntillas.

—Permítame que se lo explique en detalle. Yo estoy con Katherine —sujetó al joven en esa posición, cara a cara, hasta que Lawrence se encogió bajo su ropa. Damián soltó a Lawrence, se limpió los dedos debajo de su nariz y añadió—: Buen hombre.

—Muy bien —Lawrence se puso bien el chaleco—. Tenemos que negociar. ¿Hay algún lugar donde podamos tener más privacidad? —paseó la mirada por la ciudad con aire desdeñoso, pero su dignidad había sido mancillada y se caló más la chistera. El ala descansaba sobre sus orejas grandes y pecosas.

—Ahora no debería volársele —comentó Damián. Lawrence lo miró con aire severo y Damián señaló la casa del alcalde—. Ése sería el mejor lugar para que, esto… negociemos.

Tomó a Katherine del brazo y la condujo de nuevo al lugar del que acababan de salir, el lugar en el que habían contraído matrimonio. Lawrence caminó a su lado, pero a distancia, como si el contacto fuera a contaminarlo.

—¿De dónde venías, Lawrence? —le preguntó Katherine.

—De ese barco —señaló hacia el puerto y se volvió a mirar. Por detrás del presidio se distinguía el extremo del mástil, al lado del mástil del barco que habría tomado Katherine para volver a Los Ángeles.

Dicha embarcación se estaba haciendo a la mar con calmada majestuosidad.

Le dio tal pellizco en el brazo a Damián que lo hizo gritar y acto seguido le preguntó con ávida curiosidad.

—¿De dónde sacaste tiempo para enviarle un mensaje al capitán para que zarpara?

Damián sabía que no había una buena respuesta. Nada de lo que dijera aplacaría su resentimiento, de modo que se encogió de hombros y le contó la verdad:

—Le dije a la señora Zollman que el capitán podía zarpar cuando quisiera.

Catherine alzó el mentón y repuso:

—La próxima vez que quiera embarcarme será con un capitán que no se deje sobornar.

—La próxima vez que quieras embarcarte... —empezó a decir Damián. La sonrisa de satisfacción de Lawrence lo silenció. Al hacer público su desacuerdo frente a Lawrence echaban a perder la imagen de un frente unificado y, por la expresión dolida de Katherine, Damián vio que ella también se daba cuenta. Llamó a la puerta del alcalde y entraron cuando una voz les dio la bienvenida.

El alcalde y su esposa levantaron la mirada y quedaron perplejos al ver regresar a los recién casados.

—Si vienen para una anulación debo decirles que es demasiado pronto —bromeó el alcalde Díaz en español.

—No es para una anulación, alcalde —dijo Damián también en español—. Es para un permiso de asesinato. Éste es uno de los parientes de mi esposa, y para colmo es un liante.

Ambos se rieron y la señora Díaz preguntó:

—¿Acaso han ido a vivir con usted todos los parientes de doña Katherina?

—Todavía no —contestó Damián con un suspiro de fingido alivio.

El alcalde Díaz asintió.

—Ah, sí, al menos el resto de su familia política está lejos de aquí. Podría tener la suerte de contar con toda una familia de... —Su esposa lo miro y alzó la mano— de parientes políticos encantadores. ¿Qué pensabas que iba a decir, querida?

Su esposa lo reprendió y Katherine sujetó la puerta de la antesala que aún estaba decorada con las flores de su boda. Su ofendido primo, que sospechaba que todos se estaban riendo de él, entró por delante de ella.

—No sé por qué esta gente no puede hablar inglés —comentó en tono quejoso.

—¿Porque están en territorio mexicano? —sugirió Katherine—. ¿Porque se criaron hablando español? Quizá aprendas un poco el idioma mientras estás por aquí.

—¡Oh, por favor! —se llevó a la nariz un pañuelo de bolsillo de color verde bilioso—. Para ti es fácil. Tú siempre hablaste todos esos extraños idiomas extranjeros, de todos modos. A mí me costó aprender suficiente latín para aprobar mis cursos de derecho. Espero no estar aquí mucho tiempo.

—¿Vas a volver en el mismo barco con el que viniste? —inquirió Katherine al tiempo que tomaba asiento en una de las frágiles sillas de la antesala.

—Podemos volver los dos. —No perdía de vista a Damián, que se había quedado junto a la puerta con los brazos cruzados sobre el pecho.

Katherine hizo un gesto a su primo para que se sentara en otra silla que había junto a un delicado pedestal adornado con una vasija griega.

—¿Y por qué iba a querer regresar a Boston?

—¿Qué por qué ibas a querer regresar a Boston? —Lawrence fue subiendo el tono de voz mientras repetía la pregunta e hizo que pareciera la más absurda que había oído jamás—. ¿Y por qué ibas a querer quedarte aquí? Esto es el puesto avanzado de la nada —dirigió una mirada al protector de Katherine, pero Damián no quiso mostrar expresión alguna. Entonces habló con rapidez con la esperanza de confundir al guardián impasible—. Aquí no se puede aprender nada, no hay belleza, no existe la civilización. Está lleno de extranjeros que chismorrean con grosería en un idioma que ninguna persona normal podría entender. Me dicen que este burgo es la capital y ni siquiera tienen calles pavimentadas. Ni siquiera hay calles. Lo más probable es que ni siquiera haya abogados.

Por lo visto aquélla era la ofensa más grave, pero Katherine agachó la cabeza y soltó una risita.

—¡Oh, Katherine! —Lawrence se inclinó hacia ella y le tomó las manos—. ¿Es que has perdido todo el sentido de justicia? ¿No ves que si hubiera abogados en esta aldea olvidada de Dios, este gamberro de ahí no se hubiera atrevido a ponerme las manos encima? ¡A mí, Lawrence Cyril Chamberlain!

—No he perdido mi sentido de justicia, Lawrence —se soltó las manos de un tirón—. De todos modos, todavía no he llegado a entender qué tiene que ver la ley con la justicia —mientras Lawrence digería sus palabras, le preguntó—: ¿Por qué has venido? Es una travesía muy larga, y cuando me marché de Boston el tío Rutherford y la tía Narcissa dejaron muy claro que no debía volver jamás. ¿Por qué estás aquí?

—Ah. Bueno. Eso —Lawrence se irguió en su asiento, volvió a ponerse bien los puños y recitó con rápido detalle—: La familia Chamberlain no puede pasar por alto su deber cristiano, pese a la ingratitud y decepción que Katherine nos ha reportado. Katherine es, al fin y al cabo, la hija del único hermano de mi padre y nuestra pupila. La familia Chamberlain sabe que sin duda se ha metido en problemas. Y lo has hecho, ¿no es verdad? —la miró con expresión radiante, como si la joven hubiera cumplido una maravillosa profecía, y acto seguido retomó sus confusas acusaciones—. Katherine no puede seguir ignorando la deuda que tiene con nosotros y, agradecida, volverá a vivir en nuestra casa para el resto de su vida. ¡Ya está! —se relajó contra el respaldo, apoyó los codos en los brazos de la silla y juntó las manos uniendo las yemas de los dedos.

—Muy buen trabajo, Lawrence —lo aplaudió Katherine sin dejarse impresionar—. ¿Quién te pidió que dijeras todo eso?

—Fue madre, por supuesto —le dirigió una amplia sonrisa—. A ella siempre se le dieron bien las palabras, a veces creo que incluso más que a padre.

—Sí, ya lo creo —coincidió Katherine—. Nunca olvidaré lo

bien que se le daban las palabras —se puso de pie y se sacudió la falda—. Ahora ya has dicho lo que tenías que decir. ¿Vas a regresar al barco?

Lawrence se levantó de un salto, aliviado al ver lo fácil que le había resultado cumplir con su misión, y le preguntó:

—Así pues, ¿recogerás tus cosas y vendrás de inmediato?

—De ninguna manera. No tengo intención de volver contigo, pero si quieres escribiré una nota para mis tíos informándoles de que su pequeño cumplió con su deber.

Damián se preparó porque estaba seguro de que la insolencia de Katherine provocaría un estallido de violencia física en Lawrence. Pero ella conocía a su primo. Éste resopló como una máquina de vapor y rodeó su silla. Se detuvo delante de Katherine pero miró a Damián.

—Prima, prima. No lo entiendes. Estás perdonada. Te recibiremos de buen grado de vuelta al seno de nuestra familia, igual que antes.

Resultó evidente que hubo algo, la expresión del rostro de la joven o los propios recuerdos de su primo, que le hizo añadir:

—Mejor que antes. Lo estuvimos hablando, mis hermanas, hermanos y yo. Ahora somos mayores. No te pegaremos. Dejaremos que tengas tu propia habitación, en el mismo piso que las de mis hermanas. Te tenemos reservada una habitación. No tendrás que quedarte en ese ropero caluroso. Madre tiene muchas ganas de que regreses y ha mandado hacerte unos vestidos nuevos —vacilante, recorrió con la mirada el vestido del color de una gema que Damián le había regalado para la boda—. Padre se queja de que ya no hay nadie que le pida prestados sus libros. ¿Puedes creer que se esté quejando de eso? —continuó rápidamente antes de que ella pudiera responder—. Ahora tenemos criados suficientes. No tendrás que ayudar en la cocina.

—¿Y tenéis pasantes suficientes para que no tenga que ayudar más en el bufete? —inquirió Katherine con aspereza.

Lawrence se movió con incomodidad.

—Por supuesto que no tienes que ayudar en el bufete. Pero a ti siempre te gustó. ¿Recuerdas? Siempre encontrabas los precedentes antes que yo, recitabas las leyes mejor que yo y solucionabas los casos mejor que yo. Tendrías que querer ayudar en el bufete —echó un vistazo a su sonrisa incrédula y tragó saliva—. ¿No?

—Jamás. En mi vida volveré a estafar a otro inmigrante ni un solo penique de los que tanto les cuesta ganar. Tengo pesadillas sobre los que ya he arruinado.

—Vaya, es como si estuviera oyendo a tu padre —se mofó él.

A Katherine se le iluminó el rostro de placer.

—Eso espero. Lawrence, ha sido un esfuerzo muy valiente por tu parte, pero me temo que ha sido en vano. Aquí estoy. Aquí me quedo.

Su primo fue cambiando el peso del cuerpo de un pie a otro.

—De acuerdo. No quería hacerlo, pero vamos a hablar claro. No tienes manera de mantenerte. Como cabeza de la familia Chamberlain en California, debo insistir en que rompas tu relación con este... —hizo un movimiento brusco con la cabeza en dirección a Damián— este mexicano.

—Me temo que no es posible.

—¿No es posible? Lo que estás haciendo es una abominación para Dios y para los hombres. En una sociedad educada te despreciarían. ¡Te lapidarían! —Alzó el dedo en el aire como una estatua de rectitud moral—. ¿Qué ocurrirá cuando se desvanezca tu atractivo? Madre siempre dijo que tenías una belleza ordinaria, pero también decía que las rubias envejecen pronto. Este hombre no tardará en echarte de su casa y serás una paria, y embarazada, sin duda.

—Lawrence —Katherine le puso la mano en el brazo que él alzaba—. Estamos casados.

Detuvo el brazo en el aire y la miró con repugnancia.

—Es imposible.

Katherine aguardó a que asimilara la verdad.

—No puedes estar casada. ¿Qué dirá la familia?

—Es algo que debe tomarse en cuenta, sin duda.

—Exactamente —Lawrence se percató del aire un tanto diverti-do de Katherine y se rió con nerviosismo—. Estás de broma.

—En absoluto. Estoy casada.

—¿Con él? —señaló a Damián. Se esforzaba por no perder pie en aquella situación cambiante—. Bueno, no podéis llevar casados mucho tiempo, ¿no es verdad?

—Nos casamos esta mañana —le informó.

Un alivio enorme hizo que Lawrence se dejara caer nuevamente en la silla.

—Entonces no hay problema. Haremos que se anule.

Damián cruzó la mirada con Katherine y al recordar la adver-tencia del alcalde estallaron en carcajadas al mismo tiempo.

—¡Bien! ¡Bien! —balbuceó Lawrence.

Katherine le puso la mano en la rodilla para calmarlo.

—Lo siento, primo, pero no puedes entenderlo.

—Entiendo que no has tenido noche de bodas —dijo él con in-dignación. Katherine retiró la mano de su rodilla. Lawrence insis-tió—: ¿La has tenido?

Damián se disgustó al ver que Katherine agachaba la cabeza y se sonrojaba.

Lawrence se levantó de un salto, más alterado que nunca por la supuesta prostitución de su prima.

—¡Vaya, eso es maravilloso! Hace prácticamente imposible anu-lar este matrimonio.

Damián decidió que había llegado el momento de intervenir y sentenció:

—Nadie va a anular mi matrimonio.

—Padre no lo aprobó. ¿Es que aquí no hay ningún respeto por el deber familiar? —preguntó Lawrence.

Damián pensó que aquello era demasiado. Si aquel idiota remil-gado no regresaba a Boston en el siguiente barco, las leyes de la hospitalidad california estaban de su lado. Como pariente que era, Lawrence podía vivir en casa de los de la Sola para siempre si que-ría. Damián prometió:

—Voy a cuidar de tu prima lo mejor que pueda, siempre.

—Ah, es eso —las pecas resaltaban en su rostro colorado—. Se ha enterado de lo rica que es la familia Chamberlain. Va a pedir dinero. No es más que un aventurero.

Damián se relajó de nuevo contra la puerta y logró sonreír con un aire burlón que enfureció a Lawrence.

Katherine no se tomó el insulto a los de la Sola con una indiferencia tan displicente.

—Lawrence, no sabes lo que estás diciendo.

—¡Ah! No lo sé, ¿eh? —Lawrence agitó el dedo frente a Katherine—. Este hombre es sin duda un aventurero. ¿Por qué iba a quererte si no?

A Damián ya no le hacía ninguna gracia todo aquello y se apartó de la puerta.

—Tenga cuidado con lo que le dice a mi esposa.

Inmerso en su despliegue imaginativo, Lawrence no tuvo el tino de preocuparse.

—No me sorprendería, prima, que tú no lo hubieras planeado. Es una oportunidad de beneficiarse de tu relación con la familia Chamberlain. Arrastrarías a este... este advenedizo hasta Boston contigo y nos harías chantaje para mantenerlo en secreto.

—Lawrence, estás pisando terreno peligroso —Katherine apretó el puño. Su semblante ceñudo hubiera hecho que el señor Smith se acariciara la nuez.

—Así pues, es cierto —se quejó Lawrence—. Todas las cosas nefastas que madre predijo sobre ti se han hecho realidad. Te has casado con un inútil despreciable y mira —señaló el pañuelo que la joven llevaba en el cuello—, ya ha intentado estrangularte. A pesar de todos los esfuerzos de madre por educarte, has caído tan bajo como tus padres.

Damián atrapó el puño de Katherine en el aire.

—Te has convertido nada menos que en una puta descarada.

Fue el puño de Damián el que alcanzó el objetivo, justo en los labios estrechos del hombre de Boston. Lawrence se dio contra la silla con tanta fuerza que la frágil madera se rompió y lo tiró al suelo. Damián lo agarró de las enormes solapas y lo levantó del suelo. Sujetándolo cara a cara, le dijo:

—¡Estúpido! —y lo golpeó de nuevo.

Lawrence agitó las manos cuando tropezó con el pedestal. La magnífica vasija saltó por los aires, cayó en la chimenea y se hizo pedazos. Los fragmentos salieron despedidos por la habitación.

Katherine gritó:

—¡Don Damián, por favor! Estás destrozando el atractivo recibidor de la señora Díaz.

Lawrence se limpió la sangre de la cara y gimoteó:

—¿Eso es lo único que sabes decir? —se calló y movió la mandíbula. Cuando estuvo seguro de que funcionaba bien, se quejó en voz más alta—: ¿Me está pegando y lo único que sabes hacer es preocuparte por un puñado de muebles horribles?

—Podrías defenderte —le aconsejó Katherine sin compasión—. Es lo que hacen los hombres.

Él se levantó como pudo y replicó:

—Tu sentido de la decencia está muerto, ¿me oyes? ¡Muerto!

—¿Es que no aprendes nunca? —Damián lanzó el brazo otra vez. Fue más un bofetón que un puñetazo, pero Lawrence se tambaleó con el estupor de un borracho y se desplomó contra el pedestal, que a su vez cayó debajo de él.

La puerta del recibidor se abrió de golpe al tiempo que la madera se astillaba en torno a él y la señora Díaz lanzó un grito histérico:

—¡Mi vasija!

—Te dije que no debías hacerlo —dijo Katherine cuando Damián la alejó del primo que gimoteaba y se la llevaba a la sala de estar.

Damián no le hizo caso.

—Señora, lamento mucho haber estropeado su antesala —le hizo una reverencia tan encantadora que la dama se detuvo en mitad de su indignación—. Ese canalla insultó a mi esposa. Mi esposa, el amor de mi vida, y le habló sin respeto. No podía permitirle que continuara. ¿Lo entiende?

Ella lo entendía, por supuesto. Juntó las manos en el pecho y dijo medio extasiada:

—¡Qué romántico!

El alcalde la rodeó con el brazo.

—¿Te acuerdas? —le preguntó.

Damián le guiñó un ojo intranquilo a Katherine. Ella fue dando traspiés a un rincón de la habitación y se sujetó el estómago con el brazo. Con la otra mano se tapó la cara y le temblaron los hombros.

La pareja se dirigió a la puerta de la antesala y el alcalde chasqueó la lengua.

—¡Qué desperdicio! Unos muebles tan bonitos…

—Se los pagaré, por supuesto —Damián empezó a acercarse a Katherine—. De hecho, señora, si quiere ir a la casa que mi padre tiene en la ciudad y contarle lo ocurrido al ama de llaves, puede llevarse todo lo que desee.

—¿Se encuentra mal? —susurró el alcalde, que dirigió un gesto de la cabeza hacia Katherine.

—Creo que no —Damián tuvo una sospecha embarazosa que reemplazó su temblor de alarma inicial.

—Esas lágrimas —dijo el alcalde— son por… —y señaló con el pulgar.

Damián apartó los dedos de la cara a Katherine para comprobarlo. Era tal como había imaginado y apenas podía esperar para llevársela de casa de los Díaz. Hizo un comentario que no le comprometía:

—Los lazos de sangre son muy fuertes —le empujó el rostro contra su camisa y la abrazó. Fue avanzando con cuidado y la acompañó a la salida—. La llevaré de vuelta al lugar donde pueda dar rienda suelta a sus emociones —tras dejar atrás el porche, el clamor ahogado en el pecho de Damián empezó a filtrarse—. A doña Katherina le afecta mucho ver sangre.

Unos rostros atónitos lo miraron desde la puerta en tanto que se oían los sonidos que hacía Katherine, que sin duda eran risas.

—Aunque no la sangre de su primo —concluyó Damián con seriedad.

31 de mayo, año de Nuestro Señor de 1777

«Esta mañana nos alcanzó la causa de nuestro dolor. Las mujeres indias devotas nos siguieron por las montañas. Eran ellas las que hacían el ruido que oyó fray Patricio anoche y que le provocó la muerte. Las tres mujeres se acercaron a nosotros de rodillas, sin duda temerosas de nuestra ira, pero fray Lucio y yo estábamos tan afligidos que no pudimos hacer más que hablarles con aspereza.

Cargaban unas bolsas a la espalda y las vaciaron a nuestros pies. Nos trajeron oro, enormes pepitas de oro, suaves al tacto. Nos trajeron sacos de polvo de oro e incluso cuarzo veteado de oro. Está claro que creen que podemos transformar este cuarzo en el metal puro. En sus mentes primitivas, esta abundancia de oro compensará la pérdida de nuestros hermanos.»

Del diario de fray Juan Esteban de Bautista.

Capítulo 13

—No es un advenedizo —la pronunciación de Lawrence sufría las consecuencias de los labios partidos por los golpes de Damián. La nariz hinchada, que sin duda había sido a causa de su caída, aumentaba su acento nasal de Boston.

Nada de eso afectó su determinación y ésta no afectó en absoluto a Katherine, que caminaba en torno a la cama de la casa de huéspedes con un montón de ropa bajo el brazo.

—Cualquier idiota vería que don Damián es un caballero. Si me hubiera tomado un momento para mirarle las botas me habría dado cuenta. Quiero decir que ahora mismo está ahí afuera aceptando su caballo de algún que otro mozo de cuadra.

—¿Del mozo de los Estrada?

—Supongo. Ese animal es un caballo muy hermoso, hasta yo puedo verlo. Pero perdí los nervios cuando no quisiste regresar de inmediato. Supuse que verías las cosas a mi manera. Me imagino que es mi padre que sale de mí —se rió con nerviosismo y la siguió hasta el arcón flamante que estaba contra la pared con la tapa levantada—. No me lo echarás en cara, ¿verdad?

—No es una prostituta. Cualquier idiota se daría cuenta. Es un apreciado miembro de nuestra familia. Estoy seguro de que comprenderá mi sorpresa al enterarme de que se había quedado viuda y se había vuelto a casar. Quizá me tomé demasiado en serio mi responsabilidad. No me lo echará en cara, ¿verdad?

Damián tensó las cinchas de la silla de montar y no hizo caso de Lawrence.

—Tal vez lo ofendí con mi preocupación impaciente. Quizá aún esté ofendido, y no le culpo. Me comporté como un imbécil. Pero ahora me comporto como un pariente preocupado. Corren rumores de que anoche un asesino atacó a Katherine.

—Doña Katherina.

Lawrence miró a Damián y parpadeó.

—¿Qué?

—Debería llamarla doña Katherina. Es una señal de respeto.

—Pero si es mi prima, y yo...

Damián dirigió su fría mirada al rostro de Lawrence.

Éste tragó saliva y su garganta ascendió y descendió junto con su coraje.

—Claro, por supuesto. Las mujeres casadas se merecen un respeto. Supongo que en realidad ahora su nombre es señora Sola.

—Señora de la Sola, pero como pariente suyo se le permite llamarla doña Katherina. —Damián ató las bolsas en la parte de atrás de la silla.

—Claro, por supuesto. Como iba diciendo, los rumores dicen que a doña Katherina... —sin duda a Lawrence no le sabía nada bien aquel nombre— que a doña Katherina la atacaron la otra noche. Recorrer el camino desde aquí hasta su granja...

—Rancho.

—¿Eh? ¡Ah! Hasta su rancho cuando el sol se está poniendo es un acto temerario.

—Puedo cuidar de doña Katherina.

—No lo dudo. No lo he dudado ni por un minuto. Sólo pensaba que, si se empeña en salir a esta hora de la tarde, podría cabalgar con usted y proteger...

—¿Tiene caballo?

Katherine se acercaba con paso resuelto llevando una bolsa en cada mano y Lawrence le preguntó irritado:

—¿Este hombre te deja terminar las frases alguna vez?

Katherine le pasó su bolsa de viaje nueva a Damián.

—¿Te está interrumpiendo, Lawrence?

—Sí.

—Prueba a decir algo que valga la pena escuchar —le aconsejó ella al tiempo que montaba en la silla de mujeriegas con la ayuda de Damián.

Éste enganchó la bolsa en el pomo de su silla, subió de un salto en *Confite* y repitió:

—¿Tiene caballo?

—Bueno, no, pero…

—Pues adiós —saludó a Lawrence con el sombrero y le hizo un gesto a su esposa para que fuera delante. Enfilaron el camino que salía de Monterey en dirección sudeste y Lawrence avanzó junto a ellos a paso ligero.

—Podría conseguir un caballo.

Ellos incrementaron la velocidad.

—Es peligroso andar por ahí de noche —Lawrence se quedó atrás—. Puede que ni siquiera sea seguro de día.

Katherine se inclinó sobre el cuello de su caballo y lo animó a ir más aprisa.

—Sé empuñar una pistola —gritó Lawrence desde atrás.

Damián aminoró el paso.

—¿Sabe? —le preguntó a Katherine.

—Una vez disparó contra un espejo porque pensó que su reflejo era un ladrón —repuso ella categóricamente.

Damián espoleó a *Confite* para mantener el paso con su esposa, que cabalgaba como si la persiguieran los fantasmas de su pasado. Cuando ya se encontraban bastante lejos, Damián le hizo señas para que aminorara la marcha. Cruzaron una sonrisa de compañerismo con la vergüenza traviesa de dos niños que huían de una obligación desagradable.

—Ya no puede alcanzarnos —dijo Damián.

—Me preocupaba que lo hiciera —repuso ella—. Pero de lo que huyo es de mi propia indulgencia.

Damián se figuró cuál era su dilema y meneó la cabeza con gesto de advertencia.

—No me digas que...

—No quiero, pero siento lástima por Lawrence. Pobre bobo.

—Te llamó puta.

—Siempre ha sido torpe, pero nunca valiente. Es el hijo más lamentable de la lamentable familia Chamberlain.

—No quiero que venga. Si no nos deshacemos de él ahora nos seguirá hasta el fin del mundo —le advirtió.

—No sabes cuánta razón tienes. No se atreve a regresar a Boston sin mí. Les tiene demasiado miedo a sus padres.

—¿Qué clase de familia es ésa? —preguntó Damián con perplejidad—. Son crueles contigo. Asustan a su hijo.

—Lo mandaron a por mí porque es el miembro más fácilmente prescindible de la familia —Katherine movió la cabeza en señal de asentimiento al ver la expresión horrorizada de su marido—. Es bastante inútil. Su trabajo como abogado es descuidado. No aguanta la bebida. Las chicas se ríen de él a sus espaldas. Su crueldad no está a la altura de la calidad de los Chamberlain.

—Ha sido amable contigo.

—Exactamente. Esta compasión que muestra de vez en cuando es la que lo hace tan reemplazable a ojos de su padre —volvió la vista atrás—. Si alguien nos sigue los pasos, Lawrence no nos haría ningún bien. Se desmayaría si se viera ante el rostro espantoso que me atacó anoche.

Damián se rió mientras cabalgaban bordeando las marismas de agua salobre que daban su nombre a Salinas. Ya habían recorrido un buen trecho del sendero que transcurría junto al río cuando preguntó:

—¿Por qué tienen tantas ganas de que vuelvas?

—Se están quedando sin dinero —contestó Katherine con una sonrisa burlona.

—¿Cómo dices?

—La verdad es que se me da muy bien el derecho.

Le dirigió una mirada desafiante pero Damián se limitó a murmurar:

—Se te daría bien cualquier cosa que te propusieras.

Katherine respondió con una inclinación de la cabeza.

—Gracias —dio unas palmaditas en el cuello a su caballo mientras consideraba la mejor manera de explicarlo sin alardear—. El éxito de mi tío como abogado era modesto antes de que me mudara a su casa. Era lo bastante competente como para estafar a la gente que no tenía abogado propio y quitarles el salario que tanto esfuerzo les costaba ganar. Sin embargo, cuando se enfrentaba a otro abogado, carecía de astucia verbal y sus alegatos no lo sacarían ni de una ratonera.

—No tienes muy buen concepto de tu tío.

—Es un matón, un maestro en encontrar el punto débil de las personas y explotarlo. Fíjate en los resultados. Fíjate en Lawrence —la mano que daba palmaditas al caballo se aferró a su crin—. Fíjate en mí.

—¿En ti?

Damián parecía sorprendido y Katherine vio que le sonreía. Una sonrisa dulce, de ánimo.

—Sí, en mí. Hay quien dice que tengo tendencia a levantar la barbilla y desafiar a alguien a que me dé un puñetazo en los dientes.

—¿Quién iba a decir tal cosa?

—Mi madre. Decía que no entendía por qué pero que con quince años me volví beligerante —meneó la cabeza mirándose los dedos que se aflojaban sobre la crin enredada y la peinaban luego—. Creo que la pobre pensaba que había dado a luz a un duende.

—Creo que la pobre eso hizo.

Katherine vio algo en su mirada que la indujo a centrar la atención en la marcha. Se aclaró la garganta y dijo:

—En fin, la cuestión es que el fantástico éxito del tío Rutherford como abogado empezó cuando fui a vivir a su casa y empecé a redactar sus argumentos legales. Enderecé la fortuna de los Chamberlain cuando me hice cargo de la contabilidad y las inversiones. Hace casi dieciocho meses que me marché. Tiempo de sobra para que mi pródiga familia se haya precipitado al borde de la quiebra.

Damián dio un silbido.

—Por supuesto que quieren que vuelva —añadió ella con toda naturalidad.

Damián agarró las riendas de la montura de Katherine para acercar su caballo a *Confite*.

—¡Don Damián! —exclamó, y recibió una mirada de advertencia.

—Puede que te quieran de vuelta, pero te tengo yo. Ni se te ocurra pensar que tienes alternativa a nuestro matrimonio —se puso de pie en los estribos para besar los labios sorprendidos de su esposa. Damián se volvió de nuevo hacia el camino y salió al galope. Katherine se esforzaba para seguirle el ritmo y oyó su voz en el viento que se quejaba—: Con semejante familia y estabas dispuesta a dejarnos para volver a Boston. Una mujer como tú podría hacer pedazos el orgullo de un hombre.

Katherine lo fue siguiendo hasta que a él se le fue pasando el arrebato de resentimiento. Cuando Damián aminoró la marcha y estuvo a su lado, ella le dijo:

—No iba a volver a Boston.

Él frenó su caballo con tanta brusquedad que el animal estuvo a punto de sentarse.

—¿Cómo dices?

—No iba a volver a Boston —repitió amablemente—. Iba a tomar el barco que va a Los Ángeles y buscar empleo allí en alguna casa…

Damián la apuntó con un dedo e insistió:

—No quiero oír ni una palabra más. Cuando pienso que yo hubiera ido hasta la casa de tu familia… —meneó la cabeza como si no pudiera soportar la idea.

—A la larga todo es para bien —dijo ella con un buen humor vigorizante —señaló el sol que se hundía en el horizonte—. ¿Dónde vamos a pasar la noche?

—La hacienda Cardona está cerca. Nos detendremos allí.

Katherine hundió los hombros pero accedió.

—¿No te gustan los Cardona? —preguntó él con preocupación—. Son una pareja mayor y aburrida, lo sé, pero son buenos amigos de mi padre.

—No es eso —Katherine lo miró por el rabillo del ojo—. Pero brindarán por nuestro matrimonio. La comida será larga y después de anoche…

—Estás cansada. Por supuesto, les diré...

—¿Qué? ¿Que somos recién casados y queremos irnos pronto a la cama?

—Ah —se acarició el bigote para ocultar una sonrisa burlona—. Ahora veo tu preocupación —le echó un vistazo—. Vamos. Les diré que tenemos que levantarnos con las gallinas o de lo contrario no llegaremos a casa antes de anochecer.

—¿Antes de anochecer? Deberíamos estar en el rancho de la Sola a mediodía.

—Les diré que eres una mujer delicada que requiere muchos descansos.

—No sé qué es mejor —comentó Katherine.

—Tendrá que servir.

Julio entró con paso resuelto en la cantina de Monterey. El murmullo de las conversaciones se interrumpió mientras los bebedores miraban detenidamente al recién llegado. Sólo había cuatro mesas ocupadas y Julio devolvió los saludos en español que le dirigieron desde tres de ellas. Nadie le invitó a sentarse con ellos; era una reacción a la que ya estaba acostumbrado. Las ventanas minúsculas evitaban que el sol de la tarde entrara en exceso y Julio miró al ocupante de la cuarta mesa para identificarlo. Satisfecho, retiró una silla y tomó asiento. En el rincón más oscuro había un hombre encorvado sobre la barra, pero no era el hombre que Julio había ido a ver.

Lawrence Cyril Chamberlain alzó su rostro ceñudo de una copa de brandy.

—Nadie le ha pedido que viniera. ¿Qué quiere?

Julio respondió a su grosería con una sonrisa. Se acomodó contra el respaldo alto y duro y le dijo en inglés:

—He venido a ayudarle. ¿No es eso lo que quiere?

—¿Con qué?

—Con lo que sea que necesite que se haga —se inclinó para acercarse más al rostro de Lawrence—. Esta mañana estaba hablando de su prima Katherine y de que pagaría a cualquiera que la capturara y la metiera en el barco rumbo a Boston.

Lawrence echó el labio hacia fuera.

—Sí, así es.

—Bueno, pues yo soy amigo de Damián. Un buen amigo de Damián.

—¿Y?

—Podría ayudarle.

—Si tan amigo es de ese Damián, ¿por qué querría ayudarme? —le preguntó Lawrence en tono malhumorado—. Nadie más lo haría.

—Porque soy un amigo pobre de Damián. El dinero —se frotó las yemas de los dedos— siempre es bienvenido.

El norteamericano alzó la voz con incredulidad.

—¿Traicionaría a su amigo por dinero?

—Por supuesto. ¿Qué otro motivo existe? —preguntó Julio, sorprendido.

—¡Bueno, esto ya me gusta más! —Se dio una palmada en la rodilla. Hizo una mueca de dolor, alzó los nudillos y se los examinó. Extendió la mano hacia Julio—. ¿Lo ve? ¿Ve lo que me hizo ese animal? Me golpeó.

Julio entrecerró los ojos para ver las heridas que tanto indignaban a Lawrence.

—¿Se hizo daño en la mano al devolverle el golpe?

—No —contestó Lawrence, impaciente con tantas tonterías—, me hice daño en la mano al parar la caída.

Julio empezó a toser con una angustia inexplicable y unas cuantas toses sacudieron también las otras mesas. Se inclinó de nuevo hacia Lawrence.

—Quizá sea mejor que bajemos la voz.

Lawrence miró a los desaliñados clientes de la cantina.

—¿Quiere decir que hablan inglés?

—Tal vez. Es probable.

Lawrence miró de reojo con lo que fue una parodia de cautela.

—Vamos a dejar esto claro. ¿Cree que puede entregarme a Katherine antes de que zarpe el barco?

—Si no este barco, el siguiente.

—Cuanto antes mejor. Quiero salir de este lugar atrasado. —Julio lo miró fijamente y Lawrence se apresuró a añadir—: Katherine también querrá, en cuanto se haya ido.

—A cambio, quiero dinero. Monedas de oro. La mitad ahora y la otra mitad a la entrega.

Lawrence entrecerró los ojos y dijo:

—¿Cree que soy idiota? Se llevará el dinero y no volveré a verle.

—Estupendo —Julio se levantó—. Busque a otro que le haga el trabajo sucio.

El norteamericano cogió a Julio de la manga.

—Aguarde un minuto. Hablemos.

Cuando Julio se marchó, lo hizo con una sonrisa agradable en la cara y un tintineo en el bolsillo. Lawrence se quedó mirando la puerta muy poco convencido.

Por detrás de él oyó una voz grave que le dijo:

—Me pregunto si verá algo positivo de ese dinero.

Katherine, descansada pero insatisfecha, entró en el patio de la hacienda de los de la Sola a mediodía y entregó las riendas a un mozo de cuadra. Don Lucian estaba en el porche con ojos centelleantes.

—Así pues, doña Katherina, has decidido volver con nosotros después de todo.

Ella subió las escaleras dando un tirón a sus faldas y alzó la mejilla para que el hombre la besara.

—Sí, papá, así es.

Don Lucian la estrechó en un abrazo sorprendido.

—¿Papá? ¿Papá? ¿Me llamas papá? ¡Damián! —le gritó a su hijo, que se había detenido al pie de las escaleras.

—¿Te has casado con esta chica?

—¿No te alegras? —le preguntó Damián con fingida inocencia.

—Por supuesto que me alegro. Pero, ¿y la boda? No hemos celebrado una boda. Tu madre te daría una azotaina. —Don Lucian siguió rodeando a Katherine con el brazo al tiempo que se acercaba al banco de porche. Le puso la mano en el hombro para instalarla a sentarse y luego tomó asiento a su lado—. Casados. ¡Ay! Se ha cumplido mi mayor esperanza. Mi hijo Damián tuvo por fin el buen juicio de pescar a la orgullosa doña Katherina —se dio en las rodillas con las manos abiertas—. Había perdido la esperanza de ver este día.

—Bobadas —Katherine fue brusca—. No fue la desesperación la que le hizo sobornar al capitán del barco para que permaneciera en Monterey.

Don Lucian dirigió una mirada de reproche a Damián.

—No tenías que contarle eso.

—No necesito asumir la responsabilidad de tus pecados. Los míos ya son abundantes —Damián se palpó los bolsillos como si buscara algo.

—¿Necesitas un cigarro, don Damián? —le preguntó Katherine con aspereza.

Él no le hizo caso y se apoyó en la barandilla del porche con expresión desdeñosa.

Don Lucian casi sonrió. Reconocía una riña en cuanto la veía.

—Será mejor quitarse de en medio —lanzó el comentario al aire. Se volvió a mirar a Katherine—. No vas a mandarle un mensaje al capitán para ponerlo en contra de mí, ¿verdad?

—No —admitió Katherine a regañadientes.

El hombre rebosaba jocosidad.

—Ahora soy tu suegro, pronto seré el abuelo de tus hijos.

Katherine se levantó de un salto y repuso:

—Eso he oído.

Entró en la casa a toda prisa y dejó a un don Lucian atónito, que se la quedó mirando.

—¿A qué ha venido eso?

Damián subió las escaleras y sus botas resonaron en ellas.

—Anoche nos detuvimos en casa de los Cardona.

—¿Y?

—Katherine estaba cansada, y no por los motivos que tú crees.

Su padre se rió en voz baja.

Damián se puso tenso y le dijo:

—Madre de Dios, papá. No dejes que te oiga.

—Ya te tiene dominado —don Lucian se tapó la boca con la mano para contener su regocijo.

—Para eximirla de nuestras obligaciones sociales les dije a los Cardona que tendríamos que marcharnos temprano, que Katherine era tan delicada que tendría que descansar con frecuencia para poder llegar aquí antes de la puesta de sol. Olvidé que la habían visto trabajar en la fiesta y no lo aceptaron. Esta mañana, cuando nos fuimos, estaba claro que creían que Katherine estaba encinta.

Los sonidos que se escapaban por detrás de la mano de don Lucian se intensificaron y su hijo lo miró disgustado.

—Traté de explicarles la verdad, pero sólo sirvió para empeorar las cosas. Les faltó poco para mandar sus felicitaciones al nuevo abuelo, muy poco. Katherine se enfureció con ellos.

—¿Y lo hizo patente?

—Claro que no.

—De manera que se desahoga contigo. Así son las tribulaciones de un esposo.

—Está enojada conmigo por no haber considerado una cosa así, pero ni se me ocurrió pensarlo.

—Los hombres no lo piensan, pero los nuevos esposos podrían empezar a hacerlo —don Lucian le dirigió una mirada de advertencia—. Al fin y al cabo, no es nada que no vaya a pensar todo el mundo, tras un cortejo apresurado y una boda celebrada a toda prisa.

—¿Tú habrías hecho algo de forma distinta?

—En absoluto —negó don Lucián—. De todos modos, creo que deberíamos organizar de inmediato una recepción para presentar formalmente a tu esposa en sociedad.

—Todavía no, papá. Deja que te cuente todo lo que ha pasado.

Katherine estaba en la habitación del desván con las palmas de las manos pegadas a los oídos, rodeada de doncellas que chillaban. Cuando se fue apagando aquel tumulto retiró primero una mano con cautela y luego la otra.

—Si hubiera sabido que me gritaríais…

Leocadia le dio unas palmaditas en la espalda y repuso:

—Debe permitirnos la emoción. Es la mejor noticia que hemos tenido desde hace más de un año.

—Me alegro de que os alegréis. Ojalá nunca tengáis motivo para lamentarlo.

—Oh, no, doña Katherina —saltó una de las doncellas al tiempo que se acariciaba el vientre hinchado—. Esta hacienda necesita una señora que organice fiestas y una mujer que tenga niños.

Damián entró en la habitación e hizo una mueca, pero Katherine respondió con firmeza:

—Haré todo lo posible para estar a la altura de vuestras expectativas. Leocadia, ¿sabes dónde está guardado el arcón de Tobias?

Leocadia ahuyentó a las doncellas e hizo un gesto en dirección a la puerta que comunicaba la habitación de Katherine con la zona para los trastos.

—Está en el desván de al lado.

—Gracias —dijo Katherine.

—Gracias —repitió Damián.

Leocadia fue incapaz de contenerse y le pellizcó las mejillas.

—¡Me alegra tanto ver que ese pequeño mocoso que me seguía por la cocina ha tomado una esposa! Tu madre estaría muy orgullosa.

—¡Ay! —Damián se zafó de los pellizcos y a continuación le dio un abrazo—. ¿Lo apruebas, tía?

—Sí.

—¿Cuántos hijos prevés?

Leocadia miró a Katherine.

—Ya es mayor y ha perdido muchos buenos años fecundos. Probablemente no serán más de una docena —le pellizcó la cara a Damián una vez más—. Todos sanos.

—¡Santo cielo! —susurró Katherine.

Leocadia cerró la puerta al salir y Damián se encogió de hombros avergonzadamente con una marca roja en cada mejilla.

—Algunos la tacharían de presuntuosa, pero fue mi niñera, ¿entiendes? Y la compañera de mi madre.

—No tienes que darme explicaciones —repuso Katherine sin acaloramiento. Dio una vuelta por la habitación—. Pero ¿sus predicciones en cuanto al número de hijos y su salud son correctas?

—Eso espero. —A modo de distracción, Damián le preguntó—: ¿Vamos a ver ese arcón?

—Sí, pero me parece tan... tan raro pensar que Tobias hubiera dejado un mensaje que yo no hubiera visto todavía. Sería casi como unas palabras desde el más allá. Antes no era tan supersticiosa —enderezó los hombros—. Claro que no es más que una aberración temporal.

—¡Ésa es mi chica sensata! —abrió la puerta del desván que se extendía en un plano perpendicular a la de Katherine por una parte distinta de la hacienda. El sol entraba de lleno por las ventanas limpias y sin cortinas. Aquél era el desván de Leocadia en la casa de Leocadia y ni una mota de polvo osaba posarse en ninguna superficie.

—Allí está —Katherine señaló el maltrecho arcón metálico que había contra la pared—. Vino desde Suiza y luego rodeó el Cabo de Hornos. Tras la muerte de Tobias... —respiró— poco después de la muerte de Tobias, saqué su ropa. Que yo recuerde, el arcón no contiene más que trastos viejos que no tuve valor para tirar.

Damián dejó en el suelo toda la parafernalia que había encima del arcón.

—¿No había cartas?

Katherine lo ayudó a separarlo de la pared y se fijó en que no pesaba nada, sólo se oyó el traqueteo del contenido que rodó en el interior.

—Ninguna.

Damián retrocedió cuando ella se arrodilló frente al arcón, cediéndole el derecho a abrirlo como quisiera. Katherine aflojó las correas que lo ataban y levantó el cerrojo de metal oxidado. Sintió una opresión en el pecho que la dejó rígida, en vilo. Alzó la tapa como si esperara una explosión y se quedó mirando largamente el contenido.

—Allí —echó la tapa hacia atrás y señaló—. Mira. Allí está su caja de herramientas. El tocado de cintas, unos periódicos viejos, un par de piedras.

Él se acercó a ella y sugirió:

—¿Por qué no miramos en la caja de herramientas de Tobias?

—Ya lo hice después de su muerte. No hay nada que no haya visto o tocado cien veces.

Damián enarcó una ceja con expresión inquisitiva y ella dijo con serenidad:

—Eran sus posesiones más preciadas y las manejaba con mucho amor cuando fabricaba o arreglaba un reloj. Tras su muerte me hacían sentir cerca de él.

—Claro —Damián abrió la caja metálica y echó un vistazo dentro al tiempo que iba moviendo las herramientas con el dedo. Dejó la caja y cogió los periódicos cuidadosamente doblados.

—¿Qué idioma es éste?

—Alemán. Los he leído todos. Déjalos fuera. Volveré a leerlos pero son noticias de hace dos años.

—¿Y esto? —Damián señaló unos dibujos toscos de una esfera de reloj que bordeaban el titular. Tobias había creado rasgos humanos para cada una de esas esferas y cada reloj parecía la encarnación de un estado de ánimo. Algunas mostraban labios sonrientes y otras la frente arrugada y el ceño fruncido. Eran todas sencillas pero efectivas.

—Me he preguntado para qué serían —Katherine las miró con detenimiento—. Supongo que sólo estaba haciendo garabatos.

—Hmm —Él las examinó—. Sí, supongo que sí.

Dejó los periódicos junto a la caja de herramientas. Katherine le pasó el tocado circular y las cintas de colores le rozaron las manos.

—Era de su madre. Yo lo llevé en nuestra boda. No me refiero a «nuestra» boda. Cuando contraje matrimonio con Tobias, ¿recuerdas? —le resonaron las palabras en los oídos y se preguntó qué podría decir para disipar la incomodidad entre ambos. Damián había sido el amigo de Tobias; ella había sido su mujer. Ambos tenían recuerdos de él que el otro no compartía; en aquel momento estaban forjando recuerdos juntos, excluyéndole a él.

La pena y la añoranza se mezclaban. Damián le miró las manos mientras ella se acariciaba el anillo.

—Sí, me acuerdo. Deberías guardarlo en un cofre de cedro. Haré que te fabriquen un cofre.

—Sí, sería mejor que lo guardáramos —dijo con aire reflexivo.

Damián le rozó brevemente la mano con los dedos.

—Déjalo en el dormitorio. Nos ocuparemos de eso más tarde.

Al volver, Katherine se encontró a Damián sacando del arcón las piedras ásperas que contenía. Las sopesó, miró a Katherine con expresión indignada, le tomó las dos manos y le colocó las piedras en ellas cerrándole los dedos por encima.

—Sostenlas –le dijo con apremio.

Katherine las sopesó y soltó un gruñido de sorpresa.

—Ésta de aquí pesa mucho —movió la cabeza con gesto elocuente y se sintió estúpida. ¿Qué se le había pasado por alto? Se acercó la piedra a la cara y dijo—: Este cristal rosa es muy bonito. ¿Es valioso?

—¡Qué va!   la tomó del codo y la condujo hacia la ventana—. No es más que cuarzo, pero cualquier conquistador podría decirte...

—¿Sí? —lo animó a continuar cuando Damián se interrumpió y le quitó la piedra. La hizo girar y observó la forma en que reflejaba la luz.

—Cualquier conquistador podría decirte... pásame ese martillo de la caja de herramientas, ¿quieres?

Desconcertada, Katherine hizo lo que le pedía. Damián empezó a dar golpecitos a los cristales con el martillo.

—¿Estás loco? —preguntó ella, que no estaba convencida de que no tuviera valor—. No se hace eso con algo que podría ser valioso.

—¿No? Ven a ver.

Junto a la ventana, bajo la luz del sol, se percibía el destello amarillento de las venas de mineral entre los triángulos de cuarzo, como una hoja dorada que adornara el marco de una fotografía.

Katherine supo lo que era. Lo supo por el leve temblor de la mano de Damián que toqueteaba los cristales. Lo supo por su sonrisa, por su expresión entre la alegría y el horror. Lo supo porque a Tobias le entusiasmaban los enigmas y ahora le había dejado uno a ella.

Los pensamientos de Damián iban en una dirección paralela.

—Cuando Tobias se dio cuenta de lo que había encontrado tomó precauciones para asegurarse de que ningún enemigo pudiera descubrir su secreto.

A Katherine le flaquearon las piernas y se sentó en el suelo de cualquier manera. El hecho de que Damián no le brindara ayuda sino que se sentara a su lado al estilo indio le dio una idea de su asombro. Katherine dobló las rodillas y se inclinó para mirar la piedra que él tenía en la mano.

—¿Estás seguro de que lo es?

—¿Oro?

La palabra fue como un chorro de agua helada para Katherine y su impacto la asustó. El brillo en los ojos de Damián le dio miedo, le recordó a la mañana en Monterey cuando él mismo había confesado la fascinación que sentía por el metal.

—Sí. Es oro. Su fiebre corre por mis venas como sin duda corre por la sangre de cualquier español. —Su fervor convenció a Katherine del valor de la piedra y del peligro que suponía.

Se estremeció, atrapada entre el miedo al oro, su terror por el asesino y un rechazo muy humano del propósito de Tobias.

—Es el de los padres —susurró ella.

Vio que la avaricia se iba desvaneciendo de la expresión de Damián como un fuego que se apagaba y que dejó un gesto sensato y un tanto melancólico.

—Así es. —Damián apartó la mirada, como si se avergonzara por haber dejado que ella lo viera afectado por algo que le cabía en una mano.

—¿No podemos tirarlo por la ventana y ya está? —preguntó Katherine con desesperación.

—Ya sabes que no —se acercó a ella y le rozó la punta de la nariz con los labios—. No descansaré hasta que sepa que estás a salvo, y mientras alguien crea que conoces el secreto de los padres nunca estarás a salvo. —Le tomó la mano para que se levantara—. Ven.

—¿Adónde vamos?

—Tenemos asuntos pendientes en ese dormitorio —indicó el camino con el dedo.

—¿Qué asuntos pendientes?

La única respuesta que obtuvo fue la sonrisa indulgente de Damián.

Katherine se detuvo y se zafó de sus dedos tirando con todas sus fuerzas.

—¿Cómo puedes pensar en algo así en un momento como éste?

—Estamos solos. Tenemos una cama cerca. —Le dio un golpecito con el dedo en el mentón—. Ya no estás enfadada conmigo. Son circunstancias que no es probable que vuelvan a concurrir pronto. Soy un hombre que aprovecha las oportunidades que le surgen.

—Pero es que tenemos que... —no se le ocurrió qué era lo que tenían que hacer. Tenía delante esas dichosas cejas inclinadas que le recordaban cosas que ella creía tener bien guardadas—. Seguro que tenemos que hacer algo.

—No hay nada que no pueda esperar unas horas —le aseguró Damián.

¿Qué había pasado? ¿Cómo había pasado del escrutinio científico a las intenciones apasionadas con tanta rapidez?

—Es de día —objetó Katherine sin firmeza. ¿Cómo podía ser que aquella mirada suya transformara su desesperación sombría en una dulce obsesión?

—En efecto —Damián le desprendió el cuello del vestido con cuidado de no rozarle la garganta ni el pañuelo que la envolvía. Se puso el cuello en el bolsillo, la empujó para salir del desván y cerró la puerta a los recuerdos de ambos.

—Entrará alguien.

—Los españoles tienen muchísimas maneras de abrir la puerta cerrada de un dormitorio. —Le desabrochó la parte delantera de su vestido nuevo—. Este estampado de flores te queda muy bien.

—Alguien con muy buen gusto lo eligió para mí —repuso Katherine.

Damián le dirigió una sonrisa burlona.

—Y además también tengo muy buen sabor.

—¡Don Damián! —exclamó con un jadeo, aunque no estaba segura de si era por su comentario subido de tono o por la caricia de sus manos mientras le retiraba la tela de los hombros y la deslizaba por sus brazos. Se le trabó en los pechos, en los pezones, pero tanto el canesú como la camisola se soltaron y con un susurro resbalaron hasta su cintura. Damián le hizo dar la vuelta y ella se dirigió a la cama.

Y se detuvo.

Damián chocó con ella, le pisó el talón, se disculpó y guardó silencio.

En el centro del edredón, allí donde ella lo había arrojado, estaba el tocado de cintas, el tocado que la madre de Tobias había llevado en su boda, el tocado que Katherine había llevado en su boda.

Volvió a tener la sensación que había experimentado en el desván, esta vez intensificada. No podía identificarla pero le provocaba una inseguridad que la ponía tensa.

Él le preguntó por encima del hombro:

—¿No piensas que me siento culpable por ti?

Lo dijo como si retomara una conversación que hubieran interrumpido momentos antes. Katherine lo entendió como si respondiera a las preocupaciones que ella misma había expresado; sin embargo, nunca habían hablado de ello. No se dio la vuelta. Creía que le sería más fácil, lo sería para ambos, si no lo miraba.

—¿Qué quieres decir?

—Cuando mataron a Tobias, hice lo correcto. Te ayudé, arreglé tus asuntos, te traje a mi casa y te di el trabajo que ansiabas. Me alegró hacerlo por Tobias. Pero cuando te tuve aquí, todas las realidades mermaban mi sentido del honor. ¿Te había rescatado por Tobias? ¿O por mí?

—¿Por ti? —horrorizada, temerosa de lo que podría decirle, dejó vagar la mirada por la habitación.

—Por supuesto. Mi nobleza no resistió el examen. Cuando te vi allí en el muelle con el arcón a tu lado lloré por dentro. Eras para mí, para mí, y tú no te dabas cuenta.

Lo dijo con una elocuencia que dio a entender a Katherine que él había librado esa batalla mucho antes de que ella hubiera tenido que afrontarla, y eso le reportó un poco de consuelo. Si él podía asimilarlo, ella también podría, sin duda.

—Te casaste con Tobias y yo me emborraché y despotriqué en vuestra noche de bodas para no pensar en lo que estaba ocurriendo en mi dormitorio. No podía soportar la idea de que estuvieras en la cama con mi mejor amigo.

Ella preguntó, horrorizada:

—¿De modo que te alegraste cuando lo mataron?

Damián la abrazó con suavidad y apoyó la mejilla en el pelo de su esposa.

—No, sabes que eso no es verdad. Yo le quería, sabe Dios por qué. No fue su muerte ni mi reacción lo que me llenó de culpabilidad, sino el placer que sentí la primera noche que te vi aquí. Fue como si hubieras venido a casa. Estaba tan contento que tenía ganas de llorar. Ése fue el motivo por el que me marché de Rancho Donoso. Mis tierras al pie de Sierra Nevada son hermosas, pero esta casa está cerca de mi familia. No obstante, estando tú aquí yo no podía quedarme. No confiaba en mí mismo. De modo que huí.

—Creo que es eso lo que me da miedo —Katherine miró el tocado de colores vistosos—. En algún rincón de mi mente creo que llegué a darme cuenta de lo que sentías, pero no me marché.

—¿Cómo ibas a marcharte? Estabas tan indefensa como un bebé arrancado de sus padres.

—Pero hice que las cosas resultaran difíciles para ambos. Precipité todo esto.

—Bueno, pues bien por ti.

—Todo es culpa mía.

—Sólo tú tendrías la audacia de pensar eso.

Katherine dio media vuelta rápidamente, indignada, pero Damián meneó la cabeza.

—Sólo tú esperarías tanto de ti misma.

A Katherine le gustó la expresión de su rostro: parecía estar en paz consigo mismo y con su decisión. Buscó a tientas el tocado en la cama sin dejar de mirar a Damián. Lo dejó en la mesita y alisó las cintas.

—Tobias no se opondría, ¿verdad? —era más una afirmación que una pregunta.

—Tobias era un hombre práctico. No te envidiaría una vida separada de él. En realidad, me figuro que te hubiera legado a mí.

Katherine frunció el ceño.

—Eso que dices es espantoso. No soy un objeto.

—Mucho antes de que llegaras aquí, me dijo que si alguna vez le ocurría algo, yo tenía que quererte y protegerte.

—¿Sabía...?

—¿Qué moriría? Era perfectamente consciente del peligro relacionado con el tesoro, pero no podía haber reconocido mi afecto por una mujer a la que yo aún no conocía. Simplemente era la manera de Tobias de asegurar tu bienestar —le tomó la cara entre las manos—. Era un buen hombre.

—Lo echo de menos —admitió Katherine.

—Yo también —agachó la cabeza—. Eras la única en toda California que se negaba a ver que te quería. Si no me hubieras hecho enojar, puede que aún no lo supieras. Pero cuando Cabeza Medina me dijo que habías estado ahorrando dinero para marcharte... para volver a Boston, me dijo...

Katherine sonrió.

—Dejé que creyera lo que quiso creer.

—¿Qué he hecho yo para merecer una mujer inteligente? —preguntó a los elementos, pero no aguardó a recibir respuesta—. Cuando me dijo que te marcharías me volví un poco loco. Normalmente tengo más delicadeza de la que mostré en la biblioteca.

La tensión la abandonó y Katherine se relajó apoyada en él.

—¿En serio? —murmuró.

—Eres una hechicera —hizo que sonara como un cumplido mientras la hacía retroceder hacia los pies de la cama. Ella apoyó la espalda en la madera fría del poste y cerró los ojos para experimentar mejor el roce del bigote en su pecho.

—¿Estás seguro de que no va a entrar nadie? —le preguntó con un susurro.

—Nadie osaría hacerlo —acariciaba la piel de Katherine con su aliento al hablar—. No hay ningún motivo lo bastante bueno como para traer a nadie a nuestra puerta antes de la hora de comer.

Se oyó el golpe claro y fuerte de unos nudillos en la puerta del dormitorio.

Damián alzó la barbilla y miró a Katherine, y ella le devolvió la mirada. La niebla del placer se disipó rápidamente y ella lo regañó:

—¿Señor de tu casa? ¿Nadie osaría?

Damián le dio un mordisco en la clavícula y Katherine soltó un gritito.

—Gruñona —dirigió una mirada fulminante a la puerta—. Nadie osaría a menos que tuviera una muy buena razón para hacerlo.

Capítulo 14

*D*amián abrió la puerta justo en el momento en que Leocadia levantaba la mano para volver a llamar.

—Lo siento, don Damián —se retorcía las manos y echó un vistazo hacia el biombo tras el cual se escondía Katherine para abrocharse el vestido—. Traigo noticias espantosas. Su padre me exigió que subiera y yo creo que es necesario.

Damián se fijó en el semblante consternado de la normalmente imperturbable ama de llaves y le dio unas palmaditas en las manos.

—Cuéntamelo.

—Son los vaqueros. Dicen que es cierto, pero yo no me imagino… ¿Quién sería tan estúpido para creer que podrían tener éxito con semejante plan?

—No lo sé —le siguió la corriente—. ¿Quiénes son ellos y qué han hecho?

—Esos animales le pegaron un tiro a Felipe —dijo Leocadia.

Su padre gritó en tono furioso desde el pie de las escaleras:

—Se han plantado en mis tierras, en Rancho Donoso. Dicen que están haciendo valer sus derechos. Han quitado la cubierta de su carro y se han hecho una especie de refugio. Están cortando madera y haciendo hogueras.

Damián salió al rellano.

—¿Quién está haciendo esto, papá?

—Los norteamericanos —don Lucian agitó el puño en el aire—. Los malditos norteamericanos.

Damián cerró la puerta a sus espaldas y empezó a bajar por la escalera.

—¿Los norteamericanos? —repitió con seriedad—. ¿Cómo está Felipe?

Leocadia, que iba pisándole los talones, contestó con brusquedad:

—Sangrando. —Damián volvió la vista atrás y al ver el centelleo de sus ojos la mujer respondió—: Sobrevivirá.

—¿Es que no tienen respeto por la ley? —bramó don Lucian.

—Vamos a ver si podemos enseñarles un poco de respeto —Damián tomó a su padre del brazo y le preguntó con serena intensidad—: ¿Dónde están?

Don Lucian alzó la mirada hacia la puerta de la habitación del desván al darse cuenta por primera vez de la necesidad de sigilo. Bajó la voz al tono de su hijo.

—En el recodo norte, acampados junto al río. Baja a la biblioteca. Prudencio estaba allí en el río con Felipe y es un hombre con la cabeza fría. Haremos que venga para preguntarle.

Damián le dio instrucciones a Leocadia:

—Mándanos a Prudencio y luego mira a ver si puedes encontrar alguna distracción para doña Katherina.

Leocadia asintió con la cabeza y se escabulló, y Prudencio fue a reunirse con ellos en la biblioteca para dar su información.

—Son unos cerdos —les dijo el vaquero—. Unos sucios cerdos.

—¿Cuántos cerdos hay? —le preguntó Damián.

—Cinco hombres. También algunas mujeres flacas y chillonas y niños sucios —Prudencio arrugó la nariz—. Nos ofrecimos a ayudarles. Creímos que se les había roto el carro.

—¿Rechazaron la ayuda?

—Se rieron en nuestra cara. Dijeron que ahora éstas eran sus tierras y que lo mejor sería que nos largáramos. Felipe les dijo que son las tierras de los de la Sola, y ya conoce a Felipe. Tiene muy mal humor. De manera que le dispararon. Cuando me acerqué a él ellos se rieron y me escupieron —fue cambiando el peso del cuerpo de un pie a otro—. Deje que les pegue un tiro.

—También debes permitirnos un poco de diversión, amigo mío —comentó don Lucian.

A Prudencio le brillaban los ojos con un fuego vengativo.

—Sí, patrón, sólo tiene que ponerme una pistola en la mano y le demostraré lo que he logrado con la práctica.

Damián también iba cambiando el peso de un pie al otro mientras que cada pocos minutos echaba un vistazo a la puerta cerrada de la biblioteca. Pero el desastre que temía no tuvo lugar. Katherine no llegó y dio gracias a Dios y a Leocadia mientras abría con llave la sólida puerta de nogal del armario de las armas.

—¿Papá?

—Mis pistolas, creo, y un rifle —le indicó don Lucian— Si esos norteamericanos son tan competentes con las armas de fuego como los hombres de Frémont, necesitaremos munición adicional —aceptó el cebador de cuerno y las bolsas de balas.

—Ya tengo munición adicional —le aseguró Damián mientras colocaba tres rifles uno junto a otro sobre la mesa ancha.

Don Lucian dio un resoplido desdeñoso.

—¿Ese revólver que tienes? ¿Todavía estás tan orgulloso de él?

Prudencio sonrió mientras comprobaba los cañones de todos los rifles.

—Están limpios —le dijo a don Lucian. Cogió el cebador, sujetó las armas en vertical y, una a una, las cargó de pólvora.

A continuación las tomó don Lucian, que con la baqueta atacó las balas envueltas con tela engrasada empujándolas hasta la pólvora.

Damián cargó las pistolas de su padre y luego sacó una elegante caja de madera. La dejó en la mesa, levantó la tapa y sonrió al ver su revólver Colt.

—Una invención norteamericana para derrotar norteamericanos.

—Es un disparate —gruñó don Lucian— poner tu vida en manos de un artilugio como éste. Cuando el capitán yanqui te vendió eso, sabía que había encontrado a un idiota. —Sostuvo en alto sus pistolas de duelo pasadas de moda y dijo—: Éstas están probadas. Quédate con ellas —se las metió en el cinto y no se sorprendió cuando su hijo no tomó en cuenta su consejo.

Con un cuidado meticuloso, Damián cargó la recámara de la pistola de repetición con bala, pólvora y cápsula fulminante.

—De vez en cuando se encasquilla, papá, pero recuerda bien lo que te digo, ésta es el arma del futuro.

—No al precio que pagaste por ella —replicó don Lucian. Para molestar a su hijo se frotó los dedos y dirigió un gesto significativo con la cabeza a Prudencio.

Damián no le hizo caso y deslizó el revólver en el cinturón.

—Prudencio, toma los rifles y ve a los establos. Habla con los vaqueros que creas que vamos a necesitar, que monten y estén preparados en el roble. Nosotros vendremos enseguida.

—Sí, patrón —asintió Prudencio—. Todos los vaqueros del lugar quieren ir, pero he seleccionado a ocho para que nos acompañen. Son hombres buenos, nada dados al juicio rápido —salió por la puerta y volvió a asomar la cabeza para añadir—: Y son buenos tiradores.

Se marchó y don Lucian se metió las pistolas en el cinturón.

—¿Dónde supones que está? —preguntó.

—¿Katherine? Leocadia la tendrá ocupada, estoy seguro.

Damián salió por la puerta con sigilo seguido por su padre y ambos cruzaron el patio.

—Entonces, ¿por qué nos estamos escabullendo de nuestra propia casa?

—Porque durante generaciones los hombres de la Sola han sido unos cobardes temerosos de sus mujeres —Damián miró a su padre con una amplia sonrisa—. ¿No es así, papá?

Don Lucian alzó las manos.

—Nunca lo he negado.

Al llegar al establo Damián se sintió tan aliviado al ver que *Confite* estaba ensillado y equipado con una funda para el rifle que casi no vio la figura femenina que esperaba montada al lado de *Confite*. Casi, pero no del todo. Damián irguió los hombros, se acercó a la yegua con paso resuelto y cogió la brida. Levantó una mirada feroz hacia Katherine.

—No voy a llevarte.

—Como quieras —asintió ella—. Puedo llegar contigo o sola.

—Es peligroso —señaló Damián.

—Para ti. Quizá no lo sea para mí.

Él alzó la mano y agarró a Katherine de la rodilla.

—Querida, un hombre quiere proteger a su esposa de las cosas desagradables de la vida. En Monterey fallé en ese sentido. Deja que te proteja ahora.

Aflojó la mano mientras su ruego ferviente y sus ojos expresivos influían en ella. Pero sólo durante un momento.

Katherine levantó la barbilla y dijo:

—Tal vez esos norteamericanos me escuchen. Tengo formación en derecho. Quizá pueda hacerles entrar en razón.

Por detrás de Damián, don Lucian le dijo:

—Katherina, al menos cámbiate ese precioso vestido por el nuevo conjunto de montar que hice para ti. Leocadia te ayudará. Sólo tardarás un minuto.

Ella volvió sus claros ojos verdes hacia su suegro y dejó muy claro que se había dado cuenta de su estratagema.

—Puedo llegar contigo o sola —repitió.

Damián subió a su silla preguntándose por qué había resistido las sutiles artimañas de las señoritas españolas para casarse con una mujer tan obstinada. Se acercó a Katherine y, aprovechando la ventaja que le daba su caballo más alto, le dijo:

—Puedes venir, pero cuando empiece el tiroteo...

—Si empieza el tiroteo —le corrigió.

Damián tomó aire con exasperación.

—Cuando empiece el tiroteo te quedarás callada. Te quitarás de en medio y te mantendrás alejada. Lo digo en serio, Katherine Anne. Tu falta de cuidado podría hacer que hirieran a alguien.

—Sí, don Damián.

—Madre de Dios —masculló Damián, y mientras espoleaba el caballo para salir del patio miró a su padre y le preguntó—: ¿Crees que algún día me llamará Damián?

Un hedor sobrevino a Katherine. Prácticamente debajo de los cascos de su yegua, oculto entre la alta hierba verde, yacía un novillo muerto bajo el sol. Las moscas zumbaban en torno a sus ojos y se daban un banquete en la herida de bala del costado.

Los ocho vaqueros bajaron la vista al cadáver y dijeron algo entre dientes.

—La marca de la oreja es nuestra —señaló Prudencio—. Y la del hierro también. Debieron de haberle disparado ayer y lo dejaron aquí.

Katherine volvió la vista hacia Damián medio temerosa de ver su reacción.

Él miraba fijamente el cadáver putrefacto con adusta satisfacción.

—Los norteamericanos nos ponen fácil que los echemos.

Katherine oyó el sonido de hachazos en la distancia.

—Me pregunto qué estarán cortando.

Damián paseó la mirada por la llanura cubierta de hierba y salpicada por unas dispersas extensiones de robles.

—No tardaremos en averiguarlo.

El campamento norteamericano estaba situado bajo uno de aquellos árboles, cerca del río. No habían hecho más que retirar las cubiertas de cuatro carros y plantarlas en el suelo. Una zona de hierba quemada se extendía desde su hoguera. Habían dejado que el fuego se les escapara y lo único que los había salvado del desastre fue el húmedo follaje de principios de primavera. De una rama colgaba otro novillo descuartizado cuya piel estaba tendida al sol sobre unas estacas.

Había dos hombres sentados perezosamente contra un tronco de árbol observando a tres mujeres que hacían girar un espetón cargado de carne. Un hombre cortaba un roble joven de manera poco metódica. Otro estaba en el carro arrojando sus pertenencias al suelo con la cabeza gacha aguantando la reprimenda de una mujer sentada a horcajadas sobre la pared del vehículo. A una corta distancia de allí, hacia un lado, había tres mujeres arrodilladas junto al río con tablas de lavar y había niños de todas las edades rondando por las marismas.

La actividad cesó cuando se acercó el grupo de hombres montados. Las únicas que no se dieron cuenta de que tenían visita fueron las mujeres del río porque el ruido de la corriente no les dejaba oír nada más. Continuaron charlando en una especie de pantomima mientras los demás guardaban silencio.

Damián y don Lucian se situaron al frente y sus grandes sementales cerraban el paso a Katherine, que iba detrás. Los vaqueros, a su vez, fueron empujándola y la hicieron retroceder hasta que quedó situada a la cola del grupo. Estiró el cuello para observar y soltó un gemido cuando los hombres que descansaban en el árbol tomaron sus rifles y apuntaron con ellos al grupo que se aproximaba. El leñador sostuvo su hacha como si fuera un arma.

Damián hizo caso omiso de la amenaza y se tomó su tiempo para recorrer el campamento con la mirada.

—¿Preparándoos para quedaros?

La mujer que parecía una verdulera saltó del carro, se llevó una mano a la cintura y extendió la otra a modo de insulto.

—¿Y a ti qué te importa?

Don Lucian movió la cabeza en dirección a los cañones de los rifles que los apuntaban, fijos en ellos como ojos grises que no veían.

—No es así como recibimos a las visitas aquí en California, a menos que tengamos motivos para avergonzarnos.

La mujer agitaba la mano sin cesar.

—Nosotros no tenemos motivos para avergonzarnos.

Don Lucian pareció crecer en la silla, fue ganando dignidad y estatura mientras se comunicaba con aquella escandalosa mujer.

—Usted, o uno de sus hombres, dispararon a uno de mis leales sirvientes.

—Era un engreído.

—Estaba cumpliendo con su obligación. Le dispararon y lo dejaron para que muriera.

—¡Qué va! —el hombre del hacha avanzó—. No soy tan mal tirador. Sólo quería lisiarlo, no matarlo —se rió un poco—. Lisiarlo, no matarlo. Rima. Soy un poeta mariquita.

Los otros hombres también se rieron, pero sus rifles se mantuvieron firmes en todo momento. Sus risas ásperas parecieron actuar de señal. Las mujeres que cocinaban se pusieron a revolotear por allí como gallos de las praderas, recogieron a sus hijos pequeños y los llevaron detrás de los carros en tanto que a los mayores los reunieron en grupos en la hierba más alta.

—¿El otro mexicano lo llevó a casa? —El hacha se balanceaba en la mano de aquel hombre, que la hizo girar por completo con una demostración de habilidad.

Prudencio apretó los labios enfurecido y ocupó su lugar junto a sus jefes.

—No soy mexicano, soy indígena. Y mi amigo podría haber muerto por la infección.

—Si no es lo bastante fuerte como para resistir una pequeña infección, entonces no soy yo quien lo mató. —El hombre les dirigió una sonrisa desdentada y lasciva hasta que todos los vaqueros avanzaron en tropel. Entonces pareció darse cuenta de que sólo llevaba un hacha. Era inadecuada para defenderse de unos vaqueros armados con pistolas, lazos y cuchillos. Retrocedió.

Damián dijo en voz baja:

—Coger tu rifle en este momento sería un acto de agresión. ¿Comprendes?

Para tratarse de alguien que no hablaba español, dio la impresión de que lo comprendía perfectamente. Asió el hacha hasta que se le pusieron los nudillos blancos y se quedó inmóvil como un conejo en los matorrales.

—¡Eres un zoquete! —lo reprendió la portavoz—. Mi hombre es el jefe de esta expedición. ¿No te he dicho que me dejes hablar a mí? —Se volvió de nuevo hacia el grupo de hombres a caballo—. Podemos dispararle a ese indio bocazas porque estamos defendiendo esta propiedad, porque es nuestra.

—¿Es suya según la ley de quién, señora? —la cortesía de don Lucian contrastaba con el desdén ignorante de la mujer.

—Según la ley norteamericana —bajó la voz para darle un tono dulce y sarcástico—. Existe esta ley que aprobó nuestro Congreso, y dice que tenemos el derecho de reclamar esta tierra, y que podemos quedárnosla si la cultivamos y la mejoramos. —Echó un vistazo a su alrededor con aire desdeñoso—. No debería resultar difícil. Aquí no tenéis nada más que un puñado de vacas medio salvajes.

—Tenemos muchos amigos norteamericanos que viven aquí en California —le explicó don Lucian—. Ellos se rigen según nuestras leyes, pero reciben los periódicos de los barcos yanquis que atracan en Monterey. De manera que he oído hablar de vuestra ley.

—Entonces sabrás que no tienes ningún derecho a venir aquí con tus hombres y tus armas —replicó ella con voz demasiado fuerte.

Katherine vio que una de las mujeres del río se ponía de pie, echaba un vistazo e informaba a sus compañeras. Los hombres que estaban debajo del árbol se levantaron y se acercaron, y la beligerancia que dominaba la escena parecía estar a punto de estallar.

Katherine ya no le encontraba ningún sentido a permitir que aquellos hidalgos le hicieran sombra. Aquella concentración de agresividad masculina la había empujado hacia atrás y ya estaba harta de ver las grupas de los caballos. Mientras que toda la atención seguía centrada en las armas, hizo avanzar a su yegua, rodeó los demás caballos y se dirigió al frente. Utilizó su voz formal y dijo:

—Soy Katherine Chamberlain Maxwell de la Sola, una ciudadana norteamericana como vosotros.

Aquella arpía se quedó boquiabierta al oír el acento de Boston de Katherine. Los cañones de los rifles descendieron; el hacha se deslizó de la mano.

—¿Una mujer? —terció uno de los hombres de los árboles con una sonrisa de satisfacción—. ¿Traéis a una mujer para que libre vuestras batallas?

—Katherine —le advirtió Damián.

Ella no hizo caso a nadie.

—Tengo ciertos conocimientos de leyes y me gustaría exponer algunos puntos pertinentes. —Una vez se satisfizo de tener la atención de todos, continuó diciendo—: La ley a la que te refieres se conoce como la Ley de Preferencia, aprobada en 1841 por el Congreso de los Estados Unidos. Dejando de lado el hecho de que California no se halla bajo el dominio de los Estados Unidos, como ya han señalado estos caballeros, hay otras disposiciones de la ley que requieren ser consideradas.

Uno de los norteamericanos armados dijo:

—Dios mío… —y sonó más como una plegaria que como una exclamación.

Katherine lo miró y asintió con la cabeza. No se esperaba menos. Era la reacción que normalmente causaba su jerga legal en la mesa de la cena de su tío. Aquella especie de respeto asombrado era precisamente la disciplina que se necesitaba en aquella situación.

—En primer lugar, debo señalar que la Ley de Preferencia exige un precio de compra. No puedo evitar preguntarme… ¿quién pagará el dólar y cuarto por acre que se requiere para la compra? —paseó la mirada por el campamento asolado por la pobreza.

Nadie dijo ni una palabra.

—También me gustaría señalar que esta reclamación sólo se aplica a lo que llamamos «dominio público», que son las tierras que nadie ha reclamado anteriormente.

—Eres una mujer —la acusó el hombre del hacha.

—Es cierto. —Katherine aguardó, pero él no dijo nada más. Sólo parecía estar engordando por momentos, alimentándose de su indignación. Cuando dio la impresión de que estallaría, Katherine continuó hablando—: Esta tierra no es dominio público y tiene un propietario legal.

—¿Dónde está el título de propiedad? —la mujer recuperó el habla y ahora era el puño el que agitaba—. Quiero verlo, pero te advierto, cualquier título que no pueda leer no es legal.

Damián resopló con desprecio.

—¿Sabes leer español?

—Lo sabía —el puño hendió el aire—. No existe ningún título de propiedad.

Damián hizo avanzar su caballo un paso más.

—Estamos en California, no en Estados Unidos. Tenemos un título de propiedad de estas tierras.

—Un título mexicano —replicó la mujer con desdén.

—Ahora es mexicano, antes fue español y siempre han sido las tierras de los de la Sola. Mi familia lleva viviendo aquí setenta años, señora. Mi familia estará aquí cuando la vuestra haya topado con el azul del Pacífico.

Los rifles de las sillas españolas se desenfundaron y apuntaron a las armas norteamericanas que se habían alzado nuevamente. El sonido de las armas al amartillarse fue como el que hacía el granizo sobre un tejado metálico y puso énfasis en la inutilidad de aquella confrontación. Katherine reprimió una maldición impropia de una dama. ¿Cuándo se había puesto tan difícil la situación? ¿Cuándo había perdido el control?

Situó su caballo entre los contendientes y gritó:

—Buena gente, no permitamos que la venganza y el mal genio nos dominen —por el rabillo del ojo vio que Damián había empezado a acercarse a ella, pero no le hizo caso.

La mujer fornida dijo:

—¿Dijiste que tu apellido era Delisola?

—De la Sola —la corrigió Katherine—. Sí, así es.

—¿Estás casada con uno de estos hombres?

—Sí, y puedo ser de ayuda como mediadora.

—¿Ése es tu marido? —señaló a Damián, que en aquel momento ya estaba al lado de Katherine, entre las dos.

—Don Damián de la Sola. Sí, es mi marido. ¿Y tu nombre es…?

Uno de los hombres del árbol gritó:

—¡Que me aspen si voy a escuchar el sermoneo de una zorra que jode con mexicanos!

Damián agarró la brida del caballo de Katherine, que, en su estupefacción, dejó que la cogiera.

—Retrocede —le dijo entre dientes—. Esto es un asunto de hombres.

Kathrine resistió la ferocidad de Damián, su tirón de las riendas.

—Sólo es asunto de hombres si acaba en tiroteo, y seguro que la sensatez…

La mujer avanzó por entre el rastrojo de la hierba chamuscada agitando el puño de lado a lado y con la misma expresión adusta que tenían todos los del campamento norteamericano.

—Soy una mujer temerosa de Dios y sé que los patos se juntan con los patos, los peces con los peces y las vacas con las vacas. No es normal que una norteamericana limpia esté en la cama de un grasiento. Va contra la voluntad de Dios, y es una traición al país.

—Las vacas se juntan con los toros, buena mujer —replicó Katherine quisquillosamente—. Como comentario fue un tanto pobre, pero le había fallado su habitual ingenio. Entre todos los inconvenientes de su matrimonio, en ningún momento se le había ocurrido pensar que la menospreciarían por hereje y chaquetera. Katherine creía, o mejor dicho, sabía que el idioma y el origen que compartían suavizarían aquel encuentro.

Sin embargo, cuando dijo eso, los norteamericanos mascullaron y Damián le pidió con apremio:

—Katherine, vuelve detrás.

Damián tiró de la brida de su caballo una vez más para que se moviera y, una vez más, ella se resistió.

—No voy a hablar con un grasiento que ni siquiera puede controlar a su mujer —se mofó el hombre del hacha.

Katherine lo miró fijamente, sus ojos verdes agujerearon el fanfarroneo de aquel hombre y éste dio un paso atrás. Se alegró tanto al ver que no había perdido el poder de dominar, que Damián la llevó tras la línea de vaqueros sin que ella se diera cuenta. Una vez en marcha Katherine no pudo frenar a la yegua y se encontró de nuevo mirando las grupas de los caballos.

También se vio frente a su esposo, que tenía los labios tan apretados que formaban unas arrugas blancas en torno a su boca. Katherine fue a hablar pero, cuando Damián se inclinó hacia ella, la expresión que vio en su rostro la detuvo.

—Inteligente —comentó Damián con aprobación, y Katherine se erizó. Aun así, la furia y la autoridad de su esposo la mantuvieron inmóvil—. Escucha, querida. Alguien va a recibir un disparo antes de que acabe el día. Esas otras mujeres son lo bastante listas como para darse cuenta. Incluso esa puta bocazas lo sabe. Y ahora quítate de en medio y tal vez los únicos que reciban sean esos intrusos. A menos que quieras unir tu suerte a la de estos… —movió la mano con gesto de desprecio— estos norteamericanos y ver cómo abaten a tiros a nuestra gente.

Se sintió indignada por la forma en que dijo «norteamericanos», como si fuera una palabra sucia. Lo que insinuaba la indignó más todavía. Como si ella se preocupara más de aquellos desconocidos ignorantes que de la gente del Rancho Donoso. Katherine desvió la mirada del desprecio violento de Damián, que murmuró:

—Bien.

—¿Don Damián? —Katherine miraba fijamente el árbol junto al río donde las tres mujeres habían estado lavando—. Hay un desconocido que apunta a tu padre con una escopeta.

Damián volvió la cabeza rápidamente y su pistola apareció en su mano. Había disparado antes de poder tomar aire, pero el arma sólo emitió un pequeño estallido y un fogonazo. Falló. Damián se encogió por el calor que desprendió la pistola. El estallido del arma de Prudencio derribó a aquel hombre como una marioneta en un palo. El sonido de los disparos ensordeció a Katherine. Damián le empujó la cabeza de manera ignominiosa contra el cuello del caballo. Un vaquero y su montura cayeron al suelo ante la mirada gacha de Katherine. La pistola de Damián no volvió a fallar; rugió junto a las del resto.

Luego reinó la calma.

Damián avanzó con su caballo y Katherine levantó la cabeza con cautela. En el suelo, un vaquero se esforzaba por salir de la silla, la bala no lo había alcanzado pero el hombre lloraba en silencio por su caballo. En el río, el otro hombre yacía inmóvil mientras el agua le corría por la cara. Uno de los que estaban en el árbol se revolcaba de dolor en el suelo; el otro se había quedado allí de pie con el semblante pálido. El hombre del hacha cayó de rodillas a tan sólo unos pasos del caballo de don Lucian y se sujetó el brazo tembloroso con el que sujetaba la herramienta.

—Habéis entrado ilegalmente en nuestras tierras —dijo Damián con severidad—. Habéis sido los primeros en disparar y habéis hecho que muera al menos un hombre. Veamos si podemos ayudaros al menos a que podáis seguir vuestro camino —empezó a avanzar en medio de aquel silencio clamoroso pero se detuvo—. A menos que tengáis a más hombres escondidos en alguna parte, ¿eh?

Un chico de unos doce años salió de la hierba de más allá y gritó:

—Sí, así es. —Alzó un rifle demasiado grande para él y lo descargó contra la multitud de españoles y vaqueros.

—¡No! —gritó Damián, pero otro rifle respondió al del muchacho.

El impacto de la bala norteamericana desmontó a Prudencio, que cayó con los brazos extendidos cerca del caballo de Katherine.

El muchacho se agachó y desapareció, oculto por la hierba alta. Prudencio.

—No —suspiró Katherine, que se deslizó de la silla—. ¡Oh, no! ¡Esto no! ¡Otra vez no! —lo tocó, pero su cuerpo ya no respiraba, ya no contenía vida, ni belleza. El grito de una madre del campamento norteamericano penetró en la lástima que Katherine sentía por el guerrero caído.

Un rifle humeante identificó al que había disparado contra el muchacho norteamericano, y también era poco más que un niño. Tendría unos catorce años y se encogió de hombros en la silla cuando don Lucian lo reprendió.

—Si era lo bastante mayor para empuñar un arma enfurecido debería haber estado dispuesto a morir —le tembló la voz cuando añadió—. Además, ha matado a mi tío.

—¿Tenéis una manta? —preguntó Katherine—. ¿Don Damián? Damián la miró.

—¿Tienes una manta? —repitió—. Tenemos que tapar a Prudencio. Las moscas ya van a por la sangre.

Se alejó a gatas por la hierba y se desmayó.

Damián sujetaba a Katherine con firmeza mientras subían las escaleras hacia su dormitorio. A ella ya no le zumbaban los oídos y su desmayo, tal como observó con indignación, había sido muy breve. Aun así, él se aseguró de que permaneciera erguida y su silencio era más elocuente que cualquier diatriba.

Damián llevaba un vendaje flojo en la otra mano, la que se había quemado cuando falló la pistola. Hacía muecas de dolor y Katherine supuso que aún estaba hirviendo de furia. Desde luego, la forma en que sacaba la barbilla y la orgullosa línea de la espalda dejaban muy clara su opinión.

Daba la impresión de que estaba enfadado con ella, como si ella fuera la responsable de todo lo ocurrido aquella tarde llena de rencor y enfrentamiento. Como si ella fuera responsable de la noche de limpieza, de amortajar a los muertos y de vendar las heridas.

No obstante, Katherine se recordó que Damián tenía motivos para su indignación. Quizá no con ella, pero era propio de la naturaleza humana culpar a los más allegados. Cuando entraron en la habitación, Katherine se lanzó a pedir disculpas:

—Esos norteamericanos no son un indicativo de la nación —se mordió el labio. No le había salido un tono tan arrepentido como había esperado y Damián se limitó a mirar al frente—. Lamento las muertes. Fue un detalle por tu parte no traer a los intrusos a Monterey y hacer que los encarcelaran.

Él la miró con detenimiento.

—Sobre todo después de todo lo que te dijo esa mujer —añadió Katherine, al tiempo que acariciaba la curva de su reloj—. Tanto antes como después de los momentos violentos.

Damián seguía mirándola fijamente y la actitud conciliatoria de Katherine se empañó.

—Aunque pienso que podrías aprender una lección de tu padre.

¿Ah, sí? —enarcó una ceja.

—En efecto. —Tomó aire y se recordó que la gente reaccionaba a los consejos sólo cuando éstos no iban acompañados de una crítica—. Tu padre habla primero utilizando la voz de la lógica, y cuando percibes que la lógica no funciona, entonces hablas con la voz de la pugnacidad. —En cualquier otro hombre, hubiera calificado la expresión de Damián como de gruñona.

—¿Has llegado a preguntarte si mi padre y yo tenemos unos papeles asignados? ¿Que cuando la lógica no funciona, él me cede el control?

—¿Y por qué haríais eso? Actuar así es admitir de antemano que la lógica no va a funcionar.

—La lógica nunca funciona cuando tratas con gente que piensa con las emociones en lugar de hacerlo con la cabeza —alzó la mano cuando vio que ella iba a interrumpir—. Sí, señora Optimista, hay mucha gente menos humana, y el vendaje que llevas en el cuello debería demostrarlo. Y ahora no creo que tengamos más que decirnos el uno al otro.

—Quieres decir que no vamos a hablar.

—Exactamente.

Katherine sintió una opresión que le rodeaba el pecho y le costó respirar.

—Si estás buscando una forma de castigarme, es la mejor manera. La comunicación es la clave para el éxito de nuestro matrimonio. Hablar de tu furia aclarará las cosas. Deberías explicarme qué es lo que he hecho que te ha molestado.

—¿Aparte de entrometerte, hacer que casi te maten y provocar un asesinato?

La injusticia de su acusación hizo que aumentara la opresión de Katherine.

—Eso no es justo.

Damián dio unos golpecitos en el suelo con el pie durante un momento largo y doloroso.

—No, no lo es. Lo siento. Al menos tú no provocaste el asesinato —se volvió hacia ella como una serpiente que fuera a morderle—. Pero incumpliste mis órdenes. En público. Me has dejado mal delante de mi gente.

—¿Cómo dices?

—Me has convertido en un hazmerreír.

La furia de Katherine surgió con rapidez y seguridad.

—¿De eso se trata? ¿Estás enojado porque no te obedecí?

—Un hombre debería controlar a su esposa.

—No soy tu caballo ni tu perro. Pienso por mí misma y hago lo que me parece mejor.

—Haces lo que es más sensato —se mofó él.

—Sí.

—No sabrías lo que es sensato si te abofeteara.

—Señor, me estás insultando.

Damián le agarró los brazos.

—Escúchame. Hoy podrían haberte matado. Tenía el corazón en un puño cuando empezó el tiroteo. —Katherine intentó interrumpirle, pero él la sacudió—. ¡Escucha! No he esperado toda mi vida por ti para que ahora te disparen por culpa de uno de esos ideales elevados tuyos. A partir de ahora viviremos de acuerdo con la racionalidad… mi racionalidad. Tengo que dejarte aquí en Rancho Donoso e ir solo a por el oro.

—No te atreverías.

—No, no lo haría. Porque encontrarías la manera de meterte en problemas estuvieras donde estuvieras. Mi padre no tiene nada que hacer contra tu «sensatez» y tu terquedad. Pero ten cuidado. A partir de ahora, harás lo que yo diga o asumirás las consecuencias.

A Katherine le costaba entender lo que estaba diciendo, por qué tenía las mejillas coloradas y le temblaban las manos. Ella sólo oyó la furia, no la frustración y el miedo que había detrás.

—¿Me estás amenazando?

—Sí, así es. Tal como me siento ahora, me complacería mucho darte lo que te mereces.

Katherine se zafó de él de un tirón.

—Déjame sola.

Damián tiró de ella otra vez para que lo mirara.

—Tenemos que ir a buscar ese tesoro. No importa cómo nos sintamos ahora mismo, tenemos que encontrar la fuente del oro.

—Estoy de acuerdo.

—Corremos peligro si no lo hacemos.

—No te lo discuto.

—Muy bien. —Retiró las manos y se las miró con repugnancia—. Necesito darme un baño. Será la última agua caliente que veremos en mucho tiempo y quiero limpiarme esta sangre de debajo de las uñas.

—¿Dormirás aquí?

—¿Y dónde iba a dormir, esposa mía?

—En tu dormitorio —repuso con voz vacilante.

—No. Quizá esta noche no terminemos con este asunto que tenemos pendiente, pero estamos casados y dormiremos juntos.

Cuando Damián se dio la vuelta, ella susurró:

—Aunque para ello tengamos que pasarnos toda la noche despiertos.

2 de junio, año de Nuestro Señor de 1777

«*El peso enorme del oro nos impide la velocidad. Pesa mucho, mucho. Yo llevo el cofre lleno del oro labrado de la capilla. Cada una de las tres mujeres carga con una bolsa a la espalda. Van encorvadas por el esfuerzo, pues algunas de las pepitas son tan grandes que me llenan la mano y me lastran el brazo.*

Fray Lucio, en su debilidad, se tambalea como un borracho y casi va a paso de tortuga. Las mujeres lo ayudan, pero los senderos estrechos de estas montañas hacen que sea necesario caminar en fila.

Temo que los indios del interior sigan persiguiéndonos; temo que nos persigan más enérgicamente ahora que sus mujeres se han marchado. No obstante, no abandonaré ni una pizca de este oro con el que Dios nos ha bendecido. Cuando regrese a la misión con esta gran riqueza, el interior será colonizado con buenos católicos españoles y las almas de los indios se salvarán mediante el contacto continuado.

Entonces quedará justificada mi meta de colonizar el interior».

Del diario de fray Juan Esteban de Bautista.

Capítulo 15

La cama era amplia, pero ni mucho menos lo suficiente para dos personas que no tenían intención de tocarse en ningún momento. Damián se despertó cansado, irritable... y excitado. Había pensado en Katherine toda la noche. La había tenido en la cabeza tanto despierto como dormido y su cuerpo no entendía su furia. Seguía deseándola.

Rodó en la cama y la miró. Aunque estaba dormida se aferraba al lado del colchón, tan apartada de él como le era posible, y Damián entendía por qué.

Sabía que la noche anterior había sido brusco e injusto, pero cuando recordaba lo cerca que había estado Katherine del desastre, se debatía entre el pánico y un fuerte deseo de encerrarla bajo llave. ¡Qué no daría por volver a la época en la que nadie sabía el paradero de la viuda de Tobias! ¡Qué no haría para poder mantenerla a salvo!

Sin duda, la flamante pareja de la Sola era ahora el tema de conversación de toda la Alta California. Tenían que abandonar esa hacienda antes de que llegara la celebración de la boda... una celebración a la que era posible que asistiera un asesino. En cambio irían en busca del oro y se expondrían a ese mismo asesino y a peligros de una naturaleza aún mayor.

Damián le acarició el pelo y se lo apartó de los labios, ligeramente separados por la respiración. Cuando Katherine suspiró y se movió, apartó la mano y se deslizó de la cama.

—Encantadora —don Lucian le sostenía la mano a Katherine con el brazo extendido y la miraba de arriba abajo—. Absolutamente encantadora.

Ella hizo el esfuerzo de sonreír mientras bajaba los dos últimos peldaños del porche.

—Gracias por el traje de montar. Te aseguro que nunca había tenido nada tan elegante.

—El azul medianoche de la chaqueta cambia el verde de tus ojos por el azur neblinoso del océano. ¿No te lo parece, Damián?

Damián volvió la vista de las alforjas que estaba atando en *Confite* y examinó a su esposa.

—Se la ve muy arreglada —dijo con aprobación, pero su mirada se entretuvo en la chaqueta que le ceñía la cintura y le envolvía el pecho. En un tono un tanto mordaz, añadió—: El dorado le da un aspecto muy californio.

La reprimenda alcanzó su objetivo y Katherine bajó la mirada al caprichoso dibujo de hilo de oro. Ingeniosamente oculto en los pliegues de la falda había un bolsillo para su reloj, cuya cadena de plata se enganchaba a la prenda para sujetarlo. Katherine toqueteó uno de los botones de oro para ocultar su consternación por la indiferencia de Damián.

Don Lucian hizo un ademán ostentoso y le ofreció una sombrerera.

—Tengo el toque final.

—Eres demasiado bueno conmigo —protestó ella, pero agarró la caja con avidez—. No recuerdo la última vez que tuve un nuevo… ¡Oh! —honró a don Lucian con una sonrisa arrebatadora—. Me encanta.

Con la larga falda remangada, subió de un salto las escaleras y entró en la hacienda. Frente al espejo del vestíbulo sacó de la caja el sombrero de terciopelo azul medianoche. Tenía la forma de un sombrero vaquero y en su ala plana lucía un intrincado ribete de galón de oro que hacía juego con su chaqueta. La copa estaba rodeada por un pañuelo dorado de gasa cuyos dos extremos caían por detrás.

—Una california —dijo entre dientes—. Esto le enseñará lo que es una california. —Se colocó toda aquella creación moderna y desenfadada sobre la frente. Un pañuelo a juego para el cuello completó el conjunto y ocultó la cicatriz rosada del cuello. Katherine se saludó a sí misma antes de salir con paso resuelto para presumir.

—El toque perfecto —la saludó don Lucian—. ¿Eh, Damián?

Parecía haber algo en la forma en que posaba en lo alto de las escaleras que a Damián le causaba dolor. Como si unas llamas le lamieran los dedos de los pies y apenas pudiera esperar para salir corriendo, se volvió para atar la alforja con otro nudo más.

—Tenemos que marcharnos si queremos llegar a San Juan Bautista esta tarde. ¿Si estás lista, doña Katherina?

Su sugerencia carente de emoción destruyó el entusiasmo de Katherine.

—Por supuesto.

Don Lucian se dio por vencido.

—¿Qué haréis si no encontráis nada en la misión?

—Pues ir a otra misión —respondió Damián con brevedad—. Y seguir adelante hasta que encontremos lo que encontró Tobias.

—¿Estás seguro de que tenéis bastantes provisiones?

—Me he aprovisionado para dos semanas de camino y posiblemente también para las montañas, y he cubierto todas las contingencias que se me han ocurrido. Tengo cuerda, mantas, comida...

—¿Y tu pistola? —En el rostro de don Lucian se dibujó una sonrisa divertida e irónica.

—Sí, papá —la adustez de Damián se suavizó y sonrió—. Le daré otra oportunidad. Tienes que admitir que funcionó bien tras ese primer disparo fallido de ayer.

Su padre se puso serio.

—Muchas veces, hijo mío, no hay ocasión de disparar dos veces.

—También llevo el rifle y la otra pistola —le aseguró—. Al menos los norteamericanos se han ido, y si volvieran, tú tienes tus probadas pistolas contigo.

Don Lucián asintió.

—Los vaqueros patrullan hasta el último centímetro de nuestros terrenos como sabuesos con el hocico pegado al suelo. Doy gracias a Dios por su apoyo.

Damián se volvió a mirar a Katherine.

—¿Estás lista?

Ella afirmó con la cabeza. No sabía qué decir. Llevaba todo el día sin saber qué decir. Damián y ella se hablaban; sí, se hablaban. Habían discutido el mejor plan a seguir con mucha educación y mucha lógica. Primero se dirigirían a la misión y luego se adentrarían en las montañas. Damián organizaría los suministros. Él cogería la ropa que necesitarían. Se habían sonreído con frialdad, como simples conocidos, y luego se habían separado para emprender cada uno su tarea.

Su yegua la esperaba entonces junto al apeadero y las actividades que habían amortiguado aquel silencio entre los dos habían finalizado. Katherine le dio un beso rápido y tímido en la mejilla a don Lucian y se dirigió hacia su caballo. Damián la aguardaba allí y, antes de que ella pudiera subir un escalón le puso las manos en la cintura. Katherine volvió rápidamente los ojos hacia él; se sostuvieron la mirada durante un momento incómodo. El calor de las palmas de las manos de Damián se difundió por su piel; Katherine se sonrojó un poco. Su solícito marido la encaramó a la silla.

Se alejaron bajo la mirada preocupada de don Lucian. Ocho vaqueros los acompañarían, pues su seguridad parecía precaria. La formalidad de ambos afectaba el ánimo de los hombres y cabalgaron en silencio durante tres horas en la tarde cálida.

Los edificios encalados aparecieron ante sus ojos y Damián rompió el silencio y señaló con su látigo.

—Ahí está la misión.

—Ya la veo —dijo Katherine—. Parece estar bien cuidada.

—Es una de las que mejor está —coincidió él—. No es lo que fue en el pasado, pero hace tres años los edificios se devolvieron a los padres junto con una parte de las tierras. ¿Lo ves? —Mientras se acercaban señaló un edificio alargado. Unos arcos amplios lo adornaban en toda su longitud y las tejas rojas del tejado se alzaban como la pincelada atrevida de un artista—. Ahí están la capilla y la biblioteca. Allí encontraremos nuestra pista.

—Esperamos encontrarla —le recordó ella.

—Esperamos encontrarla. —Damián hizo sonar la campana de la alta entrada de la iglesia—. Algunos de vosotros quedaos por aquí cerca, otros vaqueros que patrullen la zona. Manteneos alerta por si veis...—vaciló.

—¿A más norteamericanos? —preguntó uno de ellos.

—A cualquiera que no debiera estar aquí.

Los vaqueros asintieron con la cabeza y se separaron para cumplir con su obligación.

Un anciano menudo vestido con una cogulla salió arrastrando los pies de la oscuridad del otro lado de las puertas abiertas del alto vestíbulo.

Damián se inclinó con una sonrisa.

—Fray Pedro de Jesús, ¿se acuerda de mí?

—Por supuesto que sí, hijo mío. —El hermano franciscano se puso bien las gafas en la nariz y miró al hombre montado con los ojos entrecerrados—. No he oído tu confesión desde que desherbaste el jardín de la misión, rezando un avemaría con cada hierba que arrancabas como penitencia por tus pecados. Eres el pequeño Damián, ¿verdad?

Katherine se tapó la boca para reprimir la risa en tanto que el semblante de su esposo se iba tiñendo de un rojo apagado. Los vaqueros que estaban cerca resoplaron y tosieron.

—Debería haber sabido que nunca me perdonaría —refunfuñó Damián mientras se deslizaba de la silla y luego alargó los brazos hacia Katherine—. Le he traído a mi esposa.

—¿Tu esposa? —volvió a ponerse bien las gafas y entornar sus ojos desvaídos—. No me había enterado de que te habías casado.

—Fue hace tan sólo unos días, nos casó el alcalde en Monterey —respondió Damián.

La cabeza calva se volvió hacia él.

—¿No fue una boda católica?

Katherine intervino y explicó con dulzura:

—No soy miembro de su fe, padre.

Fray Pedro le tomó la mano en la suya, venosa y manchada, y le dijo:

—Pues debemos remediarlo de inmediato. Ven conmigo, querida —la condujo hacia la entrada oscura—. Cohabitar sin la bendición de Dios es un pecado. Me he esforzado demasiado por mantener a Damián en un estado de gracia como para admitir ahora la derrota.

Katherine lanzó una mirada de impotencia por encima del hombro. Damián estaba apoyado en el poste del amarradero con cara de satisfacción mientras la veía desaparecer en la fría penumbra.

Fray Pedro la condujo por el pasillo silencioso y le indicó una habitación minúscula iluminada por el sol que entraba a través de una ventana alta y pequeña y por el brillo parpadeante de una vela. El silencio de la misión hizo que Katherine susurrara:

—¿Hay alguien más aquí?

—Unos cuantos hermanos franciscanos. Somos pocos y viejos. Aunque no molestarás a nadie si hablas. Es un placer oír voces jóvenes —le sonrió mientras los gritos de los vaqueros entraban por la ventana abierta, se puso bien las gafas y la miró con detenimiento—. Te has casado con Damián en una ceremonia civil. Eso me sorprende, porque la fe del joven Damián era intensa y firme. Debe de amarte mucho para aceptarte en una unión tan temporal como ésta —hizo una pausa, pero Katherine no tenía nada que decir a eso—. Cuando te casaste con él, ¿entendiste que tendrías que convertirte?

—Sí, eso ya lo sé —admitió ella.

—¿Tienes alguna objeción en contra de la fe católica, hija mía?

—En absoluto. No soy una protestante muy devota. —Jugueteaba nerviosamente con la cadena de su reloj—. Me refiero a que nunca he creído que mi religión fuera la única.

—Eso es precisamente lo que dicen los norteamericanos cuando los instruyo antes de casarse. —El anciano meneó la cabeza, alzó la vela para iluminar el estante atiborrado de libros y examinó los lomos con la nariz pegada a ellos hasta que encontró el que quería. Lo deslizó hacia ella—. Toma. Tendrás que leerlo lo antes posible y yo te ayudaré a encontrar el buen camino. ¿Sabes leer?

—¡Por supuesto que sí!

—No ha lugar el «por supuesto». Salvo por los chicos a los que enseñé, hay poca gente en California que sepa leer, y leer bien —la escudriñó con la mirada—. ¿Has tenido relaciones sexuales con Damián?

Katherine le dijo que sí con la cabeza, muerta de vergüenza y preguntándose adónde había ido a parar su dignidad. Frente a las preguntas amables de aquel anciano no podía reunir el valor necesario para decirle que se ocupara de sus propios asuntos. ¿Dónde estaba Damián durante aquel interrogatorio?

—Bueno, bueno, tendré que emplear el camino rápido de la religión. Una especie de estado de gracia instantáneo —soltó una risa aguda y se acercó a ella arrastrando los pies—. Pero no se lo cuentes a nadie. La Madre Iglesia de Roma no autorizaría algo así, pero aquí en las tierras inexploradas de California tenemos que llegar a la conversión por rutas tortuosas. Siéntate, siéntate.

Katherine tomó asiento en la silla de respaldo recto que el hombre le indicó con la sensación de que una falta de realidad y una percepción de aislamiento desordenaban sus emociones.

—Empezaremos con...

Unos golpecitos en la puerta los interrumpieron.

—¿Padre? —Damián asomó la cabeza—. ¿Le ha contado Katherine por qué hemos venido?

—Esperaba que fuera para santificar vuestra unión —contestó fray Pedro con aspereza.

—No exactamente.

Katherine casi podía oír cómo Damián se retorcía de incomodidad y se relajó. Por lo visto aquel franciscano ejercía sobre los demás el mismo efecto que había tenido en ella.

—¿Por qué habéis venido, entonces? —la brusca pregunta de fray Pedro transmitió decepción y disgusto.

—Tenemos un problema —Damián entró en la habitación con una alforja colgada del hombro.

—¿Peor que el hecho de vivir en pecado?

—Mucho peor que eso —afirmó Damián. Cerró la puerta con cuidado y se apoyó en ella—. ¿Recuerda la vieja historia sobre los padres y el oro?

Fray Pedro lo estudió con ojos astutos.

—¿Los padres y el oro? —repitió—. No estoy seguro...

—Intente recordar.

Hubo algo en el tono apremiante de Damián que hizo pensar a Katherine que él no creía al fraile, pero fray Pedro no pareció ofenderse.

—¡Ah, sí! —Fray Pedro cruzó los brazos sobre su pecho enjuto—. No es más que una leyenda. Son bobadas —agitó la mano y dio por concluido el tema.

Damián se quitó la alforja del hombro con expresión irritada.

Katherine intervino con una explicación:

—No creemos que sea una leyenda. Creemos que se basa en hechos, al menos en parte. Piense en ello, por favor. Es muy importante. Hay alguien que matará para encontrar ese oro, una persona que parece pensar que yo sé dónde está.

Fray Pedro se volvió a mirarla con una rapidez que se contradecía con su aspecto.

—¿Alguien que mataría? ¿A ti? ¿Por qué a ti?

—Porque soy la viuda de un hombre que buscaba el oro.

—Y ese hombre se llamaba...

—Tobias Maxwell.

El fraile pareció debilitarse ante la mirada de Katherine. Hundió los hombros y ocultó las manos en la casulla. Agachó la cabeza y masculló unas palabras ininteligibles. Katherine, alarmada, le pasó un brazo por la cintura.

—Venga a sentarse —le pidió—. Está enfermo.

Lo ayudó a tomar asiento en la silla que había dejado libre.

—¿Qué le pasó a ese magnífico joven? —preguntó fray Pedro con voz débil.

—Lo asesinaron —respondió Damián, que se acercó y se acuclilló junto a las rodillas del viejo franciscano—. Lo asesinó el mismo monstruo que quiere matar a mi esposa. Por favor, padre, cuéntenos lo que sepa.

Fray Pedro se puso bien las gafas y dirigió una mirada miope e irritada a Damián.

—¿Qué podría saber yo? San Juan Bautista ni siquiera se había construido cuando el senil fray Lucio salió de las montañas con esa historia descabellada. —No parecía ser consciente de que su negativa era una contradicción.

—¿Cuándo salió de las montañas? —preguntó Damián con impaciencia.

—Fue en verano de 1777. Nunca entenderé cómo lo consiguió él solo, pues estaba enfermo y cansado. Murió aquel mismo mes —fray Pedro dejó caer la cabeza como si él también estuviera enfermo y cansado. Katherine cruzó una mirada con Damián.

—¿Cuántos años tiene, fraile? —le preguntó ella, conmovida por su edad y su tristeza.

—Ochenta y ocho —respondió con un suspiro—. Vine desde España para trabajar con fray Junípero Serra, ¿lo sabías?

—No, no lo sabía.

—Pues sí. Vine desde Mallorca, igual que él. Fue un honor estar a la sombra de fray Serra. Ese hombre era un santo.

Katherine le siguió la corriente y le dio los momentos que necesitaba para recobrar la compostura.

—¿En serio?

—Nunca ha habido otro como él —el fraile se estremeció y tomó aire con brusquedad—. Aunque algunos lo han intentado.

Eso era. Ahí estaba lo que preferiría no tener que revelar nunca. Katherine sospechaba que aquello lo asustaba.

—¿Quiénes? —le preguntó con un susurro.

La risa del fraile sonó como el crujido de un papel viejo.

—Tú lo sabes, Damián, ¿no es verdad?

—Fray Pedro, yo no... —a Damián se le ocurrió de repente y dijo—: ¿Fray Juan Esteban?

—Sí, fray Juan Esteban. Ese hombre grandote de ojos centelleantes. Él también vino desde Mallorca y era más joven y más sano que fray Serra, con una gran habilidad para curar. Una habilidad para curar casi divina. Poseía un carisma que impedía que algunos vieran su ambición. Sin embargo, en su vanidad, no era consciente de sí mismo. —Levantó un dedo y lo agitó con un gesto admonitorio dirigido a un hombre que llevaba mucho tiempo muerto—. Fray Juan Esteban creía que Dios obraba a través de él, que su determinación en convertir el interior era un signo de que era la voluntad de Dios. Nunca dominó su inquietud el tiempo suficiente para ir a la capilla y preguntarle a Dios cuál era Su voluntad. Una vez intenté hablar con él al respecto, explicarle que cuando Dios dirige tus acciones, sientes paz y seguridad en tu interior. Pero Juan Esteban me superaba tanto en edad como en experiencia.

Katherine le acarició los dedos, que le temblaban en el regazo.

—¿Qué dijo él cuando lo reprendió?

—Se rió. Pero… —Fray Pedro cerró los ojos como si sintiera dolor—. Pero cuando fray Lucio salió de las montañas, tenía instrucciones de buscarme. Recibí la carga del secreto a petición de fray Juan Esteban.

Damián sirvió un vaso de vino. Se lo puso en las manos a fray Pedro y le preguntó:

—¿Qué fue lo que recibió?

Fray Pedro sorbió el líquido rojo y especiado y suspiró.

—Un buen vino. Un vino nuevo. Me gustan los vinos nuevos, ¿a ti no?

—Fray Pedro, por favor —Damián se arrodilló a su lado—. Tenemos que saberlo.

El franciscano estudió a Damián para interpretar su alma.

—Nunca quise contarte nada sobre esto. De todos los chicos a los que enseñé, tú eras el más formal, salvo cuando se sacaba a relucir esta historia. Entonces te brillaban los ojos y escuchabas con demasiada atención. Tenía miedo por ti —tomó otro sorbo—. ¿Todavía te brillan los ojos cuando se menciona el oro?

Damián abrió uno de los lados de su alforja.

—Deje que se lo enseñe. —De entre la ropa interior arrugada de Katherine sacó un paquete bien envuelto. Lo desenvolvió y sostuvo la piedra bajo la luz del sol del oeste que entraba por la ventana. El dorado del sol poniente dio vida al oro de la piedra, que relució; fray Pedro sabía lo que era.

Se santiguó, bendijo el oro y murmuró:

—Existe. Existe de verdad —una sonrisa se dibujó en su rostro curtido e hizo que sus arrugas se hundieran profundamente entre los pliegues de su piel—. Durante todos estos años me había preguntado si estaba loco, pero existe y no lo estoy.

Atrapada en aquel mundo al revés de frailes egocéntricos y tesoros ocultos, Katherine no pudo hacer otra cosa más que preguntar con aire preocupado:

—Entonces, ¿nos ayudará?

El hombre levantó las manos y los bendijo a ambos.

—Buscaré la respuesta en la capilla. Dios siempre está allí para quien lo busca.

Katherine sintió un leve hormigueo que le recorría la espalda. Fray Pedro hablaba de Dios como si fuera un amigo importante con el que pudieras ponerte en contacto y hablar cuando quisieras. Eso aumentaba su sensación de extrañeza.

Desvió la mirada hacia Damián, pero él no pareció notar nada raro. Se apoyó contra la mesa mirando al franciscano como si semejante espiritualidad fuera algo normal y corriente, previsible.

Fray Pedro también parecía insensible a la incomodidad de la joven.

—Busca a fray Manuel, doña Katherina. Él te acompañará a tu habitación, donde puedes estudiar el libro que te di. Damián, tú puedes dormir con los vaqueros esta noche.

Damián se encogió de hombros con resignación mientras envolvía de nuevo la piedra y la escondía otra vez en la alforja.

—Espero veros a primera hora de la mañana para poder discutir este asunto. —Fray Pedro miró por encima de sus gafas con una expresión graciosa—. Nuestro pequeño Damián puede prestar atención al sacramento del matrimonio. Luego la confesión para los dos, y primera comunión para ti, doña Katherina, y a continuación la ceremonia de la boda. Preparaos.

Damián tomó a Katherine por el codo sin mediar palabra y salió con ella de la habitación al pasillo. Cuando estaban abandonando el pequeño despacho, oyeron que fray Pedro les gritaba:

—No desayunéis nada.

—Es un hombre maravilloso, ¿verdad? —comentó Damián riéndose, y ella lo miró como si estuviera loco—. Vamos, encontraré a fray Manuel por ti.

En las habitaciones que se alineaban a lo largo del corredor arqueado vieron los destellos del atardecer que entraban directamente por las ventanas. La luz salía por las puertas abiertas a su paso, se reflejaba en el reborde de madera y lo transformaba en un topacio pulido. El resplandor se apagaba cuando dejaban atrás la brillantez y volvía a aparecer en otra puerta. Katherine miraba a su alrededor con los ojos fatigados por la rápida transición, confusa por su sensación de aislamiento.

Damián caminaba a su lado y la luz también lo transformaba, esculpiéndolo en el fulgor y envolviéndolo en la sombra alternativamente. Allí, en aquel momento, en aquel lugar que tan español y californio era en esencia, Damián le parecía distinto. No se parecía en absoluto al hombre con el que se había casado. O quizá se pareciera al auténtico hombre con el que se había casado. La oscuridad del pasillo acentuaba la gravedad austera que lo distanciaba. La iluminación revelaba su belleza sombría, enfatizada por unos toques de negro y tonos dorados. Como un cuadro creado con un buen ojo para el dramatismo, Damián exhibía una belleza que en el discreto ambiente de Katherine no tenía igual.

En aquel mundo de crucifijo y conquistador, ella era la extraña.

Damián encontró a fray Manuel y Katherine oyó los murmullos de su conversación amortiguados por su horror.

Ella era la extraña. No pertenecía a aquel lugar.

Fray Manuel acudió para acompañarla a su habitación. Antes de marcharse la bendijo. Damián dejó la bolsa de Katherine junto a la cama y ella se volvió hacia él, ansiosa de amistad, de unas palabras tranquilizadoras. Seguro que Damián se daba cuenta de lo desplazada que se sentía. No obstante, él no dijo nada. Sonrió sin afecto, le hizo una reverencia con la formalidad propia de un español, la miró con ojos grandes y oscuros mientras cerraba la puerta al salir y la dejó allí sola con una vela que iluminara la creciente penumbra.

Katherine recorrió con la mirada la habitación, desnuda y con escasos muebles como cualquier celda, como si fuera a encontrar la respuesta a las preguntas que la abrumaban. ¿Qué estaba haciendo allí? ¿Por qué había llegado a creer que podía encajar en aquella sociedad? ¿Qué locura la había empujado a casarse con un hombre marcado por la historia y la cultura?

Se quedó mirando el libro que tenía en la mano sin verlo, hasta que se concentró en él con consternación. Aquél era el libro que tenía que leer durante la noche. Era lo que la afianzaba a la realidad.

Acercó el taburete a la mesa, se sentó y abrió el libro por la primera página. El silencio de la misión le inundaba los oídos; un silencio de antiguas plegarias y nuevas devociones. Su respiración se hizo más lenta y el corazón le latía a un ritmo constante mientras escuchaba con atención buscando algún indicio de compañía. Lo único que oyó fue el sonido profundo y dulce de la santidad que conmovió una parte de su ser del que aún no era consciente.

La vela parpadeó, las palabras temblaron ante sus ojos y una salpicadura de agua cayó en la página sin que ella se diera cuenta. La enjugó; enjugó también las lágrimas de sus ojos.

Echaba de menos su casa.

Por primera vez desde que se había marchado de Boston echaba de menos su casa. Y por primera vez se preguntó si alguna vez volvería a ver la nieve. Se preguntó si volvería a llevar un chal de piel o a asar castañas para el relleno navideño. Se preguntó si volvería a oír el acento entrecortado y nasal de Massachusetts, si volvería a ver una dársena repleta de comerciantes yanquis o si volvería a oír el retumbo de un cañón para celebrar el Cuatro de Julio. ¿Alguna vez vería a los hombres de pie con la cabeza descubierta mientras el alcalde leía la Declaración de Independencia?

Era una bobada recordar detalles, ansiar un manguito en el que meter las manos cuando vivía en una tierra de primavera eterna, pero lo hacía. Era una bobada recordar sólo la nieve y no el fango que luego formaba y las temperaturas bajo cero, pero lo hacía. Tanto si era una bobada como si no, la nostalgia crecía en la soledad regada por esas lágrimas tontas.

En Boston era una mujer normal y corriente. Cuando andaba por la calle nadie la miraba ni susurraba nada sobre sus antepasados o su lugar de origen. Pero allí resaltaba. Su aspecto, su forma de hablar y sus costumbres la hacían destacar y no sabía si quería adaptarse para encajar con la idea que tenía Damián de una verdadera esposa española.

Le había asegurado a fray Pedro que el hecho de cambiar de religión no tenía mucha importancia para ella. No había hallado socorro en el severo congregacionalismo y no había visto ninguna demostración de bondad en el estilo de cristianismo de la familia Chamberlain.

A pesar de todo, Katherine se encogió al pensar en cómo reaccionarían a su conversión. Quedarían horrorizados de su caída en la «superstición», igual que habían menospreciado el consuelo que había encontrado en las misas católicas a las que había asistido de vez en cuando.

La reacción de Damián también la hacía vacilar. Si bien ella aceptaba su primera comunión con una sumisión semejante al estoicismo, Damián no. La religión de Katherine no era importante para ella; la de Damián sí lo era para él. Él albergaba una exultación, un placer que la hacían sentir incómoda. Para su esposo, ella no hacía esto en conformidad con las leyes de California, ni como un gesto de aprobación de sus creencias. Era un regalo con el que ella le obsequiaba, una joya más magnífica que cualquier otra: una promesa de devoción por él y por su forma de vida.

¿Se atrevía a hacerlo? Desde la muerte de su padre había procurado hacerse con el control de sus emociones, de sus acciones, de sí misma. Y además, lo había conseguido. Se había liberado para viajar, para hacer lo que se le antojara. Había aprendido a controlar sus reacciones.

En algunas ocasiones, tal vez, ese control en particular se le había escapado. A veces su genio había estallado; a veces había caído en la beligerancia que había aprendido en casa de los Chamberlain. Pero en general, su confianza en el control se había visto recompensada. Había decidido ganarse la independencia mediante el control y lo había hecho.

Damián había minado dicha determinación centímetro a centímetro. Primero ella le había entregado su cuerpo y él creó una pasión que Katherine no podía controlar. Luego había accedido al matrimonio y él obtuvo el control legal de su persona. Y ahora se había ofrecido a unirse a él en la única ceremonia que él reconocía de verdad. ¿Cuál sería el control que le arrebataría esta vez? ¿Perdería a la señorita Katherine Anne Chamberlain Maxwell y se convertiría en una desconocida llamada doña Katherina de la Sola?

Katherine tuvo una revelación súbita y se dio cuenta de que la cultura californía triunfaría sobre la suya, al menos en casa de los de la Sola. La mujer satisfecha de sí misma que había atracado en el puerto de Monterey estaba siendo transformada por fuerzas interiores y exteriores. No sabía si quería cambiar. Sabía que podía decir que no. Si quería hacerlo, podría seguir siendo la persona que había zarpado desde Boston.

Si quería hacerlo.

Era eso lo que la asustaba. Que no quería. Una emoción hizo presa en ella, una emoción que no osaba definir. La exhortaba a hacer cambios, a hacer feliz a Damián. La instaba al compromiso.

Si no se andaba con cuidado, dicha emoción la iría aplanando hasta convertirla en un felpudo en el que Damián podría limpiarse los pies.

Se le tensó la mandíbula al pensarlo.

Muy bien. Se comprometería en este asunto. Se haría católica con todo su corazón porque era importante para Damián, porque él era su esposo y porque ella debía sacar provecho.

Pero no se comprometería más. Era una norteamericana orgullosa y una mujer moderna. Más le valía a Damián aprender a aceptar aquel hecho desagradable. Asintió moviendo la cabeza con firmeza. Sí, más le valía aceptarlo.

La emoción nunca triunfaba sobre la lógica. No en la señorita Katherine Anne.

Lo que se agitaba en su corazón no la estaba cambiando.

4 de junio, año de Nuestro Señor de 1777

«Los indios nos acosan. Nos hemos perdido. Estas montañas escarpadas nos son desconocidas. Fray Lucio nos insta a abandonar el oro. Las mujeres nos miran desesperanzadas mientras nos peleamos.

¿Por qué esos idiotas no pueden ver lo que yo veo? ¿Que esto es un regalo del cielo?».

Del diario de fray Juan Esteban de Bautista.

Capítulo 16

*L*a luz de la mañana sorprendió a Katherine en el estudio, recitando para fray Pedro los pasajes de la fe católica que había aprendido con rapidez. Damián parecía contrariado, se iba sacando el heno del cabello con los dedos y suspirando en voz alta mientras fray Pedro de Jesús le preguntaba el catecismo a ella. Katherine tuvo ganas de abofetear a ese niño pequeño y malhumorado, pues aquel credo desconocido requería de toda su concentración. Sería mucho más sencillo si la conversión requiriera únicamente tener conocimientos básicos de derecho.

Se recordó con honradez que, además, estaba haciendo todo aquello por Damián y por su matrimonio. Lo menos que podía hacer él era mostrar un poco de gratitud.

Fray Pedro quedó satisfecho por fin. Se arrebujó en el chal que llevaba sobre los hombros y examinó a Damián de la cabeza a los pies por encima de las manos que había juntado al frente. Damián se avergonzó como un monaguillo bajo la mirada de su maestro. El franciscano chasqueó la lengua y le reprochó:

—Tan impaciente como de costumbre. Eso debería constar en tu confesión esta mañana.

—Sí, padre.

—¿Qué es lo que querías saber?

Damián se cruzó de brazos, se deslizó en la silla hasta que la espalda descansó en el respaldo y lo miró con furia.

La carcajada seca de fray Pedro resonó en el aire frío.

—No puedo resistirme a fastidiarte, pequeño Damián —se puso serio, se inclinó hacia delante y apoyó los codos en la mesa—: Bueno, Dios estuvo aquí anoche y hablé con Él. Me ha transmitido Su decisión. Os contaré lo que sé y os mostraré lo que tengo.

Katherine se estremeció al recordar la noche, cargada de silencio.

Con un entusiasmo despiadado, Damián preguntó:

—¿Qué recibió de fray Lucio?

—Un mapa y un diario.

—¿Se los enseñó a Tobias Maxwell?

—Le enseñé el mapa.

—¿Y el diario no? —insistió Damián.

—El diario se lo di.

Katherine soltó un grito ahogado y detestó su reacción desenfrenada, pero no pudo evitarlo. Damián parecía haberse quedado sin habla y ella tartamudeó:

—¿Se lo dio? ¿Y él lo devolvió?

Fray Pedro negó con la cabeza.

—¿Por qué se lo dio?

—Nos arregló la campana. La cuerda se había roto y no podíamos volver a unirla. Y nuestro reloj. Nos arregló el reloj. Se quedó con nosotros mientras estuvo trabajando y llegué a conocerle. —El anciano daba golpecitos juntando las yemas de los dedos—. Tuve una sensación con él.

Katherine respiró hondo.

—Muy bien. ¿Qué clase de sensación?

—Ya sabéis que he sido el guardián de este secreto durante más de sesenta y cinco años. Sí, más de sesenta y cinco años —se le fue apagando la voz y movió los labios mientras calculaba en silencio. Dijo con aire triunfal—: Sesenta y nueve años. Eso es. Sesenta y nueve años —las arrugas de su rostro se hundieron—. Es mucho tiempo. ¿No creéis que es mucho tiempo?

—Es muchísimo tiempo —coincidió Katherine.

Damián se movió, pero parecía estar familiarizado con las rarezas de fray Pedro.

—¿Qué clase de sensación tuvo con Tobias?

Fray Pedro sonrió a Damián con melancolía.

—Era amigo tuyo. Me habló de ti. Eso me dio la primera pista, el primer indicio de su propósito en mi vida, porque siempre he sabido que tu destino estaba relacionado con el oro de alguna forma. Pensaba que serías tú el que recibiría el mapa y el diario cuando llegara el momento adecuado.

—¿Por qué cambió de opinión? —preguntó Damián—. ¿Y cuándo fue el momento adecuado?

—Paciencia, hijo mío —lo reprendió fray Pedro—. He sido el guardián de este secreto durante sesenta y nueve años... ¿no es eso lo que he dicho?

Katherine afirmó con la cabeza.

—Sesenta y nueve años. Si muriera y dejara la información desatendida, podría caer en las manos equivocadas. No sé qué ocurriría. Quizá los buscadores del tesoro utilizarían el oro en actividades impías. Tal vez los mataran. Ya ocurrió una vez con anterioridad, ya sabes —lo miró por encima de las gafas—. Tú lo recuerdas, Damián.

Damián recordó la historia que el viejo vaquero había contado en torno al fuego hacía mucho tiempo atrás y asintió:

—Oh, sí.

—Oculté ese mapa lo mejor que pude y aun así lo robaron en esa ocasión. Muchos hombres murieron por sus robos y avaricia. Sin duda sus almas aún arden en el infierno. El único que sobrevivió me devolvió el mapa y yo he sido listo al respecto —se frotó las manos con deleite—. Muy listo. Los otros que encontraron el camino lo hicieron siguiendo los pasos de los primeros ladrones. Cuando ya fueron muchos los que habían muerto por el oro, los intentos se fueron haciendo menos frecuentes y cesaron. Así pues, cuando Tobias vino a mí, fue la primera vez en muchos años que alguien me preguntaba sobre el tesoro. Quizá me puse a divagar y le conté más de lo que debería... ¿Crees que divago, doña Katherina?

—En absoluto —lo tranquilizó ella.

—Eres una joven encantadora y un orgullo para la familia de la Sola —volvió su atención hacia Damián—. He estado esperando a que el pequeño Damián creciera para darle la información.

—¿Esperando a que creciera? —Damián estalló—. ¡Tengo treinta y dos años!

—¿Cuánto tiempo ha pasado desde la última vez que te vi? —Fray Pedro estalló a su vez—. ¿Cuánto tiempo esperé a que madurara esa parte avariciosa de tu alma? Te has mantenido alejado sin más motivo que unas pocas malas hierbas.

Damián se puso de pie con un golpe sordo de las botas en el suelo y Katherine se preguntó si estallaría en furia. Pero volvió a estudiar a su esposo mientras él rodeaba la mesa y levantaba al viejo franciscano tomándolo entre sus brazos.

—Tiene razón, padre. Perdóneme.

El anciano alzó las manos al rostro de Damián, lo sostuvo así y lo miró fijamente. Satisfecho con lo que allí vio, le dijo:

—Has madurado. Bien. Déjame que te lo enseñe. —Arrojó el chal sobre la mesa, se acercó a la pared arrastrando los pies y descolgó un cuadro enmarcado. Se lo entregó a Damián como si nada—. Aquí lo tienes.

Damián miró primero el mapa que tenía en la mano y luego a fray Pedro.

—¿Quiere decir que es esto? Pero esto lleva colgado en su pared desde que tengo uso de razón.

—Sí. Fue un escondite ingenioso, ¿no?

Regresó a su silla y Katherine se levantó de la suya para atisbar por encima del hombro de Damián. Él la miró con un gesto de impotencia. Katherine estuvo de acuerdo:

—Un escondite muy ingenioso, ya lo creo.

Lo acercaron a la luz del sol y lo examinaron.

—En la inscripción pone Mallorca —señaló Damián.

—Mira con atención los puntos de referencia a ver si los reconoces —le indicó fray Pedro. Cerró los ojos como si estuviera agotado.

Damián recorrió con el dedo el prominente cauce de agua.

—¿El río San Benito? —Katherine siguió con la mirada el dedo de Damián, que iba nombrando las montañas, los ríos, los valles. La emoción dio color a su voz cuando dijo—: Creo que podría llegar allí, Padre. De verdad creo que podría.

—No dudo que podrías, pero ¿qué harás una vez estés allí? —Fray Pedro abrió los ojos—. El diario, junto con sus instrucciones, ha desaparecido con vuestro Tobias.

Katherine y Damián se miraron consternados.

—¿Dónde podría haberlo puesto? —se preguntó—. ¿Qué aspecto tenía el diario, padre?

—Era un libro estrecho encuadernado con cuero marrón.

—Si Tobias hubiera tenido un libro yo me habría dado cuenta —afirmó con convicción—. ¿Recuerda qué decía, padre?

—No lo leí nunca. No pude. Lo intenté cuando trabajaba duro en la misión de San Antonio, pero... —se estremeció y Katherine se acercó a él enseguida con el chal que había tirado sobre la mesa.

—Tiene frío.

—Sí.

La expresión sombría del fraile le dio coraje para preguntar:

—¿Cuándo llegó a San Juan Bautista?

—Vine el año en que se fundó, en 1797. Anteriormente había sido hermano residente en la misión de San Antonio de Padua, y en los pasillos de la misión de San Antonio vi un fantasma.

—¿Un fantasma? —Katherine miró a Damián con asombro.

—Mi hermano franciscano, el alto con ojos centelleantes. —Fray Pedro alzó las manos para mostrar la estatura—. La determinación y la fortaleza caracterizaban a esa aparición. Yo era muy joven y me asusté. El fantasma intentó atraerme lejos de la misión. Quería que lo siguiera hacia las montañas.

Katherine no pudo evitarlo y se apartó de la silla del fraile.

Él levantó la vista hacia ella y se puso bien las gafas.

—No hay motivos para alarmarse, hija mía. No puede venir aquí porque no conoce este lugar.

—¿Me está diciendo que estamos tratando con un fantasma? —quiso saber Katherine.

—No te hará daño —la tranquilizó fray Pedro—. Al fin y al cabo, era un hermano franciscano y uno de nuestros mejores curanderos. En el mundo secular hubiera podido ser médico. No, a pesar de toda su arrogancia fuera de lugar, nunca le haría daño a nadie deliberadamente. Pero... hubo gente que murió por su culpa. No puede descansar en paz hasta que yo, o mi mensajero, hayamos solucionado el tema del oro.

Damián se dejó caer en una silla.

—En tal caso será mejor que estudie esto.

—Llévatelo —lo animó fray Pedro—. Estúdialo a tu conveniencia. A decir verdad, debo decirte... que cuando estuve enfermo el año pasado sí que envié a buscarte. Quería darte el mapa y el diario. Esa buena mujer, Leocadia, me respondió con un mensaje diciendo que estabas fuera de visita.

Damián puso mala cara.

—¿Por qué no me dijo que me necesitaba?

—Yo se lo pedí. Mi enfermedad pasó y sólo me dejó un poco más débil. Sin embargo, cuando Tobias vino a mí, parecía ser un mensajero de Dios. —Fray Pedro frunció su ya arrugada boca—. Debemos proceder a los sacramentos, antes de que doña Katherina se desmaye de hambre.

Damián dio la vuelta al mapa, lo sacó del marco y lo dobló por unos pliegues ya antiguos.

—¿Dónde podría guardarlo?

—Utiliza la idea de fray Pedro —le aconsejó Katherine—. Guárdatelo en el bolsillo.

Damián le sonrió con un breve gesto de aprobación. Katherine se dio cuenta con consternado deleite que había echado de menos sus sonrisas y lo que disfrutaba con ella.

—Bien. —Fray Pedro los condujo a la gran iglesia vacía.

Katherine se sentía como una intrusa y se detuvo en la puerta. Los bancos situados a lo largo de la pared relucían con un brillo de cera de abejas. Los frescos primitivos, la estatua de la Virgen María, las velas que parpadeaban en el altar, todo se combinaba para subrayar cuán ajena era a todo aquello. Incómoda, temerosa de decir o hacer algo incorrecto, miró confusa a Damián cuando él cogió una mantilla de toda una variedad de tocados que había en una mesa y se la puso en la cabeza.

Damián se arrodilló y se santiguó. Katherine lo imitó y luego él la animó a recorrer el pasillo. El suelo de madera noble amplificaba sus pasos y se sorprendió a sí misma andando de puntillas para minimizar el ruido.

En el altar, fray Pedro besó todas las prendas de las vestiduras de sacerdote que se iba poniendo. Se volvió hacia ellos y su aspecto era distinto. Parecía más alto, quizá, o más feliz. Infundiendo significado a todas sus palabras, dijo:

—Ahora es momento de concentrarnos en asuntos más importantes.

Del fondo de la capilla les llegó el sonido de unas botas que rozaban el suelo y un tintineo de espuelas. Katherine y Damián se dieron la vuelta lentamente. Uno de los vaqueros estaba frente a la puerta, con los pies fuera y la cabeza dentro de la capilla. Miró a Damián y le hizo señas; él le devolvió una mirada fulminante. Joaquín hizo unos gestos tan enérgicos que fray Pedro ordenó:

—Ve a ver qué quiere mientras yo atiendo la confesión de doña Katherina y su primera comunión —le hizo una seña a Katherine para que se dirigiera al confesionario situado debajo de los arcos.

Katherine llegó allí arrastrando los pies, preguntándose qué podía contarle. Se le hacía imposible mostrar la franqueza que el fraile pedía. ¿Cómo iba a contarle a otra persona el miedo que le daban las emociones que se retorcían en su interior? ¿Cómo podía confesar su renuncia a liberarse de ese control sobre sí misma que la definía? No podía. Tampoco quería. A pesar de la insistencia de fray Pedro, Katherine se guardó sus sentimientos y le habló de las acciones que él consideraba pecados.

Él ya lo sabía, por supuesto. Le ordenó que volviera al altar y no dijo ni una palabra. Pero su mirada era tan bondadosa y comprensiva que Katherine se sintió una sinvergüenza. El anciano le dio la primera comunión con mucha calma, como si no oyera el relincho de los caballos y el ruido de los arreos.

Los vaqueros estaban ensillando sus caballos y se preparaban para salir.

Katherine sintió el impulso de levantarse de un salto y decirle al fraile que debía esperar mientras ella averiguaba qué estaba ocurriendo. En cambio, se concentró en los sacramentos con la esperanza de que su concentración apresurara la ceremonia.

Para terminar, el fraile le trazó una cruz en la frente y dijo:

—Al menos esto dotará tu alma de gracia mientras emprendes tu gran aventura.

Katherine se sentía como una traidora y le susurró:

—Padre, hay algo que debo decirle.

El anciano le tomó la mano y la ayudó a levantarse.

—Dime.

—Dijo que don Damián había madurado, que no le daba miedo mandarlo en busca del oro. Pero cuando encontramos la piedra veteada, me dio miedo.

El hombre la tomó por la cintura y la condujo hasta un banco.

—¿Por qué?

—Parecía estar tan... exultante, como si hubiera descubierto la panacea para la guerra o una cura para la vejez.

El fraile se sentó y entrelazó las manos en el regazo.

—¿O como si hubiera encontrado la tierra perdida de El Dorado?

Katherine, confusa, preguntó:

—¿Qué es eso?

—Es una leyenda, supongo. El Dorado es la tierra del Hombre Dorado, un lugar de oro y abundancia. El Dorado es lo que buscan todos los conquistadores.

Su descripción impresionó a Katherine, que asintió diciendo:

—Eso es lo que parecía. Un conquistador.

—Hija mía, si pensara que Damián no iba a hacer lo correcto no le hubiera dado el mapa. Nunca. Eres tú quien lo ha cambiado. Has dado a un buen hombre la templanza que le faltaba y no va a ceder a la tentación. Él nunca jugará con tu vida o tu alma.

—Parecía tan codicioso… —comentó ella en tono apremiante.

El fraile le dio unas palmaditas en la mano.

—Debes recordar que es español.

Las botas de Damián resonaron en la iglesia.

—¿Ha terminado, padre?

—Con la comunión. —Fray Pedro se puso bien las gafas—. Sin embargo, no puedo celebrar la ceremonia del matrimonio sin el novio.

—Tendrá que esperar. Debo marcharme —Damián se volvió a mirar a Katherine—. Los vaqueros divisaron a un norteamericano pelirrojo vigilando la misión y cuando lo siguieron encontraron un campamento.

—No puede tratarse de Lawrence —protestó Katherine—. Tiene demasiado de dandi como para vivir a la intemperie simplemente por el placer de espiarnos.

—¿Ah, no? —Damián le mostró lo que parecía una cabellera.

Katherine reconoció el tupé de Lawrence, pelirrojo y cubierto de cola, con aspecto muy gastado.

—No puede ir muy lejos con lo mal que monta —el comentario desdeñoso de Damián proclamaba la opinión que tenía del primo de su esposa—. Los vaqueros y yo lo encontraremos. Cuando hayamos terminado con él no se atreverá a seguirnos otra vez.

Katherine no conocía a aquel Damián. Cruel, desdeñoso, preso de una ira malvada. De nuevo la embargó la oleada de irrealidad. Con una voz débil que se fue fortaleciendo declaró:

—Iré contigo.

Damián la miró con menosprecio.

—No, no vendrás.

—Iré.

Damián suspiró con brusca impaciencia.

—Nos retrasarás. Volveré esta noche, o mañana por la mañana a lo sumo.

Katherine miró a su alrededor y le sobrevino una sensación de claustrofobia. No iba a pasar ni una noche más en aquel lugar. Tenía que salir de allí.

—Voy a ir.

Fray Pedro objetó:

—Doña Katherina, no puedes irte con este hombre. No estáis casados. Es un pecado. No puedes hacer el trabajo de un hombre. Es un pecado. Hay demasiados pecados en potencia.

Katherine se volvió a mirarlo, furiosa por su intromisión, con la intromisión de todo el mundo en sus asuntos.

—Ése al que persiguen es mi primo. Si alguien va a atrapar a ese canalla voy a ser yo. —El anciano pareció tan indignado y herido que Katherine añadió en tono conciliatorio—: Regresaremos lo antes posible para que nos case. No sólo tiene la palabra de don Damián sino también la mía.

El franciscano la miró con atención frunciendo los labios para evaluar su sinceridad mientras Damián protestaba:

—No. No entiendes el peso de semejante pecado.

Tal vez fuera el pánico que sentía o tal vez su determinación, pero hubo algo en ella que convenció al fraile, porque éste los interrumpió para decir:

—De acuerdo, Katherine. Puedes ir.

Damián se quedó petrificado por la sorpresa.

—¿Qué?

—Deja que vaya.

Dio la impresión de que Damián se sentía herido por aquella traición. Se volvió a mirar a fray Pedro y alegó:

—Es una mujer. Su lugar no está en la persecución. Podría hacerse daño o recibir un disparo.

—Es norteamericana —replicó fray Pedro—. Sus costumbres no son las nuestras, y harías bien en recordarlo.

Sonrió a Katherine con compasión.

—Creía que no la dejaría venir conmigo hasta que estuviéramos casados —señaló Damián en tono triunfante.

—Volveréis en cuanto podáis. Esta noche a ser posible. —Fray Pedro agarró del brazo a Damián con preocupación sincera—. Será mejor que doña Katherina y tú no os separéis.

Damián se alejó unos pasos y regresó de nuevo.

—No puedo prometer que no incumplamos el sexto mandamiento si nos quedamos solos.

—Ella quiere ir, que vaya.

Con el rostro colorado por una indignación que no podía expresar, Damián se quedó mirando al hermano franciscano.

—¿Es la palabra de Dios?

—No, sólo la palabra de fray Pedro. —Cruzó las manos dentro de las mangas mientras aguardaba a que Damián tomara una decisión.

El joven le dirigió una última mirada indignada y dijo con rudeza:

—Vamos, Katherine. Procura no rezagarte. No vamos a esperarte.

—Mi primo tiene una suerte increíble. —Katherine apretó los vendajes que sujetaban la tablilla a la pierna de Joaquín.

Damián cruzó la mirada con ella mientras los vaqueros ponían a Joaquín en la camilla que habían hecho a toda prisa.

—Una suerte increíble —repitió él.

—Lo siento, patrón —le susurró el herido—. He echado a perder su oportunidad de atrapar al hombre del pelo rojo.

Damián le dio unos golpecitos en el hombro.

—Bobadas, Joaquín. Íbamos a demasiada velocidad para un terreno como éste. Debería haberlo sabido, cabalgando por el chaparral tan cerca de las montañas. Tu caballo tropezó y te caíste. Ha sido mala suerte.

—La maldición del tesoro —dijo alguien entre dientes.

Damián se dio la vuelta rápidamente hacia el grupo de hombres que tenía detrás.

—¿Qué habéis dicho?

Su respuesta fue el silencio.

—¿Cómo es que sabéis lo que buscamos?

Unas miradas hoscas evitaron la suya y fue Joaquín el que habló:

—Todos sabíamos lo que buscaba don Tobias, porque nos pidió que le contáramos la historia. Sabíamos que eso lo mataría pero, obedeciendo a sus deseos, le indicamos cómo llegar a la misión. Y ahora usted también se dirige allí —su voz adquirió un dejo de tristeza—. Con la marca del cuchillo en el cuello de doña Katherina, no tiene elección.

Damián miró con seriedad a Katherine, que estaba bajo el verde intenso de un roble del valle. La hierba se rizaba en torno a sus rodillas y el terreno se extendía en pendiente tras ella. Las ramas le habían destrenzado el pelo, que le caía suelto por los hombros y por la espalda. El sol que brillaba entre las hojas se reflejaba en las cosas doradas que llevaba y la exponía como la sirena que era en realidad.

La marca del cuchillo estaba cubierta por un pañuelo, pero por lo visto todos los vaqueros sabían que estaba allí.

Katherine había cabalgado con tanta dureza que al principio Damián había pensado que su amenaza de dejarla atrás había surtido efecto. Sin embargo, a medida que habían ido transcurriendo las horas, se le había ocurrido pensar que lo que Katherine hacía en cambio era huir de algo, de algo que la asustaba. Algo que incluso en aquel preciso momento le ensombrecía el semblante. Damián veía su preocupación, aunque nadie más pudiera reconocerla, y se preguntó qué habría visto ella en la misión, qué habría oído en la misión. También se preguntó por qué le daba miedo preguntárselo.

¿Acaso su radiante esposa se le estaba escapando antes de que tuviera ocasión de demostrarle su amor?

—¿Algo va mal? —preguntó ella.

Damián cayó en la cuenta de que la había estado mirando fijamente. Negó con la cabeza y le preguntó a Joaquín:

—¿Tú crees que vamos al encuentro de la muerte?

—Usted no, patrón —respondió el vaquero con seguridad—. Ni

usted ni doña Katherina. Su amor es fuerte. Siempre y cuando sigan juntos se protegerán mutuamente. —Miró a los demás vaqueros y recibió alguna señal porque admitió—: Pero nosotros no nos atrevemos a seguir.

Damián se acarició el bigote.

—Tú, Joaquín, no tienes alternativa. Irás al rancho de Casillas y te quedarás allí. El rancho está cerca y doña María Ignacia nos recibirá bien —ordenó a los demás vaqueros—: Ponedlo en una camilla y llevadlo. Esta fractura sólo se curará con los mayores cuidados.

Mientras los hombres montaban, Damián le dijo a Katherine:

—Sabremos que llegamos a la tierra de los Casillas por las rosas. A Nacia le encantan las rosas.

Tal como Damián prometió, el perfume de las rosas presentó la hacienda a Katherine. Las rosas trepaban por una espaldera, y los rosales floridos bordeaban el camino de acceso. Las rosas subían hasta el tejado del porche y florecían en macizos amarillos, rojos y rosados en el patio.

—¡Qué bonito! —exclamó Katherine.

—Las rosas me recuerdan a Nacia —dijo Damián—. Dulce y bonita.

Katherine puso mala cara mientras seguía cabalgando. Recordaba haberse encontrado con la señora de Casillas en la fiesta. La mujer estaba deseando hablar y la había mirado con cordialidad inquisitiva. Ahora Katherine se preguntaba si había tenido algún motivo para hacerlo.

Katherine agujereó la espalda de Damián con la mirada. Aquel hombre que se hacía llamar su esposo se había distanciado de ella, la culpaba, la confundía con su ira. Sin embargo, esa Nacia suscitaba su afecto. ¿Quién era aquel dechado? ¿Por qué Damián la comparaba con una rosa? ¿Había algo que Katherine debería saber? La intimidad que implicaba el tierno apodo la enfureció.

—Nacia —masculló—. Parece el nombre de un cachorro.

Damián desmontó de un salto y subió las escaleras del porche.

—¿Hay alguien en casa?

Una criada india se asomó, lo miró sin mediar palabra y volvió a desaparecer en el interior de la casa. Reinaba el silencio en la zona y por primera vez Katherine se preguntó dónde estaban los mozos de cuadra, qué había pasado con los vaqueros y jardineros que deberían estar en el patio. Damián la miró con el ceño fruncido como si aquella bienvenida tan poco entusiasta fuera culpa suya.

Ella tuvo ganas de regañarlo. La tensión de su pelea se había aplacado con la impetuosa cabalgada, pero ahora volvía a aferrarle el corazón una vez más.

Damián saltó del porche. Se dio media vuelta rápidamente cuando oyó una voz entrecortada a sus espaldas.

—Damián, perdóname. No sabía que estabas aquí. —Nacia estaba en la puerta vestida con una falda negra. Se quedó allí, con el rostro oculto por las sombras—. Y Doña Katherina. Viaja con Damián —su voz denotó un interrogante y una débil censura—. Me alegro de verla.

Damián respondió a la curiosidad de Nacia con buen humor:

—¿Qué pasa? ¿Acaso Julio no ha vuelto y te lo ha contado? ¿La noticia no ha recorrido la Alta California como un reguero de pólvora? Doña Katherina y yo estamos casados.

Katherine no vio a Nacia pronunciar la palabra, sólo la oyó murmurar:

—¿Casados? —Katherine se preguntó cómo los recibiría entonces Nacia, pero la mujer corrió hasta el extremo del porche y se tambaleó en lo alto de las escaleras. Recuperó la voz—. ¿Casados? Me alegro mucho por vosotros. —Se agarró al poste para no perder el equilibrio y les dirigió un gesto—. Entrad enseguida. Doña Katherina, debe de estar exhausta del viaje —sus fuertes palmadas hicieron que la hacienda cobrara vida. Los criados asomaron la cabeza por la puerta; los indios miraban desde la esquina de la casa.

Katherine desmontó y sonrió con educación, reticente a responder a semejante deleite hasta que descubriera la estrategia que había detrás.

—Gracias, doña María Ignacia. Me hace mucha ilusión quedarme en su casa.

—Tienes que llamarme Nacia, como hace Damián —sus minúsculas palabras de aristócrata salieron atropelladamente y su alegría agradó a Katherine a pesar de sí misma. Cuando Katherine subió las escaleras, Nacia la rodeó con los brazos—. Tienes que contármelo todo. ¿Cómo logró convencerte este rufián para que te casaras con él?

Katherine se puso tensa al percibir el cariño en la voz de Nacia, pero ésta lo interpretó mal y se apresuró a asegurarle:

—No era mi intención menospreciar a tu esposo. Es un hombre maravilloso. Lo que pasa es que no pensé que tuviera el buen juicio de seguir mi consejo y hacerse contigo a la primera oportunidad.

La distancia que Katherine quería poner entre las dos se redujo con las palabras de su anfitriona y la presión de su abrazo las puso cara a cara. La luz del sol iluminó el mechón blanco en su cabellera negra, que dio la impresión de ser más ancho que en la fiesta. La rojez hinchada de su semblante y el dolor que rodeaba sus ojos asestaron un golpe a las reservas de Katherine. Tal vez Nacia fuera la perfecta señora española, pero la dama era infeliz. Este pensamiento la ablandó y respondió también con un abrazo.

—Primero debemos poner cómodo a Joaquín. —Dirigió un gesto con la mano hacia el hombre de la camilla—. Se ha roto la pierna y le duele horrores.

—Eres muy buena al pensar primero en tus criados. —Nacia hizo sonar la campana colgada en el porche—. Sabía que Damián se casaría con una mujer maravillosa, y lo ha hecho.

Katherine la miró con dureza, incapaz de creer que pudiera haber alguien tan sincero. No vio mofa, burla ni irrisión que estropearan su voz o su semblante. Se dio cuenta de que aquella mujer era una criatura poco común que decía en serio sus cumplidos. Como esposa de uno de sus amigos, Katherine se convirtió en una compañera.

Damián supervisó a los vaqueros que llevaron la camilla de Joaquín a la cabaña del médico indio.

—¿Tu curandero es bueno? —le preguntó Damián a Nacia—. Joaquín es uno de mis vaqueros de más confianza. Ya he perdido a un buen hombre y tengo a otro lisiado.

—Tratará la fractura con un emplasto de huesos de perro molidos y Joaquín quedará como nuevo —le aseguró—. Y ahora sentaos y tomad un poco de vino, comed algo... una merienda. ¿Cuántos días vais a quedaros?

—¿Huesos de perro molidos? —preguntó Katherine con voz débil.

Nacia se rió y les indicó los asientos del porche.

—Parece extraño, lo sé, pero confío en mi curandero más que en cualquier médico de California.

—Huesos de perro molidos —Katherine meneó la cabeza—. Doña María...

Nacia alzó una mano imperiosa y Katherine empezó de nuevo.

—Nacia, discúlpame, pero necesito refrescarme.

—¡Por supuesto, qué tonta soy! —Nacia le dio unas palmaditas en la mano—. Deja que te enseñe tu habitación y puedes reunirte con nosotros cuando estés lista.

El viaje por la hacienda dejó una impresión confusa de pulcritud y polvo en Katherine. Polvo en el suelo, polvo en las mesas. Todos los chismes estaban en su sitio pero les hacía falta una limpieza a conciencia. La hacienda estaba descuidada y Katherine nunca se lo hubiera imaginado de María Ignacia.

En la habitación de invitados, un cuarto con madera reluciente y volantes almidonados, había tres criadas con trapos y escobas. Salieron de allí a toda prisa y dio la impresión de que Nacia no sabía qué decir cuando se disculpó:

—No esperábamos invitados, pero nos alegramos de teneros aquí.

Una oleada de compasión pilló a Katherine por sorpresa. Nacia estaba avergonzada. Fuera lo que fuera lo que atribulaba su semblante, también acarreaba indiferencia por su entorno y la mujer había dejado que la suciedad se acumulara. Katherine comprendió por qué Damián la comparaba con una rosa. Era delicada y se dañaba con facilidad. Hizo que Katherine se preocupara por ella.

—La habitación es encantadora. Estaré muy cómoda aquí.

Nacia le dirigió una sonrisa tímida mientras cerraba la puerta al salir y Katherine se dejó caer en una silla con un suspiro. Aquella búsqueda del tesoro no iba tal y como ella se había imaginado. Aquel matrimonio no iba tal y como ella se había imaginado. Estaba confusa.

Se había comprometido a seguir un camino sin haberlo reflexionado debidamente. Ahora estaba pagando por ello. Estaba casada con un hombre al que no comprendía, un hombre al que ni siquiera sabía si quería.

Pero aunque ella no lo quisiera, su cuerpo sí, de eso no había duda.

Cada vez estaba perdiendo más de vista a la Katherine que había sido. De hecho, ya ni siquiera era Katherine. Para don Lucian era Katherina; para Damián era Catriona. Estaba perdiendo su identidad. Andaba a tientas por un laberinto complicadísimo de comportamientos y emociones con la esperanza de doblar los recodos adecuados, rezando para encontrar la luz del sol al final.

No obstante, había una cosa que sí sabía de Katherine Anne. Sabía que el hecho de darle vueltas no mitigaría su deseo ni resolvería sus problemas. Se puso de pie con renovada determinación y empezó a arreglarse para tener un aspecto formal.

Cuando salió al porche Damián estaba sentado en un banco con Nacia, le sostenía la mano y le hablaba en tono apremiante. Nacia tenía la cabeza gacha y la meneaba. Allí había intimidad, pero no del tipo que había sospechado Katherine. Era evidente que Damián había visto que Nacia tenía los ojos enrojecidos y quería aliviar su dolor.

Katherine carraspeó. Nadia cruzó con ella su mirada afligida y Damián se levantó y le indicó el sitio que había dejado libre a su lado.

—Te lo estaba calentando. —La frustración tejía una red casi visible que lo envolvía y sus ojos ya no brillaban de alegría.

Con un gesto de la mano, Nacia señaló la comida y bebida dispuestas en una mesa baja delante de ellos.

—Después de la excelente comida que serviste en la fiesta me avergüenza ofrecerte esto, Katherina, pero si quieres probar estos tristes bocados, he ordenado que preparen una cena festiva.

—Tiene un aspecto delicioso —le aseguró Katherine.

—Me halagas falsamente.

—No hemos desayunado, Nacia —terció Damián—. Esto parece un festín.

El estómago de Katherine habló con un sonoro gruñido, Nacia se echó a reír y su preocupación se desvaneció.

—En tal caso os dejaré comer. —Mientras ellos se llenaban los platos preguntó—: ¿Por qué no habéis desayunado?

Damián tragó el primer bocado.

—Fray Pedro de Jesús no nos ha dejado. Katherine tomó su primera comunión esta mañana.

—¿Esta mañana? —exclamó Nacia—. ¡Felicidades!

—Se suponía que debíamos casarnos después, pero el sinvergüenza del primo de Katherine fue visto cerca de allí. Fuimos tras él y por eso no llegamos a comer nada.

Nacia parecía confusa.

—Dijisteis que ya estabais casados.

—El alcalde de Monterey nos casó.

—¿No os ha casado un cura?

Damián detuvo la mano con la empanada a medio camino de su boca. Cerró los ojos como si previera lo peor.

Nacia se levantó y se dirigió a la puerta.

—Esto es terrible. Os puse a los dos en la misma habitación. Diré a los criados que cambien vuestras bolsas.

Katherine lo entendió de repente y aprovechó la ocasión para echarle en cara a Damián sus palabras.

—Se acabó romper el sexto mandamiento.

Una cansada voz de hombre preguntó por detrás de Katherine:

—¿El sexto mandamiento? ¿Ése no es el del adulterio?

—¿Julio? —Damián se volvió a mirar—. ¡Madre de Dios, Julio! Creía que no estabas.

Julio salió a la luz y se protegió los ojos con la mano.

—¿Te lo dijo Nacia?

—No, sólo supuse…

—Damián, amigo mío, crees que lo sabes todo. ¿Acaso no me he quejado de ello otras veces? —Julio lo saludó con una sonrisa amplia y artificial—. Nunca supongas nada sobre mí.

5 de junio, año de Nuestro Señor de 1777

«Fray Lucio sigue quejándose por su seguridad y me temo que las mujeres no tardarán en abandonarnos.

Siguiendo el consejo del pequeño fray Pedro de Jesús, he rezado para hallar una solución.

Dios me ha proporcionado una. Debemos buscar un escondite para el oro. Dado que las áridas montañas se alzan en torno a nosotros y se espesan con los árboles que crecen, seguro que encontraremos dicho lugar. Tenemos que encontrarlo, pues el oro es la prueba de que la legendaria ciudad de El Dorado existe de verdad.

Tiene que ser un escondite señalado por marcas que sean reconocibles para los legítimos propietarios, y los legítimos propietarios son las personas dedicadas a la salvación de los indios: los hermanos franciscanos».

Del diario de fray Juan Esteban de Bautista.

Capítulo 17

—*H*as estado bebiendo —lo acusó Damián.

—Así es —repuso Julio en tono agradable.

—Julio —Damián se levantó pero Katherine le puso la mano en el brazo para detenerlo. Había que jugar al juego de anfitrión e invitado, por el bien de Nacia. Damián miró a Katherine y su irritación se esfumó—. ¿Por qué no le contaste a Nacia que nos habíamos casado?

Con un ligerísimo tambaleo, Julio se acercó tranquilamente a la baranda y se inclinó sobre ella, no tanto para apoyarse sino porque ya no podía caminar más.

—Se me fue de la cabeza.

Damián tomó aire.

—¿Me hiciste de testigo y se te fue de la cabeza? Eres despreciable, Julio.

Julio le quitó importancia con un gesto de la mano.

—No eres el único que lo piensa. Todos esos entrometidos que le dijeron a Nacia que se estaba rebajando al casarse conmigo se han asegurado de recordarle «Ya te lo dije». Toda esa gente que le advirtió «Ese desgraciado es un inútil» le ha estado diciendo «Ya te lo dije». Toda esa gente.

—¡Al diablo con esa gente! —replicó Damián de manera poco elegante—. Yo no soy uno de ésos.

Julio apartó la mirada. Cerró los ojos como si no pudiera soportar el dolor de Damián.

—Ya lo sé. —Abrió los ojos y le dirigió una sonrisa burlona a Katherine—. ¿Te hemos horrorizado, doña Katherina? Damián y yo llevamos años atacándonos mutuamente, te lo aseguro. La cosa nunca terminó con nada más grave que una nariz rota.

—No estoy horrorizada —negó ella, aunque sí lo estaba. Los ojos inyectados en sangre de Julio transmitían una angustia que a ella le partía el alma—. Me pregunto qué es lo que te ha hecho tanto daño. —Sin darle ocasión para que respondiera y haciendo caso omiso del sobresalto de Damián a su lado, continuó diciendo—: Tienes un hermoso hogar abrigado por las montañas. Los árboles y las flores huelen a naturaleza.

Julio echó un vistazo por encima del hombro a la pacífica escena que se veía desde el porche.

—Sí, es hermoso, pero no es mío. Es de mi esposa. De su familia. —Le dirigió una sonrisa de satisfacción y puso énfasis en lo que quería decir—. Yo no tengo nada. ¿No lo sabías? No soy un desgraciado sólo porque abuso de Nacia. Soy un desgraciado de verdad.

Katherine cruzó las manos sobre el regazo y se sentó erguida como una vieja maestra.

—No recuerdo haberlo oído.

—De haberlo oído te acordarías —dijo Julio—. Todo el mundo lo hace.

—Quizá no lo harían si tú no se lo restregaras continuamente por las narices —terció Damián.

Katherine, divertida, se dio la vuelta hacia su esposo.

—¿Te apetece un poco más de estas tortitas rellenas de queso de Nacia? Están deliciosas. Debo hacerme con su receta.

El banco en el que estaba sentada se balanceó cuando Julio se dejó caer de repente a su lado. Julio le apartó un mechón de pelo de la cara con gesto íntimo.

—Me gustas.

—Gracias —la frialdad de su voz hubiera congelado el agitado océano—. Me siento honrada.

El bigote le caía inclinado por encima del labio y llevaba el cabello despeinado, pero era un hombre que poseía un atractivo despreocupado, de ésos que hacían que una mujer tuviera ganas de domarlo.

—Usas ese tono gélido y pones esa cara de ciruela pasa para dejar claro lo que quieres decir. No te da miedo decir lo que piensas.

Katherine oyó que Damián suspiraba «¡Dios mío!», pero reconocía una prueba en cuanto la oía.

—Sé cómo tratar con niños malcriados. Viví con mis primos demasiado tiempo como para no haber aprendido.

—Yo no calificaría a tu primo Lawrence de malcriado —terció Damián con aire pensativo—. Ignorante, tal vez. Involuntariamente grosero, no es ofensivo a propósito.

Katherine sonrió sorprendida y coincidió con él:

—Es una descripción magistral de Lawrence. Y casi una descripción de tu amigo Julio.

La sonrisa de Julio se hizo más amplia, se volvió sincera.

—Sí que me gustas, sí. Ahora entiendo por qué Damián tuvo el tino de sacarte de la viudedad. —Hizo una mueca desagradable y añadió—: Aunque con ello mancillara su pura sangre española.

—Julio —le advirtió Damián—. Esta descripción de mi esposa sólo puede llevarte a acabar sufriendo.

Katherine le dirigió una mirada fulminante a su esposo. Era consciente de que Julio disparaba sus flechas con la intención de herir a Damián, pero no quería que él la defendiera. Podía defenderse sola, y descubrió que no le gustaba que la describieran como una mancha. Se llevó a los labios un trozo de tortita con queso y dijo:

—Tu padre era un marinero extranjero, sin duda. —Se metió la tortita en la boca, masticó y se la tragó.

Julio la miró con ardor contenido.

—Lo cual aumentó la vergüenza de mi nacimiento.

—Sin duda —repitió ella. Tomó otro trozo de tortilla y, sobresaltada, se quedó mirando cómo Julio se lo quitaba de las manos.

Julio le tomó los dedos, se los llevó a los labios y los besó.

—Una mujer extraordinaria.

Como un bufón que actuara para una corte apreciativa, Julio siguió la línea de los dedos de Katherine con la boca y fue subiendo por la palma de la mano hasta la muñeca. Se detuvo cuando ella le dio un fuerte capirotazo en la nariz. Con un garbo escandaloso, Julio le hizo señas a Nacia para que se pusiera al lado de Damián.

—¿No es entrañable? Dos parejas casadas con una relación de lo más amistosa.

Damián se levantó al tiempo que Nacia se acercaba a él a toda prisa y declaró entre dientes:

—Eres un sinvergüenza, Julio, y aún puedo hacerte papilla de una paliza.

Katherine oyó la protesta inarticulada de Nacia e insistió:

—Puedo manejar a Julio y su comedia estúpida.

—No es preciso que lo manejes. Ahora tienes marido. —La dignidad de Damián era como una presencia palpable.

La asunción de autoridad por parte de Damián molestó más a Katherine que las tonterías de Julio.

—Puedo manejarlo.

—Pues claro que puede manejarme, Damián. La ayudaré de todas las maneras posibles —dijo Julio con malvado regocijo.

Damián dio un paso adelante y Nacia le tiró de la chaqueta en tanto que Katherine miraba a Julio con el ceño fruncido y gesto de desaprobación.

Él se encogió de hombros, inocente como un niño y preguntó:

—Damián, ¿adónde llevas a esta criatura encantadora con tanta prisa?

Damián le lanzó una última mirada severa y aceptó el cambio de tema.

—¿No lo sabes?

—¿Debería saberlo? —Julio obedeció la orden de la mirada de Damián y dejó la mano de Katherine junto a su plato.

Damián tomó asiento y estiró la espalda fingiendo que se relajaba.

—Me temo que todo el mundo lo sabe.

—¿Quién? —preguntó Katherine.

—Hasta los vaqueros saben adónde vamos y qué buscamos, mi

vida —se burló Damián—. ¿Acaso no oíste lo que dijeron? Es la maldición del tesoro la que rompió la pierna de Joaquín, la maldición del tesoro la que llevó a los norteamericanos a acampar en nuestro río y a disparar a los nuestros. A partir de este momento, cualquier garrapata que se les enganche en el pelo o cualquier rasgón en la ropa será culpa del tesoro. Habrá que mandarlos de vuelta a Rancho Donoso. No nos sirven de nada si les da miedo seguir adelante.

Julio se inclinó sobre la mesa y cogió una tortita.

—¿Estáis buscando el tesoro de los padres? ¡Menuda luna de miel!

—Mi esposa insistió —repuso Damián.

A Nacia le pasó por alto el tono jocoso y meneó la cabeza con reprobación.

—No es una idea sensata, Katherina. Existen algunas leyendas aterradoras relacionadas con ese tesoro, como ya saben los vaqueros.

Damián le hizo el mismo caso que hubiese hecho a los balbuceos de un bebé.

—Katherine también insistió en que nos lleváramos a un pariente.

Nacia puso cara de horror.

—¡Pero Katherina, llevarte a un pariente en tu luna de miel someterá a tu esposo a mucha presión!

Katherine fingió no haber oído a ninguno de los dos, ni a Damián con su fantasía fuera de lugar ni a Nacia con su serio consejo.

Julio envolvió, con manos hábiles, unos frijoles con la tortita y mordisqueó una punta.

—Hace que sea una luna de miel novedosa, desde luego. ¿Dónde está este pariente?

Damián se acarició el bigote.

—Prefiere seguirnos a cierta distancia, eso cuando no corre por delante como un conejo asustado. Es un miserable, pero me preocupa.

Katherine dejó el plato en la mesa y se limpió los dedos uno a uno con la servilleta.

—¿Mi primo te preocupa?

—Si estos indios simplones han deducido nuestros planes, ¿quién más lo ha hecho? ¿Nos está vigilando por esa razón tu Lawrence Cyril

Chamberlain? Eso tiene más sentido que la vigilancia infatigable de un primo cariñoso.

—¡No es mi Lawrence Cyril Chamberlain! —exclamó Katherine, dolida.

—No es mi primo —replicó él.

Julio intervino con una suavidad que se contradecía con su malicia anterior:

—No, algunos de los parientes de Damián son mucho más pesados.

—Eso es una grosería, Julio —lo reprendió Nacia.

Dio la impresión de que Julio conocía a su esposa, porque le preguntó:

—¿No crees que los parientes de Damián son unos pesados?

Katherine observó los apuros de Nacia, que se debatía entre los buenos modales y la sinceridad.

—Bueno... sí, los parientes de Damián pueden ser unos pesados —se animó—, pero lo hacen con buena intención.

—Vamos, esposa mía, sabes que eso no es siempre cierto. Cuando la tía y el tío de Damián se mudaron a San Diego para estar más cerca de sus hijos, me dijiste que querías felicitar a Damián y compadecerte de los hijos.

—Bueno, sí, pero... —clavó una mirada desafiante en Julio con los ojos centelleantes— no son más horribles que mis parientes.

La sonrisa de satisfacción de Julio desapareció; su provocación malvada cesó. Miró a su esposa como si le hubieran salido cuernos y rabo y acto seguido rompió a reír.

—¡Mi maravillosa, maravillosa mujer! —la tomó de la mano y tiró de ella hacia sí.

Nacia chocó con la mesa e hizo traquetear los platos.

—¡No, no! —balbució, pero Julio no prestó atención.

Se la sentó en la rodilla y arrimó la mejilla a la de su mujer.

—Eres una interminable caja de sorpresas.

Nacia se ruborizó pero su resistencia se desvaneció bajo la admiración de su esposo.

—¡Es verdad! Son horribles.

Julio le frotó la espalda, la abrazó por la cintura, poniendo de manifiesto lo que sentía por Nacia.

—No te lo discuto pero, ¿Por qué te quejas ahora?

Nacia dirigió una mirada rápida a Katherine y la volvió nuevamente hacia Julio.

—Doña Katherina dice lo que quiere. ¿Por qué no voy a hacerlo también yo?

—¡Pues claro! ¿Por qué no? —repitió Julio.

Katherine cruzó la mirada con Damián. Era la primera vez que veía la atracción que unía a aquella pareja tan insólita. La heredera y el bastardo, dos personas de lo más distinto que había y que, sin embargo, creaban en torno a ellos un espacio que relucía de amor. Hizo que Kathcrine se avergonzara de la pelea que los había dividido a Damián y a ella.

Damián también parecía estar luchando con sus emociones porque le brillaban los ojos cuando le tomó la mano. Cuando se inclinó para hablarle miró hacia el camino. Katherine siguió su mirada. Julio dejó de contemplar a Nacia y alzó la vista y ella fue la última en volverse. Dos caballos palominos idénticos avanzaban hacia ellos llevando a una dama y un caballero vestidos con ropa de montar hecha de una tela idéntica. La llamativa pareja iba seguida por un carruaje negro tirado por un caballo de enorme tamaño.

Julio fue el primero en hablar.

—Hablando del diablo.

—No, ahora no —dijo Nacia en voz baja.

Con la nariz pegada a la de ella, su marido le preguntó:

—¿Eso significa que no sabías que iban a venir?

—No, no lo sabía —negó Nacia—. ¿Cuándo ha creído mi madre que no sería bienvenida?

Su breve armonía se terminó y Nacia fue a levantarse del regazo de Julio, pero él volvió a tirar de ella. Se dirigió a la pareja que se había detenido frente al porche y les gritó:

—¡Bienvenidos! ¿A qué debemos el honor?

Katherine se lo quedó mirando. Sus formas eran ordinarias, sus modales inexistentes. Su actitud provocaría hostilidad incluso en un santo, pero por lo visto, a la imponente dama y al noble caballero no les pareció más de lo que ya esperaban.

La dama los miró a todos con calmado desprecio.

—María Ignacia —dijo en tono monótono—, sentarte en el regazo de un hombre es el colmo de la vulgaridad.

Una desesperación inmediata y absoluta echó a perder el semblante de Nacia y traspasó su voz:

—Es mi esposo, mamá.

—Razón de más para desalentar semejante espectáculo. —La mujer a la que Nacia llamó mamá hizo señas al criado que rondaba por allí para que se acercara. El mozo de cuadra dio un salto como si le hubieran pinchado con una aguja y con las prisas por asistir a la dama dio un traspié. Ella lo miró ceñuda, con gesto reprobador. El muchacho agachó la cabeza y arrastró los pies por la tierra antes de conducir su montura hasta el apeadero.

Una vez desmontada, resultó ser una mujer alta de complexión grande vestida a la última moda. Su esposo la igualaba en estatura, en la forma de vestir y Katherine supuso que también en carácter. Sus expresiones competían entre ellas. Tenían cara de haber olido algo acre y subieron las escaleras con paso resuelto, como si estuvieran decididos a encontrar qué era ese olor.

La señora recorrió el porche con la mirada.

—Cuando dejé esta hacienda tenía enseñados a estos criados. ¿Es que ahora son todos incapaces de trabajar?

Katherine se acordó de la casa llena de polvo y gimió en su interior. Para tratar de aliviar la tensión, dijo:

—Nacia es una anfitriona estupenda. Llegamos a su puerta sin que nos invitaran y nos ha recibido muy bien.

El sombrero de la dama tenía la pluma más larga que Katherine había visto jamás. Se meneó de manera exasperante mientras la mujer examinaba hasta el último centímetro de Katherine recorriéndola con una mirada desdeñosa.

—¿Quién es usted?

—Ésta es la esposa de Damián, Katherine —Nacia parecía tan nerviosa que Katherine casi pudo oír cómo le castañeteaban los dientes.

La madre de Nacia volvió a mirar a Katherine, que contuvo el impulso de comprobar los botones para ver si los tenía abrochados.

Nacia intentó desviar el comentario que temblaba en los labios de su madre y saltó:

—La verdad es que no es su esposa. Damián y Katherine no se han casado en la iglesia, sino que los casó el alcalde Díaz en Monterey y han venido hasta aquí —dio un salto como si Julio la hubiera pellizcado— para hacernos una visita. —La culpabilidad tiñó su semblante, la culpabilidad de haber estado a punto de revelar a sus padres lo que estaban haciendo allí. Julio dejó que se levantara—. ¿No es encantador?

—Señora —Damián señaló con gravedad el banco que había dejado libre—. Tome mi asiento, por favor.

Katherine se fijó en que la dama se sentaba como si fuera una reina honrando la madera tosca con su cuerpo regio. No quiso, o no pudo, relajarse contra el respaldo y eso contribuyó a su aire altanero. Sin asomo de afecto maternal, señaló el sitio que tenía al lado y le ordenó a su hija:

—Siéntate.

—Tengo que ir… a decirle a la cocinera que estáis aquí —dijo Nacia, y salió corriendo.

—En mi casa —declaró la señora— los criados modifican las cosas sin tener que informarles.

—Cierto, muy cierto —gruñó el padre de Nacia. Fue a ocupar el sitio libre junto a su esposa.

La dama se dirigió a Katherine:

—Soy la señora Ignacia Arcadia Roderíguez. Mis amigos me llaman doña Ignacia. En su caso sería mejor llamarme señora Roderíguez, dado que estoy segura de que ha habido algún error.

Atónita por semejante falta de educación por parte de una de las dignificadas matronas de California, Katherine observó a la madre de

Nacia. Aquella mujer intimidante exponía los hechos tal y como ella los veía, con una excepcional y absoluta falta de consideración por su víctima. Al verse frente a una rectitud moral tan insensible, Katherine dijo lo único sensato:

—Sí, señora Roderíguez.

La mujer adoptó una expresión benevolente.

—Muy bien. En primer lugar debo decirle que no llamamos a mi hija por ese vergonzoso apodo. Su nombre es María Ignacia. Se llama así por la madre de José, por mi madre y por mí. Todas ellas mujeres honorables que hacen honor al hijo y heredero de ambas familias.

Katherine se maravilló ante el peso de tanto honor en los frágiles hombros de Nacia, pero la señora Roderíguez no necesitaba una respuesta. Siguió adelante sin interrupción y dijo:

—Don Damián, esta mujer con la que afirma haberse casado parece norteamericana.

—Nació en los Estados Unidos —admitió Damián.

—Soy norteamericana —añadió Katherine.

La señora Roderíguez meneó la cabeza con solemne disgusto.

—Esto no es aceptable. El vástago de la distinguida familia de la Sola no puede casarse con una donnadie de una tierra pagana. Es una suerte que haya tenido ocasión de discutir esto conmigo antes de que quedaran unidos por la Santa Madre Iglesia.

—Cierto, muy cierto —dijo el señor Roderíguez—. Escuche a mi esposa, don Damián. Ella sabe lo que es mejor.

Damián se irguió y repuso con claridad:

—No hay discusión posible. Katherine es mi esposa.

La señora Roderíguez se irguió de la misma forma y habló con la misma claridad:

—La fantasía amorosa de un joven no es más que la trampa de un cuerpo femenino bien dispuesto en la cama. Puede que ahora esta mujer sea su esposa, pero es más adecuada para las funciones de amante. —Señaló a Katherine con un dedo desaprobador y una uña muy bien arreglada—. Mírela. Es rubia, un imán para nuestros hombres de piel morena. —El dedo se alzó y apuntó al techo—. Pero ése no es motivo para un compromiso. Pero bueno, no dudo que el color estrafalario es también el motivo por el que mi hija se enamoró de un hombre tan poco adecuado.

—¿Por qué permitió que se casara con él si está tan predispuesta en su contra? —preguntó Katherine con brusquedad.

La señora Roderíguez inspiró de manera que se le alzó el pecho y se le frunció el labio, y luego respondió:

—María Ignacia se fugó con él.

Julio se inclinó hacia Katherine y le susurró:

—Cierra la boca. No resulta atractivo imitar a un pez cuando está hablando mi suegra.

Katherine cerró la boca de golpe y le preguntó también con un susurro:

—¿Se fugó?

—No hay forma de detener el amor verdadero. —Las palabras de Julio, así como su expresión, parecían sinceras.

—¿Lo ven? —el dedo mágico se agitó señalando a los dos que murmuraban—. Su ambiente común los delata.

Julio se echó a reír.

—No compare a doña Katherina conmigo, se lo ruego. Ella es educada, culta e hija de padres casados.

Julio no sabía que era cierto, y Katherine agradeció la fe que mostraba en su herencia. Antes de que pudiera hablar por sí misma, Damián añadió:

—Ya se ha convertido al catolicismo, señora Roderíguez.

La mujer no lo entendió.

—Eso es apropiado para cualquiera que haya optado por vivir en California.

—Fray Pedro de Jesús nos casará a nuestro regreso a la misión.

La señora Roderíguez volvió el cuerpo entero al mirar a Damián. Llevaba el corsé tan apretado, sostenía el cuello tan rígido, se movía con tanta lentitud que suscitó una especie de compasión en Katherine. ¿Cómo manejaría esa dama la derrota a manos de Damián? Por muy lógica que fuera la mujer, sufriría una derrota. Damián nunca traicionaría a su esposa y, a su manera, era exactamente igual de autoritario y terco que la señora Roderíguez.

Era una verdad de la que Katherine ya se había dado cuenta.

La pose de su marido y su mentón erguido irradiaban resolución. Algo de su determinación debió de haber penetrado en la mente de la señora Roderíguez, pero ella no iba a ceder ni un ápice.

—Hablaré con su padre al respecto.

Damián esbozó una sonrisa ante la amenaza contra la tranquilidad de don Lucian.

—Le informaré de sus intenciones, señora.

Como un velero que virara la proa con pesada deliberación, la mujer centró su atención en su yerno.

—Julio. Hemos venido para restringir tu fornicación conspicua.

Se oyó un grito ahogado al otro lado de la puerta y el señor Roderíguez se asomo para ver quién era. Carraspeó como una rana acatarrada y dijo:

—Sal, María Ignacia. Esconderse de la verdad es una muy mala manera de vivir tu vida. ¿No es cierto, querida?

—Absolutamente, querido —la señora Roderíguez escudriñó a su hija cuando Nacia salió al porche a regañadientes—. Te advertimos en contra de casarte con este gorrón, con este gandul, y ahora te arrepientes. Es mi deber hablarte de sus costumbres con las mujeres.

Nacia irguió su figura menuda con dignidad y exhibió una magnífica y tensa fortaleza.

—No tengo ningún interés en sus costumbres con las mujeres.

—Yo tampoco —dijo su madre—, salvo por el hecho de que nos afecta. Todos los hombres tienen a sus casquivanas y, siempre y cuando sean discretos, sus esposas deberían estar agradecidas de verse aliviadas de la carga de la pasión. Pero el deber de todo cristiano es interferir cuando un hombre intenta abarcar tanto que su esposa no concibe.

Nacia cerró los ojos contra aquel recordatorio.

Satisfecha por haber revelado la verdad, la señora Roderíguez declaró:

—Eres nuestra única hija y heredera de todo lo que poseemos.

—Una carga que no busqué —replicó Nacia en tono desafiante.

Katherine notó que, a su lado, Julio se tensaba para no decir nada y que temblaba con una especie de anticipación.

—María Ignacia —intervino el señor Roderíguez con voz atronadora—, no vuelvas a decir nunca una cosa semejante.

—Es cierto. —Nacia dio una patada en el suelo, un golpe de la zapatilla de seda contra la madera envejecida. Julio temblaba en su asiento, esperando, esperando, mientras ella seguía diciendo—: He cargado toda mi vida con las tierras y las casas como una piedra gigantesca. Nadie ha podido verme nunca a mí.

—María Ignacia, no digas ni una palabra más —la señora Roderíguez no alzó la voz, pero su tono fue claro y frío—. Es la tontería más ingrata que he oído en mi vida. Vas a sentarte, a comportarte como una anfitriona educada y a dejar de avergonzar a tus invitados. No sé donde aprendiste este comportamiento. —Miró a Katherine con dureza y dejó claro de quién sospechaba.

Bajo el látigo de la lengua imperiosa de su madre, Nacia se marchitó como una rosa cortada y maltratada. Katherine dirigió una mirada a Julio y tuvo ganas de lanzar un grito, pues su semblante tenía grabado el dolor de la esperanza frustrada.

—No era mi intención avergonzar... —a Nacia se le fue apagando la voz.

Katherine quería gritar. Nacia no la había avergonzado, eran sus padres los que sí lo habían hecho, pero nada podría convencer a esos dos omnívoros de su falta.

—No me has avergonzado —intervino con sequedad—. Soy tan mal educada que estaba disfrutando de la escena.

Ni Nacia ni sus padres entendieron el sarcasmo. Nacia tomó un taburete con torpeza, dirigió un obnubilado gesto con la cabeza a Katherine, se sentó y, a tientas, intentó mantener el equilibrio.

—Señor Roderíguez, ¿qué noticias hay de Monterey? —Damián interrumpió la triste escena sin delicadeza—. ¿Ha habido más problemas?

Julio se inclinó hacia Katherine.

—Cambia de tema para protegernos, y yo acepto su tutela agradecido —guiñó un ojo, su decepción había desaparecido como si nunca hubiese existido. Miró a su criado, que estaba situado en la entrada, y le ordenó—: Aguardiente para nuestros invitados.

—¡Oh, Julio! Iba a servir champurrado —terció Nacia retorciéndose las manos—. Estoy segura de que a doña Katherina le gustará mi receta.

—Sí —asintió Katherine, deseosa de aliviar la responsabilidad de Nacia—. Me encanta el chocolate, y será una buena manera de terminar la merienda.

Julio aceptó una botella que le dio el criado.

—Que lo pruebe. El champurrado es una bebida de mujeres, y tal vez les endulzará el carácter. Los hombres tomaremos aguardiente. —Vertió el fuerte licor en los vasos y le hizo señas al sirviente en dirección a su suegro y a Damián.

—Beberé. —Damián aceptó el aguardiente—. Pero no tanto como para que se me revuelva el estómago.

—Una política muy sensata. —Julio lo saludó con el vaso—. Yo también intentaré seguirla. No querría escandalizar a nuestra formal doña Katherina.

—No dejes que yo te lo impida —le dijo Katherine—. Si quieres pasarte la noche de rodillas en el patio matando las rosas de Nacia es asunto tuyo.

Por un momento la señora Roderíguez pareció asombrada por la franqueza de la joven, pero se recuperó lo suficiente como para sugerir:

—Eso que ha dicho es una grosería, doña Katherina, y aún sería más grosero hacerlo, Julio. Intenta someterte a los dictados de la sociedad educada.

—Fui yo quien sacó el tema —terció Damián.

La señora Roderíguez le sonrió con un gesto frío en los labios.

—Pero la diferencia, querido don Damián, es que usted entiende la forma correcta de actuar.

Damián abrió la boca dispuesto a discutírselo pero acto seguido la cerró, como si pensara que sería en vano. En cambio, preguntó:

—Señor Roderíguez, ¿qué tiene que decir sobre los acontecimientos en Monterey?

—Monterey —el señor Roderíguez se aclaró la garganta—. ¡Ay! Monterey es un parvulario de idiotas magnánimos, desde luego. Ese Larkin, ese comerciante yanqui...

—¿El cónsul norteamericano? —aclaró Damián.

—Así es como se hace llamar —dijo el anciano con exasperación—. Ese Larkin convocó una reunión con todos los idiotas en posesión de influencias y tierras. Quería discutir el futuro de California. Como si eso fuera asunto suyo.

—Posee una cantidad considerable de tierras en Monterey —señaló Julio.

El señor Roderíguez hizo caso omiso de aquella lógica con majestuosidad y dijo:

—Ese Hartnell, ese británico, declaró que Inglaterra debería proteger a California. Como si fuera asunto suyo. Y luego ese pipiolo de Soberanes se puso en pie de un salto y gritó: ¡California libre, soberana e independiente! Como si esos dos tuvieran edad suficiente como para saber nada de formar un estado independiente y soberano de California. —Salió de detrás de su esposa, se acercó a la barandilla y declaró—: El día en que California abandonó el redil de la madre España fue un día aciago en la historia.

—¿Qué dijo Mariano Vallejo? —preguntó Julio con humor malicioso—. He oído que estaba en Monterey, y él no es un pipiolo.

El señor Roderíguez resopló.

—Ese... —se detuvo antes de llamar pipiolo a Mariano Vallejo, uno de los hombres más respetados de California—. Se atreve a llamarse californio. Ese Vallejo pedía que el gobierno se separara de México y que solicitara la admisión en los Estados Unidos.

Interesado y asombrado, Damián soltó un silbido.

—Eso dijo, ¿eh? Lleva años diciéndolo en privado. ¿Votaron al respecto?

—No, se pelearon al respecto —respondió el señor Roderíguez con irritación—. Esto tiene a todo el mundo alborotado. Ese pipiolo que se hace llamar general...

—¿José Castro? —lo interrumpió Damián.

—José Castro, por supuesto —el señor Roderíguez sacó un pañuelo y se sonó la nariz con un gesto exagerado de disgusto—. Es el único pipiolo que se hace llamar general en Monterey, aunque no sé cuántos pipiolos se estarán haciendo llamar generales en Los Ángeles. José Castro ha convocado una junta militar para protegernos de ese bárbaro. ¡Oiga! —señaló a Katherine agitando el dedo—. ¿Esta joven descarada conoce a Frémont?

Katherine no quiso responder a una pregunta que no le habían hecho a ella. En tanto que Damián titubeaba, el señor Roderíguez desestimó la pregunta con un gesto de la mano.

—Pues claro que debe de conocerle. Todos estos norteamericanos forman parte de un complot nefario para arrebatar California a sus legítimos propietarios.

A Damián se le ensombreció el semblante y se sonrojó, aunque Katherine no sabía si era de furia o de humillación.

—Katherine es mi esposa. No forma parte de ningún complot.

—¡Ooh, ya estamos! —Julio se frotó las manos y se inclinó hacia delante—. Damián se avergüenza de su mujer norteamericana.

Su tono de voz no fue retador, sólo expuso los hechos lisa y llanamente:

—Ella no es norteamericana.

—¿No lo es? —preguntó Julio. Se sirvió otro vaso de aguardiente y escuchó con deleite.

—¿No lo soy?

—No quiere tener ninguna relación con unos cochinos como ésos —dijo Damián.

Nacia parpadeó completamente atónita.

—¿Cerdos? ¿Estás diciendo que Katherine está relacionada con una nación de cerdos?

—Disculpa, don Damián —Katherine alzó la voz con indignación—. ¿Y qué me dices de los norteamericanos que se han casado con hijas de California? Son amigos tuyos. Los recibes en tu casa. ¿Los estás llamando cerdos?

Julio gruñó como un cerdo y preguntó con una cantinela:

—¿Te preocupa tu pedigrí, Damián?

—Por supuesto que no le preocupa —contestó Katherine con brusquedad—. No soy una yegua de cría.

—Tampoco eres española —se burló Julio, y a continuación apuró el vaso—. Damián siempre ha sido un imbécil engreído por lo que respecta a su línea de sangre. Lo que siente hacia los norteamericanos no puede hacer más que agravar las cosas.

—Se convirtió en española el día que se casó conmigo —insistió Damián en voz baja e intensa.

Katherine moderó el tono alarmado de su voz, esforzándose por impresionarle con el nivel adecuado de sentido común y dijo:

—El alcalde Díaz es una deidad muy poderosa si puede cambiar mis orígenes con una simple ceremonia.

Damián clavó los ojos en Katherine como dos luces cuya intensidad hería y afirmó:

—Eres mi esposa.

Frustrada, Katherine intentó hallar el fundamento que le hiciera ver su locura.

—¿Y eso me impide ser cualquier otra cosa? ¿Acaso no soy un ser humano, una mujer?

Vio que su esposo se distanciaba de ella, que esgrimía su orgullo como un escudo entre ellos.

—Eres todas esas cosas, pero, como mi esposa, debes olvidar tus lealtades previas. No debes separarte de mí y de lo que es mío.

Katherine inspiró profundamente, pero aún se sentía asfixiada, agobiada por la forma en que la había abrumado la misión San Juan Bautista. Como la arena que se lleva la marea, le parecía que su identidad se le estaba escurriendo bajo los pies.

—¿Todo lo mío queda definido por ti?

Con una ausencia de humor aterradora, Damián contestó:

—Ahora lo entiendes, Catriona mía. Ahora lo entiendes.

—Mi suegra no cree en apuñalarte por la espalda. —Katherine dio un salto al oír la voz de Julio surgir de entre las sombras, sus palabras alargadas por la influencia del aguardiente—. Yo siempre me encuentro el mango del cuchillo sobresaliéndome en mitad del pecho, donde resulta fácil agarrarlo y sacarlo.

Katherine se pasó los dedos por la frente deseando poder aliviar el dolor de cabeza que le habían provocado las hostilidades de aquella tarde, deseando que Julio se marchara y así poder retirarse.

—Claro que —murmuró ella— aún queda la pequeña cuestión de la herida que deja.

—Eso sí. —Julio se apoyó en la pared del pasillo junto a la puerta de la habitación de Katherine y sonrió con amargura.

—¿Cómo lo soportas? —La compasión y la indignación pugnaban la voz de Katherine—. Dime cómo sobrellevas el hecho de ser un intruso.

Julio se sacudió con una risa resentida.

—Nunca he sido otra cosa. De modo que ya lo ves, eres una mujer afortunada. —Fue separando la espalda de la pared centímetro a centímetro, como si un fuerte pegamento lo fuera soltando. Le puso la mano en la nuca y se tambaleó, con lo que hizo que Katherine también se tambaleara—. Una mujer muy afortunada. Pronto te integrarás. Aunque te pelees con Damián continuamente, te integrarás porque eres una de la Sola.

Katherine se tambaleó bajo el peso de Julio cuando éste le pasó un brazo por encima del hombro.

—Julio, no puedo sostenerte —intentó quitárselo de encima, pero él se le pegaba como un erizo y Katherine se alarmó—. ¡Julio! Suéltame. Esto no queda bien.

—Debemos quedar bien —dijo con desprecio—. Debemos hacer lo correcto. ¿No es verdad? —La rodeó con los dos brazos, la echó hacia atrás y pegó sus labios cerrados a los de ella.

Katherine se resistió, pero lo supo todo mientras él la besaba: furia, pena, dolor, culpabilidad. Él se lo transmitió con un sabor amargo y ella suspendió su propia furia frente al terrible castigo de Julio. Un castigo que no era contra ella, sino contra aquel día, contra su vida y contra la gente que lo hería sin ser conscientes de su delito. Julio no pedía complicidad; ella era tan sólo una flor a la que hacer pedazos con su violencia, la clase de violencia que terminaría convirtiendo en cenizas una amistad y la vergüenza amarga del propio Julio. Katherine no estaba dispuesta a participar, de modo que se quedó quieta bajo aquel ataque esperando a que terminara con los ojos abiertos de par en par y mirando al extremo del pasillo.

Una mano fuerte agarró a Katherine del brazo y la separó de Julio de un tirón. La joven se encontró cara a cara con la ira ardiente de su esposo.

Damián pasó la mirada de Julio a Katherine mientras abría y cerraba los puños y echaba los hombros hacia adelante con actitud agresiva. Sus cejas demoníacas formaban una V y sus labios dejaron escapar un gruñido por debajo del bigote.

Katherine tuvo miedo de que matara a Julio. Lo mataría por agredirla, por besarla, por utilizarla como una sustituta de Nacia. Se preparó para interponerse entre los dos pero la trascendencia de las palabras de Damián hizo que se tambaleara.

—¿Cómo te atreves, Katherine? —le preguntó con voz ronca—. ¿Cómo te atreves a besarle?

Katherine no lo había oído. No podía ser que insinuara que ella había provocado aquella escena. No podía ser que creyera...

—¿Y bien? —Damián alzó la voz en tono inquisitivo y acusador—. ¿Qué tienes que decir?

Katherine continuó mirándolo fijamente y empezaron a revolvérsele las tripas lentamente.

—No eres mi padre. No tienes derecho a hablarme de esta manera.

—Alguien tiene que hablar contigo. —Katherine se dio media vuelta bruscamente y vio a Nacia, cuyos ojos ardían por la necesidad de venganza—. Estabas besando a mi esposo.

—Yo no estaba besando a tu esposo. —Sus emociones dieron un vuelco con aquel ataque inesperado. Su compasión por Nacia se desvaneció bajo la embestida.

—Yo la estaba besando a ella —interrumpió Julio, y volvió a apoyarse en la pared rebosando insolencia y desafío.

—¿La estabas besando? —le preguntó Nacia—. ¿Tú la besabas a ella?

—¿Y por qué no? Quería besar a alguien a quien unos cuantos gritos no le dieran tanto miedo que le impidiera hacer lo correcto. —Se irguió, aunque mantuvo una mano en la pared para sujetarse—. Quería besar a alguien que tuviera un poco de valor.

—¿Quieres a alguien que pueda gritar? —La voz de Nacia se fue agudizando hasta convertirse en un chillido—. Yo puedo gritar. Puedo hacer lo correcto. Y ahora te digo, Julio, que si alguna vez te sorprendo besando a otra mujer, si alguna vez me entero de que has besado a otra, haré lo correcto y te castraré. Te seguiré a las montañas o dondequiera que te escondas, cogeré un cuchillo…

Damián agarró a Katherine del brazo.

—Mira lo que has hecho. Se están peleando.

Katherine se zafó de un tirón.

—Yo no he hecho nada. Y tal vez les haga falta pelearse. Tal vez necesiten decirse unas cuantas cosas.

—…tienes demasiado miedo a tus padres para contárselo…

Katherine alzó la voz para hacerse oír por encima de los bramidos de Julio y dijo:

—Intentas echarme la culpa de todo. Estás buscando una cabeza de turco y yo no voy a aceptar ese papel.

—…mis padres te aceptaron…

—Nada de esto hubiera ocurrido si te hubieras quedado en la misión —afirmó Damián con fría satisfacción.

—…para así poder gobernar tu vida como siempre han hecho. ¿Cuándo vas a darte cuenta…?

Katherine apretó los puños, pero estaba temblando bajo el ataque de Damián.

—No sé por qué tenía que quedarme en la misión. ¿Por qué debería quedarme atrapada por tu sociedad, tus prejuicios y por ti, mi querido don Damián? —Vertió su desprecio sobre él.

—…¿Cuándo vas a dejar de intentar demostrar lo odioso que eres? ¿Acaso no ves lo que pienso? ¿No ves…?

—…¿Cuándo vas a dejar de intentar demostrar la hija respetuosa que eres? ¿Acaso no ves lo que pienso? ¿No ves…?

—¿Atrapada? ¿Así es como te sientes —preguntó Damián indignado.

Katherine le soltó la verdad:

—Igual que cuando estaba en Boston. Soy prisionera tuya y de tu padre. Una prisionera de vuestra amabilidad.

Capítulo 18

«¿*P*or qué debería importarme lo que pienses?»

«¿No es más importante para ti lo que yo piense que lo que piense cualquier otra persona?»

Las palabras se arremolinaron y se repitieron en la cabeza de Katherine hasta que ya no supo quién había dicho qué. Lo único que sabía era que definían todo lo que iba mal entre Julio y Nacia, y en cierto modo encontraron una respuesta en ella.

Se arropó con la manta en torno al cuello lamentando no tener valor suficiente para saltar de la cama y cerrar la ventana. Fuera, las estrellas destellaban en el cielo de medianoche y una luna llena blanqueaba las montañas y las sumía en un contraste de blancos y negros. Los rayos de luna revelaban las rocas que habían caído desde las alturas para mezclarse con los bosques de la base. El viento empujaba los robles y éstos se quejaban haciendo crujir las ramas a modo de severo reproche.

Los indios echaban la culpa de su mala suerte a la maldición del tesoro. ¿Acaso los tentáculos malignos del tesoro se extendían montaña abajo hasta aquel lugar? ¿Afectaba éste a su matrimonio, y al matrimonio de sus amigos? ¿Traía desacuerdos y malentendidos? Aquella hacienda, metida en un bolsillo al pie de la montaña, parecía albergar criaturas medio salvajes y fantasías espantosas. Todas ellas la estaban asaltando entonces.

¿Adónde había huido su sensatez? ¿Era aquello otra señal de que Katherine Anne se había convertido en una criatura débil? Cuando se había echado en la cama arrugada estaba tan enojada que no había podido dormir. Había repetido la escena del pasillo una y otra vez. En su cabeza, había dicho las cosas adecuadas para avergonzar a Damián. En su cabeza, él lo había entendido y se había disculpado. En su cabeza, ella no se había desmoronado por el dolor que le causó su acusación, no se había ido airada a su habitación ni había cerrado dando un portazo. No había sido necesario cerrar la puerta con llave, pues los gritos, primero entre Julio y Nacia y después entre Julio y Damián, fueron tan virulentos que no hacía falta avivarlos. Pero ella cerró con llave, con un chasquido fuerte y gratificante. Cuando Damián había llamado a la puerta y le había pedido con dureza que lo dejara entrar, ella había lanzado un jarrón contra la puerta. Había roto uno de los jarrones de Nacia a sangre fría y ni siquiera pudo llegar a sentir remordimientos.

Ahora estaba pagando el precio de su desafío. Estaba soñolienta y asustada, pero aun así no se atrevía a cerrar los ojos. Lo único que podía hacer era mirar fijamente la ventana abierta, escuchar los rumores del exterior y lamentar que su esposo, su esposo voluble y egoísta, no estuviera a su lado. No para satisfacer su lujuria, aunque su cuerpo rebosaba de ella, sino para protegerla de su viva imaginación.

Cuando una forma grande y amenazadora apareció en la ventana, Katherine ya no pensó en un tesoro maldito. Pensó en cuchillos que relucían en la noche y que se acercaban a su garganta. Retrocedió a toda prisa en la cama llevándose las mantas consigo y decidió que Damián tenía razón al menos en una cosa. Lo más inteligente sería gritar. Sin embargo, cuando la figura echó una pierna por encima del marco y se dispuso a meter la cabeza para entrar, sus cuerdas vocales se quedaron paralizadas. Katherine se aclaró la garganta y cuando se disponía a proferir un chillido penetrante la aparición dijo:

—Maldita sea, Catriona, si gritas te estrangularé.

Katherine soltó el aire con fuerza. Irracionalmente enfadada, racionalmente enfadada, enfadada por la riña de aquella tarde, le respondió con brusquedad:

—Don Damián. ¿Cómo te atreves a entrar en mi habitación con un método tan poco convencional?

—¿Cómo si no podría entrar en tu habitación? —se embutió por debajo del marco y dio unos saltitos al tiempo que metía la otra pierna. Ocultó la luz de la luna con los hombros y se puso los puños en las rodillas—. No levantes la voz. La señora Roderíguez está vigilando el pasillo, protegiendo tu virtud.

—¿Mi virtud? —se mofó ella—. Quizá la tuya. O la de Julio. La mía no.

—Tu virtud está fuera de todo reproche pero, ¿por qué le estabas besando?

—Porque me lanzo a los brazos de todos los hombres con los que me encuentro. ¿No te has dado cuenta? —Katherine mordió las palabras como si fueran un hilo que cortara con los dientes.

—Después de que salieras corriendo Julio me hizo notar que había hecho mal, con un lenguaje de lo más gráfico —se pasó la mano abierta por el pelo, que lo tenía de punta—. Lamento haberte acusado.

A Damián le dolió cada una de las palabras de su disculpa a medida que las pronunciaba. Katherine lo vio en la expresión de su rostro, una expresión que reflejaba la suya. La joven le lanzó una mirada fulminante sin añadir sus propios reproches.

—Aún tengo ganas de cambiarle la nariz de sitio a Julio de un puñetazo —susurró con crueldad—. Tienes que reconocer que la escena no aparentaba nada bueno.

—No reconozco nada. —Damián se llevó el dedo a los labios en señal de silencio. Katherine bajó la voz, si bien no su ferocidad—. Poseo mis defensas, pero son débiles cuando tienen que aguantar a un borracho que busca pelea. No las utilizaría contra Julio, quien no me desea ningún daño, a menos que lo hayan provocado más allá de lo razonable. Una fría acogida tiene éxito allí donde fracasaría la ira. Pero tú eres un hombre. Tú nunca tendrás que preocuparte de que te violen.

A Damián se le hincharon las ventanas de la nariz y una vena le latió en la frente; se dio la vuelta como si el mero hecho de pensarlo le doliera.

Katherine arremetió contra él por ser invulnerable y continuó diciendo:

—Lo que a mi criterio no aparenta nada bueno es un hombre que un día promete fidelidad eterna y al siguiente da muestras de unos celos obstinados. ¿Qué estás haciendo en mi habitación? ¿Qué es lo que quieres?

Damián se acercó a ella con paso resuelto y sin pronunciar palabra. Katherine interpretó su lenguaje corporal valiéndose únicamente de su silueta.

—Espera un minuto —extendió la mano para mantenerlo a distancia—. ¿Crees que puedes insultarme y luego entrar aquí?

Damián se inclinó sobre ella, con los nudillos a ambos lados de su cuerpo.

—¿Crees que puedes humillarme delante de los aristócratas de mi país, hacer caso omiso de mis dictados como tu esposo y aferrarte a tu lealtad desacertada?

Sin pensar, sin utilizar ni una pizca de su intelecto, Katherine copió un gesto que había visto utilizar a los vaqueros para expresar irrisión. No supo si lo había hecho bien hasta que él la agarró por las muñecas y le rugió:

—¿Sabes lo que significa eso? ¿Lo sabes?

Katherine se sonrojó. Alzó el mentón y se negó a hablar con él, pero Damián no esperó.

—Te enseñaré lo que significa.

Le aprisionó las caderas colocando una rodilla a cada lado y el peso de su cuerpo sobre el estómago de Katherine. La empujó y la hundió en la almohada; la besó. No permitió que se resistiera. Cuando ella quiso mantener los labios cerrados, él utilizó el pulgar para abrírselos e hizo estragos con su lengua. Levantó la cabeza y dijo entre dientes:

—Eso es lo que significa, pero más abajo.

Damián la miró fijamente, sus rostros estaban tan cerca que sus alientos se mezclaban. La mirada de Katherine se alimentó de los labios de Damián, mojados de su boca. Su cuerpo, que no se vio afectado por la ira y el dolor que sentía ni por la injusticia que había cometido Damián, se alzó con la exaltación de la pasión. Su mente, preparada tras el ritmo frenético del viaje a caballo y por la avidez con la que escudriñaba la belleza de Damián, concurrió.

En su cabeza no albergaba ninguna duda de que lo tendría, tendría a su marido aquella misma noche. Se soltó las manos a la fuerza y agarró a Damián por las orejas. Lo atrajo hacia sí y sus labios se fundieron. Como una amazona resuelta a seguir su propio camino, le metió la lengua en la boca. Saboreó la sorpresa de Damián antes de que él reaccionara y lo lamió como un gato acariciando a su pareja. Cuando terminó, él aflojó todo el cuerpo contra ella.

—Bésame así —susurró Katherine, pero era una orden.

—¿Esta vez estás segura? —a Damián le temblaban las manos mientras la sostenía por los hombros; se le tensaron los músculos hasta que las venas del cuello le sobresalieron—. Vendrás a mí con emoción verdadera, no sólo porque te convencí con mi...

—Fui yo la que te convenció a ti —afirmó ella—. No sé qué es lo que siento, pero te mentí cuando estábamos en mi desván. Te mentí en la casa de huéspedes de la señora Zollman. Eres tú quien me hace sentir de esta manera. No se trata únicamente de mi cuerpo que me habla. Quiero estar contigo. Quiero sentirte contra mí.

La boca de Damián atajó el resto de su declaración. Katherine le quitó las manos de las orejas y de algún modo se abrieron paso hasta sus hombros. Los masajeó con las yemas de los dedos y las uñas hasta que él soltó un gemido que interrumpió el beso.

—Eres... —llevó las manos a la larga hilera de botones que cerraban el camisón de la joven— una alumna de lo más capaz.

Katherine lo imitó. Juntos se desabrocharon mutuamente, sus manos luchaban por encontrar una posición, se enredaban, se levantaban.

—Despacio, espacio —susurró Damián al tiempo que le bajaba el camisón por los hombros.

Katherine no veía ninguna necesidad de la moderación que él le pedía. Le dio un tirón a la camisa y arrancó uno de los botones, que cayó al suelo con un golpecito. Katherine lo oyó rodar por la madera del suelo mientras llevaba las manos a los pantalones de Damián.

La piel de su vientre plano distrajo a Katherine de su búsqueda. Acarició con la mano la suave y lisa ondulación de los músculos, la línea del vello oscuro. Cada centímetro del estómago de Damián suscitaba un interés avaricioso, y dicho interés la llevó a buscar su pecho. Lo exploró con los dedos y eso provocó que quisiera explorarlo con la boca.

—¡Dios! —susurró Damián cuando ella le puso la lengua en el pezón, y su cuerpo se cernió rígido sobre ella. Agarró el cabezal con las dos manos. Clavó las rodillas en el colchón a ambos lados de ella y todo su cuerpo esperó sus atenciones. Cerró los ojos con la expresión de tormento más dichosa que Katherine había visto jamás, y a ella le encantó. Le encantaba el dominio que estaba experimentando, le encantaba ver a ese macho fuerte a su merced. No pudo contener una sonrisa de puro gozo cuando le puso la mano en el bulto de los pantalones.

Pero la sonrisa de Katherine se desvaneció. El poder de atormentar se esfumó. Lo único que quedaba era el deseo de explorar y de recoger los frutos de la exploración. Sus dedos lo apretaron y lo moldearon sin delicadeza y él se retorció sobre ella. Katherine sentía su propio tacto como si fuera el de Damián. Su urgencia se dobló y se redobló mientras le desabrochaba los pantalones. Cuando lo hubo liberado, cuando lo sostuvo en sus manos y vio su fuego, ya no pudo contenerse más.

—Ahora —le pidió—. Por favor. Ahora.

Damián abrió los ojos y la miró.

—¿Cómo me llamo? —le preguntó con voz ronca por el apremio que sentía.

Katherine supo lo que estaba haciendo y eso la enojó. Ella lo deseaba, le había dado la verdad, se había despojado de su fingimiento defensivo; y aun así él no estaba satisfecho.

—Eres un cabrón —le dijo.

—¿Cómo me llamo?

Empezaron a temblarle los brazos y una gota de sudor se deslizó por su esternón frente a los ojos de Katherine. Ella alargó el índice, recorrió el trazo de la gota y se llevó el dedo a la boca.

Era un reto, y él respondió. Lentamente fue descendiendo hacia ella. Sus zapatos cayeron al suelo cuando retiró la sábana. Katherine empujó con los pies la tela que la constreñía. Damián la agarró del tobillo y le quitó el camisón arrugado de debajo.

—Voy a tomarte esta noche —prometió— y tú vas a decirme lo que quiero saber.

—Don Damián —contestó Katherine. Con deleite y desesperación le informó—: Te llamas don Damián y te necesito. —Su sonrisa de triunfo se ladeó de golpe cuando ella añadió—: Al menos por esta noche.

—Pues vayamos de una en una entonces.

Fue tanto el placer de la unión, de estar unidos por fin, que ambos creyeron ilógicamente que podían comprender los pensamientos y emociones del otro. Juntos, saborearon el placer –temporal, pero en todo momento satisfactorio- de la proximidad.

Damián trató de encontrar palabras con las que vincular a su paloma demasiado sensata y repitió:

—Tú dame las noches de una en una y yo te daré toda una vida de noches en el paraíso.

Damián marcó el ritmo, arrollando las reservas de Katherine, pisoteando su rebelión. Era consciente de que la presionaba demasiado. Estaban unidos; los pensamientos de Katherine eran suyos. Él sabía que cada embate era excesivo. Sabía que el ritmo era demasiado rápido. Sabía que cada brazada amenazaba con arrancarla de sí misma.

Katherine luchó con él para tener el control. Luchó con Damián y él sintió la intensa chispa de placer que corría por las venas de su esposa.

Cuando ella le dijo, furiosa, «No puedes hacerme esto», él se rió. No pudo evitarlo. Su Catriona estaba abierta a las emociones; su furia era sincera y alimentaba su pasión. La risa de Damián provocó más resistencia y se agarró a los postes del cabezal para sujetarse. Se valió del suave colchón de plumas para controlar la furia de Katherine. A Damián le gustaba que ella se sacudiera bajo él; sabía adónde llevaría eso. El placer fue invadiendo el cuerpo de Katherine y suavizó su autocontrol. La joven cerraba y abría los ojos; aferraba las piernas a las caderas de Damián.

Cuando el paraíso que él le había prometido la engulló, Katherine soltó un grito. Apretó el dorso de la mano contra la boca, como si eso recordara el sonido de su gozo, pero él la animó con la presión de su pelvis y Katherine gritó de nuevo. Damián empujó y ella arqueó el cuerpo, se tensó en torno a él, se estremeció de éxtasis. ¡Era tal el deleite culpable que le proporcionaban sus gritos y el hecho de saber que muy pronto toda California oiría su eco! ¡Era tal el deleite culpable que le proporcionaba saber que la había unido a él de maneras que ella no podía comprender! Quería hacerla gritar otra vez. Quería crear otra cadena para atarla, pero sus movimientos, el dulce tormento que revelaban sus rasgos, el placer que le daba su cuerpo, todo ello traicionó a Damián. El control que había logrado que ella relajara le había fallado a él.

Su cuerpo siguió de manera irresistible las exigencias del de Katherine. Damián se lo dio todo y lo recibió todo a cambio.

Damián volvió a tomar conciencia del mundo, al principio en forma de un pequeño goteo de satisfacción. Cerró los ojos y saboreó la comodidad del cuerpo de Katherine. Ella lo protegía, lo enfundaba, apenas respiraba bajo él. Una sensación de alarma fue reemplazando paulatinamente aquella dulce plenitud que lo dejaba aturdido.

¡Por Dios! ¿Le habría hecho daño con su brusquedad? Se esforzó por abrir los párpados que le pesaban para examinar el daño causado y hacer lo que debiera para rectificarlo.

Debajo de él vio a una mujer vergonzosamente relajada. Tenía las manos ahuecadas con las palmas hacia arriba y colgando del borde de la cama estrecha. También tenía un pie colgando y había estirado el otro con la rodilla apoyada junto a Damián. Sus rasgos se habían suavizado hasta el punto de adquirir la serenidad de una virgen, y Damián suspiró con alivio. A pesar de su urgencia, no le había hecho daño.

Aflojó las manos del cabezal y se tendió para relajarse sobre ella. Apoyó la cabeza en la almohada a su lado. Rozó con los labios el círculo brillante que trazaba su cabello y su aliento fue un soplo en el oído de la joven.

—Catriona —murmuró—, dices que nunca gritas salvo en caso de emergencia. ¿He encontrado la emergencia adecuada para tañer tus cuerdas vocales?

Ella no se movió.

—Puedes agotar tu furia conmigo siempre que quieras.

Katherine parpadeó, abrió los ojos y volvió a cerrarlos. Suspiró como si fuera a dormirse sin haberse recuperado, sin hacer frente a Damián ni a lo que habían hecho.

—Catriona —su voz seguía siendo un canturreo, pero un dejo de alarma la agudizó—. Me sedujiste.

La joven cerró torpemente el puño de la mano que le colgaba de la cama.

Damián lo vio y comprendió lo que presagiaba. No habían solucionado nada. Ella seguía resistiéndose a convertirse en la esposa que él requería. Se acodó en la cama con la intención de arrancarla de su agradable coma y exigirle que se comportara como era debido.

Se oyó una sacudida en la puerta.

Damián se quedó paralizado y Katherine abrió los ojos de repente con una atención que contravenía su sueño fingido.

Unos nudillos golpearon con firmeza los paneles. La señora Roderíguez bramó:

—¿Se encuentra bien, doña Katherina?

—¡Cielo santo! —susurró Katherine al tiempo que intentaba salir de debajo de Damián.

—Será mejor que respondas —le dijo con su voz habitual y la contuvo cuando ella le dio un puntapié.

—¡Don Damián! —le dijo con un murmuro feroz.

—Cree que te han matado. Si no dices algo va a echar la puerta abajo —se acarició el bigote con el pulgar—. Podría hacerlo, sin duda.

—¡Está bien! Tú calla —le ordenó. Alzó la voz y dijo—: Estoy bien, señora Roderíguez. Es que tenía una pesadilla.

—Si eso era una pesadilla, el mundo entero estaría suplicando tenerlas —comentó él.

Los golpes aumentaron; las bisagras se sacudieron.

—¿Qué ha dicho? —gritó la señora Roderíguez con su voz firme y controlada.

—¡Estoy bien! —bramó Kahterine.

La puerta se sacudió a modo de salvaje protesta contra su vehemencia. La señora Roderíguez resopló con tanta fuerza que se oyó a través de la madera.

—Bien. Pues me iré a la cama —sus pasos resonaron por los suelos de madera.

—Ahí va una mujer sensata. —La tensión y el énfasis de Damián hicieron que Katherine lo mirara fijamente—. Sabe que estoy aquí, pero quiere tener el control. Desea tanto tener el control que no nos acusará de nada porque eso supondría admitir que perdió el control cuando me colé por tu ventana. De modo que, con mucho tino, pasa por alto la verdad —complacido por la atención de Katherine, por su comprensión incipiente, chasqueó los dedos—. Tiene el control. Es sensata.

Katherine asimiló aquello y cuando Damián pareció estar satisfecho de que lo comprendía, se incorporó y se apoyo en un codo.

—Da miedo pensar que hubo una vez en que la señora Roderíguez era una mujer como tú, ¿no es verdad?

Katherine lo empujó y le ordenó:

—Vete a la cama.

—Estoy en la cama.

—Sal de aquí y vete a la cama.

Damián se dio cuenta de que ella estaba pensando. La consternación, la frustración y una furia renovada luchaban por la supremacía en el alma de Katherine, que temblaba en consecuencia. Damián se deslizó de la cama, tapó a su esposa con la sábana y se vistió para marcharse. Estaba satisfecho. El recuerdo de lo bien que había estado, de lo breve que había sido, lo rondaba. Sabía que Katherine no dormiría tranquila esa noche.

Ni él tampoco. Deseó poder salir a hurtadillas para fumarse un cigarro.

—Te digo que son ellos. Los estás dejando escapar. —Lawrence Cyril Chamberlain iba pasando el peso de su cuerpo de un pie a otro como si fuera un niño que necesita ir al baño mientras veía cómo el grupo de vaqueros se alejaban a caballo—. Mira, allí está ese sombrero tan ridículo de don Damián y la capa de mi prima.

Emerson Smith apenas levantó la cabeza de la pistola que estaba examinando para echar un vistazo a los jinetes que pasaban.

—Es un señuelo, Larry.

Lawrence ya había decidido que no le gustaba Smith, no le gustaban sus modales groseros ni la indiferencia con la que rechazaba la importancia de Lawrence.

—Te dije que no me llames Larry. Me llamo Lawrence Cyril Chamberlain. Puedes llamarme señor Chamberlain; o Lawrence, si es que es necesaria dicha familiaridad. Bueno, ¿cómo sabes que es un señuelo?

Smith miró a Lawrence y éste se estremeció. Aquellos ojos castaños hundidos en unas cuencas huesudas le recordaban a un cadáver. Smith clavó la mirada en él para observar su reacción y le sonrió mostrando sus dientes cariados.

—Es un señuelo. De la Sola es un caballero muy noble, nunca obligaría a los llorones de sus vaqueros a adentrarse en las montañas en contra de su voluntad. Tendré suerte si los hombres a los que contraté mantienen sus posiciones hasta que yo vuelva, con el miedo que les tienen a los papistas muertos.

—¿Se quedarán?

—Eso creo. Les hice temer al norteamericano vivo. —Smith se puso de pie y descolló sobre Lawrence como un monolito primitivo—. Larry.

Lawrence retrocedió un paso y se caló más el sombrero sobre su cabeza desnuda.

—Espero que la seguridad que tienes quede confirmada.

—Todos los nativos supersticiosos de California repiten esta historia del oro y de que los padres lo maldijeron. Tal como yo lo veo, tienes que creer en la maldición para que ésta surta efecto. Tienes que creer que te rebanarán los brazos, que tus intestinos se desparramarán por el suelo y que caerás en picado trescientos metros para morir. Tienes que creer que esos sacerdotes tenían poderes.

—¿Y tú no lo crees? —Lawrence se estremeció a como reacción a aquella descripción tan gráfica.

—No. ¿Qué clase de medusa iba a creer todo eso?

—Es una historia ridícula. Incluso la parte que habla del oro.

Smith seguía sin convencerse.

—Puede que sí, puede que no. Sé con seguridad que hay bastante gente que lo cree. Incluso creen que se ha encontrado. Tal como yo lo veo, lo único que tengo que hacer es seguir a los que creen que se ha descubierto.

—No sabes si mi prima y ese hombre que se hace llamar su esposo han encontrado un tesoro —Lawrence se esforzó mucho en exaltar su desprecio—. No sabes nada con seguridad.

—Sé muchas cosas que tú no sabes. Sé la verdad sobre ese hábil trato que hiciste en la cantina.

—¿Qué pasa con eso? —preguntó Lawrence a la defensiva.

Smith se rió.

—Que de Casillas sabe cómo separar a un idiota de su dinero, ¿eh?

Lawrence se frotó la nariz quemada por el sol.

—Eso no es verdad. Aún no sé si se llevó mi dinero con mala fe.

—Yo tampoco lo sé —dijo Smith con aire pensativo—. De Casillas es problemático. Ojalá pudiera tener otra larga y agradable conversación con él.

—¿Estás compinchado con él? ¿Es el hombre misterioso que hay detrás de esta búsqueda estúpida? —Lawrence fue alzando la voz con un dejo de incredulidad—. Alguien te contrató para buscar el oro. Eso fue lo que me dijiste.

—Sí, cuando mi jefe me pagó un buen dinero por seguir a de la Sola, supe que tenía algo importante —Smith sonrió sin admitir ni negar nada—. Aceptar dinero por vigilar a tu prima Kathy no supuso una gran carga para estos ojos.

—¿Y tu jefe no se enfadará por el hecho de que los sigas sin informarle?

—Al diablo con eso. Estoy haciendo el trabajo. Me quedaré con todo ese hermoso oro maldito de los padres.

—¿De modo que vas a engañar a tu jefe?

Smith bajo el rostro a la altura del de Lawrence y le dio unos golpecitos en el pecho con un dedo grasiento.

—Me quedaré con el oro.

—Bien, bien. —Lawrence sacó un pañuelo que una vez fuera blanco y almidonado y que entonces estaba mugriento y arrugado y lo agitó en el aire—. A mí no me importa este tesoro fabuloso, siempre y cuando pueda tener a Katherine cuando hayas terminado.

—Oh, sí, Larry —Smith lustró su pistola con movimientos largos y lentos—. Puedes tener a Katherine cuando haya terminado.

—¿Van a dejar rastro? —preguntó Katherine observando a los vaqueros que se alejaban a caballo.

—Un rastro que incluso tu primo puede seguir —le aseguró Damián—. Eso debería engañar a quienquiera que esté esperando a que lo conduzcamos al tesoro —miró a la criada vestida con una de las prendas de Katherine y al indio que llevaba su sombrero y abrigo y se preocupó pero no dijo nada. Seguro que eso los engañaría.

Desde el interior de la hacienda se oyeron unas voces que fueron subiendo de tono. Nacia y Julio se estaban peleando otra vez y aquella mañana los Roderíguez se sumaron a la pelea. La batalla continuó sin aplacarse hasta que Damián y Katherine se dispusieron a marcharse. Entonces sus anfitriones salieron fuera.

Nacia se quedó en el porche con la barbilla levantada y dos manchas de un rojo intenso en las mejillas. Su porte erguido competía con el de su madre y su figura menuda se estremecía con un aire indómito anteriormente oculto.

Julio entrecerró los ojos para protegerse del sol de la mañana y su semblante era una extraña mezcla de emoción y mortificación. Hablaba en voz baja, como si los sonidos fuertes le causaran sufrimiento.

Katherine se esperaba una fría reprimenda por parte del señor y la señora Roderíguez; en cambio, recibió un rechazo desconcertado. No sabía qué les había dicho su hija, pero permanecieron allí de pie con magnífico desaliño y con cara de que en alguna parte, de algún modo, su mundo correcto se había torcido.

Mientras abandonaba el hogar de los de Casillas, Katherine pensó que le encantaría fundirse con las paredes y escuchar la discusión que tendría lugar durante el resto del día.

Pero tal vez los de Casillas pensaran lo mismo sobre ellos. La pradera fue quedando atrás a medida que cabalgaban hacia el norte y subían de altitud. Poco a poco las montañas se hicieron más rocosas, más escabrosas, y los robles ocasionales dieron paso a bosques de pino y matojos. Ni Damián ni Katherine se esforzaron por romper el silencio que reinaba entre ellos. Cabalgaron a través de los árboles que se alzaban por encima de ellos y siguieron un sendero estrecho que ascendía hasta que el hambre se hizo más intensa. Ya no podían aplazarlo más; tendrían que comer. El resultado inevitable sería que tendrían que hablar y, tras la pasada noche, hablar era una cosa que ninguno de los dos quería hacer.

—Nos detendremos aquí. —Damián señaló un pequeño claro con la fusta.

Bajo la luz del sol que se filtraba a través del dosel que formaban los pinos, la alfombra de hojas caídas parecía ser de oro. El aroma de la vegetación inundó el olfato de Katherine, que levantó la cabeza para contemplar el cielo despejado a través de las ramas.

—Es precioso.

Damián desmontó y desenganchó el cesto de la comida.

—La cocinera de los de Casillas nos ha cargado de comida. Espero que esta mañana estuviera más contenta que el resto de la familia.

—¿Y eso por qué?

—Porque de lo contrario nos envenenaremos.

Katherine ni siquiera lo encontró gracioso.

—Cierto.

Damián le quitó las alforjas a *Confite* y le aflojó la cincha del flanco. Le dio unas palmaditas en la grupa y le dijo:

—Venga. Ve a pastar hasta que te hartes.

Katherine se deslizó de la silla antes de que Damián pudiera ayudarla y llevó a su yegua hacia la hierba.

—Asegúrate de atarla —le ordenó Damián.

—Por supuesto —respondió ella con frialdad, y pasó las riendas alrededor de una rama.

En el interior del cesto había tiras de carne fría, queso, tortitas, fruta y una botella de un vino tinto nuevo hecho con uvas de California. La comida fue silenciosa, educada y, para Katherine, incómoda. Ella quería decirle algo a Damián, las palabras le quemaban la lengua. No quería romper su frágil tregua pero no descansaría hasta que se lo dijera.

—Don Damián.

—¿Sí, mi mujer?

—Anoche me comparaste con la señora Roderíguez.

—No con tantas palabras —protestó él. Tomó unos sorbos de vino de un vaso de madera.

—Fue lo que quisiste decir. Quizá soy tan poco dada a los insultos que es necesario azotarme con mis deficiencias, pero eso lo entendí.

Damián vaciló, incómodo por su franqueza.

—Es lo que quería decir.

—Muy bien. He puesto tu crítica bajo consideración. Ahora me gustaría que tú hicieras lo mismo.

—Una esposa no critica a su marido.

—Un hombre que no quiere que lo critiquen no debería casarse —replicó Katherine que, con un ademán ostentoso, añadió—: Mi padre solía decir eso. —El tic de la mejilla de Damián le dijo que él estaba de acuerdo y Katherine se relajó lo suficiente para exponer audazmente lo que quería decir—. Tienes la sensación de que me estoy convirtiendo en una señora Roderíguez. Muy bien, pues me temo que tú te estás convirtiendo en un tío Rutherford.

Damián levantó la cabeza; su sonrisa desapareció.

—No en términos de crueldad o de falta de responsabilidades —añadió ella—. En términos de tu convicción de que tienes razón en todo. El tío Rutherford nunca permitía que nadie disintiera con él en su casa. Daba al traste con toda la iniciativa de sus hijos. Intentó destruir la mía.

—¿Y qué tiene que ver eso conmigo?

Con una suavidad que por regla general menospreciaba, Katherine puso la mano sobre la de él y detuvo su forma resuelta de beber.

—Soy norteamericana. —Cuando él fue a decir algo le apretó los dedos—. No cabe discusión. Soy norteamericana. A tus ojos, según tu iglesia, todavía no estamos casados. No lo estaremos hasta que me convenza de que puedes aceptarme tal como soy.

—¿Qué dices? —su rugido sacudió las copas de los árboles y resonó por la montaña.

Katherine se mordió el labio. No era su intención decir eso. No había sido su intención amenazarlo. Su intención había sido abordarlo con las artimañas de una señorita, no cargar contra él como un toro. Pero el daño ya estaba hecho y ella apretó los labios mientras lo miraba con aire desafiante.

—He dicho...

—¡Ya te he oído! —Damián se levantó y arrojó el contenido del vaso contra la roca que tenía al lado, con lo que los salpicó a ambos de vino. La mancha escarlata se extendió por su camisa blanca y Katherine se limpió el líquido de la cara.

La joven miró al hidalgo enfurecido, se quitó el pañuelo que llevaba en la cabeza y frotó con aire ausente la mancha húmeda de la manga de su traje de montar.

—No es tan difícil de entender. Lo único que quiero es que cambies...

—Que cambie yo —se dio unos golpecitos en el pecho con el índice—. Quieres que cambie al hombre con el que te has casado.

—¿Y tú qué es lo que quieres? ¿Qué quieres que sea? Yo misma no. No quieres que sea Katherine Anne. Tú quieres que sea una mujer mítica que transforma su corazón en el de una california en tanto que conserva la apariencia externa de una norteamericana. Eso es lo que tú quieres, ¿verdad?

—No —lo negó, pero vaciló un poco.

—¿Tiene razón la señora Roderíguez? ¿Es mi cabello rubio lo que te ha hecho elegirme como esposa?

—Por supuesto que no. —En esta ocasión pareció más seguro.

—Entonces, ¿qué es lo que quieres de mí? No quieres que sea una norteamericana. No quieres que piense por mí misma. No quieres que te critique. ¿Qué es lo que quieres? ¿Por qué te casaste conmigo?

Damián la miró como si la viera por primera vez, con el corazón en los ojos. Hubo algo en su pose, en la forma en que la miró, que hizo que la respiración de Katherine se agitara, algo en lo que nunca se le había ocurrido pensar. Damián se concentró en Katherine con todas sus fuerzas y se arrodilló delante de ella, con las rodillas tocándose. Le limpió una gota de vino de la chaqueta. Intentó cogerle las manos y ella dejó caer el pañuelo en su regazo con torpeza. La intensidad de Damián la volvía tímida, por lo que bajó la mirada a la tela acolchada y se preguntó, de manera distraída, por qué lo había agarrado con tanta fuerza.

—Catriona —empezó a decir Damián, y tomó aire—. Katherine Anne...

Katherine alzó la mirada y, como si no pudiera resistirse, Damián se inclinó hacia ella y derritió su tensión con los ojos. Katherine cerró los suyos con un parpadeo y separó los labios con ilusión.

Se oyó un crujido por detrás de él, el golpe de una culata contra su cabeza y Damián se precipitó contra el pecho de Katherine. Ella, confusa, intentó pararlo pero la cabeza de Damián le golpeó el esternón. Intentó salir de debajo de su peso muerto y buscar la causa de su pérdida de conocimiento, y al levantar la mirada la encontró: el señor Emerson Smith y la pistola que sostenía en la mano.

Capítulo 19

*D*amián no estaba muerto. No podía estar muerto. Estaba vivo cuando lo dejaron. Katherine apretó los dientes para combatir el estremecimiento que la recorrió y animó a su caballo a seguir subiendo por el sendero que no dejaba de ascender, detrás de Emerson Smith. Damián no estaba muerto porque había gemido y rodado por el suelo con las patadas de Smith. La culata de la pistola de Smith le había abierto un corte en la parte trasera de la cabeza. ¡Dios santo! Damián había quedado tan gravemente herido que no recuperó la consciencia en ningún momento mientras Smith buscaba el mapa.

Ese horrible mapa.

—Oye, Kathy, ¿qué supones que ha hecho tu tórtolo con el mapa? —le preguntó Smith alargando las palabras.

—No lo sé —contestó ella, con voz apagada por la preocupación.

—Seguro que lo sabes —la animó él.

La indiferencia cordial de aquel hombre arrancó de su estado de ansiedad a Katherine, que levantó la cabeza y le dirigió una mirada fulminante.

—¡No lo sé!

—Bueno —dijo él—, no cabe duda de que lo buscamos. ¿Recuerdas?

Katherine no contestó.

—¿Recuerdas? —insistió él—. Primero buscamos en las alforjas.

—Las saqueamos —masculló la joven.

—Luego buscamos en tu tórtolo. Buscamos por todo su cuerpo y en su ropa, pero el mapa no estaba allí. ¿Recuerdas lo que hicimos entonces?

Katherine agachó la cabeza, avergonzada sólo de pensarlo. Desde el caballo que iba detrás de ella, Lawrence le gritó:

—Déjala en paz, Smith.

—No —se negó Smith—. Estaba llegando a la mejor parte de los recuerdos. La parte en la que registramos a nuestra pequeña abogado —se relamió y el sonido húmedo hizo que a Katherine se le revolviera el estómago—. Es una pena que estuvieras allí, Larry. Eres como el esqueleto en el banquete. Hubiera sido muy divertido desnudarla y registrarla de arriba abajo para ver si tenía el mapa. Todos mis vaqueros estaban preparados para verlo. Se notaba por esos sonidos besucones que hacían.

—Esos vaqueros son escoria —afirmó Larry con desdén.

—Sí, pero trabajan barato y no hacen preguntas —Smith se volvió a mirar a Lawrence con una sonrisa, y luego miró a Katherine, que estaba entre los dos—. Que es más de lo que puedo decir de ti, Larry.

—¿Te está pagando por esto, Lawrence? —preguntó Katherine con la sensación de que el dolor se esforzaba por romper su entumecida desesperación.

—No —negó Lawrence—. Cree que hago demasiadas preguntas.

—Lo único que consigue que se calle es un buen trago de licor. —Smith le sonrió otra vez dejando ver las encías rojas en torno a los dientes. Volvió a mirar al frente de nuevo—. Sigo diciendo que deberíamos detenernos y registrar a la señorita Kathy ahora mismo. Sí, señor. Podría tener el mapa oculto en su cuerpo.

—Te preocupas de ese mapa como un perro lo haría por un hueso sustancioso —lo acusó Lawrence—. Sabes que ese mapa se fue con el caballo de de la Sola. Ese caballo se escapó antes de que le propinaras el culatazo a de la Sola.

—Sí. Es muy probable que el mapa esté en ese caballo —admitió Smith, que lo aceptó con hosquedad—. Estoy seguro de que te hubiera gustado echarle un vistazo.

Katherine sintió un alivio tan intenso que casi pudo saborearlo. Lawrence había distraído a Smith, y sabía que lo había hecho a propósito. Puede que Lawrence fuera un gusano, pero no quería que Emerson Smith la utilizara. Katherine suponía que su primo podría convertirse en un ser humano razonable dentro de unos treinta años o algo así.

Una sensación de náusea la invadió al pensar en Damián y la sangre de la cabeza que formaba un charco en su falda. No se había desmayado al verla. Se había aferrado a todos sus sentidos en un intento vano de ayudar a Damián. Había respondido a las preguntas de Smith mientras sostenía a Damián en su regazo con actitud protectora. Ella no había querido abandonarlo. No había querido dejarlo allí, pero cuando Smith amenazó con pegarle un tiro a Damián… se sintió tan mal…

Por suerte su caballo había estado atado. Katherine había montado a toda prisa cuando el señor Smith la amenazó con que la haría montar con él. Cinco vaqueros desaliñados sonrieron y se dieron empujones al ver el pedacito de tobillo que dejó al descubierto, pero era mejor eso que no que uno de ellos la empujara para subir.

En aquellos momentos Katherine observaba el sol de la tarde que iluminaba la parte posterior de la cabeza del señor Smith. Miró su cuello largo, las orejas que se sobresalían demasiado y la calva que normalmente su estatura ocultaba. Un verdadero odio bullía dentro de la joven. Era espeso e intenso, y casi podía notar su sabor en la lengua. No se había sentido así desde hacía un año, pero reconoció el sentimiento.

Era el mismo odio que había sentido por su tío Rutherford cuando éste amenazaba a su madre; el odio que había sentido por la tía Narcissa cuando insinuaba que su padre era un gandul. No era el odio que Katherine sentía cuando alguien la hería, sino el odio que sentía cuando alguien hería a un ser querido.

Eso la asustaba. La asustaba más que casi todo lo que había ocurrido. Casi más que la posibilidad de que pudiera morir antes de volver a ver a Damián. Casi más que pensar en Damián tumbado en el suelo inconsciente.

—¿Larry? —dijo el señor Smith por delante de ella, interrumpiendo así sus pensamientos y apartando sus remordimientos inútiles—. Nunca te he preguntado por qué tenías tanas ganas de recuperar a esta mujer. A mí me parece un verdadero fastidio.

—Obligaciones familiares —contestó Lawrence.

El señor Smith se sacó un pañuelo del bolsillo trasero y se sonó la nariz con una meticulosidad angustiosa.

—Ah, Larry, creo yo que ése no es un motivo para venir hasta aquí cuando podías haberla detenido en el barco en Boston.

Lawrence se aclaró la garganta y reaccionó con comprensión:

—No nos dimos cuenta de lo mucho que la echaríamos de menos.

Katherine vio que el señor Smith movía los hombros. Supuso que se estaba riendo. En cierto modo, Smith le recordaba a los Chamberlain y le comentó:

—Echan de menos mi trabajo duro. Echan de menos el dinero que les hacía ganar.

—Tú cállate, señorita Kathy —replicó el señor Smith—. A las mujeres hay que verlas pero no oírlas.

—¡No llegará el día! —Lawrence bajó la voz, pero no lo suficiente. Tanto Katherine como el señor Smith le oyeron decir—: Si hubiéramos podido hacerla callar, la vida con mi padre le habría resultado mucho más fácil.

Smith asintió con la cabeza.

—Así son las mujeres. Tiran piedras contra su propio tejado. No saben lo que les conviene.

Con inflexión amarga, Katherine citó:

—Los hombres tienen muchos defectos; las mujeres sólo dos: todo lo que dicen y todo lo que hacen.

—Pero yo puedo ponerle remedio a eso —comentó el señor Smith en voz baja.

Katherine no supo cómo reaccionar. No era tan tonta como para responderle. Odiaba dejar que pensara que la había intimidado... pero es que lo había hecho. Con movimiento rápido tocó el frío metal del reloj que llevaba en el bolsillo para que le diera suerte.

El señor Smith, satisfecho, se dirigió nuevamente a Lawrence:

—Esta sabionda con faldas dijo algo sobre que era abogada. Que era una abogada muy buena. Fue fanfarroneando por toda California, ya lo creo. Nadie la creyó, por supuesto. Todos se rieron de ella y la insultaron, pero como apareciste tú y quisiste recuperarla a toda costa, no puedo evitar preguntarme...

—Es entendida en leyes —admitió Lawrence—. Ayudó a aumentar la fortuna de la familia.

—¿Y quieres que te ayude a meterla en una barca?

—En un barco. Sí. Ella te encuentra el tesoro. Tú me la entregas en el barco que va a Boston. Yo me la llevo y no podrá contarle a nadie tu repentina adquisición de riqueza.

—Pero yo estoy un pelín preocupado —confesó Smith—. ¿Y si no puede ayudarnos a encontrar el tesoro?

—Dice que vio el mapa —le recordó Lawrence.

—Sí, pero la única razón por la que lo dijo fue para evitar que arrojara a su esposo montaña abajo a patadas. No es una confesión demasiado fiable.

La escena apareció frente a Katherine con claridad y su autocensura hizo que se tambaleara. Había traicionado la confianza de Damián al cooperar y se había alejado a caballo de su esposo inconsciente. Seguro que todo saldría bien pero, si no era así, ¿cómo podría vivir con esa culpabilidad? Apretó la mano en torno al pomo de la silla.

—Es lo que querías oír.

—Pues mejor que sea la verdad, o esos demonios que vigilan el tesoro serán el menor de tus problemas.

Katherine sintió un estremecimiento que le recorrió la espalda. El señor Smith no había vuelto la cabeza para mirarla y había alzado la voz, pero hubo algo en él —la forma en que sostenía la cabeza, el timbre apagado y monótono de su amenaza— que la hizo pensar en violación y asesinato. En la fiesta se había preguntado si no estaría huyendo de una orden de detención. Daba la impresión de que habían pasado años, habían ocurrido muchas cosas, pero rodeada de amigos y risas aquello sólo fue una preocupación distante. En aquellos momentos, allí en medio de la naturaleza, Katherine se maravilló de su propia ingenuidad.

—Es la verdad, aunque mi sentido de la distancia es muy malo. El mapa señalaba el tesoro y decía: Lo sabrás por las señales.

—¿Qué señales?

—No lo sé. No lo sé —percibió el tono agudo de su voz y contuvo el pánico—. Nadie lo sabe, pero los vaqueros están intranquilos. Si siegues hablando de demonios los perderás.

—Sí, son como todo el mundo en esta tierra olvidada de Dios. Se asustan hasta de su propia sombra —volvió a sonarse la nariz, pero esta vez no se molestó en coger el pañuelo.

—Los de la Sola son una familia poderosa en California. Don Lucian es mi suegro y me quiere. Don Damián es mi esposo. Es un hombre inteligente e ingenioso.

—Si es que no está muerto ya —comentó el señor Smith.

Katherine tuvo la sensación de que el corazón se le petrificaba en el pecho.

—Te destruirá —añadió a borbotones.

El señor Smith soltó aire con un silbido prolongado.

—¡Vaya! Veo que es grave.

—¿El qué? —preguntó Katherine.

—¿El qué? —preguntó Lawrence.

—¿No lo ves, Larry? Está enamoraaadaaa —el señor Smith dio a sus palabras toda la afectación empalagosa de un adolescente—. Kathy está enamorada del grasiento.

Katherine lanzó su negativa tal como un pájaro sacude una serpiente presa en su pico.

—No, no lo estoy.

—No, no lo está —repuso Lawrence casi con la misma rapidez.

—Oh, sí, Larry. Es por eso que va y se casa con un tipo con el que no tiene nada en común y a quien ni siquiera le gusta su gente.

—No estoy enamorada de él. —Katherine lamentó no saber qué mensaje había intentado darle Damián antes de que lo golpearan, pero concluyó en tono desafiante—: Pero creo que quizá él sí me tenga cierto afecto. Si me haces daño te matará.

—¡Caramba, te ha engatusado! —se maravilló él.

—Eres idiota por haber desafiado a don Damián de la Sola —apretó las manos en las riendas.

El hombre se rió de forma desagradable.

—La idiota eres tú. Eres idiota si crees que tendrá algún interés por ti después de que hayas pasado la noche fuera conmigo.

—Él confía en mí.

—Estoy seguro de ello… eres un témpano. Pero no puede confiar en mí.

Katherine contuvo el aliento.

—Bueno, vamos a ver —interrumpió Lawrence con toda la ampulosidad de su padre—. Vamos a ver, accedí a esto a condición de que Katherine no sufriera ningún daño.

—Oh, no, no le haré ningún daño —el señor Smith puso la misma cara de inocencia que un niño con la caña de pescar escondida a la espalda.

—Bueno —dijo Lawrence—. Bien.

—Admirable, Lawrence —murmuró Katherine entre dientes.

El señor Smith añadió:

—De todas formas, a tu pastelito no le importará que seamos castos como dos monjas. Seguirá viéndose muy mal.

—Don Damián es mi esposo.

Entonces sí que se giró en la silla de montar y se rió en voz alta con unos rebuznos breves.

—Sí que eres idiota, la verdad. ¿No te has dado cuenta de cómo odia a los norteamericanos?

Katherine se puso tensa.

—Mira la cara que pones, como si hubieras mordido uno de esos limones enclenques y ácidos que crecen por aquí. Así pues, ¿no sabes que ese grasiento hará lo que sea por proteger sus tierras?

—No se casaría conmigo para proteger sus tierras.

—¿No acaba de decir tu primo lo intrigante que eres? Y para colmo norteamericana. Casarse con una persona así es una combinación ganadora. No encontraría eso en un hombre.

Katherine estuvo a punto de reírse al oír un razonamiento tan retorcido como aquél. Estuvo a punto, pero las palabras de Smith tenían sentido.

—Tu maravilloso don Damián haría cualquier cosa para conservar sus tierras, incluso casarse con uno de los norteamericanos que tanto odia con la esperanza de que dicha unión legalizará la propiedad de sus tierras que ahora no vale para nada. No es que eso vaya a ser de mucha ayuda —dijo con desdén—. Estar casado con una norteamericana no salvará las tierras de Damián. Si un norteamericano quiere reclamar la propiedad, los funcionarios sólo se fijarán en el nombre que consta en el título.

—Sí —Lawrence Cyril Chamberlain parecía un niño irritado.

—Sólo te está utilizando —concluyó el señor Smith con gesto triunfal.

—Eso no es verdad —protestó Katherine.

—Ya tendrás ocasión de averiguarlo. Ese tal general Castro está redactando una proclama para ordenar la expulsión de todos los extranjeros de California. Si tu don Damián aprovecha la oportunidad para deshacerse de ti, sabrás lo que siente de verdad.

—Según tu teoría, si don Damián no aprovecha la oportunidad, seguiré pensando que me utiliza para salvar sus tierras.

—Sí —dio la impresión de que el señor Smith se alegraba inmensamente—. Haga lo que haga, no puedes ganar.

Damián se despertó haciendo girar los puños en un combate inútil.

—¿Dónde estoy?

—Conmigo.

Su voz sonó como las campanas de una misión, como el socorro más tranquilizador de los ángeles.

—¡Vietta! —estiró la cabeza hacia ella y soltó un quejido de dolor. Unas manchas rojas y amarillas flotaban delante de sus ojos.

—Vuelve a echarte —le pidió ella—. Échate en mi regazo.

—¿Dónde está Katherine? ¡Dios mío! ¿Dónde está Katherine?

—No lo sé. Túmbate.

Damián se dio cuenta de que no tenía otra opción. Las punzadas de dolor de la cabeza iban al mismo ritmo que los latidos de su corazón; tuvo que tragar saliva para no echar el contenido de su estómago. Se echó hacia atrás y apretó los dientes cuando la hinchazón de la cabeza tocó el regazo de Vietta. Presionó delicadamente con los dedos el huevo de ganso que tenía por encima del cuello, envuelto en un tosco vendaje.

—¡Madre de Dios! ¿Qué ha pasado?

—Alguien te golpeó. Y te patearon las costillas —respondió ella amablemente—. Tienes magulladuras por todo el pecho.

Se tiró de la camisa, hecha andrajos y sin botones.

—Smith.

—¿Qué?

—Emerson Smith.

—¿Le viste?

—No, pero tiene que haber sido Smith —se metió los faldones de la camisa en los pantalones con manos temblorosas—. Tiene que haber sido Smith. Siempre tuve un presentimiento sobre él.

—¿Tenías una corazonada? —La pierna sobre la que Damián estaba apoyado dio una leve sacudida. Él entrecerró los ojos para protegerse de la luz.

—Una corazonada. Sí, tenía una corazonada sobre Smith. Igual que la tuve sobre Julio de Casillas.

—¿Pensabas que Julio te había golpeado?

—No, no. Julio no. No podía haber sido él. Julio no.

—Julio... Nunca pensé en Julio —le dio unas palmaditas en el hombro a Damián para consolarlo—. Lo siento.

Sin comprender la compasión que percibió en su voz, Damián se tensó en un rechazo instintivo de sus palabras.

—¿Qué quieres decir?

—Pasé por su hacienda de camino aquí y Julio había desaparecido. Nacia estaba llorando, por supuesto. Que es lo que hace siempre, ¿verdad?

—¡Maldita sea! —exclamó Damián—. Después de lo que tuvimos allí esperaba que Nacia hubiera terminado con eso de una vez por todas.

—Estaba sola, la pobre.

—¿Sus padres se habían marchado?

—Oh, sí —asintió moviendo enérgicamente la cabeza.

—Creía que se quedarían para hacerle notar el error de su forma de actuar —dijo Damián asqueado—. Sin embargo, eso no significa que Julio sea el culpable. Sólo significa que se ha ido otra vez de borrachera.

—Vi a un hombre arriba en la montaña... —Vietta se frotó los ojos como si quisiera enjugarse unas lágrimas por la pérdida de su amigo Julio y añadió—: Un hombre con un pelo rubio rojizo. Cabalgaba más adelante, pero cuando quise alcanzarle había desaparecido.

—El sendero es estrecho y empinado, Vietta —observó Damián—. ¿Adónde podría haber ido?

—No lo sé. No conozco la zona. Es Julio el que la conoce.

Apenado, aunque no convencido, Damián suspiró y dijo:

—¿Hacia dónde se dirige el rastro desde aquí?

—Hacia arriba —señaló hacia la cima de la montaña.

—¿Mi caballo se ha ido?

—Sí.

—¡Oh, Dios! —rodó boca abajo y se tapó la cara con las manos—. Entonces tiene el mapa. Sabe adónde se dirige. —La oscuridad le calmó los ojos y sujetó la cabeza entre los codos. El dolor se suavizó y pudo pensar. Levantó la cabeza con cuidado y miró a Vietta con los ojos entrecerrados... Vietta, esa flor pálida de la cultura española—. ¿Qué estás haciendo tú aquí?

Ella agachó la cabeza y se alisó la tela de la falda para evitar mirar a los ojos a Damián.

—En Monterey corrían rumores.

—¿Qué clase de rumores? —Damián lamentó su rudeza al ver cómo se sonrojaba ella. Le cubrió la mano con la suya y suavizó el tono—. Vietta, esto es importante. ¿Qué dicen los rumores?

—Que has salido en busca del tesoro de los padres y que la desgracia te perseguirá. —Se retorció las manos en el regazo y luego se disculpó de todo corazón—. Lo siento, Damián, pero tenía que venir. Estaba muy preocupada.

Damián sintió que lo invadía una especie de vértigo extraño. Los colores de Vietta reflejaban el opuesto exacto de Katherine; parecía el opuesto exacto de Katherine. Llevaba su larga cabellera negra peinada en una trenza que le bajaba por la espalda. Las pestañas oscuras y cejas pobladas que adornaban sus ojos color avellana hacían que las pestañas rubias y los ojos verde mar de Katherine parecieran casi insulsos. Su tez blanca perfecta tenía unas arrugas diminutas en torno a la boca y los ojos. Contrastaba con el cutis de Katherine, levemente salpicado con esas pequeñas pecas doradas que a él lo cautivaban. El traje y sombrero de montar que llevaba Vietta eran de un elegante color rojo, no azul; el galón decorativo de la chaqueta era plateado, no dorado.

Damián posó la mirada en la garganta de Vietta. La llevaba desnuda, no envuelta en un pañuelo para ocultar una cicatriz.

Vietta, nerviosa, se llevó los dedos al cuello.

—¿Ocurre algo?

—No —Damián se frotó los ojos—. No, lo que pasa es que estoy confuso por el golpe que he recibido. ¿Cuánto tiempo estuve inconsciente?

—Yo sólo llevo aquí un momento —contestó ella—. No lo sé con certeza.

Damián se puso a gatas, dejó caer la cabeza y la mantuvo gacha mientras se ponía de pie. Le flaqueaban las piernas y se agarró a una rama. Vietta lo sujetó.

—No pasa nada. Estoy un poco mareado, pero ya se me está pasando. —Entrecerró los ojos, miró al sol y calculó la hora—. No hace mucho que se han ido. Aquí estarás a salvo. Me llevaré tu caballo... ¿puedo usar tu caballo?

—¿Crees que dejaré que vayas solo? —preguntó Vietta con voz débil e indignada—. Necesitarás ayuda. Necesitarás apoyo. Y yo sé disparar, ¿recuerdas? Julio y tú me enseñasteis.

Damián vaciló, pero luego se fortaleció y le dijo con resolución:

—No, no puedo dejarte. Viniste hasta aquí por un rumor. Someterte a una violencia semejante no sería una buena manera de corresponder a tu bondad.

—Son más de uno los villanos que secuestraron a Katherine. ¿Cómo te propones amedrentarlos a todos? Me necesitas. —Le puso la mano en el brazo.

Damián bajó la vista a la mano de Vietta.

—¿Cómo lo sabes? ¿Cómo sabes que hay más de un hombre?

—Mira a tu alrededor —Vietta hizo un gesto para mostrárselo—. En el suelo hay marcas de muchos caballos. Además, Damián —agitó las pestañas—. Haría falta más de un hombre para dominarte. No puedes salvar a Katherine sin mí.

—Katherine no querría que te pusiera en peligro.

—Ella podría estar sufriendo; podría estar muriéndose. O algo peor. En la fiesta, ese tal Smith la miraba de una manera que me dio escalofríos —se estremeció para poner énfasis—. Podría estar arrancándole la ropa en este mismo momento.

Damián profirió un ruido extraño, un sonido que no había previsto y que no pudo contener.

El semblante pálido de Vietta se iluminó con compasión.

—Tenemos que salvarla, Damián.

—Pues vamos.

El grito de un búho que cazaba despertó una vez más a Katherine de su sueño intranquilo. Según los cuentos de viejas, la voz del búho era de mal agüero, su ululato presagiaba muerte, pero Katherine no creía en esas cosas. Lo único que creía era que le retorcería el pescuezo a ese pájaro si no dejaba de despertarla.

Cada vez que se despertaba lo hacía temblando por el frío del suelo y lamentaba no tener el coraje de pedir una manta. Su traje de montar era de terciopelo y sin embargo tenía la sensación de estar desnuda contra los elementos. Cada vez que se despertaba miraba a Smith, a esa mole de hombre que estaba acurrucado cerca del fuego. Cada vez que se despertaba recordaba la insultante invitación para que fuera con él. Se había reído cuando ella lo rechazó, seguro de que Katherine iba a cambiar de opinión, seguro de que sufriría si no lo hacía.

Katherine maldijo a Damián sin querer por no haber acudido a rescatarla.

Era una estupidez suponer que podía rescatarla cuando podría ser que siguiera inconsciente. Cuando, por lo que ella sabía, podría ser que estuviera muerto. Cuando ni ella misma podía rescatarse. Los vaqueros la habían maneado como a un perro y se habían reído cuando ella intentó zafarse de las manos que le agarraban los tobillos. Le ataron los pies juntos y luego sujetaron el largo trozo de cuerda alrededor del tronco del árbol. No le habían atado las manos, pues estaban ofensivamente seguros de la firmeza de los nudos que habían hecho. Katherine había descubierto, con pesar, que no se equivocaban. Tiró del cáñamo áspero que le sujetaba los pies hasta que le sangraron los dedos, pero no pudo liberarse.

Los vaqueros también se habían mofado de Katherine con sus invitaciones para que durmiera con ellos. Lawrence les dijo que se callaran. Ellos habían estallado en carcajadas y se desternillaron de risa con una falta de respeto descarada hasta que una niebla descendió de las montañas y se posó sobre el campamento minúsculo. Eso cortó sus risas como un cuchillo.

Al oír los primeros murmullos sobre «el padre», el señor Smith les ordenó que se callaran, pero ninguna de sus órdenes podía repeler aquel manto húmedo que amortiguaba el sonido y que dotaba la noche de una extraña luz blanca.

Y ahora Katherine estaba despierta, hecha un ovillo, todo por culpa de ese condenado búho. Y pensaba. No podía dejar de pensar. Las semillas de la duda siempre habían estado ahí; Smith las había regado con cuidado y de ellas habían brotado unas enormes enredaderas estranguladoras de sospecha.

Katherine había creído que, antes de que lo golpearan, Damián había estado a punto de confiarle sus sentimientos de cariño por ella. Durante los últimos días se había dado cuenta de que él no tenía ningún motivo para casarse con ella a menos que poseyera dichos sentimientos de cariño. Tal vez sintiera incluso afecto, aunque ella se había sentido una farsante al alardear de ello ante el señor Smith. Además, se había ido dando cuenta de que podía ser que en cierto modo ella correspondiera a esos sentimientos de cariño. Incluso al afecto.

Aunque no existieran sentimientos de cariño ni de afecto, aunque se hubieran peleado y ella hubiera tenido miedo, Katherine creía estar segura contar con la estima de Damián.

Y ahora el señor Smith insinuaba que estaba enamorada de Damián y que Damián no la respetaba en absoluto. Por supuesto que no estaba enamorada de Damián. El señor Smith se estaba metiendo con ella cuando lo había dicho. Pero lo otro parecía muy razonable.

¿Dónde estaba Damián? ¿Estaba malherido, o había aprovechado la oportunidad para deshacerse de ella? ¿Acaso la había cortejado, se había casado con ella para salvar sus tierras y luego había descubierto que le suponía demasiado sacrificio?

Después de los años que había pasado con la familia Chamberlain, Katherine había jurado que nadie volvería a utilizarla jamás. Sin embargo, no había indagado en los verdaderos sentimientos de Damián hacia ella como norteamericana. Le había dado miedo hacerlo. Era una cobarde. ¿La despreciaba en secreto Damián? Aunque llegara en aquel mismo momento a buscarla, ¿la dejaría de lado cuando ya no le resultara útil? ¿O se quedaría con ella como si fuera una responsabilidad? ¿Tenerla como esposa sería la deuda que Damián sentía que debía pagar por la ayuda prestada?

¿Había cometido un error?

Cada vez que se despertaba vagaba por el mismo sendero tortuoso. Cada vez que se despertaba creía que no había conseguido dormirse. Pero cuando volvió a abrir los ojos la luz del sol de primera hora de la mañana se había filtrado en la niebla y había convertido el blanco en gris. Katherine miró sin entusiasmo los rescoldos del fuego y luego volvió la mirada.

Las mantas no estaban.

Y tampoco los vaqueros.

Se incorporó de golpe y se olvidó de que tenía los tobillos atados.

Se habían marchado. No quedaba ni rastro.

El señor Smith también se había ido. Lawrence era el único que dormía junto al fuego, con la nariz apuntando al cielo y emitiendo un ronquido que borboteaba entre sus labios abiertos.

¿Dónde estaba todo el mundo? Katherine tiró de sus ataduras como había hecho ya un centenar de veces, pero en aquel momento experimentó una nueva urgencia. Si Lawrence era el único que estaba allí, podría escapar. Tenía una oportunidad. Ojalá pudiera segar las cuerdas.

¿Con qué?

Rodeó la base del árbol a gatas buscando un palo fuerte, una piedra afilada, un cuchillo que se le hubiese caído a alguien. Soltó una risa triunfal al ver una rama robusta de unos sesenta centímetros que había sobre unas matas. Estaba fuera de su alcance. Tiró de la cuerda. Se acercó más. Se estiró. La tocó con los dedos pero no podía agarrarla. Tiró y se estiró pero no podía cogerla.

Katherine se detuvo jadeando, volvió la mirada... y allí estaban. Buscaba una forma de escapar y en cambio se había encontrado con dos pies. Dos pies inmensos. Se sentó sobre los talones y alzó la vista hacia esa cara de palo que sabía que se ocultaba entre la niebla. Su situación no era nada digna. No tenía escapatoria, ni excusa por haber burlado la vigilancia de aquel hombre. Conocía lo suficiente al señor Smith como para saber que su insignificante intento sería motivo de venganza; quizá le habían tendido una trampa.

—Bueno, señorita Kathy —preguntó el hombre con cordial buena voluntad—. ¿Adónde vas?

—Doy una vuelta —contestó ella con mordacidad.

—Yo también he ido a dar una vuelta —se subió los pantalones y se pasó las palmas de las manos por la entrepierna.

Katherine fingió no verlo ni entenderlo y preguntó:

—¿Qué ha pasado con tus vaqueros?

El señor Smith dio un resoplido.

—Esos cobardes sin agallas huyeron.

—Unos chicos listos —aprobó ella. Se echó un poco hacia atrás y movió las piernas hacia delante.

—¿Por qué dices eso?

—¿No oíste el ululato del búho anoche? Es una señal de muerte.

—Sí. Y también lo es dormir en el suelo sin manta, pero tú lo hiciste. —Sus palabras avivaron la furia de Katherine—. Podrías haber dormido conmigo. Te hubiera mantenido caliente.

Katherine se lanzó con valentía con la esperanza de asustar a ese hombre utilizando la única arma que poseía. En voz baja y con un tono falsamente tranquilizador, le advirtió:

—Esta niebla también es un mal presagio. Vino muy de repente. No augura nada bueno. Dicen que es parte de la maldición.

—Ooh —meneó los dedos como si fueran diez gusanos—. ¡Qué miedo! Apuesto a que no vas a tardar nada en hablarme de la chica con el lazo verde en torno al cuello.

—Yo... —confusa, Katherine retomó el tono de voz normal—. ¿El lazo verde?

—Sí, nunca se lo quitaba. Su marido le preguntaba por qué, de manera que cuando se estuvo muriendo, le dijo que se lo desatara. —Su voz grave resonaba de miedo, sospecha, desesperación—. Y... ¡se le cayó la cabeza! —gritó; Katherine dio un salto del susto; él estalló en carcajadas—. Eres tan tonta —se maravilló—. Has caído con el más viejo de los trucos.

Katherine se llevó el dedo al labio inferior y presionó para que le dejara de temblar. Furiosa por el hecho de que el hombre la hubiera asustado y más furiosa aún por habérselo permitido, le dijo:

—Tienes mucho en común con esos vaqueros.

—¿Ah, sí? ¿El qué?

Katherine se echó hacia atrás un poco más y lo acusó:

—Sólo un cobarde sin agallas ataría una mujer a un árbol.

Uno de aquellos zapatos enormes le pisó con firmeza el borde de la falda. Katherine intentó retroceder, pero con los pies atados la ropa atrapada, su esfuerzo resultó inútil. El hombre dejó caer las piernas encima de los muslos de Katherine y se los aplastó contra el suelo.

Una mano gigantesca la agarró por el mentón y se lo echó hacia arriba. Katherine gimió al sentir el dolor en la garganta. Él le gruñó:

—Sigues siendo igual de engreída, niña, pero hoy no hay nadie para salvarte.

—Lawrence —lo llamó con voz temblorosa—. ¡Lawrence!

—¿Estás llamando a Larry? ¿Larry? ¿A Larry el borrachuzo? —Smith fue bajando los dedos hacia el cuello de Katherine, se lo acarició—. Joder, anoche bebió lo suficente como para pasarse días inconsciente.

—¿Dónde encontró tanto vino? —preguntó ella con tono acusador.

—¡No lo sé, por Dios!

Su fingida virtud hizo que Katherine apretara los dientes y le espetó:

—¡Eres un chulo!

—Eso no es lo peor que me han llamado, cariño, ni mucho menos —le apretó la tráquea lo suficiente para cortarle el aire y provocar que lo golpeara con las manos presa del pánico—. Me han llamado ladrón, cobarde y asesino. Todo ello es cierto. Imagínatelo, todo cierto.

La soltó. Katherine tomó aire a grandes bocanadas, un aire que se volvía pútrido por culpa de aquella dentadura cariada que le sonreía demasiado cerca de la cara. Katherine lanzó un puñetazo pero él la agarró antes de que pudiera alcanzarlo en la nuez. El señor Smith se había percatado de que iba a defenderse y ella fue lenta a causa del frío, el agotamiento y la dificultad para respirar.

—¿Todavía quieres llamar a tu primo? —se mofó.

A Katherine se le agolpaban los pensamientos, pero no se le ocurrió nada. Ninguna idea brillante, ninguna huida en el último minuto. Ese rostro grande y huesudo se acercaba al suyo con los labios fruncidos y lo único que se le ocurría pensar era en repugnancia y muerte. Le golpeó el ojo con la mano izquierda, pero con una fuerza y una puntería lamentables. Katherine tenía miedo y el grito le empezó en los dedos de los pies. Fue subiendo, pero cuando le llegó a la garganta presionada por la mano de aquel hombre, Katherine sólo pudo susurrar:

—¡Don Damián!

—No está aquí. —La empujó contra el suelo y Katherine cayó con una agitación de faldas levantadas y extremidades contraídas—. Nunca va a estar aquí, de modo que podrías hacer lo que hacen todas las mujeres. Podrías relajarte y disfrutar.

7 de junio, año de Nuestro Señor de 1777.

«Una cueva es el lugar ideal para esconder el oro. Una cueva es lo que nos ha dado Dios. Está enclavada en la montaña, es casi imposible detectarla y brilla con una luz interior que pone de manifiesto el placer de Dios en nuestra empresa. Por dentro parece una enorme grieta en el interior de la roca, y creo que quizá sea ésa su definición. Se extiende hacia arriba hasta perderse de vista y también desciende hacia las profundidades. Si arrojas una piedra en la sima que hay en medio de la cueva, ésta cae durante mucho tiempo antes de que el leve sonido del impacto revele el fondo. Unos enormes salientes de roca sobresalen a intervalos y la cueva en sí no puede ser más que otro saliente enorme.

Es un regalo de Dios. ¡Un regalo!

Sin embargo, a las mujeres les da miedo este lugar y se niegan a entrar.

Fray Lucio también evita mi mirada y se niega a obedecer mis órdenes.

Cree que he caído en desgracia de Dios. En algún momento de este horrible viaje he perdido su confianza. Mis órdenes y mis ruegos caen en oídos sordos.

Esta noche he decidido hacer lo que he estado resistiendo. Pasaré la noche en la cueva y rezaré a Dios, tal como fray Pedro de Jesús dice que debo hacer.

Escucharé la respuesta.»

Del diario de fray Juan Esteban de Bautista.

Capítulo 20

Cayó sobre ella con todo el peso y con la misma delicadeza que un tronco de roble. A Katherine se le escapó el aire con fuerza y se quedó sin resuello; se le quedó la pierna torcida debajo y le dolía. Las manos del señor Smith buscaron a tientas los muslos que la falda de Katherine había dejado al descubierto. Le agarró las rodillas con las palmas frías y húmedas e intentó separárselas; soltó una maldición con aliento acre al darse cuenta de que la joven aún tenía los tobillos atados.

—El mapa —dijo Katherine con voz ronca—. El tesoro.

—¿No creerás de verdad que te traje conmigo porque dijiste que habías visto el mapa? —Se echó a reír con ronquidos de regocijo—. ¡Sí que me consideras simplón! Puedo encontrar ese tesoro valiéndome de las pistas que esos grasientos tienen miedo de seguir. Te traje en calidad de entretenimiento. De modo que entretenme.

Evitó que los puños de Katherine le dieran en la cara propinándole un golpe que le alcanzó la muñeca con tanta fuerza que se la entumeció. Ella intentó gritar mientras se resistía como una loca a la repugnante dominación de aquel hombre. Katherine agitaba las manos y con una de ellas le atrapó la oreja, le dio un tirón y el señor Smith se cayó de lado. Él se levantó con un rugido y a Katherine se le soltó la mano. Al hombre le caía la sangre por la cara y propinó un golpe a Katherine con la mano abierta que hizo que le zumbaran los oídos; ella notó un sabor salado. El señor Smith le rasgó la chaqueta y le desgarró el galón, que se enganchó en la cadena del reloj. Al ver que los botones no se soltaban se los arrancó al tiempo que maldecía en un idioma que Katherine no había oído jamás.

Una parte de su mente, distanciada de la situación, dio las gracias a la costurera que había confeccionado esas prendas para la dureza de la intemperie. Esa misma parte de ella se dio cuenta de que no podía ganar aquella pelea. Katherine ya había experimentado la derrota anteriormente. Había perdido una y otra vez contra sus primos, pero la derrota nunca había implicado un castigo tan grande al final.

Volvió a golpear al señor Smith. Volvió a arañarle la cara. Volvió a gritar:

—¡Lawrence!

El señor Smith agarró el extremo colgante del pañuelo que Katherine llevaba al cuello. La joven vio un atisbo de dientes ennegrecidos cuando él sonrió ampliamente y tiró de la tela con fuerza. El dolor de la cicatriz no era nada comparado con la falta de aire. Katherine cerró los ojos e intentó sacar fuerzas de flaqueza, luchando por respirar con el hilo de aire que él le dejaba. Por entre los estallidos de luz que aparecieron frente a sus ojos, Katherine oyó que decía con tranquilidad:

—¿Recuerdas que te dije que era un asesino? Pues bien, señorita Kathy, es así como lo hice. La ahogué. Se fue poniendo de unos colores muy raros, igual que tú. Intentaba hablar, igual que tú, pero yo hice esto —y apretó aún más.

Se retorció debido al horrible dolor que estalló en su garganta y se sintió al borde de la inconsciencia.

Disminuyó la presión y Katherine aspiró el aire húmedo sin tener conciencia de ello.

—Te hace más sumisa para un poco de diversión —dijo esa voz grave en tono monótono—. Con ella también funcionó.

Katherine no lograba reanimarse. No podía usar las manos, ni los pies, ni los ojos. Lo único que podía hacer era respirar. Su conciencia iba a la deriva y respiró un poco más. Abrió los ojos y los cerró de nuevo para no verle. Intentó darse la vuelta y la presión del cuello aumentó.

—No quiero quitarte demasiada energía, pero no me gustan las mujeres que se mueven mucho.

Katherine se quedó inerte.

—¡Eh, venga, tampoco te pases!

La estranguló. Ella se resistió.

—Así está mejor —dijo en tono tranquilizador—. Me gusta ver...

Katherine oyó un golpe ruidoso muy cerca de su oído y un grito que no creía que fuera suyo. La presión del cuello se aflojó y la rodilla del señor Smith le dio en la cadera. El hombre se apartó precipitadamente y arrastró las piernas por encima del pecho de Katherine. Ella arremetió contra él, pero sus manos no hallaron más que aire y cayeron al suelo, inútiles. Intentó encontrar un sentido a los sonidos que llenaban el claro, pero tampoco pudo hacerlo.

Abrió los ojos. Estaba ciega.

No, era la niebla que, más espesa que nunca, lo ocultaba todo.

Se estaba tragando al señor Smith. Katherine oía cómo el hombre se resistía y como gritaba intentando escapar.

Tenía que hacer algo. Tenía que levantarse del suelo y huir. Empezó a aclarársele la cabeza y consideró levantarse de un salto y echar a correr. Pero no, tenía los pies atados.

¿Incorporarse? Tal vez eso sí pudiera hacerlo. Se fue moviendo poco a poco, centímetro a centímetro, hasta que pudo apoyar la cabeza en el tronco. Al levantarla sintió un dolor punzante que le hizo hacer una mueca.

Soltó un grito.

Pensó en ello. No, no había gritado, pero alguien sí lo había hecho. Sonrió. Debía de haber sido el señor Smith. Tal vez lo estaban masticando.

Katherine fue subiendo pegada al tronco y se detuvo cuando estuvo en una posición entre sentada y reclinada. Era suficiente.

Los chillidos del señor Smith eran como música para sus oídos. No le preocupaba ser engullida también. La niebla del padre sería justa. El señor Smith y sus gritos se desvanecieron de repente. Todo el ruido cesó. Estaba sola en aquel remolino gris.

Debió de haberse dormido porque le cogieron la mano antes de ella fuera consciente de que allí había alguien más.

—Catriona —dijo él con voz suave y dulce, como quien llama a un muerto.

Katherine abrió los ojos.

—Don Damián —musitó.

Estaba muy guapa con el pelo húmedo y un rasguño en la mejilla del que salía un hilo de sangre. Damián se arrodilló a su lado sujetando en sus manos ensangrentadas el enorme palo que Katherine había intentado agarrar anteriormente. La corteza se había desprendido en algunos lugares y una grieta lo recorría hasta más o menos la mitad de su longitud, pero Katherine reconoció su anchura. Damián era la boca en la niebla; el palo eran los dientes. Era Damián el que había hecho desaparecer al señor Smith. Katherine lo había reconocido, pero se alegró al ver que aquel palo había sido el instrumento de la venganza.

—Catriona —Damián hizo ademán de tocarle el cuello pero ella se encogió sin poder evitarlo y él apartó la mano.

A Katherine se le llenaron los ojos de lágrimas, que corrieron por sus mejillas. Intentó llorar en silencio porque si sollozaba le dolía la garganta y eso la hacía llorar aún más. Damián alargó las manos hacia ella como si fuera una flor delicada y la tomó entre sus brazos.

Katherine halló fuerzas en el abrigo que le daba el cuerpo de su esposo y hundió la cabeza en su pecho.

—Ya estás a salvo. Ya nada puede hacerte daño —le dijo—. Smith está inconsciente.

Katherine tocó el palo y luego se llevó la mano a la cabeza a modo de pregunta gestual.

Él lo entendió y le acarició el pelo.

—No, no lo golpeé ahí. Podría ser que muriera del golpe que le di. La mayoría morirían.

Katherine no pudo evitar una sonrisa, pero Damián hizo una mueca de empatía masculina refleja.

—Lo até por si acaso no se moría. Y arrojé todas sus cosas a un riachuelo. Aunque no até al inútil de tu primo. —Le cerró la chaqueta a Katherine—. Cuando despierte de su sopor etílico echará a correr y cuanto antes le pierda de vista para siempre, mejor será. ¿Cómo pudo emborracharse hasta quedar sin sentido cuando debería estar protegiéndote?

Damián le lanzó una mirada feroz y aguardó una respuesta, pero Katherine se encogió de hombros.

—¿Puedes tenerte en pie?

Ella negó con la cabeza.

—Me alegro. Quería abrazarte. —La atrajo hacia sí y la estrechó entre sus brazos como si no fuera a soltarla jamás.

Ella se contentó con descansar allí y dejar que se le despejara la cabeza. Damián había llegado a tiempo por muy poco. Katherine se pasó la lengua por los labios, intentó hablar y sólo logró emitir un susurro:

—¿Y tu cabeza?

—Duele un poco.

Katherine asintió y probó de nuevo:

—He esperado mucho.

—Hubiéramos llegado antes, pero nos perdimos en la niebla. —Frotó la cabeza contra el pelo de la joven—. Sabías que vendría, ¿verdad?

Katherine vaciló. Las dudas de la noche anterior corretearon por su cabeza como ratones inoportunos.

—¿No sabías que vendría a rescatarte?

Katherine se escondió en sus brazos.

—¿Catriona? —preguntó en tono afable y con una mezcla de preocupación e indignación—. Hemos pasado la noche despiertos en la oscuridad intentando encontrarte. Yo fui caminando para no perder tu rastro y lo perdí de todas formas. Me duele la cabeza y estoy hambriento porque ese cabrón me quitó la comida, y tú no creías...

Katherine le tiró de la chaqueta y susurró:

—Ilógico.

—¿Quién? ¿Tú o yo? —La empujó con suavidad para que volviera a apoyar la espalda en el tronco del árbol. Le pasó los dedos por el pelo y ella cerró los ojos como si le estuviera haciendo daño.

Katherine le tocó el brazo.

—Lo siento.

Damián la miró y repuso:

—Yo también lo siento. Creía que te darías cuenta...

La joven abrió mucho los ojos de forma inquisitiva.

—Nada —concluyó él, y apartó la mirada.

Katherine comprendió que lo había herido. Lamentó no haber mentido. Lamentó no haber podido decirle que creía que estaría allí cuando ella lo necesitara. En aquel momento agradeció que Damián no conociera el alcance de sus dudas. Se preguntó si alguna vez tendría valor para contárselo, para preguntarle sobre sus intenciones, sobre sus sentimientos de ternura. Entrelazó los dedos en el regazo y descubrió cuán profunda era su veta de cobardía moral.

—Vietta —llamó Damián dirigiéndose a la niebla. Se volvió a mirar a Katherine y le dijo—: Vietta nos siguió desde Monterey por los rumores. Trajo comida y un caballo. Acordó darme apoyo por si no podía manejarme solo.

La voz de Damián se fue debilitando y Katherine alzó la mirada.

Vietta estaba allí de pie, envuelta en la niebla como un fantasma aparecido en la periferia de su visión. Su negra cabellera se fundía con la penumbra, su tez pálida relucía. El color escarlata de su traje de montar llamaba la atención y los adornos plateados parecían grises. Katherine se dio cuenta entonces de por qué Damián ya no hablaba, de por qué miraba fija e intensamente a Vietta.

En uno de sus guantes de montar color escarlata sostenía una pistola que apuntaba a Damián.

Era la pistola de Damián.

—Baja esa cosa, Vietta —le ordenó—. ¿Qué crees que estás haciendo?

Vietta no dijo nada, respondió con una sonrisa torcida.

Damián se encaminó hacia ella con la mano extendida.

—Vietta, ya me he ocupado del señor Smith. Dame el revólver.

—Gracias por librarme de mis errores, Damián. No debí contratar a Smith, pero la vida está llena de malas decisiones y de odiosas consecuencias —su voz rebosaba compasión—. Ya lo has averiguado.

—¿Vietta? —dijo Damián, desconcertado.

Ella le apuntó al pecho.

—Vamos a buscar mi tesoro, ¿de acuerdo?

Se sacó un objeto del bolsillo. Katherine se quedó sin aliento, con la garganta atorada como si Smith aún la estuviera ahogando. Alzó las manos en un gesto de rechazo y se retorció para apartarse al ver el cuchillo que Vietta tenía en la mano. Un cuchillo de mango negro, con una hoja negra que brillaba y con una punta tan afilada que podría rajarle el cuello a un hombre… o a una mujer. Katherine quiso hablar, advertir a Damián del peligro, pero sólo pudo gimotear:

—No.

Damián no comprendía la reacción violenta de Katherine. En aquel momento no entendía nada. ¿Por qué Vietta sonreía a su esposa de ese modo, Como si fuera una hechicera que se alegraba de que la reconocieran?

¿Por qué Katherine se encogía en un ovillo para protegerse, como una víctima de tortura obligada a enfrentarse a su ejecutor?

Aquélla era Vietta, su amiga, no una especie de monstruo.

Con su voz dañada, Katherine rogó a Damián que retrocediera y le hizo señas con la mano.

—¿Qué? ¿Tú la crees? Ella no me haría daño.

—Don Damián —dijo Katherine con voz ronca—. El cuchillo. Ése es el cuchillo.

Damián se quedó mirando a su esposa y ella se llevó la mano al cuello.

—Es mejor que le prestes atención a tu Catriona —le advirtió Vietta—. Se acuerda de esa noche en la casa de huéspedes.

Damián volvió a mirar a Vietta y luego a Katherine otra vez. Ella asintió moviendo la cabeza con desesperación.

—Vietta, ¿de dónde sacaste ese cuchillo? —lo preguntó como si fuera un padre regañando a su hija, pero no pudo evitarlo. Era una situación absurda. ¿Cómo podía pensar Katherine que Vietta era capaz de un acto semejante? ¿Cómo podía ser que Vietta los amenazara con un arma que sostenía con mano firme?

—Este cuchillo es mío —Vietta no dio muestras de desafío, ni de culpabilidad, sólo un deleite afable con la incredulidad de Damián—. Me lo dio Julio.

—Julio —Damián se acarició el bigote.

Vietta meneó la cabeza con aire de reprobación.

—Me lo dio él hace años. ¿Recuerdas? Cuando éramos niños y los vaqueros os enseñaron a vosotros, los chicos, a usar un cuchillo. Yo lloré porque no tenía uno. Julio me dio éste. Sus vaqueros lo habían fabricado para él con piedra de cristal negro. Creyó que no era tan bueno como vuestras hojas de acero. —Hizo girar el cuchillo en el aire y lo agarró de nuevo con destreza y actitud combativa—. Practiqué igual que vosotros y descubrí que esta hoja de obsidiana es mejor que vuestro acero. Puede rebanar cualquier cosa.

Convencido de que había desentrañado el misterio, Damián sugirió:

—Julio ha tenido ese cuchillo.

Vietta frunció la boca y lo negó con la cabeza.

Damián miró el cuchillo con incredulidad, esperando ver sangre incriminatoria goteando de él. Ése no podía ser el mismo cuchillo.

—¿Lo has perdido hace poco?

—No.

Ella no podía ser aquella persona.

—A ti te atacó un hombre —le dijo Damián a Katherine.

Vietta profirió una risa suave y sonora mientras que Katherine lo negaba:

—No, nunca dije que me atacara un hombre. Tú diste por sentado que me atacó un hombre, y yo estaba tan confusa y alterada que no podía recordar las discrepancias que había visto —su voz angustiada se volvió áspera y quedó reducida a un susurro. Tuvo que tragar una bocanada de aire húmedo para poder continuar—. Es Vietta. Su voz y su estatura me engañaron.

—Las mujeres no matan gente —dijo Damián con desesperación en tanto que su confianza se derrumbaba y sus preceptos se sacudían.

—Nunca había matado a nadie antes de matar a Tobias —le aseguró Vietta. Bajó la mirada a su mano con una especie de repugnancia—.

No es fácil matar a un hombre. Lo planeé con detenimiento, pero no me había dado cuenta de lo sucio que es.

—¿Sucio? —Damián miró fijamente a esa mujer a la que creía conocer. Era como si ella estuviera evolucionando ante sus ojos, cambiando de una dama elegante a un monstruo que no poseía moral ni sentido de la virtud—. ¿Matas a un hombre y dices que es «sucio»?

—Lo ataqué por detrás, salté sobre su espalda. Si mi primera cuchillada no hubiera alcanzado ese vaso sanguíneo no lo hubiera tumbado. —Como un matador que narrara una corrida difícil, lo evocó con el aplomo que le daba el ávido interés de los otros dos—. Luego tuve que cortarle la tráquea.

Katherine se llevó la mano al cuello, como si el recuerdo de la muerte de Tobias y de su propia desfiguración fuera demasiado cercano.

Con un dejo desafiante en la voz, Vietta le dijo a Katherine:

—No podía permitir que me identificara en su agonía. Tuve que cortarle el cuello.

—¿Podría haberte identificado? —preguntó Damián, asqueado.

—Oh, sí —respondió al tiempo que deslizaba el cuchillo en su cinturón y le daba unas palmaditas con aspecto de estar encantada, como una muchacha con su primer ramillete—. Me arrancó el pañuelo de la cara. Nunca olvidaré la expresión de su rostro cuando se dio cuenta de quién era —se volvió a mirar a Katherine y le dijo, en confianza—: Nunca le caí bien, ¿sabes?

Damián le volvió la espalda con una deliberación insultante y se frotó la cara con las manos. En aquel momento comprendió la costumbre ancestral de rasgarse las vestiduras cuando acontece una muerte. Al oír aquello, Damián había perdido a Tobias otra vez y su alma se regodeaba en el remordimiento. Había discutido con Tobias acerca de aquella mujer, negándose a ver su maldad, y Tobias estaba muerto por su ceguera voluntaria.

Y también había perdido a Vietta, los recuerdos que tenía de ella habían quedado destruidos para siempre. Con ella había perdido un pedazo de su juventud, de su confianza... y había estado a punto de perder a su Catriona.

—¿Por qué querías repetir tu crimen con Katherine? Ella no sabía nada. Fue una víctima de la curiosidad de Tobias.

La voz de Vietta perdió el dejo nostálgico y adquirió uno defensivo.

—Nunca corrió ningún peligro. No es tan fácil matar a alguien con un cuchillo en el cuello, pero sabía que estaría aterrorizada tras haber perdido a Tobias. Era la mejor manera de averiguar lo que quería saber.

Katherine se la quedó mirando con unos ojos como platos.

—¡Oh, Katherine! ¿Podrías dejar de agarrarte el cuello y gimotear de ese modo? —dijo Vietta con indignación—. Ya te lo he dicho, no corrías peligro. Podría haberme pasado mucho rato cortándote la garganta antes de matarte. Deja ya de gemir. Nunca hubiera matado a Tobias si él no me hubiese insultado.

Damián se sobresaltó y se dio media vuelta rápidamente.

—¿Qué dices?

—Vamos, Damián —repuso Vietta, y sin dejar de mirarlo se subió a una roca y se sentó en ella—. Tobias sabía lo que yo quería. No era idiota. Tobias se mostró interesado en el tesoro e hizo que tú también te interesaras. Fue entonces cuando descubrí que el afecto que había sentido por ti de niña había renacido. Supe que si me mantenía cerca de vosotros dos, el oro sería mío.

—El tesoro de los padres no es más que una leyenda —afirmó él, pero acto seguido se corrigió—. Creíamos que no era más que una leyenda.

—Siempre me ha gustado leer.

Incapaz de seguir su lógica confusa y sin que eso le importara, Damián se agachó a los pies de Katherine. Tomó la cuerda con la que los vaqueros la habían atado, tiró de ella y frunció el ceño. Bajó la mirada y puso toda su atención en los nudos, decidido a soltar a Katherine.

—¿No me ha gustado siempre leer? —insistió Vietta.

Damián asintió con la cabeza, distraídamente. Tenía que soltar a Katherine y correr si era posible, huir de aquella situación.

—Mi familia lleva en California más tiempo que la tuya y una de mis antepasadas dejó un diario. Ella había visto de verdad una parte considerable del oro. Se preguntó qué habría pasado con él. Dedujo su importancia.

—¿Alguien más vio el oro? —susurró Katherine.

Vietta se volvió a mirarla bruscamente y le preguntó:

—¿Es que tú lo has visto?

Damián cerró brevemente los ojos, exasperado. Katherine había revelado información. En aquel momento quería mantener a Vietta ávida de información.

—Lo has visto —dijo Vietta en voz baja—. ¡Qué estupendo para ti! No importa que haya investigado con mucho cuidado ni que haya seguido mis hallazgos a conciencia, nunca he visto el oro. ¿Era hermoso?

—No —respondió Katherine meneando la cabeza.

—¿Lo encontraste con las posesiones de Tobias? Por supuesto que sí. Debiste de haberlo encontrado allí. Sin embargo, registré su habitación, su arcón.

Incapaz de mantener contacto visual con ella, Katherine bajó la mirada y Vietta exclamó con satisfacción:

—¡Estaba en su arcón! Bueno, y dónde... ¿no sería uno de esos pedazos de roca? Era eso, ¿verdad? Una de esas rocas contenía oro, ¿no es cierto? —su risa resonó con la satisfacción de un sabueso—. La sostuve en la mano y no caí en la cuenta...

—¿Qué hubieras hecho si lo hubieses visto? —le preguntó Damián.

—No podía hacer nada más. No podía encontrar una pista en cuanto al paradero del tesoro, pero sabía que Tobias había estado en estas montañas. Lo seguí, ¿sabes?, hasta que lo perdí. Así pues, después de matarlo y de que Katherine desapareciera, vine aquí a buscarlo. Fue entonces cuando me caí. Cuando me hice daño en la pierna —la voz de Vietta seguía resonando con su tono grave y agradable. No la empañaban ni un dejo de amargura, ni una pizca de infelicidad; daba la impresión de que, para ella, el oro valía más que cualquier sacrificio—. Hubiera vuelto antes a por Katherine, pero la caída del precipicio me dejó malherida —se frotó el muslo recordando el dolor y la pistola descendió.

Damián se precipitó hacia Vietta de un salto y la pistola se disparó en dirección a Katherine. Incapaz de evitarlo, Damián se lanzó de nuevo hacia atrás para brindarle a Katherine su protección tardía. En el tronco del árbol, por encima de la cabeza de Katherine, había un agujero humeante. Damián agarró a su esposa y la abrazó, interponiéndose entre ella y la pistola.

En aquellos momentos Vietta sostenía un arma en cada mano. Su pistola se había disparado; la de Damián relucía limpia, brillante y mortífera.

—No voy a matarla. ¿Crees que soy idiota? Te conozco, Damián, mejor de lo que te conoces tú mismo. Harías cualquier cosa para proteger a esta mujer.

—¿Por qué no dejas que Katherine se quede atrás? A duras penas puede andar. —Damián ayudaba a su esposa a avanzar por el suelo pedregoso a través de la niebla que desafiaba al sol.

—Mantener a tu amada Catriona en la mira de mi arma es una garantía de tu buen comportamiento. —Vietta iba detrás de ellos, cuidándose mucho de no acercar su caballo para que Damián no pudiera agarrarlo. Su pistola estaba en una funda junto al cuello de su montura—. Me gustan las garantías.

Katherine tropezó y Damián le rodeó la cintura con el brazo. La joven murmuró «Gracias», pero él no osó mirarla. Debía de odiarlo. Él era el patrón. Tendría que saber lo que se hacía, tomar las decisiones correctas, ver con suma claridad, y los había metido en aquel maldito lío.

Ahora Damián se preguntaba cómo podía haber dudado de la ferocidad de la culta dama california con la que había crecido. ¡Qué idiota había sido! Movido por una curiosidad que no podía reprimir, le preguntó:

—¿Tu amor por mí fue alguna vez verdadero?

Katherine lo miró sobresaltada, pero Vietta se burló de él:

—¿Estás hablando conmigo, mi héroe? ¿Mi pobre amigo solitario y despreciado?

—Eso ya es una respuesta —respondió Damián.

Vietta se rió. El sonido resultó tan reconfortante que Damián no podía creer en su amenaza; sin embargo, había apuntado a Katherine con la pistola.

—Hace tiempo sí que te quería. ¿Quién no te quiere, Damián? Lo tienes todo. Eres apuesto, encantador, competente. Eres todo lo que yo no soy —se rió otra vez—. ¡Ah, y eres rico! ¿Cómo podía olvidarme de lo más importante? Eres muy, muy rico.

Damián echó un vistazo a la nube que los rodeaba, deprimido por su estupidez y por aquella penumbra constante.

—Sí, soy rico.

—Y tienes mucho tacto, además. Cuando era más joven y estaba embobada de amor, me rechazaste con mucha diplomacia. Fuiste muy amable.

—Siempre fui amable contigo.

—Sí, así es. Fuiste amable cuando nadie más lo era, porque yo no era privilegiada como tú. ¿Sabes que fuiste mi inspiración para buscar el tesoro?

Damián levantó un pie y lo puso delante del otro. Estaba a punto de estallarle la cabeza de dolor; tenía ganas de gritarle, pero las viejas costumbres hicieron que conservara la sensatez.

—¿Cómo pude ser tu inspiración para hacer esto?

—Porque si hubiera sido rica no hubiera importado que no poseyera encanto, talento ni atractivo. Nos hubiéramos prometido.

Damián se detuvo y se dio media vuelta para mirarla.

Vietta le plantó cara desde lo alto de su firme yegua y se valió de su posición dominante para impresionarlo.

—Hace años era una dama como es debido, pero llevo demasiado tiempo viviendo digna pero modestamente. He estado en los márgenes de la sociedad, aceptando las migajas que me arrojaban y fingiendo estar agradecida. He oído quejarse a mi padre de su mala suerte con las cartas, de que estaríamos viviendo en el rancho si no lo hubiera perdido. He oído a mi madre suspirar como una mártir mientras se viste con sedas de segunda mano. Los he oído darme la lata, decirme que si coqueteara como una idiota podría tener un marido rico y sacarlos de su horrible miseria —miró con satisfacción a Damián, quieto en medio del camino—. Cometiste un error cuando no quisiste casarte conmigo porque era pobre.

Damián fue empujando a Katherine para quitarla de en medio y replicó:

—Nunca me hubiera casado contigo —miró a Vietta y con su orgulloso rechazo le dijo la verdad.

La respiración de la joven se hizo más rápida y su ritmo marcó los movimientos de su pecho. La pistola apuntó a Damián. Vietta estaba enfadada, tal como él había esperado.

Continuó hablando.

—Si hubiera expresado mi deseo de hacerlo, mi padre no me hubiese dejado. Nunca le gustaste. Te comparaba con una criatura de las que se encuentran debajo de las piedras.

Entre respiración y respiración, Vietta fue creciendo de estatura, creció más y más. Damián pensó que, de haber sido un dragón, estaría arrojando fuego. Vietta apretó las manos en torno a las riendas; Damián se preparó para apartarse de un salto.

La joven recuperó el control y le privó de ello.

—No, Damián. No puedo arrollarte. Tendría el mismo sentido que herrar a un ganso. No ganaría nada. No, mientras tenga como rehén a tu querida esposa, continuaremos tal y como estamos.

> «A él le dieron sepultura en el bajo coro,
> Barbara Allen descansaba en el alto;
> Una rosa brotó del seno de Barbara Allen
> Y del pecho de él, una zarza.
>
> Y crecieron y crecieron hasta el campanario,
> Hasta que ya no pudieron crecer más,
> Y se enroscaron y entrelazaron en un nudo de amor verdadero...»

Katherine sostenía el reloj en la mano y entonaba mentalmente aquella triste melodía una y otra vez. Eso la consolaba y molestaba a

Vietta, lo cual era una combinación irresistible. Vietta ya había ordenado a Katherine que parara, pero ella sabía que no le dispararía sólo por una canción. La mujer había demostrado ser avariciosa, no una demente.

—¡Ojalá escampara la niebla! —comentó Katherine. Estaba sentada sobre un tronco caído y había dejado las botas de montar en un tocón a su lado. Tenía la falda levantada casi hasta las rodillas y meneaba los pies desnudos sumergidos en el riachuelo que bajaba de las montañas. No le importaban la modestia ni el decoro; por primera vez se había mitigado el dolor de las ampollas que tenía en los talones después de haber estado caminando durante horas. Tenía las piernas y los brazos salpicados de moretones y no había tenido valor para quitarse el pañuelo del cuello y comprobar el daño en la garganta. Se quejó con voz ronca—: Esta grisura es muy lúgubre.

Un rayo de sol atravesó la nube como si respondiera a sus palabras. Katherine parpadeó ante el brillo repentino; todas las hojas y pinochas quedaron perfiladas en el aire cortante de la montaña. Vio el cielo azul en lo alto. Unos jirones de niebla pasaron flotando y luego se cerró una vez más.

—Un intento valeroso —comentó Damián. Sacudió los guijarros que se le habían metido en las botas y suspiró—. Fíjate en los agujeros de los calcetines. A Leocadia le va a dar un ataque.

—¡Los calcetines! Olvídate de tus calcetines. Nos hemos perdido —lo reprendió Vietta con un dejo de irritación—. Ojalá no hubieras perdido el mapa.

—Ni siquiera sabías que existía un mapa hasta que te lo dije yo —le espetó Damián.

Damián y Vietta llevaban una hora discutiendo, desde que habían llegado al final del sendero y no habían encontrado ningún caldero de oro esperándoles. Habían discutido durante la comida de tortitas y alubias frías que Katherine había exigido. Estaban estancados en aquel lugar peligroso, retenidos por la pistola y la testarudez de Vietta.

Katherine se encogió de hombros y no hizo caso de la disputa. La amenaza que suponía Vietta se había vuelto más difusa con el transcurso de las horas. Sólo parecía una solterona agobiada porque le habían salido mal los planes. En aquel momento no resultaba difícil olvidarse de la pistola que sujetaba con firmeza o del cuchillo que llevaba metido en el cinturón.

—Damián no perdió el mapa —señaló Katherine—. Lo llevaba debajo de la manta de la silla de montar de un caballo muy inteligente que cuando intuyó el peligro se marchó. ¡Ojalá Damián y yo hubiéramos sido igual de listos!

A juzgar por sus expresiones, estaba claro que los otros dos no apreciaron su lógica.

La única ruta posible era volver por donde habían venido. A un lado el suelo se extendía en declive y caía directo a unas rocas puntiagudas. Al otro lado el sendero moría en un precipicio escarpado que se alzaba frente a ellos y en derredor. Unas losas que parecían grandes rebanadas de pan que se le hubieran caído a un gigante decoraban el perímetro del precipicio. Entre ellas crecían unos arbustos enanos. El pequeño riachuelo descendía por dicho precipicio y alimentaba un rosal trepador solitario que crecía como podía en aquel suelo rocoso. El rosal se enroscaba por las piedras y en torno a unos cuantos palos que habían caído al suelo al azar. La brisa húmeda inundaba el ambiente con la fragancia de las primeras flores rosadas del verano.

A Katherine le gustaba ese lugar. Se había pasado el largo y agotador día deseando encontrar un lugar donde sentarse a descansar. Allí tenía agua fresca para beber, una corriente murmuradora en la que sumergir los pies, un olor agradable y una Vietta descontenta. ¿Qué más se podía pedir? Inspirada, dio cuerda una vez más al mecanismo del reloj.

—Me encanta esta balada —comentó—. Me alegro de que Tobias la incorporara al reloj. —Cantó—: A él le dieron sepultura en el bajo coro, Barbara Allen descansaba en el alto…

—¿Estás seguro de que es aquí donde deberíamos estar? —Vietta iba agitando la pistola.

—No, no estoy seguro de que sea aquí donde deberíamos estar —Damián la imitó de manera desagradable—. No puedo estar seguro sin el mapa.

Katherine interrumpió la melodía para decir:

—Al menos *Confite* está a salvo.

Vietta soltó un resoplido mientras se movía inquieta en el tocón donde se había sentado y contestó:

—Eso es un alivio.

—¿La pobre señorita está dolorida por la silla de montar? —Katherine le sonrió de manera ofensiva y cantó—: Una rosa brotó del seno de Barbara Allen, y del pecho de él una zarza... —se le fue apagando la voz.

En el mapa indicaba: «Por estas señales lo sabrás.»

Un rosal perdido en el monte que crecía allí donde no se veía ningún otro rosal. Crecía contra un precipicio impenetrable donde se suponía que se ocultaba el oro.

Vietta se apoyó en las manos, se puso de pie y se quedó mirando aquel valiente rosal.

—Eso es —lo señaló con un dedo tembloroso—. Eso es.

Damián se impacientó con ella y le ordenó:

—No seas tan dramática.

—Eso es —como si una fuerza irresistible la atrajera, Vietta dio un paso hacia el precipicio. Se detuvo con un esfuerzo visible—. Ve tú —agitó la pistola señalando a Damián—. Y tú también —la agitó hacia Katherine.

Katherine sabía lo que quería Vietta. Comprendía la manera de pensar de Vietta de la misma forma en que entonces comprendió la manera de pensar de Tobias. La música se fue silenciando poco a poco, cansada tras el esfuerzo de hacer que Katherine comprendiera. Ella se metió el reloj en el bolsillo, sacó los pies del agua y se los secó con la falda. Se calzó las botas con el rostro crispado por el dolor y caminó hacia el precipicio con paso firme. Damián miraba a las dos mujeres como si se hubieran vuelto locas, pero se acercó a su esposa mientras ella alzaba del suelo los tallos largos y enroscados del rosal. Los fue siguiendo hacia la base de la planta al tiempo que los apartaba lo mejor que podía. Allí, junto a aquel arbusto espinoso, había un pequeño agujero en la pared y una esfera de reloj grabada en la piedra de debajo.

—Tobias —susurró Katherine.

—Madre de Dios, lo has encontrado —dijo Damián con asombro.

8 de junio, año de Nuestro Señor de 1777

«En la oscuridad de la cueva, en lo más profundo de la noche, oí la voz de Dios. Fray Pedro de Jesús dice que la voz de Dios es una fuente de amor y bondad. Yo os digo aquí que Dios habla con el tono de un vengador a alguien que lo ha desdeñado. Su paciencia conmigo se está acabando. Temblé al verme frente a Su terrible furia. Sin embargo, el amanecer trajo un aplacamiento de Su disgusto y salí a rastras de la cueva, templado como una espada de Dios.

Les aseguré a las mujeres que tendrían protección sin fin si hacían lo que les ordenara, y la voz del Señor habló a través de mí, las convenció de que trabajaran sin ningún escrúpulo. Le aseguré a fray Lucio que no perecería y por primera vez disminuyó el miedo que lo paralizaba. Las mujeres trabajan con voluntad mientras cantan los himnos que les he enseñado. Utilizando los materiales que abundan en la zona construimos una cuna para el oro, muy parecida al pesebre que acarició al niño Jesús en Su nacimiento. Después empezó el trabajo difícil.

Vivo con la garantía que me ha dado el Señor sobre la seguridad de las mujeres y de fray Lucio. No pediré nada más, tampoco lo espero.»

Del diario de fray Juan Esteban de Bautista.

Capítulo 21

*D*amián utilizó la bota para arrastrar la tierra suelta que cubría la esfera del reloj.

—¿Qué estás haciendo? —El tono agudo de Vietta dejó traslucir su preocupación y el fin de su paciencia—. Déjame ver.

Damián se encogió de hombros y retrocedió. Ella sólo vio el agujero, no los débiles restos del grabado de Tobias. Fue suficiente; quedó boquiabierta.

—Entra. —Se separó de ellos, pero por primera vez en todo el día, la mano que sostenía la pistola estaba temblando.

—¿En ese agujero? —preguntó él con incredulidad—. No voy a caber.

—Pues cava y hazlo más grande. Tobias cupo. Tú también cabrás. Ahí dentro hay oro.

—Sí. Oro. —Damián acarició la palabra.

Damián y Vietta se movían con brusca expectativa. Temblaban; hablaban con demasiada rapidez. La avaricia española los hacía brillar con una especie de luz y Katherine apartó la mirada. Mirarlos era como ver comer a un hambriento y saber que, con cierto incentivo, podría ser como ellos.

—Yo no quiero entrar ahí —murmuró Katherine.

—Tú no vas a entrar —replicó Vietta.

Damián se volvió rápidamente hacia ella.

—Pues claro que Katherine va a entrar.

Vietta retrocedió hasta las alforjas que estaban junto a su caballo. Abrió el cierre, sacó una pala de una trabilla de cuero y se la arrojó a Damián.

Él le dio un puntapié con desprecio y la pala saltó por el suelo de tierra a su lado.

—Viniste preparada para todo, ¿no es verdad? Pero ella tiene que entrar conmigo.

El revólver apuntó al pecho de Katherine.

—No.

—Katherine y yo somos uno.

Vietta frunció los labios y negó con la cabeza.

—No creo que haya forma de escapar de la cueva, pero si os mando a los dos adentro intentaréis encontrar la manera de hacerlo. De esta forma, Damián, tú buscarás el tesoro y te darás prisa.

—Déjame entrar —la instó Katherine—. Don Damián puede quedarse aquí afuera contigo.

—¡No! —exclamaron Vietta y Damián al mismo tiempo.

Se miraron el uno al otro, sorprendidos al ver que estaban de acuerdo.

Damián meneó la cabeza.

—No, Catriona. Según las leyendas, dentro hay trampas que tendieron los padres.

—¿Se supone que eso ha de disuadirme? —preguntó Katherine.

—¿Te acuerdas de esto? —Vietta meneó la pistola—. Esto te disuadirá. Te quiero aquí fuera. Damián te adora, sabe Dios por qué, y yo puedo controlarlo con la amenaza de tu muerte. No sé si tú le tienes el afecto suficiente como para no escapar si se te presenta la ocasión.

Katherine se dejó caer en un tocón con la misma sensación que si la hubieran dejado sin aliento de un golpe.

—Disculpa pero, ¿qué clase de persona te crees que soy?

—Eres norteamericana. —Vietta la condenó con el apelativo.

Damián se quitó la chaqueta y recogió la pala del suelo.

—Ten cuidado de no tropezar con las trampas. Primero encuentra el oro. —Una débil sonrisa gélida recorrió el rostro de Vietta como una bocanada de viento invernal—. No salgas sin el tesoro o le pegaré un tiro.

Damián se puso a la tarea con la espalda encorvada y agrandó el agujero de la montaña.

—Don Damián —protestó Katherine, pero él no se dio la vuelta—. ¿No creerás que te abandonaría para que murieras?

—Por supuesto que no. Eres demasiado valerosa para hacerlo. Saldrías peleando como un puma —miró por encima del hombro y le sonrió con cariño—. Resulta fácil cavar. Alguien lo ha llenado hace poco.

A Katherine no le gustó la forma en que Damián concluyó con ella.

—¿Cómo de poco? —preguntó Vietta alarmada—. ¿Menos de una semana o algo así?

Cayeron unos pedazos de roca que hicieron más lento su progreso, pero paulatinamente dejó atrás el desprendimiento en miniatura.

—Yo no diría eso. Imagino que fue Tobias. Pero tal vez el oro ya se lo hubiera llevado algún otro buscador de tesoros.

Vietta agarró la pistola con más firmeza.

—Eso sería una lástima para ti y para tu señora.

Katherine apretó los dientes, asustada por aquel juego peligroso al que todos jugaban.

—Tiene que matarnos, don Damián. Tanto si encontramos el oro como si no lo encontramos. No puede dejarnos con vida para que difundamos esta historia por California.

—Eso ya lo sé —respondió él sin volverse.

—Entonces, ¿por qué haces lo que dice? —la desesperación hizo que juntara las manos en una actitud suplicante.

—¿Y qué alternativa hay? ¿Hacer que te pegue un tiro? ¿Saltar del precipicio? —Tiró la pala a un lado—. Tengo que intentar sobrevivir, no importa las pocas probabilidades que tenga. El agujero es bastante grande. Antes de entrar, Vietta, quiero darle un beso a mi esposa.

—No —contestó Vietta con voz grave y rotunda—. Si vuestro amor es tan eterno y crees en el cielo, allí os encontraréis tarde o temprano. Podrás besarla entonces.

Damián se apoyó en el precipicio y miró a su esposa como si quisiera memorizarla.

—Tenía la esperanza de que fuera algo más físico, al menos una vez más.

—Cuando salgas —le prometió Vietta.

—Eso si aún estoy entero tras mi encuentro con los buenos padres —dijo Damián con el ceño fruncido.

Katherine pensó que nunca se había parecido tanto a un dios o a un joven César. El vendaje que le envolvía la cabeza contrastaba brutalmente con su tez bronceada, su cabello oscuro como la noche, la barba incipiente en el rostro. La camisa que llevaba, antes blanca y almidonada, estaba manchada de tierra, vino y sangre. Tenía los botones colgando; las manos magulladas. Los pantalones y las botas demostraban su resistente factura envolviéndolo, ciñéndolo como ella ansiaba hacerlo.

Nunca le había parecido más atractivo que entonces.

—Tobias te dirá si hay una trampa. —Las palabras brotaron de labios de Katherine antes de que tuviera tiempo para pensar lo que decía.

—¡Vaya! ¿Es que ahora se comunica contigo? —preguntó Vietta con sarcasmo.

Damián bajó la mirada al lugar donde había estado la esfera del reloj y luego miró a Katherine.

—Tal vez lo haga. —La saludó—. La verdad es que eres todo lo que siempre quise en una esposa. —Esbozó una sonrisa torcida sólo para ella y desapareció en el agujero de la pared.

Katherine se lo quedó mirando, pero ya no estaba. Miró su reloj para saber la hora. Las doce y cinco. Esperó y volvió a mirar. Las doce y cinco. Miró a lo alto. No era correcto; ya pasaba mucho de mediodía. Le dio cuerda al mecanismo del reloj, lo sacudió, se lo acercó al oído y escuchó. El claro y continuo tictac se había detenido.

Katherine dio cuerda a la música frenéticamente. Las campanas que tintineaban estaban en silencio. El reloj de Tobias estaba muerto. La muerte estaba en todas partes. La muerte acechaba en el interior de la cueva; acechaba en el cañón de la pistola de Vietta.

Sin embargo, los pájaros se movían ligeramente en sus nidos, ajenos al drama. Las ardillas correteaban por la maleza. La niebla se cernía cerca del suelo y sólo se disipaba de vez en cuando en respuesta a una orden del viento para revelar un rayo de sol momentáneo.

Katherine permaneció encorvada como una vieja con el reloj en la mano, calentándolo con el calor de su cuerpo como si eso pudiera revivirlo. Lo trataba como un amuleto de la suerte que la protegería del daño. Quizá pudiera limpiarse; tal vez funcionara cuando se hubieran retirado la suciedad y el sudor que atascaban el mecanismo. Tal vez.

El silencio que la envolvía se hizo más denso. Vietta no decía nada, se movía con nerviosismo y volvía al borde del sendero como quien espera una emboscada. Katherine la observó y vio alguna que otra mirada temerosa. Al principio pensó que a Vietta le preocupaba que Damián saliera de la cueva de un salto, pero no; el miedo de Vietta se dirigía al precipicio que salía serpenteante desde la entrada de la cueva y descendía casi en picado por debajo de donde se encontraban entonces.

—¿Éste es el precipicio por el que te caíste? —preguntó Katherine.

Vietta se sobresaltó y el cañón de la pistola se agitó.

—No. No, no es éste.

—¿Quieres decir que nunca habías estado tan cerca de la cueva?

—No —respondió con voz entrecortada.

Katherine se puso de pie, se estiró y se acercó paseando al borde del precipicio con interés fingido.

—¡Caray! Es una larga caída.

—Apártate de ahí.

Katherine se encogió de hombros.

—Tal vez me caiga y no tendrás que preocuparte de apuntar a alguien con el arma.

—No le desearía eso ni a mi peor enemigo —masculló Vietta.

—Supongo que cumplo los requisitos. —Katherine rozó el suelo con la bota y arrojó unos guijarros por el borde—. La vista es impresionante —señaló a lo lejos—. ¿Lo ves? Hay otro precipicio justo enfrente de aquí. ¿Es por ése que te caíste?

—No lo sé. —Con un arrebato de ferocidad, Vietta añadió—: No sabes cómo es. Caer por los aires sin dejar de gritar. Los arbustos te golpean, el suelo se alza hacia ti y una piedra enorme espera para clavarse en tu cuerpo.

Se le empañó la voz, su intensidad la volvió temblorosa hasta que Katherine pudo imaginarse el terror. Pero se burló de dicho terror cuando dijo con despreocupación:

—¡Mira esas rocas de ahí abajo! Parecen las fauces de un gato.

—No te estoy mirando.

Katherine lo comprobó. Vietta no la miraba. Tenía la mirada fija en un árbol no lejos de allí, como si a ella pudiera mantenerla en su visión periférica y bastara con eso. Katherine dio un paso en dirección a la cueva.

—Esas rocas parecen unos dientes mellados y afilados. Imagina lo mucho que debe de doler caerse sobre ellas. —Avanzó un paso más.

—Será mejor que dejes de hacer eso —le ordenó Vietta con saña.

—¿El qué? Sólo te estoy comentando las vistas, dado que eres demasiado cobarde para verlas por ti misma.

—Te estoy viendo moverte hacia la cueva.

—¿Llevabas enaguas cuando te caíste por el precipicio? —Katherine le dio conversación—. Apuesto a que si no hubieras llevado enaguas te hubieras hecho aún más daño. ¿Te rompiste muchos huesos? —Katherine vio cómo estaba sudando Vietta aun con el frescor de las cambiantes corrientes de niebla, la forma en que se estremecía con repetidos temblores.

La agresividad de Vietta se fue incrementando a medida que se iba encogiendo su autoridad.

—Voy a matarte. Quiero matarte. Te odio, con tu pelo dorado, tus ojos verdes y tu acento gracioso. Va a resultar divertido matarte. Ya fue divertido cortarte un poquito la garganta y ver cómo te desmayabas como si te hubiera hecho daño de verdad.

—Vietta, hay algo detrás de ti.

Ella se rió con aspereza y avanzó un paso.

—¿Tan tonta te crees que soy? ¿Crees que puedes asustarme con tu charla sobre caídas y precipicios? No obstante, cuando hablo de rajarte la garganta…

—Vietta. —Algo se movió por encima del hombro de Vietta. Katherine entrecerró los ojos para intentar identificarlo a través de la agitada niebla y los árboles tenebrosos. Cuando lo vio soltó un grito ahogado que advirtió a Vietta, pero demasiado tarde.

Vietta giró la pistola al tiempo que el puño de Smith descendía.

Katherine profirió un grito de miedo y se precipitó hacia la cueva.

—¡Don Damián! —gritó. Unas cascadas de tierra cayeron sobre ella cuando se retorció a través de la compacta abertura. Se irguió y se golpeó la cabeza contra el muro de roca que había entre ella y el mundo exterior, avanzó dando traspiés hasta que recuperó el equilibrio. Sus rodillas toparon con un nivel más alto del suelo; cayó hacia delante y se sujetó con las manos y las rodillas—. Don Damián —susurró, y su voz desapareció cuando el polvo se le metió en la garganta. Se limpió la cara con el brazo y le entró tierra en los ojos. Temblaba de miedo. Estaba asustada, sola y unas lágrimas de dolor goteaban por debajo de sus párpados. ¿Dónde estaba don Damián? ¿Dónde estaba Smith?

Oyó un ruido cerca de la pared y se alejó gateando rápidamente. Una gran forma descendió sobre ella; enloquecida, Katherine empezó a agitar los brazos para rechazarla.

—Catriona —Damián la agarró y la atrajo hacia sí, por lo que dejó sin efecto su defensa—. ¿Estás herida? ¿Qué ha pasado?

Katherine lo abrazó y respondió con un balbuceo:

—Estoy bien. Smith está aquí.

—Madre de Dios. ¿Vietta aún tiene el arma?

—No lo sé. Me metí aquí corriendo. ¿Qué has encontrado?

—Lo que no he encontrado es una salida —la llevó contra la pared, en las sombras—. No hay salida.

—¿Hay trampas? —Katherine resbaló, se le deslizaron los pies y cayó al suelo rocoso. Damián la agarró; ella bajó la mano para parar el golpe, tocó un punto húmedo y musgoso y la palma le patinó; si Damián no la hubiera sujetado hubiese terminado despatarrada en el suelo.

—Ten cuidado, está resbaladizo. —Damián detuvo su precipitado avance y pegó a Katherine contra la pared—. Si escuchas oirás el goteo del agua. Detente aquí. Aquí al menos sé que el suelo no se vendrá abajo.

—¿Y Smith? —susurró Katherine.

—¿Adónde huiremos? —preguntó él.

Katherine se apoyó con desánimo contra la roca áspera. Aquello era una cueva, en efecto, y era una cueva muy grande. Una suave luz grisácea manchaba los contornos de la caverna y su contenido. Las paredes que rodeaban a Katherine se curvaban y se adentraban en la montaña más allá de lo que ella alcanzaba a percibir. El techo también se extendía fuera de su vista. El suelo en derredor parecía muy sólido, casi llano, y en algunos lugares relucía débilmente. Katherine escuchó con atención y oyó el goteo del agua y el viento que, a través de aberturas invisibles, traía el aroma de los pinos.

—Está oscuro —comentó Katherine.

—Es la niebla —respondió Damián—. Si hubiera salido el sol podríamos ver. Si hubiera salido el sol ellos podrían vernos.

Ella alzó la mirada y aguzó la vista.

—Esto no es sólo una cueva. Parece una grieta gigante en la roca sólida. No veo el techo, pero sí que veo… parecen…

Damián miró hacia arriba.

—Sí. Vigas.

—Como si alguien hubiera construido una especie de soporte a la vista por todo el techo. ¿Por qué harían eso?

—Para evitar un derrumbamiento.

—Ah. —Katherine se sentó sobre las piernas y se frotó las palmas doloridas. Tenía suciedad bajo las uñas, tierra en los dientes y en el pelo. ¡Cómo detestaba la sensación del polvo seco! Le provocó estremecimientos y le hizo ansiar un baño. Le hizo darse cuenta de lo idiota que era al preocuparse por la limpieza cuando la muerte acechaba por todos lados—. Todo parece estar bien. Resulta extraño que este lugar tenga semejante reputación cuando… —notó algo a su lado, volvió la cabeza y entrecerró los ojos para mirar— que este lugar tenga semejante reputación cuando no hemos visto… —profirió un ruido desagradable. Un compañero buscador de tesoros estaba junto a ella. La miraba desde unas cuencas vacías, un montón de huesos y ropa.

Damián se arrodilló junto a Katherine, le puso las manos en los hombros y la apartó. La joven se acurrucó contra su pecho con las rodillas temblorosas.

—¿Cuánto tiempo crees que lleva ahí?

—No quedan más que huesos y unos pocos jirones de ropa, de modo que lleva aquí mucho tiempo —le acarició la espalda y la sujetaba tan cerca como le era posible—. Debería haberte advertido, pero... ahora mismo, no me parece importante. He envejecido veinte años preguntándome qué te estaría ocurriendo e intentando buscar una salida.

Katherine le devolvió el abrazo, los restos de su pánico dieron fuerza a sus brazos.

—¿No podemos ir a otro sitio?

—Aquí resulta difícil vernos, y me figuro que si este personaje lleva aquí tanto tiempo, estaremos seguros —se corrigió—. O tan seguros como podamos estar.

Katherine se hizo un ovillo y se pegó a él.

—¿Encontraste más relojes?

—Oh, sí. Los hay por todas partes, pero resulta difícil verlos con esta luz. Encontré uno casi demasiado tarde.

—¿Don Damián? —lo tocó buscando heridas.

—Estoy bien. Pero... hay una larga caída si das un paso en falso. Allí delante hay un foso. No puedo saltarlo ni rodearlo —hizo un gesto con la cabeza hacia el otro extremo de la cueva—. Hay algunos agujeros bien camuflados en el suelo. Me hace pensar en todo este sitio.

—¿Qué crees que les ha ocurrido? —preguntó Katherine, expresando así la pregunta que vibraba entre los dos.

—¿A Smith y a Vietta? Quizá se mataron el uno al otro.

El silencio se hizo demasiado grande, el cadáver demasiado presente. Ella preguntó:

—¿Encontraste tu tesoro?

—No es mi tesoro. Y no, no lo encontré.

Katherine lo miró. Era un borrón que veía a través de sus lágrimas.

—Me siento tan impotente... Tiene que haber una forma lógica de salir de aquí, pero no dejo de preguntarme si nos convertiremos en otra parte de esta leyenda.

La palma de Damián, áspera, sucia y rasguñada, le tocó la mejilla.

—No. De un modo u otro, seremos el fin de la leyenda.

Se miraron en la penumbra de la cueva. Katherine tuvo la impresión de que podía oír los pensamientos de Damián, sus sentimientos. Tuvo la sensación de que se comunicaban a un nivel por encima de lo normal. El agotamiento y el miedo se atenuaron. Si poseían aquello, ¿cómo iba a derrotarlos nadie?

Muy por encima de ellos, fuera, al aire libre, la nube que rodeaba la montaña se retiró rápidamente como un mantel bajo la mano de un mago. La luz del sol penetró por las grietas ocultas e iluminó el espacio mejor que las antorchas, mejor que las velas. La luz se reflejó en los lugares húmedos y brillantes y creó sombras.

—Tu cabello parece de oro —murmuró Damián.

Katherine no respondió, estaba muda de asombro. Con manos temblorosas, empujó a Damián para que se diera la vuelta y le dijo con voz ronca:

—Mira. Don Damián, mira.

Él siguió con la mirada el dedo con el que Katherine señalaba y se puso de pie, paralizado. Dejó las manos colgando a los costados. Su camisa desgarrada dejaba al descubierto su cuello fuerte y la emoción que engullía. Parecía un hombre que tenía una visión del cielo.

Un haz de luz incidió directamente en un pilar situado en el centro de la cueva, cerca del hoyo. Allí, en un saliente, había un recipiente lleno a rebosar de oro. Unas pepitas de oro enormes, copas de oro grabado, vasijas santas, cuencos sagrados.

El tesoro de los padres.

El suelo de piedra frío y duro hizo que Katherine se moviera. Tiró de la pernera del pantalón de Damián como una chiquilla que quisiera llamar la atención y le preguntó:

—¿Don Damián?

Él no se movió. El sol le iluminaba el rostro y le daba una perfección que asombró a Katherine y luego la enojó. ¿Cómo se atrevía a desear ese oro cuando eran tantos los que habían muerto por él y tanto el daño que se había hecho por él? ¿Cómo se atrevía a desdeñar el peligro cuando cada movimiento que realizaban y cada palabra que pronunciaban influían en el equilibrio de su supervivencia?

Mientras él contemplaba extasiado el oro, ella lo miró con furia. Katherine sintió que la invadía un impulso que fue creciendo en su interior hasta que no pudo contenerlo más. Se inclinó hacia el muslo de Damián y le mordió en el músculo por encima de la rodilla.

Damián se dio la vuelta rápidamente y retrocedió de un salto.

—¿Qué crees que estás haciendo?

Katherine comprobó su dentadura con un cuidado elaborado.

—Ver si me has aflojado algún diente. —Damián la miraba fijamente rebosante de amenaza. Lo había distraído, sí, pero, ¿a qué precio?

Con una calma forzada, Damián le ordenó:

—No vuelvas a hacerlo jamás. Hay quien se ha divorciado de su esposa por menos que esto.

—Creo que no quiero a un hombre cuyo interés por el oro sobrepase su interés por la vida en sí misma.

Damián alzó la vista hacia el tesoro y éste atrapó su mirada, la retuvo durante un largo minuto tras el cual gritó hacia el techo:

—No estoy interesado en el oro.

¿Le estaba hablando a ella? Katherine no estaba segura.

Damián se llevó las manos al pelo y se sostuvo la cabeza como si le doliera.

—El oro es fascinante. Se me van los ojos hacia él, retiene mi atención, pero nada me fascina más que tú. —Dejó caer las manos y la miró—. Nada va a separarnos. Ni el oro ni tu terco orgullo.

—¿Yo te fascino? —Entrelazó los dedos y se rodeó la rodilla con ellos para calmar su nerviosa actividad—. ¿O acaso lo que te fascina es mi formación legal?

—¿Qué?

Katherine se apresuró a preguntarle:

—¿Te casarías conmigo si no fuera norteamericana y no fuera abogada?

Damián descargó su exasperación con un suspiro.

—¿Qué tontería es ésa? Ayer, sin ir más lejos, estabas convencida de que me resistía al matrimonio porque eras norteamericana. ¿Ahora crees que me casé contigo porque eres norteamericana?

Katherine escogió las palabras con cuidado y contestó:

—Se me ha hecho notar que podrías estar reservándote mi experiencia legal y mi nacionalidad para el día en que los norteamericanos asuman el control.

Un tremendo estrépito en la pared hizo que volvieran la cabeza. Un pedazo de la roca que los separaba del exterior había caído al agujero. El polvo y la luz del sol se precipitaron al interior, donde todo se estremeció. Damián agarró a Katherine y la llevó contra la pared.

Antes de que se hubiera asentado el polvo, Vietta entró a través de una abertura vertical tosiendo y quejándose. La siguió una mano que empuñaba un arma. Katherine reconoció el arma (era el rifle de repetición de Damián) y la mano. Era la del señor Smith.

—No —musitó Katherine. La violación de la que casi fue víctima y que otros asuntos habían alejado de su pensamiento la había afectado más de lo que había creído. Todo su organismo se sacudió nada más ver a aquel hombre alto que encogía los hombros para entrar por la pared. La cueva, que antes era tan amplia, se encogió a su alrededor. Asfixiada, intentó desaparecer contra la piedra al tiempo que agarraba a Damián con todos los dedos.

A su lado, él gruñó como le estuviera haciendo daño.

—No va a tocarte.

Damián se desenganchó la mano de Katherine del brazo. La sangre brotó de diez pequeñas medialunas en la piel y la joven sintió un dolor abstracto por haberle hecho daño. Pero no podía pensar más allá de su terror.

Como un lobo que olfateara el miedo, Smith la vio antes de ver ninguna otra cosa.

—Bueno, no es una cueva tan mala. No entiendo por qué todo el mundo echa pestes de ella. Es amplia y abierta. No veo trampas y las decoraciones —insultó a Katherine con la mirada— son muy agradables a la vista.

—¿De qué te sirve mirar a una mujer con lascivia —le preguntó Damián— después de cómo te golpeé?

Smith respondió con demasiada rapidez:

—Hace falta algo más que un poco de dolor para detenerme.

—Debí matarte cuando tuve ocasión —dijo Damián.

—Yo que tú lo habría hecho. Me tenías atado e inconsciente, podrías haberme pegado un tiro y a nadie le hubiera importado, y no lo hiciste. No lo entiendo.

—Es demasiado blando —lo acusó Vietta entre dientes.

Katherine se estremeció ante aquella absoluta crueldad e intervino:

—Algunas personas calificarían de fortaleza la imposibilidad de matar a un hombre a sangre fría.

—Y mira adónde nos ha llevado eso. —Un nuevo ceceo caracterizaba la pronunciación de Vietta.

Katherine cayó en la cuenta de que a Vietta le faltaban algunos dientes, sin duda rotos por el mismo puño que le había puesto los ojos morados y le había magullado la mandíbula.

—Don Damián y yo no estamos en peor situación que la tuya, ni mucho menos. Fuiste tú la que contrató a Smith para que trabajara para ti. —Katherine iba recuperando el coraje mientras hablaba—. Eres tú la que has provocado este desastre en ti misma y la que has logrado arrastrar también a don Damián y a mí. No me pidas compasión.

—Es una mujercita descarada, ¿verdad, de la Sola? —Smith se metió un pulgar en el cinturón y se balanceó sobre los talones—. No me extraña que te guste tanto. Pero te hice un gran favor. Un gran favor. Ella se esperaba esas sandeces de fueron felices para siempre y demás, y yo le conté los hechos.

Katherine se encogió al oír el tono campechano de Smith.

—¿Los hechos? —preguntó Damián con frialdad, sin interés.

—Claro. Le dije que te casaste con ella sólo para asegurarte de poder conservar tus tierras cuando California se convierta en una posesión norteamericana.

—Cállate —le ordenó Katherine, que retorcía los dedos.

Sin apartar la mirada de Smith, Damián tomó a Katherine de las manos y se las separó. Se las sostuvo, una en cada mano, y animó a Smith a que siguiera hablando.

—Continua.

—Le dije que te desharías de ella en cuanto hubiera servido tu propósito —apuntó un dedo hacia Damián—. Pero ¿sabes qué?, estuve pensando. Apuesto a que este matrimonio vuestro ni siquiera será legal cuando los Estados Unidos asuman el control. Apuesto a que ni siquiera tendrás que divorciarte de ella.

Damián hizo que Katherine se diera la vuelta para mirarlo y la joven apretó los dientes.

—¿Crees las palabras de este gusano y no me crees a mí?

—Don Damián…

—Si fuera a unirme en un matrimonio desgraciado, querida mía, lo haría por dinero. Es la mejor protección contra el futuro, y he recibido ofertas para hacerlo.

Damián estalló de furia y la emoción que había tenido lugar previamente entre los dos no fue nada comparado con la amarga decepción que había tenido con Katherine. Las palabras no eran adecuadas, pero ella intentó decirlas:

—Lo siento.

—¡Eh! —gritó Smith—. ¡Maldita sea, apártate, zorra!

Katherine se sobresaltó, pero no se lo decía a ella. El tesoro había brillado con demasiada intensidad como para que Vietta lo pasara por alto, de manera que se había ido acercando cada vez más. La venganza de Smith contra Damián y Katherine no le interesaba en absoluto. A Vietta no le interesaba nadie tanto como lo hacía el frío metal que relucía por encima de sus cabezas. Se encaramó al pilar buscando los puntos de apoyo para los pies y agarrándose con las manos para poder llegar a su objetivo. Ni la amenaza del foso que tenía debajo, ni el peligro de la altura ni el dolor del muslo pudieron disuadirla de su objetivo. Sólo unos cuantos pasos más, sólo unos cuantos pasos más. La luz del sol se reflejó en el cabello negro de Vietta mientras ella alargaba las manos y se tensaba para agarrarse a lo alto del saliente. Casi había llegado.

Smith alzó el revólver.

—Aléjate de ahí. —La apuntó sin esperar a ver si obedecía.

Damián se precipitó contra él sin mediar palabra. La pistola salió volando por los aires; Damián se lanzó tras ella.

Smith profirió un grito sin apartar su atención de Vietta y le agarró un pie desde abajo.

—Aléjate de ahí. No lo toques. —Tiró de ella y Vietta resbaló, se agarró y se encaramó—. Aléjate.

Vietta subió de un salto y se hizo con el recipiente de madera. Smith saltó tras ella. La agarró por las dos piernas y la sacudió. El oro empezó a llover en torno a ellos y se esparció por el suelo, tras lo cual la caja entera se volcó y cayó. Se estrelló contra el suelo con un golpe que estremeció la tierra. Pepitas de oro, vasijas trabajadas y pedazos de cuarzo se esparcieron y se deslizaron por encima de las rocas.

—¡Maldita sea! —Smith bajó de un salto para recogerlo todo, salivando como un lobo que acecha a un tierno niño.

Vietta soltó un chillido de furia y luego de dolor. No podía apoyar el pie de la pierna dañada; el maltrato de Smith había provocado que no pudiera valerse de ella. Katherine corrió hacia Vietta pero ésta resbaló, se agarró con las manos pero no aguantó y cayó dando un tumbo en el centro de la cueva. El suelo se rompió bajo ella. La grava cayó al abismo. Vietta gritó y agitó los brazos extendidos. Se agarró al borde; Katherine la agarró a ella. Tiró de Vietta y la subió de nuevo a la roca sólida.

Vietta se quedó tumbada en el suelo escupiendo y gimiendo.

Katherine se alejó. Apoyó las manos en las rodillas e intentó recobrar el aliento, jadeante.

—Katherine —susurró Vietta mientras se levantaba—. Gracias,

Katherine. —Sonrió y dejó ver sus dientes recién rotos—. Idiota.
—Le propinó un empujón y, mientras Katherine aún se tambaleaba, la tiró al foso.

15 de junio, año de Nuestro Señor de 1777.

«Fray Lucio está sentado al sol temblando de frío. Quiere ayudar manteniendo una vigilancia constante, y yo lo animo a ello. Aunque está débil, su deseo es ayudar en todo lo posible. Imagino que es para acelerar nuestro trabajo aquí para así poder regresar a la misión y a la civilización, pero he aprendido a dejarle los juicios a Él, que es quien gobierna todas las cosas.

Las mujeres trabajan con voluntad, y yo trabajo a su lado realizando tareas que antes consideraba competencia de animales y campesinos. Mi cuerpo es fuerte y robusto. Puedo levantar y transportar objetos no aptos para el sexo débil. Al cortar los troncos, labrar la piedra e instalar las trampas para reformar a los avariciosos me enorgullezco del trabajo duro y de mi sagacidad.

Esta tarea que concebí en la oscuridad de la noche nos lleva demasiados días. Temo que el ruido atraiga a nuestros perseguidores antes de que hayamos terminado. Empiezo a sentir la necesidad de apresurar nuestro trabajo. Rezo todas las noches, escucho todas las noches, y todos los días me despierto con renovado apremio. Mi premonición de desastre está en desacuerdo con la promesa de mi Dios de que todo irá bien, pero el Señor guarda silencio sobre este punto. No hay duda de que mi comprensión del plan de Dios es tan infinitesimal que soy presuntuoso al buscar confianza. De hecho, el misterio de los tiempos ha sido la diferencia entre la definición de gracia de Dios y la del hombre.

No obstante, me doy prisa.»

Del diario de fray Juan Esteban de Bautista.

Capítulo 22

Katherine se agarró al saliente al caer. Los dedos le ardían al deslizarse por la gravilla y tenía los pies colgando. La corriente de aire que venía de abajo olía como una tumba. Se estremeció al oír la descarga de la pistola por encima de ella.

—Por favor, Dios mío, don Damián no —dijo entre dientes apretados, esforzándose por levantar el codo. Lo consiguió, pero se lo empujaron hacia abajo otra vez. Vietta se asomó desde arriba, sonriendo. A Katherine le fallaron las fuerzas y se quedó colgando con los brazos extendidos.

Abajo estaba oscuro, pero la luz difusa de alrededor le permitió ver una caída escarpada de la roca por delante de ella. Podría llegar con el pie si estiraba la pierna pero, ¿para qué? Echó un vistazo a su alrededor, desesperada. A unos pocos palmos de distancia, grabado en la roca, había otro dibujo, otro reloj sonriente cuyas manecillas señalaban hacia abajo. Katherine maldijo el sentido del humor quijotesco de Tobias y se dio cuenta de que tenía que situarse allí y dejarse caer... con la esperanza de aterrizar sobre algo sin romperse los huesos.

Para avanzar tendría que ir pasando una mano por encima de la otra y su mente se negó a imaginárselo. No obstante, no tenía tiempo para debatir con el miedo. Impaciente por terminar, Vietta se estaba levantando del suelo apresuradamente. Con la suela del zapato le aplastó los dedos a Katherine contra la roca que se desmoronaba.

Katherine quería decirle lo fino que era el saliente, que sólo un idiota se quedaría allí de pie. Pero no pudo liberar las palabras de su garganta. Lo único que pudo hacer cuando Vietta dio un fuerte taconazo fue mover la mano hacia la izquierda. Envalentonada, Katherine movió la otra mano. La roca se desintegraba debajo de sus dedos mientras iba desplazando las manos. Los pies de Vietta la seguían dando fuertes pisotones.

Katherine deseó que el desplome del suelo bajo sus pies fuera el fin de Vietta, pero al mismo tiempo rezaba para que no fuera así. Aunque se precipitara a la muerte con su enemiga, moriría de todas formas.

Tenía el reloj justo delante de ella, señalando directamente hacia abajo. Lo único que tenía que hacer era soltar los dedos… soltar los dedos. Por algún motivo, era importante que demostrara su fe en Tobias soltando los dedos antes de que el doloroso ataque de Vietta la obligara a hacerlo.

Tomó aire, se balanceó hacia delante y saltó.

Tocó el suelo casi antes de empezar a caer. Notó el sabor de la sangre en la boca; se había mordido la lengua. Le dolía la espalda; había quedado sentada en el suelo de golpe. Se acuclilló, se agarró a la roca y se puso a temblar cuando el miedo la paralizó con retraso.

Estaba viva.

Miró hacia abajo, la oscuridad se elevó hacia ella y contuvo un grito.

Le respondió un rugido desde lo alto. «Catriona». Damián la llamó y la angustia de su voz hizo que las lágrimas acudieran a los ojos de Katherine y cayeran en la roca a sus pies. Pero al menos seguía con vida.

Retrocedió. Su espalda topó con la pared; se apoyó en ella y buscó seguridad en su resistencia fría y sólida. Se aclaró la vista y bajó la mirada. La asaltó el vértigo, que le revolvió el estómago e hizo que empezara a sudar.

Katherine estaba apoyada en un saliente estrecho que sobresalía de la roca que sostenía el suelo de arriba. En torno a ella no había nada. Sólo un abismo insondable en el espacio infinito. Cerró los ojos. Los abrió, miró al frente y se concentró. Tenía que haber una forma de salir de aquel saliente. Tobias había estado allí abajo. Tobías había logrado salir. Tenía que haber una forma de salir de allí. Claro que Tobias habría llevado una cuerda consigo.

Un destello en lo alto le llamó la atención y se quedó inmóvil. La cabeza y las dos manos de Vietta se recortaban contra la luz de arriba y ella se pegó a la roca. La sombra ocultaba la expresión de Vietta, pero no los movimientos de la cabeza mientras buscaba indicios de que Katherine estaba muerta.

Katherine no parpadeó, no respiró, no pensó. Una leve sonrisa en lo alto señaló la satisfacción de Vietta y Katherine se quedó donde estaba hasta que la mujer desapareció. Oyó gruñidos y gritos desde arriba. Sin despegar la espalda de la fría pared de roca, se esforzó por levantarse. La piedra aparentemente sólida la traicionó y se le fueron la cabeza y los hombros hacia atrás. ¿Dónde estaba el precipicio? ¿Cómo podía desaparecer en un vacío?

Sin embargo allí estaba ella, encajada en una grieta. Se retorció y no tocó nada con la mano. Allí tendría que haber piedra, pero estaba vacío. Miró la pared con los ojos entrecerrados en la penumbra. Un agujero, la parte más oscura de aquella negrura que ya era como el carbón, se abría en la roca. Palpó aquel estrecho pasaje pero sus manos no tocaron el fondo. Metió la cabeza y la negrura la invadió. Aguzó la vista contra la penumbra y luego cerró los ojos. Se retorció hasta que le cupieron los hombros, se meneó hasta que las caderas se le atascaron en la entrada y se meneó un poco más. Logró meter las rodillas y después los pies, y el agujero fue descendiendo y ensanchándose. Su estupidez la detuvo. ¿Adónde iba? ¿A las entrañas de la tierra? Tal vez Tobias había escapado por ese camino; tal vez no. ¿Y si giraba por donde no debía? ¿Vagaría por allí hasta morir?

Trató de volver la vista atrás, hacia la abertura, pero no pudo girarse lo suficiente. Aquel lugar le recordaba a una tumba, fría y silenciosa. ¿Quedaría enterrada viva? Era un lugar absurdo para morir y tuvo miedo. El temblor de su cuerpo hizo que resbalara en la roca húmeda. Una gota de agua que cayó de arriba la sobresaltó y se golpeó la cabeza; se deslizó hacia atrás.

El aire fétido se movió; una brisa, ligera e inexplicable, le rozó la mejilla. Katherine se detuvo y experimentó un minúsculo arrebato de valentía; recordó su misión y lo que estaba en juego. En algún lugar de la cueva, por encima de ella, tres personas se peleaban, todas ellas enemistadas, y sólo una podía ganar.

Tenía que ganar Damián. Ella lo haría ganar. Le demostraría su valía y se lo explicaría todo.

Extendió los brazos y avanzó a tientas. Al principio el túnel descendía y se asustó otra vez. Luego empezó a ascender formando un pasadizo minúsculo que subía prácticamente recto. Se desviaba hacia un lado. ¿Adónde se estaba dirigiendo? ¡Dios santo! ¿Qué encontraría cuando llegara allí?

El tubo en el que estaba metida se alzó de nuevo e hizo que perdiera el equilibrio hasta que encontró un lugar donde agarrarse y apoyar los pies. Trepó hasta que se preguntó por qué no salía por el suelo y entonces parpadeó. ¿Eso era una luz? Miró hacia arriba y parpadeó de nuevo. Lo era, Era una luz, atenuada, tal vez, pero después de la noche que reinaba en aquel túnel, parecía el sol radiante. Animada, Katherine continuó avanzando como pudo... y tocó algo. Algo blando. Retrocedió con un estremecimiento y se limpió la mano en la falda.

A duras penas podía ver eso que había en el saliente que tenía que utilizar para seguir trepando. ¿Qué era? ¿Un pedazo de carne en descomposición? ¿Una trampa olvidada largo tiempo atrás? ¿Podría soportar volver a tocarlo?

Pero se encontraba en un lugar que Katherine tenía que utilizar para seguir subiendo. Tenía que seguir adelante y alzó la mano otra vez. Tocó un libro encuadernado en cuero que le cabía en la palma de la mano. Lo cogió, desconcertada, pero oyó un sonido que le hizo levantar la cabeza.

En el túnel, un suave silbido le rozó los oídos y ella obedeció la orden del viento. «Apresúrate.»

Tenía un ojo cerrado por la hinchazón y la nariz ensangrentada, pero Damián agachó la cabeza y se lanzó contra el estómago de Emerson Smith. El hombretón cayó al suelo y Damián se desplomó.

Katherine estaba muerta.

Katherine estaba muerta y ya nada importaba. Nada aparte de asegurarse de que ninguno de esos animales, ni Smith ni Vietta, escaparan a las consecuencias de su maldad. Si pudiera alcanzar su pistola...

Era lo único que había podido hacer para que Smith no le pusiera las manos encima. Smith tenía unos brazos muy largos y unos dedos como tentáculos. Su pericia en la lucha apuntaba a las calles y el entrenamiento que Damián había recibido con los vaqueros a duras penas había sido suficiente. En aquellos momentos Smith se retorcía en el suelo. Si Damián pudiera alcanzar el arma, la contienda sería suya. Habría ganado la batalla y lo habría perdido todo.

Si pudiera alcanzar su pistola; pero una patada la había desplazado por el suelo irregular. Vietta pasó junto a él avanzando a gatas con rapidez. Damián sonrió y fue hacia ella. El cuchillo de Vietta cayó al suelo con un traqueteo que sonó fuerte en la cueva.

Ella no hizo caso. Ella buscaba el arma. Damián la alcanzaría primero.

Como una serpiente de cascabel herida que atacara, Smith agarró a Damián por el tobillo y tiró de él; Damián le propinó patadas con la otra pierna y golpeó a Smith en la cara con el tacón de la bota. A Smith se le fue la cabeza hacia atrás y Damián se alejó apresuradamente.

No podía dejar que Smith lo agarrara, pues aquellos brazos largos le daban una ventaja que Damián no podía contrarrestar. Pero Smith dio un salto, se abalanzó sobre Damián y rodaron por el suelo. La sima se abría junto a ellos; Damián notaba su aliento, conocía su terror. Estaba atrapado, con Smith sobre el pecho y la muerte a su lado. Smith llevó las manos al cuello de Damián.

En aquel momento Damián comprendió el sufrimiento de Katherine. Smith lo estrangulaba, silencioso, resuelto, esforzándose por terminar cuanto antes. Damián se resistió, se retorció, vio un estallido de colores y el suelo que se levantaba como si ondeara bajo su mirada. Un objeto brillante le llamó la atención.

El cuchillo de Vietta.

Damián se estiró para agarrarlo. Smith volvió a tirar de él. Damián alargó la mano de nuevo y debajo de la mejilla, en una losa encajada en el suelo, vio un reloj.

Un reloj que tenía el rostro de la muerte.

Apartó las manos de Smith a golpes, rodó por el suelo e intentó avanzar a tientas desesperadamente. Buscaba un lugar en el que asirse con los dedos, un borde para impulsarse. Las uñas rasparon la piedra con un chirrido espeluznante. Allí no había nada y Smith lo tenía agarrado otra vez. Presa de la frustración, Damián cerró los dedos en torno a una piedra grande y fría, una piedra pesada. Una pepita de oro.

¿Golpear a Smith? Eso tenía sentido.

¿Golpear el reloj que había en el suelo?

Menuda estupidez.

Levantó la pepita de oro y golpeó el reloj con todas sus fuerzas. Smith, sobresaltado, se inclinó hacia atrás y se echó a reír.

—Eres un blando —gritó—. Blando y estúpido, y vas a morir por ello.

Damián vio que las vigas se movían por encima de la cabeza.

—¿Ah, sí? —señaló hacia arriba y su expresión de triunfo hizo que Smith se pusiera de pie rápidamente… justo en la trayectoria de un tronco de roble que se desprendió del techo y describió un amplio arco en el aire.

El tronco alcanzó a Smith en el pecho y se lo quitó de encima a Damián. El impulso lo llevó a situarse encima del agujero, Smith resbaló por el tronco e intentó agarrarse frenéticamente a la madera con las manos como garras; el tronco retrocedió y las largas piernas de Smith golpearon el borde del foso. Por un momento permaneció allí suspendido con una expresión de terror y sorpresa en la cara.

Cayó, y no dejó de gritar mientras caía.

El tronco completó su enorme arco, cuyo eje se situaba encima de Damián. Se mecía con un crujido y Damián se movió, inquieto. Percibió más movimiento por encima de él, como si se hubiera desequilibrado toda la estructura. Rodó por el suelo, agarró el cuchillo y se dirigió al extremo de la cueva, allí donde estaba el cadáver seco desplomado en un lugar seguro. El tronco se precipitó hacia el suelo en vertical y se llevó consigo la roca que lo había sujetado. El suelo se rompió como un pedazo de caramelo duro y se desplomó al interior del foso. Las vigas de arriba gimieron a modo de protesta; el abismo engullía pedazos enormes del suelo que lo rodeaba.

Damián calculó la distancia que lo separaba del exterior, pero el tumulto se fue apagando. Seguían cayendo guijarros y arena, pero de momento la cueva se mantenía firme. De momento, podía buscar venganza.

—Vietta —la llamó al tiempo que se incorporaba.

Ella apareció de entre las sombras.

—¿Sí, Damián?

Lo apuntaba con la pistola. Él ya se lo había esperado. Ya habían interpretado aquella escena con anterioridad, pero en esta ocasión habría un final distinto.

—¿Vas a dispararme, Vietta?

—Sí —entonó la palabra con su voz encantadora y dio la impresión de que la idea le complacía—. Quiero el oro. Es lo único que quiero, y voy a tenerlo.

La luz del sol que se apagaba apenas rozaba a Damián.

—Hace mucho tiempo que lo deseas, pero no es real. No es más que una piedra, como cualquier otra piedra de las que hay en esta caverna.

—No es una piedra —declaró Vietta—. Es oro, y es real. Nunca lo he tenido y ahora voy a tenerlo.

—El amor es real, Vietta —se burló Damián—, y tú nunca lo has tenido.

—¿Qué quieres decir?

—¿Qué vas a hacer con el oro? ¿Comprarte amigos? ¿Comprarte un amante? ¿Comprarte unos padres que se preocupen por ti? ¡Pero si toda la Alta California espera en algún lugar al pie de la montaña, dispuesta a matarte por tu preciado oro! ¿Qué te hace pensar que podrás quedártelo cuando ni siquiera puedes encontrar a una persona que sea tu amiga?

—Eres un cabrón —le espetó con voz quebrada por la tensión—. Cuando tenga el oro todo el mundo me querrá.

La risa de Damián brotó de sus pies, le subió por el pecho y le salió por la garganta para convertirse en una carcajada de cuerpo entero.

—Todo el mundo. Todo el mundo. —Vietta empezó a caminar de espaldas, alejándose de Damián, con ojos centelleantes de furia—. Todo el mundo. —Amartilló la pistola, pero Damián seguía mirándola y riéndose.

—Nadie te querrá jamás con la misma intensidad con la que yo he amado a Katherine —su regocijo cesó, atravesado por un cuchillo de dolor—. Has asesinado a mi Katherine.

Vietta disparó. Hubo un estallido amortiguado, una nube de humo y Vietta soltó un chillido cuando el disparo fallido le quemó la mano.

Por encima de ellos, Katherine gritó:

—¡No!

—¡Katherine! —Damián dio un salto hacia ella, que estaba saliendo como podía por una abertura oscura que había por encima de sus cabezas. Vietta chilló de nuevo, sacudió la mano pero se detuvo al recordar el peligro que corrían, al recordar su necesidad de seguir con vida.

Alzó el arma y Katherine le dijo:

—Vietta, no, escúchame.

Vietta no la escuchó, ni siquiera la oyó. Ella miraba fijamente a Damián y mascullaba, no veía nada aparte de él y de la amenaza que suponía para su plan.

Katherine bajó al suelo de un salto. Cayó con un golpe sordo y Vietta se volvió rápidamente hacia ella. La sorpresa, el horror y la estupefacción sacudieron a Vietta. Avanzó corriendo con el brazo extendido y el arma apuntando a la cabeza de Katherine.

—Estás muerta, estás... —se detuvo en un punto que estaba mojado, resbaló y se retorció; la roca se rompió con un chasquido bajo las dos mujeres. Damián agarró a Katherine y la arrojó al suelo con él. La pistola se descargó con estruendo, limpiamente. Vietta se precipitó... a la nada.

Cayó con un silencio sobrecogedor.

Katherine tiró de Damián. Notó que él flaqueaba mientras se apartaban apresuradamente del agujero que se ensanchaba. Se detuvieron contra la pared, jadeantes.

—No me ha dado —dijo Katherine—. Mira, no me ha dado.

—Estoy mirando —los ojos se le inundaron de lágrimas—. Tienes un aspecto maravilloso.

Las lágrimas de Katherine se sumaron a las de él.

—Don Damián, mi querido don Damián. —Lo agarró, lo abrazó con todas sus fuerzas.

Damián gimió.

—¿Don Damián? —Katherine se apartó y se miró las manos. Las tenía cubiertas de sangre. El recuerdo afluyó como un torrente. ¿Qué vería cuando alzara la vista? ¿Vería a Tobias, agonizando mientras ella intentaba salvarlo en vano? ¿O vería morir a Damián?—. ¿Don Damián? —le tembló la voz de pánico.

—Basta. —Damián le agarró el brazo y se lo sacudió—. Te necesito, Katherine. Sólo estás tú, y tienes que ayudarme.

Katherine cobró ánimo y lo miro a hurtadillas. Su semblante estaba aún más pálido de lo que Katherine intuía. Tenía la camisa manchada de rojo por encima de las costillas y vio el desgarro que la bala había hecho en la tela.

El placer que Damián sintió al verla se desvaneció, sustituido por el tormento de un hombre que sufría.

—No lo conseguiré sin tu ayuda. Tendrás que vendarme.

—Sí. —La debilidad de su voz la disgustó y repitió con más firmeza—: Sí. Te ayudaré. —Lo agarró por debajo del brazo y lo ayudó a sentarse—. Aquí, al lado de nuestro amigo.

Damián se rió del débil intento de Katherine por resultar graciosa y se sentó junto al cadáver.

—Él es más simpático que nuestros otros compañeros.

Katherine se pasó la lengua por los labios, se levantó la falda y agarró las enaguas de algodón.

—Las enaguas son una prenda que la mujer puede desechar. Mi madre me enseñó a romperlas en caso de emergencia.

—Le estoy agradecido a tu madre —Damián la tomo de la cintura mientras ella rasgaba la tela en tiras—. Le estoy agradecido por más de una razón.

Katherine no se detuvo, vertió sus emociones en una frase insulsa.

—Eres un hombre muy agradable.

—Me estaba preguntando cuándo te darías cuenta.

—Pero tu suficiencia es insoportable. —Le puso la mano en la frente para examinarlo. Se la notó fría y húmeda, lo cual contrastaba con su buen humor. Katherine tomó la mano que tenía en la cintura, le dio un beso furtivo y se la puso en el regazo a Damián. Le rasgó la camisa y le dejó el costado al descubierto. No iba a desmayarse. Era demasiado sensata como para desmayarse. ¿Pero cómo podía parecerse tanto el cuerpo humano a un pedazo de carne de ternera?

—Katherine, ¿qué llevas en el bolsillo? —Damián dio unos golpecitos con el dedo al reloj que ella llevaba en la cintura y que abultaba junto con el libro que había encontrado.

Distraída, que era lo que Damián había pretendido, Katherine mintió:

—Es el reloj de Tobias. —Arrancó el pedazo de enagua de una sacudida, hizo una compresa y presionó la herida de Damián con ella.

Él echó la cabeza hacia atrás y apretó los dientes mientras Katherine le envolvía el pecho con las largas tiras de tela, sujetando bien la carne y deteniendo la hemorragia con la presión. Mientras lo vendaba, él preguntó:

—¿De verdad? No parecía el reloj. —Un gran pedazo de roca se desprendió y cayó al agujero.

—¿Quieres discutirlo ahora?

—No, ahora no. —Tomó el brazo que ella le tendía y dejó que lo ayudara a levantarse—. Ahora tenemos que marcharnos antes de que anochezca y nos quedemos aquí a oscuras.

—Sí.

Se dirigieron poco a poco a la abertura y Katherine tropezó con una piedra que rodó por delante de ellos y que los atrajo como una sirena. La luz tenue del atardecer hacía que el oro pareciera líquido y le daba unos matices rojizos. Katherine recogió la piedra y la sostuvo para que Damián la viera. Era una pepita pesada y redondeada que relucía con toda la belleza que tentaba a los hombres a asesinar y robar.

Damián tomó la pepita en las manos y acarició la superficie con el dedo.

—Tantas muertes... Primero los padres. Los vaqueros de antaño, Smith, Vietta, incluso Tobias. Tanto dolor, y todo por este oro maldito.

Katherine, que no estaba segura del estado de ánimo de Damián ni de lo que pensaba, le preguntó:

—¿Te llevarás el tesoro?

La sonrisa torcida de Damián se hizo más amplia, se volvió maliciosa y apasionada.

En el silencio y la penumbra que los rodeaban, Katherine oía los pedazos de roca que se desmoronaban y caían al abismo. Se movió, inquieta por la forma en que Damián le clavaba la mirada, como si quisiera memorizar su rostro para toda la eternidad.

—¿El tesoro? Es mi tesoro. Me lo llevaré. —Se sacó un cuchillo del cinturón con cuidado.

Katherine lo miró y preguntó con voz ronca:

—¿De dónde sacaste eso?

—Se le cayó a Vietta. —Hizo girar el cuchillo con rapidez y lo agarró por el mango. Katherine no podía apartar la mirada de la hoja afilada.

—Tengo que deshacerme de esto —murmuró Damián.

—Sí —coincidió Katherine con voz débil.

Con todas sus fuerzas, Damián arrojó el cuchillo al abismo, y también el oro, y luego se volvió hacia ella.

—Date prisa, tesoro mío. Vayámonos ahora que podemos.

El amor la embargó como una avalancha, enterrándola en él, manteniéndola a flote, llevándola consigo. Todas las emociones que había reprimido, que había malinterpretado y que había fingido distanciar la abrumaron entonces y se acercó a él.

—Don Damián, tú me confortas, me excitas, me enojas, me proporcionas una alegría que no puedo reconocer ni identificar —movió los brazos para abarcar la caverna—. En esta cueva he visto... —Una luz trémula al otro lado de la sima la distrajo y volvió la mirada hacia las sombras. Allí no había nada y continuó hablando—. He visto... ¿qué es eso? —señaló hacia allí—. Parece un...

—¡Madre de Dios! —masculló Damián.

—Un fantasma —susurró Katherine, y bajó el brazo.

Una niebla tenue ondeaba al otro lado del agujero. La mirada estupefacta de Katherine pareció distinguir una figura en su interior que se esforzaba por salir. Ambos se quedaron mirando y la niebla tomó la forma de un hombre... la figura de un sacerdote con cogulla. Un brazo diáfano alzó un candelero con una vela encendida.

Katherine se encontró fuera de la cueva, aferrando la mano de Damián, mirando a la montaña.

—¿Qué era eso? —preguntó sin aliento.

Como respuesta, la roca exterior de la montaña se agrietó y retumbó. Ante sus ojos, un desprendimiento hizo desaparecer la entrada y el rosal que la señalaba, en tanto que de la caverna brotó un gemido de dolor. Un temblor de tierra les sacudió los pies y el precipicio en el que Katherine había asustado a Vietta se derrumbó. El relincho de un caballo hendió el aire, ellos se dieron la vuelta con rapidez y vieron a la montura de Vietta que se debatía mientras que el árbol al que estaba atada, las piedras de alrededor y la tierra misma bajo sus patas se venían abajo.

—¡No! —exclamó Damián, y se lanzó hacia el animal, pero Katherine fue tras él, lo agarró de la chaqueta y tiró de él. Vieron horrorizados cómo el caballo caía y se dieron cuenta de que el terreno iba erosionándose hacia donde ellos se encontraban.

Sus pies encontraron el sendero sin saber cómo. Descendieron por la montaña tropezando con las raíces, recibiendo los golpes de las ramas. El camino que tanto les había costado recorrer por la mañana pasaba volando en su carrera por alejarse de la cueva, del oro, de la muerte. Katherine no quería detenerse. Tenía punzadas en el costado y las ampollas de los pies le sangraban, pero el instinto de supervivencia la instaba a seguir adelante.

Alguien, o algo, los perseguía.

Al final, Damián la detuvo. Katherine tiró de él pero Damián negó con la cabeza.

—Ya no puedo correr más. Ya estamos lejos. Ahora ya nada puede hacernos daño.

Katherine extendió rápidamente la mano y señaló hacia atrás.

—¿Y qué me dices de eso?

—Ahí no hay nada —respondió Damián sin mirar adonde ella señalaba.

—¿Ah, no? —Katherine se dio la vuelta—. ¿Cómo llamas a eso?

—Es niebla —contestó él con brusquedad.

—Tan sólo niebla —asintió. Se quedó mirando el manto blanco que avanzaba lentamente ladera abajo pisándoles los talones. Una mujer sensata se daría cuenta de que sus miedos no eran más que el resultado de la noche inminente y de la tensión de tantas experiencias terribles y no iba a imaginar cosas absurdas cuando sólo era niebla.

Damián vio algo en el semblante de su esposa que le hizo dar media vuelta y encararse a la niebla.

En la bruma ardía una pequeña llama, como la luz de una vela. Un temblor sacudió a Katherine, un temblor como el del suelo allí arriba, pero aquél provenía de su interior.

Damián se estremeció de forma similar junto a ella, pero su temblor era más intenso, más profundo. Con voz ronca le dijo:

—No veo nada malo en tener miedo.

Katherine soltó una risa fuera de lugar, tambaleándose en el fino borde de la histeria. Se dio media vuelta para escapar y afirmó:

—No nos va a pasar nada, don Damián.

Él no se movió. Se tambaleó pesadamente, cayó de rodillas y por primera vez en su agitada huida, Katherine recordó. Le habían disparado. Le habían disparado, le habían dado una paliza y había corrido varios kilómetros.

Katherine pudo apreciar el entrenamiento que Damián había recibido trabajando con los toros, el que había recibido de los vaqueros. Pudo apreciar el duro golpe que les había asestado el miedo. De no ser por eso Damián no le habría seguido el ritmo.

—Deja que te ayude —le pidió. Bajo la luz del sol que se apagaba, Katherine vio el sufrimiento en el único ojo que Damián tenía abierto, el dolor que le tensaba la mandíbula. Se arrodilló a su lado, lo rodeó con el brazo y el calor poco normal de su cuerpo se transfirió al de Katherine. Damián estaba enfermo y herido. La responsabilidad del liderazgo recayó sobre ella sin que mediara palabra—. Puedes hacerlo —lo animó con voz suave mientras él se ponía de pie. Todo su cuerpo temblaba por el esfuerzo que le suponía. Se movía como un anciano aquejado de reumatismo.

Los últimos rayos de sol los abandonaron y Katherine observaba con mucho detenimiento el camino que seguían. Las laderas se extendían ondulantes e interminables frente a ellos. El aroma de los pinos debería haber sido un placer; la brisa fría de la noche debería haberlos refrescado. En cambio, las copas de los árboles ocultaban las estrellas nocturnas que brillaban y el viento sacudía a Damián con espasmos periódicos.

Necesitaba descansar. Tenían que detenerse.

Pero la niebla los seguía inexorablemente, siempre pisándoles los talones.

Los búhos ulularon y Katherine recordó las predicciones de muerte que había utilizado para asustar al señor Smith. No lo había asustado, pero estaba muerto de todos modos. Se agarró a Damián con más fuerza, deseando poder transmitirle sus fuerzas.

Al cabo de una corta distancia Damián se detuvo y se apoyó en un árbol.

—No puedo continuar.

Katherine no se lo discutió. En la última media hora se había dado cuenta de que aquella noche no podrían huir de esas montañas.

—¿Puedes sostenerte solo? —le preguntó—. Te haré un lecho con unas ramas para que te aísle del suelo frío.

Damián se rió, pero su risa más bien parecía una tos.

—¿Y cómo vas a cortarlas? No tenemos nada. Ni comida, ni mantas, y sin duda no tenemos cuchillo —dejó caer la cabeza contra el pecho—. ¿No lamentas que dejara mis cigarros? Al menos llevaría una cerilla para encender un fuego.

—Por favor, don Damián. —Katherine agarró dos de las ramas más bajas, las dobló y las rompió—. Ya me siento bastante culpable por todo esto. No me reproches también lo de los cigarros.

—¿Culpable? —Damián meneó la cabeza con reprensión—. Ocurra lo que ocurra, no te sientas culpable. Estoy muy orgulloso de ti... —suspiró—. Ya no puedo tenerme más en pie.

Katherine corrió a sostenerlo, pero a Damián ya no le quedaban fuerzas. Se desplomó como un montón de carne inerte.

El aliento aterrorizado de Katherine rompió el silencio. Así pues, ¿eso era todo? ¿Había perdido a otro esposo por culpa de la maldición de los padres? Y lo que era aún más importante: ¿Había perdido al hombre que amaba? Temerosa de tocarlo, de descubrir la verdad, le presionó el cuello. Notó el latido sordo de su corazón en los dedos.

—Está vivo —susurró.

Como una ardilla que se preparara para el invierno, Katherine se apresuró a amontonar ramas junto a él, las metía debajo de Damián y desplazaba su cuerpo por encima. Valiéndose de su técnica primitiva, rompió más ramas, se las colocó encima y lo cubrió todo con lo que quedaba de su chaqueta de montar hecha jirones.

Katherine se sentó, miró a Damián y luego la niebla que se acercaba a ella de puntillas. La niebla lo mataría. La humedad se llevaría a ese hombre, le dejaría tan sólo un cuerpo vacío y Katherine no podría seguir viviendo si Damián moría. Presa de furia, se puso de pie y se acercó al borde de la niebla con paso airado. Se centró en la tenue llama que parpadeaba en el centro y gritó:

—Nosotros no robamos nada de oro, de manera que no puedes robarme a mi marido. ¡Déjanos en paz!

Como si fuera un leve y prolongado grito del viento, oyó:

—¿Katherine?

Ella retrocedió.

—¿Damián? ¿Katherine?

Katherine se volvió a mirar a Damián con cara de espanto y se preguntó si él tendría que responder al ente de la niebla. Damián no se movía.

—¿Katherine?

La voz se oía más próxima y ella respondió a regañadientes.

—¿Sí?

—¡Katherine!

—¿Sí?

—Sigue hablando, amiga, sigue hablando —la voz fantasmal sonaba frenética, en absoluto efímera y bastante brusca—. Ya casi estoy ahí.

—Ya lo sé —gimió ella, mirando fijamente la niebla. Un traqueteo de cascos sobre la piedra le hizo pensar en un coche fúnebre y se tambaleó—. No puedes llevártelo.

—¿Katherine? ¿Estás enferma?

Unas manos la agarraron por los hombros y le dieron la vuelta. Un rostro demacrado flotaba ante sus ojos.

—Julio —susurró, y se desmayó sin proferir ningún otro sonido.

17 de junio, año de Nuestro Señor de 1777

«Me hice daño en la pierna. Uno de los troncos que utilizábamos para preparar la cueva se cayó del techo y me aplastó la rodilla. El hueso sobresale por la herida abierta. No puedo andar. El dolor es tal que no se me puede ni mover. Dios no oye mis plegarias de socorro o muerte.

¿Se trata de otro castigo por mi arrogancia? ¿Por todas las veces que cuidé del prójimo en mi enfermería y les dije que sofocaran sus gritos y buscaran alivio en la oración? ¿Es un castigo por sentirme orgulloso de la utilidad de mi cuerpo, de mi trabajo duro? ¿No me quedará nada cuando esto acabe?»

Del diario de fray Juan Esteban de Bautista.

Capítulo 23

—Nunca me había desmayado al ver sangre hasta que llegué a California.

—Eso has dicho —Julio sopló las ramitas para avivar el fuego que había encendido.

—Siempre fui serena, práctica y…

—¿Sensata? —le brindó la palabra adecuada con una ironía que Katherine no percibió.

—En efecto. Sensata. En Boston podría haber lidiado con un día como éste con un mínimo de dignidad. —Se inclinó hacia el fuego con las manos extendidas para calentarse.

Unas cuantas ramas y un poco de musgo prendieron cuando Julio lo dispuso todo en torno a las llamas.

—En Boston nunca hubieras tenido un día como éste.

—Cierto —admitió ella con aire pensativo—. Hoy me han golpeado, me he caído en una sima, me han disparado y casi… casi he sufrido daños físicos.

Julio recorrió a Katherine con una mirada penetrante que le reveló más terminaciones nerviosas, pero ella no podía parar de poner excusas.

—Y vendé a don Damián.

—La mayoría de mujeres se hubieran puesto histéricas —comentó él—. Y muchos hombres también.

—He tropezado con oro y he escapado de una avalancha.

—Y has hablado con la niebla —dijo Julio—. No lo olvidemos.

—No estaba hablando con la niebla. —Ella le hablaba a lo que había dentro. Pero no lo dijo. La niebla había desaparecido, se había retirado ladera arriba como si supiera que estaban derrotados. Había demasiadas cosas de aquel día que Katherine no creía, demasiadas cosas que no quería exponer ante la aguda inteligencia de Julio. Se inclinó para remeter las mantas en torno a los hombros de Damián—. ¿Cómo es que llegaste cuando te necesitábamos?

—Cuando el caballo de Damián llega a mi establo ensillado y pidiendo entrar, me preocupo. Cuando encuentro un mapa arrugado debajo de la manta de la silla y mis vaqueros me cuentan que hay un desfile de criminales por mis tierras y en la montaña, me entra el pánico. —Atizó el fuego, echó más leña y consiguió unas buenas llamas—. Damián no perdería a *Confite*, de manera que eso significa que los problemas le superaron. Y además —miró a Katherine con una amplia sonrisa— tuvimos una visita inesperada.

—¿Ah sí? —la joven enarcó las cejas, desconcertada por su tono jocoso.

—Un norteamericano con una calva incipiente, vestido con un traje andrajoso, llegó tambaleándose desde la montaña.

Katherine cayó en la cuenta.

—Lawrence.

—Sí, tu primo —su compasión resultó palpable—. Lo vestimos y le dimos de comer, le proporcionamos un caballo y siguió su camino.

—Gracias.

—Se perdió y acabó otra vez en la hacienda.

Katherine cerró los ojos, avergonzada.

—Mandamos a un guía con él con órdenes de llevarlo hasta Monterey.

Esta vez el agradecimiento de Katherine fue sincero.

Julio sonrió con tristeza y dijo:

—Gracias, ya puedes decirlo. Se llevó la mejor montura de nuestros establos.

—¿Cómo? —exclamó Katherine—. ¿Por qué le diste un buen caballo? A duras penas puede mantenerse erguido sobre un rocín maltrecho.

—Se lo debía.

Katherine lo miró con recelo.

—¿Qué era lo que le debías?

Julio se examinó las uñas.

—Dinero.

—¿Dinero? —repitió, incrédula.

—Una buena cantidad —Julio la miró a los ojos—. Acepté su dinero a cambio de ayudarle a subirte a un barco rumbo a Boston.

—Estás de broma.

Él negó con la cabeza.

—Estás loco.

—En absoluto. Él dejó bien claro por todo Monterey que pagaría de buena gana para recuperarte. Tarde o temprano alguien habría aceptado su dinero de buena fe. Esperaba darte tiempo para escapar y dejarle sin blanca.

—Julio, careces de moral —se rió con divertida consternación.

Él actuó como si le hubiera hecho un cumplido y coincidió con ella:

—En efecto, no la tengo, ¿verdad? Pero no sé si contribuí a arreglar las cosas.

—Quizá nos diste el tiempo que necesitábamos para escapar de Monterey, y no es culpa tuya ni mucho menos que el inútil de mi primo se tropezara con uno de los peores villanos de California —apoyó la cabeza en la mano y se rió otra vez—. Pobre Lawrence.

Los parientes son una carga. Me anima ver que otros también acarrean esta carga —adoptó un semblante pensativo—. Supongo que lo había olvidado.

—¿Qué dijo doña María Ignacia cuando le contaste que sospechabas que había algo sucio? ¿Que se pudra la zorra que intentó robarle a su marido?

El nombre de María Ignacia transformó a Julio, en cuyos labios se dibujó la sonrisa más dulce que Katherine podía imaginar.

—Nacia sabía la verdad sobre nuestro beso.

Katherine volvió sus ojos verdes hacia él con una mirada fría y Julio se movió con incomodidad.

—De acuerdo —admitió—. Mi beso. Nacia siempre supo que era culpa mía, pero es una mujer enamorada. Quería echarle la culpa a cualquiera menos a mí.

—Creaste la escena a propósito —lo acusó Katherine.

—Y conseguí mi objetivo —tomó la mano que Katherine tenía extendida y le besó el dorso de sus dedos llenos de humo—. Estoy en deuda contigo, doña Katherina. Mis suegros se han ido, su hija los ha echado. Ahora Nacia y yo nos comprendemos mutuamente. Por ese motivo, cuando le mostré a *Confite*, me preparó las alforjas y me hizo montar en mi caballo con la advertencia de que no regresara sin ti. Uno de mis mejores vaqueros vino conmigo y cuando te desmayaste fue a buscar a Nacia de inmediato —hizo un gesto con la cabeza ladera abajo—. Viene en un carro siguiendo a los vaqueros y trae un colchón, mantas, comida para diez personas y medicinas para todo.

—Lo necesitará —acarició las cejas arqueadas de Damián. La fiebre le quemó la mano y ella hizo una mueca—. Está empeorando. ¿Estás seguro de que no le pasará nada?

—¡No hay que achicarse! Mantén la cabeza bien alta. Damián tiene una constitución de caballo. Un disparo de nada y una carrera rápida ladera abajo no van a hacerle daño.

No la miró mientras hablaba y Katherine no insistió. En aquel momento necesitaba que animaran su confianza, por vacilante e incierta que fuera.

—¿Doña María Ignacia ya no sigue enfadada conmigo?

—Ni conmigo, pero si la llamas así es probable que te eche un rapapolvo.

Katherine cogió un paño de la alforja, lo hundió en el cuenco con agua que Julio le había traído y le mojó la frente a Damián.

—No me imagino a doña Ignacia echando un rapapolvo.

—Y yo no me la imaginaba diciéndoles a sus padres que harían bien marchándose de visita a otra parte, pero fue lo que hizo —se contoneó como un cachorro.

—¿Y qué dijo la señora Roderíguez a eso?

Julio sacó pecho, alzó el mentón y se convirtió en la madre de Nacia. Imitó su manera de hablar lenta, precisa y aristocrática y dijo:

—Maria Ignacia pronto entrará en razón.

—¿Y qué dijo Nacia?

Julio volvió a ser el mismo de siempre, irritante y eufórico.

—Que ya había entrado en razón. Que nada de lo que hiciera iba a complacerlos jamás, de modo que complacería a la única persona que le importaba.

—¿Y quién es esa persona? —Katherine se rió al ver su mohín abatido—. ¡Ah! Eres tú, ¿no?

Julio se dio unos golpecitos en el pecho y asintió:

—Sólo yo.

Katherine le pasó la mano por el cabello a Damián con el eterno gesto de una enamorada.

—Ojalá lo hubiera visto. No me imagino a Nacia haciendo una cosa así.

—Te aseguro que es verdad. Nacia está… transformada.

—¿Y qué fue lo que provocó esta transformación?

—Creo que fuiste tú.

Sobresaltada, Katherine lo miró bajo la luz de la fogata.

—Me tomas el pelo.

—En el poco tiempo que hace que te conocemos, nos has enseñado más cosas de lo que ni toda la aristocracia de California podría enseñarnos jamás.

Katherine lo negó con la cabeza.

—Es cierto —insistió él—. Nacia siempre ha sido una hija buena y obediente con esa gente. Por una vez en la vida hizo las cosas a su manera, cuando se casó conmigo. Sabía que en su interior habitaba la mujer tozuda y decidida que haría frente a sus padres y declararía su amor por mí. Pero desde el día de nuestra boda se ha dedicado a demostrar a sus padres que los quería. La había perdido.

—¿La habías perdido o ella te había perdido a ti?

—¡Ah! —Atizó el fuego con un palo y no hizo caso de su pregunta—. Nacia envió una bolsa con comida. ¿Tienes hambre?

Katherine arrancó sus manos de Damián y apoyó los puños en la cintura.

—¿Y has esperado hasta ahora para preguntarlo?

Julio trajo una bolsa de cuero.

—Pensaba que si tenías hambre lo dirías.

Katherine le arrebató la bolsa, consciente de la necesidad que le punzaba el estómago.

—¿Crees que habrá algo que podamos darle a don Damián? Está tan inmóvil… —Alargó otra vez las manos hacia su esposo y le sobó el hombro.

—Un poco de caldo de ternera —Julio recuperó la bolsa y sacó algo—. Cómete esto mientras yo caliento el caldo —le dio una tortita enrollada.

—Hoy he tomado una comida, muy escasa. Mira esto. Nacia nos manda sus tortitas rellenas de queso. Estoy en la gloria. Mmm —masticó y cerró los ojos, extasiada—. Es maravilloso, pero debe de haber entrado arena en la bolsa.

—Lo más probable es que sea la de tus manos.

Katherine se miró los dedos sucios.

—El arroyo está al otro lado del camino —señaló el camino—. Tómate tu tiempo. Yo intentaré dar de comer a tu marido.

Katherine no se entretuvo en lavarse tan a conciencia como le hubiese gustado, pues la frenó el recuerdo de Damián allí tendido, inerte y muy caliente. Una vez tuvo la cara y las manos limpias, regresó al fuego. Julio había vuelto a encender la hoguera y había conseguido unas llamas vivas que lanzaban chispas hacia las copas de los árboles. El olor de la sopa y la carne se mezclaba con el del humo y Damián estaba apoyado en el hombro de Julio tomando unos sorbos de caldo de una taza.

Katherine se acercó dando saltos.

—¿Está despierto?

—Catriona mía —susurró Damián.

Katherine se arrodilló junto al lecho de ramas y miró el rostro de su amado.

—Tienes que ponerte bien.

—Sí —respondió, y se cayó hacia un lado, como si aquellas palabras y el esfuerzo de comer hubieran sido demasiado para él.

Katherine lo sujetó entre sus brazos. Julio dejó la taza en el suelo y la ayudó a poner cómodo a Damián.

—Me gustaría más que se sacudiera y se quejara —comentó Julio—. Esta quietud me preocupa —al ver el semblante afligido de Katherine, añadió—: Claro que yo no soy médico. Cuando llegue Nacia lo ayudará.

Katherine estaba retorciendo las mantas con las manos.

—Será mejor que lo arropes —le aconsejó Julio—. Tienes carne asándose al fuego y me estabas preguntando sobre Nacia y yo. Iba a contártelo.

Katherine lo miró obnubilada, sin entender ni una sola palabra de lo que le decía.

—He estado fornicando con todas las mujeres disolutas de California con la esperanza de engendrar un hijo.

Katherine parpadeó. La franqueza de Julio penetró en su estupor.

—Yo... ¿Qué has dicho?

A Julio pareció complacerle que su táctica de choque hubiera surtido efecto.

—Nacia y yo llevamos años casados. No tenemos hijos.

—No. —Katherine tapó a Damián con una manta e inclinó la cabeza para escuchar.

—Nacia era virgen cuando me casé con ella. Esto de hacer hijos no es nada. Hasta el más vil gorrón vierte su semilla y los hijos surgen sin quererlos. No obstante, nosotros no tenemos ninguno —suspiró—. Me di cuenta de que, a pesar del desenfreno de mi juventud, yo no tenía hijos.

—La mayoría de los hombres lo consideran una circunstancia afortunada.

—Qué dura eres —la reprendió, y recordó que era un hombre muy perspicaz—. Corren rumores de que has tenido un hijo bastardo.

—Bromeas —dijo Katherine, horrorizada.

—Siempre hay gente mala, y a menudo los norteamericanos que vienen aquí no son del mejor calibre —dio la vuelta al trozo de ternera que estaba al fuego. Una olla humeaba sobre una piedra cerca de las llamas, Julio hundió un cuenco en ella y se lo pasó a Katherine—. No has vivido todos los momentos de tu existencia bajo su mirada vigilante y hay especulaciones.

No había horror que pudiera mitigar su apetito y Katherine saboreó las alubias especiadas.

—No me extraña que la señora Roderíguez no me considerara adecuada para Damián.

La franqueza de Katherine hizo sonreír a Julio, pero no dejó que la joven lo distrajera.

—Intenté mantener en secreto mis experimentos, pero es imposible que un hombre como yo, un bastardo, una mala semilla, pueda evitar que se propaguen los cotilleos. Cuando se propagaron y ninguna de aquellas mujeres concibió, me volví descuidado —cerró los párpados al recordar—. Incluso... temerario.

—Julio, casi acabas con tu matrimonio por el orgullo masculino —le reprobó ella.

—No —negó Julio—. No me importaba no poder engendrar un hijo.

Katherine adoptó una expresión de recelo.

—Bueno, sólo un poco —hizo un gesto de más o menos con la mano—. Hubo una época en la que me importaba demasiado, pero me he resignado a mi condición improductiva. Pero sabía lo mucho que Nacia deseaba tener hijos. Hablaba de ello, suspiraba por ello, hacía planes para ello.

Katherine le preguntó, incrédula:

—¿Y cómo iba a ayudar a tu matrimonio engendrar un hijo fuera de él?

—Si hubiera podido tener un hijo con otra mujer, Nacia y yo hubiéramos tenido la esperanza de tener uno nuestro. O si Nacia nunca hubiera concebido, tal vez mi consorte hubiera estado dispuesta a dejar que criáramos nosotros al pequeño —se encogió de hombros avergonzadamente—. Supongo que es una estupidez, pero tenía que saber que había esperanza. Tenía miedo de que Nacia me abandonara.

—¿Y adónde crees que iría? ¿A vivir otra vez con sus padres?

El menosprecio de Katherine se desvaneció bajo la triste dignidad de Julio.

—Cuando quería, Nacia tenía la habilidad de abandonarme incluso estando en la misma habitación. Yo no quería una esposa sumisa. Yo quería el corazón y el alma de Nacia, para siempre.

Katherine se indignó por Nacia y dijo:

—Y por lo tanto hiciste todo lo que estuvo en tu mano para alejarla de ti.

—Que los que me llaman bastardo sean unos malintencionados no significa que no lo sea.

—Una justificación magistral.

Julio continuó diciendo apresuradamente:

—Sin embargo, tienes razón. No podía soportar ver que Nacia era tan infeliz. No dejé de intentar demostrar mi hombría con todas las prostitutas de la costa, pero no podía soportar la desdicha de Nacia y la forma en que me apoyaba contra todos los ataques. Hice planes para convencerla de que se quedara conmigo.

—Como si necesitara que la convencieran —se burló Katherine.

Una expresión zalamera de satisfacción suavizó los rasgos de Julio.

—Es maravillosa, ¿verdad?

A Katherine le hacía gracia ver al cínico de Julio movido a la adoración de su propia esposa.

—Mucho.

—Se me ocurrió convencer a Nacia con tierras propias. Pensé que si podía construir nuestra casa, una casa que no fuera parte de su herencia, quizá ella podría perdonarme el hecho de privarla de hijos. De modo que jugué una partida de cartas con el gobernador y gané la escritura de unas tierras en el Valle de Sacramento. Mmm, la comida está lista —cortó unos pedazos de ternera y le pasó el cuchillo con unas hebras de carne pegadas.

El aroma hizo que a Katherine se le hiciera la boca agua; tomó el primer bocado con avidez y se quemó la lengua.

—¿Y por qué me besaste? ¿Por qué te peleaste con Damián? Da la impresión de que tenías el destino en tus manos.

Julio se frotó la cara y se dejó una mancha de carbón en la nariz.

—Un día estaba en el Valle de Sacramento trabajando como un perro cuando pensé: ¿qué está haciendo Nacia mientras yo me deslomo construyendo un rancho?

—¿Suspirar por ti?

—Eso no se me ocurrió —se burló de sí mismo con ironía y dijo—: Lo único que sabía era lo dolida que estaba por lo de mis otras mujeres. ¿Y si seguía mi ejemplo y se echaba un amante? O varios.

—Nacia no querría venganza.

—No, ahora lo sé. Y también lo sabía entonces, pero si para mí estaba tan claro que mi semilla era infértil, también podía tenerlo claro ella. Deseaba tener un hijo y podía tenerlo con otro hombre. Me dije que no importaría. Si ella tenía un hijo, yo lo criaría como si fuera mío.

—Eso es muy noble.

Julio dijo con solemnidad:

—Lo criaría como si fuera mío. Soy el menos adecuado para poner reparos a la procedencia de un niño. Fue el hecho de pensar en Nacia en brazos de otro hombre lo que me llevó a beber.

—Literalmente.

—Sí, y cuando bebo veo las cosas con una lógica pervertida. Damián había querido a Nacia antes que yo. Él sería el elegido para que se convirtiera en padre de su hijo. —Le pasó un trapo a Katherine—. Damián lo tenía todo. Siempre lo había tenido todo. Cualquier otro me hubiera matado por insultarle como lo hice.

Katherine se limpió las manos y le devolvió el cuchillo.

—Una dosis saludable de cobardía, además. Eres un hombre sensato.

—Viniendo de ti es todo un cumplido, desde luego.

—¿No se te ocurrió pensar que podría ser por culpa de Nacia que no tuvierais hijos? ¿Que simplemente habías tenido mala suerte a la hora de elegir el momento adecuado y las mujeres?

—Ojalá fuera verdad, pero me temo que no es así. Los padres de Nacia nos han dado la lata para que tengamos un heredero, cosa que no me pareció injusta, y lo intentamos. Lo intentamos una y otra vez —cerró los ojos mientras lo rememoraba—. Durante toda nuestra vida de casados lo hemos intentado con pasión y regularidad. ¿Entiendes a qué me refiero?

—Sí, entiendo a qué te refieres —respondió ella con brusquedad.

—Resulta difícil saberlo —dijo alargando las palabras—. Careces de la sensualidad y el buen juicio emocional que tienen nuestras mujeres.

Katherine apartó el rostro de la luz de la hoguera porque tuvo miedo de que sus propios recuerdos sensuales se revelaran en su semblante.

La voz divertida y el tono malicioso de su compañero demostraron que no había logrado ocultar su expresión.

—Siempre he pensado que considerabas unos inútiles a los hombres de California. Tal vez Damián haya demostrado que somos buenos en algo, ¿eh?

—Eres un cerdo, Julio. —Katherine mojó el trapo y se lo puso a Damián en la frente—. ¿De qué me servirá saberlo si el destino me lo arrebata? Mejor sería que no lo hubiera conocido y me pasara la vida en la ignorancia.

Julio se inclinó sobre ella y le apartó la mano de Damián de golpe.

—No digas eso. ¿Vivir sin que te hayan amado? ¿Sin el dolor, el esfuerzo y esa especie de placer físico que te llena los ojos de lágrimas de deleite?

—Ya era feliz antes.

—Antes ni siquiera vivías —replicó él—. Escúchame, Katherine. Tú y yo somos iguales. Somos los parias. Yo soy español, soy californio, soy un hombre, pero nada de eso quita el hecho de que sea un bastardo, y no hay forma de cambiar eso —hizo una pausa.

Katherine esperó. No quería preguntarle, pero Julio no iba a continuar hasta que ella expresara su curiosidad, de modo que contestó a regañadientes:

—Estoy de acuerdo.

—Tú eres norteamericana. Eres culta y sofisticada. Eres una dama, pero nada de eso quita el hecho de que eres norteamericana. Y lo que es más, creo que has sido una paria toda tu vida, simplemente por la maldad de tu familia.

—Sí.

—Ambos estamos casados con personas que son el paradigma de la sociedad california y nunca, jamás estaremos a la altura de las expectativas de dicha sociedad en cuanto a un compañero para Nacia, una compañera para Damián.

—Cierto.

Julio torció la boca con una sonrisita ante sus respuestas monosilábicas, pero le satisficieron.

—No importa lo que hagamos ni lo bien que actuemos, durante el resto de nuestras vidas oiremos el siseo de alguna que otra persona estrecha de miras. A Nacia no le importa lo que digan de mí. Nunca le importó. Sólo a mí me importa.

—Eres un buen hombre —le dijo Katherine.

—Ya lo sé. Pero aun así me duele cuando susurran «bastardo» en voz lo bastante alta como para que yo lo oiga. Sólo me olvido del dolor con Nacia. —Se dio unas palmaditas en el pecho, sobre el corazón—. Damián te quiere.

—Odia a los norteamericanos.

—Pero a ti te quiere. Conozco a Damián de toda la vida. Él crecerá con California, se adaptará a la invasión. Lo único que le hará daño es si no confías lo suficiente en él como para darle una oportunidad.

Ella se lo quedó mirando, impasible ante su vehemencia.

—Katherine. Mi suegra se casó a los trece años. En todo este tiempo no ha intercambiado una opinión ni ha compartido una emoción. Nacia tenía dieciséis cuando se casó conmigo, y aun así podría enseñarle a su madre todo sobre la vida, la bondad, la dicha. Nacia me convierte en un hombre completo. Yo la completo a ella —unió las palmas y entrelazó los dedos—. Si Nacia desapareciera ahora mismo de la faz de la tierra, yo seguiría siendo más de lo que era antes. ¿Damián no te ha enseñado nada?

Katherine bajó la mirada a sus manos, que acariciaban la cabeza a Damián. Pensó en las cosas que Damián le había enseñado. Sobre la pasión y la ternura. Sobre la impaciencia de un hombre dejado de lado y su dulce venganza. Sobre la aventura y un tesoro, un tesoro de verdad, como el que ella había visto en sus ojos.

Lo que fuera que había sido antes cambió. Surgió una nueva Katherine forjada con la antigua y con hebras de Damián.

Como un recién nacido, enojado por haberlo sacado de la seguridad de su ser anterior, Katherine lloró durante la larga noche hasta que se quedó dormida, exhausta, junto a Damián.

—¿Qué va a hacer cuando se muera? —susurró Nacia sin apartar la mirada de las dos figuras inmóviles que había en el cuarto del enfermo.

—No creo que se le haya ocurrido pensarlo siquiera —respondió Julio en tono solemne—. Lo ha mantenido vivo esta última semana gracias simplemente a su fuerza de voluntad.

—La fiebre lo consume y no puedo soportar ver cómo está encima de él —rozó la mano de Julio—. Pasa noche tras noche a su lado, lo acaricia con paños fríos y le habla. Echa una cabezadita sólo unas horas por la mañana, cuando a él le baja la fiebre. Es la primera vez que la veo dormir por la noche.

—Pobre mujer. Está exhausta —Julio le sostenía la puerta a su esposa y mientras los dos miraban dentro de la habitación—. Si hay alguien que puede salvarlo, aunque sólo sea por pura determinación, ésa es doña Catriona.

Nacia se fijó en que Julio había utilizado el nombre cariñoso de Katherine y le rozó ligeramente la barba con las uñas.

—¿La admiras?

Julio le tomó la mano y le besó la palma.

—Casi más que a ninguna otra mujer en el mundo. Casi.

Nacia se apoyó en él y Julio la rodeó con el brazo, su amor era aún más dulce si cabe al darse cuenta de lo cerca que estaban sus amigos de la separación definitiva. Se marcharon procurando no hacer ruido y dejaron a Katherine en el sillón grande que habían colocado allí para que estuviera cómoda.

Una vela ardía débilmente junto al codo de Katherine. Su mente no se había resistido y se había sumido al fin en el sueño que tan desesperadamente necesitaba. El agotamiento la había ido desgastando como el goteo del agua en una cueva de roca. El sueño la nutría como la luz del sol sobre una montaña siempre verde.

Y como si se tratara de un viaje que no podía resistir, Katherine siguió la luz del sol montaña arriba y entró en la cueva. Buscaba algo, aunque no sabía qué era. Había algo en aquella cueva que la ayudaría, que ayudaría a Damián, y ella lo buscaba con la temeridad de los sueños.

Desconcertada, se dio la vuelta, miró ladera abajo y vio todo el camino hasta la casa de Julio.

Ese algo estaba en la habitación con Damián.

De repente Katherine volvió a estar en el sillón, pegada a los cojines y mirando fijamente hacia la cama. Él estaba allí, inclinado sobre Damián. Hasta entonces sólo lo había visto como una niebla, o como una forma diáfana que buscaba la figura humana, pero lo reconoció. Alto y fuerte, emanaba esa especie de aura que sólo muestran los hombres con una misión. Iba ataviado con una cogulla de lana marrón con la capucha puesta y posó una mano en el pecho a Damián.

Rígida de terror, Katherine intentó moverse. Intentó hablar.

Estaba paralizada. «Eso es porque estoy durmiendo —se dijo con la lógica de los sueños—. No puedo moverme porque estoy dormida y esa figura con cogulla en realidad no está aquí».

Pero parecía muy real. Tenía que ayudar a su marido.

Cuando oyó las respiraciones profundas que agitaban el pecho de Damián, su parálisis desapareció. Se puso en pie de un salto y gritó:

—¡Déjalo en paz! Es mío.

Eso la despertó. Eso la liberó de la pesadilla, pero estaba de pie con los ojos abiertos.

Aún podía verlo. Al sacerdote. Al sacerdote de la cueva. Él alzó la mirada hacia ella y en la profundidad de la capucha Katherine vio el brillo de dos ojos. El hombre alzó la vela que sostenía y la luz iluminó a Katherine y a Damián.

Luego desapareció.

Parpadeó, pero la vela había dejado una manchita en su visión, sensibilizada por la oscuridad.

Julio y Nacia irrumpieron por la puerta con tres sirvientes que iban pisándoles los talones.

—¿Qué ha pasado? —gritó Julio.

Damián dio un salto y gimió en la cama y Julio corrió a su lado.

Nacia agarró a Katherine del brazo y se lo sacudió.

—¿Qué pasa? ¿Por qué gritaste?

Atrapada aún por el sueño, Katherine preguntó:

—¿Lo viste?

—¿Verle? —el cabello de Nacia se deslizó por sus hombros cuando volvió la cabeza para mirar. Fijó la mirada en la cama—. Está ahí. Damián está ahí. ¿Lo ves?

Encorvado sobre la figura inmóvil, Julio murmuró:

—Ave María, llena eres de gracia.

Con voz temblorosa, Nacia preguntó:

—¿Lo hemos perdido?

Julio levantó la cabeza con el semblante crispado por una intensa emoción.

—Le ha bajado la fiebre. Vivirá.

Nacia corrió hacia la cama y le tocó la cara a Damián con las manos planas.

—Es un milagro. Un milagro. ¡Katherina! —escudriñó con severidad a la mujer aturdida que estaba junto al sillón y se acercó a ella dando saltos—. Ven aquí. Tócalo. Va a ponerse bien —la cogió del brazo y tiró de ella, apartó a Julio de un empujón y puso una de las palmas de Katherine en cada una de las mejillas de Damián.

—Va a ponerse bien —repitió Katherine. La dicha empezó a brotar en su interior y desplazó la niebla del sueño y la magia de lo que había soñado. Miró a Julio y a Nacia y a sus maravillosas y estupefactas sonrisas, se rió un poco y acarició aquel querido rostro con barba.

—Lo lograste —le dijo Julio—. Lo sacaste adelante, con tus oraciones y tu atención.

—Puede ser —asintió ella, y volvió a desenfocar la mirada—. Tal vez mis oraciones sí que trajeron a ese sacerdote a salvarlo.

—¿Qué sacerdote? —preguntó Julio—. En esta habitación no ha entrado ningún sacerdote.

—Después —lo interrumpió Nacia. Se apresuró hacia la ventana y preguntó en tono de reprimenda—: ¿Por qué has abierto aquí? Entra demasiada corriente para un hombre enfermo.

Capítulo 24

—*E*stás disfrutando con esto, ¿no es verdad? —preguntó Julio mientras caminaba por el sendero junto a Damián.

—¿A qué te refieres? —preguntó a su vez Damián.

—A esto —Julio hizo un gesto con la mano—. A que cuatro vaqueros te lleven de vuelta a casa a Rancho Donoso en una suntuosa camilla. Hacer que tu padre cabalgue de aquí para allá para comprobar si mejoras. Hacer que fray Pedro de Jesús deje San Juan Bautista y vaya a tu casa para celebrar la ceremonia de la boda. Hacer que Katherine esté encima de ti como una gallina con los huevos que empolla.

—Sobre todo con hacer que Katherine esté encima de mí —dijo Damián con una amplia sonrisa, relajado bajo el sol.

—¿Cómo te encuentras?

—También disfruto haciendo que Julio me esté encima —Damián soltó una carcajada al ver la mueca que hizo su amigo. Se apretó el costado con la mano—. Me siento cansado y dolorido —miró a Julio de reojo y lo pilló mirándolo de reojo a él.

—Dos meses son una recuperación muy larga para un hombre con tu salud robusta.

—Eres un hombre suspicaz.

—¿Suspicaz? Suspicaz no es la palabra adecuada —Julio se dio unos golpecitos en el labio—. Sería mejor decir incrédulo. Desconfiado. Escéptico.

—¿Y qué te haría ser... —Damián vaciló— escéptico?

—Muchas cosas pueden hacer que alguien sea escéptico. Cosas tan simples como pasear junto a la ventana de la habitación del enfermo y ver al inválido cruzando la habitación al trote. Cosas como ver cómo se estira y se gira.

—Julio...

—Cosas como quedarse ahí sintiéndose un idiota.

—Vamos, Julio...

—¿Por qué demonios nos has estado engañando?

—¡Chsst! —Damián miró a los vaqueros que llevaban la camilla y les ordenó—: No lo habéis oído —ellos le respondieron con una sonrisa—. Tengo mis motivos para hacerme el convaleciente. Para empezar, ha hecho que Katherine se quedara cerca de mí.

—Ah, eso ya está hecho —replicó Julio con brusquedad—. La muchacha está pálida del tiempo que hace que no le da el sol.

Lo sé y lo siento, pero no estoy en condiciones de salir detrás de ella si decidiera viajar al nevoso Boston o al soleado Los Ángeles.

Julio soltó un gruñido.

—En segundo lugar, me recuperé tan rápidamente que me sentí un fraude. No recuerdo haberme sentido tan bien.

—Seguro que exageras.

Damián giró el cuello sobre las almohadas.

—Quizá estoy un poco dolorido, pero bien. Katherine y yo no somos tan afortunados como Nacia y tú. Todavía hay cosas que debemos aclarar entre nosotros. Con Katherine prefiero tener el control. Contar con el elemento sorpresa.

—Muy bien —dijo Julio, y el resentimiento de su voz se esfumó—. Eso es lo que pensé. Mi primer impulso fue ir y darte un puñetazo en la nariz, pero decidí que ya he hecho eso demasiadas veces.

Damián se tapó la nariz para protegerse.

—No, por favor. No podría soportar más semanas de recuperación.

—Amén a eso —asintió Julio con fervor—. Eres un enfermo horrible.

—Sí, bueno... al menos se me ha pasado el ansia por los cigarros.

—¿Del todo? —Julio empezó a reír al ver la ironía con la que Damián torció la boca.

—Estuve tan cerca de oler los fuegos del infierno que no quiero tener una hoja ardiendo en la boca.

Julio se echó a reír hasta que las damas volvieron la cabeza con una sonrisa al oír el regocijo, así que los vaqueros se sumaron a él por simpatía.

Damián le dio un suave puñetazo en el brazo a Julio.

—Quiero darte las gracias, por si después no tengo ocasión de hacerlo.

Julio hizo un gesto de la mano.

—No tiene importancia. Me alegré de verte malhumorado y lúcido.

—¿En lugar de inconsciente? Me halagas. Pero Julio, no te permitiré que desvíes mi gratitud. Katherine me contó tu rescate de anoche y los esfuerzos de Nacia para revivirme a la mañana siguiente.

—Todo fue cosa de Katherine —respondió Julio—. Nunca he visto una mujer tan decidida.

—Ha perdido peso.

—Apenas comió. Te digo la verdad, Damián, Nacia y yo habíamos desistido contigo. Aquella noche, cuando estabas tan enfermo, no esperaba volver a verte por la mañana. Cuando Katherine gritó…

—¿Gritó?

—Ni siquiera sé si debería contártelo. Fue extraño —Julio observó a su amigo. Damián le sonrió para tranquilizarlo y Julio se confió a él—. Gritó: «¡Vete!». Cuando Nacia y yo entramos corriendo en la habitación, te estaba mirando como si estuviera loca. La ventana estaba abierta. Tu fiebre había remitido.

—Es muy desconcertante —murmuró Damián—. Y lo más probables es que lo siga siendo.

—Mira —Julio le puso la mano en el hombro a su amigo—. Allí está la hacienda.

—Rancho Donoso —explicó Damián a los vaqueros—. Deteneos y dejadme mirar.

Ante ellos se extendía el Valle de Salinas, fértil y verde, con la exuberancia del mes de junio. La hacienda estaba decorada con banderines de colores para celebrar que regresaba a casa. Los sirvientes agitaban pañuelos blancos desde el porche. Habían pasado más de dos meses desde que salió de allí a caballo. Y Damián había pensado más de una vez que no volvería a verlo jamás.

—Debo de estar más débil de lo que creía —murmuró mientras se limpiaba el agua salada que halló en sus mejillas.

Apoyado en las almohadas de la cama como un potentado árabe, Damián se quejó:

—Casi me vi arrastrado por un río de lágrimas.

Katherine sonrió mientras iba por el dormitorio del desván colocando una vez más sus pertenencias.

—Todo el mundo lloraba, los criados, mi padre, Nacia… lloraban y se lamentaban como si hubiera muerto —dijo.

Katherine lo miró, envuelta en uno de sus pequeños silencios secretos. Desde la mañana en que había despertado en el dormitorio de los de Casillas, Katherine se había mostrado callada y contenida. Nacia le habló de la devoción de Katherine y él había achacado su peculiar silencio al agotamiento. Pero ahora dudaba.

Se sirvió de su quejumbrosa voz de inválido y le ordenó:

—Ven aquí.

Katherine se acercó a la cama envuelta en una nube de jabón y polvos. Le acarició la frente. Él ni siquiera imaginó que fuera consciente de que lo había hecho, pero el gesto le dio esperanza.

—Échate en la cama conmigo.

—¿Qué?

—Vamos, vamos —le hizo señas con la mano—. Cabalgaste durante media mañana. Fuiste la encargada de que me subieran hasta aquí por las escaleras. Me bañaste y me pusiste la camisa de dormir. Te deshiciste de los criados empalagosos. Quítate los zapatos y túmbate. Estás cansada.

Katherine se lo quedó mirando como si se hubiese vuelto loco.

—¿Crees que no sé ver cuando estás cansada? Quítate el vestido también. Necesitas dormir un poco. Y yo también.

—Dormirías mejor solo —le dijo Katherine con dulzura.

—Eso demuestra que no siempre tienes razón. Date la vuelta y deja que te lo desabroche —la empujó para que se girara—. ¿Qué ha pasado con tu traje de montar?

—¿Mi traje de montar? —preguntó con asombro, y se dio media vuelta obedientemente—. ¿Qué traje de montar?

—Ése de color azul rey. El que llevabas puesto para convertirte en una heroína.

—Está en una bolsa en alguna parte —se encogió de hombros bajo las manos de Damián—. Después de enseñárselo a tu padre pensé en quemarlo.

—Debió de quedarse impresionado al ver el estado en que quedó. El próximo traje de montar que te regale estará hecho de hierro. —Damián dio unas palmaditas en la piel desnuda de Katherine bajo la blusa camisera—. No lo quemes. Lo guardaré para enseñárselo a nuestros nietos, para demostrarles la mujer tan extraordinaria que es su abuela.

Katherine no dijo ni una palabra al respecto. Se quitó el vestido nuevo de los hombros, lo dejó caer y se quitó los zapatos. Damián la observó con la ropa que aún llevaba. La blusa camisera, el corsé, las enaguas, las medias.

—No estarás cómoda con todo eso. —Cuando Katherine hizo ademán de alejarse, él enganchó los dedos en los cordones del corsé—. Te aflojaré el corsé y te pones el camisón.

—Don Damián, no es más que mediodía.

—¿Qué mejor hora para echarse una siesta? Si fuera de noche nos iríamos a dormir. Date prisa. Me estoy enojando.

Katherine se dio la vuelta y lo miró con aire pensativo.

—Eso lo haces mucho cuando no consigues lo que quieres.

Damián abrió mucho los ojos.

Ella sacó su camisón de una cómoda, se puso detrás del biombo y

Damián soltó un silencioso suspiro de alivio. Katherine era demasiado lista. Ahora que la impresión y la angustia habían pasado, él tenía que actuar con rapidez. Se acomodó en las almohadas, adoptó una pose artística de sufrimiento, cerró los ojos y esperó.

En su cabeza, iba imaginando todos los movimientos de Katherine.

Se estaba quitando la ropa y la colgaba con cuidado en las perchas. Se estaba poniendo el camisón de algodón suave, extendía los brazos y metía primero uno, luego el otro, en las mangas largas. La tela se deslizaba sobre sus pechos, su cintura, sus piernas…

Damián apretó los dientes para contener un gemido. Hacerse el enfermo era más difícil de lo que había pensado.

Ella se estaba abrochando la larga hilera de botones que iban desde el cuello hasta el suelo; caminaba hacia la cama, levantaba la sábana y se acurrucaba a su lado. Ya debería de estar allí con él. Había tenido tiempo de sobra para cambiarse. Damián oyó el suave murmullo cuando Katherine pasó junto a él, sus sospechas tomaron forma de certeza y le dijo con brusquedad:

—Métete en la cama —abrió los ojos y levantó las sábanas—. Entra. Ya no hace falta que duermas en una silla.

La mirada culpable de Katherine la traicionó. Él trató de mostrarse severo e irascible a la vez, y por lo visto lo había conseguido. Con adecuada sumisión, Katherine se metió en la cama mientras decía en voz baja que no quería hacerle daño.

Damián intentó no mirarla con aquel camisón que le daba un aspecto remilgado. Para un hombre que se había enfrentado a la muerte hacía apenas dos meses, el hecho de verla resultaba sumamente estimulante. No quería que ella lo supiera todavía. Damián había estado languideciendo demasiado tiempo en una mezcla de enfermedad y deseo y no iba a estropear su plan a estas alturas. Katherine metió los pies dentro del camisón para no tocar las piernas desnudas de Damián y él le ordenó:

—Túmbate aquí, sobre mi hombro, donde pueda abrazarte.

—Tu herida…

—Es verdad —se acarició la barbilla y sugirió—. Pasa por encima de mí y duerme contra la pared.

—Pero si necesitas algo…

—No necesitaré nada.

El movimiento de Katherine por encima de él no fue ni mucho menos tan cuidadoso como a ella le hubiese gustado. Damián lo supo por el gritito de consternación que dio cuando le rozó la entrepierna con la rodilla, por la forma en que se llevó la sábana al cuello. Damián la acomodó pegada a él de un modo que se contradecía con su supuesta debilidad, pero ya había dejado de lado la cautela.

—Llevas el pelo recogido —se lanzó hacia sus horquillas y se las quitó sin delicadeza.

—¡Ay! Eso duele —Katherine le dio un manotazo—. Me quedará hecho un desastre. Aún lo tengo húmedo del baño.

—¿Y qué? —Damián dejó caer el puñado de horquillas junto a la cama—. Yo también lo tengo húmedo por el baño, pero no me quejo.

—Me llevará una eternidad cepillarlo.

—Duerme. Te va a hacer falta —se preguntó si la amenaza no habría quedado demasiado patente en su voz, pero Damián no se movió más y buscó el sueño con avidez, como un refuerzo para el posterior cansancio.

Cuando la tarde llegaba a su punto álgido, aquel momento en el que el sol brillaba con toda su intensidad antes de empezar a hundirse hacia el atardecer, el reloj interior de Damián lo despertó. Le hormigueaban los dedos; Katherine aún dormía, arropada contra su hombro. Le gustaba; absorbió aquella cercanía, satisfecho con ella de momento. Sabía que aquellos instantes no durarían mucho, pero había aprendido a valorar todos los segundos de felicidad tal como venían. Flexionó la mano para reactivar la circulación, apoyó con cuidado la cabeza de Katherine en las almohadas y se volvió hacia ella.

Tal como la joven había previsto, tenía el pelo hecho un desastre. Eróticamente despeinado.

A Damián le encantaba. La quería.

En aquel dormitorio había asuntos sin concluir. No simplemente el tema físico sin terminar, sino las soluciones que no se habían hallado para sus desacuerdos. Damián era un hombre más sensato que antes; cuando antes le hubiera hecho el amor a Katherine para avivar su deseo y satisfacer el suyo propio, ahora le hacía el amor para unirla a él. Con aquella mujer necesitaba de cualquier ventaja, por injusta que fuera. Una sonrisita fue dibujándose en su rostro.

Si el hecho de contenerse le servía para alcanzar el éxtasis, tanto mejor.

Como si fueran ladrones, los dedos de Damián se deslizaron con destreza por los botones de Katherine y la despojaron de lo que la cubría. Los botones más cercanos a sus pies fueron los que más le costaron pues tenía la mirada ocupada con las maravillas de más arriba y sus dedos se volvieron torpes. Aquello no era la recaída de su enfermedad, sólo era la prueba de que su recuerdo nunca podría sustituir a la realidad de Katherine.

Las magulladuras y arañazos de la aventura vivida ya se habían curado. Sólo allí, en la rodilla, y allá, en el tobillo, había unos débiles recordatorios sonrosados del daño que había sufrido. Ya no tenía la piel de los dedos desgarrada por su esfuerzo con las rocas y la cuerda, pero aún había unos callos que estropeaban sus palmas. Damián besó esas dos marcas a modo de homenaje.

Caray, esa mujer tenía las piernas muy largas. Y musculosas, además. De las que podían envolver a un hombre y no soltarlo jamás.

Una vez le había prometido el paraíso.

Fue deslizando la mano desde el tobillo hasta el muslo y siguió hasta su cintura. Unos mechones de largo cabello rubio le caían en torno a la cadera; Damián los apartó. Le hundió la lengua en el ombligo y el acto que aquello simbolizaba tomó forma en su mente.

Susurró maldiciones contra su piel mientras se esforzaba por mantener el sentido del equilibrio. Había urdido aquel momento. Se había imaginado todas las variaciones posibles. Pero en todas las versiones, el placer había dejado sin sentido a Katherine. Sin sentido, vencida, ni mucho menos la mujer sensata de siempre. En ninguna de esas versiones había tenido que esforzarse por no perder el control de sí mismo, pero debió de habérselo figurado. ¿Acaso hubo algún momento en que no la deseara? Quizá antes de conocerla... pero incluso entonces ya sabía que estaba por ahí, en alguna parte.

¿Sin sentido? Podía dejarla sin sentido pero, ¿estaba preparada para la novedad? Se sintió embargado por unas oleadas de tentación. Cerró los párpados mientras recordaba lo mucho que se había sorprendido Katherine de su propia ferocidad erótica. El placer que encontraba en ella abrumaba a Damián y se dejaba atraer deliberadamente. Deslizó la mejilla recién afeitada hacia abajo.

Exploró hasta la última curva de su cuerpo, disfrutó de todos los sabores, utilizó toda su habilidad para despertar su apetito en ciernes. Ésa era Katherine.

Mientras iba subiendo el cuerpo para apoyar de nuevo la cabeza en las almohadas le rozó la nariz, las cejas. Esperó hasta que Katherine abrió los ojos.

—Eres la mujer más magnífica del mundo —declaró como si lo dijera en serio.

—Pues no me siento como si lo fuera —respondió ella con un susurro—. No se me ocurre por qué tendrías que pensar eso.

—Ésta no es la respuesta correcta —la censuró—. Tú tienes que decir que soy el hombre más magnífico del mundo.

—Eres el hombre más magnífico del mundo —respondió obedientemente.

—¿Y a quién elegiría por compañera el hombre más magnífico del mundo?

Al final, Katherine sugirió:

—¿A la mujer más magnífica del mundo?

—Correcto, mi vida. Y ahora cierra los ojos y déjame besarte.

Resultó fácil dejar que sus ojos se fueran cerrando, fácil dejar que Damián probara su boca.

—Eres mía —le sujetó la cabeza entre las manos—. Mía para siempre.

Ella no respondió, se limitó a mirarlo fijamente con el corazón en sus ojos.

Aun así, a Damián no le bastó con los sentimientos no expresados que Katherine albergaba en su corazón. Dejó caer las manos y suspiró.

—Esto es demasiado para ti —comentó Katherine mientras se esforzaba por salir de su letargo.

Damián no podía permitirlo. Se humedeció el dedo en la boca y le acarició el borde de la oreja.

—Qué conchas más eróticas —murmuró—. Te gusta esto, ¿verdad?

El escalofrío que le provocaba su tacto hizo que Katherine se estremeciera, hizo que sus senos se tensaran. Bajó la mirada hacia su pecho; dio la impresión de que por primera vez tomaba conciencia de su desnudez. Empezó a meter los botones otra vez en los ojales y reprendió a Damián diciéndole:

—Deberías volver a dormir.

—¿Dormir? —la risa brotó de él como un hipido—. Me temo que eso es del todo imposible —le tomó la mano y se la colocó envolviendo su hombría. Katherine se sobresaltó como si se hubiera quemado.

—¡Oh! —tartamudeó.

—¿Oh? —bromeó él, divertido y lleno de confianza—. ¿Es lo mejor que puedes hacer? ¿Qué tal «déjame que te ayude a solucionar eso»? ¿O «échate, cariño, que yo haré el trabajo»?

—No estás en condiciones de hacer nada. —La cautela y la curiosidad se batieron; ganó la curiosidad—. ¿A qué te refieres con eso de que puedo hacer yo el trabajo?

Damián se incorporó y se apoyó en las almohadas intentando parecer cansado, pero no demasiado. Enfermo, pero no demasiado.

—Necesito apoyar la cabeza —se quejó.

Katherine se inclinó sobre él y puso bien las almohadas. Sus pechos, apenas cubiertos, se balancearon contra el pecho de Damián. Quería agarrar uno con la mano, pero en lugar de eso preguntó:

—¿Podrías ayudarme a quitarme la camisa de dormir?

Katherine se echó un poco hacia atrás, pero él mantuvo la mirada clavada en sus labios.

—Me siento como medio hombre. Tengo esto... —ella se resistió un poco cuando Damián volvió a llevarle la mano hacia él, pero ganó la refriega— pero no puedo hacer lo que mi cuerpo quiere que haga. Si pudieras ayudarme...

Katherine arrugó la frente.

—Sólo si aún te apetece —añadió Damián con voz débil. ¿Mordería Katherine el anzuelo? ¿El anzuelo del placer por él? Sus planes de reserva eran interminables, pero cuanto más esperaran, más fuerte sería ella. Damián quería agotarla de pasión, relajarla con amor.

Katherine lo ayudó a incorporarse y le quitó la camisa de dormir por la cabeza.

—Haré lo que quieras.

Las manos de la joven lo acariciaron de manera ausente y Damián tuvo que esforzarse por contener sus impulsos. Si en aquel momento ella lo hubiera mirado a la cara lo hubiese sabido... pero no lo hizo.

Ella miraba por la ventana como si pudiera distanciarse de sus actos.

—Es que nunca he hecho algo así.

—Te has abrochado mal.

—¿Qué? —desvió la mirada hacia él.

Damián trazó la línea conservadora de su cuello, rozando apenas su piel con la yema del dedo, y repitió:

—Los botones. No están en el ojal que les corresponde.

Katherine no tenía ganas de cambiarlos. Damián se dio cuenta de eso. Pero con dedos torpes, Katherine los desabrochó... todos. Una vez desabrochados miró a Damián y él le dijo que no con la cabeza.

—¿Qué quieres decir? —preguntó la joven.

—Ya sabes lo que quiero decir —le tomó las manos—. Nada puede interponerse entre nosotros. No hay nada de vergonzoso en esto. Estamos casados.

—Según la Iglesia no lo estamos.

—Aunque no nos pongamos nunca frente a un cura ni pronunciemos nuestros votos sagrados, estaremos casados. Aunque no hubiéramos estado frente al alcalde y no hubiésemos repetido nuestros votos civiles, estaríamos casados. Nuestro matrimonio es el de dos almas, dos cuerpos —la acercó a él con dulzura—. Observa. Mira cómo encajamos.

Lo primero que notó fueron sus pezones al posarse sobre el vello que le cubría los músculos. Los pechos de Katherine se aplanaron. Sus dos cuerpos conectados, uno contra otro, desde donde empezaba el vendaje hasta sus vientres desnudos, sus pechos desnudos.

Damián le tomó la cara en la mano y se la alzó hacia él. Sus labios casi se rozaban, sus miradas se enlazaron.

—Por favor, mujer mía. Me muero por ti —le retiró el camisón de los hombros, dejó que le cayera hasta las manos.

—Si te hago daño dímelo —susurró Katherine.

—Si te excito dímelo —le respondió él también con un susurro—. Dime todo lo que sientes. Quiero oírlo.

Piel bronceada y piel blanca. Músculos fuertes y curvas suaves. Katherine se entretuvo con los contrastes mientras él avanzaba hacia su meta con seguridad.

Toda la timidez de Katherine se derritió con el calor de la tarde, con el calor de la mirada de Damián, con el calor de su entusiasmo.

—Nunca he visto una mujer tan maravillosa como tú. Nunca he sentido a una mujer… —cerró los ojos, como si el éxtasis de Katherine fuera el suyo.

Ella apoyó la palma de la mano en su estómago.

Damián abrió los ojos y la miró.

—¿Quién te enseñó a provocar?

Katherine intentó hablar, pero sólo pudo emitir un susurro:

—Tú.

—Entonces de acuerdo —se interrumpió, le suponía demasiado esfuerzo mantener la coherencia—. Nunca he sentido a una mujer tan maravillosa como tú. ¿Ya lo he dicho antes?

—Lo intentaste —Katherine se acercó más a él—. ¡Ay, Damián, ojalá supiera qué hacer, cómo complacerte!

—Estoy perdiendo la elocuencia —su risa fue como un murmullo áspero y profundo—. Estoy perdiendo el juicio. Quiero sentirte de otra forma. Por favor, Katherine.

Damián la atrajo hacia sí y ella le agarró los hombros para apoyarse. Él le atrapó un pecho con la boca, con destreza. Ella aguardó instrucciones, esperó en vilo y él murmuró contra su piel:

—Sorpréndeme.

Capítulo 25

*K*atherine apoyó bien la mejilla en la curva del hombro de Damián y miró por la ventana.

Aquél era Damián, el hombre al que amaba. Eso nunca cambiaría, no podía cambiar. Pero el arrebato de euforia que había experimentado en las montañas sí había cambiado. Ahora, cuando pensaba en su amor, el dolor hundía las garras en ella.

Cualquier otra mujer hubiese comprendido antes su emoción; su sentido común había negado a Katherine dicho conocimiento. El sentido común le decía que dos personas tan distintas como ellos nunca podrían formar una unión que funcionara. No había duda de que el sentido común se equivocaba.

Katherine lo amaba. Él la amaba. La vida era perfecta. Salvo por el miedo que atenazaba las entrañas de Katherine siempre que se acordaba de la fiebre y la infección que habían podido con las defensas de Damián. Su máscara mortuoria no sería mejor que la de Tobías o la de su madre.

Katherine también los quería a ellos. A Tobías lo había querido con la sincera gratitud que siente un fugado de prisión hacia su compañero de delito. A su madre la había querido con la devoción de una hija. Ambos estaban muertos y cuando se fueron le dejaron el alma hecha jirones. Katherine se había recobrado, pero su alma no estaba entera. Algunas partes de ella las había perdido para siempre. Algunas partes no volverían a encajar.

Y ahora amaba a un hombre que tenía la habilidad de destruirla. Katherine sabía que Julio estaba en lo cierto. Todo lo que había dicho en la montaña era verdad. Era mejor persona teniendo a Damián. Aun así, Katherine sostenía un escudo minúsculo entre ellos para protegerse sólo por si acaso… por si acaso él se caía del caballo, lo alcanzaba un rayo, contraía una neumonía o… moría de viejo a su lado.

—Katherine. —Su voz fue un grave rumor en su oído—. Para ser una mujer que está pegada a mí de una manera de lo más íntima, estás sumamente rígida.

—¿Te hago daño en el costado? —le preguntó ella, pero no se movió.

—En absoluto. Ya casi está curado, que es más de lo que puedo decir de nosotros. —Damián se dio la vuelta en la cama y las almohadas se descolocaron, Katherine rodó con él y se quedó tumbada de espaldas en la sábana.

Katherine permaneció pegada a él como una niña que quiere aplazar las cosas, esperando evitar la confrontación que sabía que se avecinaba. Damián la fue apartando, le puso las manos en el pelo y le echó la cabeza hacia atrás.

—Katherine, ¿de verdad crees que me casaría contigo por lo que puedes hacer por mí? Puedo decir con toda honestidad que nunca se me pasó por la cabeza una artimaña tan mercenaria.

La miró fijamente con ojos penetrantes y Katherine apartó la mirada con un parpadeo al sentir que la vergüenza la embargaba.

—No debería haber creído lo que me dijo Smith. Fue una estupidez por mi parte y sólo puedo ofrecer como excusa mi estado de agitación.

—¿Estás segura de que no hizo eco de tus propias sospechas? —le preguntó Damián con perspicacia.

Katherine se movió contra él y Damián le pasó una pierna por encima para que se quedara donde estaba.

—El quid de la cuestión —comentó maravillado.

—Nunca he podido entender por qué quisiste casarte conmigo. —Katherine cerró las manos contra los hombros de Damián—.

Cuando Smith dijo que te habías casado conmigo porque yo podía ayudarte a conservar tus tierras me pareció una muy buena idea, muy sensata.

—¿Tal vez era algo que querías creer? Has dejado que tu familia influyera demasiado en ti. Les crees cuando dicen que no vales para nada.

—¡No es verdad! —se mordió el labio. Su propia vehemencia la traicionaba.

—Sin embargo, cualquier hombre sería un privilegiado al casarse contigo. ¿Por qué crees que te reclamé tan rápidamente?

—Dijiste que era para protegerme y evitar que me hicieran daño —señaló Katherine.

Damián se movió al sentir el aguijón de la culpabilidad.

—Eso es cierto, pero no del todo. Si no lo hubiera hecho, cualquier otro hidalgo de California te hubiera estado rondando. —La indignación que sintió con sólo pensarlo se hizo patente en el ensanchamiento de las ventanas de la nariz y en la tensión de sus hombros—. Me he ahorrado muchos duelos.

—Eso es muy sensato —dijo Katherine con aprobación.

Se estaba riendo de él. Damián torció la boca con una sonrisa tímida y le pellizcó la oreja suavemente.

—Te iría bien tener un poco más de vanidad… pero no demasiada.

—No. Don Damián.

Sus palabras hicieron que se pusiera más serio.

—He intentado demostrarte lo mucho que te quiero tanto con palabras como con mi cuerpo. Ahora necesito saber una cosa: ¿Tú me quieres?

Katherine quería decir que sí. Quería decirlo, Pero sus labios no formaban las palabras. Si lo admitía sería demasiado real. Quizá los dioses se enteraran y se lo arrebataran. Katherine le sonrió y le preguntó con voz temblorosa:

—¿Crees que podríamos celebrar una fiesta? Podríamos reafirmar nuestros votos.

—¿Nuestros votos?

—Nuestros votos matrimoniales. Ante el señor Larkin.

—¿Larkin? ¿Por qué?

—Es el cónsul norteamericano, ya sabes. Y también podríamos invitar al alcalde Díaz para que lo oficiara. Fray Pedro ya va a venir, tan pronto como pueda moverse, dijo. Eso hará que nuestro matrimonio sea oficial en los Estados Unidos, en California y para la Iglesia católica. —Animada por la amplia sonrisa que amenazaba con aparecer en su rostro, Katherine soltó—: Así nadie se atreverá a discutirlo, ¿verdad, don Damián?

Él le acarició la barbilla con los pulgares.

—No, mi amor, mi vida. Así nadie se atreverá a discutirlo.

Damián era un hombre que valoraba el respeto. Valoraba las viejas costumbres y el uso de los títulos honoríficos. No obstante, mientras se abría paso por entre la multitud de invitados a la boda, se preguntó cuándo se atrevería Katherine a llamarlo Damián. No don Damián. Sólo Damián.

Probablemente sería más o menos entonces cuando le daría una verdadera respuesta a su pregunta. Él había intentado conformarse con el afecto que Katherine no expresaba con palabras. Ella era de Boston. Quizá no podía decir lo que albergaba su corazón. Quizá nunca dijera lo que albergaba su corazón. Damián nunca había sido consciente de lo descaradamente sentimental que era hasta que tuvo la suerte de encontrar una mujer decorosa.

Julio estaba mezclado con la gente que permanecía en grupos entre los árboles y cuando Damián pasó por allí fue a su encuentro.

—No podemos esperar mucho más para empezar la ceremonia o todos los invitados a la boda empezarán a pelearse.

—Lo sé. ¿Ya has visto a Mariano?

—No —Julio alzó la voz para hacerse oír por encima del ruido—. No ha venido ninguno de los Vallejo, y nunca he visto una multitud como ésta. No hablan más que de Castro, Frémont y los norteamericanos. Hay más rumores que ramas tiene un árbol.

—Lo sé —repitió Damián—. Apenas han pasado cuatro meses desde mi fiesta. Estamos aquí en Rancho Donoso, en el mismo lugar y con la misma gente, y sin embargo parece que nuestro mundo haya cambiado.

—No están todos los mismos —señaló Julio.

—¿Quién? ¡Ah! Te refieres a Smith. No lo echaremos de menos.

—Y Vietta y sus padres. Siguen de duelo por su heroica hija que intentó salvaros a ti y a doña Katherina y tuvo una caída que la llevó a la muerte. Lo que hiciste estuvo muy bien, Damián.

—No se ganaba nada exponiendo la verdad. Dejemos que esa pobre chica descanse por fin. —No quería hablar de Vietta. No quería recordar a Vietta, ni el tesoro, ni la cueva. En su interior, Damián era un hervidero de frustración, preocupación y puro terror. Ya era bastante malo el hecho de que los Vallejo no hubiesen llegado. Significaba que algo desagradable había sucedido en el inestable mundo de la política en California.

Y para colmo, iba a casarse.

No sabía por qué pero cuando levantó a Katherine del suelo delante del alcalde no estaba ni mucho menos tan nervioso como entonces.

Nada lo había puesto nunca tan nervioso. El millón de preparativos no lo habían distraído del hecho de que Katherine iba a convertirse oficialmente en su esposa. Iba a lograr su mayor ambición. Damián dirigió la mirada a la hacienda. Sabía que en su interior las mujeres se arremolinaban de un lado a otro preparando a la novia con sus rituales femeninos y advertencias de mujer. Deseó que aquella boda terminara y que Katherine volviera a estar en su cama, que era donde estaba su sitio.

Ojalá los invitados se comportaran. Ojalá nadie vomitara, ni se desmayara, ni llorara tan fuerte que no le dejara oír los votos. Ojalá fray Pedro de Jesús se abstuviera de reprenderlo delante de la multitud y de sus invitados.

Ojalá Katherine no cambiara de opinión.

Se secó las palmas de las manos en la chaqueta.

—¿Has visto ya al señor Larkin?

—No, no ha venido —respondió Julio meneando la cabeza.

—Esperemos un poco más. —Damián se preguntó si lo estaba retrasando por los Vallejo, por el señor Larkin o por miedo a la ceremonia de la boda.

Sus invitados estaban bebiendo, en efecto. Las conversaciones eran escandalosas y desagradables en algunos sitios. En otros, había grupos sumidos en discusiones serias y sosegadas.

Su padre lo detuvo cuando pasó junto a los callados rancheros.

—Estos caballeros dicen que Castro está avanzando.

—¿Contra quién? —preguntó Damián con sarcasmo—. ¿Se dirige al sur para enfrentarse a Pío Pico o al norte para luchar contra Frémont?

Todo el grupo rompió a reír. Don Lucian dijo:

—Buena pregunta, desde luego. ¿El general Castro considera al gobernador mexicano en Los Ángeles una amenaza mayor que los norteamericanos?

—No lo sé —contestó un joven—, pero los norteamericanos dicen que Castro está agitando a los indios del Valle de Sacramento.

—¿Y eso no es buscarse problemas? —preguntó Damián—. ¿Les importa a los indios si las cabelleras que arrancan son de un californio o de un norteamericano?

Los rancheros movieron la cabeza en señal de asentimiento.

—No hay muchos californios en el valle —comentó uno de ellos.

—Un triste consuelo para el que pierda la cabellera.

Don Lucian le dio una palmada en el hombro a su hijo y Damián siguió andando hacia el grupo escandaloso.

Rico lo agarró del brazo.

—¿Te has enterado? Frémont se prepara para atacar. Los norteamericanos del Valle de Sacramento se están congregando.

—No es sorprendente si se han enterado de que el general Castro está agitando a los indios en contra de ellos —respondió Damián.

—Eso sólo es un rumor —replicó Rico con desdén—. La verdad es que unos norteamericanos robaron una manada de caballos que se transportaban para Castro.

—¿Los robaron? —Damián estaba atónito—. ¿Qué quieres decir?

—Quiero decir que Zeke Merritt se puso a la cabeza de una panda de norteamericanos locos y salieron a robar —insistió Rico.

—¿Zeke Merritt? Eso explica muchas cosas. Zeke Merritt odia a los mexicanos, y es un hombre rencoroso donde los haya. No me sorprende oír que Merritt está detrás del problema. Esperemos que la cosa se quede en esto de los caballos.

—Ya veremos —resopló Alejandro.

—Sí, ya veremos. —Era Hadrian, que regresaba de los establos, sudando, oliendo a caballo y con un aspecto que no era ni mucho menos el de un invitado a una boda—. Acabo de llegar de Sonoma y por todos los santos que no vais a creeros esto.

—¿Qué? —preguntó el grupo al unísono.

—Unos cuantos norteamericanos, los que robaron los caballos, capturaron Sonoma y han hecho prisionero a Mariano Vallejo.

Un silencio se abatió sobre aquel grupo de hombres impetuosos, un silencio que se intensificó y que se fue solapando con los demás grupos. Los susurros recorrieron la multitud y todo el mundo se apretujó más.

—¿Qué han hecho con Mariano? —preguntó Rico, alarmado.

—Para empezar, ponerlo borracho como una cuba. —Hadrian alzó la mano y la dejó caer de nuevo—. Yo llegué el día después de que sucediera, si no, también sería prisionero. Me enteré de todo por boca de uno de los habitantes de Sonoma, como comprenderéis, pero creo que el alcalde Berreyesa es una fuente de información acreditada.

Don Lucian se abrió paso como pudo hasta situarse en medio de todos ellos.

—¿El alcalde no está herido?

—¡Nadie resultó herido! Los norteamericanos se limitaron a entrar en Sonoma una mañana temprano y ocuparon el lugar. No se efectuó ni un solo disparo.

—¿Cómo? —tartamudeó Rico.

—Entraron a caballo por detrás —explicó Hadrian—. No había nadie de vigilancia en Sonoma. ¿Para qué? No estamos en guerra y, salvo por la casa de Mariano, no es un lugar rico. Ni siquiera hay muchas armas.

—¿Has dicho que hicieron prisionero a Mariano? —le recordó Damián—. ¿Por qué él? ¿Por qué Mariano? Él ha dicho que debemos deshacernos de la dominación mexicana. Él ha hablado a favor de la anexión a los Estados Unidos.

—¿Y por qué nada de todo esto? Se lo llevaron junto con otros diecisiete ciudadanos para conducirlos ante Sutter, en Nueva Helvetia. Intentaron que pareciera oficial redactando unos documentos de rendición e izaron una bandera.

—Son expertos en izar la bandera norteamericana, ¿no es verdad? —preguntó Damián con exasperación.

—¡Oh, no! No es la bandera norteamericana —lo corrigió Hadrian—. Es una bandera que han hecho ellos.

Damián enarcó una ceja al percibir el trasfondo divertido en la voz de Hadrian.

Hadrian contuvo una sonrisa.

—Yo la vi. Los invasores se hacen llamar los Osos. De manera que tenían una tela blanca y le pusieron una franja roja y una estrella. Alguien dibujó un oso pardo. No era precisamente un artista —se rió Hadrian al tiempo que se frotaba el costado con la palma de la mano como si le picara.

—¿Ah, no? —lo animó a seguir Damián.

—Parece un cerdo. —La multitud se rió tontamente y Hadrian soltó una carcajada—. En la bandera pusieron «República de California» y escribieron mal República. Tuvieron que cambiarla —se rió un poco más. Las risas de la multitud se apagaron pero el regocijo de Hadrian se fue intensificando de manera desproporcionada—. Tuve que entrar en Sonoma con sigilo, como si fuera un ladrón y salir de allí como un hombre perseguido porque llevaba un arma. ¿A qué ha llegado California? —Su risa cesó, interrumpida por el dolor—. ¿En qué se ha convertido mi hogar?

Damián lo rodeó con los brazos para refrenarlo con un abrazo y Hadrian le puso las manos en el hombro. Se apoyó sin fuerzas en su amigo y masculló:

—¿He perdido mi casa?

Damián lo apartó de los rostros compasivos y le preguntó:

—¿Cuánto tiempo has cabalgado?

—Creo que una eternidad.

Damián le hizo una seña a Julio. Éste se situó al otro lado de Hadrian y le levantó el brazo para echárselo al hombro. Los tres se dirigieron a la hacienda.

—He venido para advertirte que no te cases con tu Katherine —dijo Hadrian entre dientes—. Dices que te enamoraste de ella a primera vista pero eso no es una base para un matrimonio. Debéis tener cosas en común. Debéis tener una herencia común.

Hadrian estaba tan cansado que una vez hubo transmitido su mensaje se desplomó y Damián reprimió su enojo.

—Sí que me enamoré a primera vista, pero cuando llegué a conocerla me gustó. Tenemos muchas cosas en común, aunque nuestra herencia no sea una de ellas. Para empezar, ambos nos preocupamos por nuestros amigos, Hadrian, y tú necesitas dormir.

—Estás debilitando tu buena sangre española con la sangre de un enemigo.

—Así nuestros hijos serán líderes de una nueva parte de los Estados Unidos. Y nuestras hijas también, porque serán hijas de Katherine —Damián lo animó a subir las escaleras del porche.

—Katherine no forma parte de una conspiración —añadió Julio.

—¿Ah, no? —preguntó Hadrian como atontado.

—Forma parte de mi destino —declaró Damián.

El trío cruzó el umbral y penetró en el mundo femenino de los preparativos de boda. Se dirigieron zigzagueando a la escalera seguidos por unos cuantos gritos y reprimendas de los que Damián hizo caso omiso.

—Katherine es tu amiga, Hadrian. Sabes que lo es.

—Sí. —Esta admisión fue arrancada del Hadrian honesto.

—La mayoría de norteamericanos son nuestros amigos —afirmó Julio con firmeza, como quien quiere convencerse a sí mismo.

Damián asintió.

—Los que no lo son, los que acaban de llegar y ni siquiera intentan honrar nuestras costumbres, Hadrian, es contra ellos que deberías advertirme.

—Considérate advertido. —Hadrian levantaba las piernas como si cada paso fuera demasiado alto. Al llegar arriba retorció las manos contra el pilar de la barandilla.

No vio a Katherine, que se asomó a la puerta del estudio de Damián del piso de arriba, pero Damián sí la vio. Se olvidó de inmediato del problema norteamericano, del agotamiento de Hadrian, de su propia angustia. Contempló fascinado a la mujer dorada que había bajo la mantilla. Tal como había predicho doña Xaviera, la piel lechosa de Katherine relucía bajo el encaje negro. Las mujeres le habían soltado el pelo; hacía juego con la seda de su vestido tanto en la textura como en el color. Su sonrisa era a la vez tímida y seductora y resplandecía con la belleza de una novia… su novia.

Damián avanzó hacia ella; Katherine le tendió la mano.

Una mano fornida y llena de anillos propinó una palmada en la muñeca a Katherine y la mole de doña Xaviera se interpuso entre los dos.

—Esto es inadmisible.

Julio soltó una carcajada al ver la frustración de Damián.

Damián se quejó.

—Primero enviamos las invitaciones, luego trabajamos como animales para preparar la fiesta y a duras penas la he visto desde hace una semana.

—Unas cuantas horas más no te harán ningún daño. —Doña Xaviera empujó a la renuente Katherine para que volviera a entrar en la habitación—. Lo que tú quieres decir es que no has dormido con ella desde hace una semana. Lo que tu padre permitía era escandaloso.

—Estábamos casados —insistió Damián, disgustado por el hecho de que todo el mundo pasara por alto la ceremonia civil.

—¡No por la Iglesia! —Doña Xaviera apuntó a Damián con el dedo y lo agitó en un gesto admonitorio—. Ella sigue siendo la señorita Maxwell.

—Katherine dice que es la señora de la Sola. —Damián se inclinó hacia doña Xaviera—. ¡Dígale usted que no lo es!

Doña Xaviera retrocedió y mostró su sonrisita.

—Ni hablar.

Ajeno a la pequeña escena, Hadrian dijo en voz alta y discordante:

—Damián, ¿sabes qué le dijo Mariano Vallejo a su esposa cuando los norteamericanos se lo llevaron a su prisión? ¿Sabes lo que dijo?

Damián echó un vistazo a la puerta abierta y suspiró.

—Dijo: «Quien llama al toro aguanta la cornada».

Desde el interior del estudio, Damián oyó la voz de Katherine que traducía la frase al inglés y que luego le preguntaba a alguien que había en la habitación:

—¿Qué han hecho ahora los norteamericanos?

Doña Xaviera cerró la puerta, pero Damián no tenía mucha fe en que ni siquiera esa mujer corpulenta pudiera retener a Katherine allí dentro.

Damián se aflojó la pajarita que lo estrangulaba y se preguntó con desesperación si la ceremonia de boda que tanto había temido tendría alguna posibilidad de empezar. El cónsul norteamericano y su esposa habían llegado, pero eso no les había dado vía libre para iniciar la boda. Había creado otra barrera cuando los hidalgos se habían apiñado alrededor de Larkin exigiendo explicaciones. La discusión había dominado durante casi todo el día y el espíritu de la fiesta quedó atenuado por la inquietud de los hombres.

Don Lucian, con mucho tacto, intentó plantear la pregunta que todos tenían en mente sin insultar la nacionalidad ni la honestidad de su amigo Larkin.

—Los norteamericanos tienen tradiciones distintas a las nuestras. No hace mucho tiempo, un grupo de ellos insinuó que podían hacerse con mi propiedad quedándose en ella. Ocupación, lo llamaron.

Alejandró preguntó de sopetón:

—¿El gobierno norteamericano respetará el derecho a nuestras tierras?

Larkin tamborileó con los dedos en la mesa frente a la que estaba sentado.

—Eso creo.

—Perdóneme, señor Larkin, si no confío en esta afirmación —Damián meneó la cabeza—. Hemos oído que los norteamericanos robaron doscientos caballos, que hicieron prisionero a uno de nuestros ciudadanos prominentes y confiscaron su propiedad. No son actos pensados para hacernos sentir seguros.

Una voz femenina penetró a través del murmullo de voces que siguió a su comentario.

—Don Damián tiene razón, señor Larkin. —Katherine entró en la biblioteca, magnífica con su vestido de boda. Los hombres, impresionados, se apartaron para dejarle paso y abrieron un pasillo que conducía directamente a Damián y Larkin—. ¿En qué están pensando los norteamericanos? ¿Todo esto es obra del señor Frémont?

Larkin le contestó con naturalidad.

—No lo creo, señorita Maxwell.

—Señora de la Sola —lo corrigió ella.

—¿Ya ha tenido lugar la boda? —preguntó Larkin—. Creía que había venido a oficiarla.

—Usted va a oficiar nuestra segunda boda.

—Por supuesto —Larkin asintió, calmado y preciso—. Por lo que yo puedo asegurar, el señor Frémont no tuvo nada que ver con el lamentable incidente de Sonoma, pero me temo que reconozco su método de planificación.

—¿Nada en absoluto? —preguntó Damián con amargura al recordar la batalla suspendida en Gavilán.

—Hace planes, pero son imprudentes y con independencia de sus informadores. No ha hecho ningún intento de ponerse en contacto conmigo.

—¿El gobierno de los Estados Unidos va a respetar los derechos de propiedad sobre estas tierras? —preguntó Katherine con seriedad en su boca expresiva—. Salvo por la conducta de usted mismo, no he visto nada que sea digno de admirar en el manejo de California por parte de los norteamericanos. Permítame que le hable sin tapujos, señor Larkin. ¿Un nombre español en la escritura pondría en peligro las posesiones de los de la Sola?

Larkin vaciló.

—¿Habría más posibilidades de conservar las tierras con un nombre norteamericano?

—Es una posibilidad —admitió Larkin.

Katherine se volvió a mirar a Damián y a don Lucian.

—Tengo una alternativa. Poner las tierras de la familia a mi nombre.

Se originaron unos murmullos excitados.

—Eso es una locura —protestó Ricky—. Eres una mujer.

Katherine volvió sus ojos negros hacia él.

—Soy una ciudadana norteamericana. Por todo el Oeste Americano, las mujeres tienen propiedades. Con los conocimientos legales y económicos que he recibido y el respaldo monetario considerable de los de la Sola, sólo un idiota intentaría arrebatarme estas tierras. ¿Usted qué opina, señor Larkin?

Larkin se frotó los carrillos bigotudos.

—Bueno, es una solución a una situación delicada. Le advierto que no sé si funcionará, pero creo que es una buena idea.

Todos los presentes en la habitación se volvieron en masa a mirar a los de la Sola. Don Lucian asintió pero Damián se quedó petrificado. Volvía a sentirse igual que cuando le habían disparado. Notaba la piel tensa y pálida, los ojos muy abiertos y con la mirada fija.

Eran las tierras de su familia ésas de las que hablaban con tanta despreocupación. Las tierras de su familia. ¿Cómo podían sugerir algo semejante? ¿Cómo podía su padre quedarse allí indicando que estaba de acuerdo?

Sus tierras de californio.

Serían las tierras de Katherine. Setenta y cinco años de orgullo masculino californio que quedarían convertidos en polvo. ¿Qué clase de hombre sería si vivía de la caridad de su mujer? Se lo debería todo a ella.

Katherine era una mujer decidida. Había indicado que creía que una mujer podía sobrevivir y prosperar sin que un hombre se ocupara de ella. ¿Podía confiar en que aquella mujer norteamericana se casara con él y no destruyera su dignidad recordándole lo mucho que le debía? De momento Damián no conocía a otra mujer en la que pudiera confiar. Su mirada se vio atraída por un brillo en la habitación. Era Katherine. Cabellos dorados, vestido dorado, una mujer dorada. Su tesoro. Damián recordó de pronto lo orgullosa que era. Había accedido a casarse con él a pesar de las insinuaciones de Smith, aceptando que él no se aprovecharía de ella.

¿Cómo podía otorgarle él menos confianza de la que ella le había mostrado?

—Redacte los documentos —le dijo a Larkin—. Hoy mismo mi esposa se va a convertir en una hacendada.

La señora Katherine Anne Chamberlain Maxwell, la que pronto iba a ser la flamante ranchera de California, iba agarrada del brazo de su suegro y se reía de las bromas amistosas. Katherine nunca había visto un cortejo de boda tan informal como aquél. Don Lucian seguía una ruta sinuosa hacia los invitados que se alineaban por todo el jardín. Ninguno de ellos tenía aspecto solemne. Los hombres pronosticaban como mínimo la subyugación de Damián y, como mucho, la caída de la civilización. Las mujeres le preguntaban si le cobraría alquiler a su esposo, o si le echaría de un puntapié cuando riñeran. Parecían disfrutar de todo aquello y aprovechaban la ocasión para mofarse de sus maridos.

Katherine no les respondió. Tenía puesta toda su atención en la pérgola que había bajo los árboles. Allí esperaban Damián, fray Pedro, el señor Larkin y el alcalde Díaz. Allí era donde ella quería estar. Quería pronunciar sus votos, decirle a Damián lo que sentía por él, hacer el amor con él. Como si se hubiera alzado un velo, Katherine pudo ver el futuro. Vio los años de dormir juntos, de servirse el uno al otro, de adaptarse el uno al otro hasta que fueran esa entidad única de la que hablaban los románticos.

Katherine sabía que Damián tendría que pagar el precio de cederle sus tierras. Él era un hidalgo, un español, un hombre, y le confiaba a ella todo lo que era suyo. En cuanto tomó la decisión de transferirle las tierras, su principal preocupación había sido la rapidez con la que podían redactarse los documentos. Ya estaban listos, esperando en el estudio a que ambos los firmaran, pero ahora mismo Damián quería casarse.

Ella también lo quería.

Cada momento de espera iba mermando la paciencia de Katherine. Ya se había alargado demasiado el retraso. Decidió que ya habían llevado su afabilidad más allá de sus límites y le dio un tirón a don Lucian, primero con suavidad y luego con más energía.

—Vamos —exigió—, o iré yo sola.

—Ya está dando órdenes antes de que se le transfiera la propiedad —se mofó Ricky—. Tenga cuidado, don Lucian. No tardará en estar sirviendo la cena con un delantal.

—Sería un honor —repuso don Lucian con galante buen humor. Enarcó las cejas de manera significativa y el ímpetu de Katherine le hizo dar un traspié hacia un lado—. Ahora tengo que irme.

Avanzaron con paso resuelto siguiendo la línea recta que marcaba ella. Cuando Katherine oyó el ruido de unos cascos al galope y el grito de «¡Katherine!», lo único que hizo fue apretar el paso.

—¡Katherine!

Ella se dio media vuelta. Lawrence Cyril Chamberlain detuvo su caballo a unos pocos pasos de Katherine y desmontó precipitadamente.

—¿Llego a tiempo?

—Llegas a tiempo de ver cómo me caso. —La frialdad de su tono hubiera tenido que servirle de advertencia a Lawrence.

—No puedes hacer esto, Katherine.

Ella tuvo ganas de gritarle, pero en cambio se lo quedó mirando fijamente. Su ropa colorida ya no hacía juego, pues había mezclado los restos de su guardarropa de Boston con prendas compradas en California. El sombrero alto y el tupé pelirrojo habían desaparecido. Le habían roto la nariz, cuya curva aquilina ahora estaba torcida. Y lo peor de todo era que se había quemado con el sol y su piel blanca se estaba pelando en escamas.

Katherine le preguntó con benevolencia:

—¿Quién crees que va a impedírmelo?

Lawrence parpadeó.

—¡Anda, pues yo!

Katherine mantuvo una voz de racionalidad y moderación y le preguntó:

—¿Crees que puedes seguirme por ahí, acosarme, raptarme y aun así persuadirme de que regrese a Boston?

Lawrence, desesperado y ajeno al grupo de personas interesadas que lo rodeaba, dejó escapar un suspiro tembloroso y le dijo:

—¿No ves que éste no es lugar para una mujer de buena cuna? ¡Mira lo que me ha hecho a mí!

Katherine apretó los labios para reprimir una sonrisa.

—A mí no me ha hecho nada parecido.

—Sí, bueno… tienes un aspecto asombrosamente saludable. —Echó un vistazo a su alrededor, la tomó del brazo e intentó alejarla—. No quise decírtelo antes, pero mi padre dijo que te prometiera cualquier cosa si volvías. Por favor, Katherine, te trataríamos como a una reina. Te lo garantizo.

Ella le dijo que no con la cabeza.

—Lawrence…

—No me digas que no. Vente, por favor. Debes saber que no puedo regresar hasta que no te traiga conmigo. ¿No sientes pena por mí?

—Siempre he sentido pena por ti, pero aun así no voy a regresar.

Lawrence le lanzó una mirada fulminante, pero no surtió efecto. Los californios se iban acercando poco a poco y él susurró:

—Ésta no es tu casa. Ésta no es tu gente.

—Lawrence…

A medida que la lástima penetraba más en la voz de Katherine, la de Lawrence iba aumentando de volumen.

—Son todos unos miserables, gente horrible.

La compasión que Katherine sentía por Lawrence empezó a desvanecerse y le advirtió:

—Lawrence.

Él no supo interpretarla bien, estaba demasiado agitado por el público que tenían y por su propio fracaso inminente.

—Son rudos e ignorantes, con sus caballos y su arrogancia inapropiada. Son... —agitó los brazos, buscando la palabra adecuada en el aire— son bárbaros.

Katherine lo agarró por los restos andrajosos del pañuelo que llevaba al cuello. Ejerció una presión lenta pero constante y le hizo bajar la cabeza hasta la altura de sus ojos.

—Bárbaros son las personas que explotan a sus parientes indefensos. California es mi hogar. Los californios son mi clan. Y don Damián de la Sola es mi amado. Puedes volver a Boston y decirles a mis tíos que no regresaré jamás. O si les tienes demasiado miedo a tus padres puedes quedarte aquí, pero mantente alejado de mí.

Unos brazos cálidos la agarraron por detrás y le hicieron dar la vuelta. Damián la miró riéndose, radiante de alegría.

—Me quieres.

—Pues claro. —El placer que vio en el rostro de Damián hizo que acudieran lágrimas a sus ojos—. ¿No lo sabías?

—Sí. —La levantó del suelo y la hizo girar en círculo hasta que a Katherine se le subió la sangre a la cabeza y sumó su risa a la de él—. Sí, siempre lo supe.

Al fin lo había dicho. Lo amaba, y por lo fuerte que gritaba no había nadie que no lo supiera ya.

Damián la dejó en el suelo y la invitó:

—Vamos a casarnos.

Katherine le tomo la mano.

—Vamos a casarnos.

30 de junio, año de Nuestro Señor de 1777.

«Voy a pedir a los demás que se vayan. Voy a enviar este diario a fray Pedro de Jesús. Voy a mandar a fray Lucio de vuelta a la misión.

Él llegará, lo sé. Es el plan que Dios tiene para él.

¿Y para mí? El plan de Dios es más complejo, más tortuoso. Yo me quedaré aquí en esta cueva hasta que me muera. La pierna se me ha gangrenado. Yo, más que nadie, reconozco los síntomas. No hay duda. El veneno recorre mi organismo y la úlcera donde el músculo y el hueso son claramente visibles desprende olor.

E incluso ahora, en la derrota, mi orgullo pisoteado se remueve. ¿Qué otra persona podría ser lo bastante fuerte para soportar lo que yo tengo que soportar? Dios castiga a aquellos a quienes ama. Enciende una vela por mi alma, hermano, porque pasaré mucho tiempo en el Purgatorio por mis pecados.

Ojalá tuviera la oportunidad de redimirlos.

Así termina el primer intento de convertir a los indios del interior. Me temo que no van a enviar otra expedición a menos que mis hermanos regresen y recuperen el oro que los indios nos trajeron. La avaricia es un mal que puede transformarse en bien; cuando saquemos el oro del lugar en el que descansa, seguro que se nos permitirá volver y continuar la obra de Dios. Espero a que llegue ese día. Siempre esperaré a que llegue ese día.»

Del diario de fray Juan Esteban de Bautista.

Capítulo 26

Cuando Katherine cruzaba el porche, oyó que fray Pedro de Jesús la llamaba:

—Hija mía.

El fraile estaba sentado al fresco de la sombra en una silla con un taburete. Junto al codo tenía una fuente con comida que no había probado.

Katherine se hundió en el taburete junto a sus pies.

—¿Sí, padre?

El hombre se colocó bien las gafas por detrás de las orejas y le dijo:

—Hija mía, la ceremonia que acabo de celebrar me ha reportado más alegría que ninguna otra en mi larga vida.

Katherine sonrió.

—Ya le dije que nos casaríamos en cuanto pudiéramos.

—Así es —se rió—. Así es. Pero os envié a un lugar en el que muchos hombres han encontrado su tumba y no sabía si podríais casaros. Cuando os marchasteis recé por ti y por Damián, consciente de que si moríais lo haríais en un estado de gracia, pero no quería que la flor de vuestro amor se cortara cuando apenas había brotado.

Katherine se inclinó y le dio un abrazo.

—Gracias, padre.

La arrugada cabeza del anciano cayó sobre su hombro y Katherine se dio cuenta del gran esfuerzo que le había supuesto dejar San Juan Bautista para casarlos.

Su cuerpo huesudo se estremecía con un ligero temblor bajo la casulla.

—Supe que mis plegarias habían sido escuchadas cuando Dios me habló al oído. Me dijo que... fray Juan Esteban había sido redimido y que ya descansaba. ¿Es cierto?

Katherine miró fijamente al anciano, sus grandes ojos castaños tan tristes y sabios.

—Creo que sí.

—¡Dios te bendiga! —Le apretó la mano con fuerza y se recostó en su asiento. Una lágrima le bajaba por la mejilla—. Durante todos estos años he encendido velas por mi hermano con la esperanza de que le iluminaran el camino.

Katherine le dio su pañuelo y el hombre se sonó.

—¿Su hermano?

—Mi hermano en Cristo —aclaró él.

—Yo no podía evitar preguntarme... usted parecía comprender a ese hombre que lleva muchos años muerto. Él acudió a usted después de su muerte. Y casualmente, ambos son de Mallorca. —Katherine lo observó con un atisbo de sonrisa—. Era su hermano de verdad, ¿no es cierto?

El anciano tosió y titubeó.

—Cuando tomamos los votos renunciamos al mundo. Todo el mundo se convierte en nuestro hermano —echó una mirada furtiva a Katherine y suspiró—. No pareces muy convencida. Está bien. Sí, fray Juan Esteban era mi hermano.

—No se parecen en nada —comentó Katherine al recordar al espíritu que vio en la habitación de enfermo—. Salvo por la luz en la mirada.

El hombre se inclinó hacia ella y la miró con perspicacia.

—¿Lo has visto?

Katherine se mordió el labio y lamentó haber mencionado sus sospechas, pero a fray Pedro no se le escapaba nada. Llevaba muchos años leyendo en los semblantes ajenos.

—Ya veo que sí.

Katherine se acercó más a él y le susurró:

—Antes me atormentaban las pesadillas. Pesadillas llenas de sangre, muerte y cadáveres de mis seres queridos. No he tenido ni una sola pesadilla desde que lo vi.

Con expresión radiante, como si Katherine acabara de brindar el panegírico definitivo, el anciano dijo:

—No era un mal hombre, ¿sabes? Pero era orgulloso.

—¿Dijo que era un curandero? —preguntó Katherine con aire pensativo.

—Sí, en efecto —asintió fray Pedro.

Katherine le besó la mano y se levantó.

—Encienda una vela para dar gracias, padre. Efectivamente, fray Juan Esteban de Bautista ahora descansa.

Katherine saludó a los invitados con los que se encontró al entrar en la hacienda, subió las escaleras hacia su habitación y cerró la puerta al entrar. Metió la mano bajo la cama y sacó la bolsa de cuero que Julio había llevado a la montaña. La sujetó con cuidado, entró en el desván y buscó el arcón de Tobias. Se arrodilló junto a él. Aflojó las correas, levantó los cierres y lo abrió.

Dentro estaban las piedras que Tobias había guardado, los periódicos y su instrumental de relojería. Katherine lo tocó todo con ternura. Metió la mano en la bolsa y sacó el intrincado reloj de plata que había llevado como recuerdo de él. Le dio cuerda una última vez. Seguía sin funcionar, de modo que sin acompañamiento, Katherine cantó:

«A él le dieron sepultura en el bajo coro,
Barbara Allen descansaba en el alto;
Una rosa brotó del seno de Barbara Allen
Y del pecho de él, una zarza.»

Katherine cerró la tapa del reloj. Lo envolvió con cuidado en los periódicos y le hizo un hueco en la caja de herramientas.

A continuación sacó un maltrecho libro marrón de la bolsa. Le limpió el polvo y lo abrió. Apareció ante sus ojos la escritura de un hombre que había muerto hacía mucho tiempo. Fue pasando aquellas páginas frágiles y vio que algunas de las entradas estaban escritas con tinta y otras con un sucedáneo indígena, pero todas estaban firmadas con la misma rúbrica enérgica: Fray Juan Esteban de Bautista.

—¿Katherine?

Oyó que Damián la llamaba desde el dormitorio y se apresuró a colocar el diario junto al reloj. Bajó la tapa del arcón, lo cerró con llave y respondió:

—Ahora mismo salgo. —Quizá algún día una de sus nietas encontraría el arcón con todo su botín. Katherine no envidiaba a la chica desconocida las aventuras que de él resultarían, pero su propia aventura acababa de empezar.

Encontró a Damián en la habitación del desván, mirando con el ceño fruncido la quemadura que había en el alféizar de la ventana.

—Tendremos que hacer que lo lijen y lo pinten.

Katherine tocó la marca negra y áspera que había dejado su cigarro aquella noche que había ido a verla. En su mente se mezclaban el hedor de la pintura al quemarse, el brillo ambarino del cuerpo desnudo de Damián, las emociones que le hizo sentir aquella noche, sus exigencias de sinceridad. Aquella noche fue el fin de su antigua vida, el principio de la nueva. Aquella noche, con sus penas y confusiones, con sus placeres dulces y sensuales, marcó su despertar.

Se miró el dedo con el que acariciaba la quemadura del último cigarro de Damián y dijo:

—Creo que me gustaría dejarlo así.

Damián cerró la mano sobre la suya.

—La veremos todas las noches antes de irnos a la cama. —Alzó la mirada hacia él—. Nuestros hijos nos preguntarán sobre ella cada vez que miren por la ventana.

—¿Ah, sí?

—Si es que vamos a utilizar esta habitación como nuestro dormitorio —dijo, y le sonrió con la mirada.

—¿Y vamos a hacerlo?

—Creo que sí.

—Sí. Mientras estemos aquí, éste será nuestro dormitorio. —La sonrisa afloró al rostro de Damián—. Por eso hice que subieran toda tu ropa aquí.

La rodeó por la cintura y la atrajo hacia sí.

—¿Qué les diremos a nuestros hijos cuando pregunten?

Damián le pasó el brazo por el cuello y respondió con seriedad:

—Les mentiremos.

Katherine se echó a reír y se apoyó en su pecho.

—He estado pensando. ¿Crees que podríamos ir a vivir a tu casa del Valle de Sacramento?

—Hmm. —Damián se inclinó hacia el cuello de Katherine e inhaló profundamente—. Hueles de maravilla.

—Dijiste que está cerca de Nueva Helvetia y eso nos protegerá contra cualquier ataque indio.

Damián le dio unos mordisquitos y le susurró cerca del oído:

—Son un peligro, pero sí, probablemente la presencia de Sutter nos protegería.

Damián le puso la mano en la cadera y la apretó contra sí, y Katherine se retorció contra él.

—Ya no tendremos que preocuparnos por el oro nunca más —dijo Katherine, y su voz se fue apagando a medida que iba perdiendo el control.

—Por Dios, no. Nunca más. —Damián se echó hacia atrás, le sonrió y le quitó la peineta que le sujetaba el pelo—. Aquí tengo todo el oro que quiero. Nuestro tesoro son nuestras tierras y nuestras herencias.

Con osadía, Katherine añadió:

—Y el uno para el otro.

Damián le dio un beso de aprobación. Katherine ya no notaba el ardor de su mano ni su fuerte presión a través de la falda; ahora era su cuerpo el que se esforzaba para acercarse más a él, para vencer la resistencia de las enaguas y moverse contra sus caderas. En aquel momento, la presión del cuerpo de Damián contra el suyo la llenaba de un placer que sólo igualaba la fuerza de sus labios contra los de él. Damián la tomó en brazos y la llevó a la cama.

—Mi esposa —dijo con voz áspera.

Katherine le echó los brazos al cuello y tiró de él cuando la dejó sobre el colchón.

—Sí. Y... ¿Damián?

—¿Hmm? —Cuando el hecho de que ella había utilizado su nombre de pila, su nombre y nada más, penetró en el aturdimiento de su lujuria, Damián la miró rápidamente a los ojos—. ¿Cómo me has llamado?

¡Qué tontería sentir vergüenza entonces! Ya habían pasado muchas cosas entre ellos; se habían enfrentado a muchas cosas juntos. Sin embargo, no le salían las palabras. Katherine no pudo mantener su sonrisa; se le iba desvaneciendo bajo el serio semblante de Damián. Él aguardó; ella carraspeó.

—¿Damián? —dijo con voz aguda—. Damián.

—¡Al fin! —exclamó él con un suspiro.

—¿Al fin?

Damián se acarició el bigote con ese gesto tan característico.

—¿Significa esto que por fin he llegado a una posición por encima de la que ocupaba tu héroe John Charles Frémont?

Katherine le apartó la mano y le pasó los dedos por el borde bien recortado que cubría su labio superior.

—En mi vida sólo hay espacio para un héroe.

—¿Y quién podría ser? —Damián persiguió sus dedos con un beso.

—El hombre que me consideró más valiosa que un tesoro y que renunció a sus sueños de niñez para mantenerme a salvo.

—Siempre te mantendré a salvo —le dijo él sólo con el movimiento de sus labios. La pasión de Damián, que hacía que a Katherine se le llenaran los ojos de lágrimas, y el ligero roce de sus dedos sobre la cicatriz de la garganta, contrastaban con el peso de su cuerpo contra el de ella—. Ahora te tengo y, si Dios quiere, te conservaré. Rezo para que nunca quieras salir de este matrimonio, porque me he casado contigo en una ceremonia que tiene la bendición de todos los organismos de California y el cielo.

—Damián. —Katherine saboreó la palabra, como un sabor nuevo en la lengua—. Seguro que el cielo y California son sinónimos, Damián.

www.titania.org

Visite nuestro sitio web y descubra cómo ganar
premios leyendo fabulosas historias.

Además, sin salir de su casa, podrá conocer
las últimas novedades de
Susan King, Jo Beverley o Mary Jo Putney,
entre otras excelentes escritoras.

Escoja, sin compromiso y con tranquilidad,
la historia que más le seduzca
leyendo el primer capítulo de cualquier libro
de Titania.

Vote por su libro preferido y envíe su opinión
para informar a otros lectores.

Y mucho más…